Hankou

漢口

laotongcheng zengjia

老通城曾家

三部曲·第一部

创业

曾宪德/著

武汉出版社
Wuhan pubushing house

(鄂)新登字 08 号
图书在版编目(CIP)数据
汉口老通城曾家. 1,创业/曾宪德著.
—武汉:武汉出版社,2016. 11
ISBN 978—7—5582—0834—8
Ⅰ. ①汉…　Ⅱ. ①曾…　Ⅲ. ①长篇小说－中国－当代
Ⅳ. ①I247. 5
中国版本图书馆 CIP 数据核字(2016)第 247265 号

著　　者:曾宪德
责任编辑:徐建文
装帧设计:马　波
出　　版:武汉出版社
社　　址:武汉市江汉区新华路 490 号　　邮　　编:430015
电　　话:(027)85606403　85600625
http://www.whcbs.com　　E-mail:zbs@whcbs.com
印　　刷:武汉中科兴业印务有限公司　　经　　销:新华书店
开　　本:787mm×1092mm　1/16
印　　张:27.5　　字　　数:450 千字
版　　次:2016 年 11 月第 1 版　　2016 年 11 月第 1 次印刷
定　　价:48.00 元

写在前面

Xiezai qianmian

直到本世纪初，在汉口打听“老通城”，几乎是家喻户晓。甚至还流传过这样一句话：“不到老通城，不算到汉口。”

“老通城”不过是位于中山大道上的一家餐馆，从20世纪40年代后期就号称“豆皮大王”。它凭什么被夸作大汉口的标志呢？

在新世纪建设高潮到来之前，从高处俯瞰汉口，纵横的街道，高高低低的密集房屋，仿佛一个面积庞大的灰黑色的湖。将视线掠过城市，暗红色水塔和江汉关钟楼却总会竞先跃出，那么醒目。按理说，汉口不乏气派得多的高楼大厦，但在这两处座标意义的建筑面前却自动失去了锋芒。说来也是，水塔是本民族自强在汉口的象征，而江汉关钟楼则隐示着这个城市曾经是租界历史。它们强势地告诉你，它们就是汉口。

直到20世纪90年代，中山大道都是城市的主脉。这是一条十几华里长、横贯汉口、与长江几乎平行的大道。这也难怪，这个城市本是沿江生成的。然而，就是因为这条并非东西走向的江，却把汉口人的方向感弄得晕头晕脑，很少有人说得清东南西北。他们习惯把扬子江上游方向称作“高头”，下游方向称作“底下”。街名呢？与长江平行的命名成“××街”或“××大道”，垂直的则命名成“××路”。

中山大道犹如脊梁般，占尽了这个城市从“高头”到“底下”的四个繁华地段。汉水是汉口的真正母亲河。靠近汉水，以汉正街、长堤街为代表，这是古老的、原始的汉口“华界”，也是最悠久的繁华区。往“底下”走，

20世纪90年代的老通城

从六渡桥到江汉路、被中山大道和长江包围的地区，包括了汉口近代最繁荣的前花楼和后花楼，是汉口的第二个、也是最大的繁荣地带。其余两片便气势小了许多。排在第三的是以天津路口电信局和它斜对面的“老通成餐馆”为中心、出现最晚、纵深都不大的商业区。而以车站路为代表的一片，则也显得袖珍。

“老通城”挺立在大智路口，跻身在一排整齐划一的三层商用楼当中。这一带没有大的百货购物中心，然而有长达半个世纪，竟由这个餐馆引领着这一片的市面繁荣。

穿越到一百多年以前，沿中山大道的线路会呈现出一条半月形的城垣，那是同治年间为对抗太平天国所建的土城堡。“老通城”大门向前到街心就是城堡的“大智门”。光绪三十一年，也就是1905年，京汉铁路局部通车那年，有一个汉阳永安堡乡下的赤贫雇农，迫于生计来到汉口闯荡。他就是我爷爷曾厚诚，是成千上万盲目流浪到城市的破产农民之一。当时汉口连“县”的资格都不够，是汉阳府属下的夏口镇。

我以我爷爷为这部小说第一主角的原型，开头将从他来到汉口时写起。

夏口镇当时包括华界和租界。华界是国人的传统生活片，划分为仁、义、礼、智四个居民区，号称“夏口四坊”，分别对应着城堡的居仁门、由义门、循礼门和大智门。

夏口最早因汉水而兴。“大智门”离汉水最远，位置上成了华界的边缘。不过因比邻租界，反而离现代文明更近。进入20世纪时，洋人已顺江从广利巷（也就是今天的江汉路靠江边一段）到分金炉的沿江十多里长的地段，在鸦片战争以后，被帝国主义在不平等条约内作了规定，依次划占了英租界、俄租界、法租界、德租界和日本租界，瓜分了这“九省通衢”地界上的沿江地段。

除英租界外，后四国的租界划占于中日甲午战争后，仅十年时间，用中国人的血汗迅速修建了高大气派的现代建筑群，而大智门外却还近乎蛮荒。在刚刚干涸的城堡外的沼泽地上，从四周农村漂泊来的赤贫流民们，住在用芦苇、泥土搭建的一丛丛杂乱而简陋的窝棚和矮小的土木屋中，倚在大智门外通往黄陂的大车路两边。那就是后来大智路的雏形。

1929年，湖北省银行在大智路口建起了一排三层的门面楼房时，“通成饮食店”开办并开始营业。创办人就是当年那个盲目流入城市的农民曾厚诚。这时，他已在江湖上打拼二十多年了，武汉也书写了它在中华民族历史上最光荣的篇章。

武汉一城门

“通成”开始营业时，仅供应面食、汤圆等小吃，几年后发展成苏菜风格的餐馆，口碑越来越好，最后名声远扬。以致无论是本市居民、还是外地来汉的旅客，乃至社会知名人士、墨客文人、当红名伶、官商军人等，都以来过“通成”吃东西当作来过汉口的象征。

关于“通成”一词的来历，小说中自有交代，应该说是受上海的一家餐馆启发而命名的。

正值“通成”达到它营业史上第一个高峰时，那场使中华民族蒙受空前劫难和牺牲的战争降临了。曾家在民族生死存亡的时刻态度鲜明，“通成”也成了进步学生和全国爱国文化人士聚集的沙龙。

1938 年 10 月，武汉陷入日寇魔掌。“通成饮食店”被迫停办。

直到 1945 年抗战胜利后，九死一生、几乎穷无分文的曾厚诚回到汉口。他选中了“老通成”三字作为招牌，用了一个“老”字，用来标榜其资历和渊源。

在武汉市档案馆，可查阅到民国三十五年（1946 年）《汉口市汤圆面粉业同业公会调查表》和《汉口市政府办理商业登记月报表》上显示：

商号名称：老通成

店址：大智路三号

营业种类：汤圆面粉熟食

资本金额：一百万

会员人数：39 人

理事长：曾厚诚

餐馆再生后，顾客们带着浓郁的怀旧情结又蜂拥而至。“老通成”似乎成了汉口人民不向侵略者屈服而终于胜利的某种象征。1947 年，“老通成”在曾家第二代的得力经营下，终于再次走向辉煌。以高金安为代表的一帮优秀厨师，使它以“豆皮大王”闻名于世。

小说以曾家两代人为原型、以“老通成”的经历为主线，展示汉口半个世纪的沧桑。

1953 年曾厚诚去世，他的子女们都已参加工作。遵照他的遗嘱，慷慨地把“老通成”和它的资产“裸捐”给国家。那时政府对工商业的“社会主义改造”还未开始，因而难倒了当时的市领导，以至于一直汇报到了中央。1955 年，“国营老通成餐馆”终于正式挂牌。

几年后，毛泽东主席两次亲临“老通成”，品尝它的招牌小吃“三鲜豆皮”，接见职工并与他们亲切交谈，使这个餐馆名声顿时传遍全国。

1957年毛主席与老通成员工合影

刘少奇、周恩来、朱德、邓小平、董必武、叶剑英、李先念等党和国家领导人以及金日成、西哈努克等外国元首都到过“老通成”，使得这个餐馆和“豆皮大王”的声誉空前。

直到20世纪60年代，“老通成”的“成”字并没有土字旁。据说招牌为武汉著名书法家杨树谋先生所书写。

“文革”浩劫中，在一窝蜂的“破旧立新”的浪潮中，街道名、店铺名几乎改光，连毛主席光顾的历史光环都没能帮助“老通成”守住老招牌。店名被改成了“东方红饭店”。书法新秀周永基用油漆刷子为招牌写了隶书大字。

浩劫过去，大约在1976年，在李先念同志的过问下，餐馆重新装修、恢复了老店名，1978年重新开业。不知是李先念同志批文时、还是周永基先生手书店名时，也不知是有意还是无意，在“成”字边加了个“土”旁。餐馆里没有文化人，谁都没把这当成大事，从此以后，“老通成”就变成“老通城”了。

正好大智路口就位于当年汉口城堡的大智门处，人们于是推想，餐馆位于当年通向老汉口的“通城之路”，“老通城”的名字一定是由此而来为的。

武汉晚报
悦读·谈资
49版

毛泽东在老通成吃豆皮

一张老《武汉晚报》

不管怎么说，这个解释很为广大民众所接受，而“老通城”以后的成就更让这招牌闪光。

20世纪八九十年代，“老通城”的经营规模到达顶峰。1989年，在抗战初期云集“通成”展开抗日救亡活动的著名音乐家吕骥、周巍峙、时乐濛、莎莱……武汉文化界李尔重、曾卓、程云、林路、吴雁泽……在店里重聚，回忆当年冼星海等爱国文化人士在此留下的故事。

在新任掌门人张斌的带领下，1989年，“老通城”全年营业额达2000多万元，为当年全国餐饮业销售状元！“三鲜豆皮”也获得了中国饮食行业最高奖“金鼎奖”。此后，“老通城”开始迅速扩张，先后在市内的堤角，省内的天门、荆州、鄂州，江西南昌，广东深圳、湛江以及南京的“夫子庙”、北京的“九方圆”开办分店。老通城迎来了它的巅峰时期。

尽管为让位于长江过江隧道建设，原先的“老通城酒楼”已不存在，但汉口人喜欢说起的怀旧话题中，“老通城”的出现频率还是相当高的。不时有怀念和关心这一老字号的过去和现状的文章出现，可见武汉人怀旧情结之厚，“豆皮”在小吃中的地位也是公认的。

2006年，“老通城”面临拆迁时，它的命运引起了江城媒体和广大市民的关注。《长江日报》的副刊编辑罗时汉找到我采访，这位对城市在推土机下史迹大量湮灭深感伤痛的文人，呕心沥血地想给武汉的后人们多留下一些历史的记忆。通过这次采访，他写了一篇《老通城的昔日风光》，清晰地写出了老通城除了餐饮美食外，还给武汉人民留下了另一些鲜为人知的宝贵财富。

老字号不仅是一个商店符号，更是一座城市文化的记忆、城市历史的一部分。罗先生希望我将知道的详细留下来。终于，在他以及湖北省作协、武汉出版社和袁善腊同志的一再鼓励与支持下，我写了这部小说，尽量把我知道的这个餐馆半个世纪中鲜为人知的往事展现出来，帮助读者重温它亲历见证的武汉历史，让这些留在人们的记忆之中。

目录

第四章

漢口

Hankou laotongcheng zengjia

老通城曾家

第一部·创业

第一章 来到汉口

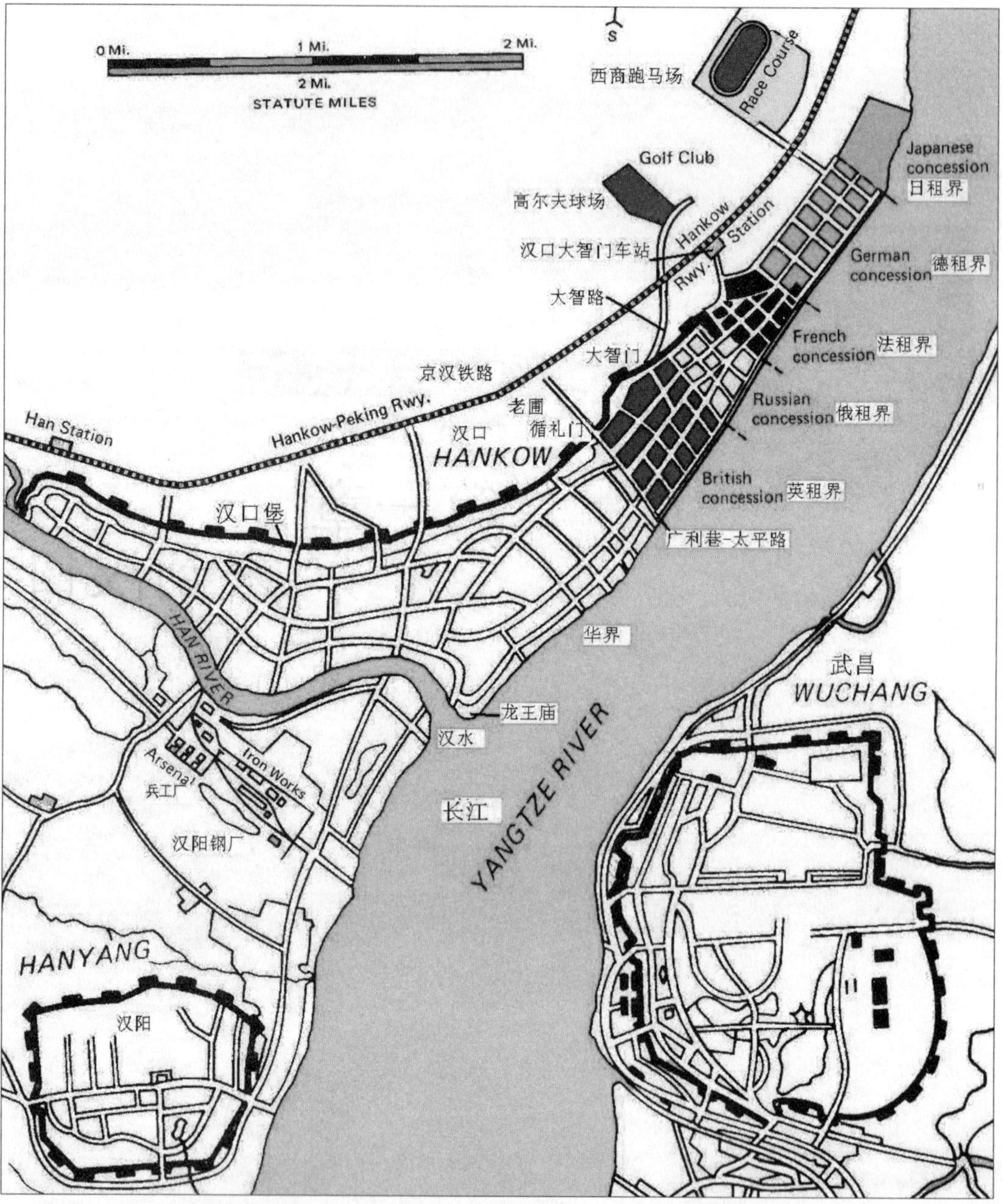
0 Mi.
1 Mi.
2 Mi.
2 Mi.
STATUTE MILES
S
西商跑马场
Race Course
Golf Club
高尔夫球场
Japanese concession
日租界
Hankow Station
汉口大智门车站
Rwy.
German concession
德租界
大智路
大智门
French concession
法租界
京汉铁路
Russian concession
俄租界
老圃
循礼门
Hankow-Peking Rwy.
Han Station
汉口
HANKOW
British concession
英租界
汉口堡
广利巷-太平路
HAN RIVER
华界
武昌
WUCHANG
龙王庙
汉水
Iron Works
Arsenal
兵工厂
长江
YANGTZE RIVER
汉阳钢厂
HANYANG
汉阳

清末武汉区域地图

一、江城汉口

汉口冬晨的雾像是从地上生出的烟，悄悄升向空中弥漫开来。天虽在渐渐变亮，雾气却越来越浓地代替黑暗来掩藏这个世界。湿润带着寒意浸入路人的肌肤，让呼吸也变得有些吃力。有时，这雾会两三个时辰后才缓缓散去。而停在汉水和长江水面的帆船和小火轮，都会静静地蛰伏着不动。无论租界还是老华界，也如同夜一般安静，看不出大雾笼罩下的人们是不是还在继续睡着懒觉。

汉口每天响起的第一阵人声，是那些近郊的菜农。他们有一声无一声地呼喊着“下——河啦”，在黎明前的黑夜里就挑着粪桶穿街走巷了。这声音唤起华界的女人，还有租界巷子里的女佣人们，打开后门出来倒马桶。“哗哗”的倾倒声和“唰唰”的洗马桶声，在各条街巷此起彼伏响起来。而通往后湖的每条路上，渐渐形成并列行走着的两条来去的长长粪担队伍：一条是进城的空担，一条是出城的、颤悠悠闪动着的满担。

如果大雾不散，街上就一时还看不到市镇醒过来的迹象。随着天明，粪担子逐渐消失，挑水的担子大军就在大街小巷出现了。他们走下江河边细软的、灰黑色的沙滩，用木桶从江河里打满水，挑在肩上，有节奏地、一闪一闪地、配着弹性而优美的脚步，挑进各条街巷，用“嘿哟嘿哟”的吆喝声叫醒市民们，为他们往水缸添水，也为租界的送水车加水。水不断从摇晃的木桶中闪出，把石板道路打湿，把土路变得泥泞。这时，靠劳作谋生的人们开

清末汉口江边

始陆续从他们的家走了出来。

汉口当时隶属汉阳府，称作夏口镇。这个“靠水吃水”、依傍江河而成的码头城市，占尽地利，从几个码头开始，自由地蔓延、扩张，竟形成了号称“九省通衢”的著名商埠。随意奔腾的江河搞乱了人们的方向感，他们放弃了东南西北的概念，依水成俗，将长江上游方向称作是“高头”，下游叫“底下”。

截至洋人到来止，最繁华的地方还是“高头”靠近汉水的一片。直到第二次鸦片战争后，清政府按 1860 年 10 月 24 日签订的《中英天津条约》，被迫开辟了汉口港。于是帝国主义国家纷纷来汉，根据不平等条约占地划界。到 19 世纪末，从苗家码头沿扬子江向“底下”、一直到分金炉，十多里长的沿江，依次划出了英租界、俄租界、法租界、德租界和日本租界。这片租界地在原先荒芜的江岸展示出了一片巍峨的、国人从未见过的高大建筑。洋行、工厂一个个开办起来，开始肆意掠夺中国的财富，榨取中国工人的血汗。夏口镇一下成了一个远比汉阳雄伟得多的现代新城。

1898 年（戊戌年）到 1903 年，湖北已连遭了四年水灾，破产的农民们从周围县乡涌向这个在传说中被神化了的城市，来寻找新的生计。以后一年比一年人多。一些人失望地离开了，一些人则留了下来，成为新的居民。他们其中不少人当过民夫，有的进了码头、工厂或作坊，更多的人加入到了游

汉口通济门

散的贩夫乞丐行列。也有人使出乡下带来的看家本领的，在后湖捕鱼、放鸭，或在汉口堡外塘边开出菜地，以维持生计。

光绪三十一年（1905年），湖北经受八年水涝后，后湖官堤[①]终于建成了。汉口堡外一些水塘开始慢慢干涸。不过，离城垣再稍远一些，湖水和荒野地依旧，芦草还在自由地生长。汉沔方向来的小木船，依然顺着襄河和后湖，黄陂方向来的则顺着黄孝河，一直划进夏口城堡内的土垱湖。张总督心里放着大汉口蓝图，下令用火车从外地运泥土来在铁路堤[②]内填湖造地。干地一多，移民们落脚的地方也多了，他们趁机扒取些来，为自己填出小块地盘，在上面搭盖自己的窝。这样，在汉口堡外，傍着汉口四坊[③]，原先三五零星草庐茅店的野地上，每隔几天，就会又不声不响地冒出几个简陋的茅棚、板房、吊脚楼。渐渐有了短短的街巷，继而又杂乱无章地继续延伸开去，聚成了大小不一的村子。每个“村”本能地汇集着同一地逃荒来的流民，被人们

①即张公堤，原名湖西大堤或后湖官堤，全长17公里。湖广总督张之洞拨款、张彪督修。武汉市民为纪念二位张公之功德如是称呼之。
②今京汉大道。
③清时汉口华界四个居民区划为“仁、义、礼、智”四坊，对应汉口城堡的居仁门、由义门、循礼门和大智门。

称作“鄂城墩”、“天门墩”、“河南棚子”、“沔阳园子”……汉口就这样变大了，城堡外的新地盘竟然比老华界还要大得多。

靠近循礼门火车货站的铁路堤内、货栈和仓库外围，便是很一大片湖塘干涸后的荒地。有些来汉找不到活路的农民，就在这里开荒种菜。这里一时还没有名字，正因为这是有菜地而生的栖身地，几年后，这块地方便被称作了“老圃”。不过，老圃一带人口渐多，却很少见到房屋，连茅草房、芦苇泥编墙的吊脚楼都很少，却有成片的这个世界上最简单的窝棚，只用两三张芦席将草绳子一攀就盖成了，人只能弓腰钻进爬出，里面用芦草铺在地上睡觉，就算是个窝。虽说下雨漏雨、刮风进风，倘若风稍大一点，就有不少芦棚被毫不留情地掀去，虽如此，却是初来汉口的乡下人的首要选择。

繁华的汉口堡一城门口

在一个被先来者遗弃的窝棚中，住了三个从汉阳永安堡新来汉口的乡下人。他粗布大襟短袄，辫子盘在脖上，光脚蹬着草鞋。这是二十岁的曾广诚和他的哥哥曾广智、堂兄曾广瑞。

一个大雾的早晨，他们早早从窝棚里爬出，进城后连日的碰壁，连一分扛活的生计都没有找到，使他们奔汉口时的幻想大打折扣，前景也如雾一样迷茫了，但今天他们却是怀着希望奔向一个具体目标的。

在浓雾中，方向只能凭直觉辨别。过了循礼门货栈往西，又是一片荒地，一些不大的水塘隐藏在半枯的芦苇和半人多高的草丛中，不小心就很容易会踩了进去。走过了这片荒地后，有几处七零八落的、用芦苇秆糊黄泥搭成的房子。再走上里把路，倘若没有雾，便可看到铁路边的一小片高地，那是火车从外地运泥土来卸车时漏撒堆成的。上了那片小高地，有一个竹篱笆围着的一个院子。院门半掩着，门很宽，两辆板车都可以并着拉过去。门口竖挂着一块木制的招牌。他们中唯一认得几个字的曾广诚仔细念出：“田记蜜饯作坊。”

二、冷漠的城

曾广诚的老家在汉阳府永安堡九真山义田湾。这一湾人大半姓曾。曾家人世代严格按照圣祖仁帝为“孔孟曾颜”所御赐的统一名派“兴毓传纪广、昭宪庆繁祥”来按辈分起名。他是“广”字辈。父亲曾纪奎，母亲卢氏，他上面还有姐姐广莲和哥哥广智。父母早亡的堂兄广瑞也同住在一起。

清末汉口龙王庙码头

广智几年前就曾经被官府派过力役修铁路，来去都曾路过汉口。挑了几个月泥巴，虽说“像犯人一样做活”，却给乡里带回“汉口洋人房子像仙宫”的神话。广智在乡里是出名的犟脾气，对世上一切都持否定态度，从未听他夸过什么人什么事，所以从他嘴里说出汉口好，就没有人不相信。尽管都明白那些宫殿是洋人的，与自己无关。

八年的灾荒和重赋，永安堡远近已是一片凋敝，通往大集、蔡甸、侏儒的每条路上，经常都能看到饿死路边的乡民。广智修完铁路回家时，曾家早已下无寸土，欠债累累，全家人当雇农。交完租后，吃了上顿没有下顿，靠在周围打长短工糊口活命，离绝境已经没有多远。曾纪奎以前也从逃荒路过的难民口中，听到过些汉口的神话，既然有那么个仙境一样的地方，为什么不让儿子们去那里讨生活,总比在乡里全家饿死强吧！曾纪奎于是狠下决心，让大儿子广智带广瑞、广诚进城谋生。

曾家兄弟捆了铺盖，含泪告别父母离家远行。翻过后龙王山，到那个叫松林嘴的内湖港口，搭上一条带篷的运货木船，经后官湖、三角湖、墨水湖六十多里水路，用了两天一夜，第二天黄昏才在汉阳马沧湖小码头起坡。再穿过很长一段荒凉的、到处是孤坟野塚的泥泞小路，到天全黑后才到了月湖堤。这是张总督新建的铁厂倾倒废渣的地方。他们找了家简易栈房歇了一夜。离家后的第三天，每人花两文钱、乘坐称为“双飞燕”的小渡船过了汉水，到五圣庙码头上了岸。

那繁华的、车水马龙的街道，让广诚和他的兄长惊呆了：想不到世上还有这么大的集镇！广诚不得不心悦诚服地承认汉口的确比蔡甸强多了。那叫他眼花缭乱的店铺，目不暇接的货栈，各式各行的作坊、衣装各异的行人……以前哪里见过哇！最新奇的是，好像所有的人都在忙，沿途飞跑的鸡公车和称作“扁担”的苦力们，高声吆喝着往来穿梭。广诚无论站在哪里，都有人对他吼“让，快让！”稍微迟钝就被撞得一蹶。沿街的房子、沿河的吊脚楼，一个挨一个。这种繁荣的场面，远远超过了当时听了哥哥描述后的想象。

1906 年汉口江边

他怕走丢，紧紧地跟在老大广智的身后。等走完华界沿江的地盘，“太古公司堆栈”拦在了前面。广诚生平第一次看到了头上缠着“少不了半匹布”的大胡子、黑皮肤、手上拿着警棍的“红头洋人”。三兄弟无师自通地知道再不能往“底下”走了，只好奇地放眼望去。

那传说中的洋人地界，真的出现在了眼前：宽广的洋灰马路，修剪得方正的草坪和美丽花坛，仙境可能就是这样吧？广诚看了一眼他崇敬的、见多识广的哥哥，他竟也惊讶得张大了嘴。

看够了，他们继续随着人流穿过了太平巷，来到了花楼街，就听说了“阜昌砖茶厂”招工的消息。

汉口果然遍地是钱、到处是机会！他们无比兴奋。广智连忙带着两个弟弟大步赶过去，他们还扛着行李呢！

在汉口堡循礼门外，一群人围成了个圈，圈内可见“招工”二字高竖。

广智把行李交给广诚，大踏步就向人堆里插。

一个辫子很靓、穿黑马褂的人伸出手拦住了他，“嗨嗨嗨！干什么？”

广智点头恭敬地说：“劳慰您家①，这里是茶厂招工吗？”

“是啊！你要报名？是哪个作保啊？”黑马褂问，眼睛却在他浑身打量着。

等着出卖劳动的苦力们

广智赔笑回答：“我们是刚从汉阳来的，冇得人作保。”

“哦！还没进厂做过。那我告诉你规矩吧：你要找一个保人，不然你弄坏了机器跑了，哪个赔。懂吗？拿你，是条命都赔不起！”

广智吓坏了，不知怎么回答。黑马褂有点不耐烦，眼睛却还在打量他，说：“交押金也可以的。”

“押金？多少？”广智机械地问出。

“你，看你和我是汉阳老乡，三石②谷子吧！”

“什么？”广智脱口而出，当长工最好年成一年总共才能“吃谷五石”呢！

“你听我说，这点跟机器比算老几？”黑马褂不屑地说，“不过你要实在拿不出，我也可以帮你垫，但你得在借条上签个字，头半年工钱归我。”

“那是几多？”

“几多要看你赚几多啊！你做得好，一月就有一石糙米，最差也有五

①您家，武汉方言，系第二人称尊称。也有时如同语气词放在句尾，表示对说话对方的尊敬。
②一石米的标准重量是120斤。

斗。”

“那怎么才抵三石啊！”

“我白帮你垫哪？没有利哪？你想得好美哪！”

广智还想说什么，一个人在旁拉他。广智回过头看，不由一喜：“陆财宝？”是他修路时认得的民夫。

“我早就看到你了。莫上当了，这人是专门拿为人作保当生意的。他们叫‘掮客’。”陆财宝说，“你不说‘力差’满了就回乡去吗？”

“回去了，这又出来了。你呢，没回纸坊？”广智果然见过世面，纸坊这么神秘的地名脱口就出来。

“我在帮人送货哩！老曾，其实这里报名进去的都是当苦力，不是学本事当工人。茶厂里‘那摩温’坏得很！动不动就打人，三天两头扣你的工钱。我们分手后，我就进俄租界‘顺丰砖茶厂’做过几个月，那那摩温不是人哪！非要说我弄坏了东西，要赔一个月工钱。我不服气，就被赶出来了。结果还倒欠着掮客的钱呢！”

“哦！”广智听得胆战心惊。“还要还？”

“我都不做了，还还他个屁！唉，你们还扛着行李哪？先跟我去，住下再说吧！想找活做，不是一下的事。”

他们觉得陆财宝说得对，遇见个熟人让他们很高兴，至少可以了解汉口的不少市情。陆财宝带着他们向堡外循礼门火车站方向走去，到了那块前面说过的叫做“老圃”的地方，这也是陆财宝的栖身地。他没费多少力，就帮他们找了个无人的空窝棚。

汉口游民的蜗居

“你帮人扛活，我们几个也有的是力气啦！”广智笑着说，他希望进一步得到陆财宝的帮助，“能把我们带去吗？”他友好地把陆财宝扯到铺地草席上坐下。

“带个屁！我又冇得东家，做的野活。你们要是没有混到我这样，千万莫走这一步。”陆财宝低下头摇了摇说，“汉口每块地方都是划了地盘的，像我这样扛活只有悄悄放机灵点，像做强盗似的，一不小心被把头看见了，要吃敲竹杠，搞不好还要挨打。‘把头’你们懂不懂？就是些地头蛇，舵把子，后面跟了打手。”

广诚听得吃惊，自己出力气做活还兴不让？听广智又问：“我们顺江边一路走来，那么多大码头，个个码头都忙得很，扛的担的，我们都能干哪！”

“那都不是想去就能去的，有地盘的，你自己去试试吧！‘扁担’的名分是要花钱买的，一个人要先交几块银元‘买扁担’咧，那叫‘下河钱’！我的哥！”

“几块银元？”三兄弟几乎是异口同声。好多乡下人一辈子都没见过银元的样子哩。

“三元五元吧！那要看你找的是那个码头了。”陆财宝眨着一双鼠眼，炫耀着自己的见多识广。“我的哥！老汉口八大码头，五圣庙、龙王庙、集家嘴、么事么事……还有新的什么王家巷、熊家巷码头……我说不完了。再说火车站，从刘家庙起，谌家矶、大智门、循礼门、玉带门，码头也好、车站也好，地盘都是帮派把持的，我的哥！你想在哪个地盘上扛活，都要先给把头交一笔‘扁担费’的呀！挣的钱要上交三四成啊！不入他的帮，你想当苦力也当不成呀！哥、我的哥！不过，买了扁担，可以留给儿子的。最屁的‘下河钱’是两元，但不能传儿子！”

“哪有这规矩？”广诚简直听不下去，差不多要把怨恨都转给这个陆财宝，好像这些闻所未闻的丑陋规矩，都是因这家伙才有的。而且他说的留给儿子，岂不是说他下一代还要扛活，这很伤他的自尊心。

兄弟几个的信心大受打击。陆财宝走后，几个人私下商量，疑心他可能是在吓唬乡下人，还是亲自试一试再说。

跟前的循礼门车站当然是首选。第二天一早，他们就去试运气了。

循礼门还不是个正式的货站，但为车皮装卸货物却很繁忙。顺着铁路两边以及围墙外，有数十个大小库房与货场。一行扁担们正扛着麻袋依次走进

给苦力们发“欢喜”计数

一个仓库，门口有工头给每个扛着麻袋的人发一个称作“欢喜”的竹签，这是计件。苦力用嘴接住，像牲口一样衔着，扛进里面去卸包。再去继续扛。

广智鼓起勇气，向工头走去，敞明自己想扛活，没有保人、也交不起押金。

“我这里不缺人，问清规矩再来，莫在这里打岔！”那工头不耐烦将手一挥，要他让到一边。

广智扭头就走，并不在乎。他本来就只指望打打短工，不想被绑架在这里。而且据财宝说，当了谁家的“扁担”，差不多就是卖了身，再走不脱了，碰到与别的帮抢地盘、争码头的事，还得随叫随到，去打架拼命。他上前问，只为试试水。

他们直接向花楼街走去。那么多店铺作坊，还怕找不到活？

但是走了一天后，他们失望了。虽说到处都像是忙得不得了，可就是没有人愿意收留他们。他们问过些店铺，都说只招十一二岁的学徒，要不有现成手艺的也可以。三人什么本事都没有，加之无人作保，搭上几句白后，连忙知趣地走开。

就这样竟然几天过去了。

广智改变策略，专找作坊，在乡下做短工打长工泥活木活篾匠活多少都会一点，去了就能干哪！然而不晓得是时机不对，还是三个人让人看了不放心，经常还没走近就听到在喝着喊“走开”了。汉口这地方本无土著民，但是有那么些在这里扎下根的成了“城里人”后，专对新来的乡下人翻白眼。

曾家兄弟三个也就见识了各种眼色。几天后，他们已经习惯了被人用赶苍蝇的手势打发，或者如同对待要饭的一样粗声叱开。真不懂汉口怎么对乡下人这般傲慢冷漠。

清末一直到民国初汉口人吃水从河里挑

路走多了，饿得快，也吃得更多。一天天消耗时间事小，白花饭钱事大。碰钉子一多，他们开始泄气。广智乱了方寸，需要人商量，只好是广瑞了。在他眼里，弟弟广诚什么都不懂，只配听他摆布。

广瑞仅比他小几个月，不过语言却尤其金贵，平日里几天没有一句话。一到坐下来时，就眯起了双眼，低眉瞄着脚尖，叫人琢磨不透是在养神还是不满意。一般情况下，别人问他意见时，他总等别人把各个方案一一说完，然后只点头或摇头表态。他的经验就是，少说话就可以少吃亏。

这天又待出门了，广智坐在地铺上，难得一次谦虚，问堂弟有什么主意。

不料广瑞一开口，就叫老大难得招架。

“明天再不行，我回乡去算了。”他的眼仍然半眯且低垂着，“几年都攒不下来的钱，几天就花光。”很明显，他已心疼得无法忍受才说出这么完整的意见。

“回去？你就不怕丢人？我就在这里开片地种菜，都比回家强吧！”广智忍不住瞪了他一眼，简直太扰乱军心了。

广诚抢着提醒："昨天下午都没吃饭哩！"

广智一下火了："你就晓得吃？几个钱吃光了你吃狗屎，一天到晚睁着洋盼[①]眼睛到处看，你倒省心！"

广诚本来就饿得难受，被呛了两句，很不服气："你只管拿我出气，你不洋盼？你来过汉口的都冇得办法，拿我出气有什么用？"说完竟一气跑了出去。

广诚向循礼门车站奔去，他实在饿了，想找个小摊，将身上剩的几文钱买点东西填进肚子再说。

离车站不远，广智就追上他了。在家时，爹娘就反复叮嘱过他，广诚年轻，没见过世面，性子又烈，一定照顾好弟弟。他怕广诚惹祸，又怕他赌气把最后的路费钱一顿吃了，断了后路。

广诚见哥哥追上来扯他，越发犟起来，甩开他的手。广智不肯放，就在街上扯着。看热闹的便围了过来。广智看见有人围观，觉得丢人，但是也不愿认输，就小声斥道："你去哪里？怎么不听招呼呀？"

广诚撒气回答："你去找你的厂，我去当抢犯，有牢饭吃、饿不死！"

一个有几根稀拉山羊胡子、戴尖顶瓜皮帽、穿蓝布夹长衫、系着腰巾的中年人站在广智身后，似自言自语地低声说："小伙子好大火气。"

广智虽说背着，但听清了，好像是汉阳乡音。他怕人笑话，压下火气小声说："广诚，我们这就去吃。你想怎么样，跟哥说，哥都依你的哪！"

广诚见自己一向崇敬、且从不向人低头的哥哥这样，心软了，低下头说："是你光喜欢往人多的地方挤，'高头'那边尽是商铺，哪来的活路嘛？"这句话无疑对老大有了启发。不错，这些老地段尽是商铺，哪里还有我们插足的地方呢？铁路外的些牛皮厂那么臭，到不得已时再说。听人说，租界内还有很多茶厂、蛋厂、火柴厂、糖厂、烟厂……唯一遇到的一次招工不就是租界么？英租界、俄租界都有围墙难得进。法租界呢？去大智门火车站那边看看，不信那边就不让华人走路了。

①洋盼，武汉鄙视人的刻薄用语，指人无知而不知收敛，尽出洋相。

一家粮食作坊

三、蜜饯作坊

广智的不懈精神终于遇到回报。当天，就在他们去火车站的半路上，在离铁路堤不远，看到了一家简陋的院墙围着的作坊。几兄弟在门口碰巧遇到了管事的，搭了几句腔。那人长了稀拉几根山羊胡子，还挺和气，似乎在哪见过，居然还和他们认起了汉阳老乡，说自己是“大集”那边的人。

当时他们都急着去法、德租界，没把那个作坊放在眼里，因此客套了两句就走了。不过，等再次碰了一天壁回“家”后，几个人近乎绝望地闷躺着时，广智忽然想起那作坊了。一经他提起，几兄弟竟突然兴奋起来，仿佛看到了黑夜中的一线曙光。那不起眼的破作坊，在他们的心目中立即上升成了未来和希望的象征。是的，现在已快山穷水尽，有个地方能吃口饭再说。正如老大说的，绝不能回乡！这样回去了，丢人不说，前景必是和父母守在一起穷死，家里可指望他们挣几个钱回去还债哩！

于是，就如前文说到过的，这日他们一早起来就直奔目标。

广诚一行找了过去时，蜜饯作坊的工人们早就在上工了。走进院内，左墙边是一排三个水缸，右边沿墙搭了芦席雨棚，两个男人正在那里码着柴垛。前院也就两丈来深，一眼可以直看到大门敞开的工棚里边的作坊。尽管很昏暗，还是可以看清有几个蓬头灰脸的女人围坐在离门不远的一个案桌边，飞快地用细竹签将莲子的莲心穿顶出来。隐隐还看得见几个男的在黑糊糊的后边忙着，有在推磨的，有在踩碓窝的。靠近大门隔出了一个小间，大概是账房。

广智向柴垛边的两个男人中的一个说明来意。那人扫视了他们三个一下，也不言语，就进去了。不一会，那个有山羊胡子的男人从小间走出来，工棚内熬糖的香味也随着山羊胡子飘出，逗得腹中空空的他们发馋。

山羊胡子手上端着一个白铜的水烟袋，很疲倦的样子，但显然认出他们了。

“我这里呢，是想要两个人。”他率先说，停顿了一下，抽了口烟，大概借抽烟的时间在想要说的话。他提高了点声音，“前几天，两个外乡来的偷糖吃，被我送官打了板子，赶走了。”他又停下来了，这次大概是给时间让曾家兄弟去体味他的话，“你们呢，我听口音就晓得是老乡，永安堡的？离我们大集也就二三十里。用我们老家话说，就隔几条田埂子。我姓田，是这里的管家。你们就留两个下来顶他们吧！”

他抽了口烟，用不放心的眼光偷扫了下一身虎气的广诚，说：“我算你们的保人了。可先把丑话说前头，我不收你们押金，你们也别泼我面子。卯时前上工，要听招呼，不许偷懒。偷懒的，不给工钱走人！不许偷东西吃，犯了要送官的！工钱嘛，第一年每月六斗糙米，管两顿饭；第二年再加薪。初一关饷，十五歇工，三十打牙祭。好了，哪两个留下来？”

三个人这才真正听懂了，“两个”原来是个很确切的数字，不由面面相觑。还是广智出面恳求道：“田老爷抬抬手，我们是三兄弟一起……”

田管家却好像不耐烦听了，车身就走，一边说：“两个，想留下就跟我进来。”

广智当机立断地说道：“广诚，你跟广瑞哥去，我再想办法。”

此前，他们几个的第一反应，都是自己退让出来。虽然他们都已看出这并不是什么好差事，听他说就知道活儿不轻，远不如做农活散淡。不过话说回来，这边工钱要比在乡下打长工高出不少，还管两顿饭，六斗糙米不就完全攒下来了？还不怕旱涝。况且这毕竟是一个立足之地。有了立足之地，一切梦想才有一个切实的起点。

广智当然不会让任何一个弟弟流落在外，何况只有自己见过点世面，按情按理，都应该自己让出。

谁知还没等到他决断，田管家突然转过身，许是生怕留下了自己想淘汰的那个人吧，“有得工夫等你们扯了，我忙得很，你，你，留下来！等以后有了空缺，那个再来。”

怎么偏偏把弟弟撵了呢？广智几乎眼泪都要涌出来，但现在无论什么都无须说了，这来之不易的机会是绝不能丢掉的。他拍了下广诚的肩膀，“等晚上收工我们再想办法吧！广诚，城里人狡猾，不比我们乡下，你脾气要收着点，千万莫在外头惹祸。”

广诚有些悲壮地点了下头，转身大踏步走出了作坊门。

辛亥革命前的大智门车站

四、第一个铜元

广诚很丧气，盲目地走着，不一会就到了铁路边。他疾步跃上铁路堤，踩着钢轨走了一阵，走不稳，又走，还是只走得了几步。他觉得烦躁，便干脆在路边一块石头上坐下了，想静下心来想想怎么办。

大智门火车站离这里有两里远。雾中一辆火车朦胧的黑影缓缓地开出了站在不远处停了下来。约莫半个时辰，才慢吞吞地喘着粗气又退回站去。他这才觉得自己坐很久了。

也不知道爹娘现在在做什么。爹多半是鸡叫头遍就下地，这个时辰，已经做了一早农活，娘该为爹煮菜糊等他回家“过早”了。皇帝爱长子，百姓疼幺儿。爹娘向来就是哪怕让一家人饿肚子，也会护着他让他先吃。可到了外面，那“山羊胡子”一点都不护着自己，硬要让他一个人流落街头。不信你那作坊就多我一个？爹娘要晓得偏是自己一个没着落，在汉口是这个样子，不心疼叫他回家去才怪呢！

不过家是万万不能回的，哥哥说得对，不要说家里已经穷见了底，要传出去他在汉口混不下去回了乡，连爹都从此会在乡里抬不起头的。

他看着四周未散尽的余雾，想起了十五岁那年。那是光绪二十六年（1900年）冬天。早晨，他独自带着一把柴刀，到村对面的山脚下去割柴草。

义田湾就在九峰蜿蜒起伏连绵围成的盆地里，背靠着与九真山主峰对峙的后龙王山。清晨，白雾从山坳里星罗的水塘中升起后，越来越浓，渐渐四周九山的轮廓完全都模糊在白茫茫之中。他走到一处柴草较密的坡地，正打算做活，忽然间发现一个黑黑的东西、从山脚不远的地方蠕动过来，仿佛是头很大的兽。他被吓了一跳，竟喊不出声来，慌忙在草丛中蹲下。那团蠕动的东西踉踉跄跄地，渐渐近了。仔细看清，原来竟是一个衣服肮脏、蓬头垢面的男人。

那人十分憔悴，仿佛在打摆子，牙齿直打战。他看见了广诚，眼里流露出了求助的神情。广诚先是吓了一跳，想转身就跑，但看到那人连站都站不稳，竟本能地伸过手去想扶他。这荒郊野地，若倒下去怕就只能等死了，哪能见死不救呢？

广诚将他扶回了自己的家。

他家在后龙王山脚的一处高地上。枯树枝围成的篱笆院中，有五间芦编泥巴墙的茅草屋。广诚让他躺在自己床上捂汗，跑去告诉爹妈。

他爹听后大惊，责怪他不懂事，大清早从山上下来的不知底细的人，是个逃荒讨饭的都还算好的，如果是个土匪怎么办？

但是曾纪奎自己去看过后，见那人确实病得厉害，心就软了。娘卢氏本来就心善，忙给那人烧了热水洗脸烫脚，又赶紧熬了姜汤。

那人几次要拜谢，被曾纪奎劝止住后，就要求不要找医生，也不要惊动别的人。纪奎一下就明白了，又发现他身上有伤，心里又一下怕起来。这人果然是个“匪类”，官府知道或许会“满门抄斩”。他于是悄悄去前屋和卢氏商量了好一阵子。

两人一致认为，报官是万万不行的，若结下了仇，他的同伙说不定会来报复。退一步说，这人面相不恶，不是那恩将仇报的长相。这年头，多少好人让官府冤杀了，就算是逃犯，也未必就是坏人。两人便叫来广智广诚兄弟、快出嫁的广莲，还有广瑞，叮嘱他们千万不可和其他人说什么，如有人问起，就说是汉川那边母亲娘家的亲戚……

一声火车的鸣叫打断了广诚的回忆。雾已经慢慢消散，好像又是一个艳阳天。他想总不能就这么坐下去吧，自己该接着去找生活了。

可现在到哪里去找呢？

两个和他差不多打扮的乡下人，抬着一个敞篷软轿飞快穿过铁路，轿上坐着一个穿洋装的人，那精致讲究的衣装他见都没见过。两个抬轿的都敞着短袄，满脸黑汗水流。但广诚却按捺不住内心的羡慕，觉得他们都比自己强多了。

跟着轿子向铁路外看去，那边多是些菜地和荒野。听人说这条路是通黄陂的，大约两里外，好像有个洋人的球场；再过去，又是些荒野芦塘了。那边肯定找不到什么活计。

“饿死胆小的！”广诚忽然无师自通地冒出来一句，仿佛下了决心，他将盘在头上的辫子紧了紧，起身穿过铁路口通向大智门[①]的马车道，盲目地顺着道走去。

绕着荒草水塘子约走了半里地，渐渐前面出现小片的吊脚楼和稀稀拉拉的板房，这些房屋之间的空隙便是弯来弯去的路。不久，有条直路了，不过岔道很多。板房开始变密，并见到有砖瓦房了。广诚沿着最宽的道又走了不远，便踩着了铺着鹅卵石的街道，路两边出现了一些整齐的两层的木房和砖瓦楼房。再走下去，街道越来越平整宽敞，路面也变成了条石，至少可以走两辆马车。有安南巡捕拿着棍子在街上遛着。不远可见漂亮的西式花园洋房。广诚知道快进法租界了。

他怕洋人欺负，听说闯错了地方都要被抓起来，那样连给哥哥报信的人都没有，便不敢再往前走，又倒过来朝车站走。来的路已经不记得了，他想沿着铁路走回去，顺便看看昨天没能仔细看的汉口火车站。

①本书中的大智门指旧汉口堡的大智城门，在中山大道（即旧城垣）大智路口。不是大智门火车站。

汉口的洋人地盘——租界（河街即今沿江大道）

那火车站好气派，有些像个倒扣着的铁皮盒子。它右边是一个货棚和一个大仓库，左边也有一个很大的大棚，像是候车棚，又像是市场，里头人声嘈杂。大棚周围停着大大小小的担子、独轮车。广诚不敢进去，便顺着铁路的方向往西，见到一溜好多家背靠铁路堤的板房铺面，是些小饭馆、小茶馆。铺面前有好大一片场地，比老家的集市还要热闹，有卖包子、卖面食的小担，也有卖药、卖小杂物的地摊，一些叫化子也在场中晃来晃去。还有几堆人围成圈子，听里边传出的欢呼和叫好声，不是耍猴就是练把式的，这些广诚在永安堡早都见过的。场边还有个带女孩敲唱沔阳三棒鼓的瞎老头，但没有人搭理他们。

这些没有提起他的兴趣，倒是葱花汤面的香气一阵阵飘来，让他更感觉肚子饿了。他用手掂了下腰上的那一小串铜板，不晓得吃碗汤面够不够。

忽然间听到有人在喊："喂，那个乡里人，你过来！"

乡里人？莫非是喊我？他转过头看，靠货棚侧门边有个很瘦的男人，个子不高，背有些驼，看上去还不到三十岁，穿着短袍，扣了顶瓜皮帽，戴着

清末汉口租界江滩

一副黑眼镜，看去倒活像是骷髅洞，正在和一个脚夫模样的汉子在争什么。只听那人又喊了一句："喊你呢！"广诚心里一动，连忙走了过去。

还没走到跟前，就听那脚夫慌忙说："这不正好两个人抬？"瘦子不耐烦地将脚夫一推，那脚夫竟被推得退了几步远。瘦子大声道："你们这些人我晓得，这下你不要钱、我也不找你了。"说罢对广诚说："这个箱子，你一个人扛到日租界巡捕房①。给你一块龙洋。"

广诚一听，不由内心涌起一阵狂喜。这些天，他们从硚口一直走到底下日租界，哪碰到过这种运气？好在看到别的贩夫走卒时，他就暗想过，自己可能有一天也会去抬轿挑脚，便将一些要紧的地名使劲记在心里的。日租界巡捕房，不就是德租界再往底下去里把多路么？一块龙洋！今天只要走这一趟，差不多当广智他们做两个月了。

他伸手试了下。箱子长长的，很沉，大概有百多斤，而且很不好扛。不过两百斤的担子他都不在话下哩！可能就是太长太重，独轮车、人力车都不好放，或是东西怕颠，这人才想到雇人扛吧？那脚夫怕是坚持要两个人抬，才丢了生意？

广诚回头看了看，那脚夫已经走开。管他这里是哪个的地盘，赶紧扛了走再说！他心里一动，马上说了声："我去！"将木箱竖立起来，用力一下就扛到了肩上。瘦子慌忙喊："轻点，摔了要你赔的！"广诚不屑地瞥了他

①在今张自忠路、胜利街交汇处。

一眼，稳了稳架势说：“走吧！”

那瘦子得意地点了点头，甩手就在前面走了。那人不走法租界，却顺着铁路边的高低不平的小路往“底下”走，有一段满是石头碴，踏着脚生疼。沿路都比刚才萧条多了，除了往德租界方向看可以看到几处孤独的工厂外，像样的房子不多。广诚恨这家伙不带他走好路，猜这喜欢摆谱的家伙顶多是个有钱人的跟班，戴副黑眼镜装样子吓唬乡下人。

“不出一年，这些地方，一直到丹水池下边，都要成大日本的租界。”瘦子得意地顺着铁路一直指向很远处一大片野地说。

广诚听他说出这话，心里更不舒服了，这家伙原来是为日本人做事的。小日本总想充什么大日本，又在打我们地的主意哩！他从记事起，就听说过甲午年和日本海战打输的事，也知道几年前八国联军、日本和其他洋鬼子到中国烧杀掳掠的事。乡下人个个恨不得生吃了洋人。朝廷还赔给小日本很多银子。是多少，广诚不清楚，反正听说很多。乡里捐税一年比一年重，就是这么来的。他很有些讨厌这个瘦子了，暗暗在肚里骂着“日本杂种”，然后粗声粗气地嚷道：“喂，歇口气！”

已经可以看到通往西商跑马场的大路①的高墙了。他知道这一片住着好些刚来汉口的黄陂人，前边应该有个火柴厂，昨天和哥哥刚去过。他不等瘦子同意就停下了脚，放下箱子，站着休息。瘦子只好也停了下来等着。广诚走了大半个时辰，现在又饥又渴，也燥热起来，肩膀也被箱子勒得十分疼痛。站了一会，心里越发焦躁，又想不如快些到了算了，于是换了个肩，又上了路。

又走了大约半个时辰，日租界巡捕房到了。那瘦子叫广诚在院外大门口放下箱子，在值岗的旁边等着，自己进去了。不一会，从里面出来两个华人，抬了箱子进去。

广诚等了一阵，不见那人出来，便对岗哨说：“麻烦你通报一声，我还等脚钱呢！”

那岗哨瞪了广诚一眼，却不答理他。广诚无奈，只有耐着性子继续等着。

约莫过了一顿饭工夫，那瘦子才出来了，面无表情地走到广诚身边，摸

①今三阳路，当时由德租界通往跑马场的大路，两边筑有高墙以防华人进入，仅开了一通道供行人横穿。

出一个铜元，递给他，然后转身就走。

广诚一看不对头，这才几个钱？便一把拉住他，小心地说道：“官人，您给少了！”

瘦子那躲在黑眼镜后面的眼睛一下猛爬到镜框外，好像因为惊奇、要出来才看得到个究竟。

清末的汉口一市场

“什么少了？你看清没有？这是天津铸的铜元，这上面有‘每枚当制钱十文’①的字样，当十个铜钱呢，你认不认得字啊？见过没有啊？”

广诚听到他这瞧不起人的口气，十分反感，没吃过猪肉，还没见过猪跑？虽说自己没有钱，却对各种钱币的样子都悄悄记得很清楚。“不是，您家！”他克制住自己的气愤，用汉阳人最客气的语气，耐心地企图说服他，“您家说的是一元龙洋。”

“你说么吵？我说得清清楚楚是一块铜元啊，你是不是耳朵背，听成了龙元？”瘦子竟摆出一脸诚恳相。如果感觉不出那眼神中的讥讽，你倒会真觉得受冤屈的反而是他了。

广诚万没想到这家伙这么说谎脸都不红，心想怎么进城来这么容易就碰上骗子了。他仍抱着希望，压住性子说：“您家刚才说得很清楚，哪是说的铜元？明明是说的‘龙洋’！‘龙洋’两个字我听得清清楚楚，我听得很清楚的。”

瘦子又是摇头又是晃脑，扯高了声音：“你发财啊！龙洋，还鹰洋呢！现在龙洋一元要值八九百文，那么好赚，我都去扛了。”

广诚火气一下冲了上来，说：“你说的话怎么收得回去？你能扛？你去

①一吊为一千文；到清末，银价猛涨，一两白银竟可以换到制钱二千三百文之多。“龙洋”指清代光绪年间所铸带有龙图案的银元。在湖北又称龙云。鹰洋为当时很流行且值钱的墨西哥银元。

把箱子一个人扛到门口来，你只要能扛起来走三步，我就不要钱了！”

瘦子板下了脸，挥手说道：“箱子是警察署长中山大人托运来的东西，我已经交了。我警告你不要在这里瞎闹。这是什么地方？你弄清楚啊！”

“你……赖账啊？”广诚仍在极力忍耐，“十文钱，哪个肯把这么重的箱子送这远哪？”

“你不就送了？”瘦子讥讽地笑道，“城里的钱那么好赚哪？你做梦吧？滚！一文钱我都不会加！”

“你到底讲不讲理？”广诚感到忍无可忍，那把火已经冲到了头顶，凭他的力气和功夫，只要一出手，就要把这家伙的骨头拧断。但他看到那两个持枪站岗的，懂得现在不能依自己的性子，便咬着牙说道：“你再说一遍！你要敢说你说的不是‘龙洋’，你赌个咒！”

“你想干什么？乡里人！”瘦子板下脸，露出了凶相，恐吓道：“这可是日租界巡捕房，你要敢胡闹，就把你抓起来！你个臭苦力！”

大门口的卫兵狰狞地瞪着他。广诚没有想到来汉口就遇到这样的人，他生平还没有见过这种无赖！在乡下，说出口的话就没有人反悔，比城里人强多了！这明摆着仗势欺人！欺他是乡里人！乡下人就该受欺负吗？这家伙不就是仗着他身后有日本人吗？他真想把朝他指来点去的瘦骨头手抓过来，给他点厉害看。

但此时哥哥早上的叮咛在他耳边响了起来：“广诚，城里人狡猾，脾气要收着点，千万莫惹祸。”他得压住火，这里荒远，除了日本巡捕房的，没有什么别的人，这些家伙又有洋枪，真出了事，连个给哥哥报信的都没有。好汉不吃眼前亏，以后这小子迟早还会让我碰上。他强忍下这口气，啐了一口，转身大步离去。

1906 年的汉阳钢厂

五、他乡遇故知

这样又过了十几天，广诚学着陆财宝说的，靠零零星星地瞅机会帮人扛活出力，日子居然有一天无一天地混了过来，人也练得精灵了些。倒是广智广瑞听说他的遭遇后，都说他那天忍得对。广智甚至十分后怕，很不放心弟弟一个人在外面，便不停地向田管家请求让广诚进去做工。田管家看到曾家兄弟本分，做活又卖力。正好冬月末，蜜饯作坊的活计多了起来，于是同意广诚也进作坊干活了。这样，兄弟几个都住进了作坊院后的工棚。

蜜饯作坊生产些糖莲子、糖花生和柿饼、京果、麻糖。二十多个工人，其中一大半是女工。管家田贵义为人还算和善，不过每个人的一举一动他都收在眼里。有时，他会走到某个人面前教训几句，每说一句便抽一口烟，像是打标点符号，这样他既可以想一想接下去再说什么，也正好让听者有机会消化他的意见。广诚做了几天，觉得活计很重，换了没吃过苦的人还真怕吃不了这碗饭。但他很珍惜，做得很卖力，对管家的唠叨也慢慢习惯。有天，田管家竟难得地夸奖了他一句：“小子你力气大还脑瓜子好，那天你和你哥在循礼门扯皮我就看到你了，年轻气盛，我一直还怕管不好你呢。”广诚这才晓得那天为什么田管家不愿意收留他了。听了句好话，觉得很受用，越发做得尽心。

老板田贵溪是汉阳大集那边的一个乡绅，祖上当过官，到他这代人，家境已渐渐不济。张之洞总督的“湖北新政”成就，大大打开了田老爷的眼界，让他看到家道中兴的一条出路，只是苦于本钱不足，犹豫了两年。到北方“拳匪”闹得厉害那年，张总督竟不理会朝廷已向洋人宣战，邀了两江总督刘坤一，毅然与租界里的洋人达成了“东南互保”约款，江南地区却因此免遭兵燹。他从张大人胆敢“抗旨”的气魄，坚信湖广必大有发展，终于下决心睹一把了。他于是卖掉了大部分田产，跑到汉口经商。听说抽鸦片的人抽烟后特别喜欢吃甜食，又据说因张大人嗜好蜜饯，达官贵人都纷纷效仿，所以甜食生意格外好做，便在前花楼开了个杂货门面，卖些甜食果品。开始时，他就从跟前的剪子街进货，心中却已暗暗将“汪玉霞”、“曹祥泰”作为自己的远景目标。一年后，他小有积累，在堂弟田贵义的建议下，果断买下了大智门外一个破产的竹篾厂的厂房。田贵义当管家，招了工人，自行生产甜食蜜饯，自己销售。田贵义管理经营办法很多，作坊便逐步发展到向其他小店面供货，几年下来，本钱已经扩大了几倍。

制茶业是清末汉口最大工业。图为搬运码头

广诚虽说在汉口游荡才一个多月，却已清楚体会到了城里立脚的艰难。他想，要是有一天，他自己能当了老板，一定善待那些真心想靠出力挣钱的人。虽然他自己也认为这是在做梦，但还是把这心愿暗暗埋下了，还情不自禁地观察田管家如何组织进货出货、怎样给几个心腹派活和监督工人生产，以及如何与上门的债主周旋等等。

时间很快地过去。过年时，几兄弟为了省钱都没回家，这是和父母说好了的。以后日子又很快过去，他们到汉口已经一年了。

冬至前的一天早上，天气大晴，田贵义叫广诚跟他的一个亲戚推两个独轮车去店里送货。广诚推车走在高低不平的土路上，屁股随着车子重心灵活地摆动着。车子唧唧哑哑不停地哼叫。他想，难怪汉口人把这车叫做“鸡公车”。

走过“阜昌砖茶厂”在英租界围墙的阜昌街①道口时，忽然听到有人喊：“广诚！广诚！”他连忙将车停下，看见同乡的、小名叫淘气的曾广业，挥着手从后面大步赶上来。

淘气比广诚小一岁，是小时一起长大的“屙尿和泥巴”的朋友。淘气十四岁时，父母就在贫困中相继亡故。第二年，他跟着逃荒人群离开了义田湾，到蔡甸一家馒头店当了学徒。哪晓得都快熬到出师的三年时，却因不堪打骂跑到襄河边躲避，遇到汉口茶厂来乡下招工的人贩子，被骗到了汉口，转卖给了掮客，就这样进了“阜昌砖茶厂”。现在已熬过了“只管饭、不拿钱”的头年，当了厨子，算是雇工了。

“你在这个茶厂？”两年没有淘气的音信了，彼此都不知这些日子怎么过来。现他乡遇故知，总是令人兴奋的。广诚想告诉他，刚来汉口时，他们也好想进这个茶厂呢！

“是的。在厂里帮他们煮饭，还帮洋人做面包。我这是赶去循礼门帮忙扛东西，几句说不清楚。你几时来的？住在哪里？”

广诚才说了两句近况，淘气就匆匆道：“这样，以后有工夫我们慢慢说。知道吗？我遇见过你谭师父了。”

“真的！”广诚犹如听到一个响雷。师父已经和他分别三年多，分手后就不知去向。原来竟在汉口！

“谭师父说，他每逢三、九在法租界如寿里的一个‘大智茶馆’喝晚茶。他还不晓得你来汉口吧？你去不去找他？”

广诚一阵惊喜，没想到在汉口竟得到了师父的消息！和淘气匆匆分手后，他兴奋得推上车、飞跑起来。

①现南京路。阜昌砖茶厂系俄国人开办。

六、自立军旧党谭襄农

广诚的师父叫谭襄农，沔阳人，就是那年他在九真山脚下带回家的那个病人。

庚子年（1900年）闰八月，果如湖北人所说“闰七不闰八，闰八过刀杀”，是个凶年。戊戌变法失败后逃亡的维新人士唐才常等，筹建了约两万人的“自立军”，试图趁义和团造成的动荡局面在安徽和湖北，以“保国保种”勤王名义武装起事，推翻逃到西安的慈禧。然而，先是安徽的一支秦力山、吴禄贞，因起事仓促又兵少不敌而溃散。而唐才常等人也错误估价了张之洞，这位被他们寄予厚望的总督大人。后者毫不犹豫地派兵包围了他们在汉口的住所，又带兵进入藏在英租界的自立军总部，逮捕了他和二十多自立军领导人，在武昌大朝街紫阳湖畔悍然处决。

1890年的汉阳南纪门

“自立军”另一支“江右军”统领沈荩，却不畏血腥镇压，闻讯不久仍在新堤镇毅然发动武装起义，蒲圻、常德等地也纷纷响应。然而在张之洞的重兵围剿下，“江右军”也很快失利，沈荩被迫秘密逃亡。

谭襄农乃是沈荩帐下的一员得力干将。他祖上几代是军官，从小拜师习武。光绪二十五年在武昌“湖北武备学堂”毕业，在学校接受了维新思想，后与沈荩认识结为知己。

谭襄农拼命杀出重围时，身上几处受伤与左右失散。次日，知自己已被悬赏追捕，不敢回家，仓皇中跳上了通顺河的一艘篷船。幸好他随身带有些

汉阳永安堡九真观

银两，便买通船家，欲顺索子长河逃往马口找朋友。哪知一路皆见到官兵在搜捕义军余部，只好藏在船舱，两整天后才上岸。他人生地不熟，一气爬上了山，在一座荒庙中度夜。

这正是九真山，山上荆草杂茂，荒无人烟。时下又是冬天，天气寒冷。他伤虽不重，却又感染了风寒，次日病情加重。饿着又躺了一天后，更觉不支。他勉强再熬了一夜，一早挣扎起来打着寒战下了山。

山脚附近人烟稀少，谭襄农拖病狼狈下山，体力已十分虚弱，却幸而遇到善良的广诚。所以他后来常说，是广诚救了他一命。

他对曾家说自己是得罪了官绅被诬告，离乡出逃迷了路，总算让曾纪奎安了心。经调养了几天后，襄农病就好了。根据沈荩临别“潜伏待势”的交待，他征得曾纪奎同意后，就以曾家为他杜撰的“娘家亲戚”身份，在不远的永安堡住下来，到私塾当起了教书先生。一边伺机打听同党音信。

为了感谢曾纪奎一家，谭襄农从随身带的不多银两中拿出大部分，帮广诚的姐姐广莲办了嫁妆。当时汉沔一带已连续六年迭遭水灾。曾纪奎已濒临破产，正为钱发愁，打算将最后两亩地“以田为质”借钱嫁女。对谭襄农的解囊，曾纪奎夫妇虽很不情愿施恩图报，再三拒绝，怎得谭襄农一片诚心，终于收下。

谭襄农安顿下来后，对曾家的另一报答就是收广诚为徒。他看到广诚为人忠厚，身体强壮，决定好好教他拳脚。义田湾曾姓人家本来就差不多都习武。在那个年代，乡下人练武，都是为了强身护家。他们的三招两式，无非是些少林“心意把十二式”零星流传到江湖后演化出的散招。就这样，义田湾也出了些好汉，蔡甸、永安一带称之为“义田十八锤”。按当地土语，“锤”就是拳头。虽说早先几年，张总督曾下过告示，禁止民间习武。但山高皇帝远，湾里人照练不误。广诚八九岁起就开始练拳了，这下又得到了谭襄农的指点，不到一年，就大有长进，几个人近他不得。

襄农又亲自用小楷默下了《三字经》，在广诚农活之余教他识字。广诚认得的几个字，就是这么来的。

襄农为人豪爽真诚，又“知书达理”，所以湾里的人都尊敬他。襄农见环境安全，便在第二年从沔阳接来了家小，在永安堡一住就是两年多，暗自继续打听同党的下落。

光绪二十九年（1903年）的一个大伏天，他突然得到噩耗，以记者身份为掩护的沈荩不幸牺牲。当时沈荩设法通过朝廷要员获得了清政府打算与俄密签的《中俄密约》的内容，将其在天津《大公报》向大众揭露。顿时国内外舆论大哗，民情激愤，终使条约被迫流产。慈禧恼羞成怒，派出密探搜捕到了沈荩，竟不顾“万寿日（光绪生日）向不杀人”的惯例，令刑部将沈荩“当庭杖毙”。沈荩成了中国第一位以身殉职的记者。

谭襄农闻讯悲痛欲绝，发誓与清廷势不两立。他计划联络自立军旧党和洪门兄弟，伺机暗杀张之洞。这年秋后，他离开了永安，只说是去马口。

谭襄农走后，汉沔地区又连遇了两个歉收年。光绪三十年，广智、广瑞相继成了家。曾纪奎也终于失去了最后一寸土地，成了身负重债的雇农。全家男人都只能去富户人家当长工。同乡人讥讽他家是“连钉个雀子的泥巴都冇得[①]”。

从此，家乡对曾家只剩下饥饿和贫穷，只剩下日益逼近的死亡。当广智被派力役修铁路后，带回了汉口的神话。曾纪奎又听说其他湾子有同样穷得活不下去的人，进城务工过年返乡时好像换了个样，在乡集招摇过市，给家人带回钱和城里的稀罕物品。这些在乡下人口中传播，到曾家人的耳中时已被成倍放大。

城市是遍地有钱的地方吗？城市给曾纪奎一家带来的幻想，随着生活越

①钉，方言，掷打；冇得，没有的意思，意思是穷得连掷打雀鸟那么小的一点泥土的土地所有权都没有。

来越朝不保夕进而一天比一天演变得灿烂。纪奎夫妻终于下了决心，让两个年轻力壮的儿子到汉口寻求出路。广智、广诚大为兴奋，临走前给父母发誓，不混出个人样，决不回来。

广诚来汉口，就一直朦胧地怀着能碰到师父的希望。淘气的消息让他喜出望外。等到“逢九”那天，他求田贵义晚饭后准了个假，还赊了点糖莲子和京果（在工钱里扣），晚饭后匆匆往法租界方向走去。

“田记蜜饯作坊”离法租界不远。广诚顺铁路走到大智门车站，拐向玛领事街①，就问到了如寿路。这条路与玛领事街平行，跨过法租界的边线指向铁路。在法租界内一侧分布了一些小店茶馆，出了租界的那头则有些烟馆、栈房、澡堂和带赌场的茶楼。广诚问起“大智茶馆”，原来就在租界内一侧的如寿里口拐角上。

到茶馆门口，广诚竟一眼就看到了师父，穿着一身古怪的衣服，正在里面喝茶。他心头顿时一热，走进上前叩头便拜，“师父！”

谭襄农大为惊喜，搀扶起广诚。广诚指着他的衣服问：“师父，你这是……？”

谭襄农笑了一笑，喊了声：“堂倌，茶！”叫广诚坐下，说道：“好广诚，都长这么壮了。都三年多了吧？你还拿东西来做什么？我眼下在法国巡捕房混饭吃，以后再给你细说，有空还带你去我家坐坐。”他把住地告诉了广诚。接着问：“说说你，你家老人和家里怎样？来多久了？住在哪里？在哪里讨生活？”

广诚便将师父离去后自己家的情况和进城后的经历，讲述了一遍。谭襄农很仔细听完后说：“一月六斗糙米，太少了点。淘气一个月都有八斗糙米，不过只管一顿饭。哎！你本来以为来汉口就可以很快挣到钱给家里还债，是不是？但是照你现在说的，收入这么低，怕三年五年都难得出头哟！我说广诚，你进了城，还不能算城里人，也不是说你学会防着城里人不上当就够了，你还要多长些见识，看清这个世道，学些真本事，将来好成家立业，孝敬你的父母。千万莫想一步登天，开头吃点苦、受点累都是免不了的。”

广诚注意地听着师父的话。他何尝不是这样想呢？他来汉口，比他的哥

①今车站路的中山大道至老火车站一段。

古琴台

哥更想见识外面的世界，而且抱有更多让自己的浑身的力量施展出来，改变自己贫穷命运的愿望。所以，他从来就没打算长久在蜜饯作坊做工。不要说收入低、强度大，每天简单重复的工作也让他觉得太单调了，哪里谈得上开什么眼界？更难说什么成家立业。但是，汉口找点营生那样难，又怎么不叫他灰心呢？

谭襄农却是对广诚怀着兄长般的关切的。广诚不仅曾救过他，而且他的朴实、善良让他喜爱，自然生出帮助他、帮助曾家改变困境的责任心。他问："你需要师父帮你做什么吗？"

广诚实在地答道："我不想留在那里做了。师父要有路子，帮广诚找个赚钱多点的事做。"

谭襄农很理解，答道："我想办法。师父也才来汉口一年，确实也没有多少路子。你过十天半月再过来一趟，听我的消息。对了，我问你，要是让你当茶房，做服侍人的事，你愿不愿意呢？"

广诚道："那有什么不愿意的？我又有什么大本事？又不是害人的坏事。"

谭襄农微笑着点了点头，广诚还是很厚道、很懂得分寸的。

汉口江边码头

七、循礼门初会童瑨

见过师父后几天，田管家亲自带了广诚和两个人，到循礼门货站去拖北方采购来的蜜枣、果脯等。原来因年前生意特别好，作坊做不过来，有些品种直接从北方采购成品更合算。田贵义进去验单认货，几个人便在车站外等着。

等了一阵，货栈那边的一个小酒肆里忽然一阵嘈杂。广诚看到一个十三四岁、骨瘦如柴的叫花子亡命地奔了出来，手上拿了个像是馒头的东西在拼命往口里塞，后面两人在追，跑到离他们不远时就被追到。其中一个只一下就把那少年掰到地下，然后两个就下死手的拳打脚踢。广诚毕竟还是没懂汉口的世道，只觉看不下去，也没多想就高喝了一声：“不要打了，会打死人的！”

两人停下了拳脚，瞪了广诚一眼，见不过是个穿草鞋扛活的。其中胖的一个便恶狠狠地喝道：“豹胆妈的，你算老几？你是想打抱不平吗？”

广诚慌忙抱住双拳作了个揖，赔笑道：“不敢不敢，只是怕好汉下手太重了。他还是个小伢。”

胖子仍然高声嚷道：“他敢到老爷饭桌上抢馍馍，还敢跑！你是哪个码头的？”

广诚客气地说：“小的初来乍到，没有码头。请好汉放了他。这样吧，我帮他赔您家馒头。”

他的话让旁边那个瘦的觉得很稀奇，看来这乡巴佬太不懂汉口的板眼①，也太不晓得自己的斤两了。他不耐烦地喝道：“你是哪里拱出来的乡里岔把子？老爷我一桌饭菜都被他弄脏了，心情也被他搅了。你要出头，就帮他赔吧！五两银子！”

那少年从地上爬了起来，本能地躲到了广诚身后。看热闹的人群很快就兴致勃勃地把他们围了起来。广诚见这两人蛮不讲理，不是什么善类，便极力忍住了火，不再开腔。

那瘦的见广诚不敢搭腔，以为他怕，便越发不肯罢休了。几步逼到广诚面前，伸手将他一推：“怎么不说话了，我看你小子欠打！”一边说，一边连推了他好几掌。见他不还手，觉得遇到了好欺负的，更想教训下这乡里人过过瘾，便挥起一掌朝他脸上搧去。

广诚原本确实有些怯满嘴汉口腔的“城里人”，见连让了几掌还不住手，心里头火上来了。他在乡下就知道，有些人欺软怕硬。爹妈也教过他，不惹祸归不惹祸，但真有人欺到头上也不能没了骨气，你越让就越吃亏。便一仰身躲过，顺势一把捏住他的手掌，悄悄加了点劲，说：“好汉，莫这大火气吵？”

在旁人看来，广诚平平和和地站着没动，也就是抓住了那人的手。哪知那人大声喊叫起来：“哎哟，好大劲！”他苦着脸朝胖子喊道，“大哥，快帮一把，我的手要被他捏断了！”

胖子哪里把广诚放在眼里，臭苦力他收拾得多了。按他的经验，调教乡巴佬在这里会“得道多助”。就是打，两个对付一个，也足以叫这小子长点记性。说时迟，那时快，他忽然抢上飞起就是一脚，朝广诚下身踢来。广诚

①板眼，汉口方言，名堂、本事、内情。

早有防备，就势一把将瘦的像干柴一样甩到一边，侧身让过了胖子，说了声“得罪了！”同时在胖子背上不轻不重拍了一掌。

胖子打了个趔趄，朝前蹩了几步，却让看热闹的人挡了一下，没有摔倒。众人见到精彩，有的喝彩，有的哄笑。

胖子这下没了面子，越发忍不下那口气来，他转过身来对周围喊：“这乡巴佬骨头痒，敢跟老子还手！来，一起上！”不过他也只能虚张声势，并没有谁跳出来响应他。

广诚本来性情急躁，到汉口来一直收敛着，今天终于找到机会发泄。见两个真要打，就摆稳了架势。那两个下不了台，不知天高地厚，扑上来就开打。幸好只到此时，广诚还在怕自己出手重、伤了人不好办，只是守势严密，并没还手，指望就此息事。那两个见广诚退让，竟以为“乡里人到底怕狠”，越发缠住不放。广诚火便又渐上来，忍不住了。想道：“这两个讨打哩，不给他点厉害他不会收手！”便喊道：“两位还要逼我，我要还手了。”喊完，忽然变了架势，准备几下将两个打翻。

忽然间，人群中有人高喊：“两个打一个，人家还一直相让。你两个还不甘拜下风收手！”

这两个人有如听到命令，居然马上停了下来。对着喊话的人喊道：“童少爷！既是你解劝，我两个算了。”广诚便也收了架势，看见人群后站着一个穿着青花黑缎长袍、戴瓜皮帽的白净青年，旁边几个家人模样的人正在哄散人群，知道来了个地面上有身份的了。那童少爷又喝道：“你两个还不向壮士认错！”

两人战战兢兢，也想趁势下台，不情愿地对广诚作了个揖，说道：“看童少爷的面子，向好汉赔礼了！”说完又向童少爷行了个礼，一溜烟跑了。

童少爷走到广诚跟前，笑道：“壮士见义勇为，拳术精湛，更难得得理让人，叫本少爷十分佩服。但不知壮士尊姓大名。”

广诚连忙作揖道：“童少爷见笑了，小的姓曾，叫广诚。不过是可怜这小孩为吃个馒头就挨往死里打。广诚也挨过饿，所以出来劝了几句，哪里敢谈见义勇为，更不敢称壮士。那两个若是少爷的人，广诚可就得罪了。”

童少爷说：“不是不是，那是车站边的混混。这里认得我的人多，所以才吼住了。这些混蛋真不晓得好歹！我见好汉处处相让，遐举遥击，架势舒展，长拳招式，真是好看。江湖上一般人有几个能真使出来？若不是怕你不小心伤了他们，我真还想多看几招的。”

广诚谦让说：“少爷抬举了，广诚只是乱学了几招，哪里懂得什么拳路，也不敢被称作好汉。”

童少爷道：“你不用太客气，本人名瑨，是花布街‘瑞祺牙行’的大少爷。想请好汉那边酒店一叙如何？”

广诚慌了，“不瞒童少爷，广诚是个帮工的，随管家来提货的。少爷如果错爱，我当改日登门请安。”

童瑨笑道：“好！好！好！本少爷就喜欢结交你这样的人。那就依你，改日相聚。”说罢又问，“这个小兄弟可是你老乡？”

广诚说：“不是，我也不认识。童少爷可有办法给他找个活做、混碗饭吃，那可是救他一命。”

童瑨欣然答应：“好，我常有意行些善事，何况好汉提起。”他转过脸对那少年人问道：“你是哪里人？家里有些什么人？怎么到汉口来了？”

少年连忙答道：“我姓孙，没有大名，小名叫狗子，南阳人。家里人都饿死了。只有个姐姐去年跟着姐夫逃荒。听回去的人说是在汉口，就找了来了。”

清末街头卖艺

“你只要听话、不偷懒，我让你到我家长堤街的分号学徒弟，有饭给你吃饱，好不好？”

孙狗子连忙跪了下去，叩了一个头说：“谢谢少爷！”童瑨说：“你该谢他。”孙狗子又对着广诚叩了个头。广诚是此生头一次受人拜，竟感到很不自在。童瑨这才又跟广诚道了一声别，带上孙狗子，前呼后拥地走了。

广诚这才注意到，田管家和其他工友已早将货物装好了车，在一旁看着他呢。

清末法租界航运码头

八、进洪门

终于又到了年底，曾家兄弟第一次可以回乡了，这一天早就让恋家的曾家兄弟们翘首盼着。淘气还专门来约过他们，告诉说现在有了专门载人的摇桨大木船从归元寺后直达松林嘴，再不用在沿途每个码头一一停留装卸货，也不用像以往那样每停个码头交一回船钱。遇到快的船，一天一晚就可到家。

回乡前，广诚和广智一起去茶馆拜望了谭襄农，又跟着师父去他的家里拜见师娘。临走，谭襄农拿出五元鹰洋，让广智、广诚带给他们父母。这让他们吃了一惊，这是谭襄农在巡捕房当差一个月的薪饷，他们一年多也没存下这多。两人再三推辞。谭襄农却说，他对曾家怎么报答都不为过，这是叫他们带给二位老人的。两人只好从命。

根据师父的嘱咐，广诚在回家前就告诉田管家，年后他不再来了。这让田贵义十分惋惜。他从去循礼门那天起，就更加对广诚刮目相看。知道也不便强留，猜想广诚必定是到童少爷那里去了，于是客气地叫广诚一定常回来看看。广智、广瑞则表示，过年后还是回作坊做工。

广智、广诚回家后，曾纪奎一下还清了大部分债务，年关不用四处躲了。这可是他好多年没有过的轻松舒畅，也让他在湾里大大地露了一回脸，逢人便主动招呼，然后自夸两个儿子孝顺。纪奎夫妇俩甚至想到了给广诚成个家。广诚推说再过几年，等还完债、买了地、买头牛再说。

穷人过年实在没有什么特别的喜庆。广诚没成家，年后更显得无所事事，过完初四，就一个人提前返回汉口。蜜饯作坊还没开工，派有两个无家可归的人留守。广诚的提前到来，竟让他们十分高兴。

广诚挑了一挑子地道的蔡甸塘藕和新鲜菜蔬、两只鸡，还带着父母的千万句感谢，送到师父家中。谭襄农很是高兴，叫师娘给广诚泡了茶。广诚坐了一阵，欲告辞。谭襄农却道："别忙。广诚，我想问你，你这辈子是如何打算的？"

广诚回答："广诚年轻，只知道该先挣些钱，孝敬父母，他两老人家苦了一辈子了。别的我什么都还不懂，想听从师父教诲。"

"这种世道，你以为在汉口就可以混出头吗？"谭襄农又问。

广诚老实地答道："我也不晓得怎么好，还不是把自己养活，给爹娘挣钱买点地。往后混不混得出头，就只有看命了。"

谭襄农喝了一口茶，放下盖碗，双眼盯着广诚说："你知道师父为什么在法租界当差吗？"

广诚摇了摇头。

谭襄农说："为了报仇！"

广诚虽然知道师父一定有神秘的过去，但是听他说了这句话后，还是吃惊不小。谭襄农接着说："但我不是报什么私仇，没有谁和师父有私仇。是清政府和天下人有仇。"

他开始激动起来，满腔的热血上涌，竟忘记了眼前的是识字不多、少闻国事的广诚："广诚！你说百姓们为什么这么苦呢？老百姓都穷干了！蔡甸每年路边饿死的人，你还看少了么？这是满清王朝腐败透顶造成的呀！大清气数已尽了。你也听说过吧，洋人，甚至小日本都敢随便欺负我们！《马关条约》丧权辱国。庚子年，八国联军攻占天津北京，签订《辛丑条约》，我们华人忍受了怎样的奇耻大辱啊！这租界，什么都得听洋人的，他们可以随便抓杀华人。这可是在我们的国家、在我们祖宗留下的地方啊！广诚，你听说过戊戌变法、百日维新吗？那都是为了救我们民众呀！可是清王朝不让，反而大杀这些志士。我的朋友沈荩揭露了他们卖国，被抓去打了二百多棍，骨肉都被打烂了！他一声都没吭。慈禧又令用绳子将他勒死。多惨哪！哪里把人的命当命哪？师父就是要为这些牺牲的兄弟报仇。我谭襄农这一生注定造反！唯有推翻满清，诛杀妖婆，才能驱除洋虏、洗我国耻、振兴我民族！”

广诚半懂不懂地听着这些大逆不道的谋反之词，不但没有害怕，反而从内心感到一阵畅快。特别从他崇敬的人口中说出，更让他觉得无比激动。村野匹夫们早就对贫穷、对官府的横暴忍无可忍了。谭襄农此时已经忘了注意广诚的反应，一口气详细讲述了当时的新堤起义和自己逃亡的经过，把他这多年的经历和体会滔滔不绝地和盘托出。“广诚，我是清廷悬赏捉拿的乱党要犯。我说的这些，你说出去，可就要叫我砍头的。”

广诚道：“砍我的头，我都不会说出去。”

“是的，师父信得过你的。我刚才说这些你能赞同吗？”

广诚点了下头，“我听不懂那么多，但是听得懂师父是在说，我们这么苦，都是满清弄的，所以要反！”

谭襄农点头赞许，接着说：“广诚，我并不要你也像我一样亡命。在江湖上，也一样能帮革命党，平日照样做自己的事，但是需要时则不惜性命。你怕死吗？”

广诚憨厚地说：“人哪有一点都不怕死的，但是只要值得，我就不怕。广诚跟师父干！”

“好，师父就要你这句话！不过你得先加入我洪门‘弈茗山堂’，帮中称之‘入圈’或‘出世’。你要立下三十六重誓，并承诺守帮规二十一则、十禁、十刑，凡山堂会内机密，绝对不许外传，连父母妻子都不能告诉，否则就要受帮规惩戒，轻则重打，重则死于乱刀之下。你可想好了。”

广诚疑惑地问道：“洪门的事，以前广诚也曾听人说过的，只说是‘顺天行道’。广诚当然相信师父会带我走正路。不过我有点不晓得的，要师父点拨：我听说洪门中虽说有很多仁人志士，却也有不少豪门富绅，还有些地头强人，盗贼流氓。要是听了他们的，就要去做伤害天理的事，那我该怎么办呢？”

谭襄农赞许地点了下头，“洪门自创办后，有前、中、后五祖为‘反清复明’抛头洒血，到现在快三百年了。人员、山堂众多，自然人很混杂的，但中穷人更多一些。洪门讲究兄弟义气，无论到什么地方，走投无路了，只要对上切口，都会有洪门内的人给你饭吃，鼎力相助。虽说四海之内都称为兄弟，却也不容任何兄弟行有悖道德之事，这‘三十六誓’中和‘会规’中都说得清楚。洪门有严格的戒律，会员每人自有自己的龙头和四大盟兄，不会要你盲目听令。至于你，今后只需听令于‘弈茗山堂’。我是你保举人，也叫成兄，红令中就有‘身家不清问成兄’一句。你放心，本山堂的宗旨是推翻满清，听命于‘日知会’。须知连孙逸仙都是洪门中人，他的恩兄郑士良还是洪门的龙头大爷哩！”

广诚并不知谁是孙逸仙，但他听师父用崇敬的口吻说到这名字，知道一定是了不起的好人。

谭襄农告诉他，其实帮会的人也分为“清水”和“浑水”。像师父这样的就属“清水”，讲究江湖道义，不偷不抢，不取不义之财，成员有从富商到做活吃粮的工人、扁担、小贩、手艺人等。而浑水则是那些抓拿吃骗、恃强凌弱、胡作非为、以暴力行走江湖的人。

师父对他接着说出最重量的暗示，入了洪门，师父才好为他作保，有些行当，没有成兄介绍是进不去的，就算进去了，迟早也都要吃亏的。

广诚再无犹豫了，师父确实是在为他好，他深信跟师父行事，肯定都是顺应天意的，便郑重地答应下来。

初九那天，广诚在师父的带领下，和二十几个新会员一起，在一偏僻的三合院内，将客厅充作“哑巴窑子”，宣誓成为了帮会的下级会员（俗称“草鞋”），是“通”字辈。尽管这些人加入洪门各怀各的目的，但此刻全都歃血宣誓倾覆满清政府。已大大简化的仪式，花了差不多四个时辰才完成。每人领到了一张称为“腰平”的会员证书（他们下级会员的又俗称之为“八卦”或“八角招牌”）。每人还得到指令，回去后须私下将会规和切口（暗语）一一背熟。

九、当上小茶房

按照汉口的习惯，多数商家店铺都要过了元宵节才会开门。不过也不尽然，“大智茶馆”就是例外。广诚进洪门两天后，谭襄农将他带到那里，介绍他在姚掌柜手下当了茶房。

按规矩，茶房是没有固定工饷的，可姚掌柜认谭襄农的面子，给他一月600文,几乎值一石糙米了,还包饭,可见师父这个保人的地位非同一般。其实，这个茶馆和附近的“丹桂茶园”都是掩护“弈茗山”活动串联的场所。茶馆内连同广诚就两名茶房，广诚拿工钱是对另一个茶房三贵保密的。

“大智茶馆”在如寿里口街角上，是个两层的砖木茶楼，坐北朝南，两面均无墙面街，坐在里面喝茶可以随时看清两条街的事。从如寿里那边进来后，左手就是柜台，里面有六张茶桌。出后门是一个没有厢房的四合院子，在正房，即茶楼的后墙外搭了个瓦棚，把院子占了一半。瓦棚内是烧水的炉灶，还放着几口水缸。院墙边堆着柴火，有个通街的侧门。街上那些专靠卖

清末汉口茶馆

水为生的挑水工们从江里挑来水，就从这个门送进来。水在缸里用明矾澄清，依次取用。院北的厢房也是两层的木楼，住姚掌柜一家。楼下是厨房，住做饭佣人刘婆，也有门与院子相通。但掌柜的家人一般不从前面茶馆出进。

茶馆的楼下接待普通客人，称普通席。靠里墙还有几张茶几，配靠椅和躺椅，泡上等茶。楼上是几个雅座小间，有窗户临街，等级更高一些，只用来接待特殊客人，像“丹桂茶园”的最大东家刘皖卿等。谭襄农有时也会去楼上喝茶。

茶房的职责是后面烧水洗碗，前面服侍客人。从清晨开门直到半夜打烊，两人根据忙闲可换着休息。

广诚从此搬到了茶馆，每天要后半夜客人都走光后，才把两张桌子拼起来睡觉。

姚掌柜长得精瘦，送走襄农后，就把广诚叫到柜台前，交代茶馆的“三茶”规矩，即按吃饭时间分开为早茶、中茶和晚茶。比方喝早茶的过了中午，就要另付中茶钱了，称为“换茶”。

姚掌柜叫广诚进柜台里面，指着柜前的一排放茶叶的、青花釉下彩的瓷罐说：“我们这里用的茶叶多是毛尖夏茶。毛尖便宜。夏茶耐泡，第一道水香，第二道出味，第三道浓，喝上四五道还余味无穷，茶客都喜欢。这差不多的客人来，你就用这上面大坛子的。看着：手抓这么一撮，铺满盖碗的底子，也可以还厚点。我要是说了：‘这位爷喜欢喝浓的，’你就再加这么一点，手拿高点往茶碗里慢慢筛，让他看得见。看清了，加这么点，莫加太多了，划不来！这柜台底下的、这个有鲤鱼的清花坛子里，是上好的雨前茶，是没出阁的丫头子用嘴尖采下来的，是像你师父那样的贵客才泡，不叫你动你不要动。这个有鸟唱枝头的，里面也是嫩茶叶，也是春茶，不过不是雨前茶，要差一点。听到我叫你‘上好茶’的时候，还有我叫你送到楼上去的茶，你都用这个。柜台边板子上写的上等茶的价，就是指的这个茶。记着，泡好茶的碗要用那有金边的细瓷青花盖碗，不是我手里的这种。还有两个老茶客喜欢自己带茶叶来，只用茶馆的开水。你也要一样招呼，不过茶钱照收，一文不减。”

广诚问：“敢问老板，刚才那两个大爷，要三贵师兄泡‘三碰’，是哪个罐子的茶叶？”

姚掌柜眉头舒展，答道：“这里学问多了，你要慢慢学。这是把红梅、香片、珠兰三样合起来泡，汉口人把这叫‘三碰’。我们店小，不去备那么多花样，泡的是菊花、毛尖、茉莉。那位大爷是在请另一位喝茶，特意高抬那位，自比作周文王见姜子牙，三次才碰到：‘三碰’。要是有人开口‘渭水河’，也就是卖弄着说这种茶，文王渭水逢子牙嘛！听过这故事的吧？封神榜啊！是那个有戴斗笠钓鱼人的坛子，配好了的。”

广诚使劲地记在心里。

“当茶房，眼睛和腿都要勤，看到客人喝了，要上去添水，添以前要先说一声：‘给您家添茶了’，记得千万莫说‘添水’啦，不好听！有些人喜欢慢慢品，他会叫你等一下再添。添水时要试着壶嘴先放低点，试着点力，手慢点抬，水出慢点，不然会倒到桌上，弄不好冲到客人的衣服上，那是要扯皮的。以前我这里就有个茶房惹了祸，被我赶了的。我可丑话先说前头，你师父跟我有交情，但你要做得不好，照样走人！”

广诚赶忙连连点头说是。

清末法租界街景

开门营业的茶馆不多，年后出来坐茶馆的却不少。这也不奇怪，不要说做工的都已经过完节上了工，就是那些有钱有闲又喜欢社交的主，也好像觉得茶馆里喝茶比在自家喝要香，姚老板的生意因此也就特别的好。忙起来时，姚老板还亲自上前和客人搭腔和在后院背着客人帮忙搭个手。

做了一天，广诚觉得不难适应。乡下人本来就没有什么架子要放下，服侍人也没有什么不自在，觉得一切都很自然，遇到客人夸上两句和给小费时，还有一份特别的欣喜。

次日一早，街面上又有几家茶园开门接客。姚老板仍然以平静的微笑审视着远近内外。

一个小男孩提着个篮子进了茶馆，将一捧用荷叶包着的几个包子放到一张没有人的桌上，又给另一张桌子上的两个客人放了两包瓜子，接了这两个客人的钱，就出了茶馆，往别的茶馆去了。广诚走到柜台前，指着放包子的桌子问道："请问老板，那张桌子不是空的吗？"

姚掌柜又笑了，说："这是个老茶客，一会就会来了，那提篮卖早点的小伢，晓得他每天坐那里，已经把他要吃的东西摆上桌子了，任他吃，吃多少算多少钱，剩下的他会来收去。"姚掌柜刹住话，"哎！那边那个把盖碗和碗座子推倒一边了，这是要走了，去收钱！"

广诚正过去收茶钱，另一个茶房三贵竟抢先一步赶过去收了，却把收碗擦桌子的事留给了广诚。

姚掌柜皱了下眉头，把两个茶房都叫到跟前，放低了声音说："三贵，你说了好久，说忙不过来，我这才加了个人。你们两个以后都不消为小费打裹①，就两个人，未必还要等晚上来平分彩头？以后一个人管三张桌子。楼上的嘛，哪个送上去的归哪个收。其余添茶烧水的事不分，都放勤快点！"

两个人都点头称是。原来姚掌柜看清了，三贵抢着收茶钱是因为那个人小费给得多。广诚初来，还不懂这其中的奥妙。三贵被点破心机，悻悻地离开了。姚掌柜转过脸对广诚说："你师父说你老实，果然是的。你看我这板子上写明了茶钱，多出的就是他给茶房赏的小钱。你莫学那些老油子，不给赏钱就不给好脸色，茶客最讨厌那样的茶房了，那会把生意撵走的。"

①打裹，汉口方言，指矛盾。

广诚诚恳地点头说："老板放心，广诚晓得的。"

姚掌柜转过话题，指着一张桌子问道："你说说，那两张桌子上的客人的盖碗怎么没有茶碗座子？"

广诚回答："茶客要是先付钱后喝茶，上茶时就将茶碗座子收走，没有付钱的就不收走。"

姚掌柜点了下头："记住，不能卖抬茶①。你还有些么事冇清楚的，可以问。"

广诚问："正想问老板，那边又有些茶馆开门接客了，怎么里头还有说书、卖吃食的？比我们热闹多了。"

姚掌柜再次笑了，"你真是一点都不晓得茶馆的名堂。汉口茶馆有'清水'跟'浑水'。在浑水茶馆里，是可以又卖吃食，又有唱戏、说书、皮影戏的，那边的'丹桂茶园'还唱京戏呢！靠那边还有几家有打牌赌钱的厢房。但有茶客爱热闹，还有茶客爱喝杯清静茶的啊、边喝边看点书报的啊，借茶馆商量点事情、会友谈天的啊！更不消说那些扯和解劝、拉纤说媒的，都不喜欢说唱吵闹，懂了吗？我们'大智茶馆'是清水茶馆，是只卖茶的。茶客喝得清静、舒服，这样一些好茶才品得出味哩！你看现在过年没几天，浑水茶馆还没开张，我这里就每天差不多坐满了。"

广诚又小心地说："广诚人笨，以后做得不对的，麻烦老板多多提醒。还想问，可以让街上卖瓜子花生的小贩进来吗？"

姚掌柜咳着嗓子点头说："可以让他站在门口卖。客人要东西时送进来，就像刚才那个伢一样，但不能进来了不走。流浪卖唱的，要是喝茶的客人召唤，也让他站在门口唱。碰到下雨天，穿得不那么破的，也可让进来站在茶桌前唱一番，领了赏钱，便快点要他们走路。还有那些说书的，都是些'糍粑屁股'②，进来了见客人听得过瘾，就不想走了。门口也会围满听白书的，不好做生意。所以要晚上才让进来。莫忘记了，他们赚的是要向店里交两成的。"

广诚点头，又问道："还问老板，遇到讨饭的怎么办？"

①指两人以上共买一壶茶。
②糍粑是湖北乡下用糯米磨粉作成的点心，熟后粘性很强。糍粑屁股指坐下就不走，像屁股粘在板凳上一样。

清末街头匠人

姚掌柜皱了下眉头："有些冇喝茶的打发就走了。有些冇得人理，又站在门口不走的，就给两文小钱打发算了。不可怜，他也不会出来讨饭。要是带着儿女的，还要多给两个。不要恶着面孔赶人，当心结了仇，他们会找一大帮叫花子来闹场子的。"

广诚便在茶馆做下来。他很快体会到，这里收入要比蜜饯作坊里强多了。听说客人往往需要使唤茶房跑腿，去帮忙传信叫人，上领事街买报和买吃食等。这一般会赏给小钱。听掌柜说，小费是茶房的主要收入来源，一个月下来，小费还要高于工钱，那样一个月要当蜜饯作坊两个月！姚掌柜为人又和气，不把他当下人，广诚感到舒心极了。

十、元宵节相识王兴汉

法租界是五国租界中唯一放肆展示西方生活花天酒地那一面的租界。法租界茶馆的茶客便不同于汉正街、前花楼一带老城区，那里大多是水陆办货客商和帮闲们；也不像靠河沿江和铁路边的茶馆，是扁担们居多。这里三教九流，人员混杂，充斥着有闲气氛，也正是谭襄农这样的革命党人秘密联络的好场所。

广诚上工才几天，就到元宵节了，浓郁的节日气氛一直渗透到法租界内。这天下午，舞龙的队伍在沿街表演，在一家家店门口舞，直闹到给了赏钱才肯离开。锣鼓喧闹声不绝于耳，人们都被吸引到了街上，也不把天冷放心上了。

茶馆里，就只两个老茶客坐着没动。广诚也心痒痒的。听到靠街那头又来了一群人在表演《五虾闹鲢》，忍不住想将头探出去看一看。不料一个十五六岁、穿着花布大襟袄子的女孩正在朝店里冲，一头闯到他怀里。广诚是练武的桩子，纹丝不动，那女孩却被弹得退了好几步，险些摔倒。女孩稳住了后，对广诚大声嚷道："你挡在这里干什么？像个死木头桩子！"街上的人和茶客们见到，一阵哄笑。

广诚从未和女孩子打过交道，脸一下红到了耳根，竟说不出话。只听到身后姚掌柜的喝声："水莲，不得胡闹！你跑到前面来干什么？"

那水莲将一双杏眼狠狠地瞪了广诚一眼，对姚掌柜嚷道："爹，他像个死麻布袋子一样堵在门口，把我都撞疼了。"一边嘟着个嘴，提着裙袍跨进门来，"我要和姆妈到四官殿去看灯，妈说要跟您说一声。"说完，一溜烟穿过茶堂到后院去了。

广诚听见周围的人在哄笑，低着头出不了声。这一阵，他好像浮到了云里雾里，轻飘飘地、不知道这世界究竟发生了什么事。这时有两个客人进来，广诚才忙定下神，上前招呼。姚掌柜说道："广诚，你泡了茶，到前头大街上去，叫两顶小轿子，喊到这里我来说价。"

广诚办完差事，却见师父忽然进了门，对姚掌柜使了个脸色，一直就走上楼去，广诚连忙跟去上茶。姚掌柜随师父上了楼。谭襄农对他耳语了几句后，叫来站在一边的广诚，低声说道："你帮我去送一封信，你到集家嘴鲍家巷，左手第六个门，去找一个叫王兴汉的人。那门是个黑漆门，门环是红的，那里只有这一家是这样的门环。开门后有人问你找谁，你就说'张良背剑访韩信'，他回话'雄信山东会秦琼'，你就可以说找王兴汉了。记清楚了？王兴汉有三十来岁，和你差不多的练武的身板。左眉有条疤，就是这里，细看才看得到。腮上有胡子，黄陂口音。他问你'哪个叫你来，'你答'三八二十一'，这是我帮'洪'字。你问他贵姓，他答'横在河里'，就是说姓王。你就把信交给他，他会给你一块有花的四方布块，就可以带回了。这信万万不可丢了，关乎十好几条人命哩！一定要带到。"

广诚便就要走。姚掌柜却又喊住他："广诚，你要办得顺的话，回来就顺江边走。四官殿有灯会，那跟前的存仁巷口上卖灯的多。你看看这两处有没有你刚才喊的那两顶轿子。你认得我家煮饭的刘婆的，找到了，就陪太太小姐他们一起回来。"

广诚一一应了，马上出发，沿着汉口城堡大步赶路。张总督为了扩大夏口镇地盘，正在把这土城堡挖掉造路，去年已经拆填了不少，一条坑洼不平的大路正在显露出来。

1872年，英商在汉口设立的砖茶厂

大约一个多时辰后，天还没全黑，广诚就赶到了集家嘴。这里是汉口最繁盛的老地段，可以看到汉水沿岸林立的帆樯。顺河的河街有一丈来宽，靠河一边是些吊脚楼，街上行人摩肩接踵。广诚和哥哥们来过这边，还记得前面龙王庙有多得压断街的果行。今天到来，各铺户的灯笼已经挂满了街，有些还高高地吊着灯笼串。

广诚拐进了鲍家巷，却感到出奇地冷清，完全没有一点过节气氛，这让他多了个心眼。他找到那个红门环的门，拍了好几次，门才开了一条缝。里面伸出一个人头，问："你找谁？"

汉口华界

广诚回道：“张良背剑访韩信。”

那人立刻答道：“李逵下山遇戴宗。进来吧！”

广诚一听不对，吃惊不小。不想那人已一手抓住了他的手腕，使劲往里就拖。门便有一半开了。广诚就看到里面有官兵样的人正冲过来，他慌忙使劲一把将那人拽出了门外，顺势一脚将那人跌翻在地。不料巷子口又闪进来一个人，想从背后抱住他。广诚机灵地一闪，接着使出性烈刚猛的炮拳，一个“狮子张口”开路，接着一个“梅鹿卧枕”抽身，将那人也打翻，撒腿就跑。就这一会，听到已有三四个人在后面跟着追来了，喊着“抓乱党”、“站住，不然开枪了”。

广诚哪里经历过这些事，吓得只顾硬着头皮大步开跑，生怕枪打来了。冲到外面河街上，却不知哪里恰好出来一个老头，挑着一个装满了灯笼的担子，让过了他后，就地将担子一横。那几个细作刚好追到，被担子一拦一拌，灯笼撒了一地，四周又都是人挡着，要抓的人却跑不见了，气得破口大骂。广诚趁机一溜烟跑进了旁边半边街[①]，又一口气胡乱拐了几条巷。再回头看，追的人倒是没有，自己却也认不得路了。

他怕官兵还在找他，不知朝哪里走才好。忽然后面跑来一个不到十岁的小孩，头顶门留着一撮“冲天炮”，左右两边还有两根“歪毛”小辫，低声对他说道：“嘿，跟我来！”

广诚虽有些疑惑，但见是个小孩，也就放胆跟着他走去。跟进了侧边一条小巷，才认出是到了花布街。自己有些晓得路了，心里一下踏实了很多。迎面走来一个女人，一手牵着个四五岁的、头上留着“锅圈”发的小男孩，一手提了个鲤鱼灯，低声对广诚问道：“你到鲍家巷做什么？”

①今统一街的民权路至大兴路一段。

广诚见是个带小孩的女人，便放心地答道：“张良背剑访韩信。”

那女人回道：“雄信山东会秦琼。你找谁？”

广诚说：“王兴汉。”

女人轻轻地说：“跟我来。”

广诚跟着女人折回，沿花布街向河边方向走，商铺又越走越多了。女人将他带到一家很大的院门前，门两边都是考究的商铺门面。广诚没有细看，就跟着那女人走了进去，见好像是有几层院落的大户。女人带他进了第二层院，叫他站等着。

广诚看了看四周，是自己这辈子还没见过的了不得的气派，显然是大富户人家的府邸。不多会，一个壮汉从侧面的一个小门走了出来，外貌口音都如谭襄农所说。两人对上切口，他知道这就是王兴汉了，便把信交给他，一直提着的心总算放了下来。兴汉将广诚带进厢房内，给了他一块绣有青山的小方巾，算是回执。王兴汉自己就着门口的灯笼站着把信打开看了，说道：“好兄弟，难得你冒这么大的危险，还差点叫官兵抓了。这信要紧得很哪！上月，武昌我们有弟兄遭难过后，这边风声就一直很紧。昨天清晨，我看到鲍家巷有生人晃来晃去，不晓得他们底细，就连忙躲了。下午叫我堂客带伢们回那边打探，嗨，官府的人已在我家守着了咧！正像信上说的，‘日知会’出了叛贼，武昌汉阳都抓了人，汉口该躲的要赶快避一避。刚才你的事我内人都告诉我了，那挑灯笼担子的老人家和周围的几个打闹台的都是自己人。好，这些不说了，还未请教您家尊姓大名呢。”

广诚正欲回答，忽听到门外有人说：“我来说吧，这位姓曾名广诚，就是我对你说起过的那位好汉。”

广诚吃了一惊，定睛一看，竟是童瑨少爷，连忙拱手施礼。童瑨说：“我看见你站在院里，看不真切，这才看清果然是你。这是我的家。家父认得衙门的人，官府的断不会找来，所以我接我师父过来避避风。你以后也可常来坐坐。”

王兴汉打断童瑨的话：“童少爷，现在还不是叙旧的时候，信上要我们赶快通知这些人躲起来。你二位后会肯定有期，今天就不能耽误了。广诚兄弟你请先回，这边的事就交给我办。”

十一、小姐水莲

广诚辞别王兴汉出来，就弯道前花楼再拐向江边，按姚老板的吩咐去找老板娘和小姐，立即又被街市上元宵节的喜庆气氛所吸引。一路上，无数孩童们手提纸糊成的鱼、虫、虾、兔等动物花灯，由大人牵着在游街串巷。走近四官殿码头，见到处松香火把，照得白昼一般。沿街更是连绵不断的各色大型花灯。其中有一组很大的走马灯，画了西厢记、白蛇传、劈山救母、桃园结义、霸王别姬、秦琼卖马等几十个故事，被成百看灯的人围得水泄不通。广诚只能远远地走马观花，却也看得眼花缭乱。他不敢相信，自己才从那么险恶的生死境遇中出来，就这么快进入了另一片娱乐升平的天地，不由心头又涌起了后怕。晓得这街上会不会有做公的还在找我，莫为送封信惹出大祸来！哎，急这些有什么用，师父要做的事本来就是“提着脑壳”的，既然进了江湖，走一步看一步吧！

他顺着人流，找到了存仁巷，这才放下了刚才那些事。巷子口到处是卖灯买灯的人，哪里会摆得下那两顶轿子？满耳都是叫卖声：“活的，活的啊！”那些虾子、鲢鱼、青蛙、乌龟、蜈蚣灯笼，个个都可以摇头摆尾，那个精致啊，简直让他不敢相信是人扎出来的！他想，要是把在蔡甸见过的花灯拿来，只怕要比化了。

他找不到轿子，便往人多的地方走去。靠江边扎有一高塔灯，最是显眼，人也最多。他往那边挤了一会，竟出了汗。想到既然这么挤，那轿子肯定是进不来的了，便打算回头。忽然，听到了刘婆的喊声：“广诚！广诚！这里呢！”广诚踮起脚，朝声音传来的方向一看，姚家三个女人，正被人流挤得东倒西歪，哪里能控制方向。水莲还举着一个猪头灯，猪耳朵一搧一搧的。广诚使劲挤到他们跟前，说了声“跟我走”，就在前头开路，将三人带出了人堆。

姚太太正说着谢谢，那水莲却抢着嚷道：“怎么是你来？我爹呢？”

广诚回答：“掌柜没来，叫我来接你们。”

水莲又说：“怎么这么晚才来？人都快挤死了。”

广诚不好回答，倒是姚太太诧异，问水莲道："这人是谁？你怎么认得他？连我都不认识。"

刘婆慌忙道："哎呀，他是我们家的茶房广诚呀！还得亏是我看到他了。来了就好！哪个晓得一下人变得这多咧？又杂。你们看，那边几个家伙一看就是些花浪子①。我一直在提心吊胆，怕他们来欺负太太小姐。这下好了！"

当年四官殿的花灯和儿童

姚太太却已没了玩赏的兴致，说要回去。刘婆说："轿子还停在前花楼呢！"水莲却嚷着还要玩，姚太太不依，要刘婆去把轿子喊过来。

过了一阵，轿子来了，水莲却赌气不肯走，说："你们先走嘛，就叫广诚陪我再去看那边的走马灯。"姚太太喝道："水莲，不许胡闹！那不都看过了么？"水莲又撒起了娇，"刚才就光慌着挤、走路，根本没有细看。不晓得你急些么事！"不肯上轿。姚太太也生了气，大声道："哪里一出门就这么野？给我上去！"

水莲气嘟嘟地上了轿。姚太太的轿子走在后面。广诚和刘婆就跟着轿子小跑。

沿江走了一段后，拐进了花楼巷，人少了。广诚又在想鲍家巷的事了，真险哪，手都被抓到了……忽见水莲伸出头来朝后叫道："广诚，你走到前面来，给我讲讲那些走马灯的故事。"广诚这才又醒过来，却不知道该不该

①花浪（lāng）子，武汉方言，色狼。

去，便朝太太的轿子看。姚太太伸出头说：“你去吧，这丫头真是玩性太大了。”

广诚小跑着到水莲的轿边。水莲叫广诚接过她那猪头灯，举着跟在他轿子边。这下她又快活了些，问：“广诚，你是哪里人？”广诚答：“河那边、永安堡的人。”水莲又问：“那……走马灯上的字，你认不认得？”广诚答：“认得几个不多。”水莲问：“那灯上面的故事，你知不知道？”广诚答：“有的知道，有的不知道。”水莲不高兴地说：“你这人怎么说了话当没有说？”广诚便不敢再搭腔。

停了一会，水莲又问了：“你来帮我讲一讲，那‘西厢记’是讲的什么呢？”广诚吓了一跳，这可是长辈不许他看的“淫戏”，连忙答：“我没听过。”水莲接着问：“那‘白蛇传’你听说过吗？”广诚答道：“听倒是听过。”水莲道：“那你说来听听。”广诚道：“我说不好。”水莲有些生气了，“那你什么说得好？”广诚说：“我没读过书，什么都说不好。”

水莲气得放下了窗上的小帘子，但仅过了一会儿，却又伸出头来，说：“你过到那边去，我颈子都歪酸了！”广诚只好绕到另一边。水莲又从那边伸出头：“你说，许仙这个人，算不算忘恩负义呢？”广诚反问：“白蛇对他有恩么？”水莲气鼓鼓地说道：“你连这都不晓得，真是个木头桩子！”广诚便又不敢开腔了，悄悄地回头看太太和刘婆，见两个都正鼓着眼睛死盯着这边，越发浑身都不自在。

那水莲却还不罢休，又问：“法海这个和尚，你说算不算多管闲事呢？”广诚说：“算。”

水莲听了这句高兴了：“这还答得像句话。我问你，你举的灯是谁？”广诚说：“猪八戒。”水莲笑道：“你说这猪八戒是该留在高老庄好呢，还是去取经好呢？”广诚也笑了，说：“哪里真有猪八戒呢？这怕是说书的人胡编的。”水莲说：“我看真有的，不然，这猪脑壳你哪一看就晓得是猪八戒，不说是你家里养的肥猪呢？”说完咯咯地自己笑得前仰后合，把广诚和前面的轿夫都逗笑了。一路水莲缠住广诚问话说笑，四更天才到家。

十二、寒食

一连好多天，广诚都感到有些莫名的不自在。他细细想，也不应有什么丢不开啊，自己不是已经把信送到了吗？虽说差点叫踩点的官兵逮住，不也有惊无险吗？从师父的神色看，显然那差事完成得还不错。

他把那天的事都翻出来细想了一遍，忽然问自己，难道是被水莲搅得心神不宁的吗？

的确，这几天耳朵边怎么老是响着水莲那活泼清脆的声音呢？但是，水莲是小姐，广诚哪，你是才来汉口、身无分文的乡下人，你可千万别异想天开，那可是会又丢丑、又对不起师父，还要丢了饭碗的哪！

他定下了心，让自己做事更加尽心卖力。他早已看出，那另一个茶房三贵总是冷言冷语的，打心里不欢迎他。三贵比他大十来岁，是做过好多家的老茶房了。广诚当然看得出，这个茶馆一个人也忙得过来的，最忙的时候也只需掌柜的搭个手就行了。本来三贵就是一个人，茶客赏的小钱归他一个人得。这下多了个人，茶客看广诚顺眼，叫他跑腿的时候反而还多些。特别来了手脚大方的上等茶客时，姚掌柜总点着名让广诚接待，三贵当然不舒服了。

广诚明白这理，便故意多让三贵得到收赏钱的机会，自己抢着做些出力不讨好的事，但看来三贵并不领情。在三贵看来，广诚的出现简直是他的灾难，广诚的小费本来就该归他，就连吃饭，广诚每吃一口也都像是吃的他的。三贵想，那小子一定自己也亏心，不然他为什么在自己面前总是做得那么忍让？他暗暗决心要等待时机将广诚挤走。

他们的饭，都是刘婆做了拿到院这边棚子里来的，三贵先吃，再轮到广诚吃。一天广诚揭开盛饭的钵子，看到竟只剩了小半碗饭，知道是有原因的了，只好端着饭钵子到前面厨房去找刘婆。刘婆一看，心里也立刻明白了大半，好在她那里还有，连忙给他添上。

不料水莲突然蹦了出来，高兴地喊了声：“广诚哥！”

广诚仿佛头上打了个炸雷，吃了一惊，不敢回答。刘婆连忙小声斥道：“又胡闹，他也是配让你叫‘哥’的么？”可水莲不吃这套，走过来往饭钵里看了一眼，蹦跳着走开了。走到厨房前门口，又回过来对着广诚一笑。广诚慌了手脚，连忙端了饭就走。

次日广诚吃饭时，水莲突然笑嘻嘻地从厨房那边跑过小院来，一阵风地走到面前，将手在他碗上一晃，没有说话就跑了。广诚一看，碗里竟多了一个煮熟剥好的鸡蛋，吓得不知道怎么好，却看到三贵刚好来后面提壶，连忙将鸡蛋埋在饭里。

以后差不多每天水莲就会来一次，悄悄给他个鸡蛋。广诚则感觉像做了贼一样，不知怎么办才好，既不好找人拿主意，又更没法制止水莲。但是也怪，若哪天水莲不来，他又似乎在盼着什么。

就在广诚认为绝不能让这情况继续时，寒食节到了。姚掌柜找来广诚，叫他次日服陪姚太太等去新扩建了的“古德寺”烧香。姚家是安徽人，每年清明都要到郊外烧纸，遥祭祖宗。

清明一早，刘婆就在前后门上插了柳枝，雇了两顶轿子，又叫广诚挑了装有香烛纸钱和吃食的担子，照例和她一起跟在轿后。姚家是很虔诚的，地米菜煮鸡蛋、油炸春卷等食物，前天就已做好，这三天是不打算生火做饭的。广诚看刘婆是小脚，就把她手上拿的东西也放到自己担上。

路过了渣甸路外商跑马场[1]对面的铁路后，就到了真正的汉口郊外。这里的春天美得醉人，地上黄色的苜蓿花和油菜地的黄花竞相绽放，碧绿的蒿草填补其中。微风阵阵吹过原野，泛起一排排黄绿色的波浪。远远就可看到古德寺顶着新寺顶屹立在一片小坡地上，周围几簇竹林随风摇曳，仿佛黄绿色海洋中的仙岛。广诚看得心旷神怡。

趁他们和轿子拉远，刘婆急着对他说话了：“广诚，我看你是个好伢，我有句话想对你说，你肯不肯听？”

广诚说：“你老人家跟我妈一样的年纪，您家的话我哪敢不听。”

刘婆说：“广诚，你的为人大家都看在眼里。只是自己不能忘了，我们都是下人，有些事是想也想不得、沾也沾不得的呀！”

广诚道：“这我晓得。”

刘婆不在意他的反应，接着往下说：“我就直说吧！水莲小姐是个还没

①西商跑马场，位于今解放公园路和解放公园一带。

长大的孩子，看戏听书多了，不晓得这戏里和平日里是两回事。她这些天老在厨房晃，哄我要煮鸡蛋吃，偷偷剥好给你送去。我都看在眼里，又不好说破她，不过就是说了，她也不会听。”

广诚被她说中了机密，通红了脸说：“我也不想她这样，就是不晓得该怎样对她说。请您指教。”刘婆也说不好该怎么办，就说干脆以后她送了饭就把后门锁了。

广诚看着一脸正义的刘婆，说也只好这样了，心里却被她的话深深刺痛。“我们都是下人！”下人？下人就不是人么？“有些事”想也想不得、沾也沾不得！他体会到一种从未有过的难受，不是为了水莲，而是他觉得在刘婆，也许是所有人眼里，他都是不配有尊严的人。刘婆还警告了他身败名裂的下场！为了生存，他得认清这点，从此当一个老实、本分的合格下人！

然而有些事的发展比广诚能想到的来得快得多。

清明过后的一天早上，谭襄农师父来喝早茶，径直走上楼上的雅座。广诚心里还在疑问，师父怎么今天这么早就来了。掌柜叫他把茶送去。他送上茶，师父却叫他坐下，说有话对他说。

师父慢慢吞吞地喝着茶，不像平日里那样快言快语。广诚静静地候了好一阵，师父才开口说了：“广诚，你来这里两个月，也做熟了，无论掌柜和茶客，都说你好，师父也看在眼里。现在想问你，你愿不愿意到那边的‘丹桂茶园’去做呢？”

广诚想到自己遇到的难事，立即点了点头：“师父做主就是了！”

谭襄农喝了口茶，站起来说：“那就好，丹桂茶园的大东家刘皖卿，是汉口京剧有名的丑角，也是姚掌柜的同乡。你下楼就到姚掌柜那里结账，他会带你过去。”说完就离去了，匆忙得叫广诚纳闷。

广诚一切照办。姚掌柜居然给了广诚足月工钱，按规矩，广诚还差半个月。他感觉到异样，想昨晚师父就和姚掌柜在楼上好一阵，肯定商量了什么，但不知道为什么变动这么急。

姚掌柜亲自将广诚带过去交给了总茶房头刘总头，又简单嘱咐了广诚几句，就离开了。

民国草台戏

十三、丹桂茶园

光绪年间，汉口演戏通常只在豪门私宅，或是各行帮的商贾搭有戏台的会馆和公所。进不去这些地方的百姓，只有逢年过节在一些庙宇、广场看庙台戏、草台戏。不过，到广诚来汉时，汉口已新冒出来了些像“丹桂茶园”这样天天演戏的室内剧场。

丹桂茶园算是最早的戏园子了，可接待几百人，白天表演曲艺，晚上演唱汉调、京剧，半夜还偷着演出“黄孝花鼓戏”。这花鼓戏可是官府严禁的“淫词滥调”，在租界外是绝对看不到的。

茶园内有上下两层。楼下为厅，戏台置中，对着大门，挂着明角串灯。若遇上名角演出或有达官贵人到场，还加煤气灯，亮胜白昼。靠近台前的平地唤作“池子”，正中有方桌两排，每排四张，配靠椅，是专门为尊客预备的。后面和侧边又有一排长条桌，称作“散座”，是平常茶客、看客的坐席，坐板凳。最后靠门边还有几排条凳，第一排设长条桌放茶，后面几排条凳和站席，是为只听戏的客人准备的，他们若要喝茶，得自己端着。以上就是行话中所说的上台、中台、下台了。茶位不同，茶就不同，价钱也不同，茶具当然也是分了等的。但不管什么座，喝不喝茶，都茶钱照收，茶钱算是戏票钱。

楼上除戏台上方外，三面均环以楼。其中左右两侧楼临近戏台的，每边用屏风隔出了四间，称“官座”。里面有方桌、靠椅，是大僚富贾及其眷属的包厢。两边其余地方和后楼也摆了方桌和凳子，接待的客人也属有些身份的，像黑白两道不给钱喝白茶、看白戏的多半就在这里。其实要说看戏，楼上效果还比不上池子里的尊座，但好像居高临下才足以显出尊贵，所以不少有身份的豪客看戏都要上楼。

茶园的茶房被分成了三组，楼上由刘总头亲自带着几个茶房照应，楼下两组从中线过道分开。广诚跟随的茶房头姓蔡名元安，黄陂人，有近四十岁，手下连广诚共六个人。蔡茶头负责池子里的尊坐，其余人也按来的先后分了区域。广诚刚来，只分了些“下台”和散座给他。

茶房除了端茶送水，最靓的绝活就是“丢把子”。客人若想擦脸，便呼喊“堂倌”、“茶房”。茶房们便要将洗干净拧干的热水擦脸布巾从空中飞扔过去。这是行本事，须得百发百中，否则会招来一片骂声。茶房们也有时用一个长杆，杆的一头吊着个篮子，茶客要的吃食像瓜子、盐茶豆腐干等，都可以放在篮子里，远远地像钓鱼般地送过去。当然，热把子也可以这样送。不过茶房们都选择丢把子，有的还要“飞”出点花样，以博得喝彩。反正服务要尽量不在客人中穿行，免得妨碍他们看戏。为了这项要求，这用来添水的茶壶的壶嘴也格外地长。广诚一到“丹桂”，就花了好长时间练习丢把子，练习用这个壶远距离添水。

才来几天，广诚就发现，同组的新堤人彭金龙比那边三贵有过之而无不及，言语和眼神都锋利刺人。广诚初来，没有根底，只得小心忍让。好在蔡元安为人公道，吩咐每个人收的小费是必须交到一起，再由他按每个人分的座位等级和数目分发。广诚分到的位数虽说不少，等级却低，白天多半是些中上台茶客，散座长时间空着。那些坐下台的大多晚上才来，是些手头不宽的专为听戏的穷看客。因此，广诚收上来的小费实际上是最少的，他便主动多做些后勤的事来弥补。金龙他们却并不领情，广诚只好忍着。

离丹桂茶园不远处，有家三层的木楼“九方饭庄”，也属“丹桂”的产业。一楼卖酒菜，楼上两层是客房，楼顶搭了简单的芦席棚，隔成几间，是广诚他们茶房们的住处。他们吃饭也在这里搭伙。

“丹桂”这边工钱的算法同大多数茶馆一样，进来先缴押金（广诚有人作保不用交了），管饭，没有固定的工薪（这不同于姚掌柜那边），但发三百文零用钱，另按卖茶的多少由总茶房头分发堂彩和小账。广诚合计了一下，这里的固定工钱虽说只有那边一半，却因为客多，加上小费收入竟比那边至少还高两成。

离开那边实在突然，广诚总觉不明不白，心里被堵得慌。几次走过老茶馆，竟既没看见姚老板，也没看见三贵，连茶客都好像变得陌生了。

他仍常去蜜饯作坊看哥哥他们，但在广智面前他只有聆听教诲的份，哪敢提起更多的事，去惹起哥哥骂他不本分？师父来看过几次戏，却都在楼上与人应酬，也没机会和他说话。

直到过了差不多一个月，谭襄农才叫广诚告半天假到他家去。

谭襄农叫广诚陪他坐在堂屋喝了一会茶，慢慢说道：“广诚，师父叫你来有两件事，一是告诉你，我就要辞去差事，去九江了。”

“丙午”抓捕革命者的古琴台

广诚仿佛一下少了依靠，顿觉心中无底，慌忙问道："师父为么事这么急？您这边差使还不错的。"

谭襄农拍了下广诚的腿，笑着说："我本是被山堂派到巡捕房的。你哪里晓得，在洋人手下当差其实很不好过的。"他喝了一口茶，说："去年秋天，我们'日知会'的首领在汉阳伯牙台商议，筹划新兵营起义，不料被奸徒告发。武昌那边，师父的成兄梁钟汉一共九人都被抓了。我们原打算反监劫狱，偏又走漏了风声。师父曾叫你帮忙送了封急信，告诉汉口的一些兄弟躲避，就是这件事。幸有梁钟汉的哥哥通过洋人帮忙，免了他们的死罪。师父此去九江，也是奉命在身的。"

谭襄农说的便是中国清末有名的"丙午之狱"。那次镇压一举抓捕了武汉革命党的主要先驱者，又延缓了清王朝几年的寿命。广诚不知道自己怎样才帮得上忙，便说："师父一定要小心，要有用得着我的地方，广诚一定会效力。"

襄农摇头说："眼下谈不上，你就好好做活挣钱吧！养活自己，孝敬你父母。师父还会回汉口。这腐败的清王朝，我发誓此生要将其推翻！我若有事，自会叫人和你联络。"其实自上次派广诚送信差点出事后，襄农就十分自责。尽管他当时也没预计到官府居然派人去抄一个小小"巡山"①王兴汉的家，但仍十分后悔不该把广诚这样毫无经验、只求养家糊口的小民卷到危险的大事业中去，所以从那以后，他就再没叫广诚做什么事。

谭襄农又喝了一口茶，微笑着对广诚说："另一件事，师父一直没有对你讲，知道那天为什么匆匆叫你转到'丹桂'来，你和三贵有什么梁子吗？"

谭襄农不经意说了句洪门的切口，广诚倒听得懂。他答道："我和三贵统共还没有说上十句话，师父怎么这么问？"

谭襄农问："他一直恨你，你看不出来？"

广诚摇了摇头，说："我只觉得他冷言冷语的，便事事让着他，我也不知是怎么回事。"

谭襄农感慨地说："你太年轻了，不知道这城里比乡下名堂多得多。我倒早就看出来了。其实，当初也是他天天对姚掌柜说，一个人忙不过来，姚

①洪门山头内的低级头目，原职为山内外安全防守，有时也司职传递消息和内部指令。

掌柜才叫我找个靠得住的人。他的本意，是要姚掌柜给他涨工钱，他每月只拿四百文钱的。这人有话喜欢拐了弯说，没想真给加了个人来，你来后又抢了他的风头，分了他的红利，他失了算，才会这样。”

广诚听了暗自吃惊,这城里果然比乡里名堂要多得多,谁几曾想过这些?他忍不住问师父：“他怎么样？”

谭襄农正色道：“你听了可要沉住气，不许报复生事。”

襄农看得很清楚，三贵本也和广诚一样来自穷乡，一样被人使唤、被人忽视，一样垫付出自己年轻的岁月，来苦苦求得生存，却偏偏容不得与自己一样的穷弟兄。

看广诚连连点头。谭襄农接着说：“他告诉姚掌柜，说小姐天天偷偷摸摸煮鸡蛋，剥好送到你碗里。他早就看不下去了，说这样下去会毁了小姐的名节，也坏了做下人的规矩。他是趁你送太太去上香时告诉掌柜的。”

广诚好像被人揭穿了短处，况且又被添油加醋，一下脸涨得通红。他不得不佩服三贵的心计。谭襄农道：“姚掌柜红着脸告诉我时，我本想趁势为你做个媒。没想姚掌柜抢着说，水莲是安徽会馆的杨逢圣老爷做媒，早已许给花楼街的秦家二少爷，今年就要过门了，说是门当户对。”他叹了口气，“广诚，你还年轻，还没有养家的能力，水莲长得虽好，却是个喜怒无常的丫头，她哪会过得惯你乡下的穷日子……”广诚连忙表白道：“师父莫担心，广诚心里十分明白，从不敢有妄想。只是……广诚给师父丢脸了。”

谭襄农摇着手：“快别那么说，你哪有错。姚掌柜其实也心知肚明，没有怪你。你来‘丹桂’还是他作的保嘛！他还说了句话，说他把三贵看简单了，别看平日里不吱声，阴锥子。他也怕日后难说会有什么把柄落到三贵手里，已经将三贵弄到由义门那边一家茶馆去了。你知道不？这下换了个年纪大的。师父告诉你这些，是要你今后学会处世小心。”

广诚感到震惊，一件没影的事竟可以牵动这么大。在决心断了对水莲念想的同时，他回想了自己来汉口这一年多的经历，算是看到了点人世的艰难险恶。想到师父这一离开，自己便没了靠山，这彭金龙不活脱脱又是一个三贵么？他不也同是下人么？以后还不知要遇到多少这样的人呢？广诚简直感到茫无头绪了。

十四、行侠惹祸

汉口的夏天，热得如蒸笼一般，哪怕到了半夜，热浪也没有丝毫减弱的迹象。往往一到天黑，还偏偏就一丝风都没有了，铁路外的蒿草尖都一动不动。所以一到热天，汉口人因热得难以忍受，吃没吃相，坐没坐相，睡没睡相。不等天黑，街巷上的每一块地方就都被没有楼顶平台和天井院子的人家泼了水，来占块地盘，让热气快点散开。然后，就在当街搭上竹板凉床。

邻里间摆放竹床的位置似乎是有默契的，很少见因此发生争执。等夜色降临，不论男女老少都当街而睡，成为北方人谈起不齿的特有街景。其实，每家都是精心摆下床阵的，将家里的女眷围在当中不可偷窥之处。男人睡在四周，边睡觉边带着警惕。说来奇怪，夏天的汉口人都成了正人君子，似乎从没有听到过因露宿出过什么有伤风化之事。

别看天气热得难熬，茶园的生意反倒格外好，场场戏都是爆满。茶房们除了丢把子比以往多几倍外，还得轮流去拉布扇，为茶客搧风。只要茶房们布扇稍微拉慢了一点，就会立即招来一阵臭骂："狗日的茶房呃，老子热得都要剐皮了，搧快点呃！"茶房们早习惯挨骂受气了，似乎忘了人皆有"不满"和"抗拒"这些本能，汗流浃背地尽心服务着，竭力满足一切使唤、呵斥和辱骂他们的客人。广诚也开始适应了，一切忍从，每天忙到后半夜才休息，胸前背后都热得长满了通红的痱子。

天热人易躁，无赖们也更多出来宣泄、寻衅闹事。这天前半夜唱花鼓戏，楼下下台座的一群光着膀子的茶客便不停地喝倒彩、起哄。台上的还继续硬着头皮唱着。广诚刚进灶房放壶添水，就听到池子里一阵哄闹，一瞬间乒乒乓乓地似乎大乱。他慌忙出去一看，原来请来在楼上后楼捧场的人被楼下下台的吵得心烦，和那帮人吵了起来。先是骂，接着互相"抖狠"，第三回合便上下开了打。茶房门一边劝，一边无可奈何地躲避。不一会，碗碟开始在天上乱飞起来，蔡元安见势不妙，忙叫彭金龙快去巡捕房叫人。

戏是没法唱了，打架的也很快分不清哪个是哪一边的，各自抄起条凳四边乱打，只要能打到人就觉得痛快。斗殴又迅速扩展到了街上。茶房们吓得退到屋角墙边。

蔡元安却被刘总头叫去，要他叫人保护茶具、守住大门，防止有人偷东西，否则由茶房们摊了赔。蔡元安向来胆小，本是个见了祸事躲都躲不及的人，这下点到他，只好一边叫人，一边硬着头皮向门口去。谁料刚走到大门边，有两个在池子里打红了眼的大汉也正好窜到，半句话不说，举起板凳朝他当头便打。广诚在池子里，隔着几排散座，清楚听到"咯"的一声，知道大事不好，急忙大吼一声："住手，简直反了！"纵身一跃，踩着桌椅，几步就跃了过去。落地就势一个"左右把"，将两个人劈开，把蔡茶头护在了身后。高声喝道："再不滚，老子打死你！"那两人一看架势，知道来了个厉害的，不敢再胡闹，慌忙窜到街上乱打去了。

广诚回头看蔡元安，满脸是血，头顶靠前额被打了一个口子，鲜血还在不断地往外涌。广诚见外面太乱，顾不得找那两个算账，先将蔡茶头扶到灶房。蔡元安就在热得烤人的灶房里席地坐下，在地上抓了一把炉灰，用手朝自己头上一把捂上去，就算是治过伤、止过血了，然后靠在柴堆上，仰着头喘气，还不忘嘱咐广诚，不要去追那两个人。

过了不多一阵，听外面有人在喊："巡捕房的来了。"又听到闹事的人在哄散。广诚以为已经没事了，加之灶房实在太热，便出去看动静。只见几个华人巡捕站在池子里，正听着刘总头指着满地狼籍投诉。

忽然间，大门外又传来一阵打闹声，刘总头用手指了下广诚，大声喊他出去看看。

广诚走出门一看，六七个打着赤膊的壮汉正扯住了彭金龙的辫子，下死劲地拳打脚踢。金龙倒在地上，侧身卷着身体，只用双手死死护住辫根，嘴里大声求饶和哭喊救命。广诚一肚子气正没处发泄，见状大怒，猛吼一声："放了他！"两步就跳上前，拉开架势，使出手段，左右开弓。那几个见广诚就一个人，便围上来。广诚索性将几个一阵痛快好打，打的那几个东倒西歪。不一会，一个华人巡捕闻声也喝着跑了出来，那几个吃了广诚的亏，又看到巡捕，撒开腿飞快地跑了。广诚回头再看金龙，浑身是泥，口鼻出血，已经奄奄一息。

广诚将金龙抱回茶馆，扶在一张靠椅上坐下，就对刘总头说要赶快请大夫。刘总头圆眼瞪着广诚，冷笑了两声，“请大夫？你出钱？你以为你是谁？告诉你，是死是活，只有看他自己的命了。”接着又板下脸道：“你小子太能干了，你把他拖回就算了，你很能打是不是？明天，你打的那些都会搬人回来找茶馆算账的，你担待得起？”广诚低了头，不敢争辩。刘总头却越说越怒，“我这里庙小了，供不起您家这么大的菩萨。丹桂茶园是留你不得了，你别处发财去吧！”停了一下，又大声说：“不许你说是丹桂茶园的人，听见没有？否则我第一个拿你送官。”

清末汉口铁路外（大智门车站附近，俗称“渣滓堆”）

广诚万没想到结果会是这样，城里人竟这么不懂义气么？还以为自己为茶园立了功呢！他感到了从未有过的心寒。垂头丧气地把金龙扶到了柴房，交给蔡元安，便打算离开。蔡元安血已止住，算没有大碍，正在听人说广诚的事。见广诚扶金龙进来，便一把拉住道：“广诚，你是为了自己兄弟们吃的亏呀！刘总头怎么能这样呢？哎！那你准备去哪里咧？你住哪里呢？”广诚不说话，只是摇摇头。他现在真不知道该去哪里。

蔡元安让人将当天的小费罐子拿来，一股脑就倒给广诚。广诚连忙推辞道：“这哪行？这钱留给金龙兄弟看伤吧！我一个人，身上的钱还过得一阵。”蔡元安诚恳地说：“你是不是看不起哥哥我？你说说，怎么找你？我日后遇到机会，好去找你啊！”广诚只好说出广智做活的蜜饯作坊，并托蔡元安代他到大智茶馆向姚掌柜道个歉，就说没脸登门，日后一定报答他保举之情。随后坚决把钱倒了回去。

十五、卖起了大碗茶

好在是热天，找地方过夜不算难。广诚没有心情去取自己的东西，却信步向铁路外走去。

大智门车站后边是一大片烂棚户，汉口人称“渣滓堆”。广诚看到的棚子并不多，所有空地都露天躺着光膀子的人，不停地摇着扇子，有人睡在竹板床上，更多的是就一张芦草席铺在地上，还有的什么都没有就仰在肮脏的地上，看来穷人也可细分成好多等的。十岁以下的男孩全都赤精着身体。广诚在租界里待了几个月，以为自己从此不会过这样的生活了，没想这么快又回到这个比他现状还要穷的可怕世界。他忽然想问，为什么人到了这一步还都拼命活着？莫非我这辈子就属于这儿、命中注定要活得与他们一样？

他想离这个世界远些，就拐向右边顺铁路往“底下”走。天边出现了闪电，汉阳人叫这“扯河”，凭经验，这雨下得很远，不会下到这里来，反而是这里会更热。

他疲倦了，找了块人少的坡地躺了下来。仰看着一天的星星，希图从头上那个黑暗无顶的天空中读出苦思的答案。在家乡他也看过一样的星空，不过无论看过多少次，他也没有能记住什么。命运也和星空一样深奥吗？他不禁想起了小时候，这样的夜晚，娘会为他打扇子让他入睡。在母亲身边多好啊！那时，哪怕让一家人饿肚子，爹娘也会克着哥哥姐姐，让他先吃。这次闯汉口，爹妈最不放心的就是自己。可现在……他感到了从未有过的孤独和无助。

现在怎么办呢？哥哥若知道又该教训自己了！离开蜜饯作坊时他就反复唠叨：“城里不比乡里，租界不比这里。”劝他脾气要收敛，一百个不放心。看来硬被哥哥说准了。

他脑子很乱，刚才茶园里发生的一幕还挥之不去，还以为自己是在行侠仗义、保护茶馆和茶房兄弟们呢！结果呢？你以为的江湖义气，别人看连狗屎都不是！倒成了闯祸，被扫地出门了！真是可笑，真是自讨讥讽！而且，据他所知的茶馆这一行的规矩，今后再不会有人为他作保。也就是说，他从此不可能再在汉口吃茶房这碗饭了。尽管当茶房算不上什么好差事，有句话就嘲笑说是“前世打爹骂娘，今世落得跑堂。”但毕竟是正正当当在挣钱啦！每天都吃得饱肚子啦！

如果再遇上这种事，他也许再不会那么傻、那么刚烈了。是的，做下人就得安分守己。要学蔡元安，忍！他熬了七八年才是个茶房二头，凡事都又让又忍，靠的就是熬和忍。那么多人都在像蔡头那样活，不就是为赚钱孝敬父母，养儿育女！窝囊吗？不窝囊能行吗？只要是穷人，就一定是下人，一定得窝囊！也许这就是命，行不行都是这样！

他竟企图一个夜晚领悟出这些困扰了穷人几千年的疑问,但终于睡着了。

到后半夜，总算有了点凉意。等他被火车的尖叫声吵醒时，骄阳已经又开始在展示它的威力。新的一天又来到了。

他发现不远就有一簇孤立的简陋村落，大约也有十几户。这些房子都有半截土坯墙，屋顶是芦草盖的。但不论如何可称作“房子”，档次明显高过那些窝棚，恐怕一般难民还不敢随便进入呢！

他信步朝那个小村落走去，边缘上一户小小的草房敞着门，里面却没有人，除了土坯的床墩和一口破水缸，其余的东西都已被人拿光。广诚找旁边的人打听了下，原来住这儿的人几个月前得暴病死了，就再没人敢住。广诚没有多想，就进去把门修好，做了个暗栓栓上，算是占据了，心里庆幸有了个窝。

他于是回“九方”去拿自己的东西。路过“大智茶馆”时，小心地没让姚掌柜看到自己，过丹桂茶园时也偷偷从门口一掠而过。

一切没见异样，周围一同往常，好像昨天根本没有发生过任何事似的。里面还传出阵阵锣鼓和乐声。没有了他的“丹桂茶园”一切正常！

他心里有种被世界摈弃的感觉。刘总头算是什么人呢？可以随便就决定他的命运，像丢掉一只草鞋一样！广诚哪，你才出来不到一年，就见识了这么多人啊！

他不想再被失落感困扰，将这天其余的时间都一心花在了整理房子上。他将车站货栈后丢弃的废板捡了些来搭了床，又抱来芦草修补了房顶，再戳来泥土修炉灶。当过长工的人，很多活都是在行的。

现在他又得想想自己怎么谋生了。但他已不再像初来汉口时那样心中没底，一两年的经历已经让他看到，汉口人有多种消费的需要，很多人就以个体摊贩生活着。为什么自己不能也做点小买卖呢？不求人！现在身上有几贯钱了，可以当本钱，先赚到每天吃饱肚子再说。

火车站来往人多，这么热的天，总会有人要喝水吧？卖大碗茶要的本钱少。这不有口破水缸吗？用来装水，不正好派用场吗？需要的家什不能在这边添，这里靠租界近，东西太贵。

第三天，他跑到好几里外的花楼街，买回了一担水桶，一小袋花红茶叶，一把柴刀，一个大陶壶，几个瓷碗，然后到野地里割来一大堆柴草。预备好这些家什后，他马上到附近一个湖塘边洗了个痛快澡，还洗了衣服。

又是一天到来了，一大早，他就熬了一罐茶，提到了车站前的场地，试着叫卖。

他占据了一块可能中午会稍许阴凉点的地方。他几乎在等盼着，又非常顺从地给地头蛇和小混混们交了场地费和保护费。他只想求得一点点让他眼前能生存下去的可怜缝隙。他开始悟到，对这不讲理的社会，他只能逆来顺受，轻易不要再反抗了。

脾气必须改了，得学会忍顺啊！大丈夫能屈能伸。人嘛，为了生存下去，好多事得忍，学着忍，哪怕面对那些他一手就捏得死的歪瓜裂枣们！

他看得很准，车站来往人多，要买口茶喝的人还真不少，以至他头天就回去添了两趟茶。这是个令人鼓舞的结果！看着铜板到了兜里，足够让自己吃顿饱饭，他的心情大大好了起来。虽说天气炎热让他很难受，但这正是客源的保证哪！他深信除非刮风下雨，不会空手而归的。因此他希望天气更热些，尽管汉口日头忒毒，自己又从小就特别怕热。

虽说他尽量在找阴凉地摆摊，但不要几天，他的脸手都晒脱皮了，而胸前背上的痱子都红肿成片了。可是他还是为了一文钱一文钱的生意每天守在车站外的场地上。十来天后，他再增添家什时，就已经有了小半吊钱的盈余。遇上有几天大雨，生意很差，他就在家试着煮了点盐茶豆腐干，结果卖得不错，利润又多于卖水，不过太费时费精力了。那么试着买别家现成的来转卖呢？结果还真不赖。后来，他又尝试买包烟来拆开零卖，发现获利比卖茶卖豆腐干还多。

他照例隔十天半月去看看哥哥，装着什么事都没有发生。他慢慢习惯了，居然还有了一份安定的感觉。他已满意地证实了，在汉口可以靠自己生存下去。

这样的生活一直继续了好几个月。秋高气爽的季节到了。汉口的城堡已经被拆完，一条新马路正在旧城垣的地方出现，租界外也在盖建像租界内一样的楼房。任湖广总督十九年的张之洞已奉旨离汉进京……汉口在飞快地变化着。

但他仍然还在为最起码的生存需要挣扎着，他不知道等天冷了还有没有人喝他的茶，那时又怎么办。

直到有天，他去看哥哥时，广智把他叫到作坊后院的墙外，那习惯瞪着的眼睛瞪得更圆，一脸怒气地问他：“我问你，你这几个月怎么过的？”

广诚相信哥哥一定知道了什么，只好一五一十地、将这几个月的经历讲述了一遍。广智蹬着的双眼中的怒气消失了。他叹了口气，说：“那棚子的人怎么死的？你就不怕会染病么？以后遇到这种事，一定来找我，我好歹是你亲哥啊！”广诚听哥哥这样疼着自己，不由得一阵心酸，喉咙哽咽着，说不出话来。广智忽然说：“你去趟丹桂茶园吧，有个姓蔡的找你，还问我想不想去做茶房呢。”

广诚一听喜出望外，猜想定是事情有了转机，便劝广智去做，一个月收入相当这里两个月。

次日他到茶园，在门外托人叫出了蔡元安。蔡元安一脸春风，把他带到附近一家茶馆坐下。原来一个月前，东家刘皖卿已经把“丹桂茶园”卖给了新老板，改名“广东茶园”，蔡元安升成了“总头”。而刘总头因得罪了法租界巡捕房，早就不被茶园聘用，到三元殿那边“满春茶园”去了。

广诚听完这个芝麻大地方的改朝换代，便急着问彭金龙怎么样。蔡总头叹了口气，说：“废了，肋骨断了两根，一条腿也瘸了。要不是你，他怕连命也保不住。现在我让他烧火，做点轻活。人瘦得样都变了，你见了他只怕会认不出来。你这些时在哪里？我去找了你哥，怎么连他都不晓得你在哪里？”

广诚一一回答了，又问蔡元安，那天他的举动是不是惹了祸。蔡总头摇头道："哪里有？巡捕房那天抓了几个人，当中有一个，你猜是谁？德租界那边程家的三少爷！程家是大财主，就这儿子不争气，尽交些狐朋狗友，一天在外吃喝嫖赌，汉口都出了名的。程家一听，就把赔都认了。茶园一点都没吃亏。那些打架的地痞流氓怕巡捕房抓人，哪里像刘总头说的，还敢来寻仇闹事？我倒一直担心你。兄弟，你不知道，刘总头一走，我就想直接找你回来的，只是怕那两个茶头在掌柜和管家那里杀钎子。一直忍到现在换了东家，茶房都换成了我的人了，我第一件事便是接你回来。你就当我原来那片的茶房头，零用钱和分红比你原来翻倍，你的两个兄长，也可以都安进来，一个先在'九方'当茶房，一个就跟我一起，在楼上帮忙。"

广诚顿时感到时来运转，喜上眉梢，连连道谢。蔡元安道："我还该谢你呢，这年头的人都只顾自己，有几个肯像你那样为朋友两肋插刀的？那晚那两个家伙一板凳劈来，我耳朵里'硄'的一声，头上血就流下来了，吓得不晓得怎么办才好。我看见是你从桌子上跳过来救我，把他们打开的。好兄弟，你这朋友，我算交定了！"

几天后，广智、广瑞也谢过了田掌柜，辞了工。兄弟三人都进了广东茶园。广诚的那个草房也保留下来，将广诚做生意的家当和他们平日不用的东西堆放在那里，当成根据地。兄弟三人十分兴奋，他们眼前没有什么更高期待，收入涨了就认为是转运了。穷到这个份上，对自己"下人"的地位早已习惯，哪会将"服侍人"、"低人一等"放在心上，只顾得暗自估算可以多攒多少钱呢！

就在他们正式到茶园上工那天，广诚路过"大智茶馆"时，看到大门闭着，几个穿着锦衣的人立在大门左右。忽然间，如寿路上鼓乐大作，爆竹震天。一队迎亲的队伍，在吹鼓手开道下，抬着花红大轿走过来。广诚连忙让到一边。听见人说，大智茶馆的小姐今天出阁，男方的轿子来了。

他的心仿佛突然被人扎了一刀，掠过了一阵剧痛。他曾以为，自己早就再不会对水莲有什么感觉了，谁知事情远远不是这样。一瞬间，他几天来的好心情荡然无存。他突然再次强烈感觉到了身为下人的悲哀。刘婆的话又在他耳边鸣响："我们都是下人，有些事是想也想不得、沾也沾不得的呀！"这话音在空中盘旋，如雷击般向他袭来，他差点就要被击倒在路边了。

十六、向往外面的世界

广诚从小就听长辈们说，人的一生，命运都是前世注定的，其中当然也包括姻缘，包括贫富。这话他来汉后开始生疑，因为师父对他说“谋事在人”。现在回想来汉口后的经历，他觉得还是师父说得更有道理。这几个月不靠自己，会活得下来么？这世道不让“下人”有爱。广诚啊，一定要拼命努力，等脱离了贫穷，才能去喜欢自己喜欢的人。

茶园换了东家，也换了些长期合作的戏班，生意也依然红火，对茶房们却谈不上什么改变。倒是广诚的去而复返，让在他茶房中建立了特殊的威信。他做得比以往顺手得多。但这些好像变得不再让他满足。几个月的经历，让他第一次感觉到了自身的潜力。他的心里有新的目标正在升起：摆脱“下人”的地位，不再看别人的脸色生活。

汉口虽然总是对新踏上这块土地的人摆出冷漠无情的面孔，却对熟悉了它的人慢慢释放出友善。广诚也渐渐觉得，只要混熟了路子，这地方就变得亲切了。人有时并不能同步体会到周围的改变，不过一件事就让广诚感到来汉不虚：他交上了一个知心的朋友——那次送信结识的王兴汉。

王兴汉当过童家的武术教师，在汉口树大根深。秋赛时节，王兴汉被西商跑马场聘为华裔保镖，举家搬到了法租界这边。这样他偶尔也来茶园喝茶看戏，与广诚相遇，一回两回，彼此熟悉了。有天他对广诚说，现在他每天清晨就在附近的铁路外练拳。广诚一听，立刻说自己每天也练拳的。二人便约好次日清晨在一起切磋。

翌日清晨，两人如约在铁路外见面。俗话说，行家一交手，便知有没有。王兴汉当即发现广诚拳路正统，不像通常见到的江湖手段，方知童瑨所说不虚。再一问原来是谭襄农亲授。王兴汉慕名出身军官世家、又进过武备学堂的谭襄农，立即对广诚也另眼相看。两人的相惜于是又进了一步。广诚却看到兴汉的武术境界原来比自己更高，果不愧是汉口有名气的教师爷，便虚心地向他求教。王兴汉当即毫不保留地帮助他，还说好日后传授他武当、峨眉等路数。

清末时的汉口江边

二人意气相投，好得不能再好，不久后便结拜了兄弟。兴汉整整大广诚十岁。二人从此以兄弟相称，无话不谈。

年前，有几次外地名戏班来汉，在满春、广东、天一几个茶园巡回演出，吸引了达官贵人们，一座难求。一天，上海“五月鲜戏班”在广东茶园演出时，童瑨和他家老太爷也来了。广诚特地去向童家老人行了礼。

事后，广诚从兴汉那里了解了童家。童家是汉口的帮会大佬之一，童老太爷已近花甲之年了，他家的地盘是硬打出来的，与湖南帮、安徽帮抢码头时，还死过好些人。先在五圣庙、熊家巷有了码头和仓库，后又在集家嘴、循礼门外新建仓库，开了牙行。童家老太爷原配一直不生育，于是娶了二房。二太太是丫头出身，为童老爷生了童瑨。两年后，已经快四十岁的大太太却忽然为老太爷生了个儿子。以后二太太又生了一个儿子。当下小儿子也有十七岁了。童瑨是大少爷，庶出，今年才二十一岁，其余两个少爷是童瑋、童琪。童瑋是大太太所生，去了京师读书，听说还要留洋。童琪也进了湖北自强学堂。只有童瑨留在老太爷身边，帮助打点生意。

曾家兄弟等在广东茶园做了两个月后，过年时照例回家探望了父母。广智广诚向父母奉上了自己的大部分积蓄，加起来比去年还少了两元。但父母深知二人不易，也理解去年其实是谭襄农的馈送。见两个儿子都很瘦，知道他们在汉口必是日夜辛劳、省吃俭用。卢氏心疼，当时就流下了泪。

广诚费全力摆脱了父母为他说亲的纠缠。他自己也说不清楚为什么，只觉提起这些心里便有隐隐的痛。哥哥广智此次回去倒心满意足，回汉口后告诉广诚说，嫂子可能已经“有喜”。老大说了父母和他的计划，希望兄弟俩齐心挣一些钱，买回自家失去的土地。

广诚是一心想当好茶房头的，处处容忍人，对手下如同兄弟，以为自己就是大哥。他特别照顾老同事彭金龙。不过有几次他觉察金龙见了他竟有点慌张，又发现了金龙常常一个人偷跑出去的秘密，无意中又看到金龙在偷拿还未分发的小费，他也没有将其点破。

广诚的做派的确颇得人心，他一度对自己很满意。但世界却不像他想象的那么简单。有次，另一个姓胡的茶头与手下人发生龃龉，被下面顶了句“你比比那边曾茶头如何”。胡茶头从此对广诚心生了忌恨，便每每在蔡元安处挑拨，说广诚自以为可独步江湖，处处拉拢人心。蔡总头虽最初总是正色斥责，却也慢慢感觉到广诚后生可畏，威信高过自己，便渐渐与他不像当初那么亲密了。须知友谊哪、交情哪，都得要适当距离才能持久的，那样彼此的利害才有可能回避或模糊化处理，现在低头不见抬头见，哪能事事无间无猜？此间蔡元安要维护自己的权威，岂能事事相让？那自己成什么了？有次他终于忍不住，刺了广诚一句“都让你管好不好？”弄得广诚当时下不了台。胡茶头很高兴地看到了这些变化，便又加码给广智和广瑞两个些脸色和冷语。广瑞装作浑然不觉，他有钱赚，又没有蜜饯作坊累，就懒得管这些。广智却很快就察觉到姓胡的在做手脚，便提醒了广诚几次，而他自己当然更不情愿输在姓胡的手下。

广诚这才有点懂了，人共患难容易，患难过后还想总是那么融洽却太难，一旦想法、面子、利益出现分歧，那点交情就面临考验了。这世上，再低档的烂泥潭都会有争权夺势、勾心斗角，而有些人办正事不行、下起阴招来却脑子特别好使，一套又一套。这让他很灰心，常常想着跳出这“窝里斗”的鬼地方。

只有见了王兴汉，广诚才觉得最是舒心。男人交上了知心朋友，说起心里话来往往胜过亲人。兴汉因此比广智还更了解广诚的内心。他又是江湖中人，熟谙世事，深知对于广诚来说，茶房只是他人生的一个临时驿站，广诚也绝不会辛辛苦苦攒几年钱再回乡去种地的。

兴汉知道广诚在茶馆一些不太舒心的事后，便感同身受。他曾设法让广诚也进跑马场做事，那边比茶馆轻松，收入也高多了，但哪有机会？于是，他去找了一位在“江永”轮上做茶房头的至交叫赵丙文的，问他能不能带广诚上船去做茶房。赵丙文听他介绍了广诚的情况后，欣然同意了。

广诚得知后十分高兴，他确实很想换个环境，去看看外面更广阔的世界，何况他早听说过船上的茶房相对轻松，收入也高些。兴汉对他说丙文有三分文人气，对人很热忱。

兴汉便带广诚和赵丙文见了面。由他做东，在一家小酒馆点了几样小菜，要了一斤酒，三人边吃边聊。

赵丙文是王兴汉的黄陂同乡，也有三十来岁，小时候家里没破败时，还读过两年私塾，后来进城在洋人的船厂做过一年工，失业后，扛过码头，后上船当了茶房。

兴汉倒上酒，就叫丙文先扯了些船上的忌讳，像哪些地方不能坐、哪些物件不能跨、哪些东西不能往江里泼、哪些言语不能说，等等等等。兴汉听他说个不停，不以为然地说：“你就叫他跟在老茶房后面学着做，少开口说话不就行了？”丙文笑着说：“是该这样。不过有些事，不先告诉你，你还学不来，比方像你这样卷着袖口就不行！莫看船上做事见水又多，偏偏卷裤脚、卷袖子就不行，你看得出门道吗？”兴汉笑了，“你不说我还真没留心，是不是又犯了‘翻’字了？哈哈，这才烦死人了！我们在帮的人，有时见面就先翻袖子，这是打招呼亮身份哪！在船上就不行？”丙文笑道：“你要是当着船上的人，当然就不行了，千万莫做傻事，挨了打被赶下船还不知犯了谁。听着：像锅、碗、碟、盆、盖都是万万不能底朝天的，说话时，翻、泼、烧……这个这个，都是千万不要随口带出来。吃鱼时，像你现在这样翻身，也是做不得的……”

兴汉笑了：“其实汉口有些规矩也和船上差不多，我都将就惯了。丙文，广诚年轻，他是我兄弟，也就是你兄弟了，你把他带上船去，我就交给你了！”丙文泯了口酒，放下酒杯说：“那自然、自然。”

丙文然后将船上茶房的规矩简要地介绍了一下。“江永”轮属招商局，茶房也按资历分等次的，除赵丙文这样的老茶房有很少的薪水外，跟船的茶房没有工资，事先还得交六元鹰洋的押金，不算船上正式的茶房，等跟了几次船，看你这人可以，才允许你正式上船。

广诚一听又是押金，还那么高，六元鹰洋！做一年茶房都不能赚得到这么多，不禁从头凉到了脚跟，有这大笔款子我就去做小生意了，在乡下可以买点好田，何必非要去当茶房看人脸色呢？他不好说出来，况且这也怨不得丙文，便自己低头吃菜不语。

倒是兴汉听了很失望，打断丙文的话说：“丙文，我怎么越听心里越发冷？要交那么多的押金，还只是跟船？一文工钱都没有？”

丙文吃了点菜，慢条斯理地说：“这算是丑规矩吧！不管在哪家公司哪条船，当茶房都是这样的。轮船公司还不精？从押金中可以白赚利息不说，还把茶房捏在了手里。茶房们损坏东西或者犯了他的条文，想扣就扣，也不怕开船时你想来不来，这样保住每次开船都有足够人手做事，又省了一大笔工钱。”

兴汉抬头看着广诚，意思叫他说话。广诚沉住气，问道：“赵大哥，船上的茶房和我茶馆里的茶房做的事，是不是一样呢？”

丙文老实地回答：“茶房在船上就是服侍乘客的。给乘客定舱位——不过跟船时还不行，见客人上船后，带到舱位给他摊好铺盖，早晚给客人送洗脸水。对上等舱的客人还要白天给他泡茶、送水、送饭，饭后拧好热手巾送去；还有下船时收拾铺盖。统舱的事少些，但也有些事要做的。”

兴汉插话问：“那你怎么听我说起广诚兄弟时，说不如让他上船呢？”

丙文笑了，说：“王大哥也不想想，我不把丑话先说完，后面的话怎么好说呢？广诚既然是你的兄弟，就是我的亲兄弟了。广诚兄弟，你上船就由我这茶头作保，你的押金可以不用交了。我看你刚才低了头，先跟你说清这条，犯不着为押金着急的。”

广诚一听大为感动，急忙说道：“感谢赵大哥相助，你真是为人豪爽。赵大哥你放心，我广诚知好歹，绝不会闯祸连累你，也绝不会忘恩负义。”

丙文笑道：“这点小事，谈什么恩不恩？把你赵大哥看小气了。广诚，你兴汉大哥和我要你上船，是因为船上比茶馆要好，等你跑了上海、宁波，你就会晓得，外头好多世面在汉口是看不到的。还有，茶房也不是白当的。和你们茶馆的茶房一样，靠的就是小费，大菜间和上等铺的客人会熬到快下船才给。给少称作茶钱，给多点称赏钱或酒资。船上不如茶馆里人来来去去快，所以还得靠分铺位赚外水。”

讲到茶房赚小费的路数，赵丙文明显愉快多了。“开船前，每个茶房手里都要分一些船票和铺位，有票的客人，上船后的铺位要茶房安排。不管是在茶房手上买票还是要铺位，他们都晓得要给茶房小费的。逢年过节，船票‘俏’的时候，小费比船票官价还要高。还有的江湖老油子干脆不买票，就把小费给到茶房手上，他铺位也有了，还更划算。哪怕是在甲板上逛游、不求铺位的客人，也晓得交船钱时要给茶房点小费，以求个百事方便，比方问下停靠什么码头和停泊的长短。要是遇到客人要你让帮忙搬货，那还可以讲价。如果有让你代买代卖的，那就是财运来了。”

兴汉笑道：“只是广诚兄弟老实，又热心快肠，小费怕难得比别人多得。”

丙文笑道：“兴汉哥是说我不老实？唉，人上一百，形形色色。‘看小费多少、给脸色好坏’的人也有，我最瞧不起这样的人了。你就像统舱吧，这些人都穷，或者路程短，舍不得拿小费。嘿，有些茶房会有办法对付，他们会用些东西杂物像帆布绳缆的把位置占着，就是在告诉客人晓得，要想有位置坐，就先给小费吧！”

广诚听得出区别，问：“小费不是收到一起再分？”

丙文摇头说：“哪里能像茶园那样？各收各。不过他们要向茶头，也就是我交两成，就是‘抽水’。你想，给客人安排舱号，给他们茶房门分区、安排值夜都归我，所以他们怕得罪我，不敢打埋伏吃独食的。我也不是自己吞了，我要把他们交来的钱分发给账房、舱口、司丁……这些人都是不能得罪的。”

兴汉已听懂了，便回过头对广诚道：“兄弟，你可想好了，你这边算是快熬出点头的了！是不是非要上船从头来？这船上是不是就一定比茶园里好？你要晓得，江湖的险恶，是都汇到船上来了的。”

广诚主意已定，笑道：“我情愿跟船，出去见见世面。再说，我在这里硬撑着，广智怕也难得出头。”

兴汉摇了下头说：“那倒不一定，你在蔡元安那里总还有面子。你走了到底好不好，我说不准。”

丙文不以为然地说："要我看，广诚还是上船要好些。听你讲的他以前那些事，我想他智勇过人，出去说不定见识一广，还能做出些事来。就说收入吧，跑次船下来，十天半月吧，把该交的份子交了，光算小费就差不多都可以进两元。"

兴汉半信半疑道："要真是这样，那就比他现在强多了。"

丙文接着说道："我怎么会害他？"他神秘地笑道，"还有些跑船的板眼，外面人哪里会清楚。鱼有鱼路，虾有虾路。茶房有哪个不跑单帮的？"他放了筷子，扳着指头说："汉口这边粮食、棉花、竹器、药材和土产，上海那边香烟、布匹、五金、洋货，运一趟，一转手少说也要赚上三四成，遇到好的，对半出头都有呢！"

兴汉点了下头："跑单帮我是听说过的。这倒是条财路，别的不敢说，茶叶，广诚就是内行。"

丙文道："那好，我的兄弟丙武在上海一家牙行做事。我一些朋友带的东西都通过他脱手，'抽水'也低。广诚刚下水，他会多照顾的。不过，你别光算进不算出。一些要紧的人，你是事前事后都得孝敬打点的。这在哪里都一样。"三人都无奈地一笑。

广诚主意已定。当天，丙文便让他买了些茶叶和甜食，将他带上了船，送给船上管事的一些人，就算是默认广诚可以上船了。"江永"属于官督商办的"招商局"，是当时长江上最大的本国蒸汽客船。

丙文告诉他还有两天开船，叫他回去做自己的准备。

不料，当广诚兴冲冲地将打算告诉哥哥后，广智竟蹦了起来："你是不是疯了？吃那么大的亏，熬到这个位置，还管着几个人，茶房们个个眼红。蔡元安熬到这个位置用了七八年。你晓不晓得这是祖宗有灵哪！"

他大声嚷着。在他看来，在汉口，站稳才是第一位的，在这里把根基打牢才是。找个生活那么难，他们都有过切身体会，广诚应该知足了。这么说走就走，一个人走江湖、去天边，外头晓得是什么样子？你那个脾气还能到外头去？江湖多少凶险？太不让人放心。再说事先不商量，也太没把他这个哥放在眼里了！连很少说话的广瑞都叫广诚不要"这山看着那山高"。他认为是祸是福还不知道，最好随遇而安，学会知足。

广诚没有反驳，外面的世界在强烈地吸引着他。他就添了个理由说，想到上海找师父。师父今年初就到了上海，带信来过。这广智他们也都知道。晓得劝不过来了，便都沉默着独自摇头。

广诚找蔡元安辞工时，蔡总头顿时感到了惋惜，表现出了很真诚的挽留之意。广诚谢过蔡元安，在“九方”要了一桌菜，请蔡总头、胡房头和彭金龙等众弟兄喝酒道别，同时委托各位照顾他的二位兄长。蔡总头喝得脸通红，当桌表示，广诚在外面若不顺心，随时可以回来，茶房头的位子给他留着，先由广智代管。

散席后，广诚拉住准备离去的金龙的手到一边道：“金龙大哥，广诚比你年轻几岁，说句不知轻重的话，你别见怪。这赌场是个无底洞，输多赢少的。广诚也偷偷试过，吃了亏才留心看出，个个赌场都有鬼呀！你看见过哪个靠赌钱发了的？赌红了眼还会毁了人的。”彭金龙涨红了脸，半晌才说：“我呀，是受伤后，收的赏钱少了，养不起家。先还赢过两次，后来越赔越多。我原想只要翻了本，就从此罢手，哪晓得越输越多，家里可以换钱的东西都输光了。我堂客为这和我天天吵架，几次要抱两个儿子投江。我也存心戒赌，只是哪有那么容易。”广诚道：“既是嫂子也在汉口，为了他们，做男人的也该咬下牙，把这臭毛病改了，莫要他们跟着遭孽。”金龙很感动地说：“兄弟放心，金龙听你的话，从今天就起把赌戒了。”

“江永”轮起航头天晚上，广智和兴汉把广诚一直送到船上，兴汉嘱咐道：“兄弟，当哥哥的有几句话：出门在外，人是第一要紧的。钱是身外之物，切莫看得太重。凡事万万不可逞勇，江湖上，比你我本事高的人不晓得有几多。一些事得忍，得想好进退，不可逞勇，大丈夫成败不在一时。该吃亏就得吃亏，肯吃苦不难，肯吃亏的才成得了大事。这不是教你滑，外头的事我也说不准，兄弟若是不顺心，就回来。你放心，有哥哥的就有兄弟的。”广智则半天都说不出话来，临别才哽咽着说：“广诚，好生点，不然哥可没法向爹妈交代。”

此时广诚虽然十分为兄长们的真情所感动，但更多被未来所诱惑，心里充满着憧憬。虽说前途未卜，他却坚信，千里之行，始于足下。这胸襟广阔、浩荡奔腾的长江，定会将他带进一个全新的天地。

漢口

Hankou laotongcheng zengjia

老通城曾家

第一部·创业

第二章 / 成家

一、踏上黄金水道

从行驶的江轮上向前方天际望去，是个遥远缥缈的世界，广诚觉得自己未来的命运就隐藏在那里。他被强烈地吸引，一有空就站在甲板上，享受无际的视野，欣赏浩荡的江水一往无前地向东奔流。

长江给人丰富的遐想，让人产生寻求的冲动。宽阔的江面上，白鸥成群翱翔，常有白帆在天边出现，不久便被他们追上，甩在后面，再慢慢在天边消失。第一次在长江上坐火轮航行，湿冷的江风迎面扑来，轮船的机器声和江面被劈开时翻起的波涛声，合成为巨大的声响，让他感觉到了从未有过的震撼。

“江永”轮模仿英商“太古”的客位，分为大菜间舱房、官舱、房舱和统舱。茶房们在底舱里有几块小小的地盘，广诚被赵丙文安排在底舱的一个茶房们住的小间，里面有几张两层或三层的铁床，床下和几个空床满放着他们的私货。那些已炼成了“老油子”的茶房们，平时总坐在楼上“大菜间”的吃饭间里，打牌赌钱，还有的躲在不知什么地方抽大烟。丙文怀着兄长般的责任感，提醒广诚谨慎交友，洁身自好。广诚顺从地答应。

他新来，被派主要照顾统舱和下等房舱中的乘客。统舱不用给乘客预备铺盖，但是其余服务还是需要的，像做清洁和送茶水之类。而这些人一般舍不得给小费。广诚一看，就知道其中不少人其实和他一样穷。这点从其他老茶房的板着的面孔和不耐烦，甚至刻薄的语言中，也可以看出来。茶房的脸

清末的九江码头

色随着服务的对象而改变，向来是十分迅速和精准的。

乘坐江轮旅行是闲适的。乘客们一般早上都起得很晚，清晨便成了茶房们最空闲的时间。次日，天才蒙蒙亮，广诚就到船尾找地方练拳，遇到赵丙文也在那里。二人练过后，丙文指着南岸对他说："前面要到九江了，在那里要停一两个时辰。码头的坡有点高，你穿着这个茶房的背心，上下船的客人会喊你帮忙，你可以去帮忙扛东西。有些老茶房不愿做没多少油水的事，你可别学他们。我们这是中国船，你对客人不好，他们以后都会跑去坐英国和日本的轮船的。英国有'太古'、'华海'、'扬子'、'怡和'等好多家轮船公司，日本也有'日清轮船公司'，占了长江一大半运力呢！哎，我们中国这么多人，却活得这么窝囊！"他接着又对广诚细数了沿途停靠的港口和时间。

太阳从江面上跃出，天边泛起的金色的波光霞影，瞬间就一直涌到近前的江面。广诚被这壮丽的景色迷住。他大口呼吸着清新的空气，心想，就算一分钱都赚不到，这一趟也是值得的。

船到九江。停靠前，广诚看到准备下船的、穿得体面一些的乘客的行李边，早有茶房在守候。广诚想到做人应有的操守，便自觉让到了一旁。船在码头附近却缓缓掉了个头，将船头对着上游。有些初次乘船的人把靠岸的一侧猜错了。

靠稳后，人们纷纷上岸，但是没一个人叫他帮忙。广诚看到一个婆婆和一个妇女，抱着小孩又带着大包小包，便去搀扶。那两个女的却慌忙死死拽住包袱不肯放。广诚笑着说："我不要钱的。"两个女的方才松了手，奇怪这世界还有这等好人，上坡后便千恩万谢。广诚才要离开，又见一个茶房和客人为了脚钱在争执，他便权当没有听见，径自回船去了。

驶过鄱阳湖口后，江面宽阔了很多。广诚服侍完客人吃饭，又一个人到前甲板上去欣赏江景。丙文又走来了，问他："好看吗？"广诚说："出来能看到这些，也不枉活了一辈子。"丙文笑了，说："以后你多跑几次，就厌了。"广诚说："不会的。"丙文也不反驳他，指着前面江岸对他说："你看这江，南岸多半是山地和高坡，北岸却是一展平原。从这里到江阴，沿江两岸有不下五十处矶头，从岸上伸出来，把江水卡细，有的还一直突到江心。那些地方航道变窄了，水急，行船要格外小心。你喜欢看江，别忘了看小孤山，那是座江当中的独山，很好看的。再往前就是镇江的金山、焦山，值得一看。下游的江面都很宽，水流很缓，但是沙洲沙滩多，行船也是有危险的。"

原来外面还有这么壮丽的河山，连哥哥都不会知道咧！他为自己上船的决定感到庆幸。而那些面无表情的匆匆旅客们、那些无奈地不停忙碌着的茶房们，他们每

清末的吴淞口全景

天要用全部精力在那小圈子里维护自己的切身利益。在为自己生存付出后，他们的神经麻木了，还知道欣赏这么气势磅礴的河山么？

到第四天早晨，过了江阴。江面果然开阔得一望无边，除南岸平坦的一线江岸，满眼都是万顷波涛。如此豪放宏广的壮景激励着、召唤着他，仿佛向他展示前景的辉煌！不久，汹涌奔腾的海潮涌来，竟然胜过那一泻千里的江流，轮船得像在逆水中一般开足马力前进。

快到中午，轮船到了吴淞口。广诚看见几艘英国、日本的军舰傲慢地停泊在江面上。

轮船驶进了黄浦江。广诚见江面窄了，好像连襄河都比不上，但铁船舟舻那个多呀，首尾相衔，烟囱呀，帆樯呀，沿江如林，汉口汉阳哪里能比，沿江的高楼也比汉口还要雄伟许多。

要到上海了！船快要在十六铺靠岸了，他便回统舱去，听候乘客的召唤。

将客人送上岸后，广诚回舱做最后的清扫。两个老茶房大咧咧地呼喊他，要他帮他们也一起打扫了。他不敢争辩，低着头一个人下力地都做了。这个世道，欺生是理所当然的。

终于轮到可做自己的事了。广诚的心开始怦怦地跳得直响。离汉前，王兴汉带他到花布街“瑞祺牙行”找过一个叫做曾昭泰的人。昭泰是江西人，比广诚大几岁，在曾姓辈分排列中却比广诚晚一辈。王兴汉知他因能写算，又善于揣摩东家心理，童瑨让他在账房帮忙，有意提拔用他。曾昭泰心眼活，听兴汉说过童瑨很欣赏广诚，见广诚面后竟当面就喊叔叔，弄得广诚都有些难为情。而广诚因本钱实在太小，总共才有几块钱，半天都不好意思开口。兴汉性急，便抢着帮他说。昭泰却不等听完，就教他连买带赊地装了一袋上好的新春毛尖茶叶。价钱比别的店的批发价都还低两成。然后告诉他，去上海要先多走几家问价。带回的则可选洋油、香烟和其他海货，这些在汉口都是很俏的，他可帮他出手。

他一个人想着这些事。丙文到底来了，换了件有些体面的洋布短衫，问他累不累。广诚老实地回答说，比在茶园要轻松得多。丙文说：“把茶房的背心脱了，跟我上岸去哪！还没有来过大上海吧？你可要跟我跟紧了，别光顾了看走丢了，上海可比我们汉口要大好几个哩！”

二、商海多诈

广诚夹着自己的包跟在丙文身后，一路好奇地四处张望。这个在外界的强烈刺激下，比汉口更加倍地爆炸式兴盛起来的城市，让他由衷敬畏。每见一样新鲜事，都让他觉得自己上船的决定是太对了。

他们走到小裕兴街，在“菘江牙行”找到了丙武。

丙武比他哥哥瘦得多，说话腔调中带有一种下江味。丙文说他带的东西多，明日会雇车拖来。接着便介绍了广诚，说明来意。三人一起到附近一个小茶馆，在角落里坐了下来。丙武随即离开，去找来了一个宁波人。

上海海关大楼

宁波人呱啦呱啦的说话飞快，广诚一个字都没听懂，只见他脸上表情十分生动地不停变化着，丙文一旁听得不住点头。丙武也搭讪了几句话，便叫广诚将茶叶拿给那人看。

广诚从赵家兄弟的表情猜宁波人就是买主了，战战兢兢地将口袋打开，屏住呼吸，全神贯注注视着买家的表情。不料宁波人随便一看，就皱起了眉头。把手拍干净了，不声不响地坐下喝了口茶，也不看广诚，双眼对着丙文慢慢说话了。他有意说得很慢，让广诚也基本上能够听懂意思。

“赵大哥，你是老跑上海滩的，你以前往上海带过茶叶吗？你怎么也不告诉这位兄弟？这江浙一带，是名茶产地，浙江龙井、江苏碧螺春，安徽毛峰、猴魁、瓜片……你看着满街的茶馆，哪家用的不是江浙、芜湖的茶叶？这不是孔府面前卖字画么？”说完不停地摇头，又叹了口气，低下头去喝自己的茶。

广诚这下完全听懂了，他觉得自己突然像掉进了冰洞，从头一直凉到了脚跟。这茶叶，一大半还是靠兴汉和昭泰的面子赊来的呢！要是赔了，哪辈子才能还清啊？这岂不被哥哥说中了！他一下说不出话来，脸也直涨红到耳根，几天来的好心情都飞走了。

丙文也有些着慌，对宁波人说道：“这位兄弟，我一直是盘粮食和油麻、猪鬃的，茶叶我不懂。但我记得，我们船上也有人盘过啊？我这兄弟的茶叶就这么点，你可要帮忙哟！”

宁波人慢悠悠地喝了两口茶，又仿佛思考了一阵，看着广诚说：“你多少钱进的，要不，我来帮你买下来。好在不多，我就想法低价卖给茶馆，再自己喝些。赵丙武的朋友嘛，我哪能不管？”

广诚如获大赦，充满感激地说：“一共十六元龙洋。”又赶忙加了一句：“都是上好的新春毛尖。”心想只要能拿回本钱，他就知足了。

宁波人弯下腰，又将嫩绿而整齐细长的茶叶抓了一撮，用鼻子嗅了一下，说道：“这位兄弟，你虽说是第一趟来上海，也该听说生意场上有‘茶七酒八’的规矩吧？”他停下来审视着广诚，确定他不懂后，接着解释道：“就是说，十斤茶叶放干了，折耗要按三成算，只当七斤收。这些，我不能不向你讲清楚哟！”

广诚涨红着脸，觉得自己又学了些知识，亏三成，是按规矩亏的！便连连点头，表示没有异议。

宁波人十分大度地说了：“这样，十元洋，我帮你出手吧！”

十元！净蚀六元，自己出的本钱还不够这个数哩！广诚仿佛被一棒打晕，真没想到，自己第一趟试水，就会栽成这样。他顿觉自己此刻已临绝境，眼前一片黑暗，好一阵才缓过来，心想只剩这条路了，认栽吧！上海这地方，看来诱人，骨子里却比汉口还可怕咧！

他强迫自己缓过气来，安慰着自己，千万别表现出心疼、让人笑话，总算挽回了一点吧！这次就光吸取教训算了，以后慢慢攒钱还债，搞清行情，从头再来。他正打算回答，却见丙武站起来，把宁波人一把拉到旁边，叽里呱啦地用下江话说了一阵，那宁波人便讪讪地笑了一下，自己离开了。

丙武回来坐下，对广诚笑着说道："曾老弟，你别被他说得吓着了，那家伙是老油子，他那么说，其实是看上你的茶叶故意压价呢！我对他说，你是我兄弟，叫他把生意让给我，把他打发走了。我看不如这样，我们这边有湖北老乡开的茶馆，一定会喜欢你这家乡茶叶的。你就这么一点货，我去想法帮你出手，横竖不让你蚀本就是了。"

这又是柳暗花明！广诚被弄糊涂了，连丙文都一脸疑惑。丙武于是又对丙文说："哥，干牙行这行，本来只是给买卖双方拉线和撮合的。我还真不懂茶叶，叫那个老几过来，无非是为了听听行情。广诚兄弟，江湖上，尽是那样的些人。你听他说得天花乱坠，其实是笑里藏刀。他把你卖了，还要你帮他数钱哩！不然，怎么说无商不奸呢？回数多了，你就晓得识破这些人的。我赵丙武从来不做那昧良心的事。我不多说了。你是我哥带来的，是王兴汉的兄弟，自然也就是我的兄弟，你的事以后我都会帮忙的。来，你先把茶叶给我，给我一两天时间，我去想法帮你脱手，横竖不叫你赔本就是了。"

上海外滩公园（1906）

三、初识大上海

第二天中午，丙武上船来接丙文时，见面就告诉广诚，茶叶已经出手，并将卖得的二十五元钱交给了他。广诚像做梦一样，高兴得张大了嘴。净赚九元！他这辈子手上还从没捏过这么多钱哩！真不知该怎么感谢赵家兄弟才好。丙武笑道："自家兄弟，说什么谢。那'小阳春茶楼'的老板，说那是上好的湖北茶叶，这边弄不到的。又说价格也公道。还说以后要有，他还想要呢！"广诚一边用手捏着揣进了腰里的硬鼓鼓的钱，感觉着它的真实，享受着此生从未有过的充实与兴奋，一边不住地谢着。

赵家兄弟去办自己的事去了，广诚一个人躲在船舱里把钱数了十几遍，心里在盘算怎样进货带回去、怎样还账、怎样给哥哥留笔钱"打底子"，然后怎样把生意做大。一个人陶醉了个把时辰后，他才仔细把钱分几处藏在了身上，外边只留了些船上赚的小费钱，上街按地址去找师父。

街上黄包车很多，来往飞快，可见这里比汉口更加忙碌。如果说当初汉口曾让广诚吃惊，那上海简直让他震撼，世界上居然还有这样的地方！他以前曾多次想象过上海究竟繁荣成什么样，心中暗自决定要仔细将它和汉口分个高低，现在终于踏上这光华四射的城市，无论走哪里，仿佛都会又有一个新的汉口展现在眼前，让他叹息自己原来真是见识太少了。

上海虹口市场（1850）

他拿出地址问路，但是人家都很忙，或许也不一定识字，基本都不耐烦听完他的湖北话。好容易遇到个愿意搭理他、又识字的小摊贩，广诚却又听不懂他说些什

清末上海街景

么。他有些懊悔刚才没有向丙文问清楚，在这人生地不熟、连语言都不通的地方，自己连方向都找不着。

忽然听到有人在背后喊他，广诚回头一看，原来是同船茶房谢三金。谢三金年龄比广诚小三岁，却已上船两年了，因识得不少字，茶房们遇到读家信、读告示的事都找他，被“江永”茶房们公认为见多识广的小弟。他籍贯汉川马口。马口镇与九真山是隔水近邻，口音相近，加之他也喜欢早起习武，除了好赌，与广诚还算投机，便很快混熟，算是除开丙文外与广诚相处最多的人。

“还没来过上海吧？莫要走失向了，小心上海人很欺生的。”三金关切地说。

“是没来过，嘿嘿！”广诚遇到三金的确是喜出望外。“我要去找个人，正愁问不了路呢！”他拿出师父的地址，给三金看。

三金带他大步穿过公共租界整齐的街道，到了苏州河边。三金找人问了下，又带广诚走进一条背街，再拐进一条胡同。广诚这才看到，原来在高大气派的建筑后面，是与汉口华界差不多的简陋平房和杂乱弯曲的街巷，上海

清末上海城隍庙放生池与湖心亭

也有好多穷人哩，有些人好像比他还穷！

好不容易找到地方，师父却在一个多月前已经搬走，不知去向。

广诚很失望，一边谢着谢三金，若不是他，自己断无法找到这无比复杂的地址的。

他接受了三金的建议，跟着他去逛街，又回头从公共租界、法租界……如同进了万国建筑博物馆。逛了个大半天，肚子叫了起来。三金说：“我带你去个花钱少、又吃得好的地方。”广诚高兴地说：“跟着你，我吃不了亏。”

三金带他到了豫园附近的天官坊口上，那里一家两层的木楼餐馆显得很突出，广诚看着伸出的酒望，一字字读道：

“通…成…酒…家。”

三金不由惊喜道：“广诚老兄能识得字？”广诚虽说也认得一些字，却自知才学疏浅，离开老家后还从没敢显摆过一次，这回不经意露了才，有一点小得意，笑道：“我没你认得多。”三金道：“这家‘通成酒家’，是广东人开的，楼下卖小吃，楼上还有酒菜。我们船上的茶房都喜欢来这里，吃多吃少都很实惠。”

酒楼地段好，或许因口碑好，登门的人很多。两人进一楼坐下，要了小笼汤包、阳春面，合着吴淞的甜醋嫩姜，吃得又香又饱。一结账，广诚发现价钱远比昨天吃的两顿便宜，欣喜地说："三金兄弟告诉我的这个地方真好，我昨天小铺子吃过的两顿饭，都比不上这里实惠。"三金笑道："在上海，除了洋人，最傲[①]的就是宁波人和广东人，生意从小做大，哪个行当都是他们做得最好。"广诚道："你说这'通成'的老板，东西卖得这么便宜，他就不蚀本？"三金道："你莫担这个心，上海人有句话叫做'潮州门槛'，就是说广东人精明会划算，生意做得好呢！"

上海北海路（1860）

广诚吃得心满意足，用心将"通成酒家"的道路记下，心想以后到上海吃饭就首选这里。

三金又带他去逛城隍庙。老街市繁华热闹，百样商家、琳琅满目，广诚一下还看不出门道，却很欣赏商家对自家商品的宣传叫卖，看他们对客人满面笑容地周到的迁就，也看他们适度的讨价还价，婉转地为自身利益辩解。与汉口人的精灵相比，精细中更多些和气和灵活。

不知不觉天色晚了。广诚道："谢老弟，不能回太晚了，赵大哥看见我没回去怕要担心。"谢三金笑了："上海哪像汉口，晚上热闹得很呢！走，带你绕过四马路回去，你见识下那边一条街的电灯哪，比你茶园演戏的汽灯都亮。"他忽然变得神秘地，"看看上海那些妖精女人。"说完自己哈哈笑了。

他笑着看了看木然不解的广诚，"你哪，要学会上海话，一定要学地道，像我这样，要带宁波腔。上海话还有一种叫'江北腔'，千万别学成那样了，受欺负。上海有些人比我们汉口人还坏、还欺生、欺穷，动不动笑人'阿木林'、骂'瘪三'，连穷一点的洋人他们都说成'洋瘪三'呢！"

广诚随三金走过亮着路灯的马路，夜间的街景让他几乎有到了神话世界的感觉。不知不觉地，他在埋下更多、更具体的对未来生活的幻想。

①傲，湖北方言，有本事，有本领，不指傲慢。

四、穷人命中八合米

广诚照曾昭泰说的，买了些洋油，但没敢带香烟，钱不多，也担心在船上受了潮。不过，他看到别的茶房还是有带烟的，用油纸包着放在高处。谢三金带的是布匹绸缎，他都一一记在心里。

回汉口花了五天半时间。在四官殿码头一上岸，广诚便叫了个独轮车，将煤油送到了曾昭泰处。

昭泰新近被童瑨夸了两句，心里十分高兴，知道这必是因帮广诚后王兴汉美言的结果，拿定主意今后要继续帮广诚。见广诚回来，一脸和气地迎上去，叫伙计接下货，说："好啊！这东西早就有人托我找了。汉口这边，洋油俏得很，洋油灯点起来几亮堂咧！有机会我帮叔叔找个大买主，好让他垫些本钱，叔叔就发得快了。"广诚老实，答道："我们茶房不过偷带点货，船上让带的数量很少的。"昭泰马上顺着说："就是就是，吃不肥，饿不死。不然，又是运费，又是税收，前两年还要收厘金。带多了，就变成正宗的跑买卖了。"边说笑着边一算，按差价，广诚果真又赚了足有三成。

广诚满心高兴。收了钱后，马上数出赊茶叶的钱还给昭泰，又将红利一五一十算给他。谁知昭泰慌忙站起来，摇手拒绝。广诚一本正经地问："你以后还让不让我找你帮忙？"昭泰连连解释道："叔叔，昭泰是万万不能与你分红的。要收了你的钱，我这饭碗怕就没了，更莫说您家是王教师托付的。他告诉我，童少爷认定叔叔绝非等闲之人，今后定有发迹之日。所以，叔叔的买卖我是帮定了。实话告诉叔叔，我给你的茶叶是从一个卖家的货中拿的。你要的货少，就用样品的名义登记了，连你上次给的钱都差点要退给你。昭泰怕不妥才硬让他收下的。'瑞琪牙行'的规矩是只能牵线搭桥，不代售，也不赊账。倒是我认识大小商户多，叔叔进货出货，我只要帮得上，一定帮忙。"

广诚只好收回了钱，问："侄兄，要是想做一大点本钱，可不可以托侄兄帮忙作保借钱呢？"昭泰笑道："叔叔看得起我，当然那是可以的。那规矩是这样，就当做我作保吧，借贷当收两分利息，一月内要还清本息。否则，利息每月加两分。牙行这边，还需提六到八厘佣金。东家会看收的佣金多少，给我提赏钱。记住，我对叔叔只能帮忙，绝对不能合伙做生意的。”

广诚听得心花怒放，懂得他那点生意放在牙行里简直不值一提，别去坏了昭泰的大事。于是便将手上的钱理了一下，把其中的十来元鹰洋揣在身上，其余的银元却交给了昭泰，委托他帮忙进些好木耳、冬菇、黄花等上海人喜欢的山货。

别了昭泰后，他脚步轻快如飞，一口气赶到广东茶园，想马上让广智分享他的成功。

进茶园就看到了茶房总头蔡元安。不想没等他开口，蔡总头就抢着说：“广诚老弟，你可回了，快到‘九方’楼上去，你哥的脚烫了。”

广诚仿佛挨了当头一棒，慌得扭头就三步并作两步，跑到“九方”顶楼茶房们的住处。见堂兄广瑞正守着他哥。广智浑身滚烫，左腿从小腿到脚面都被烫伤，并且已经化脓流出黄水，发出臭味。看见广诚，广智只勉强笑了一下，没有劲说话。言语金贵的广瑞着急地告诉广诚，是在灶上提壶时，壶把断了，半壶滚开的水都倒在腿上了。广诚问：“怎么不送医院？”广瑞涨红了脸说不出话。广智连忙挣扎着说：“不用，我哪有那么娇贵。”广诚不由分说，双手托起了哥哥就快步下了楼，出门喊了一辆独轮车，将哥哥放到车上，就叫送到法租界的教堂去。

那推车的摇头说道：“这兄弟像是要是送这大哥去看病，我劝你就不要去教堂，他那里只能医点小病。再说，这大哥只怕不是教友，不信洋神，教堂搞不好还不会收他。我看你别冤枉跑路，俄租界靠界限路①那边有家私人诊所，收得便宜些，不如我送你去那边。”

广诚连忙点头同意，跟着小车快步赶到俄租界那家诊所。

诊所很小，里面就一个俄国大胡子医生和一个金发碧眼的护士。

大胡子医生看了一下，用地道得难以令人置信的汉口腔说：“他已经感染化脓，再不治恐怕要得败血症。我这里挂号一元四，也就是一两银子，你看不看？”广智一听这天价，吓得连忙扯广诚的衣角示意。广诚却斩钉截铁地回答：“看！”

①今合作路。

广智心疼了，挺起虚弱的身体拼命反对。广诚全不理会，将他抱到了里面的手术床上。俄国医生检查了一阵，又说：“这手术费要两元，打两天针和换药一共五元，你治不治？”广智听到要花这么多钱，一年都赚不来，简直是杀人，而广诚那苕货[1]硬要去上这个当，气得忍无可忍。用尽全身最后一点气力撑起身来一记耳光打在广诚脸上，挣扎着喊道：“给我滚，送我回去！”广诚却发起犟来，用力将广智按住，让他动弹不得。他直着脖子瞪着眼，大声对医生说：“治！”

俄国医生睁大眼，忍着笑，欣赏着这一对“汉阳贱三爷”用粗鲁得近乎愚蠢的方式表达良好的心愿，说：“先交钱吧！”

治疗非常灵验，广智第二天就基本退烧，急着嘱咐广诚不要误了船。广诚知道这次“江永”在汉停留的时间短，便干脆去告诉丙文这趟船不跟了，好一心一意照顾哥哥。

广智体质好，恢复得很快。广诚细心地陪着哥哥，一五一十地给他讲述自己的经过。广智听着，哭了，说道：“兄弟，要不是你这一趟赚了几个钱，哥哥的命怕是难得说啊！我烫伤的第二天，腿就胀疼得厉害。跟着就烧得一点力都没有了。哥正想你呢，你就来了。你救了哥的命，哥把你辛苦挣的几个钱都白糟蹋了！”

广诚笑道：“哥，这不是你吉人天相么？那钱是身外之物，留得青山在，还愁没柴烧？”我做下趟生意的本钱，已经交给昭泰了，你不用急。这看伤用的钱，本来就是赚的，打算交给你的。哥，船上的钱比这里好赚，以后有的是机会。”

广智摇着头叹道：“命里只有八合[2]米，走遍天下不满升。这不是老天爷生出些法子,叫你多了几个钱就得花出去吗？广诚,这世道哪有好赚的钱？哥心里就是担心你哪！”

广诚却不再苟同广智的宿命观点，长江已为他做了一次精神上的沐浴，上海那么多人的成功也给了他朦胧的启示，他更相信自己可以改变命运。

从此，广诚就往返于汉沪之间，在赵丙文兄弟和曾昭泰的帮助下，路子

---

①湖北方言，笨蛋。
②湖北方言，合（gě），一升的十分之一。

越走越精。他手上的本钱在顺利地增加。不到一年的光景，他托广智捎回乡下的钱已还清了父亲的所有欠债。

曾纪奎和很多乡下人一样，有了钱却不急于投资生产，而是首先修祖坟，然后再整房屋，自己却继续当佃农租田耕种。他未宣布的下一步计划仍然不是买地，而是帮广诚说媒成家。

曾纪奎很快就不满足了，因为他用乡下的生活成本估算了广诚在外的花销，认为广诚本应该存下多得多的钱嘛！于是断定广诚一定在外把钱乱花了。他恨不能亲自到广诚身边去监督。便带信广智，叫把广诚的钱一分一厘都管好。

他哪里知道广诚活得多难，朝廷对私货逃税一直在严查，一旦发现，轻则没收，重则收监。茶房们为了免灾，会均摊一些钱来买通经常停靠的码头的水警，水警被茶房们养熟了，查起来也就做做样子而已。但若遇到有官员来视察，或者是突然出现了生面孔，就归茶房们放血了。每次出航归来，只要还没有把钱带回家，哪怕已经上岸、货物出了手，那颗心都还悬着的。再则，无论赚赔，都须定期拿出钱来打点船上和岸上的众多关系，最起码的也是请听戏、上馆子，所以跑单帮最后赚的其实很有限。

广诚却并没有去揣摩父亲有什么想法，他只想多赚些钱孝敬父母，改变命运。他对江湖凶险抱着警惕，生怕血本无归。那宁波人对他上的第一课也帮他长进不少。在有了一定的本金后，他在广智处留了十元钱。广智知道这是广诚垫底救难的本钱，很理解地配合广诚瞒着乡下的父母。

广诚怀着朴素的江湖义气，仍不忘常去看望彭金龙，每次还都送去些东西，像对亲兄弟一般慷慨地资助他，帮他渡过了几次难关。金龙身体已有了些好转，“赌”果然也已戒掉。蔡元安在分配上又对他做了些照顾。不久，在广诚建议下，蔡元安又让金龙媳妇在茶园卖些炒货。他家的日子终于比以前过得强些了。

广诚开始时甜头尝得多，便对这条江寄托着莫大希望，幻想能一步步走向富裕。他甚至奇怪，那些老茶房跑了这么多年的单帮，怎么还没有发财呢？

五、初领江湖之险

轮船上的茶房们表面上还是比茶园中要大度些，比如很少见他们因小费争吵，即使有了嫉恨也只埋在心里，但多数仍是由江湖打造出机灵而自私的本性。船上空闲时间多，赌博、抽大烟便成了家常便饭。赌博不顺心就要吵起来，甚至掀摊子摔东西破口骂人。不过骂得再凶，也极少见到动手的。广诚生怕经不起诱惑，凡见赌博就躲得远远的。至于抽大烟，他知道那东西一点都沾不得，多少有钱人还抽得倾家荡产呢！

他一心的愿望就是多赚钱。积累了几个钱后，胆子大了，开始谨慎地借些本钱经营，也试着给别人带货分红了。不过，因为他的钱来得不易，所以但凡有点冒险，他就非常小心，宁愿丢掉机会也不赔本。

这回刚过了处暑，船从上海回航，广诚特地买了一匹蓝色机纺布，打算给父母兄嫂做衣服，这是那年头有点身份的乡绅们最青睐的时髦布料。

船到芜湖停泊，上下船事情忙完后，有些上岸去玩的人都回船了，还有一小段空闲时间，广诚和谢三金趴在大菜间旁的栏杆上打发时光。

大菜间门口新贴了一张告示，是安徽官府抓革命党的。两个人拼拼凑凑念了，上头通缉的名字有“梁耀汉”、“谭襄农”。看到师父的名字，广诚心里一紧。

“梁耀汉是我们马口人，他哥梁钟汉我都见过。”谢三金说。

“唔，连我们那边都听说过梁家。”广诚顺着他说。

“他们家老辈子是‘长毛’。”

“嗯。”广诚随口答。

“人无横财不富。梁家老辈子梁兴茂也是茶房，茶馆就在马口港跟前，有个船老头上岸总喜欢到他茶馆喝茶，回数多了，人就熟了。有天，那老头对梁兴茂说，我看你忠厚，想托你件事。我要出趟远门，托你帮我看管几口箱子，这几两银子给你当酬劳。要是我三五年不回，箱子里的东西就归你了。”

“他也不晓得是什么东西？”广诚也有了一点兴趣。

“不晓得。梁兴茂为人厚道，就帮他好好地保管着。等了三年不见回，等了五年也不见回，就又等了两年，梁老先生想起了那船老板的话，这才把箱子打开了。一看哪，乖乖！”

“什么东西？”

“一箱箱装满的黄金、白银！原来那老头是成心送他的！梁家就是这样发起来的。”

“我不信有这种事。”广诚说，“我听人说的跟你的不同，梁兴茂救过长毛的石达开，石赏了他二十两银子。他当本钱开花房、榨房，慢慢发起来的。”乡下人太穷，以为二十两银子就是巨款了。

“你晓得个屁！人无横财不富！石达开是翼王，救王爷一条命，哪会才给二十两银子？比我们才多几元本钱，靠做生意，几时才能做成那么大？狗日的我们跑单帮，一辈子都是吃胖了、又跑瘦了。赌来赌去，指望发个横财……”

两个人正在争辩，忽然人声嘈杂。一个水手慌张地跑来说：“你们快回舱里去吧，有官兵上船来了。”

广诚回到统舱，那里已是兵爷们的吼声和女人小孩的哭声响成一片。一个军官用手枪朝天放了一枪，哭喊声顿时小了很多。军官命令茶房们都集中到大菜间。又一个当官的带了一群荷枪实弹的士兵，将

芜湖青弋江口

清末九江码头盘问场景

他们围起来，然后宣读通缉令，原来是上船来抓革命党的。

广诚发现刚才还与他在一起的谢三金竟没有来，忽听趸船上又闹开了，不知发生了什么事。那群当兵的都向楼下跑去。乘客们也都涌到船舷边去看热闹，船明显地歪了。只听大副在高声喊，叫乘客不要都集中到船的一边。但是爱看热闹的国人显然只要船没真沉，就一定不放过看稀奇的机会，只要不是自己吃亏，再大的灾难对他们都是一场戏。

只见两个兵追打一个拼命保护着一个口袋的人,一直将他拽到了趸船上，那人孤注一掷地将头朝一个兵撞去，只见那兵被撞得一翻，竟落到江缝里去了。

船上一阵欢呼叫好，这个敢反抗的人顷刻被全副武装的士兵围起来，打翻在地。从外面只能看到士兵们一齐用枪托朝下夯去，用脚向圈中踢。船舷边的人都心情复杂地想着个结果。广诚在人后远远看着，奇怪自己没了当年救孙狗子的那股莽劲，只猜想那人可能会被活活打死，心里却只惦记着自己的货。

官兵们救起那个落水的兵，被打得半死的人也理所当然地被当成革命党拖走了。现在人们不再担心那个人的死活，因为官军们要一一搜查他们自己了，刚才兴奋的嘈杂又变成了哭天喊地和哀求声。

等到官兵们搬运着大包小包“可疑物资”和“查禁物资”下船，轮船已因此多耽误了两个小时。

船终于离岸，所有的人都松了口气，接着便是整个轮船响起一片骂声。几个好汉在船舷上对着已迅速远去的芜湖码头喊着要拼命。历劫后的人们又忙着围观这几个的表演了。

广诚赶紧跑回舱里，发现自己所带的货物已全都没了，也就是说，多次跑船的积累一下化为了乌有，还空欠下了人家委托带货的那笔钱！再看其他人，个个蔫得像霜打的茄子，不问也知道与他一样倒霉。

他愤怒到了极点，真想找地方发泄，这算什么世道啊？他见丙文也垂头丧气地站在一边，看来也没能逃过这次洗劫。广诚忍不住走过去怒道：“哪是兵？土匪！”丙文叹了口气：“早年也遇到过几次，说是查私货哪、收厘金哪！有两次也是差点搞得我倾家荡产。几年前，朝廷用我们船运兵去安徽打革命党，他们就在这个芜湖码头的趸船上，将一个顶撞他们的什么人，随

九江码头趸船

随便便就‘咔’的一下砍了头。”广诚愤愤说道：“抓什么革命党，真有革命党，他们怕都要吓得尿裤子！就是变了花样抢东西，欺压百姓倒有一套。”丙文望着江面说：“兄弟，只当是折财免灾吧！我这次还帮别人带了货，亏得大了，多少趟的辛苦结果都为这些土匪进了贡了。”广诚被正好说到痛处，恨不得哭。

正在绝望之时，谢三金突然从上面跑了下来。广诚正待问他哪里去了，却见他诡秘地说：“两位哥，你们有些东西我藏在了破舱板里面呢。有两个兵差点去那里搜，被我哄开了。”两人不由有绝处逢生之感，心里都在称赞谢三金这家伙精灵。

清末九江码头

三金趁船上人涌去看热闹之际，抢着把几个包塞进了他们舱附近的一处锈破的舱板后面，那里早就说过要修补了，外面堆了船上的什物掩盖。广诚和丙文去把东西掏出来一看，一部分不占体积的货还真的幸存下来了，总算还没倾家荡产，真是不幸中的万幸。广诚心算了一下，他仍将因此亏损一二十元，对他而言还是没能逃脱伤筋动骨，只是有意孝敬父母的那匹蓝色机纺布也没了。

回到汉口，广智闻说后大惊失态，将广诚训斥了足足一个时辰。老大觉得这个钱赚得实在太危险了，劝他还是回“广东茶园”，兄弟俩一起再老老实实做上两年，还是可以买回自家失去的那几亩田地的。广智更生气的是，广诚居然敢瞒着他赊债做生意，光被抄走的货值几十元钱呢！你连本都赔不起啊！

他大讲了一番“命中没有，贪心枉然”的道理。广诚再三辩解，说无论如何，要跑船将欠的钱还清再说。好不容易才摆脱了广智的阻拦。

他将剩下的货出手后，又拿了存在哥哥那里的十元钱，并没有马上还钱，而是孤注一掷地全买了货带上了船。他想，如果顺利，差不多一趟就可以还清债款了。

不料此次到达上海后，船竟出了毛病，要拖到“江南制造局”去修理，听说至少半个月。茶房们便各自鸟散，去想办法度过这段日子了。谢三金找熟人上了“日清”公司的“小樱丸”号。

广诚心里十分焦急，借的钱过月就要计利息的。他拿不定主意困在上海怎么办。正在无可奈何，丙文来找他说：“广诚，想不想翻本？我们趁这时间跑趟无锡好不好？”

广诚一听，立即精神大振，便点头听着。丙文道：“你可知道，以前上海最主要水道是吴淞江，也就是苏州河啊！这吴淞江通到苏州、无锡，那里称为人间天堂，鱼米之乡，又是丝绸产地，那边的每样东西拿到上海都可以卖个好价钱。”广诚道：“那么好的地方，带什么去卖呢？”丙文说：“那边市场里将北京来的宫花、脂粉称为京货，将广东来的锁、刷、灯器称为广货，将上海的袜子、钟表、香水、香烟、肥皂、火柴称作上海货，还有我们带的内地货，都好卖得很。我还有个老朋友在无锡，借过我一笔钱，都两年了，带信过去总没见回，我早想去找他。你想不想一起去？”广诚高兴地答道：“跟你去开眼界，怎么会不想？”

广诚于是跟着丙文兴冲冲地跑到洋行街、太平弄、咸瓜街去买东西。他钱少，只买了些肥皂，又去丙武处将还未出手的木耳、黄花带上。

丙文已经跑船多年，老江湖了，吴淞江、大运河等大江小河都有他认识的茶房，想去哪里，船票钱自然是不消花的。他带广诚去“戴生昌”、“大盛”等几个码头串找熟人，介绍他认识了一些江湖同道，最后上了“老公茂”轮船公司当天去无锡的船。

六、幸逃杀身祸

轮船晚饭后开出。这船比“江永”小得多，只有几间舱有上下铺，却基本空着，坐短途的乘客多数都选统舱省钱。茶房们给他们找了空余铺位休息。广诚的上铺是一个留洋回来的学生，居然像洋人一样没有留辫子。广诚虽然没少见洋人和没辫子的买办，却从未和这样的“异类”共处一床，颇感不自在，觉得好像连舱里的空气都有些变味。这假洋鬼子大概嫌枕头太低，从箱子中拿出了个布包枕在头上，又拿出一张报纸来看。

广诚觉得舱里闷，便走出外边，迎风站着。船舷很窄，站在边上，有人过路就得挺直身子、吸瘪了肚子让路。广诚欣赏着两岸的上海街市。渐渐地，轮船走出了房屋密集的市区，平坦广阔的田野和芦苇荡出现在前面了。河水不宽，平缓而清澈。夕阳下，河岸边靠有很多乌篷船，有的船头还站着鸬鹚。河中有很少的帆船，还过了一艘一排人齐用脚踏的“车渡船”，广诚看得煞是有趣。

漫天的霞光变成深紫色后，天色便黑了下来，最后只能见得到茫茫黑暗中有几点渔火跳跃闪烁。他环顾沉没于黑暗中的茫茫四野，想着自己的未来，真有些像那些暗淡而形影不定的渔火，不知什么时候才能混得有个样。跑了这么久的船，一趟趟地挖空心思赚钱，结果反欠了一屁股债。哥哥光在泼自己的冷水，结果偏偏差不多又都被他说中，广诚心里涌起一阵很强的落魄感，便郁闷地回舱里睡了。

小轮船又走了一天，停停靠靠。到第三天晨，他被下船的人吵醒时，天还没全亮，原来是停靠苏州了，正在下客和搬货。上铺的假洋鬼子就在这里下了船。广诚想继续睡，却再也睡不着。

他这会无心看风景，想干脆等从无锡返程时，再来好好看看苏州——这传说中的“人间天堂”。

好一阵后，船开了。广诚爬起来想活动下筋骨，可狭窄的船舷走道站满了人。他扫兴地又返回了船舱，无意中发现，那假洋鬼子用来枕头的包被遗忘在了床上。

清末苏州省城俯瞰

他拿下来看了一看，布包面上缝着一块已有些发黄的白布，上写着大概是寄往日本的地址和姓名，落款写着在苏州的寄件人。广诚用力认了一阵，知道这人大概是姓徐，“蘇”字他认不准，但猜得出一定就是苏州。想这假洋鬼子也丢三落四的，不如返回再过苏州时，花点时间帮他送去吧，这可是积德的事。他见这会丙文还睡得死死的，便不去打扰他。

约莫两个时辰后，船到了无锡。广诚和丙文下船，又接着换乘了一条小木船。原来这无锡城内河道纵横，水巷交叉，民居傍水建屋，前街后河，在市内穿行也主要靠行船的。

丙文将广诚带到一家栈房。店主人似乎认识他，很热情地招呼两人住下。丙文便向他打听湖北人夏忠林。

店主人满脸笑容说：“原来是问夏老板。我是想起来了，你几年前与他一起来过小店的。他原先倒是经常来这里。做桑叶、丝绸的，我们这里称叶商、绸商。不过去年起，他就再没来过小店了。听说在为官府筹集青蓝布匹和官服刺绣。青蓝布是用来做官服的，这可是个大肥缺啊！眼下……他多半不在无锡，这季节嘛……不会去湖州的，十有八九是跑苏州去了。我找他们公所里的人一问便知。”

丙文问：“是湖广的公所吗？”店主摇头笑道：“不是不是，这苏州府和底下无锡地段的公所，只讲究‘同业’相助，不认同乡。只要是本行业的人，不分彼此，不管从哪里来，属哪个帮派，都可参加公所，受公所行规的管束，参加同业办理的善举，同赢互利。要是有人违反行规，就要受大家共裁。”丙文称赞道：“这样才好，不像我们汉口，同行是冤家，总是为争地盘打得死去活来。”

吃过饭后，店主便打听了消息来了。果然夏忠林是去了苏州，还拿来了他在苏州的公所地址。丙文和广诚便去买了次日去苏州的船票，顺便上街看了商品行情。照丙文的意思，不忙着在无锡出货，还是到苏州去再说，时间宽裕些。

二人难得点空闲时间，便雇了条船去游湖，以饱览太湖风光。小船驶在湖中，但见湖水浩荡无边，湖岸参差，芦草茂密，河湖港汊，稠密错综。放眼望去，沿岸已收割过的稻田连绵，大片的桑园、竹林相间其间。水清见底，湖边荡浮着一片片青莲、红菱和上千顷荷叶。湖中连天碧波一望无际，隐约可见“十二山峰”屹立水中，有如仙境。广诚算是此生第一次是为“玩”字活了一个下午，神经暂时放松，内心却是百感交集。

次日坐船，不到中午，就到了苏州。安顿下后，两人就在栈房楼下吃饭，找人打听了绸布公所的方向。饭后，广诚对丙文说道：“丙文兄，那天我上铺的客人掉了个包在船上，我打算为他送去。是不是和你分开办事？”丙文说：“也好，做人是要像兄弟这样。我那边你不去更好，夏忠林欠我有差不多三十两银子，我去要回来后，明天再一起去办货。那你也就一个人去了。广诚，你出来时间不长，江湖险恶，知人知面不知心，就是做好事帮人送东西，也要处处多留神才是。”广诚感激地回答：“记得了。”

船家生活

广诚和丙文分了手，叫了一条小船按地址去找那位姓徐的失主。

船家将船慢慢摇去。但见苏州城内河街平行，横竖交织。河道很窄。广诚想，这大概就是江南水乡都不划桨而摇橹的缘故吧？两岸房屋青砖青瓦，气派的庭院亦不少，和无锡一样均傍河而建。院落后门则有沿河马路。后门口有石埠头，一级级地通到河里，河边停靠着乌篷船或小木船，或有妇女在石埠上用河水洗衣涮物。除了轻轻地划水声外，每条水巷都幽静如梦。时有拱桥、石桥横跨小河，桥形各

清末明信片：苏州木渎石拱桥

异。一路处处是景，又处处景不同，美丽如一幅幅淡墨画卷，叫人心旷神怡。

渐渐两岸都是些大户人家的院墙了，一座座园林比邻，有阵阵桂香扑鼻而来。广诚正陶醉于美景，船家告诉他说到了。广诚便付了船钱上岸，按船家指的大门敲了下门。一个门丁样的老人开了门，问明广诚的来意后，一脸狐疑地叫广诚在轿房等着，自己却从右边的侧廊进里面去了。广诚等了一小阵，那老人出来叫广诚跟着他从中进二门。

绕过一面很大的花纹如同山水画的石屏内照壁，一个小巧精致的前花园便展现在眼前，左侧没有侧廊，有厢房。前花园中有袖珍的假山小湖。走过一个仅几步长的小桥，便进了前屋客厅。

从客厅后门可以看到里面，原来是个宽大、纵深错落的园子，连绵迭起、百态千姿的太湖石假山挡住了视线。假山旁有石径小路，路侧是一片可见莲荷摇曳的池塘，池边种有柳树，与假山对峙呼应。假山和前厅间的空处，恰到好处地种植着花草。山后还可见精致的楼阁顶。真不知里边还有多大的庭院。

广诚知道这是很有地位的大户人家了，不敢随便就座，便垂手站在房中等着。

不一会，只见假洋鬼子大步从里院匆匆走出。广诚将包送上。那人先看了看包裹外面缝的线，全没动过，接着连忙打开看了，绽开出一脸笑容，对广诚道："请坐请坐，足下真是诚实君子啊，令人敬佩！这是我在日本读书时的日记和家信。这不，里面还夹了二十多两银票，外面裹了几件夏天的衣服。那天我拿来枕头，结果下船时忘了，回到家才想起，只道再找不回了，心里甚是懊恼。却不想遇到足下这样的好人，亲自送上门来，真是难得！难得！可贵！可贵！请问如何称呼？”广诚回答了，晃眼看到那包中一张有两个巴掌大的照片，那人戴着一顶十分古怪的方帽子，穿的一身黑袍。假洋鬼子喊了声：“上茶。”见广诚在注意照片，便笑着说：“本人姓徐，名佑铭。这是我在日本大学毕业时的照片。家父原是进士出身，在浙江当官多年，现辞官在家。要知道我们读书人把日记、照片和家信是看得最重的。我真不知道该如何感谢足下才好。”

广诚哪里知道，他让多日来这位徐少爷心上的一块沉重的石头落了地。

那日徐佑铭发现包袱遗落后，大惊失色，当时就撵到了码头，不料船早开走了。他焦急地打听到船从无锡返回的时间，次日又提前到码头等候，但到船来，登船把所有茶房问遍，乃至悬赏，都问不出一点线索，不禁不知所措，面若死灰。如果是拾者只是见财忘义，那还算万幸。那些日记中，他在日本参与同盟会活动时的思想言论及朋党姓名多有记述，万一落入官府或奸诈之徒手中，后果不堪设想。他没想到竟遇到广诚这样的忠厚之人，几乎有绝处逢生之感。这些内情当然不便表露，他忍住内心的欣喜表达着谢意。

广诚不知该说什么，却看见一个身穿紫色衣服的丫环从侧廊端了茶盘碎步出来。广诚不敢正视，接了茶，喝了一口，便站起来告辞。徐佑铭挽留了两句，就抽出那张银票要谢广诚。广诚辞谢道：“这该是做人的本分，怎么能收少爷的钱。”推辞了几番后，徐佑铭便不再强求，说：“你在苏州人生地不熟，若有需我帮忙的，你只管来。家父和现今苏州府上还有些交情。我好尽一份心意。”广诚谢了告辞。

他乘了小船，慢悠悠地回去，陶醉在自我满足中，想着父亲说的“人穷志不穷”，自己这回做到了。

到栈房进门，却看见里面的人在议论纷纷。刚上楼，店小二就一脸慌张地跑来道：“客官，你可回了。约莫大半个时辰前，你那同伴带了个人回栈房。不想外面接着就跟进来了几个官衙，说他们俩是革匪，将他两个一起抓走了。”广诚大吃一惊，打开门一看，他与丙文两人的所有东西都已荡然无存。

七、徐府栖身

虽说这次打击让广诚瞬间破产负债，但他首先着急的却是丙文突然不明不白成了‘革匪’，这可是要杀头的！他定下心神问道：“跟我赵大哥一起来的人什么样？”小二说：“面黑，有些胖，鼻子很大，个子比你矮半个头，穿蓝绸马褂、蓝布长袍，内地口音。听两人进门来谈的像是苏绣行情。”

广诚没了头绪，但越想越觉得蹊跷。老赵为人小心谨慎，怎么会是革命党？来苏州就被抓，会不会是那个夏忠林赖账设的局？三十两银子就值得下这样的狠手么？那姓夏的为什么自己也被抓了呢？如果姓夏的狠毒，他会不会故意让抓他自己，免得老赵猜疑呢？那他一定也不会放过我了。他越想脑子越乱，但猛醒无论如何不能再相信跟前的任何人，说不定有暗哨在盯着我呢！

这店再呆不得，还要尽快弄清那个夏忠林的底细，救出丙文。他便装的没事般，悄悄从后门出来，叫了船，去了绸布公所。

对着公所，河街上有家酒店。广诚在楼上窗口找了一个座位，要了一小碟菜和几个包子，一小壶酒，慢慢吃着。眼睛注意看着公所进出的人，却始终没有栈房小二说的那种外貌。他又忽然醒悟了，要是姓夏的真被抓了，自己不是白等么？他便叫来酒店小二，拿出几个铜板，对他说：“我要找绸布公所的夏忠林老板谈生意，麻烦你帮我叫一下。若找不到，就帮忙问问他的住处。”

小二去了一阵，回来说：“夏老板中午就跟人出去了，没有回来。里面人说，会所的人太多，都来去无踪的，不知道他住哪里。”

广诚很丧气，自己确实没有什么吊线刨底的本事。他付了饭钱，走到街上，人生地不熟，身上所剩已经不多。去上海搬丙武来帮忙吗？那样把丙文一个人留在这里太危险了，搞不好性命难保？

怎么办呢？怎么办怎么办？人哪，真是有走投无路的时候！

他猛然想起了刚才徐少爷说过的话，现在只能去找他帮忙了。便又坐船到徐府去。

到徐府门口时，已快要到黄昏了。他竟犯难起来，“施恩图报”是爹娘一贯不齿的行为，去了又回，虽说是为了朋友，徐少爷会怎么看呢？但他又说服自己，此事关系丙文性命，不求他怎么行呢？

他吃力地斗争着、犹豫着，在徐府门口的路上徘徊了好一阵。一辆轿子从后面过来，从身边走过，走不远后忽然停下。略过了一会，广诚听到一个秀声秀气的喊声：“那人，你可是姓曾？夫人叫你过来！”广诚抬头一看，轿旁站着一个丫环，好像是给他上过茶的那位，正在朝他招手。逆着夕阳看去，只见到她娇美的体态，却看不清面孔。广诚回答着“正是”，走了过去。听那丫头说：“是了，太太，我的眼睛不会错。”只见夫人下了轿，对广诚道：“我听他们说起你时，你已经走了，怎么会在这里，是不是有事？”广诚低了头，不敢正视，说：“正是遇到难事想找少爷，不知怎样启齿，在这里不晓得该怎么进退。”夫人说：“这有什么，你进来说话吧！”

广诚跟着进去，夫人叫他在轿房等候。自己和丫头进里面去了。不一会，徐少爷便迎了出来。广诚便慌忙把今天回去后经历的事讲了一遍，说不知是犯了什么、还是遭人暗算，且自己钱财也均被洗劫，正无计可施，但不好意思开口等等。

徐少爷叫他别急，自己又到后面大院里去了一会，再出来，说道：“你可暂且先在我家客房住下，家父会写张帖子叫我们家人去打听。只是怕要到明日，才有消息。”广诚无奈，只好先谢了，听从他的安排住下。

从轿房到前院一角的客房小院，是从侧廊里走过去的，这是一条长长的、用墙封起来的直通后院的独立走廊，每隔不远就有小门通到徐家的各层庭院。

次日清晨，广诚在客房的小园中随便练了阵拳，又听到里面园中传来那丫头清脆的声音，但无法看到人。不一会，有一个老妈子端来了饭菜。广诚心里着急，食之无味。约莫到了晌午，徐少爷才来了。告诉他已打听到赵丙文被抓的消息，和他一起被抓的人已供出，他们和逆党有关系。

广诚大吃一惊，着急道：“他和我两个人出来做生意，怎么他和那人一起回栈房，马上就有人来抓，一抓就着？又偏偏刚好是那个人供出和逆党有关系？徐少爷，不瞒你说，我和他相处很有些日子了，大部分时候都形影相随，不分彼此，从未听他有过一句叛逆的言语。我觉得这事情太怪了。敢问，

清末表情各异的囚犯们

和他一起被抓的那个人又是谁呢？他们关在哪里？”徐少爷摇着头，“不清楚。看你急的这个样子！等我得亲自去问问，我的一个幼年同窗是巡道手下僚属，我找他，可以把这些问明白的。”广诚便提出同去。徐少爷说还不是时候，假如真是陷害，就要先弄清对手的目的，弄不好会把自己也搭进去。

原来清朝省一级是由臬台专管司法监察，由臬台派出的分巡道台，则是专门监察府一级的司法的。徐佑铭的同窗正好是“现管”。

徐佑铭去了一个时辰，带回消息说，他已将疑点转告同窗，那边正在帮忙过问此事，丙文暂时还不会有性命之危。广诚便拜托徐少爷帮忙写了封信给丙武，自己到邮政局寄出了。

清末审判囚犯

又过一日，消息终于落实。与丙文一起被抓的人果然就是夏忠林，咬丙文是革命党的人也是他。夏已被放了，看来正是他买通人陷害了丙文。广诚听明白了，禁不住怒火中烧。便谢了徐少爷，提出告辞。

徐佑铭沉思了一会，问：“你可是想去找那姓夏的？”

广诚点了下头。他确实是想去找到姓夏的，把他痛打一顿，逼他放了丙文。

徐佑铭看着他脸红脖子粗的样子，说：“我觉得不妥。他既能买通官府，就有一定势力，你斗得过吗？就算你找到了姓夏的，教训了他，你朋友也照样出来不了，搞不好还火上加油，把他害了。你且冷静下来听我说，这‘叛党’罪名的证据明显是不足的，姓夏的虽有可能会再买通陷害，但因我徐家过问，府里犯不着为这事得罪徐府，定会先按下，拖着再说。你最好安心在这里等他兄弟到来。”

广诚动摇了，不知道该不该就把“宝”全压在徐少爷身上。徐佑铭却并不留意，接着说：“我并非为答谢你，我是为了‘公道’二字！现今政府官员，腐败贪婪，已到极致，草菅人命，中饱私囊。什么‘叛党’？我们在日本的学友，十个有九都赞成孙文之主张，立志要推翻满鞑，复我汉疆，其中不乏官员子弟。我说这些，你恐怕不会懂的。你那朋友虽背了个叛党的名进了冤狱，其实怕未必听说过这些道理。”

广诚听出来了，徐少爷原来是和师父一党的，那么可以信他。但他又想到自己现状，不由面露难色，欲说又止道：“我是不懂，我就是听少爷的不去找姓夏的，也要出去先……先……先……”说到这里，不知该怎样说下去。

徐佑铭道：“我明白了，但你出去身无分文怎么办事？你的财产被洗劫一空，这怕是很难追回的。我倒有个主意，只是有些委屈你。”广诚说：“少爷只管讲。”

徐佑铭说：“我正在筹办实业，打算在这里与人合作开办丝厂。你的为人我十分信得过。可否委屈你就暂时当我贴身随从？算是个名义。这样，一不会再有人敢寻你不是，二你可对付眼前生活，三你也好借机办些事。”广诚道：“这样当然好，只是难为少爷了。”

徐佑铭说：“不要那么客气，我是讲究民众平等的。你我不算主仆，算雇佣关系。我又是讲究民权自由的，你什么时候想走，说一声我就会答应，算给你工钱。”广诚听不懂那么多新名词，但他晓得肯定都是些好的意思。

广诚便跟随了徐家的管事，穿过侧廊。侧廊用高墙和院内隔开，一直穿过徐府的三层庭园。通过侧廊窗子可看到，园内又有好几处院落，或用林竹、或用砖墙分隔，这就是这家主人们各自的住处。其间曲径幽森，长廊蜿蜒。侧廊越过一条通入了园内的、可行船的小河，方进了后院。此时再没有了隔廊。

后院内有三个小院落。男佣的院落在中间。广诚被领到这院里的一个单间住下。隔着小竹林有井台、厨房以及杂物房，靠右的院落是排平房，住着管事等的家口。从后院出后门，则又是条沿河马路了。

徐佑铭安排给广诚做了一套新衣服，开始带着他办事。原来与徐佑铭合作的是已与他订了婚的女方家，姓钱。徐老爷三个儿子，两个姨太太生的都成了家，徐佑铭最小，却是太太所生。

一晃过了半个月，在徐佑铭帮助下，广诚已两次进监看望了丙文。可怜厚道的丙文还一直在担心夏忠林的安危，见面就问他关在那里。当听说当天就放了时，竟呆若木鸡，一下还想不出姓夏的为何陷害自己，表情异常痛苦。几天后，广诚第二次探望他时，丙文才理清了脉络。原来姓夏的在汉口多有劣迹，又有仇家，待不下去。丙文为人心太善，看他是老乡，便将他带了出来。在丙文的资助下，姓夏的一个人在吴淞江跑了阵单帮后，由丙文出面帮他借了三十两银子，从此在太湖一带发展。不久前，夏在官府攀交了一个新靠山，眼见大有发展机会，不料知他底细的丙文突然找来。想当初这个赵丙文以兄长自居，对他整天说教，管得叫他心烦，早就心怀反感忌恨，再一算两年利息，越发不是滋味，便设计将他除之而后快。

广诚算是第一次亲身见识了世上还真有这种狼心狗肺、恩将仇报的人。

徐少爷在努力设法营救丙文，已有些眉目。奇怪的是丙武一直没有消息，广诚只有再次托跑吴淞江的茶房带了信去。

广诚第三次看望了丙文回来那天，忽然满街出现了荷枪实弹的士兵，到天黑便戒了严。这一天是 1908 年 11 月 14 日。到家后听到人说：光绪皇帝驾崩了。

徐府里乱了一夜，女佣们在太太指挥下赶着做孝服。次日里徐府上上下下一律头扎“直披”，身作“斩衰”，徐老爷传令禁食三天。

第一天下午，广诚就饿得有点难受了，其实绝食还不到 24 小时。

下午，徐少爷叫上他去丝厂，却带着他径直到楼上办公室，关上门，从行袋里拿出一包点心，叫广诚坐下同吃。一面讥讽地说：“我不想帮他们受饿了。列强欺凌，国将不国，还去注意这些小节。”正说着，街上又一阵嘈杂。有人上来说，又有官员在街上报丧，老佛爷竟也升天了。徐少爷把手一挥说：“知道了。”打发了出去，仍关上门，对广诚说：“这位总算走了，可是国家已经被她折腾得奄奄一息了。”

当天丙武终于来了。原来他被牙行派去宁波刚回，见到广诚寄去的信便匆匆赶来。广诚送他到栈房，将所有情况告诉了他，约定明日同他去探监。

八、同是天涯沦落人

徐府男佣人的房间晚上是不让点灯的，仅男佣小院门口挂有一个公用灯笼，就连侧廊接近后院的一段也是没有点灯的，到晚就黑的不见五指。广诚从丙武那里回来时，天已全黑。他沿侧廊回男佣的小院去时，借着星光看见对面走过来一个人，从那苗条的身形，广诚猜想一定就是那个丫环。来这么久了，他还一次也没看清过她的脸，此时便忍不住借着黑暗的掩护大胆地盯着那姑娘，却只能看出瓜子型的脸廓。女孩风一般地从他身边掠过了。广诚正有些失落，那女孩忽又转过身，轻声喊了句：“曾师傅。”广诚一惊，站住了，却想不出该说什么话。冷不防女孩将一个荷叶包飞快塞到他手中，一阵风似地走了。

广诚只觉心跳骤然加快，走到小园门口借着灯笼的光一看，却是几块条豆糕①。其实他今天已和徐少爷偷吃过东西，那丫环当然不会知道。这精细的点心显然不是给下人们预备的，许是太太赏给她的，这女孩定然原不打算送给他，不然为什么已经走过了才又回头？但她拿着点心来后院干什么？莫非是走过了才看出是他？那她自己岂不是要饿着？广诚胡思乱想着，不得要领，但无论答案是什么，他都感到很满足。究竟是为什么满足，他一下还想不明白。只叮嘱自己下次见面一定要反应快点，问她的名字，对了。就问“怎样称呼”好了，对！

他忽然想起了水莲。自从上船，他居然一次都没想起过她。她嫁的那家，是姚老板一心要联姻的，不知道她后来到底过得怎样。水莲偷偷送鸡蛋给自己吃，那是想着法子专为他煮的。女孩子都知道体贴人吗？他曾感到了从未有过的、不同于母亲的一种很特别的温暖。特别在哪里，他说不清，反正和广智、丙文以及师父的关怀不同。他相信水莲是很真心对他的。唉，现在想这些已经没有意义了！他马上又想到自己仍然不名一文,还欠了偌大一笔债，加上徐府又是很讲究男女有别的，于是又十分沮丧。

第四天，徐府的饮食就解禁了，表面上还只是吃点稀饭。可能徐老爷也

①下江人的一种小吃，成条状。

汉口后城马路街景

知道，如果再来为老佛爷饿三天，恐怕饿死的只有他自己，下面的人肯定早就在偷着吃东西了。不过徐老爷还是传下话来，强调“国丧”百日，谁都不准洗头！

广诚终于从旁人的言谈中探得，那丫环姓蒲，名静娴，苏州木渎人，属羊，八岁时就父母双亡。舅舅将她卖给了运河船上一家人做童养媳，“男人”还不到六岁。不料一年后，公公便得黄胖病死了。婆婆便带了她在运河上帮人梳头。不到十二岁时，“男人”也病死了。婆婆不愿花精力将她养大，便托了牙婆，要卖掉她。正好徐老爷回苏州省亲乘船路过。就在泰让桥下，她被夫人花十两银子买将过来。夫人也是木渎人。她便从此跟在了夫人身边、为夫人梳头打杂。几年前老爷辞官，她也被夫人带回苏州。算起来，她跟着夫人已经十多年了。夫人很喜欢她，徐府从上到下，也无人不说她又能干又心好的。但又都说她命里“克男”，又没包过脚。其实那年头，江南穷人家女人不包脚的并不少，为的是能上船下田。有传说说这规矩是长毛搞乱的。不过有双大脚终归还是叫人看不起。夫人曾准备施恩，为静娴作主，与一位小吏议婚。不料事情刚提起没几天，小吏竟被人闯落水中淹死。这一来，静娴的“克夫”名声便更加深入人心，所以至今再没有人敢来提媒。

广诚没有想到这女孩的出身竟会那么苦。自己虽然贫穷，却一直受到父母和哥哥的关爱，从小到大从未缺少过亲情的温暖。他从心里对这个无靠的纤瘦女孩产生了爱怜。

半个月后，宣统即位。

在徐少爷斡旋下，赵丙文也终于被放了出来。丙武找了家酒馆答谢徐佑铭，也给哥哥压惊。丙文听从了徐佑铭的劝告，暂时不找姓夏的报仇。加上他在牢里，两腿都长了疥疮，也需治疗，打算先随丙武回上海养好身体再说。

经徐少爷挽留，广诚独自留在了苏州。他将自己存下的工钱和从徐少爷处提前支取的一个月工资都托丙文带回汉口，先还掉一部分欠债。从小爹娘就教他，人不可没诚信。爹妈那么穷，却记得清欠别人的每一厘债。他们相信，离头顶三尺有神明一一看着。又叫丙文带信哥哥，说自己暂留苏州。

其实这宁静的水乡,已魔力般地让他滋长出了自己也说不清的某种期待。

天气渐渐冷了，广诚还穿着夹衣。这天他回得早，刚进自己房里，就听到了蒲静娴的声音。原来是做粗活的吴妈带着她来帮自己量尺寸做棉衣。广诚正觉心慌，她们两人就进了门。这下广诚终于把她看清了。他做梦也没想到这个女孩长得那样动人，不由心里乱跳得通通地响，机械地按她说的姿势配合着，眼睛忍不住偷看了她几次。最后一次竟发现她也正在看自己。两人不约而同地脸变得通红。静娴手忙脚乱地量完最后几处，就赶紧离去了。

徐佑铭每逢与钱小姐在一起时，便会打发广诚一个人先回。一天，天气十分阴冷，广诚又被安排在家。恰好老爷夫人要到夫人娘家有事，便叫了广诚一起乘船前去，好一路保护和照顾。徐佑铭一脑袋新思想，把广诚看成是人格平等的下属。而在徐老爷心里，这也就是“下人”的新叫法。

小船精致如同画舫。老爷太太坐在舱内。广诚和静娴坐在舱外船尾。静娴侧着身，将背朝着他坐着。两人都不说话。广诚只好独自去看小河两边的风光。约莫过了一个时辰，才听船家说了一句：“这是胥江了。”广诚看到一路小桥流水，两岸尽是古宅庭院、私家园林，远处有一群小山拱峙，幽静而秀美。想到这样天堂般美景，自己却只能在此给人当贴身保镖，何时才出头，心情十分郁闷。

船停在一家似比徐府小一些的庭院。老爷太太上岸进去后，便里院去了。

静娴也跟了进去。广诚被安排在前院一间厢房候着。这房里没有生火，阴冷阴冷，广诚越发情绪低沉。

足足过了一个多时辰，门开了。蒲静娴如同一阵春风进来，叫广诚同她到厨房去吃饭。

广诚默默跟着她，走过花园侧边的小巧的画廊，又进了一个小院。厨房就在这里了。他和蒲静娴在一张满是油迹和菜渍的木桌上对面坐着，一言不发地低着头吃饭。除了能偶尔看到静娴伸出拈菜的手外，他连头都不敢抬。吃完饭后，他一个人又回到那厢房，依旧闷闷坐着。

忽然间，静娴用肘推门走了进来，双手端了一盆火，不声不响地放在广诚面前。却没有再出去，也拿了个凳子，在广诚对面坐了下来。

小房里顿时变得那么温暖，广诚的心情也一下好了起来。他犹豫了一下，壮着胆子问道：“你不去服侍太太？”静娴细声答道：“有这边的人在服侍，太太有事他们会来叫我。”广诚就不知道再该说什么了。

又坐了一会，倒是静娴轻声问：“袄子合身不？”广诚连忙答道：“合身，好暖和。”

又是一阵沉默后，静娴说：“我就是这镇上的人。”广诚接话问：“那这是木渎了？”静娴抬起头道：“是。你怎么知道的？”广诚仿佛被人看透了心思，脸一下红到了耳根。他偷看了静娴一眼，见她的脸不知道为什么也通红了。

又过了好一阵沉寂后，还是静娴问：“你那个朋友放出来了？”广诚答道：“是的，去上海了，要回汉口养病。”静娴问：“汉口远吗？”广诚说：“远，几千里呢！”静娴又问：“你怎么没走呢？”广诚又红了脸，说：“本钱都被抢光了，哪有脸回家？”静娴小声问：“那你家里人不着急？”广诚说：“丙文会带信我哥哥的。”静娴不动声色地问：“家里就哥哥？”广诚回答：“汉口就哥哥，乡下老家还有父母和嫂嫂。”

静娴沉默了一下，又说：“那你也在苏州待不长啊！”广诚放松了些，答道：“难说，我因连着两次被官府的人打劫，已经欠了人家二十两银子。我得集点本钱，再去跑单帮还债。”静娴问道：“那么多债啊！要多少本钱、跑多久呢？”广诚以自信的口气答道：“要有一半作本钱的话，一两个月我就还得了。只是不能再遇上打劫的了。我原本想今年赚五十块钱呢！”静娴过了一阵没作声，忽然又问：“你要有本钱做生意了，还来苏州不？”广诚想都没想就回答：“当然来。”静娴马上接着问：“来做什么？”广诚道：“这边的东西便宜，又需要上海那边的东西，跑一趟，只几天就够了。”两人不再开腔，呆坐着，直到随老爷太太回府。

以后一连几天，那小房内的温馨都一刻不停地环绕着广诚，再难以驱开了。他一句一句地回味着静娴的话，苦苦猜想和随心演绎着她的意思，好多话都好像在探问他，可自己当时答话怎么笨头傻脑的。但转而他又丧气地告诫自己，也许她什么意思也没有，不过是些嘴边的话。但是他无论如何也无法停止自己的遐想，这一次的感觉竟然是从未有过的惊心动魄。

几天后，广诚又一次在徐府内遇到了静娴，两人竟对着会心地一笑。广诚感到，他们的心一定在靠拢。这么一想，不禁心里乱蹦，便赶忙嘱咐自己不可造次。

有天清晨，广诚在后院竹林边练拳，忽然看到静娴朝他快步走来，一边还环视着四周，看了看没人，便从袖中取出一个小木篦子递给他，轻轻说道：“一百天不许洗头，要长虱子的。你用这多篦几次，头就篦干净不痒了。”

广诚接过篦子，目送静娴风一样地离去，心里怦怦直跳，再也无法平静下来。他深信在这个世界上，她只给他一个人送了篦子。这个小篦子也就立即被他幻想成了宝贵的信物。此后，他再也无法克制自己胡思乱想，整日将篦子揣在身上，一有空闲便在院中走动，希望能遇见她。就连早上练拳也再集中不起精神。有几次总算闯见，两人竟都毫无掩饰地大胆对目注视，通过眼睛告诉对方，他们已经在互相期待了。

烦恼也更加深深地折磨着广诚。他不知道何时自己才有力量决定自己的命运，就这么无所作为地耗下去，一切都可能成为泡影。所以，每次相遇时的兴奋，很快就转换成更加深切的痛苦。但他发誓，这一次决不放弃。

当年终快到时，他托人写了封信寄给广智，决定平生第一次在他乡过年。

因为处于“国孝”期间，徐府过年少了许多节日的气息，但除避开红色不用外，换门神、贴联对、松柏饰门、祝福祭祀……还是样样不误。徐佑铭不耐烦这些陈规陋习，借故带了广诚整天在外。此时广诚对苏州河街已经相当熟悉，一口苏州话音也练熟了。

除夕之夜，徐府家人都在老爷那边守岁。广诚当日也和几个佣人喝了两口酒，回到房中，一个人躺在床上，郁闷地浮想联翩。

忽然吴妈在叫他。他便顺从地起来，本能地跟着吴妈，一直跟着，来到后院边上，走进吴妈住的小房。他正在心里纳闷，却看见蒲静娴坐在里面向火，立刻明白了大半，心便紧张地突突跳了起来。吴妈叫广诚在静娴对面坐下，自己拿了个小凳，关上门，在靠门口边坐下嗑瓜子。

静默了片刻，广诚正在心慌意乱，静娴却开口说话了："广诚大哥，我看你是个好人，想问你几句话。"广诚答道："姑娘只管问。"静娴问："要是这里有人肯借给你本钱做生意，你会怎样打算呢？"广诚说："姑娘怎么突然问起这话来。那有人肯借钱我呢？要有，我自然会想法赶快翻本。"静娴问："去哪里翻？"广诚说："先就在苏州、上海这边跑单帮，好尽快把钱还给人家啊！"静娴又问："还了以后呢？"广诚听不出她的意思，半张着嘴没有开腔。静娴接着问："就回汉口去么？"广诚答道："我这回过年都没回去看爹娘，不知道他们怎样了。"静娴轻叹了口气，抬头望着屋梁上方说："懂了，那你就该早点回去，这边的事就算了结了。"

广诚见静娴变了声调，仰望的眼睛里泪珠在闪动，仿佛就要滚落下来，又侧眼看见吴妈那边皱着眉头在使眼色，便一下明白了。此时他不知哪里飞来一个胆子，颤抖着声音说道："我会到苏州来，托媒向姑娘提亲。"然后提着心肺等了片刻，准备若是蒲静娴骂起来，马上就跳起来逃走。

但静娴没有接话，却低下了头。广诚大大地安下心来，接着说："姑娘，广诚是穷人，粗人，就怕姑娘看不上。"静娴用低得几乎听不见的声音说道："都说我命里克男克夫，你不怕？"广诚答道："我不信那些。"静娴又问："你会带我走吗？"广诚的声音越发颤抖了："你要愿意，我就带你回汉口。"静娴从身上拿出一个小荷包，说道："这是我这些年攒下的钱，你拿去当本钱吧，不要骗了我。"说完，将荷包塞到广诚怀里，低着头跑了出去。

九、托命钱

蒲静娴一共给了曾广诚十个银元，让广诚的心受到无比强烈的震撼。这真是天外飞来、雪中送炭！这哪是普通的十元银元？这是这可怜的、无依无靠的姑娘十几年来攒积下的所有血汗！是她对未来的全部寄托，是她整个的心哪！广诚知道自己得到了无价之宝。他悄悄跪地，对天发誓，一定要让自己成为蒲静娴一生的依靠，让她从此幸福一生，自己此生决不有负于她，倘若食言，天打雷劈！

他一个人在房里将这十块银元一连看了几天，为的是将每个银币的磨痕划迹从此永世铭刻于心。他多么希望能有办法不将这十块银元用出，而将它们永远珍藏。

元宵节一过，广诚就去找徐少爷辞工。徐佑铭还想挽留，广诚便将打算一五一十告诉了他。徐佑铭拍手道："这是个好事情啊！只是我再难找到你这样让我信任的人了，真叫人惋惜！但是人各有志，我不能误了你的前程。你去吧，我叫他们帮你把工钱结了。如本钱不够，可以找我帮忙。我说话一向算数。蒲静娴的事，我回去就对我妈说。我妈虽说可能会舍不得她，但是也不能误了人家终身啊！这事就包在我身上了。"广诚听了无比欣喜，连忙谢过。

当天，徐佑铭就回话广诚说，太太已基本同意，只希望你一定终身好好对待静娴。徐佑铭又将广诚带去介绍给了苏州的两家商行。广诚此时心花怒放，决心一定要成功。

广诚去谢过了徐家老爷太太，又去向蒲静娴和吴妈道别。

此时他是怀着对静娴的责任心重新开始的，而这种责任感他以前从未有过。他在市上对每一样货物进行着精心挑选和分析，反复盘算，直到最后一刻，才恋恋不舍地将钱花了出去，买了一些土产。

临动身时，静娴和吴妈一直将广诚送上了船。临别，静娴又递给他赶做的一双新鞋，眼泪却禁不住流下来了，哽咽着说："你、你可一定要回来……"广诚眼睛也湿了，说："你放心吧！老天作证，广诚绝不会误你！"

苦力们的中餐

这一段时间，命运也开始公平地对待他了。苏州这边，多少因徐佑铭的关照，进出货都十分顺手。上海那边和吴淞内河航船上，心怀感激的赵丙武又将自己的铁关系都尽可能介绍给他，让他事事顺利。不论是进出周转和来去航程都紧凑有序，加之航程又短。几个月后，广诚已经赚够了让他还债、翻本和带回家的钱。

他托人写了封信寄往家里后，就找了媒人到徐府提亲。静娴属羊，大年初一生，算月份比广诚大了三岁。徐府很相信广诚人品，也努力帮助促成。太太还赏了静娴一些嫁妆。端午过后，广诚第一次花钱买了船票，又雇了一顶花轿将静娴接到运河码头，带他去汉口成亲。

十、告别苏州

小火轮驶离苏州，广诚和静娴站在船舷，看着她如画一般秀丽的家乡慢慢远去。广诚明白，现在静娴是他的人了，这是他此生得到的最幸福、最美妙的结果。她让他看不够，让他不知要怎样疼爱才对得起她。他发誓要爱她一生，使她幸福。

但眼下，他还没有脱离贫困，所以总有股内疚的感觉在心里颤动，使他不安。他打破沉默，说："徐家的院子里面我从没有进去过，我乡下人心想的皇宫，怕也就是那样了。你在徐家这么多年，什么富贵场面没有见过？我这辈子可没本事让你住那么好的院子。我就怕我能挣得再好，都不能让你看上眼。"静娴立即制止道："你怎么那样说！徐家再好，我也是个下人，你在徐家也有半年，未必不晓得下人是怎样过的？"广诚点头道："哎，是，能吃饱，就也总是低人一头的。不过说起来，徐家还是好人多，都还知书达理。"静娴叹了口气，说："那也就是你住后院不晓内情了。徐家姨娘和姑

苏州阊门外的吊桥

娘们一个比一个厉害，要千万小心别遭惹了。徐家的故事也不少呐！”

广诚看着静娴扶在栏杆上的手，忽然有了发现，忍不住问：“静娴，你手腕上这两条疤是怎么来的？火钳烫的吗？怎么烫了两条？”静娴猛地抽回了手，转过脸望着广诚，不说话，眼眶里却似有泪水在打着转。广诚禁不住把藏在心中好久的担忧掏出，轻声问道：“有人欺负过你吗？有人打过你吗？”静娴低下头，降低了声音说：“有……有好多年……都没人打我了，挨骂受气也少了。特别是大太太，对我已经够好了。还提这些干什么？”广诚忙说：“我是说，徐家是好人，等我们过好了，再回苏州来谢谢他们。”

清末苏州吴门

静娴抬眼看了广诚一下，又低下头说：“大少爷是对你不错，你跑船，以后有机会可以来看他。只是……我求你……别再说徐家的事，这苏州……我也怕是……再……再……再也不想回了……”说着，竟抽泣起来，广诚连忙不住地劝，却怎么都劝不住。

难道这“人间天堂”给静娴留下的记忆，竟如可怕的人间地狱么？但广诚将这个谜永远埋在了心中。从此再没问过。

看着苏州市景如一幅秀丽的长卷驶过，最后像仙境一般消失。静娴叹息道：“其实，我的家乡是最美的，乾隆南巡六下江南，六次都住在木渎。只是……怪我自己的命太苦了。”广诚劝道：“快别再想过去的事了。静娴，你跟着我，我就是拼了命，也决不再让你吃苦的。”静娴道：“快别乱说拼什么的，我不是已经跟了你么？我也相信，苦日子都过去了。”

十一、幸福归途

广诚带静娴到了上海，找栈房住下，再带她去见丙武。丙武笑着说：“好啊广诚老弟，带回这么漂亮的堂客！果真人间美女出苏杭，把上海滩的女人都比化了。”广诚憨憨地笑，打岔问起丙文。丙武说：“两天就到，你要想回汉口，可以就坐‘江永’了。你先带弟媳妇到爱文义路[①]坐刚开通的有轨电车吧，叮叮当当的！不过上海人爱新鲜，坐的人太多了，挤得很，要小心扒手。对了，你带弟妹到大马路和霞飞路转转，找好裁缝缝几件好衣服。现在年轻女人时新的高领镶边缎花袄，只有弟媳妇这样的人才配穿呢！”

广诚带着静娴在上海游玩，两人沉浸在幸福之中。静娴不让广诚扯布缝高领衣服，说太太给了一件样子差不多的，太太只穿过两次，以后赚了钱，再缝不迟，何况也不是穿这衣服的季节。广诚便依了。不过无论他想买什么，静娴都不让。她说：“你慌什么？省下钱，多带点货回汉口去多好。跟了你，我以后什么没有啊？”广诚见她对自己那么有信心，也感到从未有过的自信。

他带她去了天官坊“通成酒家”，要了好几样可口小吃。静娴吃得很香，说：“听你说这酒店老板的事，以后我们本钱够了，也在汉口开一家，就像‘通成酒家’这样的，省得你在外面跑船。江湖那么凶险，说起来都叫人提心吊胆。”广诚说：“是啊！其实这我也早留心过饭馆和茶馆。开饭馆虽说比开茶馆累，客人却来来去去都快，比茶馆进出的人多得多了。我来当老板，你就成了老板娘。”说着又笑了起来。静娴不好意思，却也被他逗笑了。

广诚怎么也看不够她，特别喜欢看她笑的样子。他常想，在以往的日子里，静娴一定是不会有过这么开心地笑的。

丙文随“江永”轮到来后，也忍不住称赞静娴。问她“上海好不好？”静娴睁着大眼回答：“好，就是人太多了。”丙文又问：“外滩漂不漂亮？”静娴说：“外滩好漂亮，就是靠苏州河那边公园他还没带我去过。”丙文摇了下头说：“这你就不知道了，那是洋人的外滩公园。洋人可欺负我们中国人了，门口写着‘华人与狗不准入内’。”广诚气愤地说：“这些洋鬼子，

①今北京西路。

清末福州路娱乐城（1890）

敢这么骂我们！”丙文叹了口气说：“说起来，还是政府太腐败了，我在牢里，一个朋友告诉我，不知道有多少人受了像我一样的冤屈，有些就不明不白把命丢了呢！他们说，大清气数已尽，要翻身，就要先推翻这个朝廷。”丙武连忙说：“哥你说点别的吧，小心隔墙有耳呢！”

广诚为静娴买了一张女客舱的票，自己还是去茶房们舱里睡。除了请茶房们喝了点小酒，回汉路上都陪着静娴欣赏两岸的风光，观赏金波千层的宽阔长江，感受迎面吹来春天的潮湿江风。这浩荡的母亲河激荡人心的景色，广诚已经熟悉了，此时他不再孤单，感觉自己比以往任何时候都充实、更有力量。

谢三金给广诚建议，船在镇江停的时间长，可以上去走走。广诚便把静娴带上岸，雇了车去看金山寺，看完又飞快到甘露寺看了一回。当两人上气不接下气地跑回船上时，感到满船人都在用羡慕的目光注视着他们这沉浸在幸福中的一对。

广诚带着她站在船尾，问：“好不好看？”静娴说：“都跑得累死了，那塔都没有上去成，上面是什么？”广诚说：“我也是第一次去，听说上去可以看到全城。”静娴说：“我好怕赶掉了船。”广诚说：“不会的，就是掉了，丙文也会帮我们守好东西的。”静娴低下头说：“我的包袱，没有别的男人碰过的。”广诚爱怜地摸了下她的手，转过话题说道：“其实法海是个好人，根本没有去扰过白娘子。”静娴诧异地问：“那‘水漫金山’都是假的了？”广诚说：“不是假的，那叫神话。”静娴又问：“那甘露寺是什么神话呢？”广诚说：“甘露寺不是神话，是刘备结亲的地方，还有出戏就叫《甘露寺》呢！我们就是从孙权骑马追刘备的那个坡开始跑起来的，记不记得。”静娴噘起了嘴说：“他们骑马，我们用两条腿跑，难怪那么累。”

广诚记得静娴说过不想再回苏州，便一路上有机会便带她上岸游玩，其余大部时间就陪她看江，把他知道的沿江的一些故事讲给她听。静娴这辈子哪曾享受过这般的疼爱，感受到无比的甜蜜。

雄踞大江的小孤山出现在前面，广诚指着险秀陡峭的奇峰说：“这是女娲娘娘补天时，掉了一块石头在扬子江里变的。”静娴说：“天上掉这么大的石头？你又有故事吗？”广诚道：“我也是听丙文讲给我听的。这个石头已经有了灵性，可大可小。有一天，它变成了一个小小卵石。江上有个年轻的渔民叫彭郎，父母双亡。他划一条小船打鱼为生。这天，彭郎一网把那石头打了上去，看见石头五彩斑斓的十分好看，就洗干净了包好回到家，送给了他的心上人小姑。”静娴仔细听着，“嗯！”广诚说：“小姑是个美如天仙的姑娘，自幼失去生母，后母对她十分苛刻，后来生父又死了……”静娴连连摇着手说：“不听了，我不想听！”说着竟要涌出泪来。广诚知道触动了她的伤心往事，慌忙说：“不讲了，我不讲了。”

晚清上海街头

轮船一路乘风破浪，第四天，在驶过很长一段的寂寞的江滩后，一个巍峨的城市出现在天边。广诚指着那边，激动地对静娴说：“静娴，你看，那就是汉口。我们的家到了！”

接着后城马路的英租界段称湖北街

十二、不被承认的婚姻

曾广诚带蒲静娴踏上了永安堡的土地，从家乡每寸土地上散发出的亲切，让他热泪盈眶。他急着要把自己的幸福和满足带给爹娘分享。

九真山中的几个村子彼此都隔着大半个时辰的路程，然而消息却传得像风一样快。正收了农活的曾纪奎听说儿子已进了山，高兴得大步回家，放下工具就打算去村口等候。不料又听说广诚带回了个“好漂亮的女娃子”，他的好心情一下就阴沉了下来。果然，他看见广诚正远远从大路走过来，还真带着一个漂亮的女孩。如果不是广诚“吃了豹子胆”私自带回的，看上去倒是十分般配和出众的一对。

曾纪奎不好就发作，毕竟儿子那么久都没有回家了。人再穷，“家”的观点却和富人是一样牢固的。在他和卢氏高兴地为儿子张罗时，对静娴却很客套和敷衍，静娴磕头时他特意找借口抽身走了。

当晚，静娴被安排在嫂子那里睡，两老将广诚叫到自己的房间。

卢氏问着静娴的情况，曾纪奎却一直在抽烟没有开腔。等到卢氏问完，他终于说话了。原来他已为广诚在附近的椅子湾李家说了一门亲事，是族长亲自保的媒，已经下了十元巨款的聘礼。广诚才要插嘴，纪奎马上打断说，这门亲是退不了的。不要说聘礼钱会白花了，还让族长面子下不来。你不要人家，女方那边岂不成了望门活寡，以后怎么见人？搞不好还要出人命！

广诚一听，从头顶凉到了脚跟。他决定耐心说服父母，因为这婚姻大事关系到他一生的幸福。他急于表达，除了蒲静娴外他谁也不娶。曾纪奎冷笑道，这婚姻大事有千年来的规矩，哪能由你说了算。

不知是汉阳人传承着的古老陋习，对外地人本能地排斥和冷淡，还是千年保守文化基因中的婚姻包办欲，曾纪奎的耐心迅速消失。他每一句话都斩钉截铁，根本不听广诚的任何辩解。

两人说着说着，声音就高了起来。曾纪奎越来越不耐烦，终于拍起了桌子："你也不问问父母的意思，就自己带回个不晓得底细的下江女人，你胆子太大了！这叫我对别人怎么说得出口？你要赖婚，我的老脸往哪里放？以后我还能不能出门见人？跟你把话说死：这女的我就是不得认！"他不顾卢氏苦苦劝他们心平气和地好好说，把烟杆往鞋底上一磕，让了半步说："你要喜欢，我顶多让你留下做偏房。"

广诚一听，气得直发抖，说道："我说了半天，您家怎么还听不明白？我的老婆，当然要我喜欢才行，是和'我'过一辈子，又不是和你们。以前我就生怕你们为我提亲，一推再推，你们还是背着我这么干了。我和蒲静娴两个人是真心相爱。她受过那么多苦，我是要让她过上好日子才带她回的，你们怎么就容不得她呢？"

曾纪奎发怒了："你还没拜堂就护着她，不想听爹妈的了，等过了门那还得了？你懂个屁！听她说苦，就信她了？穿得那么妖气，哪像受了苦的？讨老婆就是不能要那样的狐狸猸子,漂亮女人十个有九个都要搞得家无宁日，要败家！"

广诚高声反驳道："我的几个钱还全靠她给人当丫环十几年攒集的血汗钱做本钱才赚来，是败家么？再说，我们家连一寸土地都没有，有什么好败的。"

纪奎顿时气得脸色发青，站起来指着广诚骂道："你这个畜生，是笑我一寸土地都没有是么？我是吃你的饭长大的么？这不，她才一进门就马上没有安宁了，不是祸水是什么？我就不受你们拜堂，看你怎么成亲？”说完又坐了下去。

广诚低声说：“我们在苏州就给她的干爹干妈磕过头了，刚才也给妈妈和您家磕过了。”

纪奎一听，怒火直冲头顶，再也控制不住，跳起来一个耳光重重地打到广诚脸上：“你去年不回家，一定就是拿赚的几个钱在苏州和这女人鬼混！好、好、好！我就算少生了你这个儿子，你马上带着这个女人给我滚！”

广诚做梦也没想到父亲会说得这么难听，居然还动手打他的耳光，不由得愣了一下。但他还是双膝跪了下去，哀求道：“爸爸妈妈，广诚本想，静娴又能干、又贤惠，正好服侍你们，你们何苦这样逼我呢？”曾纪奎冷冷地说：“依了你，你就一刀杀了我！这女的要留在这屋里，我就去死！”

广诚知道爹的脾气，一犟起来就绝不会妥协。便心一横，站起来说道：“你们要是这么容不得她，我这就带她走。我钱不多，留二十元钱，你们把亲退了，别害了李家那女孩。”纪奎听完更加怒不可遏，高声骂道：“你有钱，在老子这里狠得起哪！我就猜透你宁要这女人也不会要你老子。马上滚，给我滚！再不许回来！”广诚咬一咬牙，站起来就要去喊静娴连夜走，亏得卢氏死死拖住他，勉强把他拖到了自己小房里，熬到次日清晨。

卢氏知道劝不住，便煮了几个鸡蛋，让广诚带上。自从记事以来就习惯于逆来顺受的静娴感到面临着灭顶之灾，所有幻想都要破灭，已经一个人在嫂子房里悄悄流了一夜泪，两眼肿得像桃子。广诚收拾了东西去叫她，静娴却不肯动，低声哭道：“广诚，是我的命不好，一来就搞得你家里不和，一定是我的命又在‘克’你们家！你就依了你爹吧，不然李家那个女孩又怎么办？我……就做偏房也可以的。要不，我一个人走也行。”

广诚拉住她的双手跺着脚说：“哎呀，急死人了！这个时候还顾着别人，快想想我们自己吧！可不能不听我的唻！你打不得退堂鼓的，打不得退堂鼓的！这是我们俩一辈子的事，除了你，我谁也不要！你怎么也不懂呢？”静娴仍哭着不肯动，广诚着急地恳求道：“天哪，你也凑什么热闹啊？等我们在城里安置好了，让他们慢慢想通了，再回来不行吗？”静娴这才泣着跟广

蔡甸九真山

诚上路。

纪奎看到广诚放在卢氏那儿的二十元钱，这可是他此生从未一次性拥有过的巨款，也了解儿子的脾气是从不吃硬的，便略为克制了些，装着睡着，再没起来拉扯。卢氏将广诚两个一直送出村，直送到东龙王山山脚（翻过山坐船）。把静娴的头摸了一下，说道："好孩子，他爸爸脾气犟，妈来受你们的拜吧！拜了，你们就算是成亲了，去好好过吧！等你爹气消了再回来。"说着自己哭了。广诚二人也放声哭了起来，当即跪下拜了天地，又拜母亲。在野地行完三拜之礼，静娴哭着喊了声"妈"，卢氏应了声，便哭出声来。好一阵，二人才洒泪离去。

他们爱得太自由、太大胆、太浪漫，比他们所处的年代超前了至少十几年，不得不以两个人的力量去面对几千年铁定的陈规，去面对以父亲为中坚的众人的反对、指责和不齿。为了这老"规矩"，家乡、亲人瞬间可以翻脸，完全不容青年对幸福的追求！

但是，尽管看上去两人力量单薄，只要有真爱，他们想要的世界就会诞生！

广诚咬着牙离开了家乡，发誓自己要好好混出个人样，见识过外面广阔自由天地的他对未来信心十足，已经不是那贫穷保守的小山村所能约束住的了。他相信自己的力量，尽管他的"未来"还很模糊。他还是深信，时间和事实有朝一日会改变他的父亲。让所有的人都看到他的幸福、他的成功。

十三、昭萍降生

广诚到汉口找到赵丙文的房东，在丙文那间隔壁租了一间房住下，这是幢隔成两层的木阁楼房，就在大智门马路附近，与静娴开始了小夫妻的生活。

汉口在飞快地变化。原来的夏口城堡直到循礼门一段已经变成了“后城马路”，张美之巷口耸立起了高大的水塔，广利巷和循礼门车站间正在修成一条歆生路①。再往“底下”，沿着租界高高的围墙的湖北街、大智门马路，一幢幢房屋也正在兴建。

静娴竟还一直放心不下那不相识的姓李女孩的命运。一直到在阜昌砖茶厂做工的淘气（曾广业）带来消息，说广诚乡下的婚约已经解除（不过女家坚决不肯退还聘金），她才松下这口气。

淘气因为参加汉口几个俄商砖茶厂的八千人联合大罢工，被开除了。幸得广诚托了王兴汉帮忙，让他到江岸铁路局当上了伙夫。

广诚安置下静娴后，又回到“江永”轮上去做茶房、跑单帮了。为了解除父亲设计的包办婚姻而额外花出了那笔准备还债的钱，他现在又回头来填这窟窿了。

他每次带去的货力求体积小赚头大。为怕再出现兵匪洗劫，每次投入的资金虽在缓缓增长，却每次加抽一成钱存在静娴这里。若是遇到修船，他就跑苏州、无锡、绍兴，有两次还随丙文坐海船去了宁波，见到了坦荡无边的大海。他了解的世情更多、心胸更加宽阔，信心也更充足了。逐渐地他连本带利还清了所有债务，开始与静娴有计划地积蓄。

过阴历年广诚没有回乡下老家，托广智给家里又带去十多元钱。曾纪奎一边骂着说“没有这个儿子”，一边双眼不眨地看着卢氏把钱收下了。尽管广诚给他的钱远远多过他当初瞎忙乎花的十来元钱，但他因为收不回聘礼和白花了媒钱，数额之大，如同剐心，是他永远无法愈合的伤痛。哪怕广智回来也说静娴贤惠，他还是认定家里一切不顺心都是由那“祸水”带来的。

第二年，广诚的第一个孩子就要降生，卢氏终于得到曾纪奎的默许，来

①歆生路即现江汉路。后城马路与湖北街即现中山大道，大智门马路即后来的大智路。

到汉口照顾静娴。

广诚是托哥哥回乡去把母亲接来的。卢氏到汉口时，广诚的船还没回汉口。静娴与婆婆一见面，就交给她自己为公公婆婆做的衣鞋，其中有乡下人做梦都想穿的蓝色洋布衣袍。卢氏十分快意。那几天，她看见静娴挺着个大肚子，还忙着从早到晚孝顺自己，虽说方言不太相通，却能体会得到，媳妇在处处小心讨她高兴。心里已经认定了她的贤惠，相信广诚的确讨了个好女人。

在广诚这次回汉后的第二天，静娴生下一个女孩，广诚为她起名昭萍。

卢氏看上去相当失望，她不等静娴满月便说要回乡。这年（1910年）又遇上阴雨连绵，江湖都涨得很厉害，长江中下游各省大涝。汉阳、汉口满街都是逃荒来的饥民，搀老扶幼沿户要饭，稍微僻静的地方便容易遇到抢劫。广诚很不放心，一直将母亲送到汉阳五里庙马沧湖上了船，托给了船上的同乡熟人，方才离去。

1908年在张美之巷口修建的汉口水塔，1909年峻工

卢氏回乡后，曾纪奎一听说是女孩，已经消了一半的气重新又鼓了起来，对卢氏吼道："我当她多有本事！广智媳妇一生就是个男伢！不是连她自己都说命里克男么？还值得你跑这么远去服侍！你也是，硬是服侍到她快满月才回！"

然而过了几天后，他就穿着静娴缝制的蓝布新衣，在永安集上招摇过市了。

昭萍在襁褓中就表现出一种罕见的果断和冷峻，要吃就吃，想睡就睡，从不瞎闹。广诚摇着头说：“这不像我。我妈说，我小时候只要她想休息一下，我就要哭，只要一哭，就难得停下来。”

大灾造成汉口粮价暴涨了三四倍，而朝廷为操练新军摊派下的捐税不降反升，况且广诚又多了张嘴要养，只有继续跑船，让静娴一人在家。

不想船过南通临时停靠时，饥民加上混迹其中的趁火打劫的无赖涌上轮船，见东西就抢。丙文带的大米被抢劫一空。大半个时辰后，接到消息的官兵赶上船来“保护”。来不及下船的饥民怕被抓住，纷纷跳水逃生，结果不会水的淹死不少，其状惨不忍睹。“查案”的官兵们为“查找扰乱米市之不法物资”，将茶房们和下等舱的旅客财物又洗劫了一次。广诚的两袋黄花和冬菇都被“没收入官”。幸而这次他一部分货藏得好，损失还不至于伤筋动骨。

饥民

静娴知道这次遭遇后，便苦苦劝说广诚不要再跑船。广诚苦笑道：“不跑怎么过呀？原来的两三元钱，今年只能当一元钱用。”他宽慰她说：“你放心，像这种事还是很难得遇到的。我们是大船，无论是‘官抢’还是‘民抢’，都只要钱不会要命。只要不反抗，便没有危险的。”静娴哭了，说：“光我知道的这种事都四五回了。我求你，不跑船了，好吗？你一出门，我就怕，丙文嫂也怕，白天黑夜地怕。”

广诚淡淡地笑着，最后答应说只再跑一年。

静娴见劝不听，只好常常和丙文嫂子一起去庙里烧香，祈求保丈夫平安。自己也在屋里备了香案烛台，供起了观音菩萨，早晚跪拜。

辛亥革命前汉口全景

十四、汉口光复

宣统三年（1911 年），江汉平原又接连第二年遭水涝；几个月来，汉口又是饥民满巷。

那年头的百姓虽说不知国家大事，却对空气中的紧张气氛能敏锐觉察。静娴和丙文嫂去买菜时，见街上人心惶惶，集市里竟能隐约听到空中传来“八月十五杀鞑子”幽灵般的声音，不由得害怕中秋节要出事。

然而，中秋节什么事都没有发生，只是街上巡逻兵勇增加了很多。但她们提着的心还是放不下来。果然，过节后的第三天，还是出事了。离他们住处不到半里路的俄租界内，靠着德国人开的屠宰场边的宝善里，革命党偷着做炸弹，竟发生了爆炸。老毛子巡捕出动抓人。她们离得近，没多久就都知晓了。而广诚和丙文的船还不见回，两人惶恐万分。

幸好，天黑前广诚他们到了家。女人们这才松了一口气。

广诚安慰着静娴，一夜都没睡好。好不容易等到天亮，就听到巷子里邻里们在议论，说买菜出不了门，街上戒严了，军警在挨门搜捕和抓人。

原来，因昨天宝善里的爆炸泄漏了机密，下午就有大批革命党人被捕，其中彭、刘、杨三人在武昌湖广总督府前英勇就义。清王朝还在垂死维护它

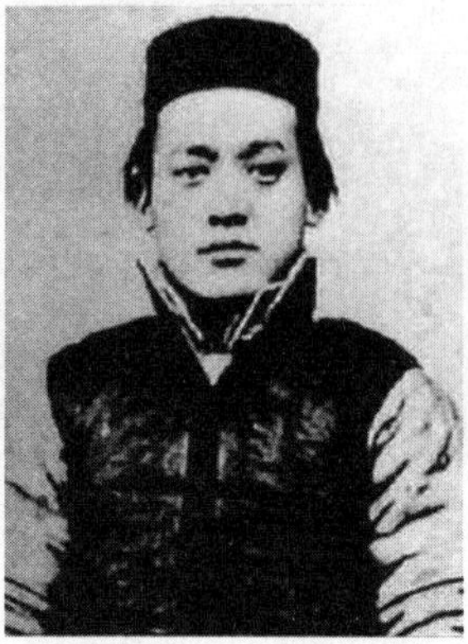
彭楚藩

最后的威严。

那夜里天气大变，一股冤风席地而生，树木和芦苇在风沙中啸叫，如同鬼泣。翌日，竟沙雾漫天，到下午才渐渐静息，无形的恐怖在空中如幽灵般飘荡。汉口的居民觉得那一天显得特别漫长。

晚八时许，一声清脆的枪声从武昌新军工程营响起，划破了死寂黑暗的天空。随后，江那边忽然枪炮声大作，汉口彻夜都可听到。后半夜，广诚和丙文都爬到屋顶去看，见武昌那边火光冲天，却不知发生了什么事，两家人再也睡不着。

这一天是 10 月 10 日，辛亥革命在这个被烈士鲜血洗染的伟大的城市爆发了！

次日黎明，零星的枪声还在东一阵、西一阵地响着。但一切都似乎没什么异常。清晨，居然又听到粪担子吆喝着“下河”穿街走巷。天大亮后，小街上也能看得到有人在走动。

刘复基

杨宏胜

直到听到街上的打锣声和吆喝声，广诚和丙文才小心地穿出巷口窥看动静。听到喊的是：武昌新军起义攻占了省衙门，驻守汉阳府和汉口居仁门的四十二标已经响应举事，驱逐满鞑，三镇都已光复。

平头百姓们哪知道发生了什么事，也不敢轻易相信什么。直到下午，一队臂膀上扎着白布带的商团保安人员出现在附近街巷巡逻，才让人半信半疑，猜想时局已经太平了。商团的人打着锣沿街高喊“家抽一丁”，参加汉口商团组织的“保安会”维护治安，以防朝廷奸细和歹徒乘乱打劫。

当晚，隐隐听到歆生路方向鞭炮锣鼓十分热闹，后来听说是在欢迎民军

武昌首义的新军战士

从江对岸开来汉口。

到 12 日，广诚和丙文方小心地出门了，先去集市买菜。街市很正常，这让他们大大安了心。回来时遇到前来宣传并登记抽丁的民军。赵丙文胆战心惊地对他们解释说，他们是轮船上的人。那几位民军听后十分和气地说，那就不用抽了，态度平易近人，完全不同前朝抓差的官兵。他们还特地喊住他俩说，革命“军政府”出了文告，要商家一律开市，可见轮船也会照常开航的。

没想到这么平和就改朝换代了，革命党又这么讲理，广诚和丙文好不开心。他们决定去停泊在四官殿码头的轮船看看。听说街上有革命军在剪辫子。两人怕没有辫子去了上海会生出什么麻烦，便把辫子盘在头上包藏起来。

街上除了商团的人外，还有扛着“汉阳造”的民军，秩序井然。人们谈论着新闻，到处赶热闹，明显地有种喜庆的气氛。他们便放心去花楼街找到各自的生意合伙人，交割清了钱物。

市面与往常没什么两样，只是钞票似乎不太好用了，好多商家都只收银、铜元。他们不担心，打算纸币留到去上海时都用出去。

置好货后，便去送上船。在四官殿码头，看到迎风飘扬着的十八星旗。

招商局比他们想象的要老道得多，早就贴出告示，后天准时在英租界一码头发船，水手、茶房一律头晚上船就位。

广诚在货舱藏货时，遇到了也来藏货的谢三金。广诚一向佩服他见多识

武昌起义军政府所在地——红楼

广，但他说出的消息却有点让人吃惊。他说今天民军当街斩了三个朝廷派来的奸细，是商团的人抓到的。这时，旁边有个水手插进来说得更吓人，说凡是满人，不分男女老少都要抓去杀。还说六渡桥那里凡抓到像满人的，就逼他说“六百六十六”①，要一听是北方口音就抓起来。还有，没有包脚的大脚女人也都要抓起来，查明是不是满人。

这后一句话叫广诚听得大惊失色，也不知道他们说的有几分真假，没有个官府断案，就凭这些杂七杂八的人这么简单就定人生死，那还得了？他有些紧张了，把静娴留在家里会有事吗？

他和丙文回家时路过花楼街口，竟遇到了王兴汉。兴汉穿着蓝布短上衣，看上去有些像商团的装束，也盘着头。他们已有三年没有见面了：广诚滞留苏州差不多一年，回汉时兴汉正好已经回了黄陂乡下为父亲送终守孝，一月多前才被童瑨派人请回汉口。

童家在汉口商会中地位很高，武昌一举事，童瑨马上就宣布倾囊相助，又亲自去了武昌，帮起义军筹买军需。广诚不关心童家的事，他被刚才的所闻困扰，便对兴汉说了说他的担忧。

兴汉听完，想都没想就说：“两位兄弟不用担心，军政府有令‘不得滥杀’。我看不如把弟媳妇和丙文嫂伢一起接到法租界我们家，现楼上楼下厢房都空着。租界洋人都说过严守中立，民军和官兵都不敢进去。你们只管放心去上海就是。”

①汉口方言说“六”为“楼”（lou）。

这倒是个好主意！他们的心放下了，王兴汉随去他们家认路，一路交谈着这几年各自的经历。王兴汉又告诉广诚，谭襄农早就潜回武汉，还从上海偷运了一船武器到汉川马口。武昌打响的第二天，他就带着乡民冲进了马口镇狱中，接出了他的同党梁钟汉。梁钟汉一出来就宣布举旗起义。

听到师父的消息，广诚又惊又喜。想到师父这多年来出生入死，现在起义成功，不由对师父的坚定意志和英雄经历深感崇敬。

兴汉随他们到了家。但两家女眷认为，既然时局这么太平，还去租界躲什么呢？该担心的倒是船上的两个人呀！上海那边还是朝廷天下，会不会把汉口去的人抓起来呢？争论了一阵，没有个结果。广诚原本坚持要她们去租界的，但后来一听说王兴汉住的房子原来是童家的，也马上觉得不合适了。

“我们和他非亲非故，这样好么？”丙文也犹豫了，疑虑地问。

兴汉急了：“你们莫再啰嗦了好不好？童少爷蛮讲义气的，我是他师父啊！他那房子又没人住，东西还要人守，正好我们帮他照看。他让我留汉口帮他照护老人。我堂客、小伢也在那里的。还专门留了一条船在法租界。我看清军定要派兵南下的。万一就在汉口打起仗来，租界把铁栅门都一关，再想去都来不及了。女人伢们怎么办？听我的啊！”

阳夏战火中汉口被清军火攻(10月19日)

广诚却主意已定，说：“兴汉哥，兄弟谢谢你一片诚心，也晓得童少爷是好人，这房子是叫你住、帮他办事的，就是空着，我们也不能想去住就去。你说呢？”

兴汉不好坚持了，的确还是要先打声招呼才好，可是他没有把握找到童瑨，怎么办呢？

辛亥阳夏战中的汉口（大智门老车站）毁于战火

“这样，我今天就过江去找童家兄弟说这事。你们就放心去上海。我平日里空闲多，也会叫你嫂子侄儿常来你家看看。一有什么，就先接他们走。你回来要看到家里没人莫慌，定是我接去了，门上给你留字，我决不会让弟媳妇有事的。”兴汉拍着胸脯说。

广诚十分感动，说：“有大哥在，兄弟是放心了。实在是我爹不容我自家带回你弟媳妇。要不，我送她回乡多省事。”

兴汉道：“你我兄弟，这点事算什么。走，我教你们两个走两条插进法租界的小路，都是进小巷子。从我熟人家里穿进去，省得法租界前边栅子一关，想进都进不去。”

兴汉想得很周到，法租界这边玛尔纳街[①]有两道安南巡捕把守的栅子门。洋人从骨子里鄙弃着华人。为把租界和华界严格分开，英租界工部局从歆生路到界限路筑了一道与汉口的老城垣平行的、一丈来高的围墙。相邻的俄租界又与英租界围墙相接，继续修筑围墙直至新巴黎街[②]法租界的边沿为止，

①今友益街。
②今黄兴路。

租界与华界相通的各个道口都设置了铁栅门，有洋巡捕把守。武昌起义后，租界又在各街口构筑街垒，控制华人的出入。万一有战乱，大智门这一片的人将很难逃进租界。

广诚和兴汉分手后，就去到“广东茶园”。广智、广瑞二人正收拾好了东西，要动身回汉阳老家去。原来武昌起义后，老板竟转卖了资产，不知去向。“广东茶园”就要关门。蔡元安正在找新股东接洽。

广诚和丙文深信兴汉的承诺，遂在起航头天夜里上了船。“江永”就停在紧靠英租界一码头的江面。

次日早上开始上客时，他们俩这才开始感悟到当下形势的紧张：上船的跳板统统被抽掉，乘客用小木船从趸船运上船来，像他们在上海看到的外国大海轮一样，哪里和往日相同？轮船带舱位的船票早就售光，可想而知那些洋公司的客轮要俏到什么地步。很多无票男女，看上去都是些有身份有钱的人，狼狈地扶老携幼，兴许还冒着被抓的危险，硬着头皮去接受码头口民军的检查。一放过关后就蜂拥上趸船，团团缠住茶房，只求得张统舱票即可，全然没有了斯文体面。一张去上海的统舱船票官价是两元，平时在茶房手里，也不过加价几角，最俏时顶多三元，涨到四元就会被骂成和“太古”的茶房一样黑心了。可是现在开卖就是四元、五元……开船前连黄鱼[①]都卖出十元，比二等票都贵了。广诚这才清楚地感觉到了革命带来的恐慌，竟惊出了一身冷汗。分到手上的票也一下就卖光。船开后，他听到满船乘客都在谢天谢地。

轮船驶过汉口外滩，十里江面上，竟摆着从未有过的那么多的外国军舰。据说只要革命军不去惹，洋人就会中立。一个时辰后，船过阳逻。心绪已乱的广诚和丙文一眼就看到，挂着大清龙旗的大队军舰，烧煤的和撑帆的，都高抬着大炮口，杀气腾腾地摆在江面。似乎告诉他们，汉口即将血流成河。

与急于逃离汉口的满船乘客相反，广诚和丙文恨不得跳下船游回去。

①不要票被茶房私带的客人。

十五、逃出火海

武昌中和门（辛亥革命的起义门）

广诚和丙文此次出航心慌意乱，终于等到回航。在途中听说武汉义军在刘家庙大创清军，又亲眼见到九江兵轮起义响应，巴不得革命就这样赢了。到10月28日晚，“江永”总算驶进了汉口水面，远远就听到市区内大炮轰鸣，枪声不断，两人便格外焦急起来。

轮船在日租界分金炉码头停靠。诸事完结后，茶房们一待允许下船了，即各自拔腿飞奔。广诚和丙文上岸后就听说了清陆海军用重火力猛攻华界，更是后悔担心，不打一处来，只恨自己不能跑得更快。一路街巷黑灯瞎火，但铁路外却火伞高张，枪炮阵阵，告诉他们汉口还将面临更可怕的浩劫①。

方进法租界，两人便不约而同地直奔王兴汉家。

喊开门后，只见连同兴汉家的三家人都拥到门口来。广诚一眼就看见了惊恐万分的静娴，抱着孩子站在丙文嫂子后，悬着的心便“哗”的一下放了下来。与丙文同时长舒了一口气，忍不住上前拥抱兴汉，拍着他的背，连声喊着“我的哥”，眼泪几乎都要漫出来。兴汉却一脸坦然。广诚抱过刚断奶的昭萍，见静娴一旁泪如泉涌，便安慰她说：“这不都好好的吗？放心，我们一时半会也不会上船了。”

原来他们走后不久，刘家庙大战时，两家女人就在兴汉嫂子的劝说和生拉活扯下，带着孩子过来了。

---

①辛亥年间，清王朝派北洋军主力镇压武昌起义，与革命武装在武汉地区展开了两个多月的激战，史称阳夏之战。阳，指汉阳；夏，指汉口（当时称夏口，隶属汉阳）。

兴汉不愧是一个可以身家性命相托的朋友，他在广诚上船后，便去找到了童瑨。童瑨本来一向就有意结交广诚，立即同意，叫兴汉快去接了两家的家眷。

兴汉怕他们怪自己专断，反复解释说仗打得很厉害，义军和百姓都死伤不少，连下边的华景街、上边的大智路都吃了炮弹。英租界的圣保罗教堂被红十字会临时改作了伤兵医院，伤员都住满了，抬出的死者在宝顺路①和湖南街②摆了长长几溜。

广诚感动地拉住兴汉的手："兴汉哥，不晓得怎么谢你呢！你怎么还像亏了兄弟的？兄弟恨不得能马上帮你做点什么才安心咧！"

此时的租界给人安全感，尽管两里外的枪炮声清晰可闻，硝烟也飘在空中，但仍是块能让人安心的避难地。身临整齐而干净的马路、洋房、花园、草地，吃着脚踏自来水车送来的清水，让他们感到有如进了天堂。童瑨与汉口不少富人一样，内心还是向往着洋人的文明，在租界置有房产。他原想把父母搬来这边躲避，哪知童老爷宁死也不肯进"洋人地盘"。童瑨要去革命，只好拜托师父王兴汉帮他照看老人，以避不测。

汉口民军士兵

王兴汉正感觉出战况不妙，童老爷继续留在汉口太危险，一夜都没睡好。想到童瑨母亲又极不情愿去武昌大太太处，认为必须先要摆平童家这些麻烦事，便径直叫上童家留下的船夫，划船去了武昌。见了大太太，得到明确命令：把老爷子强行搬过江去，当然也请二太太一同前来。

兴汉再过江来，赶到童家大院。童老爷中过风，半身不遂，还是坚持不

①今天津路。
②今胜利街在原英租界的一段。

1911年10月30日清军纵火焚烧汉口市区

愿离开汉口。此刻，童瑨母亲也看清了形势的危急，听兴汉讲了大太太的意思后，便参加进来相劝，老先生这才默许了。只是当日天色已晚，王兴汉便嘱咐童二奶奶连夜整理细软，约好明日一早来接。

兴汉回到法租界，又去嘱咐船夫明早划到熊家巷童家的码头外等候，童老爷到来前千万不要急于靠岸。

汉口战况已空前惨烈，尽管清军火力优越，民军死伤惨重，但清军推进仍很困难。不少街巷都进行了顽强的白刃血战，寸土必争。汉口人喜欢看热闹是出了名的，很多人为赶新鲜，简直不要命，竟然成群地跟着战线跑，即使有中流弹倒下的，也没人放弃千载难逢的一睹为快的机会。其中，有些人又喜欢逢事“掺和”，这边帮义军通风报信，那边故意给清军指瞎路，成了战争史上少有的奇观。后城马路外的街巷，本来就是土生土长杂乱无章的，清军认不清，被他们一骗，吃亏不少。但战争毕竟不是游戏。清军统领王占元见民心向贼，进攻受阻，便下令不分军民见人就杀，不认识道路就顺风放火，烧一片，再进一程。于是，华景街、“渣滓堆”、大智门，首先变成了火海一片。

枪炮声传进法租界，就像在他们耳边炸响，连关了门窗说话都听不清楚。昭萍动辄被炮声震得大哭，空气中硝烟味很浓。丙文不住地感叹：“幸亏兴汉哥啊，我们住的那一片都烧光了啊！”两家人都心有余悸。

广诚感动童瑨义气，接他们来自家避难，钦佩童瑨为义军捐款，又放下富贵之身投身义军。看到兴汉忙出忙进都是为了别人，更受感染，便自告奋勇，明日帮兴汉去接童家老太爷。

半夜里，徐徐起了小股北风，法租界这边枪炮声小了，炮火好像已移到了“高头”循礼门、崇仁门那边。是日，亲自来汉口督军的清军统帅冯国璋，正式下令清军实行“火攻”。

这下汉口百姓遭大殃了！新城区本来就尽是些芦席草棚，老市区内也很多是木房，火势便迅速顺风蔓延开来。

广诚、兴汉待出门时，枪炮声正好密集。见华界那边浓烟滚滚，静娴吓得手都凉了，拉住广诚说：“你见了兵躲着点，小心枪炮。”手却触到他身上一个坚硬的东西，竟是她在苏州给他的那个篦子，不禁鼻子发酸。广诚告诫自己，这不是儿女情长的时候，咬了咬牙，大步跨出门去。

兴汉带广诚穿过俄租界，进入英租界，一路都还算顺利，但英租界通往华界花楼街口的铁栅门却被印度兵关闭，原来是洋人不让逃避战火的华人涌进租界。二人出租界并不受阻拦，一口气跑到童家。此时，大火已越过了后城马路，从六渡桥到这边堤街、后街[①]都已经是烟雾浓浓，半边街显然也快要燃起来。

1911年武昌起义后的阳夏保卫战中，汉口圣保罗座堂成为临时伤兵医院

童家门口“瑞琪牙行”的左右两个铺面，好像刚被人打劫过，大门也大开着。二人才跑进去，就听到童二奶奶在里园大喊“来人，救命！”原来中院有十几个人在趁火打劫，有人正用力撞着里院的门。童瑨母亲和几个家人躲在里院，拼命地顶着院门。

①均为现沿河大道一带。

辛亥革命时，汉口租界的外国水兵垒设沙包防御工事

兴汉火冒三丈，从前院边草丛中抄出来一根两头包铁的长棍，这是他特意藏好的，高喊了一声："狗强盗，不要命了！"上前一挥，先把一个拖了根大木头准备去撞门的家伙打翻在地，接着两棍扫开众人，打到了里院的门边。广诚也施展快拳，左右开弓。这些混混哪里能对付他们这样的功夫，顿时被打得趴倒一片。

兴汉横着棍站在里院门口，厉声喝道："放下东西，统统滚出去！"挨打的跑了几个，剩下的还有七八个，可能会点拳脚，见他们只两个人，又围了过来。王兴汉便挥起一棍，先打翻了一个拿刀的家伙，却又听到太太在里面喊救命。便说："广诚，你进去把老爷抱出来，这里有我一个对付就行了。"说完亮一个破绽，将一个跳得最厉害的让进怀里，当头一个"二郎劈山"，打得那人头破血流，倒地抱头呻吟，刀也甩到一边去了。兴汉因怕火烧过来，心急如焚，下手很重。

广诚叫了声："大哥小心！"打开了纠缠他的两个。兴汉喊开了门。太太和丫鬟、厨师放了广诚进去，又赶快来把门抵住。他们只顾顶住前面，却不知火已从背后那边烧过来了。后院边上的竹子被烤得噼啪噼啪直响。大房的屋顶和门窗也已冒出了热烟。

广诚进到里院，感到有热气逼人，连忙大声说："太太，这里不能留了，要烧起来了！"太太对着他哭喊道："老爷还在里面哩，右边屋里！"

正房屋顶已在冒烟，恐怕屋梁都已烧着，白烟也从大门吐出。只见先派进去的男佣人从门中冲了出来，身上的衣服已经冒烟，呛着说："不行啊，进不去了！"广诚知不能再犹豫，连忙将院边水缸的水使劲向身上泼了两下，大吸了一口气，就冲进了屋。

屋里充满烟雾，热气逼人，堂屋的家具在灼热中蒸出烟气，房柱和墙上的对联字画已经冒火燃烧。广诚屏住气，弓着身子，推开了右边里屋的门。里屋窗子虽也在冒出烟气，但屋内却还未烧起来，温度似乎比堂屋还略低点。童家老爷像一尊石像般，一动不动地靠在床边的躺椅上，双眼死盯着冲进来的广诚。广诚大步跨过去，将老人用双手托起，不敢呼吸，猫着腰就拼命往外冲。就在此时，房里突然“哄”的一下，满屋的帘帐都冒出火苗来。倘若再晚一步，肯定就来不及了！

广诚穿过已吐火舌的堂屋门，一直冲到院中，才张开嘴大喘了一口气。他一边用缸中的水浇着自己和老人身上灼热得冒起了烟的地方，一边大声喊道：“快扶着太太走，再不跑就来不及了。”恰好，将外面的抢犯都打跑了的王兴汉也提着棍子进来，立即带着这群人冲出了大门。

整个汉口已经乱成了一团，到处奔跑着逃命的人流。广诚一行穿过狭窄的万年街，乱踩着满地丢弃的杂物垃圾，却因逆着风向，与慌不择路的人流方向正好相反，只好拼命地推搡穿插，千万不敢跌倒。处在上风的花布街“夏口驿署”已经火焰熊熊，注定寿终正寝了。听说清军的流弹冷枪已封锁了那一片，留在那边救火救人的起义军战士和红十字会员，竟被清军当做枪靶。

好不容易挤到了宽些的街面。童瑨母亲由丫鬟和老妈子搀扶着、移动三寸金莲，拖了所有人的后腿。太太这身份，男人是不能去碰的，而趴在佣人背上的童老爷一双严厉的眼睛，也分秒不漏地监视着她的妇道。广诚见夫人一脚不稳，伸手去扶，立即被她一手打开，看来即使大难临头也“男女有别”。广诚见不是个事，烈火和热浪已从侧前花楼街呼啸着压过来，这种速度太

辛亥革命时，日租界登高看热闹的外国人

火车站附近被清军炮击后

危险了。想了一下，突然壮着胆子跑到太太前面单膝跪下，说道："广诚年纪和少爷差不多，太太若不嫌弃，广诚愿拜为干娘。"说完就拜了下去。太太还未完全明白过来怎么回事，广诚已站了起来，不容太太抗拒，毫不犹豫地将她背到背上，扯开大步就跑。

广诚跑得很快。王兴汉见了，便要两个佣人换着背老爷，速度明显加快了。眼看就要到王家巷附近了，盲目逃命的人却越变越多，路也变得越来越拥挤，行走越来越慢。忽然一声巨响从头顶猛砸了下来，吓得满街的人同声发出尖叫。再看身后集家嘴那边，已是浓烟滚滚，而左前方向的火锋也已烧到了前花楼。整个汉口的华界已经成了一座火焰山，像围猎一样收缩着包围圈。烈火和浓烟如同波涛借风呼啸过来，又逆风旋摆回去，让熊熊的火势更加猛烈，深红的颜色一直浸漫到云中。

他们终于走上了河街，浓烟使已被烤得猩红的天空变得更加昏暗，热浪顺着大火造出的风势紧紧地追袭着他们，夹杂着烧烤人骨的令人窒息的恶心气味。离最近的堤口就只几十步的时候，所有空间都被人塞满，走一步都很难了。广诚被人海困住，好一阵都只能在原地磨晃。眼看热烟越逼越紧，枪声越来越近，他甚至觉得就这百来步很难活着走到，今天要在这里与众人一起被活活烧焖死去，不知静娴和昭萍今后怎么办，她们又是否会知道自己陷进了这无法自拔的困境。

不远处有个老人倒下去了，后面的人无法控制地向他身上踩了上去，老人呼救的声音一晃就听不到了。谁也没有能力帮他。广诚勉强朝那边扫了一眼，见又有人被地上的人绊倒，后面人又填上来、踩上去。

他的视线被挡住了，再看不到那边正无情扩大的死难。童太太又在他背上猛烈咳嗽起来，一阵喘息后，她用力喊道："伢呃，把我丢了算了，我要闷死了！"满街的人也都被呛得揪心裂肺地咳嗽。广诚也呛得难受，他意识死亡已经很近了。

正在危急之时，王兴汉看准了江堤上一处地势，借棍子之力，奋力挤过去，一跃上了土堤。站稳了，又回头大声喊道："广诚，这里来！"说完，向他递出棍子，广诚伸出一只手抓住了，借兴汉的力使劲跃上了堤，王兴汉又伸棍出去，去帮背老爷的人。

广诚背着童太太，大步翻过江堤，冲下了江滩。这里人群稀疏多了，不过逃上江滩还不算活出来，还得设法上一条船逃命。沿江早遍布高声喊船的人。所幸童家那条船已等在离岸不远，看见了兴汉，便奋力划了过来。广诚跟着兴汉涉着水走到齐腰深处，先送了童太太和老爷上船，又在众人的帮助下也爬了上去。此时，童家的下人们，已经有好多不见了踪影。有后面跟来的陌生人，也在抢着向船上爬。厨师吓得在船上高喊："不能往上爬了，要翻了。"船夫便慌忙将船撑远。全然不顾一些人跌到水中，也不打算等那些佣人了。

他们惊魂未定，大口喘着气。船驶离了岸好远好远，烟气才淡了下来。太太缓过气，扯着广诚的衣服说："伢呃，快把衣服脱了在江里头涮涮，我在你背上把它吐脏了。"广诚便脱了衣服，拎着在清澈的江水里涮着。太太又问道："伢呃，亏了你拼出命救我啊！你叫么名字？"广诚忙很有礼数地答了，又连连安慰太太。

忽然间一发炮弹呼啸飞来，在江心炸开，扬起很高的水柱，后面一条木船被掀翻，一群人落水了，高呼救命。江心居然一时风浪大作，他们的船剧烈地摇晃起来。王兴汉奋力大叫："坐稳！莫慌，千万不要乱动。"一个大浪直扑过来，广诚半个身子都被打湿了，船上的女人也齐声发出尖叫。看来，死神还在不舍地追逐他们。广诚心想，火都跑出来了，可千万别把命丢在水里呀！

清廷竭力镇压起义，海军三艘巡洋舰艇于当月底抵达汉口。

清军前锋已冲到龙王庙江堤，在用步枪射击江中的渡船。随着枪响，不止一条船上爆发出哭喊声。不久，又是一发炮弹落在那边一群渡船中，眼睁睁看着又有小船倾翻沉没，落水的人在江里呼救、挣扎和消失。人到此时，只凭运气，生死之间，仅悬一丝。

广诚他们的船总算是过了江心，逃出了枪炮射程。他心有余悸地向汉口望去，只见一片巨大的火海淹没了整个华界。熊熊火焰带着黑烟直冲向天空，夹杂着燃烧的噼啪声和枪声。但往上游租界方向却火势渐小，到猪巷①就几乎没有了。广诚想，租界在上风，看来静娴他们是不会有危险的。

木船到武昌大堤口靠了岸。

广诚还是第一次来到武昌，好奇地看着这个被高大厚实的城墙圈着的省府。这边是义军的天下。有不少百姓都涌到江边，隔岸观火。

佣人们好不容易，在筷子堤下叫来了一顶轿子。将老爷太太一齐挤到这轿子上。突然在一队起义士兵后面跟来一群学生娃，围住了他们剪辫子。广诚还没思想准备。王兴汉却笑道："来来来，先剪我的！我等这一天等了好

①华界这边邻近租界的一条与江垂直的街道，后改名居巷。

多年了。我本是兴汉，兴汉灭清啊！”广诚听了后，也就马上让剪了，不过觉得后脑袋凉凉的不大习惯，用手不住地摸。倒是从未出一声的童老爷，仿佛突然复活过来，大声惊叫“王教师”快去保护他，却还是被那些学生按着剪了。童老爷见刚出火海就受此“奇耻大辱”，气得一路破口大骂。

汉阳门有起义军和学生在执勤。进得城门后，便见到垂直插向大江的著名蛇山。蛇山顶上，黄鹤楼①一带直到山坡都站满了人，远眺燃烧着的汉口火城。

到达童家在长街②的家时，竟已是黄昏了。几个人又累又饿。广诚、兴汉就要告辞。老爷却发话了，要他们等三少爷童琪回来，向广诚叩谢救命之恩。广诚慌忙推辞。兴汉也不好说。倒是在武昌这边当家的大太太听了佣人的讲述后，赶忙叫人端来了包子、茶水，先让他们充饥，又对童老太爷说道：“老爷，大恩不言谢，今后有的是日子。他们的家小都还在汉口，让人家赶快回去吧！以后让童瑨登门致谢不行吗？”童瑨的母亲也连连称是。

两人离了童家，还坐那船回汉口。在俄租界起坡时，天已全黑了。准备随时撤走侨民的两艘英国军舰，分别停泊在英国领事馆附近江面和太平路③一码头。一部分未能撤走的义军还在顽强抵抗，但城里枪声已经稀了下去。大火被完全阻拦在了租界之外，租界外的路上还随处可见被践踏致死的可怜而低贱的生命，大多是小孩和女人。

火势并未有减弱，罪恶的烈火还在花楼街、汉正街、长堤街等昔日汉口繁华市区肆虐。入夜后，显现烧得更旺，租界内也飘着很浓的烟味。

两人小跑着回到住处。静娴一见广诚，眼泪竟像断线的珠子滚了下来，一句话都说不出。王兴汉的老婆也挂着泪，却含笑说道：“我说他们俩不会有事吧！这不就好了。”说完，忽然指着他们大声笑了起来。静娴好不纳闷。王兴汉老婆竟笑得上气不接下气，说：“你看他们两个，丑死了！”静娴这才注意到他们被剪了辫子，样子怪怪的，也忍不住破涕为笑。

历史将记录下 1911 年 10 月 31 日，清将冯国璋派兵从下起大智门马路，沿着铁路里，在循礼门货站、六渡桥，上至硚口、玉带门、大通巷一路大肆

①当时居民说的黄鹤楼，实际上是奥略楼。
②今解放路蛇山靠上游一侧。
③今江汉路靠近江边的一段。

剪辫子

放火，大的火头就有十多处。大火连烧了三天三夜，肆虐二十多里。一些地方持续到11月4日，余火才被扑灭，前后达五天之久！繁华的九省通衢汉口老城区毁光了,变成一片废墟！过惯了平和、安详市井生活的汉口人，奋斗多年挣来一份家业的商民们，遭到做梦都不曾想到过的，城毁家亡的浩劫。市区中死者无数，家家嚎哭！从长堤街到歆生路，几乎九成的工厂、商店、票号、钱庄因此倒闭。童瑨家在汉口的产业付之一炬。曾家兄弟曾赖以安身的“田记蜜饯作坊”也完全葬身火海。

大火过后，冯国璋得意洋洋地骑着战马，带着他的铁骑，踏着瓦砾开进了汉口，欣赏满城绝望的痛哭声。劫后余生的市民们朝天嘶叫着，在废墟中寻找亲人的残骸。

11月2日开始，战场移到了汉阳。著名的革命军领袖黄兴领导起义部队，进行了殊死的抵抗。血战二十多天后，清军依靠绝对的火力优势，攻陷了汉阳十里铺。起义军被迫退守到武昌和鹦鹉洲。汉阳失守。

然而，清军的局部胜利，根本不能挽救奄奄一息的清王朝。由于主力被牵制在武昌，再也无力镇压全国范围迅速掀起的革命浪潮。就在阳夏保卫战期间，谭襄农所在的汉川义军北伐，一路高歌，直取河南重镇南阳。清将刘温玉被迫投降。上海、南京等地清军也节节败退，各省纷纷宣布易帜。1912年1月1日，中华民国建立！孙中山宣誓就职南京临时政府大总统。2月12日，清朝末代皇帝溥仪退位。中国二千多年的封建帝制就此终结了！

十六、浩劫之后

为中华复兴付出惨重牺牲的汉口火中涅槃，由夏口厅升制成了夏口县。

幸存者们的哭声渐渐消去，他们还得生活，只能搁置悲痛去拾掇幸存的财物。可用的砖瓦，搭盖临时的栖身之地。房屋、街道又将在老华界重新出现。到处可见剪了辫子的北洋军士兵们，在街上贱卖趁火打劫到的衣服和物品。广诚也去买了两床有烧痕的棉絮，因为留在老住地的衣被都已烧光了。

然而没过多久，汉口就又开始复活。

因侥幸而未完全破产的商人们，在试图重振旗鼓。尚未散去的血腥中，竟还突然冒出了一批暴发户。大规模的建房热在瓦砾上进行着，除了地皮大王刘歆生的大手笔外，新军阀和官僚也纷纷抢占了接壤租界的空地和废墟。后城马路外的铁路里一片，都成了炙手可热的开辟地。汉口市场增添出更多的霸道和诡诈。一大批比原先整齐得多的街道、巷子冒出来，新的汉口街市又在飞快形成。街上还出现了新的洋玩意——汽车。

但对广诚和丙文而言，他们承受的只有革命中的破坏。经过浩劫后，大智门外的旧居已经一片灰烬，房东不知死活，他们只好另觅住处。好不容易在离老圃不远的地方，租到了廉价的房子。那一小片砖木房由于处在上风，没有被完全烧毁，刚简单修复。

阳夏战事后的汉口一片废墟

老圃一带本来就无砖瓦房，经大火把那些窝棚一烧，又成了片白地，仍被无家可归的人看上，东搭一个棚，西安一个窝。挑担的、拉车的、出力的、打工的，加上三教九流、算命买药的……那些最底层的穷人，伴着垃圾、污水和蚊蝇、蛆虫，都积聚到这一片，以最低的成本生存。

而广诚和丙文想回“江永”也遇到麻烦了。招商局为了转嫁几个月停航的损失，对茶房进行了重新洗牌。广诚和丙文因战乱没有归船，竟连资格都被取消，保金被“冻结”，需交的新保金涨了一倍，放在船上没拿走的物件和存货，都不知被什么人趁乱打劫了。

这样的打击，对他们无疑是雪上加霜。丙文咬着牙骂了一通后，还是重新凑足了保金，四处求人，总算依靠他多年跑船的人缘，如愿到招商局那艘革命军曾租用过的“江宽”号轮，当了普通茶房。

广诚却听从了静娴的再三劝告，没有去争取回船。躲在租界的一段时间里，他有时间反思。回忆自己上船当茶房、跑单帮几年，历尽江湖风险，虽说总像在赚，但日子还是过得很紧，这样下去将永远无法兑现对静娴承诺的幸福生活。而且每次出船一去就是十来天，家里妻女安危不能不让他时刻担忧，现在正是下决心从此上岸的时候了。

阳夏战事平息后，童瑨回到武昌，得知父母得救的详情后，放声大哭，亦大为感动，立即打算专程到汉口找广诚重谢。恰好谭襄农也随季雨霖、梁钟汉班师回到武昌。襄农便告诉童瑨，曾家两代都耻于施恩图报，匹夫决不可夺志。有道是大恩不言谢，万不可用金钱代替情义。

童瑨终觉不妥，和襄农一起到汉口找到了广诚。广诚见到了身着军官服的师父，百感交集，竟一时没有话说，只是把师父的手紧紧抓住了半天，又叫静娴出来和师父见了面。

童瑨一片赤诚要谢广诚大恩，广诚果然断然谢绝。他说，童少爷让他一家住进租界躲过大劫，有恩在先，彼此没有亏欠。童瑨很佩服他的骨气，便听从了谭襄农的意见，与广诚结拜了兄弟。他二人同年，同属鸡，童瑨仅小广诚三个月。

童瑨见广诚一家住在老圃，心有不忍，便表示说，他有好几处货栈都需要可以信托的人打理。广诚却说自己大字不识，婉拒了。童瑨猜广诚是不愿寄人篱下，丝毫不图报，越发敬佩。

其实，此时广诚又何尝不是正需有人帮他一把。有道是：“船上的上了岸，不卖油条就讨饭。”此刻，他正面临寻找营生的困难。但是，他有自己做人的准则，更愿意靠自身的力量。他已积累了多种宝贵经验，有相当的自信了。

茶园舞台旧影

十七、三进茶园

广诚打算还从自己的熟悉行当茶房干起。现在已不同当初刚来汉口，他在汉口已有了人缘。他去如寿街找到老友蔡元安。蔡头自“广东茶园”垮后，换到了离它不远的“天声茶园”，还是总茶头，当即表示一定帮忙。

不几天后蔡头就给了回音，推荐他到英租界开张了两年的“汉大舞台”①当“白日茶”的茶房头。

“汉大舞台”离广诚家不到两里，是一家比“丹桂茶园”还要大得多的、设备更为时兴的戏园子。其中，最大股东就是当年“丹桂茶园”的老板刘皖卿。民国后，汉口戏院很少再叫“茶园”，都称作“舞台”了。“汉大”白天晚上都说书唱戏，但因为时逢革命，汉口遭遇浩劫，工厂商号都停了，没有多

① “汉大舞台”茶园，通常被简称作“汉大”，以区别后来其它的“大舞台”。民初曾风光一时，1919年梅兰芳曾去演出。位于现北京路中山大道口附近，当时银行大楼还未建。

少人去光顾茶馆看戏，故直到次年春后，生意才略有点起色。

大舞台白天生意当然比不上晚茶。广诚每天早上就去上班，傍晚“换茶”前下班。茶房头有几元钱固定工资。头一个月的收入到手，比跑船时短了一大截，刚够一家三口糊嘴。

广诚叹气说：“比跑船差远了。”

静娴板下脸道：“看你再怎么说，就是有座金山，我也不让你再去跑船。你这么快就忘记了江湖的险恶？在苏州，要不是你到徐家送东西错过，还不和丙文哥一起抓进去。搞不好，两个命都没了！跟你到了汉口，每回你上船一走上十天，连个音信都没有，你想过我在汉口一个人提心吊胆没有？革命那几天……我不想说了……把人都吓死了。”说着眼睛都红了，转了身过去，把背对着广诚。

汉口华界贫民区

广诚想到静娴跟了他后一直没能过上安生日子，不觉十分内疚。他回想在上海的见闻，那些粤商、浙商，多少都是依靠踏踏实实、点滴积累而走向成功的，跑单帮的大起大落确实看不到前途，便下决心从现在起在汉口发展，以全部的责任心，进行脚踏实地的白手起家。

汉口租界内外的棉花厂、茶厂、蛋厂、食品厂……生产都逐渐恢复并加快了发展，工人职员数量大增。大智门周围人气一高，便又冒出了多家大小茶馆，像俄租界口上的“福朗”、“双桂”、“春桂”等，最大的数仅隔几丈远的英租界宝顺路口的“新民茶园”[①]。虽说规模没一个能与“汉大舞台”相比，却也都在与它唱着对台戏。

数月后，随着政局已定，市道也逐渐平稳，物价也开始回落，茶馆生意好了起来。广诚的收入便多了些。虽说日子还过得紧巴巴的，但是静娴对这

①位于现天津路口电信局处，曾又名“美商大舞台”。

种安定平稳的生活很满足。她扳着手指对广诚说："一个月给爹留两元钱，攒多了再捎回去。我们三个人过生活，省着点，有三四元钱也足够了，还可以攒下来两元钱。"

广诚是抱着积累资本、自立门户作长远打算的，见立足已稳，就试着在茶园出售咸水豆、盐水豆腐干等五香货。这些都是静娴在家煮好的。静娴制作的盐茶小吃是地道的苏杭风格，格外香，格外解馋。

各家戏院的茶房们又是互通的。广诚以他在江湖学到的交友手段，加上他本人已练出的宽容随和，与各个茶园的茶头和老茶房都迅速建起了交情，也就借他们在各家茶园推销自己的盐茶小吃，这项的赚头比小费收入还高。其他有心计的茶头看到了，也没有放过这些机会。比方像"汉大"这边卖的瓜子、花生等炒货，就是新民茶园的王茶房头的家里人炒的。

广诚担心乡下爹妈青黄不接的日子，托人捎信报平安时带去了十元钱。不料这等于告诉老爹，他又能赚钱了。其实，曾纪奎的确是一直在惦记着他的。过了几天，就让辛亥年起一直在乡躲避的广智来到汉口，找到了广诚家。

广智对广诚说，爹妈一切都好。接着，传达了父亲专门带来的话：邻村有家姓韩的找老爷子借钱，愿意将三亩坡地以每亩十个银元质给他。老爷子很振奋，希望从此结束曾家下无寸土的历史，要广诚凑够这笔钱交广智带回家。

这简直要剐净广诚。广诚没想到父亲除了钱外，一点都不关心和理解自己，难道回乡的人没有告诉他，这一年城里的艰难吗？他吃力地点了下头。

广智叹了口气，又说道："广诚，我不打算再回城里做了。"

广诚略有些吃惊，问为什么。广智说："我还是种地的命吧！城里是怎么回事，我也已经看到了。看风水的说，汉口城后连一座山都没有，钱财容易聚，也容易散。你不就这样？我还是相信那句话：'命中只有八合米，走遍天下不满升。'再说，我们在汉口还不是成天服侍人，看人的脸色，又能扳出个什么名堂呢？如今这年头，兵荒马乱，在城里太危险了，一把火，三家人有两家家破人亡。乡里穷是穷点。可你看，去年仗打到了我们跟前的仙女山、扁担山，炮打得那么吓人，我们在村里还是照样下田种地，还爬到山顶上去看，活得平安自在。我现在赚了钱回家买地，已经有了面子。我劝你也回去算了。"

广智说的是心里话。他不好说出的是，你广诚跑遍江湖，还不是又回来跟我一样当茶房服侍人？还是个油水不大的白日茶房头，比你在“丹桂”都不如！其实，广诚不知道的还有，因为广智的犟脾气，早已得罪了包括蔡元安在内的几乎所有茶房。结果，有一帮人联合起来和他捣鬼，让他又忙又累，拿不到多少小费，还光在损坏茶具、赔东西，捱东家的数落扣工钱。一年到头，除去花销后，真是没累出多少名堂。

广诚不打算和哥哥去分辨，说：“哥，我觉得汉口挺好的，我不会一辈子当茶房。我在攒钱，将来自己做小生意。我让静娴把钱给你吧。”

他让静娴拿出十三元钱，广智接下后放在桌上，问道：“你、你就只有这些？”

广诚叹了口气，说：“哥哥不知道，去年革命‘革’得一塌糊涂，我和赵丙文两家一起躲到租界，家里的东西、冬天的衣服、棉被都被烧光了。年前冷得不行了，才在地摊买了两床旧絮。几个钱只出不进，船上带的东西和押金都被充了公，平白遭了二三十元的大劫。幸好我不曾欠账。前阵，汉口什么东西都翻倍地涨。前几天，我不刚捎过去十元钱吗？哥看到的这点钱，连近日在茶园卖盐茶豆腐干赚的几个都凑进去了。”

广智叹了口气，广诚拿回去的钱比他多好多倍了，并且一年比一年多。他非常理解忠厚的弟弟，可他不知爹又会怎么说。

静娴插话道：“广诚，给我做盐茶货的三元本钱还在我那里，我去给哥拿来。”

静娴去拿出钱来放到桌上。广智看了看她，说：“静娴，我早上才到汉口，到现在还没吃东西，你帮我去弄点。”

静娴连忙到楼下厨房去了。见支走了静娴，广智又叹了口气，有些艰难地说：“广诚，你知道爹的脾气，哥真不好对你说。其实，爹现在手上的钱买这几亩地已经够了。当然，他也想多买几亩田种稻子，那地拿来种棉花。但这不是爹要我把你的钱都带回去、有多少带多少的缘故。”

“那爹为了什么？”广诚有些惊愕。

“爹说，钱不能交给女人管，特别是像静娴这样的。”他停顿了一下，“他听妈说，静娴穿的衣服是分了四季的，还有绸的和洋布做的，个个季节

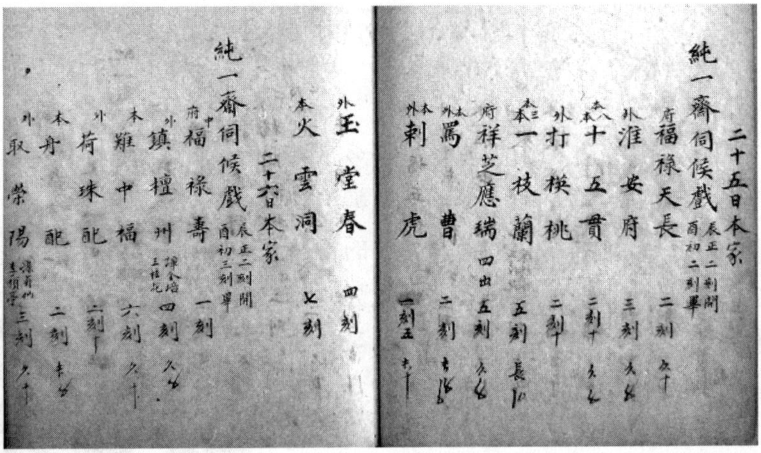

旧时戏单

都还有换洗的，这辈子都穿不破。就发了脾气，说你的钱肯定都花到静娴身上去了。他说，要你以后每个月关了饷，留下够吃饭的钱，多的都带回去。”

广诚啼笑皆非，心里很难受，但还是耐心地解释道，静娴的衣服都是她自己带来的，嫁给他后，仅做了一套棉衣，是因为汉口比苏州冷得多，才在去年自己动手缝的。如果不是因为逃难裹着昭萍，只怕也被烧了。他又强调，自己带回去的钱，都是靠静娴当丫鬟十几年攒下的血汗钱做本，才赚来的。广智听了只是苦笑。说：“爹说，他可以让静娴进曾家的门，但要守曾家的规矩。还说，他就是不放心你和她一起乱花钱，叫把她送回去帮忙做活。”

广诚沉默了好半天，克制住了内心的愤懑。这才很小心地对哥说道，他会继续孝敬爹，但是第一他要留在汉口继续奋斗，第二他要和静娴一起生活，这是不能改的。他又摇头叹气说：“我自从来汉口，什么时候乱花过一文钱哪？爹连我的本钱都要抽光，我拿什么立家啊？”

广智站了起来，从广诚给的钱中拿出九元（故意不足十元），放到自己里衣怀里，其余的却都推还给了广诚，说：“广诚，哥看到你确实不容易，也看到静娴真是贤惠，又识大体。这剩下的你留着吧。爹那边，哥去说。”

静娴给广智端了饭来，又叫广诚也一起吃，自己却退到一边。广智又看了一眼静娴，心里也十分同情。弟媳妇这么好的人，广诚可真有福分啊！爹怎么就看不顺眼呢！老人家到底怎么想的哟？

十八、汤圆小担

汉口华界老商业街

广智回乡后几天，堂兄广瑞却从乡下找来了，眯着那永恒眯着的眼，要广诚帮他想办法。说不愿一个人去求蔡元安，多的便一句话都不说了。广诚当然尽量满足堂兄，马上把他带到“汉大舞台”当了茶房，又在自家不远找了间小偏房让他住下。

广瑞基本满意，当他不是涨红了脸坐在你对面不说话时，表达的就是基本满意的意思。

茶馆的茶房不比船上，累且不说，还要特别能受客人的气，当茶房头的还常要为手下茶房们兜着。广瑞上班才两天，就“丢把子”丢失了手，碰泼了客人的茶，被骂得难听极了。广诚就忙上前代受，又赔礼又赔钱。哪晓得等客人骂过，管家又把广诚叫到一边，再来一通训斥，怪他带来个“木头”，说这月广瑞的饭钱就在广诚薪水里扣。

广诚回到家里，闷闷不乐。经不住静娴追问，便说：“我在想广智哥的话呢。他宁愿回乡，不想成天看人的脸色。说实在的，在茶园里，你就是服侍的再好，也没有几个把你当人看。”静娴心里一紧，担忧地问：“你又想上船了？”

广诚连忙解释说：“我哪会再去跑船呢？你听我把话说完啊！我只是说，哪个愿意拿人看不起呢？可端了人家的碗，又哪能有那高的心气呢？”静娴小心地问：“你是不是又受了气了？”广诚低了头，不语。

静娴猜到了一大半，明白广诚在外当茶房的难处。老圃这边常听人们讲：“前世打爹骂娘，今生落得跑堂。”就是揶揄茶房，是让人齿寒的“下人”。

静娴想了想，又问：“我说，要是我们自家开个小茶馆，要多大本钱呢？”

“那哪开得起？”广诚马上摇头，“照现在的行情，开个小清茶馆怕都要百把元钱。我们哪来那多？这还不是顶要紧的。你不懂得，这茶馆其实是最不好开的。你晓得喝茶的是些什么人吗？光是来喝口茶、听句戏吗？这帮会、把头、地痞、军警、革命党、逃犯都选在茶馆聚头，弄不好还动拳动刀。所以，茶馆老板后台最要硬。没有靠山，几下都砸了。”

静娴听了，又多了成担心，说：“这样说来，你也要多小心些才是啊！”

广诚叹了口气说：“遇到祸事我都晓得躲开的，你也不消担冤枉心。我不会去管闲事的。”他低垂下头说，“也就是朝钱看。要不，谁想当这个茶房？活得贱哪！哪个都吼着使唤，哪个都能骂，连名字都没人叫，没把你放在眼里！”他抬起头，咬着牙从牙缝里蹦出两个字：“下人！”

他不想说出口。我原本那么硬的脾气变成这样，不就是这多年当茶房磨成的么？

静娴听得心都疼了，眼泪都忍不住在眼眶里打着转，广诚付出的不只是辛劳，还有男人宝贵的尊严。她轻轻地道：“你……你是太难了。不过你说怎么才好呢？我……我要能帮上你就好了。”

广诚爱怜地抚摸了下她的手，他后悔把内心的愤懑传给了妻子。他转开话题，说出那好久就在心里涌动的想法：“我也想自立门户哪，本钱小就立小门户，不过不是开茶馆。你看哪，这英租界里边，那么多厂哪、行哪、号哪，上班的工人、店员，都是在外面过早、在外吃饭，吃夜宵。我想做个挑担，在街上卖点熟食。茶馆的差事我也不丢，横竖晚上不上班，我就挑担子出去卖。”

静娴一听就觉得这主意不坏，便问：“挑个担子？卖什么呢？好卖么？这一片，挑担子的少说也有几十个了。”

广诚胸有成竹地说：“我怎么不晓得？我点过了，卖包子、卖烧饼的最多，卖汤面和水饺的也有几个，还有卖油炸的、卖炒饭的，就是没看见一个卖甜东西的，像汤圆、伏汁酒哪，一个都没有！我想就卖这了。要是再配着卖你煮的盐水豆、茶叶蛋、盐水豆腐干，这喝口甜的，吃点咸的，最合汉口人的口味了。”静娴也听得高兴了，说：“我也去帮你去搓汤圆。我在苏州那边，早就学会了做汤圆、米酒的。”

广诚越说越有劲：“这事本钱小，转得快，等慢慢攒大了本钱，我们就摆个摊子。再做大了，就开铺子，学上海城隍庙那家‘通成’一样，开个汉口的‘通成’，通达成功！事事通通都成！我说的对吗？”

静娴拍手叫起好来，站起身道：“对！我就是最信你的。你发个话，我明天就去买糯米，买酒曲，先把酒发起来。单洞门跟前就有几家磨子，专门帮人磨吊浆的。”广诚道：“行！开头莫做多了，试几回再说。”

次日，广诚就四处捡回来一些长短不齐的破旧木板。在他眼里，这些废料都是材料。当过长工的人，一动手就是那么回事。他用旧米缸糊了个炉子，一副汤圆担子就被他做成了。除了买锅买碗，简直没花什么钱。

1912 年，中秋节后的一天傍晚，汉口保华街上出现了一个汤圆小挑担。前担是个炭炉子，上边固定着一口锅。后担分三格，分别是饮食原料、一个小木盆和碗筷、一小袋板炭。

广诚第一次尝试卖小吃谋生了。谁能想到，就是这小小的汤圆担，竟是上天对他发展前程的明示。而在他心里，就是自己的“通成酒家”。

第一个顾客是带着孩子来的丙文媳妇。接着来捧场的是王兴汉家里的人。这时，担子前已经有几个食客了，静娴抱着昭萍站在一边，人多时也过来帮忙洗碗收钱。一碗米酒汤圆两分钱，广诚又打得满满的。不等到正吃夜宵的时间，广诚还没到大智路街口时，预备的东西已经卖完了。

第一次试水，就比他们预计的还要好。回到家里，丙文家大人小孩也激动得过来看他们算账，差不多赚了六七角哩！丙文嫂子也跟着乐了。广诚更是兴奋得滔滔不绝地说：“这样还不行，伏汁酒少了！这酒发起来慢，发多了又会酸。我得去多买两个小坛子，换着做，换着用。好在现在用水撇脱[①]，到处都有自来水了，伟雄路[②]口有个卖水老头，大智路街口也有一个。我已经跟他们都说好，每个月给他们一个人两角钱，让我零打八碎地添水。这样，锅里的水和洗碗的水都不愁了。还有，你们听到没有，好几个人都问有没有芝麻。我们的汤圆没有馅，不可以加点芝麻呢？”静娴只在一边听广诚一个人说个不停，也不去打断他。

事业虽然渺小，但是他的喜悦绝不亚于大商贾们对自己得意手笔的陶醉。

①汉口方言，方便、容易的意思。
②今南京路，当时处于租界外的一段为刘歆生建的伟雄路，系其用长子刘伟雄名字命名的。南京路租界内一段当时称阜昌街。

十九、初展身手

广诚的小生意没能顺利地持续下去，冬天来临，北风一刮，愿意站在街边吃东西的人大大减少，天黑后在街上寒风中吃东西的人就更少了。开春以后，静娴的肚子又一天天大起来。广诚看到妻子拖着才两岁多的昭萍一早就起来操劳，又要买吊浆、又要煮盐水茶点，傍晚还常带孩子跟着他的担子帮忙，实在过于劳累，就停了生意。

到6月，他们的第二个女儿出世了，广诚为他起名昭瑛。

他每两月都要给家里捎一次钱，通常都是由广瑞带回乡去。广瑞也就顺便看看在乡务农的妻儿。广诚知道乡下的陋习，连生两女胎的女人在家里是抬不起头来的，所以刻意不把昭瑛出世的消息带回家。谁知言语金贵的广瑞，这次偏偏要多嘴。恰逢广智刚得了第三个男孩，曾纪奎正在兴头上，听到广诚又生了个女孩，兴奋的人可能格外容易发脾气，气得跳起来把饭碗都摔了，嚷着要广瑞带信，叫把昭瑛给溺了，别养着糟蹋钱。广瑞哪来的脑子替别人着想，完全不知道回避和婉转，回汉后直统统地当众如实传达，弄得静娴听后一个人痛哭了几天。从此，这事更加沉重地压在这可怜女人的身上。

没有静娴做帮手，汤圆卖不成，连茶园里的五香卤货的生意也被别人抢去了，广诚无计可施。直到来年秋天，广诚才又挑上汤圆担上街，卖几个钱贴补家用。

茶园的生活也并非千篇一律，有几天“汉大舞台”夜场爆满。原来宋教仁被暗杀后，民心愤懑。革命党人、山东登黄都督刘艺舟来汉亲自登台，在“汉大”演出《吴禄贞被刺》，讥讽当局，大受欢迎。

童瑨也陪了父母来“汉大”看戏。老板刘皖卿特地到包厢敬茶问安，童老夫人顺便向他问了问曾广诚。偏偏这天，广诚去帮受黎元洪迫害逃到租界的师父和一帮辛亥元老坐船逃离武汉，不在茶园。刘皖卿当即甚感诧异，童瑨是何等人物？辛亥元老、帮会大佬和商界领袖级人物！老夫人专门打听曾广诚，这位茶房到底是什么来头呢？次日他便特地叫人去“天声茶园”找来推荐人蔡元安。一经问明，大为吃惊，他手下的一个茶房居然与这位头面人物是八拜之交！他早就对“丹桂”当年的那段故事有耳闻，这下方知原来那条好汉就是曾广诚，从此他将此人放在心里了。

刘皖卿原系汉口京剧前辈，徽班出身的著名丑角，能串生旦净末。光绪年间在汉口徽帮大佬杨逢圣相助下，率先在法租界创办“丹桂茶园”演出京剧，后因得罪巡捕房关门。杨老爷遂又资助他在花楼街办了“天一茶园”。依靠刘皖卿的人脉和名气，茶园一度红火。没想才一年多，就被冯国璋的那把火烧了。幸好他在“天一”大赚时参股了“汉大舞台”，并被选为执行董事，侥幸留下了东山再起的后路。民国元年起，他被委经营“汉大”。

不过刘皖卿在春风得意之时，却难束恶习上身，首先是嗜酒如命，次又染上了大烟，加上喜欢进出风月场，哪里愿投入么那多精力去管理。别说请戏班和组织捧场，就连“汉大”的日常事理也很随意，简单而粗放，动不动朝令夕改。还有时干脆把舞台十天半月包给掮客，也懒得管请来的戏班实力如何，演些什么。所以大舞台条件虽好，票房却不怎样，加上茶水也一般，经常只坐了一半席座，利润不高。老板一松懈，底下大小管事的就有拉帮结派、小偷小摸、吃公攒私的，隔两天就会发生一起丢失东西，以及客人吵架、打闹台的事。

刘皖卿想改变现状，又懒得下力气，便突发奇想叫曾广诚来管管看，却又担心他只是讲点江湖义气的一勇之夫。

他便将广诚叫到账房，试探说，“汉大”摊子大，开销也大，生意却不好，你怎么看？

广诚其实早就将上至管家、下到茶房们一个个的底细都看得清清楚楚的，但他不敢随便谈人。只以近来出的几次事为例，指出现在“汉大”牌子大，但茶没好茶，戏没好戏，无非靠门面靠电灯招来点客，管家茶房服务不齐心，只盯着小费。刘皖卿一听，正说到自己头疼的些烂事。于是他叫广诚先说说茶，想拿这试试他的深浅。

广诚便老老实实地一条条从茶叶、茶具、柴火、水等管理上的乱象与漏洞，谈到茶房爱犯的毛病，然后又大谈茶道的学问。刘皖卿听着听着都正在点子上，暗暗埋怨自己不识人才。但他却又担心广诚只是嘴巴会说，便说：“你说了这多，那我就把茶都交给你管管试试！”他即刻叫来管家，吩咐除

集家嘴一景

了“戏”外，茶水和日常管理都交给广诚。

管家立刻感觉到不爽和不祥，但不敢反驳老板，只好悻悻地一一照办。广诚则发现自己遇上了难得的机会，便忍住内心喜悦，用心地做起了功课。茶园运作对他本是轻车熟路。以后数周，他把在上海和苏州看到学到的一一搬出来，先从内部管理入手，包括奖勤罚懒、分清职责、谨慎开支、收入透明等，都规定得很具体，贯彻得很认真。然后，又把茶具分类及整洁、场地卫生、对客人服务质量等作为考核茶房、分发小费的参考标准，不再简单按茶座多少分派。接手两月后，果然茶园经营有明显起色。

好茶馆须得茶道一流。广诚早在跑单帮时就将茶叶品种、产地盘得精熟。这下他亲自去进茶叶，并托赵丙文从上海带回比本地价格便宜得多的江苏“碧螺春”、浙江龙井以及安徽瓜片、毛峰、猴魁等真品。当时汉口的规矩，进戏园是不用先买票的，把钱交给守门人直接进场，但基本只招待两湖产的普通毛尖。广诚手上有了好茶叶，便施展起了茶道，让客人在这浑茶馆也可以点不同品牌档次，当然也不同茶具、不同价格。他特地请刘皖卿亲自挥毫，书写出介绍各种茶叶渊源的条幅字画，裱后挂出。这不仅非常投刘皖卿之喜好，还比其他茶园更显高雅之文墨气。墨香带出了茶香，吸引了真正懂茶的客人，茶客的消费层次一下提高了。

刘皖卿高兴了，忍不住当着众位股东夸奖广诚。但是有董事却不觉得满意，理由很简单，茶园茶道是有了点名气，收入却没见大涨，汉大舞台是浑茶馆，戏场收入才是第一位的。

皖卿听了有些闷闷不乐，但人家说得在理啊！他小心地把意见转告广诚，哪知广诚立即附和道：“这说到点子上了。为什么这两年新的老的‘茶园’名字都改成了‘舞台’，不就亮明是唱戏摆在喝茶前头么？您看光大智

花楼街

路口就有五家茶园。要让客人尽往我们这边来，光有好茶不行，还得要有好戏啊！”

刘皖卿何尝不比广诚清楚，汉口浑茶园红火得多了。后城马路贤乐巷口的“贤乐”、歆生路口刘歆生办的“怡园”、老圃的“爱国花园”，加上跟前宝顺街口的“新民”是最旺的四个，它们都靠推演坤班成了气候。坤班就是女班子，在上海叫髦儿戏，汉口人称“小京班”。女角比男角酬金低得多。而汉剧、花鼓戏的规矩都只用男演员的，现在高一档的京剧女班都上了台，汉口人当然大觉新奇满足，于是纷至沓来。新贵们更以争捧女戏子为时髦，又大大捧热了戏场。

刘皖卿其实早就意识到自己落在后面了，但他又拿不下情面去找他们合作，何况其中还有人与他有“老梁子”。他叹了口气说：“现在我们动手晚了，这些园子还都自已在办汉剧‘班底’了，今后他们的‘科班’成了气，我们的客越发被抢走了。”

广诚却没有包袱，他早就有心暗暗走遍了那些茶园，偷经学艺，已经有了些主意了。他笑着说：“以刘老板的名气，依你在上海、北京戏剧界的人缘，还愁请不到压倒他们的戏班？刘都督亲自上台，都是最先找您家大舞台。”

刘皖卿听得心头都是甜的，可惜他没有利用好当时的优势。于是说：“请好班子得花大价钱哪！现在汉口名气大点的戏班包银也高。你晓得，京剧汪笑侬、汉剧余元洪，他们都算是我的老朋友了，已经俏得不行哪！被‘怡园’、‘满春’捧得包银翻了番哪！就是再请过来也不新鲜了。”

广诚却是一片事业心，连忙道：“何必急着求那些红得发紫的？我们戏路子可以走宽点。你赚哭，我赚笑！他们阴盛阳衰，文戏火，我可不可以请武打戏班子，武戏热闹，加点丑角滑稽，未必不赚人场！再说，还可以抢先来点新路子，像他们有些已经在京汉同台，我们何不让文明戏[①]、花鼓戏也都一起上，这里头有些戏汉口人也喜欢咧！再说，这些戏都还没火，有你刘老板的名气，他们巴不得能来。只要同台戏种一多，包银也就摊低了。日子一长，票房俏的我拿来压台撑场子，有些新角也靠人场带出来了。”

刘皖卿越听越觉得有理，但还是说：“现在有些事只怕下手也晚啰！别个园子就想不到这些？让你抢风头？”

广诚道：“不晚不晚。您家听我说。别看那几家火，可家家都有本难念的经。‘怡园’名气第一吧？还自建了“班底”，可它哪有我们这大场子呢？坐两三百人怕都不行！茶位价钱又高，结果通常还坐不满。捧场的又都是有钱有名的，名气哪会不大？可树大招风，要维持这个场面，就又要巴结官府，又要应付地痞，这笔开销不得了哇！再说‘贤乐’，哪个不晓得他们里头人心不齐，自家人使绊子，好景还会长？‘新民’是挨我们最近的对头，还自己建“班底”，心倒是大，下本钱不少，但场子装潢哪里能与我们比？周老板又爱与同行争输赢，连“怡园”他都要去惹，结果得罪同行，赔了几笔了。还有，您家这些日子老爱说老圃新开的“爱国花园”大，我就住那跟前，大倒是大得吓人，听说是可接待三千茶客，只要进了门，就可以逛几个场子、看几台戏。可毛病就在这里了：这样来客就坐不安稳了，能喝好茶吗？我盯了好久了，人倒是多，可出出进进不喝茶、不给小费，茶房就不尽心了，看看热闹就离去的占了大半！加上近来那里军警、乱党、聂豫[②]的人，三天两头在场子里头打架、开枪、抓人……再来说我们汉大：排场装潢数一，又在英租界，官府、地痞都管不着，麻烦少，周围人气本来就足，近来得罪黎大都督的革命党也都一群群躲到租界，来我们这里喝茶聚头……”

刘皖卿听入了神，点着头进入了角色，叹道：“你说得是不错，但我就是有心去上海请班子来，也抽不开身，我那管家只晓得马着脸管人，管不了大事。哎，我要是交给你管几天，你怎样？”

---

①当时对话剧的称谓。

②聂豫，辛亥革命元老，敢作敢为。阳夏战中，独自化装渡江侦察，策反清军一机枪连长反正。他目光敏锐，果断地私刻都督大印假冒黎元洪之名实现了南北议和。民初受迫害，反袁斗争中，因筹划起义失败逃往上海，藏于法租界，组织党人赴汉行刺北洋要员，是北洋军阀闻之丧胆的著名侠客。北伐战争中，自组义军连克当阳、远安、荆门、钟祥四县。于1937年去世。

广诚立即感到自己正面临一个难得的机会，应该及时地把握。但马上又想到茶馆向来名堂多，管家、茶房个个都精，也不是好管的。便道：“刘老板信得过广诚，广诚肯定会尽力。只是广诚人微言轻，恐难服众，上头一切又都要听从管家，不好施展。”

刘皖卿听他说得在理，便问：“那你想怎么样？”

广诚斗胆试探道：“你明着对管家和茶房们说，把园子包给曾广诚管！”

刘皖卿先是一惊，但立刻又觉得这不正是自己想要的结果吗？自己不就想撂挑子吗？把杂事都推给他，自己也好一心去请戏班啊！

但他没有立即表态。在去说服了其他股东后，才终与广诚签订了“包茶”合同，将茶园交给广诚试管半年，如果管得好就接着管下去。二二六分红，即盈利广诚可得二分分红，茶房们二分，茶园得六成，如亏损，则由他承担四成。广诚象征性的还交了 25 元押金，这却几乎是他当时的全部家当。

刘皖卿随即去了上海，拜访老友，与好几个戏园和戏班签订了一些演出意向，还带回一个坤戏班。

回汉即发现，广诚已把茶园内一条条都管得很细，很有条理。

刘皖卿带回的戏班虽说无大牌名角，戏目却颇受欢迎，加之上海来的女班个个色艺出众，哪是汉口那些戏班能比的？汉口人于是纷至沓来；而新贵们又一窝蜂来争捧上海坤伶，大大捧热了戏场。而广诚提出的演文明戏，在汉口也别树一帜，特别为当时受打压的反袁辛亥元老们的欢迎，也被汉口人认为新奇接地气，从而拉低了经营成本。

半年中，广诚包茶摸出了门道，“汉大”的经营状况也全面上升，上自股东下至茶房，都对他一片称赞声。他信心大增，更叫认真地从别的茶园中吸取经验和发现问题。又刻意拉拢了一些老茶客，组成了“票友社”。这一来，“汉大”人气果然更足。

用上刘皖卿的面子和童瑨的影子，广诚在汉口的茶园和戏剧圈子开始有了些小名气。其他茶园纷纷与他友好交往，流传着他能少花钱办实事的口碑，竟成了汉口各茶园、戏班认可的能人。

然而就在这时，一直支持、并也依靠着他的刘皖卿，却出了大事。

二十、好景不长

一天半夜，烟瘾、酒瘾、花瘾都已过足的刘皖卿回家，竟被一辆飞驰而来的俄国茶厂的马车闯倒，并从腿上碾过，两条腿都骨折了。

刘皖卿伤得太重，躺在床上想起与上海的经纪人的约定，便写了一封信，委托广诚到上海代他办事。

广诚已几年没到上海，他原本不懂戏剧，只是因为久在茶园，听多了，听出了点门道，甚至有了戏瘾。这次带着刘皖卿的信一一拜会九江路“大舞台戏班”、“老天蟾（即新新舞台）戏班”以及已快唱红的大小班底和明显有前途还未出名的班子，认识了很多人，了解了门路，眼界也开了，随后顺利地与几家戏班签了意向。他特地看望了赵丙武等老友，又专门光顾了他念念不忘的“通成酒家”。

从上海大舞台戏班请来的小孟七、沈月来班子轰动了汉口，“汉大”场场爆满。刘皖卿养伤期间，广诚几乎全盘管理着“汉大”。刘皖卿原本有些看不起黄孝花鼓戏，又认为刚出现的文明戏是胡闹。广诚一句话把他说服了：“管他胡不胡闹，只要不是伤风败俗，赚钱就行。”广诚又献策与别的茶园联合请戏班，分摊包银。又把“满春”请来的本地武生九仙旦、汉剧牡丹花等请来“汉大”，西皮二黄①、京汉同台。没有名角的时候，就唱花鼓戏，有时还插演文明戏。花鼓戏本来就是楚汉乡音，剧情又极富民间味，很能吸引租界为数庞大的打工群，而请这些戏班的包银要远比请京剧名角低得多。各戏种都发挥其优势，果然收到非常好的效益。

周围几个茶园渐渐被“汉大”比了下去，有的甚至垮掉了。只有相邻的“新民茶园”还撑着与“汉大”唱对台戏。但是，毕竟“汉大”所有事情都抢先一步，风头始终领先。于是，“新民”董事会便改变策略，企图挖广诚加盟。结果广诚以“忠臣不事二主”婉拒了，但他诚恳地与新民合作，不伤和气，甚至互通渠道，结果两家戏园相处得还不错。特别是租界介入镇压反

①汉调为古老剧种之一，以“西皮”、“二黄”为主要唱腔调，“西皮”发源于襄河、陕甘，与江汉平原的民调相结合，故称“西皮”；“二黄”以黄冈、黄陂方言为基础，故称二黄。

袁人士后，两家茶园互相掩护转移，竟有志同道合的气氛。

广诚做得很起劲，时间一长，对邀请本地、上海和其他戏班的门路也全面熟悉了，有了不少宝贵的人脉。1915 年他第三个孩子的出生时，也没有空多照料家里。在他“借水养鱼”小有成功后，惦记着堂兄广瑞每月才三五元钱收入，就让广瑞除了照管水房的两个烧水的工人外，负责掌管茶叶。这样，广瑞不再那么辛苦，收入几乎成倍地增加了，广瑞眯着眼微笑。不过，他这人看上去老实懵懂，一句“谢”却是绝不轻易出口的，反而在“笑纳”的同时，心里反复比较着与广诚的差距。

虽说“汉大”财气粗了起来，刘皖卿本人却因挥霍过度、入不敷出而债台高筑，不得已出让一部分股权，失去了控股地位。以后一两年中，随着控股权走马灯似的转卖变更，“汉大”的招牌都改了几回，什么“合记”、“迎仙”、“双红”、“春记”都用过。不过人们还是习惯称其为“汉大”，广诚的大佬位置也一直都没有动摇过，只不过对他交付的保证押金屡屡加码，幸好始终还保着位置。广诚熟知茶园内人心的复杂，越是做得成功，自己越是低调，多年的磨炼已让他变得性格随和、处事谨慎。

尽管如此，他在茶园的成功还是越来越引起旁人、包括曾经是朋友们的眼红，听谣言、吃闷亏、受闲气的事都开始多了起来。在大家都分到了红利实惠后，越来越多的人却心里更不平衡了。

这时，与其他茶园的合作首先出现了变数。曾经最力挺广诚的“新民茶园”的王茶房头突然翻脸，说每回与“汉大”合作都是“新民”吃亏，广诚吸走了他“新民”的兄弟们的血汗。广诚不愿伤同行和气，没有反驳，但与“新民”的交道从此少了。

1916 年对广诚本可说大喜临门，他的第一个男孩昭舫、也就是第四个孩子出生了。他让广瑞代表他回乡向父母报喜，在义田湾口子放了几大挂鞭，还花钱请了一个与他有交情的小戏班专门去乡里演了一场戏。现在，曾纪奎谈起他这个儿子，开始露出点笑脸了，甚至带来话说不用再往家里捎钱，让静娴把儿子带好。实际上，曾老爷子的需求都已超标达到，祖坟修整了，房子翻新了，梦想的那几亩肥田好地也到手了。这老农并不贪心，觉得这下该来体谅儿子了。这让广诚夫妇减少了不小负担。而苦命的静娴，从此才在曾家伸直了腰。

但好事总不会降给穷人太多的。

这一年，广诚受茶园的委托，拿着杨逢圣、童瑨等汉口帮会大佬的帖子再次去上海，直接拜会上海娱乐界最有势力的大佬，拟聘最红的戏班。

按说此去上海所见世面非同小可，完成了与两个戏班的合同，还直接拜会了正在旅沪演出的当红乾旦梅兰芳，并草签了邀请他到汉口演出的协议。但他哪里料到，在离汉的二十来天里，他在“汉大舞台”的地位被颠覆已成定局。茶馆本来就是鱼龙混杂之地，换个名字叫“戏园”也是换汤不换药的。茶房是光棍的队伍，不难找出比常人要精明得多的角，也不乏生怕吃亏的浅薄之辈，最可怕的是从来不缺小人，还极多见利忘义、受人挑唆的笨蛋。

早在一年前，受冷落的管家和茶房头们的私下商聚就越来越频繁，接着扩展到本来得到实惠的茶房们。他们一致认定，生意这么好，广诚一个人得的便宜，肯定比他们多得多了。这些人心胸就那么点宽，当听说别人得的比自己多时，那口气就再下不来：“凭什么拿多？老子不要都可以！”宁肯鸡飞蛋打、双输，大家都得不到！岂知最后连股东们都接受了这个观点：即当初刘皖卿就不该同意给广诚那么多好处。生意是名角戏班带来的，有没有广诚都一个样。于是上下一心，只等机会就找广诚发难。

广诚兴高采烈地回汉，一交差，就觉察出了周围气氛和上下脸色的变化，立即悟出他将陷入他最怕的困局：他被眼红了！他是个关云长道德的真正虔诚信奉者，是宁肯吃亏也不愿为“钱”字去伤感情的人。回到家中，他向静娴坦然地说明了这些，说自己哪天退了押金，就一心去卖汤圆了。

静娴什么话都没说，广诚这几年干得很上劲，突然这么说，一定遇到了什么。但无论发生什么，她都能接受的。

这回请回的有全国京剧老生“后三杰”之一的75岁的孙菊仙，外加何月山等名角，拿出了大武戏《铁公鸡》等在“汉大”登台，演得汉口人大呼过瘾、场场爆满，街头巷尾都津津有味地谈论着武打戏。而所有戏台也跟着形成了规矩，最后一出大开武打，被称作“送客戏”。

演出大获成功，但广诚命运却已被决定。茶园突然宣布终止广诚的“包茶”，仍叫他去当原来的白日茶头。此时，孙菊仙来汉演出还不到半个月，这帮上海艺人与广诚相处半月多，一路同来，已大有好感，于是对“汉大”很是不解，为广诚抱开了不平。孙菊仙也突称年迈挂牌请假，停演原因竟成不解之谜。

广诚回到家里，竟感到了少有过的疲惫，心头又涌起从进城就有的那种自我渺小感。想到自己都三十一岁了，三十而立，我立的什么？还住在这“鼓皮房”[①]里，自己对静娴承诺的“好日子”还不知在哪里。本指望在茶园里有番作为，“汉大”不是走向了成功、在汉口得到了公认么？董事们却要卸磨杀驴，自己好不容易在汉、沪戏剧界建立的宝贵关系网也成了泡影。还有，那些朝夕相处的茶房们的嫉妒反目让他心寒，真心没换来友情，见利忘义的人心简直比江湖还要凶险。

静娴奶着儿子，从广诚断续的几句话中，完全知道发生了什么事。她没有说话，四个年幼的孩子要带，她没有多少精力帮广诚分担。她相信广诚一定比她知道的还要难得多。但就是茶园全数退还了押金，自己开店的本钱也不够，还是只能摆游摊。

一连数日，广诚都是一样闷闷不乐。虽说有茶园听到此消息后立即就来拉他过去，但他再不想“端别人的碗”了。然而他也想到，自己创业又谈何容易？这几年看起来风光，咬牙置了两套装门面的行头，生平第一次穿起了长袍马褂，从老板、茶客、商人，甚至上海人那里学足了做派，但因此开销也大了，结果并没积下多少储蓄。他看着退回的保金，情绪十分低沉。

静娴默默看着他。由于生了个男孩，她在曾家的地位总算得到了默认，精神也轻松了许多。她不愿再让广诚一人承担所有的压力，广诚这几年在茶园的表现足见他可以干出更大的事业，于是劝道：“现在总没有你我在苏州时候那难吧？莫要性急，我们从头再来！你的薪水钱一家人过日子足够了，我们还是上街卖汤圆，除去刮风下雨，省点用，每月可以存它一二十元！”

“哪能有那么多？”

“怎么不能，我是算过的，原先我们没有把担子当头等事做。就跟你说对门屈老头吧，一个糖担子养了一家五口，循礼门祁大山水饺担子更是养一

---

①汉口方言，指墙体、楼板都很薄（如鼓皮）、一点声音都隔不住的低质木板房，是大多数下层市民的住房。

大家，现在成两个挑子了。我们虽说只卖个夜市，你算算，一半总能有吧！”她现在对广诚更有了信心，决心用全副精力与他一起创业。

“可你带四个孩子，哪来力帮我呢？”

“这你放心好了，不信你先试几天。”

广诚打心眼愿意相信静娴。在他心里，她是上天赐给他的福星，是他最重要的支柱和帮手。但他的目标早已不是养家糊口，他要让静娴和孩子们生活得好，要孩子们能读书，要他们不再当“下人”！而他需一步步来，可能得要很多年的艰苦奋斗。

广诚平静了自己的心态，又挑起了那付汤圆担。以后日复一日，他每天白天去茶园上班。静娴在家，仅六岁的昭萍照护两个妹妹。静娴把儿子绑在背上，泡糯米、买吊浆、做米酒……做一切准备工作。每天忙完不久，广诚就回了，匆匆吃饭，挑着担子出门，先在循礼门叫卖，等车站扛活的收工了，又顺着歆生路，挑去保华街口，或去六渡桥叫卖。

数月后，广诚的小汤圆担变成了一个小小的两轮板车。在离家不远叫卖时，静娴还常拖儿带女跟去帮忙，帮着搓汤圆、打下手，昭萍就带着妹妹在一边，等着客人吃完了，去把碗捡回来。有时没有人吃，她还帮着对过路人喊：“伏汁酒小汤圆啦，又热又甜嘞！”路人听她奶声奶气、模样遭人爱怜，便微笑着停下来吃一碗。静娴听着心里发酸，要她再不要叫卖，广诚更受不了，吩咐不要带她出来。

两个人忙着生意，孩子照管就马虎了，三岁的昭瑛竟因受凉害了一场大病，埋下咳嗽病根。穷人没有意外之财，却常常会面临飞来之祸。

汤圆经营规模也没法再扩大，就那么大个炉子，那么几个品种，吃的人再多也多不到哪里去。遇到刮风下雨，天气太坏，就几乎没有人来吃了。酒啊、吊浆啊，多放一天就酸，再心疼也得泼掉。广诚明白，靠这个担子，也就只能这样。

这天刚吃过晚饭，门外忽然传来丙文嫂的声音。听她拍手笑道：“我还怕你推车子出去，错过了还要满街去找呢！”只见赵丙文也一起踏进门来，满面春风，说：“广诚老弟哇，这下可以解了我心上的疙瘩了！”

二十一、 自立门户

见丙文那么兴奋，广诚夫妻便一动不动地听他讲话。原来，丙文始终挂在心上的一桩老恩怨终于了结。他弟弟丙武兑现了“大丈夫报仇，十年不晚”那句话，花大本钱找了“道中朋友”，在苏州暗中吊线，设计把当年陷害丙文的那个无耻小人夏忠林诱到了上海，好好“收拾”了一顿，逼他交还了所有欠款，并立下字据，从此不再出现在上海和苏州。广诚听了，不由拍手叫好。

丙文说完了事情的经过后，从怀里拿出了为广诚索回的连本带利四十二两银票[①]。广诚见到这么大一笔钱，不由大吃一惊，竟不敢接受。丙文皱着眉道：“你怎么了？这钱本来就是你的呀！”丙文媳妇也抢着说：“丙文总是说，那年在苏州全靠你才保下一条命。我们一直都觉得让你跟着他吃了亏，心里过意不去。这多年来，他天天记着这事，只因为怕你说他不把你当兄弟，才不提起的。”

广诚脸都涨红了，不停摇手道：“丙文哥，你吃那么大的亏，怎么还去记我那几个钱啊？哪百年的事啊？我从苏州带回了昭萍他妈，未必我还不知足吗？这才是我命里注定的那份呀！”

但丙文不听他的，说这样会陷他于不义。他拉住广诚的双手，双眼湿润：“我是把你当亲兄弟的呀！我什么时候对你提过‘报答’两个字啊？

广诚被丙文的真诚打动了，拉住他的双手说：“丙文大哥，要不是你带我上船像亲哥一样护着我，要不是丙武哥帮我进货出货，我有今天吗？我连这点好歹也不知吗？我还劝一句，你最好也不要再上船了，就留在汉口做点生意。江湖真的太险恶，搞不好姓夏的还要找你报复的呀！”

丙文却不住地摇着脑袋，说：“一笔归一笔。我要想做生意的话，本钱早就够了，我比你出道早好几年啊！做生意又忙又烦心，那有跑船洒脱？现在太平了，跑顺了，稳赚不赔。”

广诚倒能理解他的话，像他们这样企图摆脱贫困的人，本钱过了百元算是一大关。赵丙文已越过了这个门槛，哪里就舍得丢掉？相反，广诚因为受

①当时大约要值60元银元。

几次重击，又要给乡下父母按时捎钱，离那个境界还远。

“可惜你只跑了那几年船，倒是什么劫难都遇到过了。”丙文叹息着说。

广诚逆来顺受地说：“那一定是我在还前世的债啊！”

丙文笑道：“你怎么这样想？我呢，要不是你在外面找到徐少爷那么硬气的靠山，还不晓得那次活不活得出来呢！”

广诚似有所悟，点头说：“我一直在想，那天你带我上‘老公茂’的船和徐少爷同住一间，是不是老天爷有意安排的，这是你祖宗积了德，让你受到劫难时有个救星。”

丙文说：“听你那么说，还真像是祖宗有德，也借了你来救我。”他十分诚恳地说：“广诚，你真是我信得过的、割头换颈的好朋友、好兄弟。我早就听你嫂子说，你在茶园受小人挤兑，又卖起汤圆来了，真觉得还是我拖累了你。正想着，老天爷就让你的钱回来了，你说是不是老天有眼？我说，你把钱收了，去租个门面，正经把生意做大。你的钱我拿着算什么？你要陷我于不义吗？”

民国初期的吉庆街

广诚懂了，他应该、而且必须拿回自己的钱，但却怎么也伸不出手。便说：“丙文哥，你、你……我真的伸不出手接钱，你看能不能这钱先存在你那里？”

丙文见广诚竟被自己的忠厚所折磨，低头沉思了一会，说：“这样吧，我留下一半，带给丙武，算你在上海的股，我们赵家兄弟俩，还和你一起做生意。这一半你收下！”广诚觉得这样很合情合理。两人于是就说好了。

广诚增加了本钱，下决心尽快自立门户，以彻底脱离那让他心冷的茶园。他开始托朋友们帮他留意找一个门面，他希望最好就在茶园不远处。因为老的繁华区像花楼街、汉正街，门面租金高，自己本钱小，插进去立住足很难。况且他还挂着“汉大”的差使，不想撕破脸走，隔远了也不好两边照应。大智路口一带既然能容下五六个戏园子，足见人流不小，茶客不就是自己的潜在顾客么？何况现在有钱的商家一时还看不上这边，没有了压他吃他的有力竞争者，所以这肯定是比较合适的开店位置。

不过让他颇感意外的是，竟是“新民茶园”的王茶房头听说后，主动跑来帮了他的忙，让他在大智门附近的横街[①]上，如愿租下了一幢两层带平台的砖瓦楼。原来，王头佬鼓动“新民”与广诚反目后，便很快明白干了件两败俱伤的蠢事。“新民”不如“汉大”，并非广诚造成，却自此真与“汉大”成了冤家，最后都因此蒙受了损失。还有，他效仿广诚如愿包下“新民”的部分经营后，也很快受到曾经的朋友们的眼红，陷入了茶园中的内斗，最后是大家一起亏本。他这才冷静下来，忆起广诚与他合作时的红火时光，开始理解广诚，并心怀愧疚了。

广诚新租下的楼房离大智路街角不远，后门与贫民区杂乱的板房接壤。在往铁路去的方向，还剩有两个接近干涸的小塘，几丛奄奄一息的芦苇。再过去几百步，便是当年的蜜饯作坊的遗址。

阳夏之战后，在大智门外残存的破土墙废墟上，无家可归的市民拾荒乱建，形成了一条宽窄不定、房屋简陋的背街。数年后，大家才弄清楚，原来这都属地皮大王刘歆生的地盘。为了建一个“模范区”，刘歆生就在这条街上建造了一排对街排列、整齐划一的两层和三层的砖木房，于是便有了条称为吉庆街的街道。

吉庆街与铁路堤遥遥平行，但是走了长长的一段后，就弯了个方向朝大智路伸去。可越靠近大智路，就越是土生土长的老样子了，连街面都没有完整铺过，那年头被称作吉庆横街，路边有一条简陋的水沟。到晚上，到处一片漆黑死寂，没有一盏路灯，只偶有打更人的叫声划过，让人相信这是个有生命的世界。

租下的门面不在湖北街[②]正街，甚至不在大智路，有些“背”，当然谈不上最好，但租金低。量体裁衣，就算不错了。

对着大门方向，百米远处原有个水塘，辛亥年大火后就干涸了，渐渐成了一个白日集市[③]。每天，近郊的菜农和黄陂等地远道赶来的农民，不下百

①即后来的吉庆街，瑞祥路至大智路的一段，广诚的门面房在与交易街交界处附近。
②今中山大道江汉路至合作路一段，对应英租界，称为湖北街。
③今交易街菜场一带。

余人，提篮挑担不约自来这里叫卖。柴火、米面、蔬菜、猪肉、鲜活、土产，应有尽有。周围各条街巷的居民都喜欢来这里买菜。所以，门前过往的人还是不少的。

广诚把全家安排住到楼上，楼下用来开饮食店。

楼下分为前后两间，有五米多宽的当街门面。堂屋即营业店堂正中偏右有一门柱，门柱右边是门。广诚在门柱左面砌了一个三眼灶台，白天大开朝着街面，晚上打烊则在灶台上方一块地上铺板。店堂里摆了两张大方桌、三张小方桌，可以同时坐二十多人。店堂向后是间小屋，还有通二楼的梯。小屋住广瑞，兼做库房。出后门是个土墙小院，堆积柴火和坛罐，和面、摘菜也可在此。

他将成为汉口第一个在这条街开饮食店的人。

他很清楚，大智门一带还很边缘，人最多的地方就是集市。从黄陂进城来的，大多自己带着又黑又硬的干粮，再找城里人讨口水，就解决中午一顿。近郊的菜农则干脆熬着饿回家再吃，轻易不在城里花一文钱，所以这一带还没有什么像样的店铺。但他想，我就做穷人的生意，就是要做花钱少、饱肚子，还要可口的小吃。此外，他还想到了租界内的工人、茶园的茶客，大智门火车站方向来的进城的路人……

他心里是有数的，他的汤圆担子就曾多次来这一带体验过，也多少受在这一带游弋的饮食小担们的鼓励，因为他从未看到哪个担子不是卖空了才离开的，可见这里饮食从不愁卖。另一方面，他也不怕那些小担子和他抢生意，这点他十分自信，我一个店铺难道还做不过你们吗？那些靠一个小煤炉的担子卖不出几个品种来，这点他有切身体会。

那年头根本不知“卫生”二字，横街这样的背街上，满地是垃圾，那些没人看到的地方都可以大小便，晴天臭气阵阵、雨天满地泥泞。广诚懂得饮食店必须要干净，他将周围方圆两丈地上打了三合土，又将店内外面墙壁用石灰刷得雪白，还预备了熏走蚊蝇的香炉。

至于小店的招牌，他和静娴几乎没有商量，就一致想到那个早年就铭刻在他们心里的上海那个店名。广诚就着门柱竖钉了一块木板，花钱请来算命的刘半仙在上面写了四个大字：“通成小吃”。

二十二、“通成小吃”开张

“通成小吃”在1917年春季开张，两挂鞭炮响过后，营业就开始了。除开老家请来的两个晚辈亲戚外，王兴汉嫂、赵丙文嫂也都赶来帮忙。品种有大汤圆、小汤圆、米酒、稀饭、馒头、豆沙包、清汤面、榨菜肉丝面等。客人只需花上几分到一两角钱，就可以吃饱当一顿了。果然客人纷至，几个茶园的老友都闻讯赶来捧场。但除来捧场的熟人们外，真正的食客还是占了多数。

到中午，近年来在汉口名声显赫的童瑨，竟亲自带了一群人来祝贺。广诚受宠若惊，接下童瑨送的贺金，有些惶恐地说：“童大爷这么客气干什么？”童瑨笑着说：“你我兄弟，这点算什么？这些年我忙着恢复家业，对哥哥关照少了。我唯愿哥哥做大，富甲一方。”广诚说：“几年来，广诚挑担走街也好，茶园包茶、请戏班也好，童大爷都暗中相助不少，广诚心里都是晓得的。”童瑨莞尔一笑，说：“那是做兄弟的本分，不值一提。来，我来让你认得这几个人。”

童瑨回过头对后面那些人说道：“这位曾老板是与我结拜的哥哥，各位今后多加关照。”这群尽是地头上的有些头脸的人物，虽说谁都没打算把广诚放在眼里，但见童瑨发话，便连忙抢着附和。广诚慌忙说：“这个小店，几时能接来这些大爷呀？惭愧，惭愧呀！”

广诚想找家像样的餐馆答谢一番。童瑨说：“不用了，来日方长，不过我还真没有和哥哥一起吃过饭。喔，给你看个人。他，你还认得么？”广诚看他指着一直跟在他身后的一个瘦瘦的青年，摇了下头。童瑨说：“这是孙大运，就是你那年在循礼门打抱不平救下的孙狗子呀！大运，还不快给你恩人磕头！”孙大运上前便要下跪，广诚慌忙阻止了。

一直忙到午后一点多钟，一天的第一个营业高峰过了，他们这才顾上吃饭。伙计在为下午的营业做好准备后，可以休息三个小时。广诚和静娴送走兴汉嫂和丙文嫂，上楼清点一份份礼金，记下人情，他晓得，这些都是过手钱，要择日“还情”送回去的。

一会，王兴汉来了。广诚下楼来拉住他问：“是你叫的童少爷么？”兴汉淡淡笑了一下，“他今天也是顺路。我好歹当过他的师父，他一听说，连连说要来看看。他很懂分寸的，小小意思一下，让你靠自己打拼做大，这是亲兄弟方才想得这么周到。再说，他来这一趟，今后黑白两道都不敢找你的麻烦了。”广诚道：“好是好，我怎么回他的情呢？”兴汉道：“这还不容易。他母亲是你干妈，今年五十大寿。童少爷给的礼金，你不正好用些来孝敬么？其他那些，都是这一带的各行把头，手下都有几个人，划了地盘收保护费什么的，只需遇见时客气招呼招呼就行了。再不慌不忙等个节气，对了，等你儿子满周岁，找家可以的酒楼请他们吃一顿，一桌花上七八元怎么样？”广诚说：“谢谢大哥指点，这点钱，广诚还是准备花的。”兴汉说：“可不，一般的小店主，想巴结他们中哪一个，托尽关系，还不见得请得动呢！”

生意还算不错，每日都有十几元钱进账，“汉大”和“新民”原先共过事的茶房们，开始三三五五常来光顾。广诚带着伙计还忙不过来，为了一心一意办好自己的饮食店，他便去茶园辞工。

却逢“汉大”因经营滑坡，再次换了股东。老茶房们这下都念起广诚主事时的好了，在新来老板郭梓璜面前提议留下广诚，说他那个小店不定办不办得长，莫叫哪个茶园把他请了去。

郭梓璜是汉水两岸无人不知的帮会大佬，行事强硬。当年黎元洪清算辛亥功臣时，他也受牵连，幸亏谭襄农托广诚帮他在“汉大舞台”躲避了几天，后又是广诚帮他找船逃离汉口。此事郭梓璜没提起，但也不曾忘记，知道广诚是有点江湖背景的。

他急于用人，便没有马上同意广诚辞工，却带信劝广诚回来当主管，他可以注资或并购“通成”。

广诚婉言谢绝了，他已经决定了自己要走的路，遂自己心愿，做自己想做的事，不再倚托于人。但为了不得罪这个得罪不起的人，他请郭梓璜先让他试着自己办一阵，还表示如果要请上海戏班，他愿陪郭老板的人去上海一趟。

郭梓璜闻言很有些恼怒，觉得广诚简直“不识抬举”，到底还是不懂江湖礼数的小茶房，整个汉口那个拒绝过我郭梓璜？信不信老子叫你馆子开不下去？管家在一旁提醒他，开张时童瑨亲自登门的事。他一口啐去：“老子问过你吗？”

依他的脾气，确实要教曾广诚“长点记性”，但却碍于广诚曾帮过他，传出去怕江湖议论，况他也不能不顾及童瑨。于是他下令收了广瑞管茶叶的差事，打发他去烧火。

广诚听过市面上对郭梓璜的一些传说，不能不惧怕三分，便慌忙主动作出妥协，表示还留作茶园当白日茶头，逢到上班时还做得格外卖力。

他见郭梓璜有事无事总拿曾广瑞出气，便劝堂兄辞了工，来他小吃店帮忙。广瑞便趁势提出将女人接到汉口帮静娴做家务、带小孩。广诚一口答应了。广瑞孩子已经十多岁，留在了乡下。女人姓冯，性格好像和广瑞差不多，一天到晚没三句话。来的那天，两人并排坐在他小房的床沿上，像两尊泥塑。昭萍站在门口，暗想，我只要听到这伯母的声音就走。她是最有耐心的，却站到母亲叫吃饭了，也没等到，只好走了。心想这伯母不是菩萨变的，就是哑巴。

1907 年的汉口南京路

二十三、小店经营宝典

广诚在这条背街上开业，竟然生意这么好，启发了一些人。第二年，这条街上便陆续冒出了几家新的饮食店，规模和他差不多，卖的东西也大同小异。这一来，客人被分散了。除了熟客，走过这条街的人会要看一看、比一比了。

广诚只能接受现实，这条街又不是他一个人的。他外表上表现得很大度，友好相处，内心却在暗暗比较和小心防范。

眼看顾客被分流，他便延长了营业时间，但并没有什么明显收效，延长的时间并不能成比例地招徕更多顾客，还吃力不讨好。他又增加了水饺，但做起来占了手脚，反而让不耐烦等的客人走掉。

看来“上桌快”是小吃必须具备的特点。

广诚便想到戏文中经常出现的“知己知彼”一词，认为自己首先要了解对手的优劣，认真想出办法来。

他于是和静娴一起去悄悄光顾那些店，等老板发现他是“通成”的老板时，他已经端在手上吃开了。他边吃边想，谁都知道要“价廉物美”，但有几个真正做到了呢？这还真不容易啊！你的心诚不诚，公道不公道，舍不舍得，顾客是一吃就知道的。

他于是悟出了第一个经营妙方，对静娴说：“我晓得了，要舍得给‘他们’吃。”

“舍得？你说我们给少了？”新请的厨工肖师傅插进来问。

“我说的是还要给多些，有赚就行，有些时候不赚也行。”

“我们本来就赚得少，再多给要赔的？”

广诚心里其实有数，便不正面回答说：“你听说过‘曹祥泰’发家的事吧？曹南山刚做生意的时候，是在武昌提篮子卖蚕豆，他把竹筒量满后，又用手抓一大把给人添上。日子长了，人们都喊他‘曹大把’，点着买他的。舍得舍得，要舍才有得吵！”他佩服曹家能依靠诚信和胆识，从挑担摆摊，发展到开店办厂，奇迹般地创造出了闻名荆楚的大商家。

“这世上有几个曹祥泰？”肖师傅背过脸，小声地顶道。

广诚不愿意和肖师傅多争论。他因自己一个人厨房里忙不过来，请来此人做帮手。但肖师傅手艺不怎么样，忙起来又不喜欢搭理顾客，说话老是眼睛不看人、瞟着别处，像是不打算把人放在眼里。衣服破点的顾客要说两句，他就拿眼瞪人。广诚当那么多年茶房，懂得对客人一定要尊重要和气，几乎养成千依百顺的习惯了。便劝了他几次，肖师傅听了很不高兴，开始心怀去意。广诚于是越来越感到，开饮食店选一个好大师傅太重要了。

事实让肖师傅不得不心服：舍得给顾客吃，少赚了，但客人得了实惠，回头客就多了。传开名声后，来的人还真多起来。就连那些没有来过、也没有听过的，看到进你的店里的人多，也就跟着进来了。

广诚这一招收效后，“通成”的客流渐渐占了上风。以后“舍得给‘他们’吃”成了广诚教育店员的口头禅，成了他一辈子的经营宝典，是他那看似简单、却很难真正学到的成功秘诀。

广诚自己身兼老板、厨师、管家、茶房四个角色，他会在生意忙不过来的时候很大度地说：“吃面吗？这边人多，要等哪！那边那家也有的。”“水饺要等，您家要是等不得，这街上还有一家。”

他晓得扬长避短。见另一家的包子做得比自己好，便不在包子上过多较劲。悄悄又增加了油盐炒饭，这品种上桌快，又爽口，竟大受欢迎。

其实，广诚还有生意人明知却很难学到的要诀：做好生意要先做好人。

他相信关公老爷的江湖义气是经商的保障，而诚信、公正是真正的生财之道。他在大堂正后方供奉的关公塑像，是他从五圣庙买来并请住持开过光的。与众不同的是，他在行动上虔诚地恪守着关老爷的道义准则。

他很强调“吃的东西一定要干净！”很自觉地注意店内外的清洁卫生，碗筷当着顾客面从蒸笼中拿出，大堂中点有驱散蚊蝇的香炉。这些都在顾客中树立了口碑。

曾不知是哪家对他使坏，晚上把他的招牌摘下来，扔在路上，又几次在他门口倒垃圾。广诚没有计较，反而嘱咐店员，不许发生冲突。这样，在表面和平的气氛中，大家一起做，而他做得比其他几家好。

1918年还发生了许多事，最终割断了广诚与航船、与茶园的最后丝连。

4月下旬，赵丙文所在的“江宽”轮由沪返汉时，在丹水池附近江面、被为“南下视察”的段祺瑞总理护航的一艘军舰“楚材”号无端撞沉，军舰“因公务在身”扬长而去，头都懒得回，一船性命半点都没放在心上，任凭沉没。因无人施救，仅乘客当下就淹死了四百多！丙文死死用双手吊在未完全沉没的船尾上，一直坚持到了半夜。多亏老天有眼！一艘美国拖船居然比中国的“父母官”还珍惜中国人生命，闻讯赶去救人。丙文因此侥幸死里逃生，当然钱、货都尽沉江底。丙文因一身透湿六七个小时，回汉口就病倒了。

广诚闻信赶去，将他送去看西医抢救过来。后丙文又回乡治病休养了大半年，算是此生第二次捡回性命，却从此留下个齁病，也因听信偏方治病，染上了鸦片。他余悸难散，总算彻底断绝了跑船的念头，与丙文嫂在大智路开了家夫妻店，卖点杂货。

是年，广诚也与“汉大”老板郭梓璜彼此兑现了诺言，二人同去了一趟上海，将与各戏班茶园的关系统统介绍给郭梓璜。还与移居上海、在“天蟾舞台”演出的当红乾旦梅兰芳先生谈妥了率班来汉演出的事宜。回汉后，郭梓璜也客气地同意广诚辞了工。

汉口大智门火车站

现在他可以全身心办自己的店了，他感到从未有过的轻松。

有天，他上街办事，一阵娴熟动听的京胡声引起了他的注意，那是一个双腿残疾、席地挪移的讨饭人拉的。这不由使广诚心生怜悯，他便摸出两个铜板向那人走去。走近后大吃一惊，原来曾听到的一则传说竟是真的：那乞丐就是因欠下巨债被再次打断双腿后流落街头为乞的、昔日汉口京剧界的风云人物刘皖卿！

二十四、昭萍和她的弟妹们

老圃边的那幢已消失了的鼓皮房，在静娴的生命中有重要意义。她曾在那里为曾家生下了四个孩子，头三胎都是女孩。昭瑛出世后，她遭曾老爷子恶咒，从此她被套上了沉重的枷锁，终日沉默寡言。她曾幻想观音菩萨会可怜她，一个人多次拖着孩子到汉阳归元寺大士阁进香，祈求菩萨保佑她能为曾家生个男孩。一天，在她捐了一大份香银后，得到僧人允许，在供桌的红布袋中“摸运”，结果摸到了“花生”。

她如同看到了天边的曙光：“花生？花着生！”生了两个女孩，就该生男孩了。菩萨最灵。菩萨不会骗人。菩萨保佑、保佑曾家、保佑我蒲静娴啊！

哪知道，到1915年春天，她生下的第三个孩子仍然是个女孩，就是昭琳。她想到生昭瑛时父亲就曾放出的恶话，几乎绝望了，疲惫地伏在广诚肩上痛哭：“我明明摸的是花生，怎么还是个女孩呢？”她感到在这个世上仍然是那样的无助，更深信自己前世有很大的罪孽，而害怕自己会夺去广诚的前程，害怕三个女儿会继续她的厄运。那子虚乌有的宿债，压得她喘不过气来，她绝望地哭诉：“广诚，我命里真的克男么？我真的摸的是花生啊！真的是花生啊！是花生啊！”

她笃信僧人的指教，慷慨地捐香钱，并开始吃长斋，每天花更多的时间虔诚地念经、烧香、拜佛、求神。当她第四次怀孕时，整日里提心吊胆，害怕命运会继续无情地折磨她，想都不敢去想若再生个女孩，自己将怎样继续活下去。

直到1916年6月的一天，儿子哇的一声落地，蒲静娴这才大大松了一口气。当前来帮忙的丙文嫂离开后，她虚弱地半靠在床上，广诚走来在床沿坐下，她竟伏在他肩上呜呜地哭了，好一阵，突然爆出一声：“老天呀，你到底开了眼哇！”

曾纪奎得到广瑞回乡的报信后大喜，孙子属龙，顿使他迸发出一生都不曾有过的无数幻想。他亲自到九真山脚的九仙观中为孙子求名为昭舫，又特许卢氏进城服侍媳妇坐月子。广瑞于是领着婶娘进城，挑着满满一整担吃的，从活鸡鲜鱼到鸡蛋新藕都有。静娴看到婆婆亲临，只觉得西边也出了个日头，使劲把满心的委屈和就要夺眶而出的眼泪，都悄悄地强咽下去，挣扎着起来给婆婆磕头。

卢氏扶起静娴后，就喋喋不休地说开了："问过九仙观的道士，吃长斋的人，月里是可以开斋的。"见静娴摇头，卢氏又说："归元寺的和尚说，喝汤是可以的，鸡蛋连他们都吃。他们还说，鱼是没有手脚的，只要有鳞有甲，就不是人投胎，也可以吃。我还问了我们族长家老太，她都吃了四十年长斋了，也是这么说的。"

卢氏关于吃斋的理论及其神仙们对坐月子女人的特殊政策，不知出于何典，无从考据。但好像还真把静娴说服了，她的身体得到了足够的营养，从而保证了他们得之不易的儿子的充足奶水。

卢氏精心服侍媳妇，比上次昭萍出生时尽心十倍，弄得静娴手足无措，一口一个"妈妈不用太费心了"。卢氏说："好孩子，这有什么，月里非要吃好睡好才行。女人不都这么过来的么？我第一胎生广诚他姐姐广莲，还不是抬不起头。哎！后来我还不是去九仙观求过仙。你心诚，菩萨是最灵的。"

静娴说："我生昭瑛后，在归元寺求过观音，还在她案上的红布袋里摸到了花生，我还以为要生男孩了，谁知来了个昭琳。"

卢氏眼里突然放出异样的光彩，"傻孩子，这就对了！你是大花、大花生呀！你命里三女三男呀！"

年末，广诚与静娴带着儿女回乡过年。马沧湖已经出现了专门的客运船，他们则上了一艘新营运的机器船，几个小时就行完了全程。

这是静娴第二次走进这个象征着她正式名分的山村。

曾纪奎摆酒请了亲朋，又特地请了九仙观的道士为昭舫摆了满床的东西"抓周"。那昭舫刚被放到床上，就一把抓住那串铜钱。全家顿时一阵欢呼。

昭舫的降临，让静娴在曾家的地位从此发生了根本性的改变，她"合法"了！

回汉后，静娴看上去几乎变了一个人。"通成小吃"开业时，她的脸上又有了笑容和红润的色彩。

昭萍当时六岁，她喜欢有了弟弟，却不明白弟弟和自己、和妹妹有什么不同，对母亲意味着什么。

昭萍的童年是在勉强的温饱中度过的，她的记忆就是从老圃边的鼓皮房开始。她似乎天生懂事，从小就喜欢聚精会神地、从头到尾仔细看别人完成一件事的全过程，不管是母亲裁衣服、煮饭，还是附近的穷匠人做活，她都会耐心看个明白，这就是她童年的娱乐。静娴孩子多了，照不过来，昭萍自然地也要承担一些照看妹妹们的义务，于是四五岁就学会了为弟妹们倒尿盆换尿布，度过上天为她安排的童年。

静娴不忍心拿小小的孩子当帮手，又没精力管她，便有时让她跟着广诚到“汉大”去。昭萍很高兴随父亲去茶馆，她喜欢目不转睛地看戏、听人说书唱词，这便是她童年享受过的最美好时光。晚上广诚挑担上街，昭萍也陪母亲去帮忙收碗、洗碗，她也觉得很快活。由于这些都不是她那个年龄该做的事，让广诚夫妇十分心疼，广诚也因此格外疼爱她。

自搬到吉庆街后，昭萍听店员们喊她“大小姐”，并没有认真去体会其中的变化，还是陪母亲一起择菜、做零活。

后来她发现了父亲每天起早练武的秘密，便也跟着一早起床，去看爸爸打拳，以后一天不拉。

她仔细观看了几天后，就开始对每一个动作都跟着模仿。广诚看着很可爱，却不打算去教她。一个多月后，昭萍居然也小手小腿地连贯舞动起来，一招一式都煞有其事。兴汉看了打心里疼爱，便说：“广诚，昭萍定是巾帼木兰，你就好好教他几手吧！”广诚摇头笑道：“小孩子家图个好玩，姑娘伢，学这做什么？”兴汉摇头：“你师父不就曾在梁钟汉的夫人张荫兰手下杀清妖吗？自古以来，文武双全的巾帼英雄还少了？这样，我来帮你教她。”昭萍听到，突然想起在茶馆听的说书，便忙到王兴汉前一跪，秀声秀气地说：“昭萍拜见师父王伯伯！”兴汉忍不住笑了，连忙扶起来说：“真乖，裤子莫跪脏了。”广诚也忍不住笑了。

王兴汉把住了昭萍的小手说：“这么细的手指，打出去没有劲，还自己足了气。你看，手要这样，这叫‘立掌’，掌上的这块骨头是不是比手指有劲多了？来，打我一掌！”昭萍就认真照做，兴汉见她有学武的先天条件，便当真从童子功开始，每天教授起她来。

昭萍七岁那年（1917 年），广诚得到师父在广州参加护法战争的音信，便对兴汉说：“你说，师父怎么就不想过两天安稳日子呢？他也有家有小的。”兴汉说：“他是那种想着天下的人。”昭萍便问：“王伯伯，什么叫想着天下？”兴汉蹲下说：“我和你爹是每天为自己家里人在忙，谭将军是想每个人有饭吃。”昭萍不解地问：“谁没有饭吃呢？我这些时每天饭都吃不完的，娘偏要我吃完，拿些去给他们不就行了？”兴汉说：“哪给得了那么多呢？你看街上讨饭的是多少？”昭萍问：“为什么他们自己不煮饭呢？”兴汉疼爱地说：“你太小了，有些事你不懂，恐怕我和你爹都说不清楚，等你读书后就会慢慢懂的。”昭萍便对广诚说：“爸爸，我想读书。”

广诚自立门户后，他小小的事业正在缓慢而稳定地发展。此时潜伏他内心深处的一个愿望开始越来越强烈地上升，那就是他的子女再不要像他一样当没有文化的下等人，他要让他们受到好的教育，不仅知书达理，还要……读大学！像他在苏州看到的徐少爷一样，戴上“方帽子”，成为社会的精英。

广诚很欣慰昭萍那么懂事。他从她习武看出，昭萍绝不是凭一时兴趣三天热的孩子，便对静娴说：“我想送昭萍去读书，我们四个孩子，再不要像我们这样，他们要能个个都像徐少爷那样，带方帽子，一肚子学问，多好！将来我们钱多了，也让他们去开工厂。”静娴深信，广诚只要想了，就能办到。她当然希望儿女们有比他们这代美好得多的人生，便马上同意了。

为昭萍上学，兴汉竟比广诚还认真，他把附近几里的学校都跑遍了。汉口官办的女子小学只有龙王庙正街才有一所，太远。最后根据他的建议，到 1918 年春，才将昭萍送到附近的“私立楚材初等小学堂”①。学校就办在两栋简陋的二层民房内，学费与官办一样也是三圆，男女分班，也发课本、校服和砚盘毛笔。就是教材还和私塾一样，是《大学》、《中庸》。

昭萍穿上校服后，把昭瑛羡慕得不得了，焦急地等着自己七岁时也进学校。

兴汉自从将昭萍收徒授拳后，对她竟同亲身女儿一样，与广诚的亲近自然又进了一步。每次练完拳，两人常说几句知心话。在昭萍三年就读完四年初小升入高小后，兴汉热心地问起广诚，为什么昭瑛都八岁多了还不上学，

①在今铭新街。

一问才知道，原来广诚的事业已进入了瓶颈。

像所有的小店一样，“通成”生存了几年后，面对激烈的竞争，利润只能勉强持平，因无力扩大经营，只有艰难地徘徊。如果三个孩子一起上学，他怕连维持生计都有问题了。况且顾了女孩，以后儿子昭舫又怎么办呢？这可是他的全力要保的曾家的“正脉”。

王兴汉是不懂商业活动中资金周转、扩大投入之复杂深奥的，但懂得改变这局面必须要钱！他急得把脚一跺，“你怎么不早告诉哥哥呢？我一定要帮你想个办法！”广诚感激地点了下头，兴汉倒是无时不忘帮自己一把的。当他儿子在硚口的“康成酒厂”就职一年后，还特地为他送来一坛酒，这白酒进口绵软柔和，却后味十足，与“德泰源”、“老天成”等本地有名气的酒不相上下。广诚舍不得自己喝，便试着添了些花生、豆腐的小盘下酒菜亮出来，竟一下留住了一帮爱酒的客人。刘半仙边喝边道出“康成”的来历，说这是法国人比格与华商在硚口合资新办一年多的酒厂，里头好多洋机器，除了白酒，还产什么白兰地和果子露这些听都没听说过的东西，都蛮好喝的。兴汉知道这事后，又特地叫儿子买了一坛送来。广诚感谢之余，就想着增加些酒菜上桌了，却苦于自己资金不足，只能暂时忍痛搁下，哪好意思再向兴汉开口，不过他没有寄托太大希望，王兴汉自己只是跑马场的一个职员，又有多大能力能帮上自己呢？

二十五、岁月沧桑话故人

在号称是中国“资本主义黄金时代”的那十年里，当曾广诚点滴艰辛地创建自己小小的事业时，童家的事业则是如日中天。

辛亥年的大火，表面烧毁了童家在汉口的几乎全部产业。但是很善于接受新观点的童瑨，事先就将其中大部分在英国“太阳”、“巴勒”两家保险公司买了保险，实际上没有受到伤筋动骨的损失。而在阳夏保卫战期间，为革命军办粮草军需的童瑨，则是在革命后及时得到丰厚回报的极少数人之一。

民国初年，青洪帮开始了合法化，公开开山设堂，扩大山头。童瑨以“日知会”和“弈茗山堂”元老的身份，确立了他在湖北帮会中的当然地位，成为“少华山”的实权人物。除在武汉三镇，其势力所及，陆路到应山麻城，水路沿江上起宜昌、下到蕲春，北达襄河、南至湘江，均有把兄弟和徒弟掌管的分舵。只不过童瑨深知“树大招风”的古训，在江湖上处处以“小弟”自谦，行事仍然谨慎且低调。

民国四年，童家的“瑞祺牙行”已摇身变成了“瑞祺公司”，除贸易外，兼搞运输，事业越做越大。童瑨以“才疏学浅”为由，拒绝参政从政，不求名分，而以商人自居。须知当时从商，在士大夫眼里地位是不高的。他的嫡出兄弟童玮从英国留学归来，在他的斡旋下，进了汉口的“太古洋行”，成了很有地位的买办。眼下他让同母弟弟童琪具体管理童家的码头、运输和仓库。

民国六年，童家又跨进了一项财源滚滚的大生意。太古洋行的童玮如愿地从一个因抽鸦片行将破产的商人手上，收购了一些“华商跑马场”的股权。在汉口商会中越来越能感到童家的影响力。

童瑨虽然看破政治的凶险，却十分懂得官场的重要。在政府和要害部门中，他都不失时机地收买和结交了不少朋友。一些部门甚至有他的心腹。比如像曾昭泰这样一个牙行伙计，就被他安插进了海关，当上了有实权的吏员。

在童家的亲信们纷纷鸡犬升天时，有个人的命运却是例外。他就是孙狗子。

童瑁收下他后，给他起了个大名，叫孙大运。孙大运先在牙行经历了非常难熬的、半人半鬼的三年学徒期。童瑁看他机灵，便让他贴身服侍童琪。童琪在武昌上学，他也跟到了武昌，抽空还认得了几个字。但童三少爷脾气不比童瑁，常喜怒无常，稍不顺心，便将气撒到孙大运身上。日子久了，这个从生下来就被固定在卑微的地位、对这个世界只见过凶残和剥夺的他，更加深了对这缺乏公平的世界的仇恨。他从经历中、逐渐提取和总结出了狡猾和阴毒作为自己的处世法宝。他开始偷童家的钱，童家却从未怀疑过他。看到被冤屈的替罪羊挨打和被赶出童家时，他的心里没有半点愧疚和同情，反而有着难言的兴奋和快感。

童琪对他并无特别的不满意，撒气过后，还常暗地里对他做些补偿。而孙大运在每次受到童琪的欺凌后，便会设法偷些东西和嫁祸于人，从中得到心理上的平衡。童琪毕业后，他也跟着回到汉口。童瑁自以为对孙大运有恩，见他长得有些标致，又把他从弟弟那里要了过来，当贴身跟班，用他跑腿办事，还抽空教他些做生意的知识。童瑁不再承袭他父亲打打杀杀年代的凶悍，却多少从母亲那里继承了些宽容，对手下人管得很松，没事就让他们自在。孙大运有了空闲，便打着童大爷贴身跟班的旗号在外抓拿吃骗，吃喝嫖赌、偷鸡摸狗，无恶不作。

他用心在循礼门暗暗寻找到了当年欺负自己的两个人，又用计让警察和他们发生了冲突，结果那两人被抓了去打得遍体鳞伤。

他最大的本事是：无论做什么坏事，都没有一个人会怀疑到他。

在叉麻雀、打野鸡[①]时，他结交了几个无赖：常青里拉黄包车的老歪、王家巷一带“跑底子”[②]的龙壳子等。日子久了，几个胆子越来越大，坏事也越做越无法无天。尤为难书的是，居然多次合伙在老圃和河南棚子[③]一带，拐骗那些外地初次来汉的年轻女人，轮奸后，偷卖到妓院，他们还把这笑称为“开条子”。

这个恶棍终究难逃天怒。

①指赌、嫖。
②帮中黑话，指专在船上鼠窃狗偷。
③现精武路一带。

大概是民国六年，他叫同伙瞄上了一个带小孩的年轻寡妇。他们先将她七岁的男孩绑架，残忍地掐死后抛到铁路外野地。女人则被他们骗到河南棚子附近的一间草房中。在他们准备将寡妇轮奸后卖给妓院时，孙大运认出她竟是自己寻找多年、逃荒到汉的姐姐。他姐姐痛骂了这禽兽不如的畜生后，就在不远处投湖自尽。这群人渣就眼睁睁看着这女人淹死。孙大运也不去救，反而如释重负地逃走了。

这一伙中的老歪天良未泯，怕遭天雷打，将此事说了出去，最后竟传到了童瑨耳中。童瑨闻之大怒，本待种他的荷花①，却念及他服侍过童琪，放了他一马。他叫人把这家伙打得皮开肉绽，丢到他姐姐自尽的湖边，命令他滚出汉口，再不许提起童家。

也是这人渣命不该绝，虽被痛打，却筋骨未断。醒后挣扎着爬到路边，在荒郊湿地的沆瀣之中呼救。正好青帮“锦华山”四姐的手下在抓逃跑的妓女。其中有拉黄包车的老歪，发现他后，把他救了。

世上什么人都有，知恩图报的也许是大多数，但恩将仇报的人却世代不绝。孙狗子被救后，竟把自己的悲惨下场的责任归咎于两个人，并立下了以毕生复仇之志。他心中的两个仇人是童瑨和曾广诚。

当年武昌黄鹄矶下的汉阳门码头

①帮会黑话，坠入水中活活淹死。

二十六、华商跑马场

王兴汉绝不是信口说要帮广诚。他明白广诚的忙很不好帮，首先不能要童璠介入，携恩索报是广诚所不齿的，他一直刻意与童家保持着距离，或许还介意童璠谦和外表背后的黑暗。广诚需要的帮助不是筹钱渡过难关，而是找到发展的新路。

兴汉救过童璠的父母，童璠当然铭记于心。在童家成为“华商跑马场”①的股东后，他便保举王兴汉到跑马厅当了保镖头目。这是一个每月收入几十元大洋的、让人眼红的位置，比汉口一些有相当身份的职员的工资还高。职责是保护赛马场的公物，并维持秩序。其实保镖责任并不重，因为每逢赛事，军警也会到场。王兴汉因此在武术界名声又提高了一截。1918 年，汉口精武体育会成立，他被邀到歆生路的分会馆当武术辅助教练。几年后，“王教师”已在汉口中、下层市民中名声颇大，人脉也很广。

亏了兴汉一片诚心，他通过自己的关系网，在 1921 年赛马最红火的秋季到来之前，很艰难地帮广诚在“华商跑马场”承租到一块无数人垂涎的、用于摆摊的地皮。

西商跑马场

汉口原先只有一个西商跑马场。场内洋人和华人的观众席是分开两处的，华人的观众席地点、设施都差一大截，并不准走正门，只能从侧门进出。刘歆生等汉口自以为最有身份的富商和买办们，都曾受到“华人止步”的歧视，甚至被印度兵用棍驱赶的羞辱。“土豪”们一气之下，合股创办了“华商跑马场”，被汉

①在现在的同济医科大、航空路、万松园路一带。被汉口人称做跑马厅。

口人称作跑马厅。

汉口市民虽然对洋人恨得牙痒，却又十分羡慕，并刻意模仿洋人的生活方式，对英式娱乐尤其青睐。赌马的刺激，是远胜过祖宗传下的掷骰子、玩牌、斗鸡、斗蟋蟀那些把戏的。而华商跑马场有“国人自己的”这块扬眉吐气的招牌，对所有人平等开放，不收门票，故每逢赛事，场场爆满。气派的英式建筑大门外停满了马车和黄包车，还有汉口别处见不到的那么多的汽车。通向跑马厅的，被汉口人称作“长马路”的西满路①，本来就狭窄、泥泞不堪，经常因赛事车马堵塞。

跑马厅内建有周长一公里半的椭圆形“马道子”。在跑马终点，是三座看台和“公正庭”。跑马圈的四周看台背后，则设有茶座、冷饮、中西餐馆和一些摊点，有卖包子、馒头、饼子、猪油粑粑、油条、炸虾饼和藕丸的，也有为数不多的卖面包、牛奶、咖啡茶的。广诚进入晚，位置不算好，在售票房的背后方向，都靠近花园边了，可以放下一灶两锅。虽说离看台远了点，但人来人往，至少有一半都要从这里路过。

跑马厅的一大优点是赛期比“西商跑马场”长得多，而且除规定赛事外，警司、税局和慈善团体、公益组织等还常举办一些“赈灾”之类的义赛，或运动会、打球和其他活动，所以一年四季都有人来下注赌运，其热闹势头很快盖过了“西商跑马场”。

广诚得到如此之商机，相当多了一个门面，人气又这么高，饮食的生意自然会好，而且卖什么价都比在吉庆街至少高两成，简直像中了彩一样。

他很快就适应了两地经营的规律，每天预备双份原料，揉好次日两边要用的包子面，半夜里蒸好一甑子米饭和一蒸笼包子，一半是带去跑马厅的。到早上，广诚打完拳回到家，静娴就带伙计去买菜、采购。他则带其余人在家剁好臊子、舀出每日用的米酒、吊浆，压好面条、面皮，做包子，摘洗青菜、葱花……，这当儿，两个伙计将原料、板炭、柴火准备齐当，在板车上放稳当了。不到十点钟，他便亲自带上他们拖到跑马厅去，赶中午那几小时的买卖。而静娴、广瑞和一个伙计、一个师傅留在店里。等广诚走后半个时辰，这边“通成小吃”的生意也开始了。

①今解放大道江汉路以东的一段，系刘歆生用其长子刘西满名字命名。

到跑马厅后约半小时，锅烧热了，摊子一摆开，玩饿了的人立刻就会再围上来几层。这些价廉可口的面条、炒饭、包子、汤圆……太受欢迎了。生意好得出奇，不到下午三点，东西就卖光了。把摊子一收，一行人赶快回店，正好与家里的人一起，一边迎接店里傍晚和夜间的营业高峰，一边为明天做好一切必要的准备。

大多数时候，如果不是天气特别糟糕，这几个钟头的买卖，竟与店里全天不相上下。遇到下午赛马的星期六和星期日，常常一天要卖一二十元钱，相当于多开了一个店，营业额一下翻了一番。广诚尝到了甜头，欣喜不已。

饮食生意资金周转快，他眼看就要摆脱徘徊的局面了。

1922 年 10 月 16 日（农历壬戌年 8 月 26 日），静娴为广诚生下了第五个孩子，这是个强壮的男孩。广诚爱到骨头里去了，便把自己的名字给了他，起名昭诚。这样广诚共有了三女两男，分别是昭萍、昭瑛、昭琳、昭舫和昭诚。而可怜的静娴生昭诚遇到难产，幸而送医院及时，没出大事。产后大病了半个月，从此留下了腰疼的后遗症。静娴精疲力竭，总算完成了为曾家“继承香火”的任务，再没有精力去实现婆婆“大花生”的期待了。

静娴暂时离开了店里的操劳。独挑大梁的广诚却不知疲倦，仍然同时进行着两处的经营。

冬至前的一天，突然刮起了大风。天气骤冷，赛事也改了期。广诚在跑马厅，见当天顾客不多，便打算提前回去。

这时，一个衣衫单薄而破旧、大约有五十岁、胡子拉渣的男人，拿着几个铜板来买炒饭。他战战兢兢地问了价钱，小心地用瘦长的手指拈出几个分子钱，放到案桌上。

伙计问：“你老不要碗热汤？”

那人大概受了凉，刚摇了摇头，还没来得及说话，就扭过头到一边去蹲着，不停地咳嗽起来。

广诚一边叫伙计炒着饭，一边仔细打量这人。那背影、那举动、那汉阳腔，怎么会觉得有些熟悉呢？

二十七、田管家

那个买炒饭的人可能是受了凉，咳了很长一阵才站起来，一脸无奈地再回到摊子前。广诚这下终于认清楚了。他脱口喊了出来："田管家！"

那人愣了一下，抬起头来。果然，他正是那家"田记蜜饯作坊"的管家田贵义。

和童家的命运相反，田家的作坊被辛亥年的大火彻底焚毁。曾经雄心勃勃，将"汪玉霞"、"曹祥泰"作为自己奋斗目标的老板田贵溪，灰溜溜地回到了汉阳乡下，经营剩下的田地，偿还债务，试图东山再起，然而却每况愈下。不得已，请田贵义离开他去自谋出路。

田贵义的女儿都已出嫁，他在农村劳作了两年后，终是壮心不已，便倾其所有，到汉口又找了个搭档合伙创业。不料去年，那人忽然将资金卷逃，不知去向。一年来，田贵义花了很大精力寻找，但是终于失望，钱财也已耗空，只能靠典当度日。他无颜回乡，想拿剩下的几个钱赌马，碰碰运气，谁知小赢大输，连棉衣都送到当铺去了。

广诚满满地给他盛了饭，又拿鸡蛋打了个热汤，把几个铜板退给了他，和他谈起了话。田贵义见到广诚，看衣着已有点小财东味，而自己竟如此落魄。十几年不见，斗转星移，让他觉得甚是惭愧。而听广诚言语之中一如既往地对自己充满敬意，更让他觉得无地自容。

田贵义吃完了东西，广诚提出要顺路陪田贵义回家。田贵义更难为情了。原来，他陷入贫困后，租住在离老圃不远的单洞门，那里是贫民区。

一路广诚询问田贵义的情况，田贵义本来就没有架子，这下更把广诚当成故知，一一相告。

"那人叫什么名字？"听了田贵义的简单叙述后，广诚问。

"陆汉田。找不到了，鬼都不见了，我也懒得找了。"田贵义痛苦地说。

"不找了，不找了。他不会有好报应的。"广诚劝慰道，同时一个念头突然从脑中冒了出来。

广诚在田贵义手下做工时，除了对他收留他们三兄弟心怀感激外，还对他的精明尽责印象深刻，知道他头脑清楚，管理生产和调度资金游刃有余，才成就了“田记蜜饯作坊”的迅速发展。田管家也是他经营知识的启蒙师，他在“汉大”管理茶园那段时间的作为，都无处不存在田管家对他的影响。广诚一贯鄙夷势利眼。他仍和当年一样从心里尊敬着田贵义，认为他是自己创业所需的难得导师。

“广诚离开您家后,在江湖上闯荡十多年,现在在吉庆街开了个小吃店。”广诚简述着自己的情况。

“你行的,当初我就看出来你和一般人不一样,算到你要做一番事业的。”田贵义赞赏道。

“您老过奖了，现在也不过几百元的本钱，一天做三四十元的生意。”

“不简单了，我听你说做了几年了，还在做大，不简单了！做小吃的多，白手起家又能做几年不垮，还做大了的没几个，好多没有靠山在关键时帮忙注点资的，咬着牙做一两年就不行了。你将来不可限量啊！”

“田老看好广诚做的事？”

“当然啦，你莫以为我说客气话，不是随便哪个都能做成这样的。”田老诚挚地说。

“那……那……那……”广诚不知该不该说，也不知怎样说。

“你想说什么，只管说好了，怎么说我都不会多心的。”田贵义还以为广诚是怕说出什么刺激到他。

“田老要是看得起广诚，不怕委屈了自己，就来广诚这里，带……带……带着广诚做……”

“你说什么？”田贵义吃了一惊，还以为广诚是说笑话奚落他。他现已经接近乞讨的边缘，哪有这种思想准备。

“我是说，我想请您来，当我‘通成’的管家。”广诚鼓起勇气提出。

见田贵义没有回答，广诚略有些后悔自己过于唐突，但是他不愿放过这个人才，仍然硬着头皮说：“广诚出身低微，店又小，确实……不配……请您老大驾来做这些鸡毛蒜皮的小事。我是想请您来，也不要您亲自操劳，就帮广诚把个舵，出点主意，点拨窍门，带广诚走一段。广诚会当您是自家的老人，将来为您养老送终……”

当年西商跑马场外渣甸路（今解放公园路）

田贵义听广诚结结巴巴地真诚讲述自己的想法，还一口一个自己出身低微，要委屈田老，方知他是真诚的了，自然地又回忆起了曾家兄弟的诚实厚道，不由顿时语塞，感觉喜从天降。他握住广诚的双手，缓缓地点了点头。

广诚看到田贵义点了头，全身都兴奋起来，大冷的寒风里竟然冒出了一身热汗。回到吉庆街后，就到不远的瑞祥路去，为田老租了间房。第二天他没去跑马厅，直接叫上广瑞一起登门去接田贵义，当即帮他赎回了当铺的东西，付清了房租。田贵义绝处逢生，心存感激，一路上就在询问广诚的经营状况了。

田贵义草草安排了住处，翌日就跟到跑马厅参与了一天经营。晚上，广诚备酒为他接风。静娴为他赶裁的衣服也缝了一大半，试了一下，十分合身。昭萍姐弟均喊他“田爷爷”。田贵义深受感动，三杯落肚后，站起来对广诚拱手道：“广诚老板！”才要说，广诚连忙谦让叫他直呼其名。田贵义摇了下头说：“曾老板，我就要到天命之年，已是个落魄之人，你我有缘，我田贵义一定把‘通成’当我自己的店来办。”广诚道：“我要的就是您老这句话，但是，您家以后一定还是喊我广诚，不然我怎么受得起。”田贵义见广

西商跑马场内火爆场景

诚的确心诚，才慢慢地改了口。

以后几天，广诚吩咐广瑞带人去跑马厅，自己则留在店中陪田管家。田贵义开始拿起算盘，认真地查阅账本，一边问些话。冯妈做饭时，他却对广诚说，他不在店里吃饭，要广诚支了些钱他去其他店吃。吃完回来，又翻账本，又去厨房看，还帮忙前面的伙计做生意。

一连几天，田贵义都在吉庆街上吃，一两顿后，就换一家。吃遍一条街后，对这条街的对手已经胸有成竹。他看完账本，又逛市场；看了市场，又逛附近工厂、码头，方圆两里都被他走遍。

一周后，天空落下了大片雪花，跑马厅的生意也暂停了。田贵义却不顾寒冷，开始过问进出，正式管账。仅过了两天，账本就被他整理得一目了然。这时他找广诚说话了。他先给广诚讲解如何做账，然后从账面上指出他资金运用的缺点。他说附近卖柴、卖炭的人这么多，你买那么多堆着做什么？又占钱又占地方，一下雨就潮了。又说：“吊浆、面粉进得很好，但米店孙老板本钱大，你的那份算不了什么，可以付款稍慢点，钱在自己手上总活泛些吧？还有，我问你，这‘汤麻袋’的户头是怎么回事？”

广诚答:“他是开的个麻袋厂，在我们这里包了十个人饭。”田贵义道:“倒也不是不可以，但是这个人开价这么低，收钱又这么难，欠了二十几元钱了。

我特地去看过了，他的麻袋厂十四五个人，订十个人的饭，回去拿给他们吃，足见这人心不好，自己工人的饭钱都要黑。”广诚叹气道：“他开始还先付定金的，后来就拖一天是一天，躲着我不见。他还拖欠他们工人的工钱，那些人可怜哪！虽说被克扣点，又吃不饱，可有一顿总比饿死强，也不辞工。”田贵义叹道：“哪天开饭前将他一军，要他先结账。让他的工人没饭吃闹起来，总不会找我们闹吧？弄得他想赖也来不及。实在收不到现钱，逼他拿东西抵。这样没信用的主，以后不消给他做了！”他听广诚不吭气，抬头看广诚一脸难色。摇头说：“你呀，心太软了，总要看对什么人吧？看来要我来做恶人了。”然后说：“真要是吃了亏，就长点记性，以后再莫贪大，你以为是个大生意，多的都蚀了。哎！”

广诚心悦诚服，道：“您老一肚子学问，真是上天保佑我广诚。”田贵义摇头道：“我对餐馆、厨艺都不熟，就怕辜负你对我的厚望。我看你生意还做得已经很红火了，还一片诚心叫我来，怕不是想就抱着这么大个店开吧？”广诚不好意思地笑道：“哪个不想做大呢？这地方做一千个人的饭都有人吃，可是……”田贵义直盯着他说：“那就要店大、生意大、牌子大，是不是？可饭要一口口吃，生意也得慢慢做。有本事的人每步路只消比别人快那么一点，几年后就走到头里了。你现在在跑马场开灶，这步棋走得好啊！做小吃多一口灶就又上了一步梯子。但是人还要有大志，想远一点。眼下你人手、厨师已经像是不够了。肖师傅也好像和你不是一条心，

骑马师入场

幸好你现在做的都是不要多高手艺的小吃。我现在说句话你莫不快活，‘通成’也就是比小挑担品种多些、本钱大些，不管天气好不好，坐着吃得舒服些。但要是拿不出绝活，别个只要本钱比你大，就可以盖住你。我说的对不对？开餐馆，一个有手艺又和你过心的厨师，是顶要紧的。虽说你自己也有厨艺，

但你不能什么都自己来啊！你要找个好师傅，这一条你一定要放到心上！”

那位肖师傅很反感田贵义的从空而降，你这么个小店要什么管家？还一来就比自己待遇高！他觉得这个小店不像有自己的前途，早就想辞工走了。

关于厨师，广诚心里已经琢磨过很久，也有了对象，就是他的童年挚友淘气，只是人家在铁路上做得好好的，现在怎好去请？他眼前只想先多听田贵义讲，这么好的老师就在眼前，他太需要好好学了。

田贵义习惯地停顿后继续讲下去：“除开我刚才说的，你是不是就已经做到顶了，再大不了呢？我看未必。你可以卖点不要你多费神、不要人手、不占灶火、又不占地方的东西。像香烟哪！很多人吃了东西就想抽烟，店里就好经营哪！一定可以得利。”

广诚如醍醐灌顶，喜得双手直搓。田贵义停下来说：“我说的已经不少。其实，你眼下能做成这样就很不容易了。”

广诚说干就干，照田贵义出的点子去找渠道进香烟。他顶着大雪，在王兴汉帮助下，找到了原在童家瑞祺牙行当账房伙计、现在海关当吏员的曾昭泰。

曾昭泰已远非十多年前可比，身穿着丝绵锦袍，外套皮马褂。广诚见了他的气派，有些后悔去找他。昭泰晓得广诚在“汉大”的身手和在童家的面子，仍不忘一口一个“叔叔”。听广诚说完，他回道：“叔，你先回去，我会专门找个人帮你。”

广诚只道是推托，心里凉了一半，后悔盲目去找他，快快地回了家。哪知第二天，一个当差打扮的人坐了人力车找来，说是“曾股长”叫给他叔叔送货的，随车带来一大纸箱烟，有“南洋烟草兄弟公司”的“圆球”、“公鸡”、“爱国”等大众烟，也有“飞船”、“长城”、“大联珠”、“大刀”、“美丽”，还有老牌子“双喜”和“英美烟草公司”的“哈德门”、“三炮台”、“大山”、“强盗”等，各几条、数包不等。看来昭泰用心良苦，选了诸多牌子让广诚试卖。

田贵义连忙按批发价付了钱。这下广诚又忙去感谢昭泰。昭泰一边谦虚道：“叔叔给钱干什么？你店里开张时，我都没得到消息，没去捧场，好惭愧的。”一边递给他一封信说：“以后，叔叔就叫人拿我的片子到南洋大楼，找信封上的这个董鑫贵，他的‘兄弟烟行’是‘南洋’的一个特约经销公司。把我的信给他，就可以赊些货的。不过他说了，因为你没有注册烟号，量不能大，只够你搞点零售。”

广诚见昭泰为他做事做得如此尽心到家，全然同当年一样，很宽慰和知足。当天，香烟的经营便让他喜出望外，别看店里摆个小烟柜不起眼，成包卖的卖得很快，拆零卖的利润更高，而且卖烟不像熟食仅是早、中、晚、夜宵四顿，一天到晚都有人买。再就是好烟，原以为多半只会拆零卖，哪知好牌子烟居然还最先卖完。一天下来，算利润几乎超过店里（不包括跑马场那边）卖饮食。

广诚连着做了一个月。一次可进多少烟，几天进一次，进那些牌子，要多少钱周转，都一一熟悉了。按昭泰指的路子，经常压着香烟供货商“铺底”的一百多元钱，等于给他无息贷了这么多的本钱。除了进货需从跑马厅回时稍微弯点路，几乎不占他人手。

华商跑马场

广诚不知道怎么感谢田贵义，一个点子让他每月至少增加两百来元的利润。他备了酒菜，专门款谢田爷。田贵义谦让道：“你太客气了，这实在不算什么，只不过旁观者清罢了。有些事，要站在顾客的位置去想，才有点子。”广诚便急着讨教。田贵义说：“你莫急吵！你要先尽量把这个店的生意做足，做出名气来。酒好不怕巷子深。我知道，你有心把你的店办出名，像‘蜀腴’、‘大吉春’、‘冠生园’，成个名店。但是不能急躁，只能慢慢来，不然要摔跟斗的。”

广诚道：“我不急，有您老在，我发定了。只是您老要告诉我‘慢慢来’是怎么个来法。”

田贵义诚恳地看着广诚，一边喝着酒，一边给他分析“通成”的实力、优势和局限，说：“我喜欢下棋，不过下得不好。象棋的高手每一步棋走下去，心里已经比别人多看了好几步棋。你办店也要看远点，这样你就不会为一时的成败、起落乱了本性。不会成了事就发泡，赔了钱就慌手脚。你的棋得要下好多年。我看……是不是……该分成三着棋走。”广诚给田爷把酒添满，要田爷往下说。

田贵义道：“我说棋走三着，是三大着。我说了，这三着棋要下好多年。”

田贵义抿了口酒，不慌不忙地说：“第一步棋，就是埋头经营，慢慢添加品种、扩大经营、积攒本钱。到一定时候，第二步棋就该走了，一定找个大点的、位置好的像样门面，打出一个自己的招牌小吃。这时就该把调子唱高点、把招牌唱响点了，和名店名家、有身份的官、商、绅、名人等来往交际要多点了。还一定要想法到商会中去找一个位置，商信灵通了，出招就会更加得心应手。第三步棋，就是聘请名厨高手，经营筵席，做大做响。现在汉口京、苏、川、粤、浙、宁、徽、湘风味的餐馆都有了，你选什么风味，一要看汉口人的口味，二要看你请到的是什么样的厨师，量体裁衣，才能把自己办成名店，不是财大气粗就行，懂吗？我说这些，又和真的下棋不同，当中要审时度势，哪先哪后，要看准，再决定进退。”

田贵义这番筹划，竟就此铭刻在了广诚的心里，成了他一辈子的发展大计。这是后话了。当下广诚不再焦躁，懂得眼前应稳扎稳打，下好田贵义说的第一步棋。也就是先把这个店的生意做足，为有步骤地扩大经营做准备。他于是先说服了房东，加了点租钱，让他同意他在平台上搭建个小棚屋，同时在后小院开了个小门，门外再搭建一个专堆柴薪的小院，将原后院加个棚顶，放置石磨、碓窝、案桌，加了口灶，变成为半成品作业区。这一来，大堂要干净得多，看相好多了，而且作业面积也宽敞多了。

过年时，广诚将店交给田贵义，让他经管未完的施工，并“翻炉灶”[①]。静娴和广瑞夫妇也留下来。自己仅带了昭萍和昭舫回乡看望父母，想顺便从乡下去带两个再三向他请求过的穷亲戚来当店员。

半月多后，等他带着挑选的同乡回到汉口时，远远就看到紧靠自己店的隔壁门口也搭起了一个灶台。他心里一惊，难道又添了家唱对台戏的？

①旧时餐馆每年必进行一次厨房翻修，迎送灶神并修砌炉灶，既是内部整理，又似乎是一种约定俗成的仪式，“老通成”习惯称这为“翻炉灶”。

二十八、走出低谷

广诚走进家门，静娴抱着小儿子昭诚迎下楼，除开田贵义外，留店的广瑞两口子也都在。没等广诚开口，静娴就告诉他几件事，让他顿时喜上眉梢。原来在他回乡期间，田贵义得知隔壁卖小五金的生意不好有意搬家，便征求了静娴的同意，不失时机地接租了隔壁楼下的门面和后院。又在后院打了个门将两院连通。大堂的墙上也打了个小窗连接两边。隔壁虽只有这边一半多宽，但让小吃店的门面和营业面积扩宽了一半，又添了一灶两锅，钱却花得不多。见一切营业准备都已完成，广诚不禁连声叫好，对田贵义大加称赞。

有时候，福星好像突然记起了某个人，好事连连朝他降临。

民国十二年（1923 年），赵丙文与他的一个黄陂的老乡戴承喜联合，在大智路开了一家“喜文客栈”，斜对着礼和洋行①。戴老板出房子，是栋用挨着庆平里的、仓库改成的两层砖木房，里面成大小近二十间，从单间到通铺共七十多个床位，后边还有一个可容四辆马车的小院。丙文邀广诚入了两成股。头一年就分红上百元。

民国十三年（1924 年），广诚终于等来了心目中的好厨师——淘气。

淘气大名叫曾广业，小时候并不淘气。乡下人喜欢起些有相反寓意的小名，以为这样可以逃避鬼魅的关注，容易养活。淘气家与广诚住得很近，也是穷得叮当响的。淘气是从十几岁就在蔡甸当白案学徒，王兴汉介绍他到铁路上后，也一直做厨子，正是田贵义说的有手艺还知心的理想大师傅。

他的性格比广诚活跃，喜欢说点笑话，还常一个人唱戏哼曲。不过这次来却是一脸阴云，言语之中常显露他因经历血腥而无法抹除的心中创伤。

在直系政府掌权的几年，中原大地内战不止，军事一多，各种捐税接踵而来。湖北督军王占元又是个极其贪鄙、专横的人，刮起钱来胜似抢夺。后因他克扣军饷，部下忍无可忍造反，在宜昌城中烧杀奸抢，又激起巨大民怨。吴佩孚趁机派手下萧耀南取代了他，当了湖北督军。萧不想和王占元一样臭，改变了治省手段，先是登门拜访一些受排挤的辛亥元老，并授以虚职，又对

①礼和洋行，今大智路过江隧道口处。洋行现在武汉无线电厂位置。

汉口地界上的知名人士杨逢圣、周星棠、童瑨等友好地交往，顺便借帮会的力量剪除了政敌。湖北得到了一些表面上的稳定。

老百姓不懂这多，指望湖北来了个好人，日子要好了。谁知去年（1923年）京汉线铁路工人闹着成立工会①时，萧奉吴佩孚之命大开杀戒，派兵血洗江岸铁路工会，他的形象从此在民众心中一落千丈。

淘气在京汉铁路江岸车站当伙夫，与罢工领袖和骨干都有很多接触机会，受他们的影响，于是他积极参加了罢工（但仍然在伙房为工人们做饭），还参加了罢工纠察队。

那天淘气正在厨房忙着，忽听到外面居然吹起了冲锋号，接着枪声大作，像是打起了仗。原来是军队对工人区发起了进攻。他不知发生了什么事。只见几个血淋淋的工友跑到伙房，喊他赶快逃命。听工友们说，凡纠察队的都要抓，他们的头头林祥谦已被当众用铡刀轧了。淘气一想自己也是纠察队的，顿时吓坏了，便悄悄回住处去拿了攒下的工钱，一口气逃回了乡下。

他虽然惦记着那些鼓动他们罢工的好人，却再也不敢回铁路上去，连消息也不敢打听了。但在乡下实难养活一家老小，广诚又多次托人带话给他，他才终于再到汉口，投奔广诚。以后好多年，只要听见吹号，淘气都要惊得全身发凉。

广诚并不懂得分担淘气的悲愤，他和大多数老百姓一样，没有习惯在心中放置“不关自己”的天下事，脑筋中只装着自己的小世界，反而劝慰着淘气要“吃一堑、长一智”，“远离是非”。

而淘气对“二七惨案”的一些讲述，却让昭萍第一次听说了工人运动，她不解为什么有人要组织工会，为什么军阀可以随便杀人……

淘气渐渐让自己解脱出来，尽心帮广诚操持。

他特别精于面食。他来后几天，“通成”的肉包、菜包和豆沙包子就异军突起，很快成为吉庆街上最受欢迎的一个品种。几个月后他又带来个他十五岁的侄子，小名叫和尚的，当他的徒弟。淘气多了帮手后，便添加了锅贴小包子、锅贴饺子、葱油饼等。他煎的葱油饼香气满街。他的秘方是小葱里加了少许捣融的洋葱，吃起来只觉得奇香可口，却猜不出这其中的奥妙。

①即京汉铁路“二七”大罢工。

说来这还是他当年在俄国人那里学的“洋方子”。

田贵义保守商业机密的思想可谓超前。他郑重地嘱咐所有人，不准把这诀窍透露出去。他每次买洋葱都特地不在附近菜场，又只让淘气一人在后院加工，连剥下的洋葱皮都亲自包了，再去跑马厅的路上悄悄扔掉。其余店家迷惑于“通成”葱油饼的诱人异香，也悄悄叫人来买去吃过，但终究没有搞清，为什么“通成”的葱会香得这么特别。

广诚满心高兴，对田管家和淘气很感激，便特地叫静娴炖了莲子汤请田爷和淘气喝。当年静娴在苏州徐家，就为夫人煨炖过。田爷一品尝，大声叫好，说：“广诚，你家里就藏着大师傅和绝活呢！这是现成的好品种，为什么不拿来卖？”

广诚笑了：“我们这边的客都是图个花钱少、饱肚子的，莲子汤又费工，价钱也下不来。我怕没有人吃，就没有做。”

田爷摇了摇头，说：“你不卖怎么晓得没有人吃？我以前喝过好多大店的莲子汤，却没有吃到过味道这么好的。你这莲子汤拿出来，不定还升了你小店的档次呢！你最好来个锦上添花，用细瓷碗换了你这粗碗，用好家具换了你这旧桌椅，不就升级了？一定可以卖个好价钱。”

广诚乐得心里开花，说：“您老要说好，我就去进莲子。不过莲心苦，要泡涨把心子顶出来，占活。”

田爷笑道：“卖来试试。莲子嘛，我搞蜜饯作坊时就熟，包给哪家大嫂泡莲子、顶心子。只是……独木不成林，还要有几样档次高点的和它搭配才好呢。”

广诚说：“她说过，我们大汤圆除了芝麻糖心的，还可以卖桂花糖心、茉莉花心、猪肉心、咸肉心。”

田爷连声叫好，说：“你看你看，你自己家里就有好军师啰！”静娴听田爷这样夸她，脸都红了。田贵义又说：“我就知道静娴心灵手巧，我刚来那天吃的她做的几个菜，我还都记得：梅菜烧肉、糟鱼、葱烤鲫鱼、熊掌豆腐。我说句实话，换个好盘子装了，个个上得了席。”

广诚乐得合不上嘴，说：“都是她们下江的家常菜。您老太夸她了！”

田爷正色道：“我是在帮你想菜谱呢！不管是大吃、小吃，都是从厨房里做出来的，自家先吃得好吃，拿出来就是别人没有的东西。我说得对不？红豆稀饭、绿豆汤也都是可以拿出手的啊！”

广诚知道这是田爷在叫他把路子想宽点，便照他的做。于是两天后，“清炖莲子羹”在“通成”登场，还专门把新增那半边门面连放了两张小圆桌，专供较高档的甜食，结果竟大受欢迎。登门的顾客中，竟因此添加了一些从茶园看戏出来的女客。女客的增加，又带来了身份更高层次的顾客。广诚便又趁势推出了几种配套的五香小点。以后，“清炖莲子羹”竟成为“通成”远近知名的招牌小吃。

他将穿莲子心包给了一家街坊，以保证充足的原料，然后在后院加了个炭炉，专门用温火炖莲子。这一来，保证了供应，也不用增加什么人手。

让田贵义最满意的，还是静娴是打灯笼都难得找的好老板娘，善良、大度而善解人意，待店员如同家人。他世面见得多，大凡有些店开得红火后，老板娘就来参政，心眼又小，是非又多，嘴巴又刻薄，管得花样纷繁，对下人像防贼似的，叫雇员无可适从。不少老板倒是开了个好头，但随后却被老板娘折腾得人心全无，不是垮台关门，就是做不大了。

到年底，“通成”开始经营几种蒸煮菜肴，在此基础上推出了盖浇饭。淘气的手艺又明显高于一般小店的水平，他来后不到半年，“通成”就成了吉庆街上最受欢迎的小吃店，已完全超越了一般夫妻店的格局。

“通成”有了一些像样的品种，每月的销售额已稳定在千元左右，还有了固定的顾客群。像“保利钱庄”的保镖头老万、电报局的常先生、警察老顾、算命的刘半仙等，他们以后一辈子都没离开过老通成，只要它在营业。

这天广诚接到请柬，有家卖水饺的“祁万顺水饺”店新开张了，此店是黄坡人祁大山和儿子祁海洲开的。他少不得备了礼上门去祝贺一番。两人多年前就相识，言语十分投缘。

年底，广诚将住家搬到了余记里①一家青瓦砖木房的二楼，以腾出这边二楼用来扩大营业面积。因地方偏僻些，租金要比吉庆街这边便宜。只不过因静娴要去店里，这边家里基本不开伙，全家还是到店里去吃饭，或端饭回来吃。

“通成”生意越做越红火。根据田贵义的建议，广诚让把店重新粉刷一新，桌椅上了红漆，还特地买了个大摆钟放在大堂内，以示比其他小吃店更气派。

①大致位于现黄石路与铭新街之间。

二十九、人生多奇遇

一天清晨，广诚和昭萍出去练拳，发现一群人那么早就围在余记里空坪上。走近方知，原来一个乞丐死在那里。那年头，清早有流浪汉陈尸街头的事多了，忙于生计的人们无暇顾及与自己无关的生命，多半十分冷漠。广诚本打算看一眼就走，但立刻大吃一惊，那是在这里乞讨数年的刘皖卿。

广诚不由悲从心中涌来，这个曾经大红、最后潦倒的汉口京剧前辈，风光时曾给过他很大的信任，让他得到了宝贵的实践磨炼。可惜他受伤退出梨园界后，生活仍不节制，以致最后被债主毒打致残，潦倒街头。广诚发现后曾试图接济他，他却故意装作不认识，从不搭理，且无论收下多少钱都立即到下等烟馆抽光。广诚也曾找过票友社，但没有人愿意长期帮他，多数人认为他活该。

广诚此时能做的，就是为他收尸，他斗胆去安徽帮的山堂，拜见了大佬杨逢圣。杨逢圣颇赞许，同意出面动员“京剧票社”捐款，组织殡葬。

“上山”那天，广诚天不亮就随众人出发渡河，在月湖堤雇了马车，送到汉阳扁担山“梨园公墓”安葬，二十里地行了一个多时辰。说来令人唏嘘，那公墓竟是刘皖卿当年红极时发起募捐为梨园同行购置的。广诚知后不禁深感人的一生荣辱沉浮之难料，足见个人德行须自我约制，决不能忘了圣人教诲。

返回时上渡船后，天都已经有些微暗。一个在汉水渡船上卖药的“我的哥、我的哥”的声调传入广诚耳中，仿佛在哪里听到过。下船后他便抢了几步赶到那人身边，仔细看清了，竟是当年进城时见过的、曾与哥哥广智同过徭差的陆财宝。他们刚来汉口时，还是财宝带他们去老圃找了个窝棚落脚，又介绍了些汉口打工的行情，也算是共过患难的。广诚带着友好之情招呼了他。

看陆财宝的衣着破旧肮脏，广诚想他一定还没能逃脱穷命，便起了同情心。邀他同到硚口的一家饭馆点了酒菜，问他近况。财宝说，自辛亥年后，他就一直在做生意，也跑过很多地方，赚过，但最终还是赔了，没混出来。

广诚有心帮他一把，便说：“财宝哥若是看得起，有什么难处就跟广诚说，广诚只要做得到的，都会尽力。”财宝喜出望外，当下问了广诚的住址，说等过几天一定去找他。

几天后，财宝果然找上门来。恰巧当天广诚和田爷都不在。幸好广瑞是认识他的，很高兴请他在店里吃了顿饭。

这时已是下午两点来钟，正是午间营业的尾声。等他吃完，客人已都没了，而广诚还没回。广瑞是个没有言语的人，保持着一副恒定笑眯眯的友好表情与财宝相对静坐。淘气等人在一旁看了广瑞的样子，忍不住想笑，就借故躲到后院去偷着乐。这一来，广瑞更加孤立无援。但他控制面部肌肉的本事确实非同一般，似乎没有一点表情变动的迹象。反倒是陆财宝先不自在了。不一会，他的毛病来了，身体开始发颤，眼角有点抽动，接着便打起哈欠来。财宝忍受不了，站起来说：“谢谢兄弟招呼，财宝明天再来吧！”说完站起来，匆匆出门。

财宝刚出门，就看见广诚正从大智路方向过来，立即就想招呼，却又一眼看到了广诚身边的田贵义，陡然大惊失色，连烟瘾都飞去了一半，赶紧低头往瑞祥路方向一条巷子穿进去了。

广诚回到店里，听说陆财宝前脚刚走，自己因晚回一步没有见上，有些遗憾。以后又见他不再来，不能对他有所帮助，感到十分失落，还生怕是因怠慢伤了他的自尊。

漢口

Hankou laotongcheng zengjia

老通城曾家

第一部·创业

第三章／血雨腥风

民初舟楫云集的汉江，江对面就是汉阳

一、上“洋当”

五月下旬，汉口炎热的夏天似乎已提前到来。田贵义告假回乡去接家眷了。广诚突发奇想，在街边用两条凳子上搭了块床板，旁边摆上几个矮条凳，成为了夜间的户外餐桌。没想到大受欢迎。户外凉快，便捷随意，那天然的浪漫感给路人以奇特的诱惑。

他的做法很快便得到效仿。夏夜的吉庆街一下成了各色小贩的狂欢广场。每到黄昏，各家小吃店就效仿大热天准备当街乘凉的人，在店前街上打扫、泼水，以求一片净土。尽管没有人行道、没有路灯，每晚各店挂出的马灯，摆出的街摊、临时冒出来的小摊、乘凉的床阵竹椅、闻香而来的食客，把吉庆街摆得满满的，成了一个露天大食场，一直热闹到午夜。

夜市开发的意外成功，让广诚兴奋得瞌睡都跑了。“财源滚滚”是所有创业者的梦想啊！他盼望发

南洋烟草广告

展得更快一点，只是觉得流动资金又有些不足了。

偏偏这一段时间，董鑫贵供他的烟很少。广诚无奈，跑得特别勤，但老董总回答说他从烟厂也拿不到货。这天去，老董干脆说他完全没有货了。见广诚不肯相信，就用很无可奈何的口气告诉了广诚一个新烟行，说就在后花楼，只需交六成押金，进货不限量，不过明天就是最后一天。广诚如逢柳暗花明，这么个好机会！心想老董最多时也不过给我三五天卖的，要是那边真如他所说，就可以多进几箱，就堆在楼上里屋，岂不至少给自己增加了几成流动资金？便谢了老董回家。

英美烟厂的香烟

当天夜市收摊后，已是后半夜了，广诚回屋，摇打着芭扇，把自己的打算告诉静娴。

静娴有些疑惑，问："这些事要不要等田爷爷回来再说？"广诚自信地说："田爷告假才走两天，等不及了。以前他没来，还不是我一个人拿主意！我想真要只要六成押金，我就进它几百条'大喜'、'长城'、'爱国'、'自由神'，少说也要卖它大半个月。这都是南洋卖得好的牌子，也不犯'抵制洋货'的忌。"静娴道："我不懂好多，不过这么多钱一用，别的档就有些紧了。"广诚道："不怕，要说哪，香烟比买饮食还周转快。你认字还就是从香烟牌子认起的呢！"静娴笑了起来。两人说得高兴了，掮着说话，很晚才睡。一晚上，"人无横财不富"，"饿死胆小的，撑死胆大的"这些蛊惑人心的话语，又在广诚心里翻腾。

次日一早，广诚就去了董鑫贵说的那家烟行。到那里一看方知，这不是自己想不想进和进多少的问题，而是进不进得到！来买烟的人好多，他足足等到中午才如愿拿到单子，又去济生三路[①]提货，回到家时，已是下午。

以后几天烟还卖得不错，广诚得意洋洋。一天下午，常在他这里成条买烟的一个大智路的游摊老黄找来，说是卖的烟中，'大喜'、'长城'都是

①今民意三路。

霉的，有人来扯皮骂人。广诚接过一闻，果然有霉味。

广诚相信这是个别现象，便带老黄上楼，开了箱子换，不料发现除最上面的一箱‘自由神’外，其余每箱都有霉味，而且很多烟都能隐约看到水湿过的痕迹。

广诚着了慌，那天进货时他没有每箱打开看，当时只愁拿不到手哩！回家后摆在楼上，这楼板房也绝不可能潮。莫非烟原本就浸过水？他急忙叫来静娴和冯嫂陪着老黄继续挑，心想选出几条是不难的。自己则找出烟行的电话，一溜烟跑到电报局。

宝顺路口的“新民茶园”已经消失几年了，代之一个庞大气派的四层钢筋混凝土的电报大楼。广诚走进电话局，给烟行打了个电话，却没有人接。广诚便又拨董鑫贵，也没有人接。他急了，便一口气向花楼街跑去。

花楼街那家烟号却已面目全非！一家干货店就在那家门面开张，但楼前树的那块“国货香烟，大喜双喜，各界提倡，民福国利”的广告牌还在。广诚问了下对门的茶馆，茶房一问三不知，倒是有个茶客笑着问：“您家怎么今天才来？这里好几天前都有人来闹过了。”

上当了！

广诚脑袋“轰”的一下，立即想到要去找董鑫贵。但是他转念一想，老董又有什么干系呢？人家不过是告诉你有这么个烟行，是你自己贪心去自投罗网的。

英美烟厂香烟广告

他不死心，又一口气跑到济生三路，找那天发货的库房。但他立即发现了自己很可笑：那只不过是一家出租的仓库。

砸了！

广诚呆若木鸡，多年来栽的跟斗不少，可唯独数这一次最丢人！把手上的活钱统统拿出来，抢回一大堆霉烟，恐怕除了丢，鬼都不会要！无论如何，还是找老董述说一下吧！他拖着疲乏的步子，向南洋大楼走去。

董鑫贵见到广诚，没等他开口，就抢先破

南洋烟草公司产品广告

口大骂起“英美烟草公司”来：“鬼才晓得，那些烟行原来是‘英美烟草公司’花钱雇人办的。前些时，就是你嫌进货少了的那些时，一下多出了些大买主，拼命大箱买‘南洋’的烟，有几多买几多。我也觉得蹊跷。南洋烟厂呢，就成天为他们赶活。连我这个老经销商都拿不到货。哪晓得哇，那些狗日的收购‘南洋’烟是一着阴招！毒计！你听哪：他们先让烟受点点潮，喷水！再优惠卖给外地的批发商。过了些时，外地的卖够了，再卖给汉口的小批发商和零售商。你们高高兴兴拿到手没几天，就生出霉气了吧？你们这些汉口的还没醒过来呢！在外省湖南、江西、安徽哪，还有湖北那多县哪，‘南洋’的烟已经都没有人抽了。他狗日的是贴了本来败坏‘南洋’的名声啊！现在一些老客户，一听说‘南洋’的烟就不要，压的钱也不肯结账。前些时还是一些外地的老经销商说卖不动，现在汉口的也不行了。眼下黄梅季说来就来，是不是？有存货的，也真的霉起来。可‘南洋’倒霉才开始哩！原先他巴不得拼命卖，货出得多，钱都压到别人手上去了，一下哪里能收得回来？偏偏烟叶也一下都涨了价。咳，讲不完，这又是英美和日本的公司在联手抬价收购！南洋资金一死，原料又缺，工厂也开不满了，产量也低了。看着亏吃大了，才醒过来，去打听，到昨天才公开说遭了洋人的暗算。我也是吃了大亏的啊，广诚老弟！”

广诚愤怒道：“生财有道，这点德行都没有？南洋不告他们？”董鑫贵面带讥讽的微笑，看着广诚，过了会，才说：“你抓到现行了？你又几时看见和洋人打官司赢过的？我说，都认赔吧！你那里南洋的霉烟卖不出，现在南洋又减了产，得有些时拿不出新烟给我们了。我倒霉啊！你倒好哟，反正主要是靠做饮食，拿几天不卖烟也活得下去。”广诚道：“哪里话呢？我进了一大堆货，都是霉的，赔惨了。你这里又停了，怎么办哟？”董鑫贵道：“这样，你先回去，把烟拿到太阳底下晒，低价出售，卖几多是几多，总比赔光了好吧？我什么时候有了货，再喊你，好不好？”

广诚觉得董鑫贵真是个好人，感激不尽地走了。

偏偏这以后就没有了好太阳，广诚把家里的平台都用足了，铺上席子铺板晒烟，家里也生了炭盆烘，一边降价出售。店里全班人马都来盘烟，疲于奔命，跑马场那边的生意也被迫做小了。

俗话说“好事不出门，坏事传千里。”南洋卖霉烟的消息竟一下子满城皆知。烟民只要一看是“南洋”的牌子，就贴近鼻子使劲嗅，闻两下就硬说有霉味，丢下就走，脾气坏的还要骂两句。

广诚见得不偿失，懂得不能陷在这事里，便一咬牙，“荒货价”卖给了人，一半的成本都没收回！不算花的精力、人工，影响的生意，光烟就损失了好几百元。他心都赔疼了。

南洋的十多种卷烟品牌受挫，从此断销，只剩下红“双喜”保住了牌子，成了汉口烟草工业史上一次轰动大事。告诉国人，“一战”结束后，洋人已卷土重来，中国所谓“民族资本主义黄金时代”终结了！广诚这个小小的个体经营者，也卷入到民族经济大溃败悲剧中，添加进了一小段苦涩的折子戏。

田贵义到底回来了。广诚红着脸去告诉田爷，开言就是：“田爷，你老教过我量体裁衣，不要成事就发泡，赔钱就慌手脚。广诚贪心，忘记了您的话，这回吃了大亏了。”

二、不卖洋烟

风向变了，让有经验的人也无能为力。但是田贵义并没有慌乱，他冷静地分析了广诚的经济损失后，做了几项梳理。首先，把应付款项分了类，能推迟的就推一推；仍以店里和跑马场的生意为重心，做稳做好。由于处理得法，方寸未乱，香烟经营吃了亏，饮食经营却并没有受多大影响。广诚的心态也就很快平稳下来。

不卖洋烟

有天，广诚在跑马厅做完生意回家，被一队游行的学生阻在歆生路边上，竟一眼见到董鑫贵也在路边。广诚想“南洋烟厂”应该喘过气来了吧，便赔笑着走近他，打听最近有没有货。

董鑫贵把眉头皱得像座山峰，又是叹气又是诉苦，说：“我天天赔笑脸、看脸色，亏了一大笔，欠了一屁股债，再加上背一大堆人情。哎，至少还有两个月，南洋才会有点货给我！”

广诚搞不清老董何以也亏了还又欠债。不过听他说了句“两个月”，觉得虽说远，总算还有个盼头。见老董眼睛在向上前方看，他也抬起头顺着望去，竟一溜都是英美烟草公司的大幅美人广告画：“三炮台，好香烟，敬宾客，美观瞻。”晓得再多说也没用，便打算客气几句离开。

游行队伍过了，董鑫贵反倒不急于离开，稳稳站着，他在玩赏这个没有脱尽乡气的小商人的一脸困窘的表情。如果不是怕得罪童家，他才懒得理这个人哩！他等广诚露出完全失望的神态后，微笑着小声道：“你看满街都是‘英美香烟厂’的广告，现在烟商亏不起，见南洋缓不过气，都调头跟他们做了。‘三炮台’、‘红粉包’、‘强盗’、‘白刀’、‘大山’、‘大头针’，其实，做这些牌子，利润比做南洋的还高半成呢！你要是想做，我倒可以帮你弄一些。”

广诚开始没有反应过来。听清楚了老董的意思是劝他改做洋烟后，他犹豫了，一时间脸竟涨得通红，说不出话来。他第一个念头是偷着卖点，但立即想到这能瞒过昭萍她们吗？那天吃饭时听儿女们说“国耻”，自己也参过言，我要买洋烟被他们晓得了，那以后还能在他们面前说起硬话么？洋人心黑手狠，联手搞“南洋”，不就要这样的结果么？凭什么要去跟洋人低这个头？老董怎么就缴了械了？生财要有道，这算是条什么道呢？

董鑫贵见他发呆，又添点火候说：“洋人整的是‘南洋’，又不是你我。简老板[①]财大气粗，也不会在乎吃这一回亏。我们就不同哪！就这点本钱哪！一家老小总不能饿死吧？广诚老弟，想开点，管它哪国、什么牌子烟，不都是个烟？”

但此刻广诚的脑中却在运转着完全不同的思想。这些时，学生市民天天游行。年轻人挨家串联，鼓动抵制洋货。就是来“通成”吃饭的人，饭后买根零烟抽时，好多都声明不要英国烟。大智路有家“裕泰杂货”，老板自家的儿女带了同学来，把家里存的日货、英货都搬到街上来，当着众人烧，烧得娘老子坐在街当中哭天喊地。我要是这时候卖英国烟，昭萍肯定也会叫同学来，拿他老子当汉奸。身为中国人，不能没有骨气。

他想清楚了，便笑着说：“董经理，这时进洋烟，怕不好卖。学生们要搜出来烧了，我哭都没地方哭。”

董鑫贵把两手一摊，讥讽地说：“哎呀，曾老板又想做生意，又要爱国，那我就没办法了，那……等几个月再说吧！”他心里骂着广诚笨，连这点都看不穿。其实他早就脚踏两边，这头赔了那头赚。在商言商嘛，和那些学生娃凑热闹干什么？

广诚机械地点了点头，和董鑫贵分了手。他的心在发痛，自己最少还要损失几百元哪！

①指“南洋兄弟烟草公司”创立者，华侨简照南、简玉阶兄弟。

TUNG.CHONG
HOTOGRAPHER
TUNG-CHONG
AND
PHOTOGRAPHER
IMPORTER OF PROVISIONS
GROCERIES WINES AND
SHIPS COMPRADORE

汉口英租界的苦力们

三、风雨前奏

广诚和大多数汉口人一样，对洋人有很深的反感，只是不主动去招惹他们，唯愿躲远点，做点安稳生意就心满意足。从满清年间他就听说，中国人的钱都被洋人抢了去，现在他又切身感受了一次。上了回“洋当”后，他对洋人的仇视进一步加深。由此可理解，类似他这样的小商人参加针对洋人的抗争行动，再自然不过。广诚第一次参加反帝活动要追溯到1919年，那是武汉商会号召商家响应学生游行举行罢市、抵制巴黎和会、抵制日货。不过他只是随众而已，并不懂闹的目的是什么。以后，凡是罢市他都响应、关上店门就是。但他从不积极主动，因为他心里并不希望“闹”。对他而言，关门一天，至少就是几十元钱没了，而每天还是要付工钱、交房租……还有家人、店员的饭钱，一文都不能少。

在租界内做工的工人来吃饭时，总喜欢谈起和洋人较劲的事。这两年，汉口洋人欺负人、甚至杀人的事格外地多，其中数英国人和“小日本”最毒，多次对中国人下黑手。顾客们边吃边骂洋人、骂小日本、骂拿摩温。所以，武汉闹工潮呀、游行呀、抗议呀、抓人呀，广诚也看得多了，但总怕祸及家人。每回在外面一听说哪里又出了事，他就急得往家里赶，生怕家里人会出什么事。

他已知道谭师父又在广州革命，也不晓得他们这回“革不革得赢”，他是希望师父“革赢”的。不过他想起革命就有些怕，辛亥年的那场血战，那场夺命大火，都是记忆犹新、余悸难消的。

有些工人、教师、学生模样的人来店里吃饭时，喜欢和淘气招呼，人少时还互相递烟。他看到多次了，心里不喜欢这样，来的人不分贫富都是“客官”，怎么能和他们平起平坐呢？他想淘气可能不懂当茶房、当厨师的规矩，这和铁路上的食堂哪能一样呢？忍不住提醒了他两次。淘气表面上倒很听他的。

但不久他又发现几个淘气的熟人来时，总喜欢靠里边角里坐，有时像在等人，有时像在议事，占桌子的时间总比一般客人长。回数一多，广诚也认得几个了，晓得他们总是提防着警察的。就连警察老顾一来，他们也都不说话了。有回街上来了几个像便衣的，淘气便让他们从后门走了。广诚看得明白，嘴上不说，心里却不快活。心想你淘气吃过那么大亏，还不晓得长点教训？交友还那么杂？他生怕这些人会给店里招来祸事。不过又想他们一定是和师父一样的人，那就是些好人。在他心里，和官府作对的，十有九都不是坏人。

汉口六月初的天气已开始燥热，空气中也躁动着某种不安和紧张。上海内外棉七厂日本资本家开枪打死中国工人顾正红，工人和学生游行声援，英租界巡捕又在南京路上开枪打死十多人的消息传到了武汉。武汉各界的不满声浪空前高涨。

有天下午三四点钟，正是餐馆中午停业的时候。广诚刚上楼去休息，店里就淘气和田贵义坐在凳子上养神。已经是中学生的昭萍和她最要好的朋友秦淑兰放学后来了。昭萍进门就说："淘气叔叔，淑兰妈妈上次吃了你做的葱油饼，说太好吃了，叫她买几个回去。"淘气笑着说："有、有、有，不过还要等个把钟头，现在哪来的火？你看这墙上的钟，要等过了四点半才烧灶。我第一个给秦小姐烙。好不好？"昭萍无奈地对淑兰做了个鬼脸说："怎么样，秦小姐？"

正在说笑着，店外忽然匆匆进来三个人，都是工人打扮。这明明不是吃饭的时候，可淘气只与他们对了个眼神，就过去将后门一开，几个也不回话，马上就进后院从院后门出去了。淘气关上后门，小声地说："大小姐，秦小姐，快摊开书来写字，只当没看到。"

昭萍立即明白了一半，心里"突突"地蹦着，听话地拉淑兰坐下，在饭桌上摊开本子。两人才在墨盒里舔笔呢，街上已经布满了军警，气氛陡然紧张。

几个持枪的军警进了店，正要问话，却听到昭萍对淑兰说："嗨，《主祷文》到底是用 Our Father in heaven，还是 Our Father，who art in heaven，还是 which art in heaven？怎么玛丽嬷嬷、余神父和杨老师都念得不同呢？"淑兰机灵，回答说："我反正跟着念就是了。"军警听得懵头懵脑，这才大声问："看见有几个工人进来没有？"淘气站起来摇了下头，说："还没烧灶呢！"掏出香烟就递过去。那几个军警眼睛往店内一扫，正好看见田贵义仰靠在椅上，打着一个又大又长的呵欠。他们见这场面，哪像有革命党来过的样子，不想浪费时间，便接了烟，夹在耳朵上出了门。

昭萍等他们走远，悄悄推开门向后院看了看，什么痕迹也没有留下，感到很刺激，才又坐下写字。

广诚在楼上听得清楚，军警进店里抓人也不止一回了。他走下楼来，先狠狠瞪了淘气一眼，又对昭萍说：“昭萍，这不是好玩的事，你们嘴巴都给我收紧点。”昭萍听了心里老大不快，只不作声。淑兰却大大咧咧地说：“我们懂，曾叔叔！听说是有个黄包车夫叫徐典，被英租界巡捕活活打死了，好多工厂都罢工抗议。汉口这点动静算什么？武昌那边比汉口还闹得响得多咧！我看，那几个革命党一定是和这有点关系的。”广诚急得跺脚道：“小姐，你能不能少说两句啊？”

小店门外常有军警

广诚对昭萍越发多了份担心，女儿读初中，正是不大不小不懂事的年纪，千万别跟着学生一起去游行闹事，他一定得找机会和她谈谈，离那些是非远点，爸爸妈妈把你们带大，送你们上学不容易，不要叫我们放心不下。

昭萍却跟没事一样，每天去上学。广诚有了田贵义照顾店里，广瑞管跑马厅，淘气管厨房，静娴管着杂事，倒也轻松了不少，便想去昭萍学校看看。

昭萍的学校是教会办的“圣约瑟女子中学”①，原在英租界的仁慈堂，今年搬到了府北一路长墩子，倒也远不了几步。五层楼高的新校舍，那气派，拿到上海也怕要数一数二。广诚想，看来洋人中也有好人，还是做了些好事的，不然要想在汉口找所一流的女校还真难。

这天广诚带和尚去“南洋”进烟又没进到。见时间还早，他便绕道去圣约瑟，除了看新校楼，他还对昭萍在学校里有没好好读书不大放心。哪知到了一看，大门半关着，冷冷清清，哪像学校？但见校门口贴着一张撕落了

①现武汉市十九中学。仁慈堂位于现二医院。

即将竣工的江汉关大楼

一半的《罢课通知》，落款“汉口学联筹备组”。

广诚觉得不妙，找门房一问，这才知道学生罢课都已经好几天，今天又去武昌开大会、游行去了。

昭萍根本没有上课！

广城顿时心急火燎，昭萍你好大胆子！他叫和尚一个人先回家，自己立刻赶去武昌。

去年才新落成的江汉关钟楼下，就是去武昌的轮渡码头。轮渡不紧不忙，大半个钟头一班，好不磨人的性子！听着“大笨钟”敲了几下，广诚不懂那是《威斯敏斯特》序曲，小火轮才慢吞吞起了锚。船上有几个中学生高谈着几天来集会游行、声援上海“五卅”惨案的事，情绪十分激昂。广诚才晓得这次示威活动动静不小。

他打听到大会在武昌公共体育场[①]开，下船后，就直奔而去。

长街“戈甲营”口上，有人群围着圈，在听学生演讲。从鼓楼洞[②]走出一队学生，举着“学界为沪案大游行”的旗帜，还有工人和市民也在队中，高喊着口号游行过来。广诚已经热得黑汗水流，索性就站在路边看，指望等得到昭萍。等了没多久，果然看到昭萍和淑兰举着小旗也在队中过来了，脸晒得通红。又看见昭萍忽然停下来，一个从后面赶上来的、二十来岁的男生，很严肃地对她们说了一会话。

广诚打算走过去喊昭萍回家，却看到一个比静娴年纪还大的妇女，匆匆

①今财经大学处。
②在今长江大桥跨解放路处，洞穿蛇山。鼓楼洞不是今天的古楼洞。

插进了游行队伍，与一个比昭萍还小的女孩说了些什么，就从那小女生手上接过一面小旗，高喊起“惩办凶手”、“取消领事裁判权”、“外国军队撤出中国”等口号来。广诚见别人家长那么“深明大义”支持学生，告诫自己不能在这时候去丢女儿的脸，便不声不响跟在队伍后面。

昭萍她们一直游到都府堤才解散。跟着淑兰就拖着昭萍朝他跑了过来，嚷着说早就看见他了。昭萍很兴奋，问广诚来武昌干什么。广诚支吾了几句，表露出了些担心。昭萍却说：“爸爸，帝国主义凭什么在中国随便杀人？现在又不是满清政府，凭什么还要怕他们？”广诚看周围都是学生，便悄声说：“官府的人怎么会听你们学生的呢？他们心狠手辣的！”昭萍不以为然地笑了，说：“团结力量大。刚才我们学生的领袖陈定一跟我说，萧耀南已经全部答应了我们请愿的七项要求。”广诚半信半疑地问：“真的？哦，学生的领袖？你怎么认得的？”淑兰在一旁笑道：“曾叔叔，是我先认出他的，几天前他到我们学校去筹备学联，我就认出他了。他有天躲警察，从你们店穿后门走的。你还说过我，忘记了？”广诚听明白了，四周看看没人在听，有点不好意思地笑了笑。

武汉民众支援上海“五卅”运动

武汉的工人运动自两年前“二七”被镇压下去后，现在再次复兴。商人们也被发动起来，汇入了这全国性的第一次反帝民主运动高潮。广诚也发自内心地参加了罢市活动。他注意到政府没有取缔，甚至有传说萧督军是赞成孙中山的。其实，不光是昭萍、淑兰这些幼稚热情的初中生，多数人也都一样天真，把帝国主义分子和军阀们想得太简单了。

几天后，运动高潮转到了汉口。不料就在离家没几步远的英租界宝顺路口，在广诚心里还是大智门，发生了“六一一”惊天大血案！

事发头天，有个叫余金山的“扁担”为英国太古公司卸货时，扛错了

“六一一”惨案中，英军越界到大智路祁万顺大门口

一包货，竟被公司过磅员用秤砣打成重伤。“扁担”们去找公司理论，反而被抓走了七八个人。武汉市民闻讯极为愤怒，涌进英租界抗议，英军又悍然对手无寸铁的民众开了枪。

惨案发生的地方离他家太近了。响得炸耳的密密枪声，好像都是对着自己打来的。吓得广诚连忙叫关店门。几分钟后，他看见成百上千的人，其中还杂着有不少老人和女人，从大智路口那边，决堤般地涌了出来。广诚又跑到楼上，从窗子往外看，见人们呼喊着、惊慌失措地从店门口亡命跑过，一个女人头上脸上都是血，跑着摔倒了，爬起来又跑……谁家摆在街上的摊桌和竹椅都被掀翻了，自己店门外吊的灯笼也被撞下来，踩得稀烂。

只几分钟后，街上的人竟全都不见了，如同瘟疫过后般，一片死沉。

次日，直到中午，街道才渐渐活过来。广诚这才小心地开门营业。

来吃东西的客人比平日少得多，有人小声谈起昨天傍晚的事。仅这条街上，经常帮他们店拉板车的吴疤子被打死了，街对面炸油条的刘胖子、还有路口那边那个卖水大嫂子，去看热闹都受了伤。广诚忍不住悄悄去那边看了，一直走到电报局，看到马路上有一滩滩已经凝固并开始变黑的血迹。他此生又一次切实见识了枪声、镇压、屠杀和鲜血。

他几乎要哭出来。这个保守谨慎的小市民就这样被彻底改变，从此将狂傲的帝国主义分子视作了仇人。

四、杨韵珊老师

为了平息“六一一惨案”激起的反帝浪潮，当局拿出了对付学生运动的传家法宝，令中学提前放假，并强行解散了学联。

淑兰随他父亲回了安徽老家。昭萍的心情却还不能平静，很想去学校看看，本该是暴风骤雨的局面何以突然冷却下来。

一天，她借口说是去找淑兰。广诚哪里知道淑兰家的事，没有阻拦昭萍出门。

街上行人稀少，暑天汉口的路面被烤得灼热，到处都很静，好像连声音都被热得蒸发了。只有藏在树上的蝉，不时地将叫声煽向炎热的空间。

昭萍头顶骄阳向学校走去，热得有些发晕。不料学校大门关着，她很失望，便随意地逛着街回家，竟碰到了打着一把杭州阳伞的国语老师杨韵珊。杨老师曾介绍她们和陈定一等“学联”领导认识。遇到她，昭萍顿觉惊喜。她深深鞠了一个躬，问：“杨老师，您就住跟前吗？”杨老师说：“也不算远，就在大火巷①，去我家玩玩吗？”昭萍兴奋地点头跟了去。

“六一一”时期的湖北街（现中山大道崇善路口）

杨老师大概三十来岁。昭萍去的是杨老师婆家，看来是殷实富裕的人家。杨老师将她带到书房。昭萍见书架上摆满了书，十分好奇地近前去看。却是杨老师先问：“曾昭萍，你喜欢看书吗？”昭萍答：“喜欢。”杨老师问：“看些什么书呢？”昭萍说：“我爸和田爷爷他

①今统一街的一段。

们有什么书，我就看什么书。像《说岳全传》、《水浒传》哪，还有《三言》、《两拍》，我都看过。”杨老师笑了：“这也都是好书，女孩的书看了些没有？”昭萍不好意思地说：“秦淑兰借给我《石头记》看过。”杨老师问：“新书呢？”昭萍睁大着天真的眼睛，摇了摇头。杨老师说：“你要喜欢看书，我介绍些书给你看，好吗？”昭萍欣喜地回答：“好！”杨老师说：“我这有本书，你看喜不喜欢？”昭萍双手接过，看见书有些旧了，她想这书大概经过了很多人的手吧。封面上是两个撼人心弦的大字：《呐喊》。

杨老师说：“你要喜欢，看完了就来找我换，但莫让别人看见了，也别对人说，好不好？”昭萍马上答说好。杨老师又叫她最近不用忙着去学校，“你很勇敢，有正义感，这些都很好。要知道，帝国主义也好、反动军阀也好，都不是游行几次就可以打倒的。另一方面，革命也更不会被血吓退。学联表面上被禁了，其实一天都没有停止过活动。你还小，要多学习，学会认识这个社会。”

昭萍一路想着杨老师的话，炎热早被她忘却。回到家，就走进她和妹妹们的小房，掩上门，靠在床上，打开书来看。

书中的语句像磁石一般，立刻有力地吸引了她。她一口气读了下去，欲罢不能。读着读着，她坐了起来。再读下去，她站了起来，来回走动。她觉得自己的血都要沸腾了，几乎要大声读出来：“你们立刻改了，从真心改

惊天血案

起！你们要晓得将来是容不得吃人的人，……”

真是振聋发聩的呼声！多么好的书！书中描写的正好是她童年的那些岁月，她太需要认清这个社会了！她一口气读了一半，才将蚊帐放下继续看，完全没有了睡意，直到父亲来催她关灯。

以后昭萍经常跑去找杨老师借书，还读了很多当时的和前几年的报纸杂志，像《新青年》、《向导》、《中国青年》和钱亦石主编的《武汉评论》等等。书籍让她知道了很多从未想到、从未听说的东西。

淑兰是开学前一天才回的，与昭萍在交学费时碰到。淑兰抱住昭萍嚷道：“死丫头，想死我了，暑假你怎么过的？我昨天到家，都想去找你呢！”昭萍故意板着脸，调皮地说：“假话！秦小姐可是回乡相亲去了？哪还有工夫想到我？快来说说，成了没有？婆家姓什？夫君几品？几多聘礼？几时过门？”淑兰“噗嗤”地笑了：“死丫头，几天不见，嘴巴变得这么坏！”

从学校出来，两个人站在冒着热气的街边说话，一直说到天黑。谈论学校的外籍老师都吓得不敢回校上课，嘲笑“博学中学”①连洋校长都吓跑了，开不了学。

昭萍忍着没提杨老师借书的事。但女孩怎么舍得自己的朋友呢？这个暑假她收获太大了！她觉得欠了淑兰什么似的，于是她征得了杨老师的同意，告诉了这个暑假去杨老师家借书的事。为的是让淑兰也能读那些好书，和她一样通过书籍，去了解、去认识世界。

以后，她们的谈话内容也更加广泛，谈得最多的还是阅读的心得。两人关在淑兰家的小房里，淑兰大声地朗读着《新青年》上的文章。昭萍说：“秦小姐，你是不是小声点，督军的家离你就半条街。”淑兰昂着头说：“哼，看看谁更有力量！你说军阀的‘提前放假’是不是白费心机，学生正好憋足了劲再集合起来。哈哈！”

的确，学生们通过假期养精蓄锐后，参加反帝活动的劲头更足。9月7日，她们参加了董必武、吴实崇②等领导的、在三镇同时召开的声讨英兵罪行大会和水、陆大游行。

在时代的较量中，反动军阀终于露出疲态。昭萍这代人也在真正长大了。

①今武汉市第四中学。
②即吴德峰。

五、北伐军攻占武汉

北伐军

自“六一一”惨案后，大智路一带人流大减，再也没有了夜市。加之“新民”、“汉大”等茶园都已关闭，前者的位置上建起了电报局大楼，“汉大”的地方即将建成盐业银行大楼，众多的茶客戏客不见了，新兴的戏院都搬到了“底下”法租界那边。“通成”的生意因此清淡了许多，店堂里的营业额大幅缩水，开发的几个新品种不得不停售，二楼便再没有了客人，只在一楼供应几样看家的小吃。

当1926年到来时，曾家住的余记里空坪附近安扎下来一队全副武装的士兵，一个军警监狱也设在了这条街，不由让周围居民提心吊胆。街上渐渐游摊小贩少了，也再没有人在空坪上赶集卖菜，连乞丐都不来这边了。广诚见既然店里只一楼接客，为节省开支，便举家又搬回了吉庆街，还住原来二楼。

炎热的天气中被时局掺入了压抑，不安的气氛越来越浓，骑马挎刀的军官和全副武装的士兵频频出现在街道上，大白天也常有军警紧急封锁道路，冲进店铺搜捕革命党，胡乱抓工人抓学生。晚上则实行戒严，当局又下令全市学校一律停课。紧张的气氛，让夏夜街头乘凉人的谈笑也变得小心翼翼。现在市民们都已知道，广州国民革命军的北伐开始了。

生意锐减，田贵义于是常吐惭愧之词，摇头叹气。广诚只在咬着牙熬，祈祷师父快点打过来。他简单地认为，师父革命了这多年，这回该赢了，等北伐军打来，军阀和洋人肯定都要完蛋，一切就都会好了。

终于，汉口人都听说了，吴佩孚的主力已在汀泗桥被北伐军全线击溃，吴慌得像热锅上的蚂蚁，白天坐镇汉口查家墩总司令部，晚上渡江到武昌亲自指挥加强防御工事。刘半仙来店里吃饭时，努着嘴指向不远的吴公馆说：

“忙得回不了家啦！”

到阳历9月初，酷暑初退，汉口人则开始几无顾忌地、公开谈论着北伐军已经包围了武昌城的消息。街上乱民越来越多。吴佩孚丢下刘玉春部死守武昌，自己带着贴身官员卫队坐火车逃离了汉口，听说他行至黄陂横店时撞了车，落得下车步行北逃，狼狈不堪。

吴佩孚

吴佩孚弃城逃走一天后，也就是9月7日，北伐军挥师渡过汉水，一举攻占了汉口。

这是广诚第二次亲历战争，也是汉口第二次被革命军解放。

人们涌向户外，街上一片欢腾。“打倒列强，打倒列强！除军阀，除军阀！国民革命成功”的歌声响遍了大街小巷。鞭炮、锣鼓此起彼伏，五彩的蚌壳舞、长龙灯活跃在大街上。无论什么人见了面，只要谈起叶挺的“铁军”，彼此就如同早就相识的老友。

尽管武昌已成孤城，守军还仗着城墙负隅顽抗，炮声隔江清晰可闻。

战争又延长了一个多月，但每天来“通成”的客人并不少，店里热闹非凡，每个人都在抢着说武昌的战况，每个人都带来最新消息，每个人都好像是军事家。据说因武昌古城墙太坚固，北伐军伤亡不少，又怕开炮伤了城里的百姓，只能将武昌铁桶般围困。武昌城里断了粮，“曹祥泰”等店的米粮都被守军完全收缴，军队还冲进百姓家里抢粮。城里连猫狗都被吃光，连树皮都剥光了，不知饿死多少人。一些人受不了，铤而走险，偷跑出城，被打死在城墙脚边……

北伐军攻入汉口

田贵义格外关心战况，他喜欢见熟人就说：

“幸亏张公①做了好事啊，要是汉口还有城堡，这仗说不定就会在汉口打了。辛亥年汉口死好多人哪！”他那年差点葬身火海，至今心有余悸。

毕竟武汉三镇是骨肉相连，加上当年的记忆，武昌的战事让汉口的市民也多少悬着一颗心，不少商店都只半开着门营业，总防着趁乱打劫、随时准备关门似的。“通成”也半开着门做生意。

10 月 3 日，童瑁、李书城②等辛亥元老代表武昌、汉口两总商会，与红十字会等慈善团体出面斡旋，使交战双方同意将武昌平湖门定时开放六天，放市民出城。结果，三天之内从这个门拖家带口逃出的市民达五六万人，拼死涌去抢乘汉口商会派去的救命船。为挤出城门，被踩死的竟多达上千人。有些刚逃到汉阳、汉口的饥民，就在街上抢东西吃，抢得互相拼命，拿石头砸人，吓得商店又不敢开门。

到双十节那天，独立团终于攻上了蛇山，围困了四十天的武昌城被攻下，三镇地区全被北伐军占领了。

黄埔军校培养出来的北伐军

这一个多月，广诚把全家人都关在家里，连早上打拳都只在院子里小练，等待着时局平静。除了出去挑水，大人小孩都不出门。他自己就在楼下，整日里跟着田贵义学写字，竟写上了瘾。从此，练字竟成了他一生从不间断的嗜好。

武昌解放的消息终于传来，街市幡然苏醒，店铺纷纷开门，街上行人又多了起来。看来这一劫已熬过去了。

这日，天已微亮。广诚筋骨发痒，想一个人出去，找宽敞地方练练拳。刚推开门，就见门口有几个军官在仔细看他的招牌，其中一个熟悉的声音正说：“找人问问看，好像就是这家！”

①指张之洞。
②李书城（1882—1965），湖北潜江人。23 岁追随孙中山先生参与筹备和组织同盟会。1921 年中共“一大”在上海他家中召开。胞弟李汉俊参加了一大，是建党发起人之一。

六、革命先驱到“通成”

广诚听到这声音，惊喜地大叫起来：“师父！”他一把将谭襄农拉住，扯开嗓子大喊道：“淘气、广瑞，谭老师回来了！”

他用力抱住谭襄农，眼泪却止不住涌了出来：“师父，这多年你哪里去了？你老多了，又黑又瘦，一定吃苦了！广诚好想你啊！”谭襄农笑道：“你怎么像个女人，哭起来了？广诚，师父离开你都十五年了吧！”他向广诚介绍：“这位是韩铸仁副官。来，让我看看你孩子。”

其实，谭襄农去年就随国民政府军事委员梁钟汉潜回了武昌，这次又随他策反北军宋大霈师，帮助北伐军攻下了武昌城。

昭萍在一旁小声地指点着对淘气说，韩副官她仿佛见过，就是一下想不起来。韩副官却听到，笑了起来，“小姐眼睛真厉害。我那次和陈定一他们从烟厂跑出来，就是借你们的店走脱的。”淘气也说了：“我以前也不认识你们两个，我就认识带我们罢工的林育南。”昭萍更是惊得张大了嘴，她以前在违禁书报中多次看到过这个名字，忍不住问：“原来那个人就是林育南啊？”韩副官说：“是。可惜陈定一那么年轻就牺牲了。吴佩孚公然砍了他的头悬在司门口示众。那天刚攻进武昌，谭将军就叫人把他的头和身子找到安葬了。”

国民政府所在地汉口南洋大楼

广诚崇敬地说：“师父真是文武双全，出生入死，革命二十多年了，又立这么大功，真是了不起。一定当大将军了吧？”

谭襄农摇头说：“我哪是为了当个什么呢？想想陈定一和那些牺牲的人，我算什么呢？一个人能有什么本事呢？这次北伐胜利、攻下武昌，靠的是工农大众啊！”

谭襄农谈起了这些年他走过的路：维新、自立军、反清、反袁……一次次地失败，“我慢慢懂得了好多道理，革命是为了解放工农大众，孙中山先生因此提出了联俄、联共、扶助农工三大政策，这才有今天的成功。”

他看着昭萍：“你这女儿，眉宇间有股英气，将来要是又出了反动军阀，又有帝国主义来欺负中国，就靠你们了。你说呢？”昭萍郑重地说：“谢谢谭将军，昭萍记得，这辈子一定学你一样。”静娴在一边听了，不由得暗自一惊。

武昌攻占后，革命阵地在长江中游得到了巩固。1926 年 12 月 26 日，国民政府中央委员会临时会议在广州决定，中央党部及国民政府迁到武汉。12 月 31 日，武汉临时政府成立，宣布划武昌、汉口、汉阳为“京兆区”，正式定名“武汉”，作为临时首都。

中国历史进入了武汉国民政府时期。

虽然停止了跑马场那边的生意，但由于全国各地的向往革命的人纷纷涌向武汉，餐馆的生意比平日里好过至少三成。大智路上，广诚占股的“喜文客栈”也生意爆满，增加了不少简易临时铺位还不够。

国民政府迁都武汉时从江轮下船

中山路[①]经常有罢工的工人队伍和带着红袖章的工人纠察队游行而过，游到法租界口上解散。不少人顺道来吉庆街吃东西。“通成小吃”大开了店门迎客。市面太平，客源丰富，生意兴隆，广诚心里说不出有多高兴，心想难怪都喊“革命万岁”啊！

香烟生意也格外的好。元旦前，广诚又亲自去进香烟，一路欣赏着插满中山路的“青天白日满地红”民国国旗。到南洋大楼，才知道大楼已被国民政府征用，成了政府的办公大楼了。董鑫贵在的那家烟草公司搬，到了仁寿路。

①即今中山大道，系国民政府将后城马路、湖北街、五族街统一改名为中山路。

广诚去仁寿路找到了董鑫贵。老董用手将广诚的条子按在桌上，却乜斜着眼看着广诚道：“曾老板，你好像没参加汉口总商会组织的‘商民大会’吧？”广诚不解地问：“没有，董先生。我那个小摊子，哪里有资格参加什么商民大会。请问有什么做错的地方吗？”董鑫贵一脸和气地笑着说：“哪里哪里，曾老板的店还是很有些名气的。看来你大概真的是没听说。是这样，商会开了个大会，要求政府支持工商业主。现在打仗，运输不畅，烟酒粮棉价格都在往上涨啊！”广诚见他说的都是实情，便点了下头。

董鑫贵收敛笑容，双眼紧盯着广诚：“照说呢，政府应该知道，厂主的经济压力其实比工人的困难还大。工人不管你是赚是蚀，拿工钱就行，操什么心呢？哪像业主们要精打细算，应付涨跌，是吧？但是现在武汉收复这么久了，工人还动不动就罢工，要增加工资。不答应就游行，又马上就有工人纠察队撑腰。搞得业主都不敢说话，这样经济怎么发展呢？是不是啊？所以，我们应该要向政府请愿，请求保护业主们的利益。”

广诚猜不透他到底是什么意思，小心地问：“那……政府怎么说的呢？”董鑫贵说：“国民政府肯定是会体察民意的啊！所以商会要发动大家签名，请曾老板也签上一个吧！”说完，他递过来一张“请愿书”。

请愿书写得文绉绉的。广诚认得的字不算多，看到内容大致就是老董说的。后面的签字一眼便看到杨逢圣、郭梓璜。他知道这都是商会的头面大人物，但还有很多他不认识，便不敢表态。董鑫贵见他犹豫，又说道：“这又不是要你上街游行瞎闹，这上面都是些有身份的人，万不得已绝不会去罢市的。你看，这不是，童琪三少爷都代表童家签了，曾昭泰今天还来为我们鼓气呢！这还有……喏……喏……你还怕什么不成？”广诚那里懂什么政治目的，心想老董说的也的确是在为业主着想，哪里动不动都要给工人加工资，那还赚什么钱？便点了下头。董鑫贵马上笑了：“曾老板果然是明白人，我等利益都是一致的，你哪一天离得了和这上面的人打交道呢？是吧？签字也可，画押也行。”广诚想，自己居然和那些名声显赫的大人物的名字摆在一起，可不能掉价。于是摆开田贵义教他的拿笔正姿，舔了墨，在后面端端正正写了个名字。

董鑫贵在一旁，称赞着曾老板写字有功底，可见文武双全，真才不露。

广诚却只在心想，我这名字不能白签，便乘势要求将香烟多进了几箱，但是心里总像不踏实。过了两天，没见出什么事，便放下心来。

数月来，武汉群众的革命热情空前高涨，连续举行盛大集会，庆祝北伐胜利和国民政府迁都武汉，连昭舫他们小学生都参加了“童子团”组织的活动。

来吃小吃的人也增多了，店里忙得不可开交。有天中午营业高潮过后，广诚见韩铸仁副官和三个气宇出众的人来店里，要了几碗面，几个葱油饼。广诚见是韩副官，连忙嘱咐每人加送一碗莲子汤。

淘气烙完了饼，就送了过来，和那几个人亲热地说着话。广诚有些不喜欢淘气找客人攀谈，没个贵贱，但也不好意思去干涉。便想，连我当老板的，都从不凑到客人一起说话呢。

这当儿，昭萍回家了。她先一眼就看到了韩副官，接着猜出另一个定是林育南，便悄悄扯着淘气问。淘气点了下头，昭萍好不激动，便不肯上楼，站在楼梯口立着看。

林育南吃完东西，站起来走到柜台边，对柜台里的广诚说道：“曾老板，你家店里的东西很好吃。认识一下，我叫林育南，是你兄弟曾广业的老朋友，也是谭襄农的老熟人。”

广诚早就听说过这个大名，这可是新政府的“大臣”啊！他紧张地站了起来，结结巴巴地说道：“林……林部长，我、我……我曾广诚肉眼凡胎……”林育南微笑着说：“别客气，听我朋友曾广业和韩副官都说过，曾老板出身贫苦，辛苦创业，为人正直、侠肝义胆。”广诚用余光扫了淘气一眼，他的这个厨师，也配政府大臣称“朋友”么？他简直想不出该说什么话。韩副官插进来说：“我们的人很早就常在他店里碰头议事。”广诚没想到，自己觉察后曾想干涉、犹豫着没有开口的事，竟被他们视为自己的功劳，觉得很不好意思。林育南点了下头，说：“像曾老板这样的业主，是反对帝国主义的。一年多前，‘六一一惨案’就发生在离你店不到百步的地方，你说我们要不要清算？”这话说到了广诚心里，他便郑重地答道：“英国人不把我们中国人当人，当然要讨还血债！”

店员和顾客已围在了他们的四周，门口也很快围了一些人。林育南便增大了声音，对着众人说：“对，同胞们，英帝国主义十分明显地仇视我们国民政府，特地从地中海调来第三舰队。三十多艘军舰停在武汉江面，将炮口对着我们汉口市区。不久前，天津英租界当局竟然逮捕了我国民党十四名党员，把他们交给北京军阀政府。结果他们被投入监狱，有的还被杀害。英国人控制的海关，拒不把‘关余’交给革命政府，却仍然交给北京反动政府。还派买办唆使和欺骗商会搞请愿，向国民政府递《请愿书》，要挟罢市，来对新政府施加压力。但是，我们不怕！过去洋人之所以敢在武汉横行霸道，是因为反动军阀向着他们，是因为我们工人没有团结起来，才被外人欺侮。所以，我们大家要团结在国民政府周围，和他们斗争。”

广诚忽然听明白了其中一句话，脑袋“轰”的一下乱开了：“曾广诚啊曾广诚，你原来懵头懵脑地、大大做错了一件事啊！那比兔子还滑头的董鑫贵，这杀千刀的，几句话就哄得我曾广诚失了大节啊！”他又想，万一哪天，林育南或师父看到《请愿书》上有自己的名字，自己脸往哪搁啊？他脸一下就红到了耳根。看见围的人越来越多，有人在喊着口号，又很多人挤向前找林育南问话。要在往时，他会觉得很风光，但此时，他觉得简直无地自容，恨不得找个地缝钻进去。

七、风云突变

北伐军占领汉口前后，汉口英租界为防御北伐军筑了工事

1927年初，武汉军民革命热情空前高涨，不断地集会、庆祝、宣传，让民众感到了自己的力量，把广诚这样的小店主也激动得热血沸腾。当元月3日下午，苗家码头发生英国水兵用刺刀驱赶群众，造成死伤的消息传开后，百年来的屈辱和愤恨，在武汉军民心中顷刻爆发。元月5日，愤怒的人们，其中有淘气、昭萍和淑兰，冲垮了英租界的街垒，涌进了英租界。

“大英米字旗”被工人纠察队从海关大楼、英国领事馆和巡捕房[①]的楼顶摘了下来，换上了中华民国的“青天白日满地红”国旗。

随着市民的潮流，静娴也生平第一次跟着广诚到了英租界外滩。广诚看着楼顶的中国旗帜时，不禁眼前再现出了“六一一”那凝满血渍的街道，感到从未有过的扬眉吐气。

经过一系列复杂的外交斗争，2月19日，英国政府被迫派代表来汉，将汉口英租界正式交还中国。

“政府撑腰，哪有不赢的？”胜利让汉口群众热血沸腾。无论哪里，都可以看到人们眉飞色舞地谈论着与英帝国的这次较量的细节，回顾着过去漫长岁月的一次次屈辱与抗争，赞扬着、神话着国民政府。

北伐总司令蒋介石到达汉口那天，汉口几乎倾城而出，摇着小旗夹道欢

①当时英国驻汉领事馆位于今天津路与洞庭街交界地，英租界巡捕房位于今南京路与洞庭街交界处。

迎。

刘半仙来“通成”吃饭，把众位顾客都喊到他面前传授道：“北伐胜利，乃是天数使然。有道是‘一正压三邪’。何谓‘一正’？你们知道蒋总司令的名讳是什么？介石！”他用手指蘸了茶水，在桌面上边写边说：“蒋公介石的‘介’上边是个正正的人字顶么？底下还有两根支柱，乃国共两党是也。你再看：北洋军阀的吴佩孚的‘佩’，张作霖的‘作’，孙传芳的‘传’字，都是一个‘邪人’字旁。看懂了吗？一正压三邪嘛！此乃天数注定，非人力所能敌也。”围听的人见半仙点破天机，恍然大悟，无不点头称是。

但历史总喜欢嘲弄天真的人们，而且通常是非常无情、甚至很残酷的。

三月初的一天，天色越来越暗。忽然间，一声震天动地的惊雷仿佛从头顶猛然炸下，家家感到连房屋都震动了。紧接着强烈的电光一次又一次地在窗外闪亮、炸响，大雨跟着倾落下来，宏大而闷重的炸雷又再次盖过雨声。人们慌忙关上窗子。1927年，警示大地的春雷就是这样降临武汉的。

惊蛰后两天，便到了三八妇女节。下午，汉口传开了一条令人恶心的新闻：街上有一群赤身裸体的妓女，手举彩旗冲入游行队伍“要求参加革命”。接着满城都在添油加醋地谣传，说五一节政府要组织“千人裸体大游行”，国民政府要实行共产共妻。这些传言叫市民们困惑得窒息，也在全国激起了轩然大波。

流氓们的确秘密成立了一个机关，准备欺骗组织一群妓女在“五一”举行裸体大游行。但这很快被公安局侦破。韩铸仁带人抓获了其中的三个女性小头目和几个流氓，交给工人纠察队。他们被五花大绑，

北伐军占领汉口前后，汉口英租界的英国军人

戴上纸糊的高帽，用敞篷马车拉着游街示众。广诚认出了其中那个不知悔改的恶棍——孙狗子。

然而这丑恶的事件已在武汉人心上蒙上了很沉重的阴影。

从三月开始，田贵义的不祥预言便一一兑现。战争状态下的武汉，开始呈现越来越重的市场供应危机。煤油、食盐脱销，不法商人乘机囤积居奇。每天都有工厂在停产关闭，失业工人越来越多，粮价、物价成倍上涨，有钱买不到东西。武汉经济在走向崩溃，街上不少店铺关门。只有旅馆、茶馆、澡堂子、理发店还维持着营业。

广诚的生意也眼看要进入危机。除了“喜文客栈”接客照常、香烟还有点货源外，他为饮食店所囤积的东西看来不能应付多久了。粮店的孙老板帮过他一次，但表示这是看老面子，再平价卖粮给他会得罪同行。这让他十分焦急，不知下一步该怎么办。

他又向田贵义讨教。田贵义抽着旱烟，辛亥年蜜饯作坊的命运是他心中永存的伤痕。他沉思许久才说：“我看这次难说，你得找谭将军和童大爷讨教一下才是。”

谭襄农受命在汉川、沔阳一带，一时无法见到。广诚便借拜见童璠母亲的机会，和静娴一起去了童家。

童老爷和大太太均已过世，童家现在是童璠的生母主事。童二太太见到广诚，很高兴广诚来看她。童璠也刚好在家，过来与广诚夫妻坐着喝茶，笑道：“去年、前年兄长来看望家母，我都正巧不在家，你是太客气了。近日生意怎样？”

广诚叹了口气，“每回革命，生意都难做啊！童大爷有什么高招可以指教广诚一下的？”童璠笑了：“兄弟哪有什么能谈得上指教的！”广诚摇头说：“童大爷是善于运筹帷幄的人，商场哪个不晓得。”童璠笑着说：“我也就是靠家父原来的底子，顺应时局罢了。”广诚点了下头，叹道：“就是‘顺应时局’四个字，听起来容易，可哪里是每个人都有本事去‘顺’呢？童大爷能不能就这四个字，教广诚一手？”童璠收敛了笑容，正色道：“哥哥老是对我这么客气，倒不像把我当兄弟了。你可知日前局势的险恶么？上海前几日已开始‘清党’，时局随时可能恶变，你有所闻么？”

广诚大惊："我们这些草民哪里听说这些，什么'清党'？"童瑨说："我也是听说的。上海已经死了几百人，还在到处抓人。广州也动了刀枪了。"广诚听到此，已方寸大乱，急问："是军阀反攻了么？"

童瑨喝了一口茶，慢条斯理地说："军阀已经伤了元气，哪里还掀得起这大的浪？这是蒋总司令的人在清党。你想，国、共两党，一山岂容二虎？"他开始有些激愤，"这共产党也太不像话，北伐军的军官出生入死，他们自己的家乡父老却被农民协会拉出来游街、斗争，财产分光，连他们寄回去的军饷都被没收分了。士绅们个个斯文扫地。听说没有？就连共产党自己的领袖李立三的父亲，也被他家乡醴陵的农民协会斗争处死了。嗨，这革命究竟在革谁呀？再说汉口我们看得到的吧！工人是做工的，又没学过军事，一天到晚不做工，去武装巡逻，找老板们的茬子。这里头暴民、流氓多的是，不解除武装行么？"

见他越说越激动，广诚不解地问："可前些时，收回英租界、抓流氓，不都是工人纠察队打先锋么？"童瑨站起来说道："此一时也彼一时也，其实他们还不是靠政府支持。外国人一跑，工厂都关了，失业的越来越多，哪个吃亏了？由着他们再闹下去，工厂、商店都关完了，还吃饭不？"

广诚认为童瑨说的与自己想知道的不是一回事，没有听出多少名堂。童老太插进来说："童瑨，广诚问你做生意的事，你讲政府的事做什么？你那么多朋友路子，你哥哥不帮，你帮谁？"

童瑨慌忙欠身说："娘说的是。但这时局，我确实也看不清。不过我想，哥哥行事必须三思。首义那年，我还不是差点烧光了，以后才寻机东山再起。可这次、这个政府，我真是拿不准了。前不久，省财政厅长詹大悲[①]对我说：'你是民国有功之臣啊，到国民政府来任个职吧！'我推说家事忙，支吾过去了。我还要看看，这可不是闹着玩的！两个月前蒋总司令来汉口，和那个苏俄人鲍罗廷，在南洋大楼的招待会上，两个当众就言语相讥。苏俄是向着共产党的，你说这还好得长么？我们不多个心眼行么？"

广诚道："我倒听说，汪主席和共产党很合得来的，都说汪主席是孙中山的人。"

---

①辛亥革命元老，革命烈士。

童瑨又不住地摇头："是谁的人？我还要看一看，我还要看一看。我们做生意的，管不了大局，保住自己才是要紧的。我的码头仓库已经停了一大半，要不是我镇着，还不是要学那些厂，动不动上街去闹。我打算像辛亥年那样，把人都放假，免得没事闹事。要紧的人，多发一月饷。一般的发半个月，等我这里活了，再请他们回来复工。我比别的东家讲义气吧？"

广诚见连童瑨都要走这一步，再没话说。

童瑨见广诚情绪低沉，便说："说点别的吧：我托本帮在汉中的兄弟运来两船大米，明晚就要到汉。这笔生意可是做得好难，差点死了人！价比平日差不多翻了倍，却还是比市面便宜得多。我会叫人给哥哥送去两袋度荒。今后有兄弟吃的，就有哥哥的。"广诚不禁大为感动，连忙再三道谢。

五月中旬以后，一切如童瑨所言，形势加剧恶化。宁汉开始了武装对峙，蒋介石封锁了长江下游航道，冯玉祥截断京汉铁路，李济深封锁粤汉交通，杨森也阻断长江上游航道。国民政府依仗的广州中央银行，也公开宣布不再支持武汉；加上列强们对武汉实行禁运，并停止放款、套走资金，武汉的钱庄纷纷倒闭，市场资金枯竭。武汉经济开始全面瘫痪，大部分商店都停止了营业，工厂有百分之七十停工。

广诚也再撑不下去，再无力响应国民政府开市的呼吁，和田贵义商量后，也只好采取了童瑨的办法，关了店门，将工人多发一月工资，放了假。连淘气、广瑞都回了乡。

广诚本想留下田贵义，如自家长辈一样供养。田贵义却推说想回乡下休息些时。广诚便又硬塞给他五十元[①]大洋，将他一直送到汉阳五里上船才分手。

淘气回乡才几天，就又返回了汉口一次，是曾纪奎让他给广诚挑来一担大米和菜蔬。曾纪奎如今已有十来亩田地，丰衣足食。带来话说，如不太平，就回乡去。广诚摇头说，儿女还在等学校开学，自己也还要看看。他心里想的是，若回了乡，这"通成"怕就再难得恢复了。他又让淘气带话，说自家生活还可维持，叫父母不必担心。

淘气走后两天，谭襄农来看广诚，提来一小布袋粗盐。

①按当时正常时期物价，一家三口，五元钱可在城里过一个月，但1928年物价涨了一倍到几倍不等。

广诚不知说什么好，尤其当他听到说师父刚带了一队临时组合的工农义军，配合叶挺将军平定了夏斗寅的叛乱，更是感动得眼睛发热。师父从生死线上下来，竟然还惦记着城里缺盐这种小事，还亲自给他送了来，这份情意，哪是语言能表达的！

谭襄农看“通成”关着门，只开了一个小窗口卖着香烟，店员都走光了，叹了口气说：“广诚，你大概知道，现在的形势很严峻。国民政府内吵闹不休，如果出现分裂，像上海一样，就会有千万人流血牺牲。这次革命又要付之东流了。”广诚问：“叛军不是已经被你们平定了么？”谭襄农摇头说：“哪会有那么简单！广诚，你是不是觉得这革命不是你想的那么好？”

广诚低着头，用不大的声音说：“这革命‘革’得生意都不能做，盐都买不到，什么时候是个头啊？”

谭襄农拍了下广诚，耐心地说：“对，革命不是容易的事，革命本是为了生意更好做，人人都有饭吃、有地种的。但是反动派不愿意，要我们吃苦，要我们做不好生意，这就会有战争，还会有更多的人因此流血牺牲。师父从二十岁起，就只想让中国人不受洋人的欺负。我的朋友们牺牲了无数，比起他们，广诚，你要懂得，我们真不算什么。”

广诚脸上露出了惭愧之色。昭萍问：“谭将军，武汉斗得过南京吗？”谭襄农说：“眼下形势的确严峻，关键要看国民政府内部能不能团结起来、渡过难关。现二次北伐战事顺利，冯玉祥那边到底是跟武汉、还是跟南京合伙，很重要。我看，武汉的革命派还是得到人民拥护的，就连帝国主义国家国内都出现了‘不许干涉中国’的示威运动，所以革命总会向前的。但是如果目前形势发展不好，就只有学中山先生那样，前赴后继，从头再来。”

谭襄农语重心长地说：“我以前以为，革命可以依靠帮会，但是我错了。后来我参加了国民党。现在看来，国民党内忠于三民主义的好同志不少，像孙夫人、邓演达、我的朋友公安局长吴实崇[①]都是。但国民党也太杂，与旧的官绅瓜葛太多，新军阀更是飞扬跋扈。反观我们的共产党同志，倒让我十分佩服。”

昭萍脱口问道：“是林育南他们么？”广诚吃惊地看了昭萍一眼。谭襄

①吴德峰同志其实是共产党员。谭襄农可能不知道。

农说："是吧。不过我对他们的农民协会也不太认同，现在工人农民变得越来越激进，我真心希望他们不要搞那么多阶级斗争。其实，有些闹得凶的人哪里懂国民党共产党，纯粹是以杀人放火抢东西为业。昭萍，你以后可不要再对人提起谁是共产党，会给他们带来危险。"昭萍十分懊悔，脸都红了，尽管当时林育南的共产党身份是公开的。谭襄农又说："你还小，不懂这个社会有多复杂凶险。上海见共产党就杀，完全不顾他们为革命出生入死的贡献，我谭襄农决不会听从那样的命令！"

他看了广诚一眼，说："你的孩子都小，好好让他们读书，我希望他们一代可以有一个富强的国家，过上好日子。昭萍，你不幸遇到这个时代，可能还要经历时代的磨难，遇事一定要冷静。一个人的力量总是很小的，不要作无谓的牺牲。你的头发再长长就不要剪短了，上海那边就是把短头发的女人都当共产党抓。其实革命不革命要看行动，不是看头发。我说的是不是？昭萍，好好读书，将来的中国就指望你们这一代。"昭萍十分感动，说："我记住您的话了，谭将军。"

谭襄农的担忧不幸成为事实：自5月份起，汪精卫开始急剧右转。5月8日，他下令禁止工人集会与游行；14日，下令禁止工人纠察队行使职权；19日，下令对劳资纠纷实行强迫仲裁；23日，下令保护绅耆。这一系列措施，都加剧了国共双方的斗争。6月1日，武汉政府驱逐苏联顾问鲍罗廷；6月28日，派李品仙军队占领湖北工会，工人纠察队被强迫解散。

以酷热著名的武汉夏天，比往年更加炎热。黄梅季节的湿闷，延长到阳历七月。每当雨后，空气中充满水汽，不要说人的衣服一天到晚浸在汗中，屋内外地坪上、甚至二楼的墙壁都是潮湿的，叫人难耐。尤其是到了晚上，便没了一丝凉风。广诚没有生意做，一家都在平台上纳凉。

尽管时局十分紧张，忧心忡忡的居民们仍被热得将其置之不顾，依然在街边巷里摆满竹床，也有不少人跑到昔日租界的江滩过夜。但无论是谁，都在特别注意着形势的发展。

到7月14日，共产党中央声明撤回参加国民政府的党员，宋庆龄宣布脱离武汉国民政府，国民党左派领袖邓演达被迫化装成电工，逃出武汉。次日，汪精卫提出"统一本党政策案"，"和平分共"，公开叛变了革命。共产党人纷纷转入地下。南昌起义消息传来武汉后，武汉各部队和机关、军校开始大肆逮捕和处死共产党人。至此，第一次国共合作彻底破裂。

八、性命之托

1927 年剩下的那些日子是阴暗和恐怖的。

宁汉战争爆发后，桂系军阀于 11 月占领武汉，汉口来了胡宗铎和陶钧两位史无前例的屠夫，以杀为治，宁错无松，连二十岁以上的学生都可不经审问就地枪决。空中不时掠过刺耳的枪声，呼吸中也时常嗅到血腥和腐尸的气味。被抓的“共党”很多都从中山路、大智路游街，经广诚家门口，送去仅半里多远的余记里空坪处决。广诚一家两年前还在那边住过，此时已成了一个杀人场，天天有人杀，动辄一天杀几次。

1927 年大抓捕

这年冬天也显得格外严寒而漫长。

广诚的店不再开门，只开个小窗卖点香烟。他想，只怕卖完最后点存货，连烟都卖不成了

他本指望“喜文客栈”年终分点红，这是他占股而又唯一没有关门的生意。一年来，在武汉店铺的关门倒闭声中，旅店却是一直来客盈门的。各地向往革命的人不顾武汉经济上的困难，纷纷聚集到这国民政府的所在地。而为逃避农会斗争的湖南的财主们，也“二等的跑到汉口”。武汉一度几乎所有旅店都被住满。“喜文客栈”能搭铺的地方，都架了两层铺和通铺。

不过，照最近的形势看来，这最后的指望也快不行了。满街抓人开始后，人们又争先恐后地逃离武汉，客人一天天减少。

冬至过后，客栈又连遭了几次搜查。警方声称得到了可靠情报，“喜文客栈”中隐藏有共党李书城和孔庚①。店里每个房间，连后门外小小的马厩、马车场都被搜了个透。客人也被一一查问。有个军官揪住了戴承喜的衣领，

①二人都不是共产党，是不赞成倒行逆施的国民党元老。李书城先生事迹本书将有所涉及，系共产党创始人之一李汉俊烈士的哥哥，中共“一大”在他家召开。

威胁要抓走他。戴老板吓得要下跪，破了一笔财，才得以脱身。却因此吓出了病，将客栈交由赵丙文管，独自跑回黄陂老家去了。自此客栈的房间空了十之七八。

赵丙文硬着头皮留下来守店。他是个遭遇过两次横祸的人，胆子已变得格外地小。因怕殃及子女，对老伴死劝活劝费尽口舌后，总算让她将一家老小带回了黄陂老家。回乡时与戴承喜商定，待送走最后几个客人，就摘牌子关门。

在白色恐怖下，国民党当局对共产党人采取“宁肯错杀一千，也不放过一个”的反动政策

广诚没多少事，便也去“喜文客栈”顶换丙文轮流守店。

这天他不守夜。刚吃过晚饭，天却已暗了下来。户外北风夸张地呼啸着，飞快地扫过汉口的大街小巷。不一会，天空飘起了大片的雪花。广诚检查了门窗后，就打算上楼。

忽然间听到敲门声，广诚听敲门声不恶，就把门打开。一个用围巾包住嘴脸的人迅速进入。广诚看清了，吃了一惊，来的竟是韩副官。

广诚才要低声喊出“韩……”，韩铸仁连忙做了个手势叫他不要说话，广诚会意，把他带到后面厨房，问：“你怎么还没走？汉口太……”韩铸仁打断道：“走了，又回了，几句话说不清。曾老板，我遇到难事，想起了你是我们信得过的人，来找你帮忙。”广诚想都没想就说：“你说看，只要我做得到。”

韩铸仁道：“我们有些同志必须送出武汉，其中就有你的师父谭襄农。你记下这个地址，明天去找他，注意不要太打眼，小心让人跟踪。”广诚紧张地问：“那……去了，再怎么回你话呢？”韩铸仁道：“你就听你师父安排，不找我了。注意敲门是四下、停一停再四下，三次！里面问是谁，你说，‘不是你们带信要定饭吗？通成已经关门了。’里面说，‘麻烦你帮我们做一天吧，就一天！’听不到后面这句话你不要进门去。记好了，千万大意不得。”

这事来得太突然。广诚只觉得答应下来义无反顾。但当韩铸仁的身影消失在黑暗中后，他却害怕起来，一下又想起了那年给王兴汉送信的险遇。韩副官无疑是共产党的人，在汉口不敢露面。他和自己不熟却找来，一定是走投无路了。师父在汉口没有亲人，自己当然该管。但眼下多危险啦！早知要卷进这些事情，就该先把静娴和孩子们送回乡下，现在想起也晚了！万一自己被抓……不是宁肯错杀一千么？静娴和子女们又怎么办？他心里还在七上八下，却听静娴在楼上问是谁来了，连忙回说是熟人买烟，自己要去客栈陪丙文，就赶紧出了门。

李汉俊烈士与李书城等家人在上海的合影（后排从右至左为薛文淑、李书城、李汉俊、李声华，前排坐者为李母王氏）

那是个法租界的地址，广诚没有费多大劲就找了去，暗号很快对上，广诚听出对方口音不像汉口人。门开了，竟是一个三十多岁的外国人，把他迎了进去。广诚有些奇怪，怎么师父住在洋人家里？

詹大悲烈士

屋内到处亮着电灯，广诚跟洋人上了二楼，三拐两拐进了一间房，发现师父躺在床上，面色憔悴。

“师父，你怎么了？”广诚压住声音惊叫了一声，奔向床边。

“不要紧，都过去了。”谭襄农看到他来了很高兴，微笑着。但看上去相当虚弱。

谭襄农在国民党中资格老、熟人多，与詹大悲、李汉俊等交往甚密。出于正义，他多次为有共党嫌疑的朋友作保，前后营救了几十个人。今年广州暴动被镇压后，不少共产党人被捕，当局查出其中竟有好多都是谭襄农等人保出去的。两湖清乡督办胡宗铎闻后大怒，下令立即抓捕并处决。

12 月 17 日，詹大悲、李汉俊被捕并即遭杀害。谭襄农也在抓捕名单中。当天他正好回住处晚了些，发现军警来抓他，便果断地击倒了几个，仗着功夫好，路又熟，侥幸跑脱了，却不料左臂受了枪伤，骨头被打断。

谭襄农跑到铁路外的一个野棚中，一直躲到次日傍晚，臂伤却感染了，人也开始发烧。他知道耽搁不得，试着摸到了铁路上一个熟人家里，通过他带信通知了法租界的卢卡斯神父，这是他多年前的好友。又是一天后，才终于被卢卡斯设法将他化装带进了租界，安置在他朋友艾伦先生家中，又找来了医生。但是因为耽搁太久，不得已截去了左臂。

谭襄农脱离了危险。但当局已将他直接列入了“共党分子”的黑名单，发出了通缉，且已通知了法租界、日租界的巡捕房，要求协助抓捕和引渡。

广诚听师父讲完这些后，已经呆若木鸡。他懂得师父必须尽快离开汉口，但不知道怎么才能离开，而且又担心师父的身体吃不消。韩副官很显然就是希望他来办这些事，但他不知该怎么办。

谭襄农却好像知道他在想什么，说：“不要怕，我哪是共产党？韩副官冒了好大危险来看过我，和我商量过一件事，我想了半天，这件事只能托你，这关系好几个朋友的性命，很危险。但是现在实在找不到信得过的人能办这事了，只能找你。你同意吗？”

广诚看见师父伤成这样，关心的却原来是别人，心里十分感动，一时血气上来，将自身安危放到了一边。他说：“师父对广诚恩重如山，广诚义不容辞。”

谭襄农听了他的话不禁笑了一下，说：“你怎么这样说？广诚，我们做的事都不是报个人的恩怨。你想想詹大悲先生，他救了那么多人，这其中有些不要说交情，就连名字他都没听说过，为什么要去救？他是湖北省政府的委员、财政厅厅长。这么大的官，为什么要去管这些闲事，连自己的性命都搭上了？还有那么多死去的人，为了什么？这是为了一个事业，为了我们国家千千万万的人，包括像你、像你的家人这样的黎民百姓，能够不受帝国主义、军阀的欺负，过上好日子。师父相信你，要你去帮忙救的，就是一些这样的人。”

广诚聆听师父的教诲，有些惭愧，说：“广诚懂了，我这点功夫也是师父教的，该用出去了。”

谭襄农又笑了笑，说：“我不是要你去打去杀。是这样，我们有几个朋友，他们留在武汉已经很危险，韩副官原想借他在铁路的老关系，让他们坐火车逃出去，但铁路上检查太严，连货车都不放过，而且站站查。看来走铁路实在不行，所以打算改走水路。卢卡斯神父已同意帮他们，拜托了他一个在“太古”公司当船长的朋友，带他们走是没有问题了。但是人有点多，上船还有麻烦，不能直接去码头，查得很紧的。得找条船，头天晚上从江里送上去。”

广诚听懂了：“你是说，要我找条船，送他们？”

谭襄农说：“船已经有人去找了。找你，是因为他们有人就藏在‘喜文客栈’，汉口的码头、仓库又多又乱，得有人通知他们，把他们带去上小船的地方。找船的人是你的老朋友。”

“谁？那些人我怎么找？”

“王兴汉。那些人当中，有一男一女扮的夫妻，住在你们客栈楼上最里面一间。你就找他说，韩老板买茶叶是不是找你们帮的忙？他们回答说，我们本钱蚀光了，没帮他买，这回对不起了。那男的姓向。其他的人你就不管了。这事不能让别人知道。办不办得到？你要有难处，尽管跟师父说。”

“一定办到。师父，那……你怎么办？我……”广诚最焦急的还是师父的安危。

“我还走不了，医生还要我在这里治几天。你不要再耽搁了，马上去王兴汉家，看他的事办得怎样。你得快点，晚了租界口子要戒严。”

广诚心里不知是什么滋味，赶紧告别向王兴汉家赶去。

两兄弟见了面，很快就商量好了细节。兴汉找船不是问题，但他拿到船后必须守候在那边。因此，须广诚找向先生接头，明天傍晚把他们带到童家在熊家巷的江边库房，后面上船的事就由王兴汉办了。两人说好，这事什么人都不让知道。

九、雪天度志士

雪越下越大了。广诚从兴汉那里拿了一瓶酒，一包花生，大步出了租界，来到“喜文客栈”。

丙文见他来，问：“你怎么今天来了？”广诚笑道：“我看雪下大了好冷，和你喝两口。”

丙文说：“太好了，我也不想睡。”说完去拴上了大门，和广诚进了账房内，又拿出两个碗盛酒。

广诚边倒酒便笑道：“这酒绵甜甜的，好爽，喝过吧？你也晓得，兴汉儿子从康成学到本领自己出来开酒坊了。”丙文笑道：“他酒坊也叫‘通成’，别说，他的酒还真有点劲呢！”

广诚心装着事，他想是不是得让丙文知道，不然怎么上楼接头？这么割颈换头的朋友都瞒，不要得罪么？但师父嘱咐过不让别人知道，兴汉也这么说，今天又不是自己守夜，找什么由头上楼呢？他只好先不言不语地和丙文喝酒、吃花生。

喝了两口后，丙文说：“广诚，我早想和你商量。‘喜文客栈’得赶快停业。三天两头的警察来搜共产党，谁还敢收客？我们哪敢问来的客是哪个党的呢？那些军警抓起人来比大清朝那时都容易！天晓得，被他们抓的那些到底是真共产党，还是冤枉的。别个我不敢说，我们老戴，那天差点就成了‘同情共党分子’，被一吓，店都不敢守了。”广诚听到说起戴老板，啼笑皆非，说：“单另说个人吧！党不党的，老戴懂得个屁！这明明是诈他的钱。”丙文说：“那天我们商量好的，只出不进。我把大门都关了，结果总还是有人推门进来，接也不好，不接也不好。”广诚苦笑着说：“我也这么想，明天就把招牌摘了吧。我那边‘通成’撑不下去关门时，就算到‘喜文’也迟早会有这天。这年头，先留着脑壳，才有吃饭的家什。”丙文自慰地说：“这房子是我们的，放着也不会烂。等过几个月太平了，我们再开。”

广诚动着心计，说：“想开点，你我历的劫难又不是一回两回了，哪还用多说？等天晴了，我们把该洗的洗了，晒了叠好。把账清一清，你我撤开手清闲些时。现在还住着二十来号人吧？”丙文放下酒碗，停了停，说：“有几个是常住的、跑铁路的人，明天走。别的……都打过招呼了，他不走也不能撵吧？有一对还像是夫妻。”广诚一听机会来了，马上说：“是姓向吧？今早还说帮我买茶叶呢！你等等，我去去就来。”

他不等丙文反应过来，就出去几步上了楼。楼上走廊没有人，房间都是薄板隔的，隔不了音，幸好向先生隔壁已经没有人住。他便敲开了向先生的门，对上了暗语。

向先生把他迎进屋，热情地握着他的手。广诚感觉好像见过这人，对了，和林育南一起来店吃过东西的，说不定也是淘气的熟人。他立即很想念回乡的淘气。但他知道现在不能说这些，便一口气把和王兴汉商量好的事说了一遍。

向先生想得很周到，由他负责通知他们的人，明天傍晚六点自己分别到四官殿的‘四海茶馆’集中，过时不候。广诚到时只在茶馆门口露一露面，然后自己就向童家库房去，他们就悄悄跟着过去。

广诚接好头回到楼下，对丙文说姓向的没有买来茶叶，不好意思客气了半天。丙文没有生疑。广诚忽然想到这事差了，明天不是自己守夜么？他只好装着不好意思地请丙文代他守一晚。丙文有点不高兴地说：“这点事算什么，亏你还拿了酒来说。”广诚连忙解释说是两码事，总算没有让他起什么疑心。

次日，大片的雪花一直飘到午后。广诚紧张地捱过一天，看到时候差不多了，便踏着新雪往熊家巷走去。他知道事情重大，关系多条性命，万一茶馆里藏有包打听和想报功请赏的奸徒，猜到我在接人，一下抓个正着……会不会真给自己带来杀身之祸。想到这里，他不由又想起静娴和那一群子女。男子汉是不应怕死的，但要是自己有个长短，静娴他们怎么活呢？他忽然问自己，如果不是师父所托，自己会为了这些不认识的共产党去冒这么大的险么？

天已蒙蒙发黑，他插小路弯到了四官殿，一路很注意身后，确信没有人跟着自己，便走到“四海茶馆”门外，眼睛向里边扫了一圈。

这是个低档的茶馆，里面坐着很多扁担苦力，还有几个掮客。广诚一眼

1927年汉口街景

就看到向先生和他的“妻子”，还有那几个住店的唱善书的人也在里面。向先生和他对了个眼神。

他没有踏进门。一个掮客模样的人却马上迎了上来，问道：“老板是要找仓库放货、还是要扁担扛活？”广诚猛然意识到，自己这身穿着不是进这种茶馆喝茶的人，便装作不耐烦地叫他走开，扭过头就走。

王兴汉一直守在童瑎的仓库里，为这些人预备好了化装的衣服家什，一刻都不放松地注视码头上的变化，随时看深浅应变。总算等到广诚来到了库房，随后，一干人踏着他脚印陆续到来。

上天保佑了他们。因为安排得周到，这帮身处险境的人都顺利离开了汉口。广诚也安全回了家。

十、寒夜遇灾星

大雪又下了一夜后，终于停了，在又被严寒封冻了两天后，积雪开始融化。广诚踏上雨屐，踩着融雪去店里守夜。水滴滴答答地从每家屋檐滴下，在街道两边形成一道稀疏的水帘。等到半夜，这些水帘将冻结成为冰帘，被踩塌的融雪又将结成乌亮的凝冰。

店里只剩下两个打算明日离开的人，总算要歇业了。广诚觉得太冷，他在丙文留下的余火上加了几块板炭，将账房门留出一条缝透气，仰坐在靠椅上，回忆着那天的每一个细节，总在感觉后怕。

他感到疲惫，模模糊糊地瞌睡了一阵。大约刚过了戒严的时间，忽听到有人敲门。他去将大门开了条缝，谁知一下钻进来男男女女六七个人。先进来的那个一进门就做了个“三点头”手势，又递了两句切口。广诚便知道是群帮会中人。

那男人搓着手大声说：“狗日的好冷啊，冻得老子清鼻涕流！喂，开几个好房间！”

广诚为难地答道：“列位，小店明日就停业了，好多东西都捆了、包了，连一个茶房都没有，怕招待不好啊！”那人不耐烦地大声说道：“你长眼睛没有？连‘金花四姐’都不认识！”

广诚看见，果然内中有个穿金戴银的三十多岁女人。听那女人发话了：“唐七，莫吓到别个！掌柜的，我们是法租界那边的，有事回晚了一步。前面戒了几道严，我们不想去找麻烦，打算就在你这里住一夜。钱不会少你的。哦，外面还有个车夫。”广诚知道惹不起，连忙再三赔不是，将他们引到楼上安排住下，带车夫到后面放车，将被絮床单一一送去，又赶紧跑去烧水。

一个有些年纪的女人，大概是女佣，下来催广诚泡点茶送上去。

广诚等水烧开，拿自己喝的茶叶泡了，送上楼，递给那女佣。才要离开，里头又叫他进去。广诚只好进去垂手站在门边。见“金花四姐”已脱了鞋，正盘腿坐在床上，吹着茶。

这位“四姐”名叫尹凤君，在帮会中属“万”字辈。说到“四姐”，因洪门初创时，众兄弟中老四、老七投降了清廷，出卖了众兄弟，自此后世帮会中再不要四哥七弟，老四、老七被改设成女性。

尹凤君本人是汉口沙家巷[①]的"青倌"出身，被法租界赫赫有名的唐老爷到歆生路"银都乐厅""选秀"时，相中而从良。谁知一年后，唐老爷到武昌长春观进香，回汉口时竟遇大风，江心翻了船，一家五口连同几个随从全部丧命。由她这个留家幸存的三姨太继承了全部家业，包括在德、法租界及周边街巷的好几家妓院、烟馆和赌场。十多年来，尹凤君竟在江湖上站稳了脚跟，梳理了门户，产业也经营得颇为兴旺。

尹凤君喝了口茶，称赞道："这茶好香！我原先想赶在戒严前赶回去，赶得累断了胯子[②]，结果还是晚了一脚。你叫什么名字？"广诚答了，尹凤君看广诚的穿着不像茶房，便问："这店是你开的，还是别人哪个开的？"广诚一老一实答道："是几个人打伙开的。"尹凤君说："倒还干净，就是装潢差点。怎么听你说要停业？"广诚说："回太太：没有生意，撑不下去了。"尹凤君点着头，说："你们这地方好啊，离火车站又近，又不像租界里那么开销大。我帮你们投些钱，还开下去接客，怎么样？"广诚顿时大吃了一惊，定了神答道："太太这样看重，这是天大的喜事。只是我是个小股东，老板因为害病，回老家去了，这事我做不了主，请太太见谅。"尹凤君笑了："好，好，我先问问，你告诉你老板再说吧！"

次日，丙文来店，与最后几个房客结完账，打算与广诚清点东西。听广诚将此事讲述了一遍后，丙文也吓了一跳。这"金花四姐"在汉口名声可不太好，但听说势力不小，只怕惹不起她。他想了一下，说："我们先关上门躲着，不过我还是怕她缠着搅，你看……能不能叫童大爷帮个忙？"广诚想了下，觉得也许这是个办法。

广诚连找了三个地方，才找到童瑨。童瑨见他有急事的样子，斥退了左右。听他讲完后，问："那天就你一个在么？"广诚说是。童瑨皱着眉，说："这是个有势力的狠人。你要不想让她入股，麻烦就多了，不要说你以后再

①本句中的几个地名，皆为汉口妓院集中地，汉口妓院大概分为三等，比较高级的妓院多集中在法租界周围，沙家巷档次较低。"银都"是二等。通常"青倌"指在妓院里卖艺的，"红倌"则指在妓院里卖艺卖身的。本文"青倌"系指十几岁沦落妓院的含苞少女，"选秀"指老牌妓院来此选新买来的女孩。

②汉口方言：腿。

开张生意做不安稳，就是你不想再开张了，日子也难得太平。”广诚说：“可不，我和丙文都晓得，这人得罪不起。”童瑨诡秘地一笑道：“你要依了她，你就要让她做她要做的那些生意哦！”

广诚急的就是这，伤风败俗，辱没祖宗。连忙说道：“童大爷能不能想出办法调解？”童瑨说：“她那里收了一个我赶出去的人，就是你当年好心救的那个孙狗子，已经坏了规矩。收的时候她不知道，就算了。后来还装着没事，明摆着不把我放在眼里，哪会理睬我的调解？她搞的那些行当，我一样也瞧不起。不错，我有时也从云南进点烟土，但只是为了用来打点门路，从不把那些当个生意做。”广诚说：“她靠的就是烟馆、妓院、赌场。我们哪能和她走到一路呢？”童瑨看广诚急的那样子，想了一下，说：“不如这样，你就让赵丙文说他的股是挂名，其实本钱是‘少华山’的‘当家’童瑨的，看她敢怎样！”广诚转忧为喜，连忙谢了。童瑨又说：“你让赵丙文放心，我童瑨讲的是江湖义气，不会吞他的股。你信兄弟我吗？”广诚慌忙答道：“童大爷见外了，江湖上谁不晓得你重义气、讲交情，说什么信不信呢？”

不过事后几天，当“喜文客栈”已经收拾停当，锁上了大门、摘下了招牌后，“金花四姐”那边也并没见有什么动静。丙文和广诚哪里懂得汉口黑社会的深浅，竟以为事情已过，都将提着的心放下了。

二十年代末从龟山俯瞰汉阳

十一、护送谭襄农

夜间戒严令宣布撤销后，每日清晨，广诚和兴汉、昭萍又到江滩练拳了。雪后的几天，天气更加寒冷，冷风像针一样扎向人的耳朵，地上凝冰看上像是乌黑的玻璃，要极小心地行走，一不小心就会滑一跤。

江面竟也浮着连片的薄冰，这在汉口极为罕见。一大片渔船沿江岸静静地停泊着。江滩上乱七八糟搭盖的些芦席棚棚顶上，积雪还没彻底化完。棚子被雪压变了形，仿佛就要坍塌了的样子。去年夏天，这些棚曾被大水淹过，水一退，仍然又住进了些在码头扛活的苦力。

王兴汉见广诚来，放了心，否则他就要找上门去了。他叫昭萍先去一边练习棍术。兴汉没有女儿，把昭萍看得像自己女儿一样，见她的武术基本底子差不多时，担心女孩终是力量小些，所以又特别注意让她学些刀棍和暗器，还教她赤手生死搏斗的绝招。昭萍则非常听他的话，一个人摆开架势"呼"、"呼"地练开了。

他呵着手走到广诚身边，小声说："你师父的身体已经复原。汉口市政府的范鸿举处长，原先受过谭将军和童家的好处。他带信童瑨，说谭将军被列入了重点通缉名单，要我们帮他尽快离开汉口。好在童家有一船棉花要运上海，是'太古'的'武昌'号船，船上有我们的人。只是跑马场正准备恢复开业，我这几天走开不得。"广诚道："大哥，这正是兄弟分内的事啊！童大爷这么讲义气，我真不知道该怎么谢他。"兴汉道："这些不谈了。只是谭将军不能在汉口上船的。我打算今天天一黑，还是先把他接到童家在熊家巷的码头。你在童家的仓库等他，和他都扮成商人。连夜就坐童家的一条运货帆船，先到石灰窑①'瑞琪客店'住下。等那个和我们在一起练过武的、你认识的周老大来接他。周老大就是押货的。那时你再自己回汉口。江上冷，要多穿点衣服。"

"你是共产党的人？工会的？"广诚忍不住突然发问。

"我哪里会是。"兴汉笑道，"不过是为朋友做事罢了。"

广诚没有再问，他想兴汉的确不像，共产党一天到晚都在革命，哪是他

①即今黄石市。

这个样子？他佩服少问世事的兴汉，每逢生死关头便判若两人。又很感激那个姓范的官，更赞赏童瑨关键时能义字当先。师父和他的洋人朋友都愿意帮共产党，他为了救共产党而伤残，陷入危险，却又有这么多人来帮师父，这都是要担杀头风险的啊！他们都不是共产党，为什么都舍了命帮共产党呢？共产党就那么好？他不由心里受到很大震动。

他回去后，对静娴说要出趟门。静娴看来猜到一些，脸上马上布满了惶恐，眼睛都红了。广诚心中十分不忍，再次想到了万一自己不测，静娴和子女们怎么办？但他懂得，比起那些参与救助的人，师父和自己才是最亲，做这点事是义无反顾的。他把心一横，二话不说就出了门。

刑场

在那两天旅途中，他和谭襄农在帆船舱内，不由回忆起当初离开家乡坐船来汉口的情景。谭襄农难得和广诚有这么多时间在一起，便给他讲了很多"国"和"家"的大义，讲了这些年出生入死的经历，讲了为什么那么多人不顾自己性命、为什么他不是共产党要舍命帮共产党的道理。广诚好像听懂了些，又很多听不懂，但晓得了师父此生想要做的事，现在是由共产党在做。

这是惊天伟业啊！师父舍命拼了一辈子落得这样，共产党能办得成吗？

谭襄农这次将流亡海外，可能也受了某种安排，去马来亚经营他一个无后的叔叔名义下的一份产业，不知何时才能回来。他抓住广诚的手，动情地说："广诚，你又救了我一次。"

广诚再也控制不住，呜呜哭了起来，他也说不清是为了师父、为了又将是无期的分别、还是为师父没有办成的大事。

他与谭襄农告别回汉口后，静娴的心才放下来。

果然，当局已贴出了布告，宣布将梁钟汉、谭襄农等几十人开除国民党籍，并指为共党嫌疑人，在全国公开通缉。

十二、韩铸仁被捕

叫人啼笑皆非的是，汉口市面最先恢复人气的竟是几个跑马场。“赌”的确能吸引满腹幻想的人。

王兴汉凭着在“西商”、“华商”两个跑马场当保镖二十年的资历，在1928年那个最寒冷的冬天，被董事们看中，安排到了汉口的第三家跑马场“万国跑马场”[①]当了总保镖头。

“万国”在今唐家墩和姑嫂树一带。王兴汉上班后不到一个月，就将广诚也介绍进去，当了董事会“维持”（为董事会服务的保镖头）。虽属低级职员，但薪金高达每月五十元[②]，广诚因停业造成的生活拮据一下摆脱了。

在王兴汉帮助下，广诚还享得近水楼台之月，分包了跑马场一个“贵宾茶园”的服务，有近百个茶位。交了保证金后，广诚就带信到乡下叫来了淘气帮忙。

大逮捕

不仅如此，没多久，他还租到一块位置很好的、用于经营摆摊的“地盘”，每月租金二十元。

好事一下来得太多，他有些力不从心了，便与静娴商量：“现在米面这么贵，餐饮不好做，时局又不太平。我想不忙着自己摆摊。正好有个熟人想找我租那地方，说好转租一年，每月三十元，你看怎么样？”静娴说：“我都听你的。不过我记得你说过，‘华商’那边，一个位置不怎么好的摊位，转租一天都是一元五呀！”广诚说：“现在时局不同太平时节，生意不好做，我这样每月能落下十元，一家人菜钱都够了，已经不错了！”

①其中“西商跑马场”最早，1902年英国人开办，位于现解放公园及周围很大的一片地方。“华商跑马场”由华商总会（遗址在汇通路）1906年开办，位于现在的同济医科大、航空路、万松园路一片，最晚的是“万国跑马场”，1926年开办。

②当时一个警察每月薪水才十五元钱。

春季的赛事即将开始了。这日，下着冰冷的小雨。跑马场收得早，广诚、淘气、兴汉三个说着话回家。因军警近来常在梅神父路①塘边空地上枪毙人，有回一天就枪毙了人力车工会的二十几个人。所以一段时间，很少人走那条近路了，广诚他们也舍近求远。

快到单洞门时，忽见路人纷纷争先恐后地围上去看热闹。三人远远伸头一看，一大群军警荷枪实弹地押着一个浑身是泥污的人，竟是身着便装的韩铸仁副官！

广诚和淘气大惊，想上前去看个究竟，被警察舞着枪驱开，只好远远地后面跟着，见他被押进了老圃附近的一个大院。

王兴汉看到广诚和淘气那恨不得舍命去抢的样子，以大哥的口气镇住了他们，要他们切不可鲁莽，先回家，等他去想办法。自己则三步并作两步，向“少华山”的香堂奔去，找到了童瑨。

当年枪杀共产党人的现场照片

童瑨将王兴汉带进一间内室，听兴汉说完，童瑨皱着眉头说：“王教师，这些事哪是管得的？现在抓共产党是‘宁可错杀一千，不可放过一人’。你说的韩铸仁，原本就是军队里的那些最说不清楚来历的副官、党代表之类，谁敢去保？不像谭襄农，好歹曾是我们一个堂口的兄弟。你怎么和这种人也有交情？你呀你，有几个脑壳？”

①现江汉北路。

王兴汉听得心头透凉，不知怎么说才好。童瑨叹了口气说：“你与我关系不一般，我心里也想帮你。莫怪我刚才的话。我虽说帮政府里出过人去攻打工人纠察队，也还是敬佩共产党里的一些人的。听说，昨天清晨，那边余记里刑场[①]，枪毙的那个夏明翰，死前还大声吟诗呢！”兴汉说：“韩副官怕不会是共产党，他是和谭襄农一起的。”童瑨冷笑道：“这卫戍司令胡宗铎和陶钧两个，杀人像儿戏！那詹大悲又哪里是什么共产党？连我都晓得他的底细！他可是国民政府的高官，还是辛亥元勋呀！他不过是不知高低，将共党嫌疑分子二三百人全放了。胡宗铎发了火，这家伙胆大心又黑，还要加个无法无天。他派人到日租界，把老詹和李汉俊抓去，也不审判，不到两个时辰，就把他们毙了。狗日的，这简直是邪到家了！他是成心做给打算说情的人看的。谭襄农的事我就不多说了，到现在都还没有他的信。”

他抬头看见王兴汉失望的表情，叹了口气，说：“哎，我的师父吔！你说的这个韩副官，也不知道现在他用的什么名字，为什么被抓的。搞不好，让人知道了他的真名，还反会害了人家性命呢！我现在只能托帮里的兄弟去打听，有了消息，再叫人告诉你好不好？不过，劝你莫要作太大指望。”

广诚、淘气急了一夜，次日清晨就到跑马场。自从在万国跑马场当差，他就清早到那里练拳，再没有把昭萍带在一起。

王兴汉因还没得到消息，苦绷着个脸。

直等到午前，童瑨终于派人送来消息。说“那个人”是治安警察在中山公园附近抓的。他自称刘维善，现被关在警局。谢天谢地，这总比关在卫戍区要好得多！童瑨已准备去拜会他的朋友、汉口市长刘文岛，设法找机会保他出来。

几个人这才略松了一口气。

①现铭新街“警予中学”。

十三、阴毒的对手

每当赛事，跑马场是有警察帮忙维持秩序的。广诚他们“保镖”并无太大压力。他的时间便大多放在经管贵宾茶园了。打理清茶馆他本是轻车熟路。现在有个座好、茶好、装潢好的茶馆，在跑马场一花独放。几个小时生意，除去开支和上交的，一个月起码落下一两百元，赛季时差不多翻倍。加上当保镖头和静娴在家里卖烟的收入，差不多补上了饮食店停业的一大半缺口。

市政府似乎打算在武汉修点德政，市政建设四处展开。多条马路被修整铺上沥青，吉庆街也铺了砖石路面。这让广诚燃起了加速复业的欲望。他想一旦粮油供应恢复正常，就让饮食店重新开张。

虽说又革了次命，外国人曾大张旗鼓撤侨，但单从跑马场看，汉口的洋人却并没见减少。比赛休息时间，茶社爆满，洋人就坐了一半。广诚于是向淘气学会了煮咖啡，淘气是早年从俄国人那里学的。咖啡和家什都是昭泰帮忙从洋行里买来的。

贵宾茶园里，常可见到汉口各码头和商界的头面人物。有些人来这里，主要不是为了喝茶，而是借这地方认识结交到这里消遣的政界和军界新贵要人，从而打听到比报纸更加快捷和可靠的信息。广诚自从听了童瑨的一番话，也学会了关心时局和信息。现在他得知，今年开春以后，因为南北军阀放松了对铁路的控制，尽管长江航道仍不太通畅，汉口的市面还是要好转了。而待湖南、四川水路一通，米粮价格就会下跌。

广诚注意到一个二十四五岁的锦衣青年经常出入，出手阔绰，前呼后拥至少五六个人，那气派不亚于当年的童瑨。打听到原来是靠双枪镇平宜昌码头的青帮新秀，“锦华山”老幺彭先旺。

某日赛事，来客甚多，广诚正在茶园门口忙碌，忽然听到傲气十足的女声：“曾老板也在跑马场当差？”广诚回头一看，却是那位“金花四姐”，身后紧跟着一男一女。他的好心情顿时飞走了一大半，嘴里机械地问道：“太太也来赌马？”尹凤君打断他的话说：“叫我‘四姐’！”广诚连忙说：“不敢。”尹凤君不耐烦地说：“就这么叫！你给我找个座。”

广诚四环一顾，哪里还有空座。连忙说：“太太，不，金姐！您稍等一下，我去给您搭个特座。”广诚叫了伙计，将柜台里的一副从来不用的小茶几腾了出来，又端出了里面自己的小靠椅，找了个地方放好，请四姐坐了，递上茶，说道：“等会有好地方，再给金姐搬过去。”尹凤君头也不抬，吹着茶，说：“不用了，这座我还蛮舒服。”广诚笑着说：“金姐请看，我手指的几个地方，都是没有被人定下的。您喜欢哪一个地方，我今后给你留着就是了。”尹凤君抬起头道：“算你有心。曾老板，我上次给您说的那个事怎样？”

广诚担心的事还是被提起了，这女人没有忘记哩！他小心地回答：“其实那栈房门都关了，又没有做，给金姐又有什么？不过我问过合伙人老赵。他说他和戴老板的股只是个名，房子和本钱都是‘瑞琪公司’童瑁大爷的，所以不好从命。广诚正想找个机会禀告金姐呢。”尹凤君歪着头、斜着眼问：“你们是怕我吞了你的产业吧？我又没要你们的，只说投点钱，让你们能办下去，还是让你们打理嘛！你们好话坏话都听不出来？合起来编了话搪我，当我是苕？”广诚慌忙摇手说道：“不是不是，哪里敢那样对金姐！真的句句是实话。”尹凤君把盖碗用力往茶几上一搁，水贱了满处，扯高了嗓子道：“是实话你慌成那样干什么？怕我去查啊？”广诚见她动了怒，心想祸事怕要临头，十分紧张，连忙低了头去擦茶几，却开不了腔。

尹凤君突然哈哈一笑：“童大爷投资果然有眼光，那这事就算了。”广诚于是松下了一口气。

但男人常错误低估了这种女人好胜的韧性和心计。尹凤君不但不信广诚的回答，事后还越想越不舒服。她对身边的唐七说：“那个‘喜文客栈’的装潢，我怎么看都不像是童瑁的，要是他的，哪会撑不下去要停业？我头回问的时候，他曾广诚怎么就一点都没有提？敢来哄我，还想搬童瑨来压我！”

这个客栈对尹凤君虽不算什么，但是她心里那口气不出不痛快，一时还想不好是直接收拾曾广诚，还是偏就去试试童瑨。

一日在跑马场，她和同门的老幺彭先旺碰了面，亲热地坐在一起喝茶。尹凤君用眼神示意彭先旺注意广诚，想把这个锐气方刚的暴发户联合进去和童瑨碰碰。不想彭先旺说道：“喔，这个曾广诚我早就知道，很讲义气，为人不错的。”尹凤君有些奇怪：“小老大和他有交情？”彭先旺不显山水地说：“算是吧！这……有空再对四姐说，他有什么得罪四姐吗？真若有人欺负了四姐，小弟是要为你出头的。”尹凤君感觉不投机，连忙改口：“没有没有。”

也是广诚以前做事积了德，让他不知情就又暂时躲过一场杀身之祸。

尹凤君不是一般的女人，她虽不打算马上就去找曾广诚麻烦，却也不简单到就此善罢甘休，只是把教训广诚的打算暂时搁置到了一边。

她有个干儿子龙汉彪，原是警局的一个小头目，由于有她作后台，在局里混得很顺。去年冬天，他抓到了共产党的一个联络员侯树坤，略加拷打，侯树坤便招出重要情报，让他一举破获了“裕泰客栈”的共产党地下联络点，抓获共产党二十余名。龙汉彪亲自一一严刑拷问，又顺势抓获了株连的几十人，全部枪杀。其中有女性一人，言辞锋利，竟被他开膛破肚，把肠子绕到她身上。让她活活痛死，裸体“示众”一日。他因此荣升了警察局分局的副局长，成了汉口警方炙手可热的人物。

这日，龙汉彪又来“干娘”这里抽大烟，尹凤君便唠唠叨叨地把“喜文客栈”的前后对他说了一番。龙汉彪哈哈笑着说：“这事小菜一碟，我负责让干娘舒心。就用我对付‘兴隆旅社’的办法，先叫两个自己人住进去，然后我去抓他们，叫他们承认旅社是共产党的联络点，把你说的曾广诚那几个一起牵连进去，一锅给端了、做了，再把‘喜文’作为‘共党逆产’公开拍卖，给个好价让你买过来，你岂不省心？

十四、可怕的小人

尹凤君听完这条毒计，虽说心动，却因彭先旺的不明不暗的几句话，担心弄不好会得罪同门。便道：“不可，这曾广诚先不要动，他好像与我们彭老幺有交情。不要说他们现在都停了业了。像他这样的小本股东，不想让大主子进来吞了他，这情理也说得过去的。倒是童瑨出这个头来压我，分明就不把我放在眼里，这口气叫人难得咽。”

龙汉彪一听童瑨，便为难起来：“干娘说的，我只有日后放在心上。童瑨是民国元老，在帮会的辈分又高，跟我们上司、跟上海那边都有交情，一时还不好跟他硬碰。”他不好说的是，他还在找路子攀童瑨的枝呢！尹凤君不高兴地说：“你要这样说，就算我白说了。”龙汉彪连忙说道：“不是不是，我是说这事不能太急，要沉得住气。他的摊子大，纰漏一定多，我要先想法抓到他底下人的什么把柄，然后我再出面调停，再卖他个人情，还得个便宜。”尹凤君道：“那你就要想好。其实，我也不想两个山头就为这点屁事闹起来，将来都不好混。”

再说孙狗子被金花四姐收留后，暗里立下了“卧薪尝胆、十年不晚”的复仇之志。他因为能写会算，竟能讨尹凤君的喜欢。不过她是深知这种人该如何使用的，恰好孙狗子也晓得现在必须夹着尾巴做人，没有造次。

有天，孙狗子在四姐门下的一家赌场“照场子”，遇到几个混混不服输，与一个穿着阔绰的中年人闹了起来，动了手。四个混混，竟被那一个人打得连滚带爬。几个安南巡捕闻声赶来。孙狗子觉得这是个应该结交的人，便主动出头为那人说话，打发走了巡捕，还泡茶奉上为他“消火”。打听到原来这是德租界浙江大老板谢华龙的干儿子，人称谢三爷。此人以赌为乐，为人豪爽。以后一回生二回熟，谢三爷见孙狗子识字，穿上衣服还像个人物，有时也和他说上几句。

孙狗子以为自己结交了个有朝一日可以利用的公子哥，殊不知那位却是存心要网络他的。谢三爷正是当年阅尽江湖的谢三金。一次在航行中，出手救助了乘船的富商谢华龙。谢老板见他长得一表人才，有些拳脚，一口宁波味的上海话，又姓谢，很赏识他，硬是将他收做了干儿子，留在了身边。而笃信“人无横财不富”的谢三金，当时刚过三十，懂得机会来了，也十分珍惜。谢老板知人善用，凡与黑白两道交往的苦差、难差、血差、亡命差，都交由他代扛了。他为谢家干得不错，给各位大小太太、公子的殷勤都献得恰到好处。没多久，谢家上下全都欣赏他。两年后，谢太太将身边一个姓朱的丫环（自己的一个潜在威胁）赏给他成了家。

那孙狗子一直深恨童家，还因此移恨广诚。对童瑁他自知是蚍蜉撼树，便想害广诚可能容易些。北伐军到来前，他在瑞祥路偶然遇上一个操河南口音的下级军官在搜捕革命党，便立即心生一计，攀了几句同乡后，顺嘴胡诌说曾广诚店里有革命党。他欣喜遇上了随便就可以冤死人的难得机会，哪晓得没有成功。

汉口成为“京兆区”后，孙狗子听说码头工会多次找童瑁的麻烦，大喜过望，想找机会加入工会，最好能进纠察队当积极分子。谁知工会也不是那么好进的，老歪想进人力车工会就没进成。不久，尹凤君派孙狗子陪唐七到乡下收账，一去数月，“参加革命”的事只得放下。

孙狗子回汉口后,就在茶馆听说了三八节妓女裸体冲进游行队伍的消息，觉得很新奇。汉口这地方，这类新闻格外传得有滋有味。孙狗子更是巴望多听点细节。他的渴望表情被谢三金看到了。后者恰好奉了命在寻找合适出头露面的人选。原来谢家受到新政权打压，想设法搞点乱子出点气，已有了一项计划。

三金便把孙狗子叫去，说要介绍他参加点“革命活动”，问他愿不愿意出任“妇女协会联络员”。孙狗子大喜过望，连声愿意。谢三金便叫他参加动员和组织从华景街到歆生路的妓女们组成“妇女协会”，让愿意“彻底革命”的女人参加五一节的百人裸体大游行。每动员一个人，赏大洋五元。

孙狗子觉得这正是自己的强项，以为趁此就可在革命政府谋个差事，便踊跃接受，还当场领了二十元钱的“活动费”，说好事成后评功结账。

孙狗子通过他精熟的娼寮人脉，利用妓女们幻想改变地位的愿望，一气组织了 16 个“妇女解放协会分会”。却做梦也没想到是，被比他更厉害的冒牌革命党花钱耍了一盘，结果被真正的革命党抓来游了街。

他错失了借革命打翻童瑨的良机，却发现塞翁失马，焉知非福。原来共产党只过了一年就败落成“匪”了，而给了他二十元钱的谢三爷则更加招摇过市，还见了他就发笑。他晓得这个人的厉害了，当了他的炮灰，最后还得赔笑称臣。

但是，他没有放弃报复童瑨的幻想，常设想有朝一日放火烧了他的产业、绑架了他的女儿……

机会又有了。一天，他听老友龙壳子说，他堂兄龙汉彪要他注意童瑨下面的人有何纰漏，让他像注射了一针兴奋剂一般。童瑨哪童瑨，你八面玲珑，和共产党就没有点瓜葛？老子只要逮到一点，现在是‘宁肯错杀一千’的行情，那么多比你大的官，说毙就毙，说砍就砍。你跟老子等着吧！

他开始有空就到童瑨的产业周围游荡，但几天后没有收获，心便慢慢凉了。

有天下午，他与龙壳子在离老圃游戏场不远的空地上，看见两辆黄包车快速走过，到童瑨的循礼门货场门口停下，上面下来两个人。孙狗子忽然像抽筋一样，一把将龙壳子拉到僻处，和他一起藏着偷看。见一个是王兴汉，另一个穿的件蓝上衣，一起进货场去了。

孙狗子眼睛一亮，那不是抓过他的那个副官么？虽说是人瘦了很多，但他仇记于心，绝不会认错。他激动得不能自已，喊过龙壳子悄声道：“刚才进去的那个人，是个共产党，我记得是什么副官。快去警察局叫你哥，我在这里瞄着。”

龙壳子飞快跑去。十分钟后，龙汉彪就带了一队人，全副武装地赶来，叫上孙狗子，风风火火地封锁了“瑞琪货场”大门，街上也迅速布了岗哨。警察们拳打脚踢地将“瑞琪”的人赶到一边，荷枪实弹地冲了进去搜查。不一会，就将王兴汉和一个穿蓝上衣的推推搡搡押了出来。

货场管事的赶过来阻拦，说道：“这是我们保镖的王教师和押运的刘师傅啊，他们犯了哪条法？”龙汉彪吼道：“你少废话，我们这是抓共产党漏网分子！”管事的赔笑着说：“请警官先坐下喝杯茶，我们童大爷随后就到，您再抓不迟。”说完，将一包封好的大洋悄悄递过去。龙汉彪见了钱，又碍于童瑨的势力，况且人已抓到，便吩咐了声：“捆好了！”随管事的到办公室坐下。

管事的泡上茶，递上烟。龙汉彪刚刚喝了一口茶，就见孙狗子慌慌张张跑进来道："长官，不好，怕是认错了！那个人不是的……不是那个副官。"

龙汉彪一听大怒，站起来就狠狠给了孙狗子一记耳光，打得他差点摔倒，又叫人将他赶快带离。

江汉关码头（往上游就是熊家巷）

他知道这事办砸了，拼着和童大爷撕破了脸，结果却是认错了人，以后不会少麻烦了。但是，他又有些不甘心，揣摩这有些蹊跷，孙狗子看错了？会不会是掉了包呢？但明明里头搜得很仔细，就那么大点地方，难道钻了地不成？他忽然想到，等童瑨来了就说不清了，干脆来个三十六计，走为上策，于是站起来就打算撤人。却不想正遇到童瑨带了一群人走了进来。

龙汉彪已经没了多少底气，但还是虚张声势，皮笑肉不笑地上前说："童大爷，龙汉彪这边有礼了。本局接到举报，说王教师带了共产党分子进了贵公司。我也是不得已执行公务，只是不敢擅自行事，在这里等童大爷来定夺。"童瑨笑道："好！好！好！既是共党，当然一定要抓，私通共党的，我还要用帮规处置。龙局长可否押过来我认一下啊？"说到这里，他脸突然一沉，厉声道："带上来！"龙汉彪在童瑨的气势面前，早已不知不觉地让自己矮了三寸。童瑨一喝，他也连忙应声，叫人把王兴汉二人带过来。

王兴汉进来，一见童瑨，便开口嚷道："童大爷，我听您的吩咐，到跑马厅接回了刘福，还没喝完一杯茶，就进来这帮人，说他是共产党，把我们捆了。"

龙汉彪只得故作惊讶问："童大爷，请您看看，这是不是刘福？"童瑨冷笑道："若是别人我不敢说，这刘福为我当押运二十年了，汉口叫得出他名字的只怕有几千。哪个报的案说他是共产党？叫上来对个质吧！"龙汉彪便大呼小喝地喊了一阵"带证人"。那龙壳子和孙狗子早悄悄溜了，哪里还有什么证人。龙汉彪便故作镇静地说："童大爷，这里看来有些问题。这样，我们将这两个人带回去协助调查，若是误会，晚辈一定放人。"

童瑨不紧不慢地取出一支香烟，自己点燃了，向着天吐了一口，问道："报案的不见了？好滑稽啊！不过，就算没有报案的，龙局长今天也一定要从我这里抓两个人走，带回去上刑，问成共产党，是不是啊？"龙汉彪听这话分量不轻，赔着笑脸道："岂敢、岂敢。借我个胆子，我也不敢得罪童大爷啊！只是……我怕人说我徇私。"童瑨冷冷地说："那随你去吧！"说完便站起来就走。

龙汉彪真慌了，本来今天就是个捕风捉影的事情，凭自己现在的实力，最好不要得罪眼前这个人。只好赶快转弯说："童大爷莫听错了意思，我说的是这就放人。"赶紧下令："还不快放人！"下面的人连忙将二人放了。

童瑨这下才正眼看着龙汉彪说："龙局长，其实我岂不知道你的难处，真的是共党，我也要抓。那个共产党的总工会①，我不是也带了帮中兄弟去帮云樵司令攻打过吗？再把话说回来，这两个人都是我的亲信，不要说他们是共产党，就是他们与共产党有什么瓜葛，我童家的声誉也就算毁了。'歪江湖，正道理'，龙局长说是不是这样？"龙汉彪听他直提何键名讳，更深信童瑨的势力，赔笑道："晚辈晓得今天错了，改日一定登门赔罪。"

两天后，龙汉彪还果然请出汉口帮会的杨逢圣老太爷出面，请了几个山头的头面人士，在"蜀腴酒家"摆酒，给童瑨"带和"。童瑨表现十分大度，到场后谈笑风生，尽释前嫌。心中却暗忖，韩铸仁一事办得相当侥幸，幸亏当初建库就暗设了只有自己几个心腹才知道的夹墙暗道，要不是王兴汉掉包掉得快，后果简直不堪设想。这事前后漏洞甚多，决不能恋战了。

酒过几巡，童瑨假装微醉，对龙汉彪说道："我们辛亥首义开创的革命事业，交给龙局长这样的当代英才，真叫人宽心，革命后继有人。龙局长乘

①今汉口友益街尚德里16号。

胜摧毁共党湖北总机关，功在千秋。童某人感到鼓舞啊！今后龙局长有什么要配合的，童某人一定鼎力相助。”

龙汉彪其实也有点怀疑是童瑨手下掉了包，只苦于没有铁证，否则他岂会甘休？明摆一时还是斗不赢这“前辈”的。但他也因沿桌劝酒多喝了点，趁几分酒胆，还想试着敲诈一下。便道：“童大爷的豪爽谁人不知，水陆码头，汉口第一，经管行业广泛。那大智路的‘喜文客栈’真是黄金地带，我干娘金花尹四姐连夸童大爷有眼光。只是不知道怎么停业了？”

童瑨一听立即悟出来，原来起因竟还在这儿哪！幸亏是在针对他，若是对付广诚，岂不要他把命搭上？他是个懂得进退的人，马上装出一副有苦难言的表情，说：“那几个经营的人不行，我都打算把它盘出去了。龙局长要肯帮忙，就帮我找个下家。”

广诚当夜就被童瑨派人叫到家中。童瑨道：“我今天有两件事要向兄长赔罪，一是本来我应登哥哥的门，但因有人盯着，只好委屈你过来。第二，为搭救那个有杀头之祸的朋友，遭金花四姐抓住了短处，使了暗招。兄弟虽看出她谋财害命的毒计，仍不得已暂时让她一步，将‘喜文客栈’冒为己有，答应让出。这事兄弟没帮哥哥办好，其中一切损失兄弟来担，保证在一年内还你们一个比它还好的客栈。”

广诚一听就明白了，韩副官亏童瑨帮忙救了出来，却因此惹了这么大麻烦。连忙说：“童大爷其实是在帮广诚救朋友，又让广诚平平安安就躲过了一场大祸。怎能叫你承担损失？”童瑨把手一挥说：“现在形势险恶，不是谦让的时候。你能通达，我就心满意足了。那些王八蛋，我有朝一日自会慢慢收拾。你叫他们暂先忍一下，千万不可生事。等处理完‘喜文客栈’，我想去趟上海。”

童瑨不同于他的父亲，不会以勇力去寸土必争。他是中国你死我活的复杂竞斗场中，造就出的新一代懂策略的投机家。武汉的血腥政变让他懂得，因为政治格局的变化，任何人现有的权势可能在一夜之间化为乌有。因此，他作了必要的暂时退让。他看清了上海的资本和社会在全国的主流地位，判断桂系军阀在武汉必不能长久，决定要花大力气为童家打造更可靠的后台。他将武汉的事安排给童琪之后，与童玮一起，带着几个心腹到上海去了。

十五、曾家子女求学事

由“喜文客栈”引出一大堆可怕的事，让广诚心有余悸，暗自庆幸总算又逃过生死一劫。他无奈地给已回黄陂乡下的赵丙文和戴承喜捎了信，讲明事情原委。

由于是童瑨出面转让，尹凤君要的也只是面子，他们在经济上实际并没有吃多少亏。三个股东便结清了账分了手。社会黑到了这个地步，让他们只能品尝“敢怒不敢言”的滋味，一致决定暂时不再开客栈了。

巷子口的小书摊

广诚只自己心里祈祷世道快些太平，很久后才将这些告诉静娴，生怕让她担心。

不可一世的尹凤君，心满意足地得到了“喜文客栈”。经过一番精心装修后，昔日的客栈挂出了“巫山旅社”的招牌，在汉口醒目地开张了。人们从旅社名字的暗示和尹凤君的大名，就猜得到这个旅店的服务内容。她特地派人也给童瑨发了请帖。童家推说大爷不在武汉。尹凤君更加洋洋自得，心想你童家也有缩头的时候。一些趋炎附势之徒，纷纷来奉承拍马。她的生意在一片凋敝的武汉一花独放。

大革命没有给广诚带来希望的太平盛世，反而让他感受到这辈子最残酷的血腥和恐怖。余记里空坪离他们家不到两百米，已经成了汉口最有名的杀人场，动辄一天要毙几次人。而且几乎三天两头，“共匪”游街都要从他们门口经过。广诚眼中的革命，成了好人流血、坏人上台的劫难。一年多来的混乱和萧条，让他惶恐和灰心。他再不想看到革命了，在内心诅咒比老军阀更坏的新军阀。

武汉就这样又当了一回中国的政治中心，再次遭受最深的劫难，付出了沉重的代价。

民国十七年，当局为表现治安有成，允许学校复课了。而这正是广诚全面停业的困难时候。昭萍也不再愿进那个变相解雇杨韵珊老师的洋人教会学校，报考了位于武昌洪井街的省一女中[①]，因入学考试为前三名，享有奖学金，没给家里增加任何负担。广诚大悦，这个女儿真是争气，处处都在为他着想啊！

儿子昭舫也考得很好，录取到位于汉阳的省二中，此校前身乃是康熙年间开办的“晴川书院”，名传天下。但是，广诚和静娴却高兴不起来，在这个乱世，让十二岁大的孩子一个人去汉阳读书，实在太不让人放心。

说到曾家子女们读书，当年有好多故事。

被曾纪奎认为“养着糟蹋钱”的昭瑛昭琳，求学道路是最坎坷的。昭瑛是最渴望读书的，可那年头广诚手头正紧。想到女孩中已有了昭萍出头，故只能对她们的再三央求一再敷衍。不过，心中多少有些愧疚。

直到昭诚都出世，多亏王兴汉帮广诚在跑马厅找了个摊位，九岁多的昭瑛才和八岁的昭琳，一起沾着昭舫的光，进了昭萍读过的“楚材初等小学”。其实是让昭瑛背负着祖父母、父母再三交代的保护弟弟的职责，充当陪读与保镖的。不过这不影响昭瑛的兴奋劲，她连睡觉都不愿脱下校服。

每天上学时，昭瑛帮弟弟背着书包，遇到有人欺负昭舫时，昭琳总吓得只哭，昭瑛却毫不犹豫地将手上的砚盘往昭舫手上一放，奋不顾身地上前拼命，常常被打得鼻青脸肿，但更多的是对手被她的气势吓跑。

当时新文化运动已风行多年，可那家学校仍然固执地教着《大学》、《中庸》。三姐弟连升带跳，三年就读完原本要读四年的初小。不料又遇广诚为资金犯难，静娴把心一横道：“女孩子家，像她们那样识文断字的能有几个？你的女儿已经够出众了！现哪来钱供个个都读书？你不能不心硬点。”广诚说：“我……我真不情愿我的女儿这样。昭瑛最遭孽，从小就多病，可就她特别爱读书，昭琳……还指望进姐姐的学校哩！我去叫她们停学，太可怜了！我怎么对她们开这个口啊？”

静娴把嘴撅了：“听你说，未必她们不是我生的？我就不疼？你想开点，将来她们终归要嫁人，差不多的婆家还巴不得女孩不认字、少麻烦哩！昭瑛

①即现武汉市第三十九中学，洪井街为现首义路。

那么‘匪’，倒是该学些女红才是正业！要读，叫昭舫放学把书借给她们看就是了。你莫非要弄得昭舫都读不成才好？”

那当然不行，昭舫是曾家的“正统”！就这样，广诚不得不依了静娴，咬牙作出的丢卒保车安排，让昭舫进了韩家巷口的一所还是专教老八股的民办高小，而要昭瑛昭琳一起辍学。

两姐妹气坏了，关在房里哭了好几天。

从此，昭瑛与昭琳只能恨自己是女孩，按母亲的安排去做家务、学女红，与母亲轮流守着小窗口零卖香烟等，过不属于童年人的那种生活。昭萍对他们十分同情，便将广诚压在柜底的藏书都翻出来教她们看，鼓励妹妹们不要气馁，坚持自学。

昭瑛在姐姐鼓励下振起了精神。家里的书读完后，她用省下的零花钱，从书摊上去租来《东周》、《三国》、《聊斋》等书（那年头，给儿童读的书是很稀有的）。所幸老学堂的旧八股教育，让她们能半懂半囫囵地一气读了四十多套这类古白话文书籍！从书中，她们吸取了正义感与同情心。昭瑛竟从此迷上了历史，而昭琳也从能得到的可怜几本画册中临摹，竟从此迷上了绘画。

大革命时，当局下令全面停课，昭萍、昭舫也都回了家。懂得家庭艰难和深爱弟妹的昭萍，便主动地教给她们史地、算术，做起了弟妹们的小先生。广诚店铺关了，空闲也多，便也很认真地凑拢来听课学习。实际上，昭舫和两个姐姐在两年中，竟掌握了相当于初中生才有的知识。也因为这样，昭舫毫不费力就考上了门槛最高的省二中。

昭舫是广诚的第一个男孩。正是因为他的降生，静娴才在曾家抬起了头，自然是作为宠儿在全家的呵护中捧着长大，其独立生活能力可想而知。若让他一个人去汉阳，没了人照料保护，只怕生活起居都要出尽洋相。所以，家中几乎所有人都不赞成他去，而劝他转到汉口的学校。唯独昭萍一人说，男子汉就应独立独行。得到大姐支持，昭舫态度更坚决了，誓不放弃进名校的机会，弄得广诚夫妇十分为难。

广诚怕耽误了昭舫的学业，便悄悄到栖隐寺算了一卦，算得大吉！他仍不放心，又去找老友刘半仙解卦。刘半仙一向喜欢昭舫，便回到自己凡间那一“半”，真心劝广诚说，一般的学校哪能与“晴川书院”比呢！考进那里就好比前朝中了举人，差不多的秀才都考不进的。然后他又升华到通仙的那一半，点拨他说，曾家“文有文曲、武有武曲”，切莫错过天意。后几句说到广诚心里去了，虽说他对半仙是作为凡间知己看的，但此时宁肯相信他的仙气，不管够不够“半仙”，也不当作是奉承之辞。“文曲”定非昭舫莫属了，尽管他知道昭舫读书根本比不上他的任何一个姐姐。他更想知道“武曲”应在哪个身上。但遗憾的是，天机只能点到为止。

他终于准备同意昭舫去报名，并想出了一个主意。

“我看，”广诚喊来静娴说，“昭舫学业要紧，不如带信叫和尚来，去学校服侍他。”

昭舫正好听到，前半句让他一喜，听了后半句，觉得太丢人，立即嚷起来：“你当这是哪个朝代，你看哪个读书还带个书童？大姐还不是一个人去武昌？”

汉口（现黄石路）余庆里杀人场

“你……”广诚差一点就说出，“你哪能比大姐。”他好不容易刹住，耐心解释道：“你看，刚才又响了枪，不晓得又杀了几个。这样的世道，不要爸爸说你也清楚，你一个人去汉阳，让爸爸妈妈怎么放心呢？”

“是啊！杀人场就在我们原先住的余记里，游街又从我们门口过，住这样的地方，当然不太平了！我看，汉阳只怕比这里太平得多。”

广诚没想到一个十二岁的孩子能说出这样的话，堵得他没有话说。生气之余，又对自己有这样的儿子感到极大宽慰，“文曲星”毕竟是有上天点拨、无可辩驳的。

广诚现在基本接受昭舫去汉阳“自有天相”了，虽然他并不放心，却一切都顺从了昭舫的意思，也没有叫任何人去陪伴服侍他。面对可怕的世道，他不得不反复嘱咐儿子要小心翼翼为人，要“忠孝仁义礼”等等。这种谨慎和诚实处世的态度，竟从此深埋在了昭舫的心中。

十六、屠刀下的蚁民

广诚亲自把昭舫送去学校后，好像觉得心里空了很多。静娴和孩子们也都不无忧心，变得很少说话。

他们还得过自己的生活。每天天不亮，广诚就去跑马场上班，昭瑛昭琳或做家务，或自己看书。静娴就抱着小儿子昭诚到楼下，锁上大门，打开靠门柱边的那个小窗卖香烟。生活逼得静娴也学会认几个字了，多数是昭瑛教的，一般香烟牌子和经常出售的品种她都能认得。

下午，广诚回到店里，换下静娴，亲自坐着卖烟。看到一楼没改变的餐馆摆设，颇为伤感，一度曾那么红火的生意，不知哪天才能重现。遇到不去跑马场到的日子，他就从早到晚守着烟摊子。

食品和生活必需品仍然十分短缺。曾纪奎远在僻乡，远离政治的漩涡，靠天吃饭，却也心挂着汉口的劫难轮回。他几次叫广智进城，为广诚带些自产的粮食菜蔬。广诚则每回都让哥哥带点钱回乡。

堂兄广瑞早已分家自立，曾纪奎也就不再差遣他，这让他感到受了冷落，同时他也再过不惯乡下辛苦劳作、吃糠咽菜的生活了，终日怀念在吉庆街那几年吃住不愁、每日小酒还有结余的日子。他听说广诚又开始做起了生意，便奇怪怎么还没通知他回去帮忙。除了银元，他那颗脑袋永远摆在世外，想都懒得想什么时局、市场之类的事情。

阴历年后，他终于忍不住，带着儿子进城来，径直到跑马场去找广诚看个究竟。他眯着休眠般的双眼，诉说着乡下的艰难，希望能早点回汉口来。广瑞言语少，因此他说出每个字的分量都特别重。言中颇有些埋怨广诚宁肯要淘气，却忘了当初和他一起赤脚进城的堂兄的意思。他认为广诚完全可以把他也留下当个茶房，哪怕不给工钱。他凭经验猜想到，贵宾茶园的小费应是很可观的，比一般茶馆要强得多。

广诚听了广瑞的要求，无话可说。因为成本和开销远远大于以前太平时节，他还要为复业准备资金，眼前根本没有能力再添人。他于是笑着塞给了广瑞几元钱，劝他还耐心等两个月。

广瑞回乡等了大半个月，心里却越想越不痛快，明明亲眼看到淘气和广诚忙不过来嘛，为什么宁肯请了两个外人也不要他来呢？他不知道，雇请的每个茶房的后台都是得罪不起的，是有天大面子安进来的，后面还有等着的！但广瑞那转不了弯的脑子固执地认为，广诚你未必就多我一个当哥哥的？你说世道乱，那淘气就不怕乱？明明是推口话嘛！广诚哪，你真忘了当初刚到汉口时你那个可怜相了？我不要你的工钱，只要你让我留下就行！要这点面子要都不给，那不比外人都不如，还算什么兄弟？

他解不开心里的死结，终于又赌着气进了城，还背着铺盖，直接到了跑马场。

广诚见他逼到这一步，也无可奈何。堂兄哪会知道，他从没有忘记过他呢！

广诚本打算一旦“通成”复业，就把广瑞和原来的伙计们都请回来。可广瑞哥不理解这些，节骨眼上来凑热闹。广瑞低垂着他那半眯的眼，如同一尊菩萨的表情，等着广诚表示心意。不顺他心的，就没有商量的余地，他会以沉默表示拒绝。

广诚被他“将军”将死，只好让他先留下。心想，就算把我自己的这份给你吧。

广瑞本以为他当茶房很在行，但却发现煮咖啡实在难，这让他那不服气的心态略略收敛了一些。他来后，对淘气没有一个笑脸，按他的思维方式，是淘气占了他的位置。淘气倒没有计较。

这一来，广诚可以不用从头到尾守在茶园，于是有时早早就回了家。

偏巧，世上的事总喜欢偏巧。这天，老朋友、“天声茶园”的茶房头蔡元安来跑马场找他，撞了个空。

这几年他们很少见面。近日蔡元安不知听谁说，跑马场大门外要建几家新铺面，要对茶园和小吃店招商。蔡元安有心自立门户，特地跑来找广诚帮忙打听。

淘气立即陪他到大门外看了，还是一片空荒地。这消息如果不是子虚乌有，就是八字还没一撇的事。

蔡元安虽说有些失望，但他和广瑞是老熟人，多年不见，能在这里见到，彼此都很高兴。蔡元安便询问了广智的近况，广瑞却除了简单回答外，只是友善地微笑着，没有多的话说。蔡元安知道广瑞一向语言少，便提议去循礼门车站边新复业的“汉春小酒家”小聚，并拜托淘气先一步去吉庆街喊广诚。

淘气便赶到了吉庆街。广诚听说蔡元安居然找到跑马场去了，非常高兴能会老友，立即和淘气一起向循礼门赶去。

他们顺着吉庆街走到江汉路，当拐弯向循礼门车站走时，忽然见大群人正朝着他们这边逃来，后面有军警持着枪在驱赶。人们的脸上多是惶恐，却也有些人眼里闪烁着某种亢奋，边走还边还恋恋不舍地回过头去张望。淘气问一个路人：“大哥，前面出么事了？”那人看了他俩一眼，急促地小声说：“抓共党，戒严了。”说完匆匆而去。

广诚和淘气便有些不放心，广瑞和蔡元安该早到了吧？便一直向前走到了戒严的军警面前等着。大约过了十几分钟，梅神父路那边传来了两排枪响，凭他们这一年多的经验，大概是被抓获的共党分子已经被迅速处决了。果然，不一会，临时戒严就解除了。

广诚和淘气大步走到“汉春小酒家”，却看到正在打烊。广诚诧异地问：“老板,出什么事了？怎么这么早打烊？”那掌柜模样的人打量了广诚一下，不耐烦地挥了下手，说：“别处去，我这里生意不做了。”说完毫不客气地关上了门。

那广瑞他们两个人呢？广诚觉得事情不太妙，想找个人打听一下，只见周围的人都避之不及。好不容易看见当年救孙狗子的那个货站口，有个十几岁的小孩在拾烟头。广诚便走过去，掏出口袋里剩的半包烟递给他，小声问：“伢呃，出了么事？”那小孩见天降横财，有些惊喜，抬头看了广诚一眼，说：“在这个酒铺子抓了好些共产党，去铁路外塘边枪毙。”

广诚和淘气大惊。但立即一致认为，像蔡元安和广瑞那两个“老实砣子相”，断不会被人误会成共产党，是不是等不到他们，已经找过去了，或者在附近茶馆里。但是，旁边的两家茶馆都已经紧闭了门，无处打听。两个人不放心，又决定还是先到塘边去看看。

梅神父路仅路口还配命名为一条“路”，走不到半里就全是些荒草水凼，剩下条小径尚在勉强往前延伸，路边不多的茅草棚，遮掩着屋后的野塘和空地。“以杀为治”的军阀胡宗铎和陶钧，把这后面变成了一个常用的“杀场”。离杀场还有几百米，就能嗅到腐尸的恶臭。住这一带的人家大多吓得搬走了。

路口的小棚子中，几个警察在玩牌，这是看守杀场、负责来人收尸时登记和收钱的。广诚二人连跑带走，发现在一丛有些发黄的芦苇丛后面，躺着十多具新尸体！

广瑞和蔡元安两人果真倒在血泊中！他们的外衣都已被扒走。蔡元安的半个身子伏在广瑞身上。

广诚和淘气忍不住一同失声惨叫：“哥啊！”痛哭着，用力从死人堆里把蔡元安拖到了一边。蔡元安的头部中弹，脑浆流了一地，半边脸全是还没有完全凝结的浓血，瞪着血眼，面貌几乎认不出来了。广诚哭道：“蔡茶头，我的亲哥啊！你一辈子都生怕惹祸，连树叶子掉下都怕打破头的啊！是横祸偏要来找你啊！你偏今天赶来干什么啊？你帮兄弟几次大忙，兄弟几辈子都还不清啊！兄弟晓得你冤哪、你冤哪！你死得不明不白啊！”

两人又哭着去拖广瑞，广诚的悲痛更加控制不住，竟嚎叫起来：“哥啊！我的亲哥啊！我跟你说世道乱，不要慌来城里。你偏要来，挡都挡不住啊！一来就赶上祸事，这是为么事啊？这是为么事啊？你只怕到死心里还怨着你兄弟啊！广诚怎么跟嫂子侄儿交代啊？”

抬着广瑞头那边的淘气忽然止住哭声道：“广诚，广瑞还有气！”

广诚如闻天音，戛然止住了哭叫，放下广瑞的脚，凑过去看。广瑞的右耳朵被打飞了半边，半边脸被血糊着，右胸也中了一枪，黄白色的土布内衣上、胸口一片全是血污。大概是先中枪的蔡元安倒下时，把他撞偏离了原来的位置，使得两枪均未击中要害，确实还有气。

两人怕军警知道了广瑞没死，赶忙将他身上还剩下的那件衣服撕成条，用力压住他的伤口包扎了一下。他们又脱下自己外衣把两人裹上，淘气跑去给了两个看守杀场的警察两元大洋。得到领尸的允许后，他们痛哭着、一人一个，把他俩背了出来。

背到大路边后，已经有几辆板车闻讯在路口守候着了。他们雇了两辆板车，把两人放在了上面，将衣服扯上来盖住他们的脸。带着板车快步地往家里拖去。

静娴看见他们两个这个样子回来，吓得眼睛都直了。广诚慌忙道：“莫慌哭，快把儿女们都弄到楼上去。”静娴立即忍住了眼泪照办。广诚和淘气把广瑞抬到他原先住过的楼下房间的板床上，对静娴说：“我还要去送蔡哥，还要找个医生。你看好广瑞哥，他还有气。”静娴因不知出了什么事，已经吓傻了，只是茫然地点着头。

忽然间，刚好回家的昭萍在楼梯边说话了：“爸爸，杨老师的先生是法租界的外科医生，我知道他的医院。”广诚和静娴看着刚刚长成为大姑娘的女儿，不知怎样回答她。淘气连忙说：“枪打的，送不得医院的！”昭萍十分平静地说：“我懂，爸爸，我陪你去。我去喊李医生来家里，你去送蔡伯伯，让淘气叔叔留家里。快点走吧！救广瑞伯伯要紧。”

广诚见她说得有理，便依她的办，留下淘气照看广瑞，自己带了昭萍去送蔡元安，一边想到昭萍果然长大了，头脑这么冷静，安排这么清楚。静娴含泪站在门口叮嘱：“昭萍，放机灵点，小心啊！莫要胆子太大了！”目送着父女俩带着板车向法租界飞快跑去。

法租界不让板车进。广诚便嘱咐昭萍一人进去，若找到李医生，不用等自己，直接带去救广瑞伯，他带板车从火车站绕道过去，送了蔡伯就会回去。若没回来，可以到“天声茶园”去问。但如果找不到李医生怎么办，广诚想都不敢想，也没有说。心想，只看阎王那边还有没有广瑞的寿了。

昭萍听完，就一溜小跑着直奔医院去。老天爷真是有眼！昭萍顺利找到了李医生。（杨老师一年多前已逃离汉口了！）李医生听后，二话没说，拿上了一些必要的器械和药品，叫了黄包车，与昭萍一起赶到了吉庆街。

李医生检查了广瑞的伤口后，说：“他真命大，子弹穿胸过，也没打中要害。你们为他包扎又很及时，流血止得早。包得还不错的。你们怎么会懂得包扎？”淘气说：“我们乡下人，哪个懂哟！这辈子汉口战乱，血案那么多，还不是多看了几回红十字会学的。”

李医生为广瑞重新消毒，处理了伤口，又给他打了一针，分文不收，还留下了些药品，说了声明天还会再来，匆匆离去。

再说广诚把蔡元安的遗体送到“天声茶园”跟前，自己找去。茶房们中竟还有认识广诚的。从他们那里知道，老蔡的老伴住在不远的铁路外。他便又和两个茶房一起，把蔡元安的遗体送到老蔡家中。老嫂子看见广诚，好像有些认识。再看到老蔡的尸体，顿时天塌，悲痛的嚎哭声惊动满街。广诚说了发生的事，劝解了半天。跟来的茶房们又念着蔡元安对人的好，自愿留下帮忙。

广诚留下十元钱，说自己晚上还会来守夜。匆忙赶回家里，见广瑞已脱险，睡得很好，悬着的心放下了一大半。他告诉淘气蔡家的地址后，又赶去为蔡元安守灵去了。

淘气守了广瑞一夜。到天亮时，广瑞哼了一声，说了一个字："水。"淘气听他说话了，立即精神大振。静娴在楼上居然也听见了，看来她也一夜没合眼的，忙疾步走下楼来，为他烧水。

淘气喂广瑞吞了药，总算松了口气，又连忙赶去找广诚。

广诚决定亲自送蔡元安的灵柩回乡，一手安排老蔡的后事。他让淘气先去跑马场安顿一下茶园，然后赶到乡里去接广瑞家里的人。

那天下午李医生又来时，广瑞已经在呻吟着说饿，看来他终于从死神那边挣脱回来了。

血腥的岁月也快熬到头了。广诚这些草民哪里会知道，当时蒋介石已举师"西征"。1929年3月，桂系败局已定，临逃前，抢着不分青红皂白地"宁肯错杀一千"了一把。一辈子辛劳、胆小、安分守己的蔡元安，因和广瑞在酒店等候广诚，就这么稀里糊涂地被一个小军官命令将"所有人带走"，劫尽身上的钱物、剥掉外衣，然后不分青红皂白地全部当成"共党"枪杀，成了这群屠夫枪下的又一个冤魂。淘气和广诚与祸事擦肩而过，不能不说是侥幸和命大！

二十年代末武昌城墙的最后影像

漢口

Hankou laotongcheng zengjia

老通城曾家

第一部·创业

第四章 通成饮食店

武昌蛇山孔明灯（日本人印制的明信片）

一、大智路三号

1929年3月，桂系军阀被赶出了武汉后，中国出现了自1915年以来政治上从未有过的安定。汉口街上取消了戒严，各省货物又开始流进这个商埠，店铺陆续开门复业，市面复苏，物价逐渐回归。武汉市民也慢慢地从恐怖年代的阴影中挣扎了出来，广诚也在想重操旧业了。

还在数月前的某天，广诚曾在跑马场“贵宾茶园”接待过昔日的老板郭梓璜。郭老板打听了两句他的近况后，与他谈到老“汉大”周围的变化，随口说出了一个信息。离他现在住处不足百步远，靠近大智路口的中山路旁，一排即将完工的三层楼临街门面房，要对社会招商。

这是处于正街的上等门面！一年前租界的围墙就早已拆光，这排商铺对着大智路、北平街、天津街、界限路、中山路①五个街口。如果拿来做餐馆，生意会比弄堂般的吉庆横街不知强多少倍！

广诚的心顿时“突突”地跳得直响。他小心地打听到，这是由湖北省银行出资修建的。

虽说“通成”停业了一年多，但他元气未伤，本钱还在，而且一天都没有忘掉田贵义为他描绘的“三步棋”的憧憬。他想，汉口市面不会永远那么萧条，如果能租赁到其中的一个门面，他就要在那里开个“通成饮食店”，那地段前景不可限量！梦想就可能变为现实了。

①对应今大智路、北京路、天津路、合作路和中山大道。

广诚知道跑马场的茶客都不是等闲之辈，一向很留心听他们的谈论和分析。发现多数人还是认为眼下人心惶惶、市面萧条、借贷困难，都谨慎地捂着口袋，轻易不肯投资。加之大智门一带开发晚，富人不多，这两年虽说有些起色，但还离黄金地段差得远。汉口的人气仍集中在江汉路“高头”的老华界城区，这边的商业前景并非所有人都看好，有点本钱的老板眼下还懒得注意到这边。广诚小心地打听了他们对各地段租金的估计，行情让他放心，这些门面不会俏到哪里去，更不会贵到哪里去。真要打算去租，倒是个好机会。

他在心里盘算起来，计算着得交多少押金，花多少上下打点的费用，还有租下后需要多少装修费和先期投入的启动资金，维持下去又需多少周转本钱。他欣喜地发现，可能自己差得不多的。

最好找几个朋友一起去争取，人多胆壮，彼此好帮衬。他首先想到了“祁万顺”祁家父子，当初他们也是撑不下去，比“通成”还先停业，曾对自己说过很不甘心的。把祁家约上，有事好商量。有两个餐馆一起，人气容易聚集，比孤零零一家肯定要好。而且“祁万顺”是卖水饺的，实力也比自己略逊。与这样的同行为邻，反而更有利于揽客和互相帮衬。万一哪个大餐馆动了念头先下手，定会压垮自己。

他耐心说服了犹豫着的、打算在六渡桥一带找门面而资金不足的祁家父子，预言这里不久会将成为汉口新的黄金地段。如果租下，他们的生意定会大上一步台阶，不再是小打小闹，那时才够格叫“开馆子”哩！

此时童瑨、曾昭泰都还在上海未回。指望不到他们帮一把，广诚决心靠自己努力。他又鼓动了开米店的朋友老孙等，一共五家，拿着童瑨的名片，大着胆子去省银行找到了具体招商办事的汪科长。汪科长居然是原“汉大”的铁杆票友，一眼就认出了广诚，而且因他等的愿望能证明他的投资远见，更增加了好感。于是，在他们不顾艰辛地积极活动、上下打点后，租赁成功了，租金比估计的还低。

广诚心花怒放，一口气租下了大智路三号全部三层，还同时租下了即将建成的、与其后门相对的公新里六号[①]，用作住房。祁家也租了大智路一号的一楼，开始筹办“祁万顺”的复业。

①即拆迁前的东山里 24 号，现已不存。

祁家和那几家背地里议论，觉得广诚有点傻，一楼比吉庆街那些小门面大了几倍，还不够么？谁不清楚谁多大本钱？还要去把楼上租下来晾着，白交租钱。我把一楼租了，到将来想要楼上时，自己的楼上，还会有谁和我抢得赢么？

广诚却自有打算。他相信，有一天这里每寸铺面、楼房都会“俏”起来，趁现在省银行急于找人租，开出的租金两层加起来都比一楼少，可以把下步棋拿准。别看这地段现在人气还不足，等过一年两年，你们再看吧！

大智路三号位于汉口大智路与中山路交界处的路口，实际上位置正在中山大道上，正对第三特别行政区①天津街口，离昔日汉口旧城堡大智门的位置也就几丈。不管是从汉口现存的法、日租界，还是从大智门火车站或粤汉码头，乃至黄陂一带县乡与市内的交通来看，这儿都正处咽喉。广诚认定，这是名副其实的“通城之路”啊！“通成”“通城”两个字怎么相似得这么巧？这不是天意是什么？

他要在这里开餐饮店，毫不犹豫地选了自己钟情的老招牌“通成”。

门面约有八米宽，堂深大约也有八米，后间四米多深，正好作前店后厨。大智路一、三、五、七、九号是带连通平台的三层平顶楼房。在当时还未完全脱离蛮荒的大智路口高高耸立，十分突出而有气派，明显改变了那一带的市容景观。从街面看去，门面整齐而宽敞，采光充足，店家的档次大大提高。

广诚将住进的新居公新里六号就在店背后的巷子里，有八米来宽，十几米深，是带楼顶平台的两层建筑。六号大门位于公新里直巷道，而靠街方向的侧墙，顺着公新里的横巷道直通东山里，与中山路平行。

广诚全身是劲，似乎已忘了两年来的惊恐绝望。现在他更愿意相信，新的日子要开始了。或许，神灵要关照到自己，轮到他“转运”了。

他签下租赁合同后第一件事，就是赶紧跑去汉阳大集乡。他靠问路，好不容易才找到了田贵义的老家，把正在浇菜的田老头请回了汉口，继续当“通成”的管家。

其实，田贵义也一直在等待这么一天。他深信广诚必然重见天日，走完

---

①汉口德租界一战时中国参战后收回，1926年划为汉口特别行政区。苏联废除沙俄对中国的不平等条约后，俄租界遂被划为第二特别行政区。大革命收回英租界后，为第三特别行政区。

他筹划的三步棋。现在时机重来，他和广诚一样，都想大显一番身手。于是他连老伴都带来汉口，广诚已帮他在瑞祥路租了住处。

田贵义一到汉口，连家都顾不上安置，就去新店仔细看了。一眼就看中了大智路三号后门和公新里六号间那片空地。他对广诚说，赶紧抢在“祁万顺”之前，在这块地上靠着店后门搭个“偏刷屋”，作为后厨房。厨房大，才好做事。

广诚去办执照登记。田贵义则亲自去购进桌椅、雇人在厨房砌灶、装修餐馆门面和正厅。

从街上看，店门面左手边安一个灶台，供应锅贴和包子等可以“用手拿走吃”的东西；大门右留一角，还是摆个小香烟柜。营业大厅有六七十平米，足可摆四到八张方桌。餐馆二楼以上暂时无财力装修，先任其简陋，用来作仓库，一部分给店员们住宿。

厨房后的“偏刷”很快按计划搭了起来。这个“后厨房”的后门相对大门转过了近九十度，隔着两米多宽的公新里巷道，正好对着公新里六号的大门，让厨房面积大了一倍多。在巷道中、靠着厨房后墙还安顿了石磨、碓窝、案桌，案桌上是肉案、手摇绞肉机和压面机。

广诚又叫淘气回乡叫回老店员，还另招几个新学徒。义田湾的穷乡亲们有几个不盼望随广诚进城的？广瑞的噩运压根没被他们搁在心上。消息传开，来求淘气的人络绎不绝。淘气选了十来个新徒弟，并按广诚的建议，将自己的老伴也带进了城。

20世纪90年代的老通城，门面包括大智路1、3、5、7号

又过了半个多月后，大约是1929年的5月，“通成饮食店”正式注册成功。广诚花钱登报启事，挂出了招牌，要准备开张营业了。

二、“通成饮食店”开业

“通成”开业的前一天晚上，广诚带静娴和儿女们一起，除开在汉阳读书的昭舫外，连昭萍都回来了，高高兴兴地在即将搬离的老家吃饭。

他心潮澎湃，喝了几口酒，不禁对子女们回顾开了他的创业历程：

“爸爸离开永安堡，到今年，已经来汉口二十四年了。我们曾家在乡里是穷得‘钉个雀子的泥巴都冇得’的。我们家的四个男人，我和我爹——你们爷爷、你广智大伯、广瑞堂伯，给人打长工、扛短活，天天累得骨头散架，一家人还是吃了上顿没有下顿。爸爸是怕饿死，才来汉口找饭吃的啊！后来在苏州遇到你们妈，拿她当丫环攒了十几年的血汗钱做本钱。哎，说来话长。那时的银元有好多种，最值钱的是墨西哥的银圆，叫做鹰洋。我现在还记得她给我的那每一个银币的样子，哪一个那里有条印子，哪一个那里有个坑，我都看熟了，我舍不得用啊！生怕生意做赔了……那会对不起你妈……”

他几乎声音都要变了。静娴忍不住说：“今天开心，跟你儿女说这些做什么？”广诚怕这些不愿提起的往事让静娴伤心，顺从地停下了。接着说：“风风雨雨快二十年了，爸爸好难哦！当年和你们妈路过上海，在街上一家餐馆吃饭。那是个两层的木楼餐馆，门面比我们原来吉庆街的大不了多少，伸一个酒望，上写着‘通成酒家’。那是家广东人开的，东西又好吃又便宜，爸爸每回到上海总喜欢去那里吃。你妈妈当时就说，等以后我们有了钱，爸爸就不要跑船了，自己开一家餐馆。’爸爸听了很高兴，就说，那时我们就叫通成，通达成功，事事通通都成！

“昭萍才两岁那年，我和你妈开始挑担卖汤圆。白天去茶园做茶房，晚上回来，再挑担出去卖汤圆。风里雨里的，慢慢攒了几个钱，就推个小车卖。到后来，总算能开店了。爸爸一心想要把生意做大，让你们不再像我们这代一样。乡里的爷爷奶奶的钱，爸爸还要每月照给，让他们过得像乡绅一样。可爸爸妈妈自己还是一个钱都舍不得用。跑马场那么远，爸爸从来舍不得花几角钱坐个车……”

昭萍听了，有些心酸，这些事她都是知道的。除了父亲的坎坷，她更同情母亲的穷苦出身和遭遇。况且她自己也亲身体验过贫穷的生活。大革命前后她热情地参加了学生运动，对社会开始有了很多新认识。北伐军到来后，她曾经很希望中国从此就获得了新生，不料随后风云突变，让她迷茫。杨老师不得不离汉后，她失去了为她指路的导师，更感受到无法弥补的失落和空虚。中国人没有站起来，却落入了更深的黑暗和恐怖中，还看不到何时能改变、会向何处去。她很苦闷，对父亲的奋斗也失去了兴趣，两个妹妹的失学，几乎让父亲在她眼里成了目光短浅、每天晚上翻着账本盘算的钱迷。但今天父亲的一番话，让她回忆起父亲的辛劳和善良，顿时把近日里对父亲滋生出的一些逆反情绪消去了好多。

广诚禁不住对子女们说着自己的梦想：“爸爸没有文化，可我不让你们没文化！昭萍，你读高中了，你好好立个志，毕业后考大学，考个好大学！昭瑛、昭琳，爸爸对不起你们，现在为开张又欠了债，还是没钱让你们读书。就是这事，爸爸一直压在心里难受哪！你们要能像大姐那样，不靠爸爸自己去读，爸爸不会拦你们。我做梦都想你们个个上大学，给我们曾家戴回五顶方帽子！让我做个今天的窦燕山。可是，哎！”

静娴插道：“你又说走了，说点高兴的吧，明天开张啊！”

次日，“通成饮食店”正式开业。鞭炮声过后，最先来的客人照例是已返城的赵丙文夫妇，加上王兴汉带来捧场的十几个朋友。还把他自家酒坊几年的陈酿带了两坛过来。一坛现场喝了个精光，一坛摆在了柜台上表示常年供应。接着，原先吉庆街的邻居们和其他饮食店的同业朋友兼对手们，也纷纷到来。茶园的、轮船的、跑马场的一帮老友登门祝贺；还有老东家郭梓璜也派人送来了致贺花篮。

快到中午时，童瑨的胞弟童琪带着母亲，代表童家送来贺礼。广诚受宠若惊，慌忙将干娘童老夫人扶下车，接进在正堂中坐下。童三爷告诉广诚，今日是老夫人决意要亲自来致贺的，童瑨等不日就要返汉。他坐定后，后边尾随他来的这一带地方的地头要人也一一来了。童老夫人镇在这里，仿佛是在向汉口各种复杂的势力通告着广诚的江湖地位。

童三爷与童老夫人各喝了一碗莲子羹。童老夫人叫来广诚道：“广诚，你的莲子羹怎么会这么好吃？这东西我吃得算多的了，哪有做得你这么好的？我叫我的厨子过来找你学一下，你肯不肯教他？”广诚满脸是笑地说：“教、教！干娘喜欢吃？这太好了，您家怎么吩咐我就怎么办。我叫人给您做好送去都可以。”这时静娴也闻讯来了，遂陪着童老夫人到快完工的公新里六号看了一遍。等到“汉口商会”派人送来致贺花篮后，周围商家都为之一震。童琪才带了童老夫人离去。广诚心里别提有多满足。

整整一天，十来个工人学徒往来奔忙：莲子汤、伏汁酒、发糕、烧卖、包子、油香、锅贴、葱油饼、油糍粑、榨菜肉丝面……又是甜食，又是面点。这天天气也好，客人络绎不绝，差不多张张桌子都是坐满了的。

1929年完工后的歆生路

广诚昨天听昭萍说过，秦淑兰一家打算来捧场，很是高兴。果然，中午时分，看见淑兰蹦跳着进了大门，鞠躬大声喊了声“曾叔叔”，接着就说：“我爹妈来了。”广诚连忙到门口迎接，但马上一下愣住了。他怎么也没有料到：他女儿最好朋友的母亲，竟然就是姚水莲！

一个人的命中到底注定着些什么啊，非要叫这些人又碰到一块？

水莲比以前富态了些，但她和广诚第一眼就彼此认出，两人都吃了一惊，然后言语动作都迅速变迟钝了。广诚机械地和淑兰父亲秦禹洲应酬着，心里却在想，难怪看到淑兰总有些似曾相识的感觉。

淑兰则大声呼叫着“田爷爷”，点着莲子汤、葱油饼……好像在自己家一样。秦禹洲则对每样饮食都大加赞赏，连夸曾老板了不起，预言此店今后一定要成为名店。水莲偷看了广诚几次，发现广诚也注意着她，想到自己和身边这浑身恶习的男人度过的这二十多年，心里百感交集，口里吃进去的东西，竟完全品不出是什么滋味。

秦禹洲倒仿佛很想结交广诚这个朋友，吃完东西后，亲热地叫广诚陪自己到店外看门面。

1929年的汉口中山路

中山路刚好在店门与大智路等交汇，新铺柏油的街面宽敞而清洁、平整。秦禹洲不禁连连直夸："好地方啊！这地方将来一定值大价钱啊！"广诚一一指给他看，左隔壁一号是"祁万顺餐馆"，也马上就要开张；再左就是公新里巷道了，右隔壁五号是米店，七号是杂货店，九号是布店……

真正的营业高峰是从晚饭开始的，直延续到午夜十一二点。去年已陆续重新开工的棉花厂、茶厂、蛋厂、铁路外的牛皮厂的工人们及周围住的市民们，看见了新开的饮食店，都纷纷前来赶热闹、尝新鲜。

真是开张大吉！这里客源比想象的还要富足！广诚的信心大增。他心里暗求老天爷，让局面从此太平下去，好平平和和地做生意，不要让任何战乱再度祸害武汉了。

几天后，童瑨也回了武汉，并专程光顾。他边吃边赞不绝口。以前他帮广诚只是出于义气和感恩，这下他看出了广诚办饮食的能力超越了一般人，暗叹他将来定会有不俗发展。

童瑨此次是从上海满载而归的。他依靠童家以往在江湖上的底子，以他的活动能力，有童玮这样懂财经的翻译，他们有目的地反复拜会和结交了中外各界要人，在上海巩固和发展了能让自己在武汉帮会和商、政、军界占据重要地位的关系。鉴于他对当时中国社会各方势力的准确认识，关键棋招都很明智。童玮也进一步巩固了自己跻身买办和金融界的基础。

老练的童瑨回汉后，仍然保持着低调。一边不显山水地巩固和发展自己在各方的势力，一边耐心观察和了解别的新贵。他希望广诚能妥善经营，计划等时机成熟，把他这个出身贫贱的把兄引进商会，加入他的阵营。广诚这个人是他很看重、并且很信任的。

三、公新里六号

半月多后，曾家住进了公新里六号，新房子比原来的住房宽敞和舒适得多，除有电灯、自来水外，还有专门的卫生间，装有浴缸和坐式抽水马桶，烧起自家的小锅炉，可舒舒服服地泡澡。这在当时的汉口是很稀罕和奢华的设施。周边卫生条件一好，蚊蝇都少了，真正享受到城市的环境。

静娴再不用早起“下河”。六岁的小儿子昭诚，对抽水马桶则更觉得神奇，他弄不清大便冲到哪里去了，于是神往，一天到晚找借口上厕所，想研究个明白。弄得静娴气也不是，笑也不是。

公新里六号对着饮食店后门，是新搭建的厨房。进入双开的黑漆大门后，穿过两米多深的天井便是正堂屋。正房与左厢房各有四米来宽。左厢房分前后两间，里间不大，是广诚的账房。外间靠墙摆了四张八仙椅和茶几，中间备了两张活动圆方桌子作会客室，需要时还可作为待客雅座。

堂屋有五米深，后面是个不大的楼梯间，一道木板墙将后面的楼梯完全遮住。楼梯后面是厨房，有后门通公新里的另一条侧巷。厨房和楼梯之间有一米来宽的空间，堆积着柴薪和放置些坛坛罐罐。

楼梯上到一半后，可向两个方向转弯。左转上四步梯子便是卫生间，比二楼的正房的高程要矮一米多。从卫生间再上几步梯子，就到了二楼南间。若向右转，也有楼梯继续上楼，楼梯口直对着堂屋门。

若未进堂屋就右拐，是通向楼顶平台的楼梯的小门，平时多半关着。左拐是静娴的卧室，正位于一楼堂屋之上。卧室再往天井的方向还有间小房，可以俯视天井，房里供奉着她敬仰的菩萨，是她虔诚的、香火不断的小佛堂。

对应楼下厢房之上，共三间房，北间最大，和静娴的佛堂相通。三姐妹用屏风将这间房又隔成了三个小天地。昭萍的一小间正好俯视天井。中间房是堂屋。堂屋右的南间是给昭舫兄弟的。

哥哥不在，昭诚有了自己一个人的房间，心里甭提有多满足了。但是母亲怕他打被子，不让他单独睡，晚上还睡在母亲身边。

这天睡到半夜，昭诚自己爬起来撒尿，半天没回。静娴一觉醒来，一摸

水中的送餐服务

身边没了人。

这一惊非同小可！昭萍和妹妹们一听说弟弟不见了，都慌得爬了起来，先跑上平台去看边墙。墙有半人多高，向下俯看巷子里静悄悄的，肯定不会是掉下去了。广诚跑到楼下，见大门、后门都杠得死死的，一个六岁的孩子断然出不去。客房账房都锁着，里面也没处可藏。

广诚心里掠过一个叫他毛骨悚然的想法：莫要被坏人偷走了！

如果外面有人进来，一定是从还没住人的隔壁七号的楼顶，翻过两家相隔的屋顶，从平台下来进屋的！

他出了一身冷汗，但马上又自己否定了。凭他习武人的警觉，这几乎不可能。

静娴已经急得说话的声音都变了。忽然听到昭瑛的喊声：“妈妈，小弟在这里呢！”广诚连忙跑去，见昭诚正香香地横睡在昭萍房里的大衣橱中，可能尿尿后找不到回去的路睡在那里了。一家人顿时焦虑全消，忍不住捧腹大笑。

一到白天，广诚就忙得不可开交。他寄予厚望的昭诚，也常跑到前面店里来看热闹，这里一切对他都充满新奇。这天，广诚看着活泼可爱的儿子，心想昭诚都这么大了，静娴可以腾出手来到前面帮些忙了。便叫昭诚“去喊妈妈到前面来”。

其实，静娴并没有闲着。王兴汉的老婆、赵丙文的老婆都正在她这里赶热闹玩呢，还带来丙文想再开旅店的打算。她们又叫人去接来了田贵义的太太。四人在楼上堂屋的八仙桌上一边谈着，一边打起了麻将。昭诚跑回家上楼看时，几个人正玩得高兴。昭诚跑到母亲背后扳着她的肩膀摇着说："妈妈，妈妈，爸爸叫你到前面去帮忙。"静娴笑道："傻儿子，妈刚好不容易才和了一盘，还没翻本哩！"丙文家的与曾家最熟，一边打出一张牌，一边戏说："去告诉你爸爸，你妈比他还忙，来不了。"静娴笑道："他哪说得来这么多？昭诚，去对你爸说，妈有事，别说妈在打牌，听见没有？"

昭诚睁着大眼点头"嗯"了一声，就一溜烟地跑到前面店里，见了父亲，马上放机关枪式地急说："爸爸，妈说她有事，她说她没有打牌。"广诚本来有些烦躁，听完儿子的话，忍不住大笑起来。周围的顾客和店员也都听到，顿时一阵哄堂大笑，搞得昭诚目瞪口呆。广诚抱起昭诚就亲了一口，拍着他的屁股笑道："苕儿子，你怎么这么苕呀？"

广诚把他这心肝宝贝扛在肩上，回家见了静娴，先把昭诚的话表演了一遍，所有的人都笑得前仰后合。

大家笑完，丙文家的便将她带来的正事说了一遍。原来，戴承喜活动到中山路旁、对着列宾街①口的一家不临街的旧砖砌库房，想还是由他们三个"喜文"的老股东合资，"买天不买地"买下十年房产权。然后把内部改造成两层，开出窗子，并在平台上也加以搭建、装修后，办一个可接待上百人的"万方旅馆"。

广诚皱着眉头说："这当然好，只是要花一笔钱。我这里因为开张、用度大了，一下周转不过来，恐怕要稍缓一缓。"静娴说："你光顾我们自家。为喜文客栈，赵大哥、戴老板都陪着我们吃了大亏，你就不管？" 丙文堂客连忙说："不是那个话，我们和老戴家都跑了，留下广诚一个在汉口对付那臭婊子。童大爷又帮了我们一把，根本没叫我们吃亏。静娴，你那样说我就要怄气了。"广诚忙说："不是不是，她是怕我忙昏了顾不上管。我们生死之交，莫说这些话了。我是说，等忙过了这两天，我就去找丙文大哥和老戴。"

丙文嫂说："我只是带话，也没有那急。你抽空再去都行，反正近，一起去看看房子，商量凑钱的事。"

①今兰陵路。

1929年江汉路街景（中山路至铁路）

广诚连连答应，站在一旁看了两圈牌，趁算完番，洗牌时对静娴道："我还有件事说。你看，我几天都没去跑马场当差，明天非去不可了。后天就是接连两天的赛事。再就是我们转租给别人的跑马场的那块摆摊的地盘，期满收回来都已经一个月了，我想反正都是卖饮食，这边多做一点，拿那边去，还是自己摆个摊，当多开半个店。淘气已经砌好了灶台，只是这边淘气走不开，和尚又只会做活，不喜欢动脑筋，那边交给他管怕还不行。再有，烟也得赶快去进了，我原说今天就去找董鑫贵的。你说，我怎么忙得过来啊？"

静娴一边摸牌，一边说："广瑞一家明后天就会回汉口。不是说跑马场那边茶园让给他么？淘气家王嫂可以来帮我照家。跑马场那边你当你的差，这边店里有田爷。你说的跑马场那个摊子，我可以带两个徒弟，去卖炒饭、卖包子。"丙文堂客打出一张牌，笑道："广诚真有福气。小娘子安排得实在是有条有理。哎，我刚才说的事，你记得去跟他们碰个头，听见没有？"广诚一边忙着点头，一边却心想跑马场那么远，露天摆摊那么辛苦，能叫静娴天天跑吗？却听静娴欢呼道："又和了！"

两天后，广诚把跑马厅的贵宾茶园转包给了广瑞，算是广瑞自立了门户。其实押金仍是由广诚垫付的。

广瑞管了一两天，就品尝出了甜头。收入居然超出自己期望，心里非常满意。不幸的是，他这个人的脑袋显然和常人不大相同。广诚把自己的生意分割一份慰藉他，本出于善良和情谊。他却认为，广诚必须这样才勉强对得起他。他固执地把自己挨的那两枪和自己这个真诚的堂弟硬扯到一起，尽管他自己也明白那纯属倒霉，却对这个兄弟的心意怎么也不愿去理解和接受。

广诚哪里能吃透这种扭曲心态，好在他并不指望他的好心要得什么好报。

四、那些创业辛酸

一周后，跑马场的餐饮点也准备好了。广诚照例一早天微亮就去跑马场当差。大约早上十点来钟，静娴打发两个徒弟拉着自家的板车，放着柴炭、自家压的细麦面条、蒸好的一桶米饭、一笼包子，以及炒好的榨菜肉丝等浇头，一篮蔬菜和佐料等，先出发。由和尚再去叫来一辆黄包车。静娴抱了昭诚坐上去，脚头还放了些烟和鸡蛋。等她到跑马场后，先来的徒弟们已经在烧灶了。

有些摊子比他们开张还抢得早一些。静娴他们刚开始营业，客人也便源源涌来，三个人还真是忙不过来。第一天，才两个多小时，东西就卖完了。广诚只匆匆跑来看过一眼，便又赶回汉口去进烟。

静娴心里好舒坦，站在那里算账。王兴汉过来了，说："弟妹，你叫他们拖些柴炭和不值钱的家业，放在我的小房里，省得天天拖。我就在那边，好近的。呐，那个小门，看见没有？你要遇到不讲理的客人，叫他们喊我一声，大哥来帮你。这里的保镖都晓得帮你的，我招呼过的。"静娴连声谢道："多谢王大哥关心，这些年你一直在帮我们，我都记住的。放心，不会有事的。"

静娴照王兴汉说的，放些东西在那间小房，这样可以腾出手多带些食品原料。以后每逢赛事，另加上赛事的前后一天，静娴还带上昭诚去跑马厅，平常就不一定带，将昭诚留家给王妈带。

跑了十多天后，静娴感到越来越累，生昭诚时留下的腰疼毛病又出来了。但是，她深知广诚的难处，自己不给广诚分担又能靠谁呢？现在"通成"排场比在吉庆街时大得多，开销成本都比原来厉害，房租钱是原来的十倍，营业额却不见成倍增长，开张时找钱庄贷的钱利息又高，不尽快还掉会被债压垮。要想把这门面撑下去，不靠自己辛苦，钱会从天上掉下来？

她也试过增加点品种，但很快发现劳而无功。跑马场的小摊子不比开店，来这里的人多是为下赌或开心，不是来求美食的，总是拣便宜的买，吃得快、花得少、哄饱肚子就行。质好而价略高的，反倒没什么人吃。跑马场又不让他们卖烟，那是有人包下了的生意，若想卖，收费就要高得多，拆散零卖倒是没人干涉，一支两支，充其量小半包，小打小闹的，增加不了多少收入。

每天中午前后卖到三四个小时，再早再晚都没有人吃了。最后收拾剩下的东西，她就带徒弟们填饱肚子，混一顿。静娴舍不得走早了，经常打发徒弟们先走，因为有时也有客人来得晚的，得要耐心等，不过多数都是白守。收摊子时，常常都筋疲力尽。如果不带昭诚，她都步行回家，得走一个多小时。

遇到天阴风冷，看天气不好，也为了省钱不坐车，她就不带昭诚去。昭诚哭吵着闹上半天，静娴也早练出了狠心不回头的功夫。凡是不带孩子，她都是早出步行的，十四五里路要走一身大汗。

有天卖到一半，就下起雨来，她忙叫徒弟去王兴汉房里，拿预备着的两把大伞。伞撑起来后，一把要顾锅灶，一把要顾小饭桌，结果吃的人比平日里少了一大半，一身还淋得透湿。

第二天雨停天阴，有警察大队球赛，静娴当然不肯错过出摊。广诚要练早拳，走得极早。静娴起来后，觉得身体酸疼、腿软，但还是硬撑着去了。开张了一会，觉得不支，连忙喊徒弟过来，自己到一边止不住地咳起嗽来，全身冷得打战。幸好广诚值勤都要路过看一下的，见静娴脸色不对，慌忙询问，静娴头上已是滚烫。广诚知道她自生昭诚后一直体质都很弱，不敢大意，连忙雇了辆马车将她送医院。

去万国跑马场的马车（1903年始汉口有了马车经营，设座4个，最多载7人，车费略低于人力车）

多亏就医及时，也可能是不常看西医，药灵，一两天就好了。静娴却心疼包马车相当六个人的车钱，一天生意当白做了。广诚劝解了半天，说明不能太劳累，嘱咐她今后不要步行，回时搭公用马车。静娴拗不过，只好表示同意。

这条路确实不短，马每趟跑下来都会累出一身透汗。静娴其实很难坐上一趟，却一路都忍不住盘算，相当于少卖了多少炒饭，越算越心痛，于是到循礼门后就下车了，改步行回家，省下一小半车钱。这样过了几个月，汉口有条轻型公汽线路开通了，从跑马场到江汉路，以后又有几辆私营汽车也来跑这条线，都比马车便宜。她便有时坐公汽了，不过经常还是步行。

逢春秋赛季，每周星期六和星期日的下午，“万国跑马场”都要举行赛马达十四次之多，那些天他们就一直要营业到下午四五点。

每晚，广诚和静娴、田管家三人就聚到账房点钱。馆子平均一天总有二三十元钱进账，多的时候有卖到四五十元的。跑马场那边，遇上赛事，就要卖出二十多元，一般日子则有十几元。倒是香烟，一天竟要卖二三十元。除去用度和租金税收，饮食营业也就不到两成利润，卖烟的效益反而好些。广诚心里暗悟：“这不是靠烟来贴餐馆么？

田贵义感叹道：“小吃看起来热闹，倒没有赚到几个，拿到手上走着吃的人多，对不起这个门面。还是该要请厨师、卖酒菜才行。”广诚想着和丙文正在筹划旅店，便说：“你老说得对，但是现在我手头太紧，人手也不够，我看先只能学以前那样，卖点盖浇饭，办酒菜只能先缓缓。”田贵义又问：“是不是再回乡招几个徒弟？”广诚立即采纳，乡下多少曾姓晚辈都焦急地翘首以待呢。

静娴不让两个女儿去“抛头露面”随她练摊，以后一个人连续主持了三四年跑马场的经营，一直到昭舫上大学。遇到繁忙时，广诚也常亲自出马。

有年秋赛的一天下午，有个小偷趁静娴去收碗筷时，悄悄将她盛钱的小盒子一把搂空。静娴发现后，几乎当场背过气去。好多天都白辛苦了！她差不多悔痛了半个月。从此，她收钱找零就都用围腰前的口袋，即使铜币镍币多、袋子再重，她也不让钱离身了。

来跑马场赌运气的不光是汉口人，旅汉的客人也为数不少。有年，有三个北方客商，因赌马血本无归，心里不服，竟起了歹心。偏巧这天，别的摊子都收了，静娴他们掉在最后。她叫徒弟们去王兴汉房里放了家什回家，自己则留下，把灶台和周围清扫了。看到广诚还有事，便打算独自去坐汽车。

她居然没留意身后有几个人跟着，只顾低着头走、心里边算着账。出了

1931年的人力车照

马场，到公汽站要过一个空场子，这里是马车和黄包车上下人的地方，这时已经没有什么人了，很是空旷。静娴仍没在意，正走着，猛然发现后面有三个大汉跟得不对劲。她心里一紧，想起那些因赌马而起的抢劫和谋财的传闻，连忙加快了脚步。谁知那三人也跟着加快了速度。静娴环顾四周围，几乎一个人都没有，后悔自己太大意，却也没退路了。倒是前面路口有一个穿长衫的男人，个子不大，像是在等人。她也是病急乱投医，就向那人奔去。

这三个家伙已经收不住歹意，哪里把那个文绉绉的男人放在眼里，明目张胆地撵来，并毫无忌惮地喊道："站住！"静娴慌了，大声呼道："快来人啦！快来人啦！"一边拼命地跑起来，但立刻感到了一只手已经在抓她。她在惊恐中拼出力量高呼了一声："救命……"

忽然间，就是那个个子不大的男人闻声，两步就跳了过来，飞起一脚就踢在那正在抓她的人腿上，那大汉倒退了一步，大声威胁道："你小子敢管闲事？老子就连你一起了！把钱掏出来，放你们走路！"

长衫人看上去是很讲究派头的那种，把袍子一撂，说："你们现在滚开，滚快点，老子就不拿你们送官！"那三个人哪里把这个矮他们大半头的小男人放在眼里，一起向他扑去，竟立即被他分掌打开。

这时静娴已经回过神来，惊喜地发现广诚已经出现，显然他已看到了这边的事，正飞快地在跑过来。

三个大汉大惊，竟遇上会武功的了。又见后面有人赶来，慌乱之中择路就跑，广诚却已经赶到，奋力一掌，把最近的一个打得立即抱胸蹲了下去。第二个被他抓住手掌一扳，那人大喊了一声"哎哟"就仰身倒地。那长衫一边把第三个打得在地上抱头打滚，一边却喊道："广诚哥，你从哪里出来？"

广诚先是急、再是怒、三而狠，听见这声音竟转为喜了，大喊道：“三金兄弟，是你？你这多年在哪里？你是天上掉下来的吗？你救的是你嫂子啊！”

广诚和谢三金把三个大汉揪到一处。三金说：“大哥说，是打一顿还是送官？”广诚看到这三个穿着不像是穷人，怒火又上来了，说：“你们几个怎么这没有出息？”这时跑马场里头的保镖和当差的都闻音赶了出来，警察也跟来了。广诚这多年来竟已变得非常害怕树敌结仇，连忙说：“还不快滚，等警察来啊？”三个会意，飞快地跑了。

雪佛兰广告
（1932 年，两路通万国跑马场的轻型公共汽车开通）

原来谢三金的干爹要他在“华商”、“万国”两个跑马场买通骑手做“笼子”，操纵赌马，今天正好来这边等人，不想救了二十多年前曾见过的嫂子，心里很自得。与广诚多年不见，两人互诉别后经历。广诚于是把自己的现状一口气说得见了底。谢三金则大概说了下自己在德租界“当差”。

广诚再三谢了，两人约好改日再见。

这件事后，广诚越想越后怕，再不放心让静娴去跑马场守摊子了。于是一般情况，都让和尚和两个精明些的徒弟去管，静娴平日则主要负责带人买菜，或者就到厨房帮点小忙。

五、慈父情

在广诚忙着打开局面的几个月里，他的两个女儿昭瑛、昭琳表现出了超人的坚强，于夏天瞒着家里跑去偷偷报考了省二女中。她们通过坚毅的自学，知识水平早超过了一般的初中生。果然，她们以优异成绩被学校录取，还让她们直接插班到初一下（春季班）。

复旦创始人、老校长，伟大的爱国教育家李腾飞

广诚知后大受感动，于百般艰难中拿出学费，让两个女儿去享受读书梦，心里那份内疚总算少了些。这年，他的“正统”幼子昭诚也进了官办市一小学，这下他的子女全部上学了。

年底，上海复旦大学来汉招生，昭萍提前毕业参考并加试英语后，高分被文学院新闻系录取。曾家破天荒地有了第一个大学生。

当时公费大学学费一般是 40 ～ 60 元，上海复旦和天津南开的学费在私立学校中是全国最贵的，有的系超过 100 元，文学院算低的，也要 80 元。广诚尽管还没从开业的拮据中完全缓过气来，却毫不犹豫派人去乡下报喜，并全力凑足了昭萍的学费。

1921 年，复旦江湾校舍落成（原址在今零号门），校门为飞檐翘角牌坊式。50 年代初拆除

大年过后，广诚亲自送昭萍去上海。在江轮上，他那多年深藏于内心的父爱不由倾泻而出。他给昭萍一一讲述那当年曾经让他激动的沿江壮丽景色，讲他对上海

二十世纪三十年代爱多亚路街景

的印象，讲自己和丙文在船上经历的几次浩劫，一直讲到自己和童家的渊源。

昭萍曾从书上读到大量歌颂祖国河山的诗词文字，更知道她美丽可爱祖国的屈辱历史，心里的感受自然又不同于父亲。

广诚将昭萍一直送到学校所在的江湾报了名，又带她到街上游玩了一整天。

上海和汉口一样，街上有穿着大清以来没有多少变化的中式对襟短袄的穷人，也有身着时髦洋装的富人。大幅的进口香烟和电影广告耸立街旁，铮亮的汽车与原始的人力小车同在街上行走。巍峨的西式建筑后面藏着矮小破旧的简陋民房。

广诚时隔多年再次到上海，内心翻腾起了浓郁的怀旧情结。他带昭萍来到法租界爱多亚路[①]，站在路边，思绪万千。聪明的昭萍问："爸爸，你当年是和妈妈来过这里吗？"广诚情不自禁抚摸了下女儿的头："是啊，这里原来有条河，叫洋泾浜，河道用石头砌得平平整整的，河边有铁栏杆。河这边是法租界，那边是英租界。这是洋人的界河。哼，在我们中国的上海，竟跑出他们洋人的'界河'来了！你记不记得刚才我们走过的那条马路，从中间分开，两边铺的石头不同，那是因为两边是不同国家的租界。我们好好的

①今延安东路。

中国，就是被这些洋人来抢穷了。”昭萍说：“中国的政府不腐败，洋人进得来吗？”

昭萍的话，勾起了广诚的内心另一层忧虑。他停下脚步，十分正经地说：“昭萍，爸爸这次是把家里箱底的钱都拿出来了，让你读书。要你有出息，将来做大事业，为曾家光宗耀祖。你可别忘了你妹妹是怎么在读书的，可别花了这么多钱不好好读书啊！”广诚刚才话中的爱国情绪，很让昭萍舒坦，所以这句话她也理解了，便回答：“爸爸，昭萍从小到大，什么时候要你操过心呢？”广诚道：“你是很懂事，穷日子里长大的，晓得没钱不装富、有钱不露财，平常也很节俭。不过还有一样，爸爸不能不说，就是凡遇到革命的事，你都莫去参加，哪个想‘革’让他自己去‘革’！记住：一不要得罪政府，二不要得罪帮会！爸爸看过几回革命了，你们不懂，最后都是心狠手辣的赢了，上了台就杀功臣、害百姓。爸爸就这一条最不放心你，怕你被同学拉去游行、开会。那些家伙杀人不分男女老少，手黑得很的！前两年你在汉口还见少了吗？才几个月前，你们上学去了，就在我们‘通成’门前，他们用大刀砍共党的人头示众，满街满地都是血水横流。满清年间，我都没亲眼见过砍头的！就在店门口几步哪！这事你们后来也都听说了。什么‘民国’？说得好听！昭萍，你从小到大跟爸爸在一起的时候最多，你是在我们家最穷、最苦的年头养大的，是爸爸最疼最爱的女儿。你要答应爸爸，不许去革命！再好的朋友要你去‘革’也不去！”昭萍听着不喜欢，但嘴上还是顺着说：“我听爸爸的。”广诚高兴了，说：“走，爸爸带你去当年我和妈妈吃饭的地方吃饭。”

1930 年代上海豫园茶楼

来到豫园天官坊旧地，街道都变了，当年的“通成酒家”已不知去向。

广诚有些失望，只好就和昭萍在城隍庙附近的一家店里吃了东西，又去城隍庙游玩。昭萍拿着父亲给她买的五香豆，边走边吃。她从小就很少吃零食，与淑兰一起时，她因为手上钱不多，总是推说自己不喜欢吃。她知道，她在爸爸眼里还是个小孩，便尽情享受这难得捕捉的父爱，十分开心地香香吃着。

广诚带着昭萍进了豫园，对她说："这一带才是老上海，豫园有点像苏州的小巧园林，里面一景又一景的。"昭萍忍不住问："爸爸，你和妈妈在苏州是怎样认识的？"

广诚虽然不愿对儿女谈自己的经历，在当时的中国，父辈的爱情对子女是讳莫如深的，但此时也禁不住如潮涌起的往事对他的巨大冲击。便简单讲述了自己和丙文的太湖之行，遇到绝境时的偶然生机，后来受到静娴和徐少爷帮助等。昭萍感慨地说："冤狱，谋财害命，清王朝太黑了！不过，要是爸爸没有这些事，就没有我们了。"广诚忍不住笑了起来，说："真是小孩子话。不过，现在何尝不黑呢？你广瑞伯伯不是捡的一条命么？"他又将"喜文客栈"、营救韩副官等一个又一个的危险处境讲了一些，昭萍这才对父亲又有新的认识，也更加敬重她的"师父王伯伯"。她小声问："爸爸，和王伯伯一起进去的那个人，到底是不是韩副官呢？"广诚板下脸道："不清楚，小孩子打听这些干什么！"

广诚拿着丙文写的信，按地址找到了丙武，让昭萍喊了伯伯，又拜托丙武照顾昭萍，每月给昭萍支十元钱（学校的伙食标准是六元四）。但凡有用钱需要，也由丙武支给记账。

他一直没动过在丙武处入股做生意的那些钱，经过数年积累，竟已经有了两千多。这大大超出他的估计，让他窃喜。他便按丙文的意思，要丙武从他们二人在上海积累的资金中各拿一千元办货（原打算钱不够由丙武垫借，看来不用了），让他带回汉口。这是他俩在为开办"万方旅馆"筹备资金。

丙武与广诚大致对了一下账后，请曾家父女去外面吃了顿西餐，又给昭萍讲了上海很多事情。特别强调说，像昭萍这样年轻漂亮的女孩，在上海要百倍留心坏人欺骗。饭后，广诚又一路千嘱咐万叮咛地送昭萍回了学校。

六、复旦学子

复旦大学的前身是震旦①学院。1902年，因南洋公学学生反对当局封建压迫，二百余人高呼“祖国万岁”，集体离校退学。中国教育会负责人蔡元培先生，将一部分学生介绍到马相伯先生处，马先生于是在徐家汇创办了“震旦学院”。1905年，因教会对学院内务无理干涉，校名又被教会篡夺。为抵制外国教士侵夺，震旦学生再次集体退学。马相伯等教育界前辈们不屈不挠，借得吴淞提辕，于9月再度开学，更名“复旦公学”。隐含恢复“震旦”和复兴中华之意。以后又几度搬迁。1917年，复旦公学开始创办大学本科，改名复旦大学，晋为私立大学。二十年代搬到江湾。曾培养出于右任、邵力子、陈寅恪、竺可桢等杰出大师。

杰出的教师、不屈不挠的民主主义和反抗帝国主义的传统，让昭萍一下就爱上了她的学校。

1927年秋的复旦大学女生宿舍，同学戏称其为“东宫”，1932年被日军炮火击毁。

学校还未正式开学。昭萍刚住进女生宿舍时，同室只来了一个女生，友好地迎着昭萍笑道：“好了，我等了几天，终于来个伴了。我叫叶卉颖，北平人，性别‘女’，今年二十岁。”昭萍也笑着回答：“我叫曾昭萍，汉口人，性别‘女’，今年也满二十岁。”两人一起笑了。卉颖问：“你选哪门第二外语？”昭萍道：“法语，我特别喜欢法兰西文学。”卉颖道：“好哇！那我也决定选法语了。你再不来，我差点就选拉丁语了。”两人又一起大笑起来。

①震旦，系古代外国（主要是印度）对中国的称呼。

她和叶卉颖很快成了形影不离的好友。除了她每日习惯早起练功，卉颖爱睡懒觉，不在一起外，不管是在简公堂上课，还是在奕柱堂[①]自习，两人必定坐在一起。与她武汉好友秦淑兰不同的是，叶卉颖豪爽和具有男儿气，而淑兰则更多天真单纯。卉颖的家境看来也不怎么宽裕，生活也很节俭。

她们每天在奕柱堂自习的座位，差不多固定下来。一天，两个男生来他们身边坐下，其中一个穿着比较考究的学生装。在晚自习课间休息铃刚一响，他就抬起头对昭萍笑道："你好！认识一下好吗？我是土木工程系二年级学生，叫陶方洲。"昭萍一向读的女校，很少和男生说过话，十分局促，用手把自己讲义夹上的名字指了一下，接着马上起身，一个人先回了宿舍。

学业相当繁重，特别国文、英文、数学三科，连昭萍都觉得很吃力。其中国文、英文两门功课采取会考制度，标准很高。校章还规定学生必须参加每周三小时的兵操课，"党义"更是当局规定的必修科目。

第一学期半年下来，昭萍一次都没去过上海市区。到学年结束，她每门全优，得到了学校专发的奖金。为了保住全优位置，确保修完大学的132学分，昭萍没有回武汉过年，留校用功。

接近除夕，天气很冷。晚上，昭萍和衣蜷缩在帐子里看书，听到有人敲门。昭萍起身开门一看，原来是校长李腾飞[②]和教务长金通尹教授。

昭萍见校长亲临宿舍，有些惶恐。李校长亲切地问："宿舍里很冷吧？过年不想回家吗？看的什么书？"昭萍双手把书递给校长，回答道："想，路费太贵，想等暑假再回去。"李校长看到她读的是教材，点了下头。又问："听金教授讲，你的成绩非常优秀。你也读课外书吗？"

昭萍想不到校长居然还知道自己，恭敬地答道："很爱读。今天刚读完《沉沦》。"李校长问："那你看过他的《迷羊》吗？"昭萍摇头说："没有。"李校长微笑着说："郁达夫先生早年的书，写出了'五四'时期那些受压抑、开始觉醒、而自身又略有些病态的知识青年的心理。你们年轻人还应多读些积极向上的书。"昭萍腼腆地笑道："谢谢校长。我看书比较盲目，一是听人家说，二是看报上的书评，还要刚好图书馆能借到。"李校长道：

①简公堂，即今复旦200号楼"复旦博物馆"。奕柱堂即今700号楼。
②复旦创始人、老校长、伟大的爱国教育家李登辉先生字腾飞。为不让读者与台湾那个人混淆，本书特用其"字"称之。

"参考别人的感受读书，当然很好。但我们复旦的学生，第一要学会能够独立思考。为社会培养能独立思考的人才，才是我们教育的主要目的，才能使社会进步。今年，我没能亲自给你们上课。下学期我会回到讲台，教你们英语。希望你在复旦学习后，能走向真正爱国的、积极努力的方向去，成为国家的栋梁之材。"

昭萍很认真地记下了李校长的话。不过，当时她以为李校长仅是即兴之说。

到除夕之夜，学校组织留校学生会餐。前来致词的金通尹教授专门在人群中找到她，递给她一包用旧报纸包着的书，说："李校长借给你的。但是你全部阅后，要写一篇心得交给李校长。书要爱惜，要归还。"

昭萍这才知道，自己有幸遇到了最伟大的教师。她十分感动，连忙深深鞠了一个躬，说："谢谢金教授，我一定不辜负李校长的教诲。"

金教授走开后，昭萍小心地抱着书，打算先回宿舍放好再来进餐。她刚走出饭堂，就听见有人叫她。陶方洲小跑着追了上来，说："我从榜上看到文学院有你得奖。恭喜你。"昭萍道："谢谢。您不是本地人吗？没回家去？"陶方洲气吁吁地说："回家有什么好？"昭萍说："那您快去进餐吧，我有点事。"陶方洲说："进餐算什么？我帮你拿好吗？"昭萍道："不用，就几本书。"陶方洲道："难怪你功课好，原来金教授还专门在课下辅导你，他可是我们系的主任呀！李校长今年因子女和妻子相继去世，委托他代管学校。他也是复旦公学理科毕业生，后在北洋大学毕业后回校任教的。"他说的其实复旦学生都知道。昭萍知道他想套近乎，她不想过早和男生交往，便截住他的话说："宿舍到了，请您

三十年代前期所建的学生宿舍，毁于战火后在原址建相伯堂

留步！”

昭萍回寝室后，打开包着的报纸，见其中是几本民国十四年的《语丝》，一本原文的Dickens的《A Tale of Two Cities》[①]，一本中江笃介汉译的卢梭的《民约论》，一本是本系主任陈望道老师汉译的《共产党宣言》的油印本，封面上写的却是《社会杂论》。

昭萍感动李校长的良苦用心。她把书认真藏好后出来，见陶方洲还守在门口，昭萍拿定大学期间不和男生交往的初衷，径直朝饭厅就走。正这时，那个上次跟着陶方洲的男生喘着气跑了来，不到跟前就说：“少爷怎么一个人出来，害我好找。”陶方洲道：“你一天跟着我干什么？走你的吧！”昭萍听到称呼他少爷，还有人陪伴，猜想这必定是个有钱的公子哥，心中竟拿定主意，要和他保持距离。

昭萍读完了李校长给的书，像做作业一样认真地写了心得，送到了李校长的办公室。几天后，李校长又托人给她送来了另外两本书，发还了她的心得。昭萍打开后惊喜地发现，李校长的批语和附上的评论，几乎比她写的字还多，给的评价也很高，一下感动得眼泪都差点涌出：呕心沥血的校长，复旦是有一千多学生的学校啊！

校图书馆出榜招收几名义务馆员，包括整理书籍、打扫清洁、包补破旧书籍、抄写孤本资料和其他辅助服务等，除了借阅报刊书籍方便一些外，其余全是义务。昭萍想都没想就报了名，她要争取多读书、读好书。她的工作很快得到了校方的称赞，自己的阅读量也大大增加。

昭萍求知的劲头更加高涨，除了读书，她对学生们的一些集会、自发办的某些刊物也很感兴趣。青年群体的活力和各种见解吸引和感染着她，她的眼界被打开。五四以来的新思想源源注入她的脑中，正在涌动着的各种思潮促使她思考，让她学会去分析、去认识她所亲历的各种社会现象。她的人生观正慢慢升华。她决意要参加一番振兴民族的事业，不虚此生，而决不做平庸家妇。

①狄更斯著《双城记》。

七、富贵须行善

繁华的南京路（上海·1928）

1930年11月下旬，广诚忽然得到了母亲去世的消息。这真如晴天霹雳，让他悲痛万分。精力旺盛的人常常这么粗心，赐予自己生命的母亲会老去的啊！

他匆忙安排了一下，将店交给田贵义经营，带全家和广瑞夫妇快速回乡奔丧。

卢氏可能是心脏病突发，从喊心痛不到半小时就辞世了。

乡下人的“斩衰”之丧比较简化，主要是披麻戴孝、守灵和素食。广诚去蔡甸买了最好的棺木，然后完成了隆重的“上山”、“入土”。处理完丧事后，曾纪奎疲惫地对着全家（包括广智一门三代）说，他也老了，不久就要跟着太婆（卢氏）去的，所以他必须交代清楚：这房子，两兄弟一人一半。这二十几亩田地，只有七八亩是广智的，其余净是广诚的钱办的。广诚连忙申明自己不打算继承。纪奎不让他插话，厉声喝道：“亲兄弟明算账，我交代清了，免得将来我死了，你们为几块泥巴吵起来丢人！”

静娴第一次见到了带着儿孙回家的姐姐曾广莲，悄悄塞给她十元钱，这是她自己平日积攒的。广莲说广诚已经给了不少钱，但静娴还是硬让她收下了。

送走广莲后，静娴要再次到九仙观进香。广诚便一同前去。

烧香后出来，山里的冷风强劲地向他们吹来，广诚遥指着九真山脚说：“当年我就是在那里遇到师父的。”

正说着，见一个年轻的衣衫单薄、蓬头垢面的要饭女人，抱着个两三岁的男孩，在寒风中从通永安堡的山垭小路上踉踉跄跄地朝这边走来。静娴看着可怜，待她走到身边，便掏出身上的零钱去递给她。那女人眼中无神，伸手来接，竟就势瘫倒下去。手中的孩子顿时吓得大哭。

广诚看到吃了一惊，连忙上前去扶。静娴将孩子抱了起来，对广诚说道："她发烧了，手滚烫的。"广诚扶起女人就赶紧松了手，问："你家住哪里，我们送你回去好吗？"女人说："我就住在九仙观旁边的茅棚里，哪里还有家？谢谢叔叔，不用管我了。"广诚说："那怎么行，你这么烫，要马上看医生。静娴，你把孩子交给我抱，你去扶着她走。"

静娴把孩子递给广诚，说："那个茅棚是道士们放水桶和农具的，四边漏风，这么冷的天，怎么能住人，还带个孩子？广诚，她病得这样，能不能把她先带回家去，我们去请医生？"那女人摇着手说："不用，谢谢叔叔，我自己走。"站起来走了几步，却又腿软坐了下去。广诚说："孩子，我们的女儿比你小不了几岁，你让我背你吧，先去我们家！"女人还要拒绝，广诚却毅然把孩子递给静娴，将女人背回了家。

到处可见乞丐

曾纪奎略皱了下眉头，但仔细一想，当年广诚就是行德积善救了谭襄农才转运"发"起来的。以后这个儿子的每一步都被证明比自己看得准。这次进香出来遇到这个女人，说不定又是天意。便不加干涉。广诚留下静娴为她和小孩洗换，自己一气跑到永安堡集上，请了医生，雇了个毛驴驮到家来。

女人是受凉加上严重虚弱，经医治后，又吃了些东西，很快就退了烧。次日一早，便来谢了要走。静娴问："你走哪里去？"女人说："我先回观里去吧！"静娴问："你家里的人呢？"女人便忍不住低声哭了起来。静娴心软，眼睛跟着就红。那女人呜咽了一阵，说她姓周，婆家姓李，是玉贤集那边的人，儿子唤作塘草。丈夫靠租种田地养家，年初染病死了。东家说，李家欠他的钱。几月前，婆婆被逼得上了吊，债主就收了他家的草房，发话要她还债。不然就拿儿子抵债，把她一个人赶出村。她只好带儿子逃了出来，在外讨饭为生。

静娴听后，从内心同情这女人，她是深知孤立无助的女人将面临的悲惨命运。她抱起孩子哄了一下后，拿定了一个主意，说："你等我一等，我去和我们当家的说说。"便出去和广诚商量了，两人又将打算告诉了纪奎老爷子，得到了应允。

广诚、静娴和兄嫂一齐来到周氏暂住的房间里。静娴说："我们问过老太爷了，你就住我们家吧。平日里帮老太爷洗衣做饭，等小囡长大，到汉口去吾店里学徒弟。"

路边的饥民

周氏紧张地摇着双手，惶恐地说："姐姐，不，婶娘，我本是不想活的，只为了这塘草，我是铁了心这辈子要守下去的。"静娴道："孩子你别误解了。"她转向一旁的广智堂客："唉，嫂子，她听不懂吾的苏州话，你来对她说。"广智老婆便大声插话道："叫你就留我们家住下来，帮老爷子做点家务。我这个弟媳收你的塘草作干孙子。你就只当是他们家的侄媳妇。好不好？等你的塘草大了，他们家把他接到汉口去店里学徒。我弟弟在汉口是开大馆子的，懂吗？"周氏听明白了，深信曾家是一片好意，便同意了，拉着孩子跪下磕头，又到前面去向老太爷磕了头，从此就在曾家住了下来。

广诚在乡里耽误了差不多半个月，因孩子们要回去上学，便结束在家的守孝，赶回了汉口。

汉口这边，田贵义将几处生意都经营得井井有条，跑马场的生意也一天都没错过，还让那些平日里少出门的年青徒弟也出去独立"演"了一回。

静娴回想起当年，亏了婆婆代表曾家接纳她，又两次来汉口服侍她坐月子，让她第一次感受到了人世上的母爱，不禁一个人躲在房里，从内心为婆婆爆发出了一场痛哭。

她开始严格而精心地每天三餐、为婆婆的亡灵“供饭”。子女们也很快习惯了，每天开饭时盛上米饭一碗，上面添上一些肉、菜，在碗上面平摆一双筷子，供在桌上，让升天的奶奶先“吃”。摆上几分钟后，再由母亲在饭上吹一口气，然后大家才开始吃饭。这仪式要进行三年。

这一年的冬天格外寒冷和漫长。

1931年元旦过后，汉口少见地严寒，连日里北风呼啸、大雪纷飞，两天后，街上就积了半尺多深的雪，积雪又很快冻成了坚硬的冰块，后来的雪又盖上去，不断加厚，冻上去。

五天后的半夜，雪才终于停了。淘气一早到前面去开店门铲雪，竟发现门口蜷伏着两个人，拼命挤靠在做锅贴的砖炉壁上，企图借得炉子的一点余温。破烂不堪的棉衣上盖满了雪。淘气便去拉他们。发现年纪大的一个已经冻得僵硬，死了。另一个最多二十八九岁，却还有一丝气。他慌忙把活的那个抱进店里，一边叫和尚去喊警察。

田贵义来了后，吩咐将那人抬到店楼上，夹盆火让他取暖。又掏钱在店里给他买了碗热汤面。大约八点钟，广诚练拳回来了，知道这事后，也去看了那乞丐。

那回过气来的乞丐说，他是孝感人，姓牛名万贵，家中已无亲人，自己一路讨饭来武汉，先前在汉正街“路讨”，那边的“甲头”说他犯了“丐法”，威胁要“活种”①他，他只好躲远点。听说大智路这边的甲头是孝感人，想去求他收留入伙，不想就遇到了大雪。

广诚因不知他的底细，怕又遇到一个孙狗子，再是可怜，也不敢收留他。便说：“这天太冷，你就在他们这里住两天，天晴了再走吧！”

当日下午，广诚又到“万方”那边忙过后，一路踏着厚厚的凝雪踉跄回来，见那姓牛的在公新里巷道雪地里帮店里劈柴。看上去他个子很矮，比自己要矮一个头。广诚道：“不是叫你歇着吗？”牛万贵答道：“我没有事了，做点事暖和些。”广诚也不搭腔，径自回家去了。

①活种，丐帮黑话，活埋。路讨指沿街行乞。甲头是某片地盘的乞丐小头目。

楼上，静娴带着放寒假的子女们正围着火盆在谈笑，昭舫正调皮地学他们的老师说话，昭诚不知听懂没有，也在跟着哥哥姐姐咯咯地笑得格外响。

广诚把牛万贵的事情向静娴说了一遍。静娴说：“你不正说还要添人手么？”广诚把自己的顾虑说了：“不知他的底细，他要有个担保人就好了。”静娴道：“他个讨饭的，哪里找人为他担保？他差点冻死该不假吧？怪可怜的，天底下哪会有那么多孙狗子？”广诚想起当年自己初到汉口无人担保，幸遇田贵义收留的往事，怜悯之心再也挥之不去。

广诚将手在火盆上方搓了两下，就又走下楼去。先躲在账房向窗外观察了牛万贵一阵。见他一个人始终在雪地里卖力地劈着柴，不像个狡猾人。便走出去问道：“你原来干什么的？”万贵放下斧头，答道：“回老爷话，我在家里是帮人种田的。我哥前年穷得当了兵，没了消息。我娘染瘟疫死了。我家就剩我一个。听人说汉口好，想到汉口找点活做，还想找我哥。”

民国时期的少年乞丐

这时静娴也下楼来了，站在一旁听他说。

牛万贵又说：“老爷，我原来也不想讨饭，想找个事做，但找不到人为我作保，到处都不收。老爷您家心好，能不能收下我？我不要工钱，有口饭吃就行。”广诚问：“你和丐头是什么冤子？”万贵说：“我没入帮，就自己讨饭，犯了邦规。老爷你不晓得，讨饭也不是想讨就能讨的，要先投靠一个甲头。每条街都有甲头的。”广诚叹了口气说：“你要留在这里，就不能和丐帮有半点关系，懂吗？”万贵马上就在雪地上跪了下去，“老爷，我原来想求那点丐帮的关系，都还没有求上哩！连那个冻死的，我都是昨晚才认识。求老爷收下我，您是我的救命恩人，我牛万贵要是忘恩负义，遭天打雷劈！”广诚叫他站起来。静娴便不声不响回到六号，翻出一套广诚的旧棉衣裤，叫王嫂改短点送给万贵。

牛万贵从此留在了店里，专门做些粗活，前面忙起来时也去帮忙跑堂。广诚见他勤快，一天到晚光是不停做活，也就慢慢放心了。

八、备荒

民国二十年（1931 年）的气候很不同于往年，从五月初立夏后，雨水就格外多，大雨、暴雨总是停不下来。跑马厅的赛事被迫完全停了。广诚和兴汉每天只是去点个卯。那边的饮食摊和茶园都只好完全关闭。到五月中，通往跑马场的道路已经被渍水分割成了一片片水凼，有些路段被完全淹没。如果不是路边有点房屋和店面，真不知哪里下脚才是路。逢到一脚踩空，水会一直淹到大腿。“万国跑马场”的董事会见铁路外几乎到处湖沼，和张公堤没筑的年代一样了，这才通知雇员放了假。

1931 年初夏，暴雨成灾，铁路外又成了“后湖”

广瑞这才懂得，原来做生意不仅有淡季，还有颗粒无收的时候。而跑马场虽说关门，但根据合同，茶肆的租金却是免不了的。去年的租金倒是广诚给付了，全年也只有最冷的年前年后停业了一个多月。今年却不同了，停了业还要自己掏租钱，这让他的心一阵一阵地不停作痛。

幸亏堂弟时刻都惦着他，即刻叫他回店陪淘气做些白案和厨房里的事，还让他拿一等员工的工钱。

广诚不忘这位堂兄，广瑞却受之无愧。他唯一不放心的，却是广诚收留他时的那句话：“这雨只怕还要下两个月，哥你不如回店里来帮个忙吧！”很明显是单指这回特殊情况。那以后呢？遇到淡季或不那么长的天灾停业时，广诚还会不会这样对他，让他保收成呢？

雨确实没有停下来的迹象，一天天地越下越欢，仿佛下漏了天。

广诚没有了跑马场的收入，店里生意也受雨天影响，常常一天饮食才卖

租界河街挡水墙

得十几元钱，他却一点失望情绪都没有。不知突发了什么灵感，还特地买了几口大缸腌咸菜。

淘气一边用石头压住缸盖，用黄泥密封沿周缝隙，一边问广诚："家家餐馆生意都不好，你还腌这么多菜干什么？"

广诚没回答。田贵义却不住地点头，插道："你是看今年会有大灾吧？"广诚说："就是，今年一定有水灾，不晓得几多难民进城，粮价只怕又会大涨啰！"田贵义说："那我们是不是该还多储些粮？民国十六年我们钱不够，地方也小，这次不比当年了。依我说，我们来进它几万斤。"

广诚听他说出这么大的计划，知道他和自己想到一起去了，胆子也壮起来，便道："您老一说我胆子就壮了，我就是这么在想，钱还差些，要想办法凑点借点。就是二楼现在住了人，哪来那么多地方堆呢？"田贵义一脸得意表情："老汉早就在动这个脑筋了。从隔壁祁万顺一直到大智路九号，除我们外，每家人都只租了楼下一层。年初省银行汪科长就又问过你，是不是把几家楼上一起租下来，租金开得那么优惠。是我们自己还一直拖着下不了决心。我看现在事不宜迟了，你应该马上去租下来，把几家楼上连通，当仓库，堆粮。"广诚犹豫地答道："您老说的好倒是好。可等到以后水退了，哪还需要那么多仓库呢？”田贵义说道：“我们不是早商量过以后增加酒菜筵席吗？二楼可以营业啊！再说，你看‘万方旅馆’的生意那么好，连楼顶都改成大客房了。以后你是不是也可以在楼上办旅馆呢？旅馆雇的人又不多，周转金要得少，不当是多养了个哑巴儿子，为你赚钱吗？”广诚笑道：“田爷真说到我心里去了。不过，办旅店我一时还资金不够。”田贵义道：“到时候你也学戴承喜那样，找人入股，还怕没人进来吗？”

广诚得到鼓励，信心大增，便当机立断地去租下了五家的全部楼上。大智路这五家都是三层带平顶阳台的清一色的式样。那几家中，粮店孙老板另有库房，其余租户本钱都有限，除“通成”的三号外，那四家楼上都空置着没人租。今年遇到停不下来的大雨，越发无人问津。所以省银行开的租金格外便宜，那么多间，只相当于多租了一个多点门面。广诚见合算，便一口气签了五年合同，省行还承诺他以后续租优先。

房子到手，他马不停蹄地将几家的二楼都在墙上开门打通。同时，他倾其所有资金，又依靠他在商界的人缘和信誉，连买带赊，把饮食店的二楼堆满了面粉大米，还储存了些豆类和其他辅料。

刚到六月下旬，武汉学校就因大雨和越来越深的渍水提前放了暑假。广诚叫和尚去把昭舫接回家。

昭舫并不想回家，他更喜欢学校，他已在这里有了自己的世界。尽管学校停课后，大部分同学都已离校。省二中位于汉阳南纪门内策建路，这个1903年就开办的中学，洋溢着孔孟遗风。教师队伍中藏龙卧虎，力量雄厚，师资水平远近闻名。昭舫就是在这里学会了独立学习和生活的。两个姐姐的学习精神大大鞭策了他的自觉性。

除了每周将衣服带回去洗外，他事事都是自己照顾自己，不仅完全不像家人担心的那样会洋相百出，反而因此而解放出了他独具的某些潜质。加之他从父母身上继承的宽厚和真挚的品性，特别赢得了老师和其他同学的好感。他似乎有天生的吸引力，不管走到哪里都有一大帮同学围绕着他，共同实践着他的每一个主意，分享他的每一份成功和快乐。所以，不但没有大同学欺负他，反而有两个甘心当起了他的保护人。他将自己的零花钱买了自己喜欢的球类，和同学们一起享用。也不时带同学到家里玩，请他们在店里吃东西。

他还迷上了音乐，跟老师学习着二胡、箫、口琴等多种乐器。由于有天然的嗓音条件，音乐老师又特地教他学习正确发声唱歌，让他在声乐上开始入门。这些爱好也让他有了更多的朋友。

水中的菜市

现在无休止的大雨已经让汉阳城内水深两三尺。他们雇小船从学校操场一直坐到循礼门铁路堤上。武汉铁路外又成了老人们说的后湖，熟悉的道路上行走着大小木船。

昭瑛、昭琳先回来了。半年前，她们又以优异成绩提前半年从初中毕业。当从母亲有意透露的资金情况中，猜到有可能再次面临失学时，便果断考进了官费的女子师范，放言不要家里钱继续读书。此时不要说是广诚与静娴，连田贵义和店员们，都为她二人不倦的求学精神所震撼了。

四姐弟在不息的大雨声中团聚，家中一片欢腾。

而大雨正给汉口带来灾难，不少土坯房、板棚房被水泡垮。铁路外几乎一片汪洋，数万居民变成灾民涌进了城区。政府开始作出了些防汛部署，划出一些公用建筑来做收容场所。

昭萍来信说过，暑假仍不打算回家。广诚便叫昭舫搬到原来昭萍的房间住，把他那南间也腾了出来，垫了石灰防潮，也当仓库。

静娴看到广诚带着和尚、万贵几个往楼上运东西，便问广诚：“前面那么多地方还不够堆，堆到家里来了。铁路外淹了，你是说还要有大灾么？”广诚说“是啊，你没看到吗？粮价已经在涨了，祁海洲他爹都后悔动手晚了。上个月见我整天进粮，他还悄悄摇着头笑呢！你在管他们买菜，未必不晓得菜价涨得多快？”静娴道“不过鱼虾多了起来，价钱还便宜了，一些小鱼才两三分钱一斤。”广诚说：“好多人都在铁路堤上钓鱼、网鱼，后湖的鱼真是多，还有跳到堤上的。听人说，鱼这么跳，水就还要涨。”

静娴问：“你堆的什么？这楼承不承得起？”广诚说：“重的我都堆在店里楼上了，那边结实。值钱的就放这边，这些箱子里是烟，好难得运回的，小心莫让它受潮了。那角上是堆的点红糖，也不太重，不怕的。”静娴说：“你这汉口的天气真是不好，热天热死人，冷天冻坏人，好容易今年夏天凉快一点，水又大了。”广诚笑着反问：“我这汉口？你难道还不算是汉口的人？”静娴也忍不住笑起来。

广诚总算完成了储备计划，松了口气。但大雨还在一阵又一阵下个不停。他于是又担心，虽然是楼上，万一时间一长，粮霉了、烟潮了，他可就一身债了。但他马上骂了自己一句：这样想不是在盼洪灾快来吗？是的，两边楼上虽已经被物资充满，他心里却仿佛更空，他脑中不时闪过一幅可怕的图画：洪水冲进汉口，房屋倒塌，满街飘着死尸。

他将自己不祥的预感告诉田贵义。田老说：“其实，我也有这个担心，因怕你忌讳没说。今年水势比哪年的都大，好在我们的房子都结实。不过就算堤不破，这街上的积水内涝都会漫进一楼，那还怎么生灶？我们还该再做些准备。”广诚说：“是的，光存了些东西怕还不够，该做什么都听您说吧！”田贵义道：“原来在顶楼搭的些遮雨芦席棚，我们再加固一下，还在楼顶砌两个灶台。你听我的话：把堆在巷子里的柴禾哪、那些淋点雨不怕的东西哪，都搬上去，现在我们有的是地方。还要准备拿沙包把门口围起来。再去进一二十根粗楠竹，再买二十块竹跳板，到时我自有用处。”

广诚一边说好，一边心里感到不详，这不是预备破堤么？储存这么多东西，要是房子被水一泡……他不敢继续往下想了，觉得自己简直是在押宝，是拿全部家当在赌博。老天爷啊，你到底想干什么呢？

外国镜头中的破堤前街景

九、破堤

进入七月，大雨已经连下了两个月，江河的水位一天天还在上涨。原后湖一方，汉口人称的铁路外，已是一片汪洋。铁路堤成了市区最后一道防线。单洞门、双洞门都被几块大铁板加上装满泥巴的麻袋一垒，堵塞了原来通入市区的桥洞，否则，洪水现在就会灌入市区。

地势低洼的一些街道上，住在一楼的居民已经多日泡在渍水中。不少人都在家门口垒个小围堰，不断地用盆将屋里的水舀出去。但水还是不停渗进屋内，满地水淋淋的。东西在生霉，拉肚子的人也多了起来。百姓苦不堪言，有条件的便投亲靠友。连童瑨家都搬到了他在法租界福煦大将军街[①]的楼房。王兴汉在集家嘴的家则完全泡在了水里，他只好与老伴暂时住到了长堤街他

①今蔡锷路。

大儿子那里。

通成饮食店和公新里六号的门外都垒起了大半米高的小围堰。相邻的几家也都效仿，防止水灌进屋里。公新里和门前的中山路渍水已齐踝深。田贵义预备的竹跳板已经派上用场，被搭成公新里的人行通道。

七月中旬，雨倒是少了些，有时还放一阵晴。但哪怕只晴上半天，太阳就会发威，汉口马上就变得像个大蒸笼，闷热难熬。而人们忧心不减，因为江水还在继续上涨。后湖渍水已涨平铁路的路堤，汉口完全被洪水包围，成了孤岛。局部地方水已能漫过路堤，进入市区。地势稍低一点的街道都要涉水行走。物价和水一样继续上涨，人心越来越惶恐不安。

到下旬，接连几个晴天，似乎又增长了武汉人的侥幸心理。事实上，水位还在上涨。报纸上发出警告：长江、湘江、汉水的洪峰月底将在武汉会合。

果然，在7月23日晚，江汉关水位突破了25米，沿江江水已经平了脆弱的江堤顶部。

街上的渍水在难得的烈日下非但没有消退，还在变深。广诚去找董鑫贵进烟，一路上，见地势最高、铺在汉口老城垣上的中山路，只剩下中间两米来宽是半干的，渍水还没有“合缝”，行人和车子便都挤在这没水的狭窄“路

淹水后的中山大道

“通成”对门天津路口的汉口邮务管理总局被淹

脊”上行走，沿街不少商店都已关门停业。

董鑫贵见了广诚，老着他那猪肝色的大圆脸，不满地说：“曾老板，我已经在你那里压了上千元的货了。这次提货后，是不是该结下账了？”广诚不好意思，连连应允。董鑫贵带着几分训斥的口气大声说：“你担心淹水进不了货，是吧？告诉你，你这是瞎操心。童三爷好多天都陪着省主席何成浚、市长刘文岛在既济水电公司宋总经理家里打牌呢！大人物的心都稳得很哩！那天市政府的人去报告，说丹水池铁路堤危险。何省长就说了，你们慌些什么？铁路堤火车都扛得起，还怕挡不住水？”广诚不放心地说：“有些地方水早都漫过了铁路堤呀！”董鑫贵瞪着大眼、摇头晃脑地说：“但是漫过来的水有限哪！不是？你不看见，还有抽水机在往外抽呢！告诉你，汉口几代人都从没听说被水淹过的事，是吧？这么大的城市，政府哪会让他淹呢？汉口还住着那么多洋人呢？你也是太喜欢操心了！退一万步说，就算城里积水深了，我们也不怕，烟行已经租了船，到时候自然会四处送货。我还巴不得这样卖个好价钱呢！”

广诚听得半信半疑，但是老董的话给了他一个重要启发，那就是应该先租条船，以防万一呀！他连忙问清楚了到哪里去租。他送烟回家后，马上就派人去租下了两条木划子，雇板车拖回了公新里。

现在已经最大限度运用了自己的资金，他反复去看自己抢购来的东西，不断问自己，这算不算是囤积居奇呢？又不断自我安慰说，目前市价上涨得有限，并不缺少供应，我只不过是有备无患，又不是为了哄抬物价，何况我还要承担香烟受潮的风险呢！

洪水却似乎要教训这个无所谓的政府，终究露出了狰狞的本相。7 月 29 日，丹水池铁路堤被江水冲破了一个缺口，汹涌的江水宽达 30 多米向北冲进，被张公堤阻拦后，便折转过来、裹挟后湖的湖水，又向南直指汉口市区。铁路外幸存的房屋即被扫荡。汹涌的水流将铁路堤堵塞的涵洞冲出了好些漏洞，强大的水柱喷向市内。防汛队伍拼了死命堵洞补漏，算是暂时避免了决堤的浩劫。

次日，铁路堤上站满了看水势的人。堤外侧，被洪水卷来的死尸和家什在路堤边水面上漂荡起伏。一些不可救药、对他人灾难麻木不仁的人皮动物，站在铁路上指点着看新奇，有的还用长竿争着打捞飘来的意外之财。

被洪水浸泡的汉口中华基督教青年会（现黎黄陂路口）

市民被告知“抢险成功，单洞门被冲出的漏洞已经堵好，正在加固”云云，大家都松了一口气。接下来，市政府动员组织市民参加防汛，“通成”也派了店员参加加固堤防。市里还参照当年刘歆生的办法，用火车从外地运来黄泥，再用板车运到江堤等地方。漏下的泥巴把繁华的江汉路、民生路变得泥泞不堪。

两天没有大雨，人们的情绪又慢慢稳定下来，城市生活又企图恢复常态。大部分人宁愿相信这一次仍然是有惊无险，而信誓旦旦的政府定能保住他们的城市的。

8月2日那天上午没有下雨。下午，广诚叫了和尚和牛万贵一起出去到江汉路买点菜。交易街老集市一带，近来很少有人来卖菜了。他们顺着中山路一直走到了江汉路，再顺江汉路向循礼门车站方向走，这条路面较高，涉水较浅。

过了铭新街，又过了两个街口，向左拐，有一排适应滞水新近搭起的半人高的木案桌。几个卖菜的将菜铺在上面，人却站在齐小腿深的积水中。广诚正停下问价，忽然听到隔一个街口的老圃那边，传来如千军万马的吼声。

万贵最先醒悟过来，慌忙把广诚一拉，喊道："老爷，不好了，水来了，快跑！"

广诚最多迟疑了一两秒钟，便丢弃了菜篮，和万贵两人一起拔腿朝中山路方向涉着水飞跑。已可见水头从靠铁路边的路口汹涌着冲出来，裹挟着无数杂物。广诚等哪里跑得过水，幸好拐过了若干街道，水头不是那么厉害，但脚下的水变得越来越深，他们也越跑越慢，很快就被淹到了大腿。万贵喊道："老爷，来不及了，你看前面那几个梯子在外墙的楼，先跑去躲一下！"

广诚对着那最近的救命楼亡命涉去，眼看离那幢街面上一个有梯子的两层木楼还有十几步了，真正的浪头却已经追了上来，尽管洪水奔到这里流速已经减慢了很多。然而广诚一点水都不会，被一人多高的水浪一推一卷，脚立刻离了地，站不稳，倒了，跟着就呛了一口水，人在水中漂起来打转，再也分不清方向。他想站起来，却蹬不到底，只觉得自己被水带着冲走，马上又被灌进一口水。

广诚脑中飞快地掠过两个字："完了！"

水灾中的汉口外滩

被冲垮的铁路堤

十一、洪水、生命

江汉路上正洪水滔滔，男人、女人、小孩和什物被水流卷起流过。广诚几乎是在垂死挣扎，他被接连地灌呛，什么也看不见。忽然，一只手抓住了他的衣领，又一只有力的手把他的下巴托出了水面，让他切实地吸进了一口宝贵的空气。还是那只手、托着他的下巴，让他喘气、呼吸，还拖着他游动。虽然口里还不时灌进点水，但眼睛又重新看见街道、楼房和天空，看见他熟悉的世界了。没有多久，他就感到脚碰到了实在的木楼梯。他在那人帮助下站了起来，定睛一看，原来是牛万贵。

断言铁路堤不会破的“湖北王”何成浚

现在，他已经踏踏实实地站在一家倚墙的木梯上，比他原来想去的那个木楼竟多漂了好多家。万贵说：“老爷快上楼去，我去拉和尚。”广诚喘着气，踉跄着上了楼。

他用被水泡胀的双眼环顾了一下，这里大概是他从没进来过的一个茶馆，里面已经挤上来不少人。他脑子渐渐恢复过来，但两条腿软软的，脑筋里还快速

水灾中的中山大道

流动着“差点就丢在这里了！万一今天是静娴来、万一是没带万贵出来……”等各种可怕的假设。

从楼上窗子里可以清楚俯视街上的惨状。不一会，万贵将和尚送了上来（和尚是会点狗爬式的），自己又下水去救了个女人。那女的才缓过气，就哭喊着要回水里去找小孩，被人们拉住。万贵便又快速游向一个已顺水漂走的红色的东西，把他举出了水。这是个四五岁的小男孩，万贵举着他，靠着街边逆水游了回来。这边、对边、附近楼上的人们发出了一阵欢呼和喝彩声。

又过了好一阵，水流的速度才明显缓下来。大概是市区已经全部被淹，后湖水和江水已经汇合了。万贵已将那小孩肚子里的水倒尽，看来已活了过来。他放下孩子，走向广诚说：“老爷，这楼结实，你们先在楼上歇着，我游回家去看看，给他们报个平安。没事的话，我就划条划子来接你。”广诚拉住他的双手，十分感激地说：“万贵，今天多亏你了。不然……”万贵慌忙道：“老爷快别说，万贵这条命还是老爷救活的呢！”广诚问：“这么远你游得去吗？小心点！”万贵道：“这点路算什么，沿路还可以扒着房子休息的。”

广诚当然担心自己家人和店员，心急如焚。不由想到，自己为备灾所做的一切，包括精打细算的囤积，在生死关头显得多么枉然和可笑，比起生命来，是多么微不足道。

在他度过了满脑子胡思乱想的近一个小时后，市政府派出的木船游弋在街上救人了，经营赚钱的木船也惊人迅速地出现在了昔日的街道上。

又盼了一个多小时后，万贵和另一个店员划着小船过来了。

万贵告诉广诚，家里一切都好，厨房里进了水，田爷爷已经叫大家把腌咸菜的缸抬到了灶上，垫得很高，叫老爷放心。广诚叹了一口气，回想刚才自己在水中的情形，心里哪里还有地方去顾上那几缸咸菜，现在对于他，生意钱财这些“身外之物”，都实在算不了什么了。

从窗口传出来那女人在人堆里的喊声：“救命的大哥，留个姓名给我！”万贵看着满楼的敬佩目光，是他记事以来从未享有过的，除了“通成”店的人，他所有的记忆都是歧视和鄙夷，不禁心里涌起了大丈夫情怀，答道：“没有什么，我是‘通成饮食店’的。”头也不回地把船划走。

中山路俨然成了一条河流。街上飘着乱七八糟的什物和几辆黄包车，也不知车夫是死是活。他们顺街划着，快到公新里口，看到原来巷子口边上的些板棚房已经被冲垮，巷内变得一目了然。田贵义正站在一条木划子上，指挥站在桌子上和船上的店员，用他备下的粗大楠竹和竹排搭建从店里直通六号内楼梯的跳板。广诚心里感动，很远就喊：“田爷爷，你不用管了，快回家去看看。”田贵义等他的船到跟前，才说：“我们刚才用船把隔壁几家的

以舟代车的江汉路

1931 年洪水破堤淹没汉口，城市变成岛礁

人都送到对面的大楼去了。”广诚说：“您老心真好！天也快黑了，您快回去看看自己家吧。”田贵义道：“不打紧，我在楼顶看了的，那一片房子都结实。凡有家室的人，我都已经让回自家去了。”广诚打断他的话，让万贵硬把田老送回去了。

公新里六号内，水淹没到了半截楼梯，离转弯处只差两级。静娴站在卫生间楼梯上，见到广诚，眼泪禁不住一涌而出：“你偏今天出去买什么菜呀？”广诚说：“谁知道今天会破了堤呢？幸亏万贵，好危险啊！”他看见子女们的眼圈都是红的，便说道：“都上楼去，没事了，别站在楼梯上了。”

历史将永远记下这一天：1931 年 8 月 2 日。这天江汉关的水位记录是 26.94 米。水先从单洞门冲破堵塞，洞口很快完全溃决，洪水如猛兽狂奔进入汉口。路上被卷入洪水的人有五百多。大水汹涌奔入市区，尽情肆虐，水深已平房檐，就是地势最高的中山路，水深也有一人多。站在武昌蛇山看汉口、汉阳，波光相接，一片汪洋。水中被淹没大半截的房屋和露出的屋顶，颇似大洋中的一群岛礁。

十一、汪洋中的城市

当汉口终于成为一片泽国之时，“武汉行营”才采取“紧急措施”，下令正式成立“防汛事务处”，并由商会、慈善会和市警察局筹设“救济委员会”。

8月3日清晨，也就是汉口被水淹的第二天，广诚接到政府通知，要“通成”派人到政府组织的木船上，参加救助转移迄今为止还爬在路堤上、屋顶上、铁制电线杆上和树上的灾民。政府拟将其中一些临时安排在一些学校和大楼里，有些还将转移到河那边的汉阳赫山或运过江，到当时三镇仅存的武昌。

广诚经历了昨日的险境，彻悟到生命的脆弱与无价，一整夜脑子里都是被洪水冲走的无助众生的惨状。他叫上牛万贵，亲自去红十字会的一个救援船上当义工。

船上一共四个人，不会水的身上都绑上了木制的、“人”字形简易救生

水灾中的江汉路

圈，救援对象是蚁集在铁路堤坡上的灾民。

救援船顺中山路右拐向云樵路[①]划行。街两边，水上漂浮着垃圾和粪便，据说将会有专门的垃圾船来打捞。路过吉庆街口那片宽大的空地[②]时，有一个较大的木船从他们船边划过，船上堆放着七八具打捞上来的尸体。大多已经完全赤身裸体，身体泡得发白发胀。广诚有些想作呕。收尸船上的人在打锣高喊："要认尸的到循礼门路堤哇！"

汉口市政府被洪水浸泡

再往前，向铁路延伸去的云樵路时宽时窄。杂乱的高矮民居，大半是板棚陋房，间或还有小丛的芦苇。那些没垮塌的木房顶上，那些仅一层高的砖房的黑瓦上，树杈、电杆上，都爬着人，男女老少都有，衣衫不全，疲惫不堪。见有船来了，很远就高呼救命。这条路本来不长，平日里走路，铁路堤十几分钟就到。可今天得沿路收容，运送到设在云樵路口的市党部和它对门的市一小学的临时收容所，来回了四五趟。

连救了几船人后，终于一直划向了铁路堤，很远就能听到沿堤上空回荡着一阵阵撕心裂肺的嚎哭声。铁路已半浸在水中。路堤上高出水面的地方散落着肮脏的什物和垃圾粪便。沿铁轨坐着些九死一生的幸存者，他们的脚看来就在水中泡了一夜。人人衣服透湿，在以炎热著称的武汉的六月天里，却冻得嘴唇青黑，个个面容枯槁，麻木不语。

这时有船载着官员来了。两个官员挽着裤腿，搭了块跳板下船，他们拒绝随从的搀扶，涉水走上路堤去抚慰灾民。跟来的记者忙上去照相。广诚第

①今黄石路。
②今荣光堂处。

一次见到这种带闪光的照相机。他当然没想到，这深入灾民的动人场面即将见报。

次日，广诚又出去做了半天义工。回来时，中山路上，交警带来民工开始在搭设跳板，以构筑一条临时的行人通道。广诚远远就看见“通成”的大门开着一扇，几只划子正停在门口。静娴与和尚站在一条船上，还带着昭诚，在为另条船上的灾民施饭。见广诚回来，静娴很小心地跨过船，又接过昭诚，和广诚一起回了家。

广诚一到家就对她说：“水很深的，你再不要出去了，太危险。”静娴说：“我原是听说粪船来了，出去下了趟河。这抽水马桶前天就不能用了。后来听和尚他们说，收留船上有人讨饭，我才又出来。”广诚问：“王嫂呢？”静娴道：“她是小脚，在跳板上都走不稳，别说上船了。我倒是从小船上长大，就不想难为她了。还有，我叫广瑞带了些钱回乡去了，不晓得永安堡会不会淹水。你说过那里地势高，可这一阵家里没带信来，我还是有些担心。”

广诚想，静娴的心真好，嘴上却说：“你怎么让昭诚跟了去船上呢？”静娴说：“他呀，就是扭着我，生着法子想上船去。”广诚叹气道：“他们当是在公园划船好玩哪！静娴，我这两天出去，见了收的一船船漂尸，那太惨了，铁人都要掉眼泪啊！天哪，那都是些性命啊！怎么一下就没了？这政府怎么守的堤哟？这才淹两天，往后还要饿死多少人呢？我看到那些灾民，就在身边舀脏水喝，还不晓得有多少人会生病呢！”静娴说：“事到如今，只有先救人。我们家乡也淹过水，不过总是过几天就退的。”广诚道：“我看难说，几天退不了的，今天水还在涨，堤都漫了。”

正说着，昭舫走过来问道：“爸爸，外面你去的地方有电吗？”广诚瞪了儿子一眼，道：“电？你们就只晓得自己方不方便！我们一家安安稳稳，还有干净的自来水。你知道外面那些人多可怜吗？家破人亡！我都听了两天呼天喊地的哭声了，不要人在福中不知福！”昭舫不高兴地说：“我不过是想看看书。昨天起就停了电，光线不好。你说那么多，水又不是我淹的。”昭瑛连忙来把昭舫拉开：“爸爸又累又烦，前天还被冲到水里，差点出事。别和爸爸顶嘴了。”广诚却嚷道：“回来！都过来！听我说话！”

子女们都顺从地围拢来了。广诚大声说：“爸爸不是心烦，是要教你们懂得知足，学会心疼别人。那些淹死的人、条条都是性命哪，说没就没了！好多还不是像你们一样的孩子！我叫牛万贵带你们几个都出去看看！昭诚也去！要懂艰难哪，孩子们！去看看那些灾民多可怜！要是摊上是我们那样，又怎么办呢？”

他当真叫上万贵和另一个会水的，用船把几兄妹划去铁路堤和市一小看了，让他们亲眼见识人间的疾苦。

静娴见广诚不是在意气用事，没有去干涉他教育子女。事后，孩子们的谈话中，果然更多流露出对他人、对水情的关心。昭舫还在墙上贴了一张纸，每天记录水位。

淹水后的第三天，市政府才在烟土税捐项下筹拨出了一笔款项，办理施粥站，给灾民散发馒头。又过了一天，救济委员会终于想起“紧急”征调民船，装运蔬菜及生活用品等，到各街巷出售（但来的次数和数量都不多，贵得离谱），以维持市民的生活。每个街口也停泊了划子，还派了军警乘船守岗，维持治安和水上交通。

广瑞不几天就从乡下回来，还带来些鲜菜。告知家乡没有淹水，一切正常。广诚总算放下了一颗心。

大约到八月中旬，汉口主要道路上都用圆木搭了高架，架上了跳板，可以维持市内行人交通了。

由于各店铺基本关门歇业，市内食品供应越来越紧张，粮价已经上涨数倍，而且和水位一样，还在往上涨。政府反复呼吁店铺开门营业，但响应者不多。

田贵义带人在店内靠门口搭建了个小平台。在完全整理好了店内、清理了损失后，“通成饮食店”率先在汉口营业了。这对一饭难求的市民是个福音。门前小平台接待着络绎不绝地前来买饮食的小船，供应馒头、稀饭、豆沙包、发糕、咸菜，也卖烟。

水上的商家陆续亮相，五花八门都卖，价格却让民众看了叫苦。有水性好的小贩将食物放于木盆中，自己在水中泅水推着木盆，沿街兜售，不过数量有限。有些店铺开门营业后，因储备少，只能打打停停、气数不长。虽有船在街上游弋，专门帮店铺搭建销售平台。也有卖粮的船找上企图开门的饮

洪水肆掠的汉口

食店，但价钱都高得惊人，把这些老板气得摇头。

广诚因为有充分的准备，这时便胸有成竹地将店里的人做了分工。让田贵义在家负责一切事务。每天蒸好大量馒头花卷，煮好干稀米饭，除在店门口营业外，大部分放在船上出外叫卖。

租船价钱在上涨。但广诚还是又加租了两条木船。广诚、淘气、广瑞都分别带一条，沿中山路，上至南洋大楼，下到法租界沿街出售。跳板上的行人见居然有船卖吃的，喜出望外。他们所到之处，一片喊买声。“通成”的人就从船上用竹篙将竹篮举上跳板，让跳板上的人把钱放在竹篮中，再将馒头、花卷、咸菜放在篮子中递上去。中山路沿街二楼的人见“通成”的船来了，纷纷开了窗子，伸出手来，高声呼叫：“馍馍，馍馍，这里，这里来！”

“通成”的馒头价比别的店铺便宜两三成，但也比平日上涨了几倍，利润当然远高于平时。广诚有时还让昭舫也上船帮忙。静娴也经常到店门口帮忙买烟。倒是昭诚年纪小，只觉得好玩，一天到晚在船上不想回家。

而水位还在无情地继续上涨。8月13日，武昌筷子街堤溃。此时，武汉三镇已全部被淹，其中仅汉阳就有45个堤垸被冲毁。报纸上称：“江水以风驰云卷之势，长驱直入……人畜漂流，房屋倒塌，淹死者无以数计。”8 月 19 日，江汉关达到水文站建立 70 年来的最高水位 28.28 米。

威信扫地的政府又在武昌洪山、长春观等地势高处增设了收容所，安排难民。无论如何文过饰非，总归民愤难平。何成浚不得不宣布将市长何葆华与省水利局长陈克明，各记“大过”一次，但令其继续工作，将功补过。

倒是汉口商会的义举比政府耀眼得多。他们组织了“水灾急赈会”，又借了新市场①、怡和洋行，以及慈善团体、同乡会馆等结实高大建筑，作为灾民收容所。收容灾民多达 30 多万人。每日还发给稀饭馒头充饥。

划子成了重要交通工具

一次，广诚到商会义捐，碰到了在“水灾急赈会”担任临时理事的童瑨。童瑨马上对身旁人介绍说：“这是我义兄、‘通成饮食店’的曾老板。”又转向他说：“商会对兄长率先营业、每日自发施舍灾民的义举十分赞赏，兄长亲自带店员上堤救人一事更被传为美谈。兄弟我脸上也觉得有光。”广诚谦道：“童大爷过奖了，我所做的实在不值得一提。”童瑨道：“我们找银行提供了三十万元借款，作急赈之用。童玮是出了大力的。市商会现在向各业募款借物。童玮现在又去了上海，为本市采购医药。那边的旅沪湖北同乡会即将汇来一万银元，上海工商界还将捐面粉一万袋。还有，昨天美国红十字会也表示要捐助十万元美金。”广诚听了，打心里钦佩，说：“童大爷功德无量啊！”

童瑨把他叫到一边，低声说：“兄长要留些意，做善事细水长流、量力而行。这次灾荒时间恐怕会很长，粮价只怕还要翻倍。我派出在陕西和四川

①即今“民众乐园”。

采购粮食的人带回消息，五省都在闹水灾，全国粮价都在大涨啊！”

王兴汉也在“急赈会”中做义工，他暂住在长堤街儿子家。这里原是明崇祯年建的袁公堤，算是老汉口最高的地方了，这下也被水淹得惨不忍睹。商会把汉口划分了地段，对未进入收容所的难民每日发给口粮，另租了渡船数十只，载运清水施送灾民饮用。王兴汉自家不顾，却每天负责带几条船到由义门与循礼门之间的各收容点服务。

广诚去看望过嫂子，她与儿孙都挤住在二楼，虽说生活无忧，却因兴汉整天在外，又是个“旱鸭子”，不会水，不免为他提心吊胆。她对广诚说：“政府里头做事的人，哪有像他那么拼命的。谁有事都找他。他呀，还真把自己当成了个人物，也不晓得自己斤两。”她好像在埋怨，但细听起来却都是赞扬：“汉口这边他管的几个收容点的难民就没有瘟疫，没有人饿死，也没有人打架抢东西。汉阳和武昌那边听说就可怜了，运尸船都没有断过。”她放低了声音，“听说没有？夏斗寅司令怕灾民闹事，派了8个团维持秩序，说是怕赤党分子趁机煽动。那天，长春观一次就抓十几个吵闹的灾民，当成共党毙了。”

洪水破堤，街道成河

广诚相信她说的不会假，这个政府的名堂谁不熟悉啊？

粮食紧缺，粮价继续上涨，原来咬着牙开了门的小店铺卖了几天、实在支撑不下去，一个个又关了。市场上平日里最多卖两分钱一个的馒头，涨到两角多钱一个。广诚仍以低于市面三成的价出售。

他虽说赚了钱，内心却并不愉快，那些灾民的惨状总像在眼前打转。他走到田爷身边说："田爷，您看天桥跳板上那些要饭的，好可怜，现在哪有人有多的给他们呢？人饿起来好难受哦！您老说过，人的一辈子也和生意一样有进有出。该赚的时候，您老带我们赚，这下该回报了，老天都看得到的。"田爷则不住地点头赞许。广诚便立即吩咐店里每天专门预备一些稀饭和馒头，救济近处的灾民。

九月上旬，商会"水灾急赈会"组织了广诚等义捐突出的店主，用船载到汉阳几个收容地查看。那天所见，更是让他触目惊心。所到之地，到处是便溺和脏物，臭气熏天，苍蝇蚊虫漫天飞舞。临时搭建的芦席棚和不多的为迎接参观预备的帐篷内，不断传出呻吟和哀嚎声，让人闻之心酸。这些收容地多在荒郊野外，乱草杂生。收留的灾民中，有不少是奔走了几百里逃来武汉避灾的外县人，却没想是正赶上了。

他们遇到一艘红十字会的木船。带队人请一个正在为病人治疗的医生跳过船来，向他们介绍灾民的卫生情况。那位医生满腹牢骚地埋怨着卫生条件太差，灾民就地饮用污染的水，结果大堆人生病，又缺医少药，疟疾、痢疾、霍乱等瘟疫病都流行起来了。他大声说道："要叫我自己在这里，一天都住不下去。好多人参观后，恶心得几天吃不下饭。灾民真活得不像人哪！这里差不多没有一家不害病，没有一户不死人。被我们隔离的那些霍乱病人，也就是在等死。甚至有全家都死光的。开始还有船来运尸，现在人死多了，运不及。龟山那边，你们可以看到的，芦席一裹，抬去找个地方随便就埋……"

淹水后的清芬路

一位政府官员模样的人，声泪俱下地对广诚他们讲话："各位汉口来的先生，我们都是武汉市的啊！自古同属汉阳府啊！你们千万别忘了汉阳这边哪！汉口商会向各业募款就得到了一百多万元，灾民都收容在大楼里。汉阳这边募集连二十万都不到，条件太差，资金太缺。望各位慷慨解囊呀！汉阳百姓定不会忘记各位功德的。”

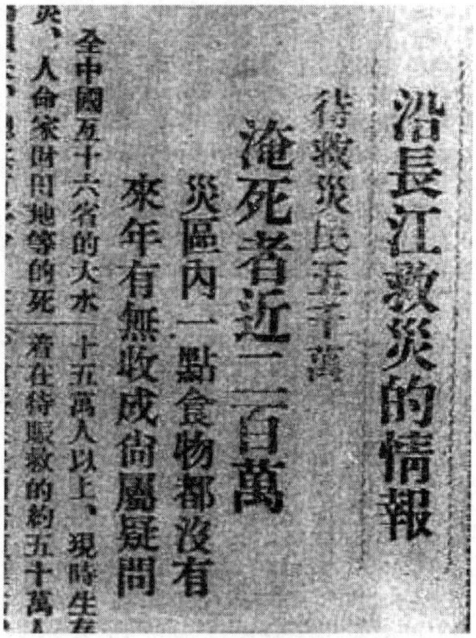
沿長江救災的情報
待救災民五千萬
淹死者近二百萬
災區內一點食物都沒有
來年有無收成尚屬疑問
全中國五十六省的大水 十五萬人以上、現時生存
災、人命家財田地等的死 着在待賑救的約五十萬人

报纸刊登的洪水成灾消息

接下来是向他们募捐了。设在龟山的募捐台边贴着充满爱心的标语，工作人员不断在大声宣布捐款人的姓名和功德。广诚捐款后暗想，刚才讲话的那个满脸肥肉，这些钱他会真用在那些可怜的人身上吗？

他带走一张报纸，上面说，三镇受灾16万户、78万余人，完全靠救济的灾民23万多人。武汉“米珠薪桂”，汉阳、武昌收容地连树叶都被吃光，加上疫病流行，死于此次水灾的共有33600人。

三镇淹没在水中，最短的地方42天，最长的达100天。武汉的天气又怪，说变就变，九月初，一次异常的寒潮袭来，竟像是入了冬。灾民夏天逃来，本来就缺衣，陡然一冷，又不知病倒了多少。为谋求生路，多走几处就能碰到在卖自己的儿女甚至妻子的。武汉三镇，一时竟成人间地狱。

尽管广诚为洪水做好了相当充分的准备，但全家也还得生活在灾害中。积水向空中散布着各种臭气，自来水常常停供，蚊蝇满天。小儿子昭诚满身长满红点，脚丫溃烂，痒不可耐，这后来竟成了昭诚终身的顽疾，铸成夺命隐患。广诚给店员们家庭发的米票，被告知米店已经拒绝兑米，不得不由店里解决口粮。

当汉口市区的洪水在渐渐退去、市内开始恢复陆路交通后，城里到处淤泥堆积，垃圾遍地，空气中弥漫着难闻的霉腐味。

力不从心的抽水机还在努力向江河和后湖排水。市面上的供应仍没见好转，物价仿佛不仅退不下去，还在继续上升。各业一片萧条，其中光大点的熟食店就有五十多家关门，几乎占了汉口的三分之一。

十二、命运的邂逅

在上海的昭萍暑假收到昭瑛写来的三封信，尽管得知家中一切都好，仍对家乡的灾情十分担忧。一直到开学后，武汉的灾情仍然是她每天读报的首要内容。

当武汉洪水无声无息地退去时，一个比水灾还要可怕得多的灾难降临到了整个中华民族的头上。这就是1931年震惊中外的“九一八”事变。

愤怒至极的民族情绪很快蔓延成全国的行动。昭萍参加了上海学生要求政府抗日的三次冒雨赴南京请愿。“珍珠桥事件”那天（12月17日），昭萍所在的队伍离中央日报社还有段距离，没有被宪兵直接追打。但是，她亲眼目睹了军警抓捕和殴打学生时的狰狞和粗暴。当晚她们回到中山大学临时驻地后，便立即被军警包围，强行押上闷罐车送回上海。昭萍觉得迷茫，我们不是在帮助政府吗？蒋委员长不是几次当着我们面发誓抗日吗？怎么成了被驱赶、搪塞和弹压的对象呢？

政府又下令提前放寒假，这套被统治者用烂的平息学潮的把戏，昭萍早就熟知，打算两年来第一次回汉口看父母了。

林卉颖比她更急着动身回家，早约了几个新认识的南下同学。昭萍送她到学校大门口，和等候着的他们互相招呼。当眼光扫到一个中等身材的同学脸上时，那个人笑了一下，用很浓的东北口音说：“你好！曾昭萍同学，我也是来送他们的，我叫叶知秋。”昭萍友善地微笑了一下，问：“你知道我的名字？”叶知秋笑着说：“是那天在南京请愿，你在和中大的同学互相介绍时，被我听到了。”说完，二人竟都忍俊不禁笑了。

昭萍和卉颖分手后，与叶知秋一起往回走。昭萍问：“您好像是东北人？是哪所大学的？”知秋微笑道：“不是大学生，我在北京大学做工，顺便在北大旁听中国文学和历史。”昭萍问：“那几个是你一起的？”知秋说：“那是在北平认识的几个朝鲜同学。”昭萍有些吃惊：“朝鲜人？‘九一八’日本人就是利用了今年六月长春的‘万宝山事件’，朝鲜人和东三省的人关系很紧张的，很多人对朝鲜人很反感的……”知秋道：“我也是朝鲜人，我们

“九一八”事变后，上海复旦大学生三次到南京请愿

和东北人、整个中国的人，都是日本帝国主义的征服和奴役的对象，和中国人当然是朋友，是兄妹。”

知秋两句话语气很平淡，却让昭萍肃然起敬。她打量了一下，叶知秋的眉毛又黑又浓，卧在一双睿智的眼睛上方，高而直的鼻梁，把他衬托得十分英俊。知秋被看得有些不自在，连忙说：“你寒假不回家吗？”昭萍说：“我明天早上坐船回汉口。”

走到了宿舍门口，两人却都不约而同地在寒风里站住了。昭萍问：“你们朝鲜朋友怎么看我们政府的表现呢？”知秋沉重地说：“我们一个小国，力量有限，但已经切肤领受了亡国之苦。坦白地说，我不相信你们蒋主席，他接见学生时信誓旦旦的表态，你们市长张群的引咎辞职，我都不信，我看这是些欺骗舆论的表演。也许他们关心的不是东三省的失守，而是国内的不同思想和政治势力，像 CP①，也包括冯玉祥、李宗仁这些对手吧！”

昭萍看到有人走过来，便换了话题：“你说，你在北大还做工？”问完自己都有点奇怪，居然能记下刚才他说的话。叶知秋解释道：“对，我勤工俭学，我在北大日语补习班代课，所以获得了旁听资格。”昭萍惊喜道：“你会日语，‘九一八’后我就进了我们学校的日语速成班，你可以纠正我发音吗？”知秋道：“当然可以，但是你要走啊！”昭萍笑道：“就耽误你一会，让你帮我听听五十音图发音准不准，以后有机会再说。我们速成班的同学都说，学好了，将来好审问日本俘虏。”两人都大笑起来。

昭萍在回汉的航程中，脑中竟不时冒出那个朝鲜人的影子，想起他说过的话，她是很赞同他的一些观点的，政府对民众的害怕，远远超过了对日本侵略者的担心。她甚至觉得唯有那些凶相毕露的宪兵，才是蒋公内心真实情感的发泄，让她联想当年在武汉曾经看到过的那些。

①时代常用语，暗指共产党（Communist Party）。

十三、昭萍抗婚

翘首等待昭萍回家的广诚，此时是另一番心境。两年多，他的事业跨了一大步，而一件大事已经在他心中升到了首要位置。昭萍已快二十二岁，女儿家，独自一个离家千里、独身在外，可千万不能有什么闪失。当务之急是给她找个婆家！免得她在外读书时被不知底细的男人纠缠，或上了圈套，一步失踏，那可是辱没祖宗的大事。把女儿教养得如此“能文能武”真不容易，这就像是他生意中积累的本钱一样，配得上昭萍的人家，当然必须是上好的。

王兴汉曾遗憾地说过，他“两个儿子都没出息、只能认她做个干女儿”，这就不去说了。熟人中私下托人来探口风的倒还不少，淑兰家就是一个。水莲没生过男孩，淑兰哥哥是姨娘所生，这倒不要紧，但他那个老子总给人鼠目獐头的印象，所以被广诚否了。再一位便是赵丙文的长子赵凯鸣，可那孩子读书看来不怎样，连大学都没考上，能配上我们昭萍么？静娴听得懂丙文堂客的意思，却故意装着不懂，打岔回避了。第三位是南洋商行的代理商董鑫贵，广诚听他打听昭萍的事就岔开了。他不喜欢董鑫贵为人精明得滑头，对他曾诱逼过自己在对不起师父的《请愿书》上签字一事也耿耿于怀。

但是童瑨亲自提起的一家却叫他动心了。童家比昭萍年龄大的都是女孩，否则很可能也会看上昭萍。童瑨介绍的是金城银行高级职员吴先生新近留日归来的二公子吴放鹰。像童瑨的每一言行那样，这也经过他的深思熟虑。他觉得广诚是可以为他所用，而且很有作为的商界新人，何况是结拜兄长，那么对广诚子女的婚姻应该加以关注，做生意的人结交金融界人士当然是求之不得的。

金城银行是依托政府的银行，通过债权控制、股权渗透和人事参与等方式、参与和摆布民间工商业，是中小业主心目中的财神。广诚以往只能偶尔求助于钱庄，得到的帮助非常有限，这无疑限制了他的事业的发展。如果在银行有个亲家，他将摆脱小打小闹，点滴积累的缓慢步伐。广诚觉得这是做梦都想不到的喜事，他很快说服了静娴，并回应了童瑨。

昭萍回家了，她带回了全优的成绩单和学校为优等生发放的又一份奖金。

广诚和静娴当天高兴得睡不着觉。昭萍用自己省下的钱为弟妹买了好多书，其中特别为喜好美术的三妹昭琳买了昂贵的英国出版的水彩画集，她自然成为了弟妹们的楷模。姐妹们彻夜聚在一起，听她们杰出的大姐讲她在上海的见闻。

昭萍第一天就去了集家嘴，看望又搬回那边的师父王伯伯。王兴汉送给了她一根可快速两截分合的武术棍。她又和妹妹们一起去“新市场”游玩了一整天，还打算次日到“晴川中学”去看昭舫。

但是快活得像春风的昭萍没有想到，她那个时代，女孩生下来，就注定要被那张编织了几千年的大网所束缚，要被绑架到“疼爱”她的父母为她预备的婚姻牢笼中。

在昭萍回来的第四天晚上，广诚专门在自己房里生了一盆火，把昭萍叫来，郑重地向她讲明了精心为她预备的“这门亲事”。

昭萍完全没有思想准备，听完竟目瞪口呆。她多年受着新式教育，早融身时代的潮流中，做梦都没想过自己此生还会面临“父母之命、媒妁之言”这些烂套子。这是回到了哪个朝代啊？

她惊叹这个社会的封建意识这么顽固，又这么切身。赶紧回答说，自己还年轻，不想太早考虑婚姻，打算先集中精力读完大学再说。但父亲却马上说，订婚与读书并不矛盾，并强调这是童大爷亲自做的媒，男家两天后就会上门正式提亲。

昭萍暗暗叫苦，竟然就在劫难逃了？但有胆识、又见过大世面的她，立即稳住了阵脚。她不会像大多女孩那样手足无措。她的命运当然不能任人主宰。

昭萍理清了思路，十分平静地回答说：“爸爸妈妈，我感谢你们对我的良苦用心。但是，婚姻问题，你们自己有切身体会。爸爸和妈妈这么幸福，是因为你们的婚姻是自己选择的。如果依了我在乡下的爷爷，你们会有什么结果呢？为什么到了自己的女儿，爸爸就又要学爷爷了呢？”

广诚微笑着说：“昭萍，爸不会害你，这做媒的是对我曾家帮过大忙的童大爷，是汉口数一数二的头面人物。就不说得罪不得罪吧，人家是看得起我们哪！他介绍的吴家二少爷是一表人才，日本留学归来。他家在金城银行当高级职员。要不是童大爷，我们哪里高攀得上？怎么会配不上你呢？”

昭萍问：“他的思想、爱好、健康、个性、志向、党派、社交、情感、能力、经历，这些又都怎么样？我在乎的还不止这些咧！所以，未必是我喜欢的。”

广诚耐心地说：“昭萍，量体裁衣，哪个女孩像你这样挑剔？难道爹还没你会看人，会害了你？”昭萍不客气地反驳道：“爷爷也疼你，不也差点害了你吗？”广诚的火开始上来了：“那更证明你爸爸看人看事比哪个都准！”昭萍迅速接口道：“可是现在，你和我的标准完全不同。”

广诚压着火气问道：“什么不同？”

昭萍道：“我把自主看得比什么都重要，便是条条都好，只要不是我自己选的，我就不会要！”广诚忍不住了：“你这么不讲理！你这口气是跟哪个在说话？你是不是读了几天书，瞧不起你爹了？别忘了你这书是我供你读的！”昭萍不愠不火地答道：“这就是我为什么耐心和爸爸讲道理的原因。但是，女儿绝不会拿婚姻来尽孝。爸爸，你冷静想想自己的体验吧！”

广诚不由得后悔让女儿知道了自己年轻时的事，此时又说不过昭萍，便大声说：“这婚姻大事是几千年的规矩，反正由不得你。怎么这么不听话呢？爸爸已经答应了，你不应也得应。不然我怎么在外面做人？你这书，哪怕不读也罢！”昭萍听他这么说，声音也高了些：“你的面子比女儿的终身还要紧么？便是不读书，我到外面做工，也不会嫁到那家去！古人都懂以死抗婚，我昭萍难道做不到？”

听昭萍说得这么绝，广诚气急了，大声喝道：“你反了！”忍不住把手中的盖碗对着昭萍迎面砸去。昭萍凭练武人的本能一手接住了盖碗，放低了声音求道：“爸爸，您莫要发火，莫要逼女儿了！”静娴连忙站起来劝阻，一边喊王妈拿抹布来擦地上的茶水。她这才发现，昭瑛姐弟都在门外偷听。

广诚看到，昭萍居然自恃有武功，胆敢接住他扔过去的盖碗，而且让她弟妹都听到了，气得双手发抖。大声吩咐将房门锁上，把昭萍锁在静娴的房中，不答应婚事，不给饭吃。静娴没想到一下就闹成这样，泪水满眶地说：“还不是学你一样的脾气，简直像神了！”却只好先答应照办。

广诚说自己去账房睡，下楼去了。昭萍听真切了，便在屋里喊妈妈。静娴一开门，昭萍就说：“妈妈，我想听听妹妹说。”静娴以为有转机，连忙答应，又悄悄叫送饭进屋。

昭萍吃着饭，小声对昭瑛说：“你去把我的东西清理包好，放在昭舫房里的大衣柜里，把你的跳绳也放到那里。做完后在门上敲三下，别让妈知道。”

昭瑛出去办完事，并给了信号后，昭萍小心打开母亲梳妆桌的抽屉，里面有她为跑马场饮食摊日常经营用的几十元钱。

她可是多次读过《娜拉走后怎样》的，牢牢记得鲁迅的话：“梦是好的；否则，钱是要紧的。”

她脸上掠过一丝苦笑，把钱包好了放在身上。在房里几个小时，她已经将一切都考虑得十分清楚。她心里并不恨父亲，反而觉得父亲是中国旧文化和商人的功利主义的可怜俘虏，以至于要拿女儿的幸福去换一个今后发展资金的靠山。父亲以为对方家境好，不会亏待女儿，但他哪会理解她这代人所追求的理想、情操，哪会理解她要的“真正的人格状态”！

她想好了切实可行的行动计划，决心不仅要抗婚抗得全胜，还要为两个妹妹做一个榜样。

她知道父亲就在楼下，这么下去是走不掉的。她喊了母亲，说要上厕所。昭舫房里大衣柜正好遮住中房的视线，绕过去，再下那几步楼梯，就是厕所兼浴室，那个窗子不高。

等静娴觉得时间太久，去敲卫生间没有回应时，一下心就慌了，生怕昭萍寻了短见。一推门，原来是虚掩的，连忙大声喊广诚。广诚听见喊声不对，慌张地赶上来，立刻发现了系在水管上、甩出窗外的麻绳，猜昭萍从窗子里逃了。果然，窗台上压着一张纸条，上写着：“爸爸妈妈，恕女儿不孝，社会已到了今天民国时代，儿以为婚姻必须自己做主。且国难当头，女儿暂无意考虑婚姻。倘若相逼，必造成女儿生命中的悲剧，只好出此下策逃避。又：我拿走了母亲的几十元钱，待父母主意改变，我便会回来。”

广诚由急转怒：这昭萍真是胆大妄为！静娴却早已感觉出不妥，便劝广诚不要把昭萍逼得太紧，但被广诚粗暴喝断。

广诚无计可施，想到自己即将在童瑨和吴家面前颜面扫地，更是怒不可遏。他判断昭萍可能去了淑兰家。他知道那个地址，便叫上静娴一起登门去

1932年战争阴影下的上海外滩

找人。

水莲和淑兰都在家。广诚不好明说，只说家有急事找昭萍。水莲母女二人都说，昭萍只是前天来过一次，又要留他二人吃饭。广诚知道真不在这里了，哪有心思吃饭，谢绝了，和静娴悻悻地回家。

昭萍读过那么多书，熟知古今中外太多抗婚成败的经验和教训，所以她每一步都是深思熟虑的。她要逃得无迹可寻。她找的是另一个同学，并托她去帮买了到上海的船票。

一到上海，昭萍立即跑到赵丙武处支取了三百元钱。加上自己第一年省下的钱，她已经为自己预备了后两年的学费，生活费也至少可支撑半年多。她将多的钱都存进了银行。哪怕此时，她还是念着辛劳的父亲，不想给他增加太多负担。决定自己也承担一部分责任，做些勤工俭学来弥补生活费用，坚决读完大学，这将也是她抗婚斗争的一部分。

什么都安排好了。她写了封信给家里报平安，另写了封信给王兴汉伯伯，求他劝劝自己的父母。

昭萍胆大妄为又天衣无缝的抗婚，让广诚一败涂地，“老子还在满汉口找她哩！”等他接到丙武的信后，更气得暴跳如雷，恨不得马上追到上海去揍昭萍一顿。他一边写信丙武不再让昭萍支钱，一边却不得不在内心佩服昭萍的心智。特别是后来知道她离家后，还大摇大摆地到晴川中学去看过昭舫，还陪他吃了顿饭，不由得摇着头自叹不如，但同时又涌出某种自满：这是他曾广诚的女儿哪！别家的女孩哪会有这样沉着？

恰好“男方”那边吴家二公子在留日期间也早心有所爱，抗婚的态度和昭萍一样坚决。吴先生不得已向儿子低了头，先向童瑨赔了不是，收回了“生辰八字”。这一来，广诚也体面下了台。事后王兴汉再在旁边一劝，广诚终于慢慢冷静下来。但是他仍生气地决定，绝不再给昭萍一文钱，面子上坚决不能服输。

李腾飞校长见昭萍大年前提早返校，猜想有什么事发生，从其他同学那里知道昭萍逃婚并断了经济来源后，从心里表示赞赏。他于是让昭萍在学校图书馆升级为课余图书管理员，没有工资，但可抵消伙食费。昭萍一边感激，一边说明自己已经筹够了后几年的学费。她知道“复旦”向来筹款都非常困难，不想增加学校的负担，但没说出自己不愿接受施舍的心理。善解人意的李校长马上解释说，这是勤工俭学。在鼓励了她的作为后，还保证将为她保守秘密。

“一·二八”淞沪抗战中的十九路军

十四、亲历“一·二八”战火

就是昭萍回校后几天，日本人在上海自编自演了一场“排日纠纷”，派人装扮成华人焚烧“三友实业社”，然后无耻地向上海市长提出了要求道歉、惩凶、赔偿、解散抗日团体四项要求。

寒假期间，阅览室的学生很少。1 月 28 日晚上 9 点来钟，昭萍已在收理书报杂志了。忽然一声惊雷般的巨响，整个奕柱堂都震动了。紧接着由闸北方向传来了紧密的枪声。负责学校军训的化学教授林继庸冲进来，对惊惶的学生们喊道：“不要慌，请帮忙把身边的窗子关好，撤到外面去。”说话间，已听到有日本飞机飞过上空，向市区扔炸弹。震耳的爆炸声和枪炮声很快响成了一片。

驻虹口租界的日军和停泊黄浦江的日舰，已放肆地向中国守军和无辜居民开枪和炮击，并向天通庵和上海火车北站发起了进攻。在中国这个最大的城市，整个苏州河以北，瞬间变成了血与火的战场。这就是震惊中外的上海“一·二八”事变。

中国守军立即坚决回击，次日下午夺回了失去的阵地，并乘胜追击，攻占了日军陆战队司令部，迫使日军退到四川路以东、靶子场以南地区。日军因战场失利大出预料，为争取时间调援兵，便通过英、美等国驻沪领事提出谈判，休战3日的要求。我军因自身也需调整部署，所以同意了。

复旦大学正位处交战中心地带。老校长李腾飞赶紧组织寒假留校师生，利用这三天休战，把学校从江湾搬迁至徐家汇的“复旦附中”。他亲自指挥奕柱堂图书馆和子彬院科学馆①的资料和仪器装车。

昭萍随留校的图书管理员一起，将图书资料打包。正忙来奔去的李校长见了昭萍，特地走近郑重地说：“曾昭萍，这些图书和资料是我复旦近三十年的精华，浓缩着我复旦的精神、复旦的传统、复旦的文化，是失之不能复得的无价之宝。你跟着这个车去，定要一路保护好资料，到那边后听金教授安排，我拜托你了。”昭萍听着年近花甲的校长说出这番话，眼泪都差点涌出。她答道：“李校长，您放心，昭萍一定像保护自己性命一样，保护教育前辈们的心血。”

昭萍等站在一辆敞篷“道奇”汽车后厢，庄重地守护着满车瑰宝。汽车艰难地挤过狼狈奔逃的成群难民，越过被战火毁得面目全非的街道。昭萍看到，昔日繁华街道变成了断壁残垣，到处可见大片血渍、散落的残肢，倒塌的屋架上飞出余烬，满地都是破碎的什物。听着飘荡在城市上空的阵阵撕心裂肺的哭声，一向冷峻的昭萍竟忍不住失声哭了，她感受到了被侵略的那种刻骨的痛切和屈辱。这是她的祖国啊！日本强盗凭什么来肆无忌惮地蹂躏？

她一改自己的低调内敛的个性，心底强烈的民族情感不可抑制地喷发出来。

她多次奉学校之命，带领留校学生队伍上街宣传和进行伤员慰问。一次，在公共租界的一个难民收容所，她用英语向一群前来参观的外国侨民代表介绍她所见闻的日军暴行。回答着他们的问题时，两个日本侨民用日语在私下里讥讽。学习了不多日语的昭萍听懂了，便用日语大声说：“看看你身边不远的那些啼哭的妇女，请用英语把你们刚才的话重复一遍！”两个日本人狼狈地连声道歉。其他欧美侨民没有搞清怎么回事。昭萍激动地挥着手，用英语继续说：“眼前各位看到的这一切，发生在中国的土地上。这两位先生刚

①子彬院科学馆为该校今600号楼。

十九路军将领蔡廷锴、蒋光鼐和戴戟

才在用日语私下说，这是日本在解放中国人民，请看看这些失去亲人和家园的人们，这不就是他们罪恶的炮火造成的吗？日本为摆脱三年多来国内金融危机造成的困境，公然侵略我们中国。这简直如同野兽，他们为的就是要夺取生存环境！强盗们总感到他的空间不够！他的资源不够！他的肉食不够！他的奴隶不够！他们垂涎中国的富饶资源，在日本民间散布：拖着猪尾巴辫子的支那人，是‘人人可以宰割的猪’。今天，他们胆敢在中国最大的城市不宣而战，进行烧、杀、抢，这就是他们日本强盗的逻辑！对付强盗，我们中国人只有痛打，狠狠地打！”

昭萍的表现，引起了正在当地巡视的“上海市民地方维持会”会长、《申报》主编史量才先生的注意。他在她讲完话后特地找了她，问明了她的学校、姓名和班级。

大年初二（2月7日），复旦组织昭萍等学生到吴淞，参加新年前线劳军。那天，日军正集中兵力进攻吴淞，以飞机反复轰炸守军阵地。她勇敢地参加了杨家宅战场的伤员救护。她在嘶喊，泪水在无知觉地流出。她横下心，在炮火和枪林弹雨中穿行，初次亲身体验了血腥的战场和死亡的威胁。傍晚，十九路军的一五六旅翁照垣旅长，命令学生全部撤出前线。那晚，日军主力陆续登陆，阵地被占领。

十五、朝鲜青年叶知秋

淞沪抗战于 3 月 4 日结束。虽然战事最终失利，但在各界人士自发参与下，英勇的中国军队屡挫装备优良的日军，给了狂妄的侵略者一次教训。全国人民爱国斗志空前高涨。像昭萍这样在战争中特别投入的青年，觉悟到了此生的历史使命，掀起了一股如饥似渴阅读历史和战争书籍的热潮。

复旦大学在徐家汇的附中复课后，昭萍因为在战争期间多次捐款，储蓄的几个钱只出不进，饮食便十分注意节约。很快她被一直在关注着她的陶方洲发现了。陶方洲在战争期间也算不错的，凡昭萍参加的活动他也都力争参加，只是难为了富家少爷，做事动手确实很难让人入眼。

一天，陶方洲找到昭萍说："曾昭萍同学，你是不是有什么困难，我可以帮助你吗？"昭萍警觉地反问："你听谁说的？"陶方洲又说："我看你好像是……太节俭了……还勤工俭学。"昭萍反问："你是觉得我节俭很丑吗？勤工俭学很丢人吗？"陶方洲慌忙道："你误解了。我是说，同学间是可以互相帮助的。"昭萍礼貌地答道："谢谢您的好意，我还不需要。"

叶卉颖看在眼里，忍不住私下问昭萍："那个陶方洲好像对你有那么点儿意思，那么诚恳，围着你都转了一年了。曾小姐是否就是为他逃的婚呢？"昭萍道："连你都不懂我吗？我是在为'原则'二字而抗婚，无论是嫁谁，我都反对包办，哪怕最后我正好嫁了吴公子，也必须是我自己看上的。至于这位陶方洲，有几分男子气？你问问自己，你喜欢他说话的腔调吗？再者，本人一心求学，不想过早去关注这些。"叶卉颖道："你莫非不知他是谁？"昭萍问："他是谁，复旦还有谁不知道，这和我有什么关系？"

叶卉颖笑道："小姐啊，原来你心里比谁都有数，装得没事，你可真有本事啊！你有什么勾人的招数，来，悄悄传给姐姐一些！"昭萍笑道："叶小姐原来另有目的，是不是心仪他已久呢？"卉颖皱着眉头说："我只是想知道，将来出校门之后，还有没机会攀上曾小姐的门呢？"昭萍也故意皱着眉头："真有那么一天哪，乱棍打出……那肯定不会。留下当丫环吧，又大材小用。看在朋友多年，又是个美人胚子，任他收作二房吧！"卉颖忍不住爆笑："死丫头，今天才见识到你的嘴巴原来这么损。当心吴家打来上海，将你绑架了抢婚，那才叫浪漫呢！"

这天下午课后，卉颖站在宿舍房间门口，对着正在读军事书籍的昭萍喊："喂，军事家，能不能暂时休战？有人找你。"昭萍看她笑容诡谲，便跟了出去，一眼看见外面竟站着微笑的叶知秋。

昭萍不知怎地掠过一阵心跳，但也仅只是一瞬即逝。卉颖笑道："我还有事，你们谈吧。"对昭萍挤了下眼走了。知秋笑道："对不起，我那天辅导你日语时间太短，需要继续吗？"昭萍不由笑了，问道："什么时候来的上海？"知秋道："几天了，因为有事，今天才找你。"

两人并肩走出复旦附中校门，昭萍笑着讲述了怒斥两个日本人的事："刚好他们讲的句子，那天你教过我，我就大声说要他们'英语でもう一度！'[①]，他们吓得只道歉。"知秋忍不住笑了："他们哪知道你会多少，程咬金的三板斧还挺管用。"两个人都笑了。

知秋收敛了笑："前些日子上海打仗，你经历了危险吧？"昭萍说："所有上海人都经历了，我们复旦支援战场死伤二十多人，我算得了什么。"知秋道："日本强盗的每一笔血债，我们都是要他们加倍偿还的！"昭萍咬着牙说："我的一个伯伯教我从小就练习刀棍，我好想亲手杀几个日本鬼子！"昭萍从未对任何人提过她习武的事，今天不知道为什么脱口而出。

他们在法租界一处街角的石凳上坐下，背后院墙内的大树伸出，赐给了这片小小的休闲地一点宁静与绿荫。知秋似有话要说，犹豫了好一阵，开口道："在这个年代，无论每个人将自己的生命看得多么宝贵，其实都是微不足道的。假如我有一天消失了——你首先相信我不会无意义地消失——我希望你会记得我，请答应我好吗？"昭萍警惕地问："你怎么突然说起告别话来了？你要做什么事？"知秋笑道："没有没有，我们经历了太多危险，你又经历了战火，我不过有感而发罢了。"

昭萍没听懂，只觉得自己有点不能平静，"我从第一眼看到你时就猜想过，你一定是经历了很多次生死的。你到中国很多年了，是吗？一口东北话。"

知秋道："都对！但我不是在中国出生。我按中国历法算是丁未年（1907

①用英语再说一遍！

年）生的，是朝鲜咸镜北道人，原名叫金成抒。我四岁时，朝鲜就沦为日本殖民地了。我父亲带我们全家逃难到了俄国。直到俄国革命的第二年，那边很乱，父亲被一个白俄砍了一刀，就死在了异国他乡。我们不得已才又返回老家。”昭萍道：“俄国革命，那时你该有十来岁，都记事了。”

知秋点头道：“对，我小学头三年是在海参崴读的，所以我还会些俄语。”昭萍十分感慨地说：“你的外语都是在苦难中学会的。”知秋道：“是啊，我以后在老家读完小学，学校规定日语上课。家里穷，我每天放学后就做小工。我在商店和酒厂，还有肥皂厂都做过工。我挨过各种打，拳头、鞭子、棍棒、板子、枪托、皮鞋、耳光！回朝鲜的第二年，我们民族爆发了‘三一’反日起义。当时我还小，但我永远也忘不了我亲眼看到的。起义被日本占领军镇压后，我们的同胞的头被挂在电线杆上，一大串一大串的，像硕大的黑色的果子。那是我们同胞的头，是起义者高贵的头颅啊！”

日本于1910年8月逼迫韩国政府同之签定《日韩合并条约》，正式吞并朝鲜半岛

知秋稍微平静了一下自己的情绪，接着说：“读高中时因看爱国书籍及参加反日活动，我和几个同学被捕了。日本宪兵暴打我们，那残酷的刑罚我至今记忆犹新，有时常在梦中再现。我当时想，我一定会残废了，那我就不能亲手杀日本鬼子了。要知道我还不到二十岁呀！当时我内心比肉体还要痛苦！”他语气很平静。昭萍注意看了看他刚毅的面孔，却见不到一丝痛苦和自怜。

“我被关了两年，这期间母亲也死了。直到1928年，我和几个人在做苦工时，趁看管不严逃了出来。我听说有个叫金成柱[①]的在中国吉林市毓文中学建立了'打倒帝国主义同盟'，就逃到了中国，但没能找到他。于是，第二年，我流浪到了北平。哎，我说了这么多，你听烦了吧？"

昭萍真诚地说："没有，我虽然看过一些书，也亲眼看到一些民间的疾苦，但是你所讲述的都是亲身经历，让我感到更真切、更生动。这次上海的抗战也很悲壮、很惨烈的。日本强盗烧杀奸淫，其兽行简直令人发指！在淞南小沈家宅，他们把6位未逃跑的老人，推入粪坑里……活活呛死！在罗泾石家宅，他们将32个村民捆绑着拉到挖好的大坑内，浇上汽油点火烧死。知秋，我还亲眼看到他们的飞机大炮肆意屠杀我们的同胞，忍不住咬紧了牙。我恨日本侵略者，我真想报仇啊！我真想报仇啊！我真盼望找到能领导我们全身心投入反抗侵略的领导者。我想我的一生，注定要用来向侵略者战斗。"

1932年上海虹口公园爆炸案执行者
韩国义士尹奉吉在韩国国旗下宣誓

知秋点头说："我也一直在找。但我们韩国过来的人不团结，派别太多，还没找到理想的领导者。但愿'大韩民国临时政府[②]，金九先生能带我们做点实事。"

他们一起到附近一家韩国小菜馆吃饭。一个额头很高、轮廓分明的青年过来，和知秋打了个招呼。知秋连忙介绍说："这是我复旦的朋友曾昭萍，这位是我的同胞和好友尹梅轩[③]。梅轩，坐下一起吃吧！"于是三人一起吃了晚饭。梅轩谈吐慷慨，给昭萍印象颇深。

这是昭萍和尹奉吉的唯一一次见面。

4月29日，在沪日军高官在虹口公园，召开几万日本军人和侨民的侵略上海"祝捷大会"。到11点多时，天下起了小雨，各国外交官员陆续下

①即金日成。
②当时的韩国流亡政府，位于上海法租界马浪路——即今马当路——普庆里4号。
③即韩国义士尹奉吉。

1919 年韩国“三一”起义遭日军残暴镇压

台离场。而日本敌酋们意犹未尽，还在相继祝辞，台上台下全体日人自作多情地高唱日本国歌。天空中掠过 18 架日本飞机作飞行表演，21 响礼炮也开始鸣放。忽然一声惊天巨响，台塌人倒，顿时全场鬼哭狼嚎。尹奉吉藏在热水瓶中的炸弹，让日酋河端顷刻丧命；侵华日军总司令白川义则大将重伤，一月后毙于上海；海军第三舰队司令野村吉三郎中将被炸瞎一眼；第九师团长植田谦吉中将、日本公使重光葵都被炸断一条腿；而倭卒倭妇负伤无数。

韩国义士的壮举震惊了世界。受日军欺凌的人民奔走相告,额手相庆。昭萍也打心里崇敬这位一饭之交的英雄。但一直到当年 12 月，在尹奉吉受尽各种酷刑、被押送至日本英勇就义后，昭萍才从知秋那儿知道，当初知秋来沪也是为踊跃争取这一个未知的秘密敢死任务的。只不过金九先生选中了尹奉吉，让他完成了比荆轲伟大和成功得多的壮举。她更不知道，这炸弹，就是复旦林继庸教授研制的。

韩国发行的尹奉吉烈士百年纪念邮票

十六、父女和解

淞沪之战消息传到武汉，全家人都心急如焚。战争期间，昭萍只给昭瑛写了两封极其简短的信。前一封表明为国家不顾生死的决心，后一封则多关问父母身体和弟妹冷热，更像绝笔了。广诚、静娴听了面无血色，茶饭不思，夜不能寐。广诚这才知道自己是多么想念女儿。他悄悄在菩萨面前反复忏悔，请求将灾难让自己来承担。静娴则整日吃斋念佛，经常在菩萨像前长跪不起，祈祷天神赐昭萍平安。

“一·二八抗战”结束后，昭萍寄来了平安信，但全家人还是放心不下，广诚决定去趟上海。静娴担心昭萍不愿见他，便让他带上三女儿昭琳同去。

七月下旬，广诚带着昭琳到了上海。船一进吴淞口，他就被震撼得惊呆了！苏州河北岸怎么变得这个样子了？这哪是上海？哪里还认得出来哟？日本强盗啊，凭什么来中国，把我们的上海糟蹋成这样？

在他心里，上海是最雄伟的城市，上海人是最精明能干的，很多人锱铢必惜、追求自保、省吃俭用地积累创业。他的经营理念也好多受到上海人的影响。可日本侵略者一来，一瞬间，他们就家毁人亡，遭灭顶之灾！要是让日本畜生打进中国来，他们不也会让武汉的和平家园化为乌有吗？

这个生意人受到了活生生的爱国教育。现在，他不再是本能地仇日，而是从心底和日寇不共戴天了。

复旦已搬回原址，昭萍的

日军占领复旦大学

宿舍在战争中被完全夷平，学校三座楼的屋顶被轰毁，面目全非的校园正在修复中。

经历了战争，还有什么比亲情更浓呢？他与女儿很自然地和解了。

在上海的几天中，广诚无意中看到一个青年在追缠着昭萍。他很含蓄地向刚认识的叶卉颖探听。那丫头竟不等他描述完就说出，那人是上海滩有名的陶家的二少爷。浙江陶家？仿佛天上响了一个焦雷！广诚几乎以为自己在做梦！还在跑船时，他就对陶家有所耳闻了。他顿时眼前一片灿烂，原来女儿比自己有眼力得多啊！看来自己当初对她逼婚真是鼠目寸光。女儿的抗婚真是大大有理啊！昭萍啊昭萍，你果然不简单哪！可为什么要瞒着你的老子呢？你说清了，我会是不讲理的爹吗？

心花怒放的广诚在上海住了几天，又给了昭萍一些钱，希望她在放假时能回汉口看母亲，昭萍的经济压力便完全消失了。

临别前，广诚吞吞吐吐地对昭萍说，他将尊重女儿对婚姻的选择，以后让昭萍自己做主就是了。昭萍见父亲有这么大的转变，虽有些疑惑，但更多是高兴。她对父亲说，眼下她只想好好读书，将来好报效国家。广诚反倒急了，怕失掉机会，忍不住说："女孩子大了，自己考虑终生大事也是应该的。"

他庆幸自己来了趟上海，"眼见为实"，那少爷完全在求着女儿呀！难怪她有本事不找家里寄钱哩！他恨不能长翅膀飞回武汉，把他的见闻告诉静娴。

十七、巧遇韩铸仁

看着父亲离去的背影，昭萍心里不禁涌起很强烈的伤感和联想。父亲辛劳半生，总算有了个像样的产业，可是像他这样的上海人多着呢！日本强盗发动一场战争，就让他们倾家荡产、家破人亡。在弱小的祖国，要想创业成功谈何容易。父亲那么不倦地投入奋斗，如果最终徒劳无功，那将比杀了他还要残酷。

她成长到今天，短短22年，却看够了黑暗、欺压、贫困、杀戮，切身体会到国民忍受欺凌的境遇。她见识过谭襄农、陈定一这样以全身心投入民族解放的人，可是革命人士怎么被残暴的势力镇压、屠杀得无影无踪了呢？眼前这个无能的政府，对付学生运动那么凶狠，可是当自己士兵以血肉之躯英勇反击日寇侵略时，他们却一味退缩、委曲、忍让，助长倭寇嚣张气焰，我们千年文明古国怎么落到了这样一帮人手里？她恨不能像尹奉吉那样，杀死几个日酋够本。

复旦大学虽然充满爱国正气，却严格执行“教师上课，不谈宗教；学生在院，不谈政治”的宗旨。昭萍本人也受“知识救国论”的影响很深，对学业看得很重。这里当然包含她对父亲血汗钱的珍惜，和对李校长这些师长的教诲与期望的崇信。

《中日上海停战协定》内容公开后，当局连中国不得在上海至苏州、昆山一带驻军的丧权辱国条款都能接受，令她感到简直无法忍受。由于政府强力压制学生的不满言论，校园呈现出反常的寂静，她因此陷入苦闷和迷茫之中，整日都不想说话。

这天在寝室，卉颖把她轻轻抱住问：“是身体不舒服，还是想嫁人了？想谁？”昭萍轻轻把她推开，说：“都不是。”卉颖一眼看到昭萍床边放着一张训导处查封的学生刊物，不以为然地劝道：“别看这些，这不是我们女生管的事。犯不着替那些政治家苦闷。”昭萍道：“几个政治家做的事，四万万人都得承受，而我们一个小女生又无能为力，我的苦闷就在此。昭萍此生不能为男，但决不为妇，为小小家庭虚度一生。”两人话不投机，竟争了几句。卉颖不高兴地说："你心高志远。我没有你想得那么多。在你眼里，我将来就是为人妻、为人妇的小女人了。"说完扭头离去。

连叶卉颖都不能理解自己。她感到孤独，一个人走出了宿舍，在黄昏的校园里漫步。她回想起当年林育南先生在"通成"讲演，几天后，她激情地和同学参加了收回英租界的大冲锋，何等畅快！林育南去年也在上海被杀害了。共产党真被杀得一蹶不振了吗？复旦有共产党吗？怎么自己碰不到呢？

她只顾低头走路，忽然在暗影中与一个人撞了个满怀。

那人正在道歉，却突然止住了。昭萍也"啊"了一声，盯着对方，声音不大地问道："您是韩副官？"

那人看了下四周，说："是的。你是曾家大小姐？"昭萍激动地答："我是曾昭萍。韩副官，你们都到哪里去了？好久都没有你们的消息。"韩铸仁小声说："一言难尽。我现在一个学校教数学。以后叫我罗老师好吗？你在这里读书？"昭萍急促地说："对，我在文学院三年级。罗先生，您一向可好？"韩铸仁答道："还好。"说完自己笑了一下。昭萍又问："谭襄农将军可好？"韩铸仁道："听说他在海外经商，报上看到他为十九路军捐过款。"

昭萍曾想过，自己认识的革命者中，只剩下韩副官和杨老师没听说牺牲，他们一定还在革命，他们比她见过的任何"当局人士"都正直无私，在他们身上能感到希望和光明！但还能找到他们吗？也许他们能告诉自己该选择什么道路？没想到今天居然撞见。她决不放过这个机会，急忙开门见山地说："我一直希望找到你们。罗先生，以后可以去找你吗？"

韩铸仁摇了摇头，说："我与你不是一个学校。你找我有什么事吗？"昭萍坦率地说："我希望能像你们那样，做一些我所能做的事。"韩铸仁笑道："什么事？我有什么事做的，我现在只剩下教书糊口了。"说完，身体有个打算离开的倾向。

昭萍懂得韩副官还不敢信任她，但是不想让他走，急忙说："韩……罗老师，曾昭萍不想看国家消亡，想选择一条实现理想的道路。您是了解我们家和谭将军的关系的，不能信任我吗？"

韩铸仁迟疑了片刻，仍然笑着说："曾小姐，我觉得，你现在这个年龄就该读好书，将来定有报国之途。我作为一个教书匠，现在只想养家糊口，不误人子弟足矣！恕无能相助，就此深表遗憾了。”

他微微躬了下身子，离去了。昭萍好生遗憾，很显然无法继续谈话，只能看着他消失在黄昏中。

韩铸仁其实是中共上海地下党员，公开身份是暨南大学的历史教师罗毅，负责苏州河以北地区的工运和青年工作。他在武汉就对昭萍印象一向很好。在和昭萍分手后，他一边通过复旦地下组织了解了昭萍的表现，知道她属于爱国热血青年，且言语谨慎低调，适合发展。一边迅速找上级汇报了被昭萍认出的事。他们分析，当年韩铸仁在武汉被捕后侥幸脱险，正是昭萍的父亲等人自觉地冒险相救，昭萍作为进步青年，渴望投身正义事业很自然。所以，被她认出不应有什么危险。但是，因为此时共产党中央正面对顾顺章叛变后的险恶形势，地下党在进行大规模的转移和重新布局，发展新人极其慎重。加上当时党内的关门主义的影响，有人认为，虽然昭萍的父亲帮助营救过我们同志，但她出身于“剥削阶级”家庭，因此暂不宜将她列入发展对象，可以考察她，让她做些外围的工作，也不要急于让她知道太多事和认识太多人。

数月后，韩铸仁已确定昭萍显然没有将他在上海一事对人说过，便开始考察她。有天下午课后，昭萍出校门买点东西，韩铸仁突然又出现在她面前。在一个僻静的角落，交给她一封信说：“你帮我做件事。后天下午，如果有人来找你说：‘罗先生的信丢了。有人说你捡到了，你交给我，他会给你赏钱的。’你就交给他。注意，任何人都不能说，不能知道，这是为了你我的安全。”说完离去。

昭萍兴奋极了，其实给她拿的是封空白信。她认真地完成了。韩铸仁很满意，便有意识地让昭萍完成了几次“任务”。他发现，昭萍做事低调可靠，不打听不好奇，且有很稳定的性格，具有做地下工作的潜质。但是，他遵照上级的指示，没有让昭萍参加更多行动。

十八、小少爷昭诚

上海之行，让广诚对昭萍彻底放了心。现在，他该多关注儿子了。大儿子昭舫是他心中最重要的人。但现在，他对他很缺乏信心。昭舫从小受到家庭所有人的呵护和宠爱，理所当然地享受着大少爷的优越地位，哪里吃过像自己童年时那么多苦，哪会懂得世事艰难。偏偏又一个人在外住读，又是长身体的年龄，广诚便生怕钱上面管严了，让他身体吃了亏。谁知他一放松，反而让昭舫学会了大手大脚。广诚不由得责怪儿子又好吃、又会玩、瞎花钱、爱漂亮。总之，让他越来越失望，从内心觉得，将来要是把家当交给他，搞不好就折本败家，把自己一辈子的辛苦糟蹋了。

好在老天爷还给了他一个小儿子，他才是曾家的根本。他于是把更多的希望转寄在昭诚身上，决心要好好栽培他。他越看越觉得昭诚的性格像自己小时候，朴实而顽强，让他喜欢。他于是悄悄对静娴说，恐怕将来只有昭诚才有本事接下自己的生意，我们要指望小儿子了。

昭诚到了七岁，被送到位于云樵路的、当时最优秀的汉口市一小学读书。这个学校已合并了他哥哥姐姐原来读书的学堂，有多达八百名学生，和汉口市党部共用同一大院，操场则在马路对面。

但是昭诚特别贪玩，上学没几天，就把刚发的书掉了一本。问原因，大概是他去找同学要“糯米饧糖”吃，被人偷了。这让广诚仿佛挨了当头一棒，对昭诚的所有希望都动摇了。自己从小那么穷，都没有找别人讨过东西吃，这小子怎么这么没志气！广诚气极，举手就要打。静娴连忙劝住了，把昭诚拉到一边，告诉他哥姐从来不吃别人东西的，你要吃回来妈给你买。广诚一听她竟然是这么个教法，哪能这样惯孩子？大不高兴，走开了。想了半天，但除了想出叫和尚每天去接送他外，也没想出一个好办法。

去年，大水淹没汉口，昭诚还不满九岁。大水退后，他继续在母亲和哥姐的共同宠爱中，无忧无虑地享受童年的生活，性格也变得任性起来，似乎离广诚希望的越来越远。昭诚每天放学后根本不想回家。他要尽情放松在学校被约束了一天的童心，玩够，抑或天黑了才回。广诚渐渐不耐烦，开始警

20世纪30年代汉口的转糖小贩

告、责备，进而惩罚，然而都无济于事。

昭诚巴不得像哥哥那样自由，做自己想做的事，但是父亲偏不给，所以他只能趁哥哥周末回家和放假时贴紧他。与哥哥一起，不像与姐姐们一起那样得到太多呵护，却能得到他最需要的童趣，像去罐子湖钓鱼、去中山公园划船、去新市场看魔术杂技、去法租界看电影……特别是玩那些最令他兴奋（有些都是父亲所严厉禁止）的花样，可毫无顾忌地释放他的童心。哥哥回家就是他的节日，所以他崇拜哥哥。昭舫爱弟弟，也与他有最多的共同语言。他教弟弟打玻璃弹子，汉口人称为“打珠子”，使昭诚成了市一小乃至东山里周围有名气的小高手，赢来的珠子、洋画……简直成了小财主，让小朋友羡慕。但不幸被父亲发现，认为不卫生，没收销毁了。这让他对父亲的反感大大加重。

从二年级暑假起，昭舫就将他带到公园泳池教他游泳，后来又多次偷偷带他到江边，带他练出了一身好水性。昭舫又教他唱歌，鼓励他说：“小弟，家里就你的嗓子最好。”他们的兄弟感情不断增添着友谊。

昭诚喜欢脱离父亲视线的那种自在。一天，在铭新街和伟雄路的交界处，昭诚找和尚借了五分钱去“转糖”。他赌了个两分铜板转一次的“大的”，用力拨动了转杆，一边和些大大小小的孩子一起放声高叫：“板龙、板龙！”一边目不转睛地注视着杆上的针，看它指向木板上的哪个图样。但是速度减慢了的指针已缓缓越过了“板龙”的区域，仅依靠最后的惯性还没停下来。昭诚紧张得屏住了呼吸，以为又要“八砣”了。结果指针竟刚好停在了角上的“飞机”上，孩子们一下欢呼了起来。

糖匠只好自叹折本，在石板上亮出自己的手艺，花了十多分钟，用熬糖做出了一架颇为逼真的立体糖飞机，机身方形，往尾巴渐渐小下去，双翅微翘，前面还安了个纸做的、可以随风转动的小螺旋桨。飞机立在一根小竹竿尖上，棒极了！

昭诚高兴地举起了飞机，在羡慕的孩子们的簇拥欢呼下准备回走，却一眼看到了正从跑马场回来的父亲。广诚这些天正因跑马场水灾后迟迟不能复业不开心，一见他就火了，责问道：“你放学回家，怎么会走到这个方向来了？”昭诚不敢说话。广诚看见了他手中的糖飞机，便又大声问道：“哪来的钱？”和尚连忙上前笑着说：“不怪小少爷，是我的，就两分钱。”广诚转向和尚道：“叫你接他，不是要你教他乱花钱的。两分钱你看不起是不是？一角钱要买升米了！是不是我以后每天扣你两分钱？”和尚连忙赔笑着说：“叔叔，我晓得错了。”

广诚掏钱还给了和尚，回家等着昭诚，打算以哥哥姐姐为榜样来教育他。没想到好一阵都等不来。他跑下楼一看，和尚正在揉面，却没见昭诚，便问：“昭诚呢？”和尚低着头说：“在前面柜台上。”广诚一听又来了气，跑到前厅，见昭诚正坐在田大爷身边的小凳上欣赏他的飞机呢。他简直是忍无可忍了。冲上前去，把昭诚往腋下一夹就往回走。

昭诚吓得哭叫了起来。广诚夹着他走出厨房后，粗暴地把糖飞机夺过去，毫不留情地扔到了地上。

这一下，昭诚的童心也被一起摔碎，哭得更厉害了，两条小腿乱蹬，但怎能挣脱他孔武有力又望子成龙的父亲。广诚把昭诚带进账房，关起房门，对着他的头就是几下暴栗子。吼道：“你还哭！”昭诚越发大声抗议道：“你赔我的飞机！”广诚见他还敢顶嘴，气得将他一把拧过来，扑到自己双腿上，举起那练武的大巴掌就打。正在这时，淘气闯进来说："戴老板来了。"广诚才停下手，淘气乘机抱了哭喊着的昭诚走了。

昭诚挨了父亲的痛打，找母亲哭诉，又心疼那千载难赢得的飞机。习惯受宠的他，同时承受着心灵和皮肉的伤痛，一直哭累了才停。

晚上，静娴一个人坐在自己房里流着泪。广诚回来见她不理睬自己，知道怎么回事，便凑过来搭讪。静娴不理。广诚赔了好一阵小心后，静娴才哭着说："你去看看他屁股上的血巴掌印！他犯了多大法？你像打强盗似的。他多大个人？那嫩肉，哪受得了？你脾气怎么变成这样？将来只怕连我都要打！"广诚再三认错，又将自己练武用的活血祛淤的药偷偷给昭诚屁股上抹了，静娴流了半夜泪才睡。

昭诚自此对父亲产生了强烈的对立，甚至是仇恨情绪。除了那么重打他，更因为他不认为自己有什么错。还有他珍爱的糖飞机，被他夺去像垃圾一样甩掉，叫他一口气怎么也忍不下去。加上从柜台前把他当着那么多人的面拧回来，也让他的自尊心受到莫大的损伤。

汉口江汉关(1931年摄)

初小四年就在童心被严密地禁锢和不断地偷偷僭越中过去，直到与父亲发生了决胜局较量。

是晚秋的一天，他放学玩到天黑才回。广诚问："怎么回这么晚？"他低着头回答："玩去了。"广诚压住脾气说："洗手去！"昭诚说："洗过了。"广诚看了一眼，说："这么脏，用肥皂再洗！"昭诚沉默地照办了，坐上桌子。静娴道："昭诚，来，吃鱼。"昭诚玩累了，口里很没胃口，说："不想吃，我泡点鱼卤。"一边偷看了一下父亲的脸色。广诚今天不打算责怪他，说："这么好的鲤鱼，来，爸爸帮你把刺理了。"说着就把自己理好了刺、却舍不得吃的一块鱼夹了送去。没想到昭诚“啊”了一声，说：“我从来不吃鱼皮。”广诚这下再也忍不住，便说了声：“你越来越邪了！”一推椅子站起来，举手就去抓他，又想教训一下。昭诚眼快，身子一缩躲过，却从桌子底下钻出，一气逃下了楼，出门穿过公新里胡同，跑上大街。还怕父亲追来，头也不回地一直奔向长江边。

他恨透了父亲，不想回家，一个人坐在江滩上胡思乱想。黄昏的江面上，停满帆船和双桨的带篷渔船，与那些停泊的大轮船比起来，都显得十分渺小。渐渐，船上的灯光渔火便开始在江水中飘忽起来。昭诚发呆地看着，不知道今天自己举动将会是怎样的后果、应该怎样去结束。如果回去，不要说一顿痛打免不了，还得低头认输，以后怕再也抬不起头了。他回想起每次挨父亲打，几乎要把他按得憋过气。对，不能回家！就算父亲追来抓住，打死也不认输。

他又幻想着用什么招数把爸爸打败。但用什么招呢？那天在公新里看爸爸他们大人玩，几个店员都对付不了爸爸一个，那时他是很崇拜爸爸的，自己显然不是爸爸的对手。他于是转而幻想着到深山老林去拜神仙为师，将来回来报仇，把父亲的手一捏，让他喊疼。他想着这些，嘴角出现了笑容。但是哪个山才有神仙呢？

他就在愤懑和击败父亲的幻想中在江滩一直坐到半夜，身上有些冷了，可他还是不愿回家。忽然间，一件气味很难闻的衣服一下蒙到了他头上，他大喊一声，却感到他的声音也被一起给蒙住。有人把他扛了起来、在奔走……

十九、昭诚遭绑架

昭诚失踪的当晚，不下十个店员把“通成”周围几里都找了个遍，那里找得到人影？到半夜，广诚真紧张了，他连夜去报了警，次日早又用电话告知兴汉、丙文等朋友，还破例地找了童瑨求助。以他的人缘，寻找的范围扩大到了租界、郊外乃至附近县乡。

又过了一天，还是完全没有消息，静娴已经吓得完全失去了主意。广诚则肠子都悔青了，仅靠责任支撑着自己的精神。“通成”几乎停业，大部分

汉口老商业街旧影

员工都出去找人了。在女师上学的两个女儿请了假，去报社登了寻人启事，又到汉阳晴川中学喊回了昭舫。

“会不会掉到江里去了？”广诚冲破忌讳、道出了自己的担心。

“不可能，他游水游得好得很。”昭舫回答。

广诚听到这个秘密，狠狠瞪了昭舫一眼，看来自己不知道的事太多，对他们所有的管制都是失败和无效的。不过此时他无心责骂，更不敢上楼，怕见到极度伤心的静娴。他不知万一事情无法挽回，将如何面对她。一切大错皆因自己暴躁造成，现在只剩下懊悔的份，想不出，为什么自己在外面能忍

顺低调，回家就全变了？他默默向天保证，只要小儿子平安回来，他再不会那么严厉地对待他。

巨大的恐惧已将静娴完全击倒。生昭诚时她已40岁，又是难产。好在母子平安，还是男孩。从此她完全在曾家站直了腰。小儿子浑厚而朴实，无论外表还是性格都极像广诚。他天真活泼，一言一行都常闹点小笑话，给家庭带来无穷的欢乐。甚至连他犯的错都常让人啼笑皆非，常常在责骂他时忍不住自己要笑。养他到十岁，正是世事无常和曾家起伏跌宕的十年，确实太难了，对他的爱也因这样的岁月格外让她刻骨铭心。

忽然间，一个乞丐少年找到通成来，说有两个人要他给曾老板带一个口信，叫明天天不亮带一千元大洋[1]，亲自送到汉阳月湖堤上游河边。要是敢报官和带了人去，他的儿子就莫想活！

武昌长街

田贵义不敢怠慢，立即叫人喊来广诚。广诚听少年说完，问了下叫他来的人的相貌，觉得这回像是真的。便给了他一元钱，让他走了。

他没有去跟踪小孩，因为他猜想绑匪为了看清他的相貌，会就躲在附近。他打算一切都照绑匪的，他一个人去，但是一定要先见昭诚的人，放人就交钱。田贵义与静娴立即表示反对，说这样太危险了，谁知道他们有多少人、有没有枪？但田贵义从金额上分析，不像是惯匪，叫个小孩带口信，说明绑匪连能写字的都没有，连打电话都不会，所以人也不会多。

王兴汉闻信赶来，认为绑匪多半是穷疯了，不排除是些穷凶极恶的人。最后，他极担当地拿出了一个解救计划，要广诚、牛万贵几个这般这般，而他亲自去汉阳找一个水警官，那是他的一个徒弟。

①在市场食品购买的能力，相当于2012年50万。

二十、英雄出少年

在江滩绑架昭诚的，是观察了他很久的一条船上的一对夫妻。他们在江河上摆渡，过得很艰难且毫无盼头。女人又喊来他兄弟，三人商量好，这回反正绑都绑了，回不了头了，不如横了心发一笔意外之财。

他们将昭诚用草绳绑在船舱里，将船停泊到了汉水边没人的僻静处。但任凭殴打、揪耳朵、拧大腿、不给饭吃……软硬兼施，哪怕威胁将他杀死喂鱼，昭诚都坚决不回答自己是谁家的孩子和为什么一个人在江边。他一旦下了决心，就是很多大人都比不上的一条铁汉。

江滩船民

绑匪拿他没有办法，只好上岸打听，很快就听说“通成”丢失了小少爷，又看到码头贴的寻人启事，时间、年龄、相貌都能对上号。几人大喜，找到财神了！两个男人便到大智路找了个小乞丐去通知曾家，事后还壮着胆去通成买了包子。看气氛确定没报警（其实早就报过），就撤回船。三人又兴奋又紧张，商量了一晚的对策。

昭诚假装睡觉，一边听一边丧气地想，父亲那么恼他，肯定不会要他的了，未必会拿那么多钱来解救自己，除非母亲……母亲没那多钱呀！

船上那女人是决策者，她布置说，若广诚带人来，就拿昭诚当肉票、当面以撕票威胁他；若广诚不来，就把昭诚的手指切一个给他送去。昭诚听了后面这句大惊失色，原来对女人母性天然善良的所有幻想瞬间都飞走了，只好使劲想着各种逃跑的方法，直到半夜，终于太疲倦睡着了。

次日天明前，女人留在船上看守昭诚，将船停在离河岸十几米距离的河中间，另两个人去到月湖堤上游等候，那一段很少有人。块头大的男子躲在堤外一处破墙后瞅着下游小码头，急盼着接钱，那姐夫则拿了利器藏在内堤边附近，一方面观察是否有人跟来，一方面准备若要打斗，就出来接应。

天刚麻麻亮时，他们果见广诚独自一人下了渡船、离开了码头，绕上堤来，背着一个布袋，焦急地向这方走来，的确没看到后面跟有人，确信这下万无一失了。那舅子很放心地蒙着半边脸走到堤上来，远远对广诚喊话，问钱带来没有。

广诚见果然有绑匪等着，便大声说要先看到人。其实他并没带来那么多银元，一个下午不可能筹到那么多。

那舅子朝船上喊了一声，他姐姐换了男人的衣服，蒙了脸，带了个斗笠，威胁昭诚说："你跟我出去，你爸爸带钱来赎你，你要敢耍花样，就杀了你跟你爸爸！"

昭诚有些惊喜。因为是小孩，又因为要吃要拉，他的双脚没绑，只是一双手腕用草绳绑了吊在前面。

昭诚跟了她从舱里出来，一眼就看到了岸上的父亲，胆量大增，立即放声大喊："爸爸，我遇到土匪了！他们要杀我！"

那女人大吃一惊，还没反应过来，昭诚已一头朝她腰上猛地撞去。毕竟是船上人家对付一孩子，那女人退了两步，站稳了。昭诚见没能把她撞下水，竟自己"扑通"一下就跳进了冰冷的河水中。

这一突发事件让岸上的广诚大吃一惊，也令这几个家伙始料不及。绑匪都相信小孩必然淹死无疑，出人命超出了他们的顶线，得跑！但那女人还只想到钱，指着广诚喊："快点把钱拿了，莫让他跑了！"

广诚虽听昭舫说过昭诚会水，却不相信这天冷水急又被捆着双手的孩子还能游。正急得木呆了，见两个壮汉手拿利器朝他扑来，赶忙一个闪身飞起一脚，将那舅子踢得滚到堤下。那船上的女人见他功夫了得，又见有两条小船正飞快从上游放下来，赶快把船摇到岸边，高喊："莫打了，快跑，他后面有人！"

广诚先还以为是绑匪有人接应，惊了片刻。却见有水警正从月湖一边的芦苇丛中冲出，直向绑匪扑去。又见水面上王兴汉在一条船头上高喊："抓住他们，一个都莫放跑了！"

原来兴汉不愧广诚割头换颈的大哥，昨天下午就赶去汉阳找到了他当警官的弟子，警察又听从他的意见，在河中、河对岸都埋伏了人。兴汉又带了几个会水的兄弟从水上接应。

广诚看到王兴汉，又看到了另一条船上的牛万贵，自己却不会水，急得对着万贵大喊："万贵，昭诚跳到河里去了，两只手绑着的呀！手绑着的呀！快救人呀！"

万贵那条船便顺河向下游寻去，却见不到人。这时后面响起了枪声，那三个见警察开枪，硬着头皮只顾自己逃命，连那个吃了广诚一脚的，都翻身爬起来朝芦苇深处跑了。

警察们扣了船，却一个绑匪都没抓到，还在搜捕。又过了约半个小时，落水的昭诚还没有找到，牛万贵病急乱投医，干脆跳到冰冷的河里去找。广诚则急得五内俱焚。

忽听到下游对岸的武胜路码头，有两个水警在岸边朝汉阳挥手高喊。河中间的王兴汉听清楚了，从船上高声转告广诚，昭诚已经在对岸登陆了。

汉水口

原来昭诚在船上时，就在悄悄将草绳的草一股股地分开扯断，外表上却看不出。跳下水后，他只觉水冰凉浸骨，用双脚往前游了几下，就将剩下的几股草绳完全挣断。听到枪，还以为是绑匪对着自己打的，吓得尽量潜泳向对岸游去。游了一阵，反倒不觉得那么冷了，可离岸不远时，小腿忽然抽筋。他吓坏了，生怕就这样淹死，便无师自通地狠狠吸了口气，先沉下去试水深，结果没多深就触了底，让他感到了希望。便摸着河底坡子向岸边爬、爬、爬，憋着气；憋不住了，再憋一下；更憋不住了，还憋一下……后来实在没法憋了，他一挺身，好家伙，头一下冒出来了，水才刚刚到胸前。

牛万贵闻讯游到了岸边，看到十岁的孩子竟横渡了近两百米宽的冰凉汉水，靠自己得到了自由。不由从心里佩服。

广诚乘船过渡来到武胜路码头警备处后，还惊魂未定。看到淘气和和尚都已经先到了那里了，昭诚也穿着一件大大的警察服，正坐在里面狼吞虎咽地吃着热腾腾的汤面。见了爸爸来，就把头低了下去。

广诚也几乎不敢正眼看他那虎头虎脑的儿子，现在他一颗心已完全放下，吩咐和尚飞快回家报信，自己则与兴汉一起去去谢谢警官和办手续。

广诚脱了外衣、裹上昭诚，叫了辆黄包车，带昭诚回到家里。全家人连同一些店员都在公新里巷子口等着的，个个欢天喜地，如同迎接真佛。静娴更是喜极而泣，赶紧带昭诚去洗澡换衣服。

昭诚见父亲一路都没和对他说话，对他仿佛不想多看一眼，便一直咬着牙等着与父亲下一步的较量，猜想着自己将受怎样的惩罚。但他不明白的是，结果非但没挨揍，反让他在家休息几天不去上学。而且，从此后，父亲竟再也没打他了。

二十一、“通成”开始供应豆皮

自水灾后，武汉的餐馆和小吃店像遭了瘟疫，一家接一家地停业或倒闭，唯独“通成”办得红红火火。民国二十年竟成了广诚事业猛进的一年。商界同行们谈起来又是羡慕，又是嫉妒，却也不得不服气。祁大山就数落过他的管家：“这一墙之隔，能说曾家占到么‘香赢’？别个是凭本事哪！”

毕竟战争离武汉还远，曾广诚的眼光也看不到更远、想不到更深，他眼下心里想着两件事，一是拿出个打得响的品种，二是要物色好厨师，让他的餐馆升级。

还在大水退尽后不久，广诚就去一一登门，还清了所有赊欠。那些在别家试过催债屡遭碰壁的债主喜出望外，没想到这年头还有人能还上钱，而且还居然送上门来。曾广诚一下成了商界茶余饭后都在谈论的诚信君子，让“通成”在汉口声誉大振。

那年年底，广诚本人也被破例选为汉口总商会委员。

田贵义却并不认同广诚“无债一身轻”的经营理念，他特意找机会对广诚说：“您那么急着清了债做什么？其实有些钱可以在手上多周转一下的。董鑫贵那边，哪个大点的买主不是压他几千，你一下把钱还清，他差点还以为得罪了你呢！为这还找我打听过。别看他光说你的好话，其实他这种人势利得很的。你还得太干净，他反而把你看嫩了。你越敢赊，他倒越觉得你财大气粗。我这次去进烟，就没急着结账。”

广诚笑道：“您老处处高广诚一着，不过这烟，也占不了多少香赢，进多了怕生霉。”田贵义说：“这我有数的。不要白不要，钱在自己手上，总不会撑死了。米店那边，我说半月结一次，压他两周的钱，孙老板还喜得眯了眼呢！”

广诚笑着，他理解田贵义的理财经，同行们都是这么做的。但是他有自己的主意，把好名声争到手，将来不更好活动头寸[①]么？做生意的人，谁不

①头寸，中国商界特有的对流动资金的叫法，据传，因为十个袁大头银元摞起来刚好是一寸，因此被喻做“头寸”。

旧时的江汉路

愿本小利大呢？

他听完田爷（现在店员们都这么称呼他）的教诲，讨教他把哪种卖得好的小吃推一种出来做招牌。

田贵义皱着眉数着：“推出一个招牌名吃，主意是不错，就是选哪种合适呢？你看哪，‘冠生园’的鱼生粥，算有名吧？人家当小吃在卖。新市场专卖面食小炒的保定馆子‘满天星’的疙瘩汤，花素锅贴。武昌的‘文华姑嫂饼’。武昌青龙巷的‘谦记牛肉’……多得很哩！宁波里那家，叫‘乐露春’的小吃面馆，我还和你去吃过，三间门面都是竹障席蓬的，你说坐进去都觉好凉爽舒服的，他的油鸭面很好吃，记得么？”

广诚说：“田爷说得好，我就是看人家有招牌名吃，动了心思。您再接着往下说。”

田贵义又说：“可这几家都有一个特别的地方，就是独家有！我们呢，现在名声最响的有莲子汤，再就是锅贴和包子，可卖这几种的人家太多了，还算不上独步江湖。那些小店租金费用都比我们低，我们不小心，怕还做不赢他们呢！”

广诚低头不语了，他的租金费用是大大高于原来在吉庆街的时候了，大智路上有家撑下来的小店，卖的品种和自己差不多，价格还低一些，但利润不会比自己差。

田贵义怕冷了广诚的心，接着说："想独家大，就得比别人好。原来淘气的葱油饼好，这下别人也都学会了；淘气又做出肉饼来卖，结果吃的人还少了，嫌贵。我说，有些事急不来的，慢一点，自然会有的。我们到底还算汉口做得好的铺子嘛！"

广诚对田贵义的分析心悦诚服。他是深知自己斤两的，但他立志决不停步，巩固自己来之不易的小富小康，永远远离穷困。不过，这时他更加确信，田贵义为他描写的"三步棋"完全可能成真。那么"新品种"和"好厨师"真是当务之急了。

工夫不负有心人，1932 年秋，"通成饮食店"终于推出了一款新的颇受欢迎的小吃品种：豆皮。

包括他自己在内，谁都没有料到，这个品种将会在十几年后让"老通成"成为名扬四海的饮食店，大半个世纪后跻身为武汉的非物质文化遗产，远远超过他能想象的境界！

如果五十年后他还健在，再让他回顾"豆皮"和他的缘分，他一定会觉得，那简直偶然得像是天意。

那是个星期天，他和田贵义到武昌打探市面行情，将回家过周末的昭舫也带着一起去玩。昭舫和同学到武昌赛球和游玩的次数比较多，因此比他两个还路熟。他把他们领到青龙巷的"谦记牛肉"，吃了一顿牛肉豆丝，三个人呼啦呼啦地吃得好不舒服。

在回汉口的轮渡上，昭舫说："爸爸，我早对你说过，外面好多东西都比我们自己店的好吃，没错吧？"广诚说："好吃倒是好吃，就是太辣了，有些人不喜欢的。其实他这牛肉面、粉、豆丝，我们都可以做。特别这豆丝，汉口还不多，是不是，田爷爷？"田贵义说："他的牛肉汤是浇上去的。学会做这汤倒是不难，但煮牛肉格外费时。小吃讲究快。再说我们如果学他做得一样，就犯了同行的大忌，要失信于市场的。"昭舫问："那豆丝也不能卖么？"田贵义说："那倒不是。我是说，自己一点新样都没有，依样画葫芦地学别人，等于抢别人饭碗。就算做发了财，又有什么光彩？那样做人太不地道，不要说别人会耻笑，将来到了阴司也要受报应的。”

广诚却低头在想着“豆丝”能不能翻出什么花样。他看着船舷边泛起的沸腾般的江水，说：“在我们乡里，每年冬天，豆丝吃得很多的，滚水里烫了，加点青菜、油渣、辣子。昭舫你记得吧？以前你奶奶豆丝做得最好。连我都会做，啰，大米和豌豆、绿豆啦，混在一起，用石磨磨成浆，在锅中摊开，火上一烘一烤就成了。我们那里还有些人喜欢把豆皮切成丝条晒干，存作干粮。不过哪，豆丝经不起煮，稍微多煮一下就糊，看相不好。所以，只消滚水里一过，就马上要捞起来，再浇卤，这样做出来要好看些。”

田贵义说：“在我们大集，还有蔡甸，也都喜欢这么做。哎，对了！我记得有些人摊了以后不切，把豆皮在锅里炕好后，撒上点了猪油渣、油炒饭、葱花、佐料，包过来，再用锅铲铲起来，好吃得很咧！”广诚说：“我在小担子上吃过有人这么做的，称作‘豆皮’，不过不易包好，皮子厚，还一包就破。卖相不好，味道倒还可以。现在在哪里吃得到呢？让我想想。”

昭舫马上接过话说了：“不用想的，爸爸，王府口[①]就有家卖豆皮的，做得很好吃。”广诚瞪了昭舫一眼，说：“你倒是天天还在读书么？我记得你学校在汉阳，你怎么把武昌吃得这么熟？”昭舫嘀咕道：“我好心告诉您，还惹得您这么说。”

然而一周后，广诚还是叫上昭舫带路，喊上田贵义，去武昌吃豆皮。

这家店不大，有点像“通成”原来在吉庆街时的大小。里面有四张有点年数的方桌，门口一块颇为油腻的木板上用墨笔写着“杨洪祥豆皮”。

三人进里面坐下。店小二马上过来抹桌子，问道：“三位先生要几份？大盘还是小盘？”广诚用手指着反问：“那边那个人吃的是大盘还是小盘？”小二说：“大盘。”广诚说：“那来三大盘。”

旁边桌上的那个人吃完，走到厨窗口，大声打着招呼：“杨老板亲自下厨啊！这豆皮也真是油重爽口、外焦内软。不愧是道光年间传下来的百年老店哪！其他地方那吃得到这薄的皮？不过我吃过有挑子卖的豆皮夹了臊子的，杨老板卖不？”杨老板站到窗口来，满足地笑答：“卖啊！我这里连糯米馅的都有。不过今天早卖完了，先生要吃有馅子的，明天赶早。”

①今武昌解放路与紫阳路交叉处。

广诚等三人吃完没有馅的“蛋光豆皮”，果然如听到的那样，很是爽口。回家后广诚笑着对田贵义说：“田爷，明日我们起早好么？”田贵义说：“行，非要吃到真的才罢休！”

次日，昭舫回学校去了。广诚和田贵义两个人当真一清早就赶到武昌去“杨洪兴豆皮”店。果然，那小店一早的生意就相当不错，还有不少人拿了碗前来，盛了端回家去。广诚二人买了五份，叫三份用荷叶包了。他想带回去给静娴和淘气他们尝尝。

小二打量着他们问：“二位昨天好像来过？”广诚笑道：“是的是的，小师傅好眼力！昨天我们没吃到有馅的，今天特地赶早。”小二说：“拿回去的要趁热吃，这东西不好再热的，冷了就大不如热的好吃了。”

两人正吃着，一个三十不到逃难模样的人站到了店门口。后面跟着一个妇女，怀里还抱着个不满周岁的小孩。小二见了不耐烦地说：“卖都不够卖呢，没有剩的了，快走！”男人慌忙说：“小师傅，我不是要饭的，我来打听你们老板要不要白案厨子？”小二说：“不要不要，别站在门口了。”那人又说：“做小工也行。”小二不耐烦地说：“不要不要，跟你说别啰嗦了。”

广诚看在眼里，又听的真切，便说：“小师傅，别赶人家了。人哪能没有个三灾六难呢？这位兄弟，进来坐。小二，再来两份大盘。”那人慌忙双手不住摆着，示意不行。杨老板在里面看得真切，伸出头对那人说：“我这店小，真的是请不起人帮工。刚才这位先生说了请你吃，你就坐下吃一盘再走吧。”

广诚去付了账。两夫妻不住地道谢。广诚说：“这是小事，您家慢用了。”和田贵义吃完后出了门，却在不远处找了家茶馆坐下。广诚说：“听他口气，好像有白案手艺，想进城去找生活。等会出来，问下他会做些什么再说。”

果然，那对夫妻不久就走了出来，继续沿长街向北走。广诚从后面跟上去道：“这位，留一步说个话好么？”男人回过头一看，连忙应道：“原来是这位好心叔叔。请问叔叔要说什么？”广诚便问：“你是哪里人？你说你是白案厨师，请问哪些最拿手？”那人恭谦地答道：“小的是纸坊人，姓胡名光汉。家里两代是开豆丝作坊的，后来开个小食店卖汤豆丝，也做过豆皮。今年发大水，纸坊比汉口还惨，我家的店被冲了个精光。我们三个算是活了出来。想出来找活做。一家人总要活命哪！叔叔请我吃的豆皮，我就会做。”

广诚一听他会做豆皮，忍不住喜在心里，便试探地问：“你吃杨老板的豆皮好么？”胡光汉说：“好！手艺是没得说的，他在豆皮上头铺了鸡蛋，摊得薄，大火小火也用得好合适，还舍得用油。只是店面有些不起眼。单靠做豆皮，做得再好，怕也就只能养一家人。您家没看他自己下厨么？不过这年头，生意能撑下来，也算不容易了。”广诚说：“我也开了个店，正想请人做豆皮。你肯不肯去帮忙？”胡光汉顿时喜上眉梢，说：“我胡光汉今天遇到贵人了！肯去，肯去啊！不瞒叔叔说，我就是想进城找家店做工的，遇到叔叔，真是我前世修来的福分了！”

胡光汉就这样被广诚聘用。不久，“通成”开始供应豆皮和豆丝。谁也没料到，此举竟从此揭开了武汉“豆皮”小吃登上大雅之堂的序幕。

“通成”当时供应的是非常简陋的“蛋光豆皮”。比民间和小贩进了一步的是，加用了鸡蛋打散烫在豆皮表面上，这样可以摊得很薄，烤熟后叠起来不破，吃到口里外脆内软。“蛋光豆皮”一般都没有馅。有时也少量供应用猪油渣、菜丁、油盐炒饭，甚至用熟糯米作馅，那就已是“三鲜豆皮”的早期雏形了。

下半年，店里又来了个咸宁人章师傅登门求职，诨名“章狗子”，极善煨鸡汤。从此“通成”又多了另一个重要品种“瓦罐鸡汤”[①]。没想到受到的欢迎程度，几乎盖过当时汉口最有名气的“佘胖子煨汤馆”的“八卦汤”，成为供不应求的品种。时常每天都要卖上百只鸡。

豆皮和瓦罐鸡汤受到欢迎，一下就把“通成”的名气又拔高了一截。加上锅贴、莲子汤和葱油饼等几个受欢迎的品种，“通成”已经可以称得上有些特色了。

---

①据健在前辈介绍，解放后老通成“豆皮二王”曾延林师傅的妻子，被分配到位于兰陵路的“筱桃园煨汤馆”，带去了老通成瓦罐鸡汤的配方和烹饪法，帮助该店鸡汤上了一个档次。

二十二、谈苏菜再添高厨

广诚生意越做越顺，又打算实施田爷的一年前的建议，把已租下的五个门的二、三楼都利用起来，办一个颇有规模的旅馆。旅馆不用雇很多人手，而来住的房客自然会有一大半要在“通成”吃饮食。死房子就会变成活钱。就像是田贵义说的，养个“哑巴儿子”为自己赚钱。退一步说，就算旅馆利润不好，“通成”的客人多了，营业地盘不够，照样可把二楼拿来营业。

不过旅馆最好要个独立的一楼门面，又还得和已有的二、三楼相通，这有点伤脑筋。他于是想再去租下公新里通道“高头”（靠南）的那几幢刚建好的三幢三层楼房①。

大智门一带人气虽说已经大有起色，但是一来在汉口还比不上江汉路、

恢复商业生气的汉口

①属中山路，解放后为中山大道 1257、1259、1261 号，即 80 年代的老通城职工宿舍。抗战时曾被炸毁，见后文。

花楼街、汉正街那些老街热闹，二来水灾打垮了大量投资者的信心。省银行新建这批临街门面房虽说漂亮高大，却叫好不叫座，眼看要完工了，还不见商家踊跃租赁，充其量只愿意租个一楼门面。省银行不得不在报纸上刊登广告，许诺降价和优惠。汪科长来喝鸡汤时还专门找广诚动员，这给了他难得的良机。

广告登报的当天，广诚就和田贵义到湖北省银行签下了“买天不买地”合同。三栋中，靠公新里过道的一幢一楼作为门面，挂招牌。而相邻靠“高头”的两栋，他只要了二、三楼和一楼的后半间（一楼是隔成了前后房的），那两栋面街的前半门面房由银行租给了别的商家。广诚仔细合计过，一个门面就要相当于二三楼的钱，而他只要其中一个门面挂招牌就足够了。

签合同那天一切顺利，他们很兴奋，回来一路都谈论着改建和装修计划。才到“通成”门口，淘气就从店里迎了出来，说：“有两个师傅在店里等你半天了。”

这时淘气身后走出两个外貌有些怪异的人，都满脸挂着笑容。其中一个个子很高，比常人高出一个头，又比较瘦，脖子特长，转头看人时好像脑袋可以一下扭到背后去似的。另一个却刚好矮胖，憨憨笑着。

周末放学回家的昭舫正好也闯见，如果不是二人穿着破旧，他差点当成是报上登的那对新走红的喜剧谐星韩兰根和殷秀岑来了。他极力忍住笑，一个人飞快跑回家，想赶快把这有趣的事讲给两个姐姐听。

那高瘦子对着广诚说话了，汉口话中带有很浓的江苏口音：“我们俩是前花楼那边‘桂香楼’的红案厨子。去年大水，我们店拖不起，做垮了。现在我两个丢了饭碗，都晓得‘通成’好，我们想来曾老板这里找碗饭吃。”广诚一听心头暗喜，却表面上不动声色地说：“我们店至今都还没有做酒菜生意，没有请红案师傅的。”说完看着田贵义。

矮胖子心切，慌忙对田贵义开口：“曾老板，我们白案、跑堂也能做的。我们都在汉口做生活好多年了，在汉口成了家，就住在单洞门那边，是有根有底的人。现一家老小都靠我们养活。只求老板收下，做什么都可以。”听口音，也是下江人。

田贵义已经懂了广诚的意思，无非是表面冷淡些，免得工钱谈高了，就说："站着不好说话。二位，来后面坐着谈。"

两人跟着他们到公新里六号一楼堂屋，在八仙椅上坐下。田贵义先说话了："'桂香园'一向还卖得不错的，怎么就关了？"高瘦子说："唉，要不晓得内情的人看，倒像还热闹。按说老板为人也还不错，就是哪有像曾老板这样的本钱。淹水前，就已经快拖不起了，他要我们先回家，等水退了再说。我们原指望等水退了，他可以招我们回去，哪晓得他说'桂香园'不办了。"矮胖子接口道："曾老板，从黄陂街到长堤街，大半个汉口，三个铺子里头垮了两个。我们靠手艺吃饭的都惨了，整整一年饭碗没得啦！"田贵义道："我不是曾老板，我姓田，这位才是。"

两个人见认错了人，连忙又起身施礼。广诚道："不客气。请问二位尊姓大名？"两个还没完全坐下去，却又赶忙站了起来。高瘦子说："我免贵姓钟，叫钟云泰，他们都叫我钟长子。"矮胖子说："我姓姜，姜立金，都喊我姜胖子。"田贵义道："钟师父谈吐，倒不像是做活养家的人。"钟长子不好意思地说："不瞒老伯，我家原来也有点殷实，小时候还读过几年私塾，认得些字，也常读点歪书。后来几个叔叔吸鸦片，把个家败了。我十一二岁就逃荒到无锡，算我运气好，拜到了师，从学徒做起。说起来，这都有二十年了。"

田贵义点了点头，慢慢地说："二位师傅，我们'通成'还没有开红案，因为小吃进料、储料都很好算计。一开了红案，要由来的客人点菜。客人胃口千般万种，那就得算好每天要预备几多鱼、几多肉、哪些青菜、哪些佐料。现在我们还没有这个板眼能算清楚这些，不备着，又怕客人点到了，会得罪了客，砸了招牌；备了嘛，卖不完又怕要臭要坏。所以还不敢开红案。"他没说其实厨师非常难请，不是手艺不怎么样，就是开的工钱太高了。

钟长子哪里想到后两条，就事论事地赔笑着回话："田爷，酒菜比小吃赚钱得多，小吃做得热闹，辛辛苦苦赚得到几个？您家比我们有数的。您要不信，红案一开，只消做两三天，您心里就有底了。您家这里离菜场近，公新里后面出去就是那么大一个集市，买菜比我们前花楼还方便。有些不常用的菜，等客人点到才去办都来得及。"

田贵义摇头道："话是这么说，中午买菜倒好办。餐馆的生意一大半是在晚上，那时集市都散了，哪里有得买？哪里会好办？我看不好办哪！”

钟长子一听有些急了，连忙接口说：“田爷，这您家不消担心。菜场那边，常卖菜给你的人一做就熟了的。有了您家大买主，哪个不想赚钱？他们会想尽法子让你看得上。只消几天，他们就比你还清楚，哪些好卖，哪些您家说要就要，每天该先送几多，预备几多来为您家应急，又哪些该到下午才送。您家是等菜送来，挑了、点了才付账，您说的那些，哪用你老自己去操心咧？”

广诚听钟长子说得在理，而田贵义却故意反着说。他虽不懂“欲擒故纵”的讲究，却也听出名堂了，不由得从心底佩服自己的管家。心想着隔壁“祁万顺”，年初就开始卖些简单的下酒菜了，已经吸引过去了不少客人，不能不说是家门口的冤家！而“祁万顺”备菜的做法，就和钟长子说的差不多。

田贵义换了个话题问：“那请问二位擅长什么菜系？”钟长子说：“您老问菜系，我们都是下江人，当初拜师学的是淮扬菜系，就是你们说的苏菜。不过在武汉，讲菜系讲多了，生意反倒不好做。武汉来往客人天南海北，什么口味都有。只能看客人的味口来做，不能单做独一样苏菜。”他扳起手指：“其实川、粤、苏、鲁四大菜系，不过是不同地方，特产不同，弄出来不同口味。”

田贵义笑了：“你是说，因‘靠山吃山，靠海吃海’，才弄出来菜系？”

钟长子一看田管家笑了，顿时大为放松，接口道：“是吵、是吵！湖北是鱼米之乡，什么都不缺，又吃山，又吃水。”田贵义又一笑：“不错不错，吃的东西多。依你说，要是同样的鸡鸭鱼肉放在这里，哪个菜系做法都差不多喏？”

钟长子一听急了，他哪是这个意思，连忙摇着双手，说：“不是、不是！怪我没有说清楚，同样的东西，各菜系做法是大不相同的。要说起来，四大菜系的讲究是‘锅上面的功夫’，湖北大师傅考究的是‘锅底下的功夫’。”

田贵义认真地插话：“嗯，锅底下？么功夫？”钟长子连忙掰着指头说：“就是‘火候’啊！比方说炖、焖、煨、焐，外行看来，都是加水一煮，其实这里头，讲究大了，几句还说不仔细。就是一个‘蒸’菜，看是什么菜，配料和火候也大不一样。”广诚听得高兴，站了起来。

田贵义点了下头，说："这么深的学问？真是隔行如隔山！"姜胖子插话了："田爷，客人点菜的时候，茶房先要学会看客人是哪里人，想法弄清他的味口，告诉厨房。要是北方人，就口重，又喜欢葱蒜；云贵川来的、湖南的，都喜欢辣；广东人就吃得淡、鲜；下江人离不开糖，又喜欢带点酸。我们都是打听了是哪里人，才敢选料下锅的。"

田贵义还是装作不懂，又问："二位师傅说了好多，我也听懂了要'因口调味'。那二位到底拿手做哪些菜呢？"

钟长子找到机会表达，好像来了劲："苏菜菜谱上的，我们多半都会做。先说鱼菜吧！湖北人吃水产讲究只吃'有甲有鳞'，所以'桂香楼'菜谱上就把'松鼠鳜鱼'摆在第一。还有糖醋鳜鱼、葱烤鲫鱼，清蒸鲥鱼，白汁元鱼，一大堆。再说点别的，像油爆大虾、清炖甲鱼、莼菜鱼片、雪花蟹汁。这当中虾菜最好卖，便宜，起锅也最快。不过，这里头，像鱼片刀工麻烦，甲鱼费火费时，除非做席，平常一般都不备。对客人就说是要先预定，才能保鲜活。这样说，他们是听得进去的。"

田贵义又问："就鱼虾？"钟长子忙又说："鸡鸭鱼肉我们都能做。鸡鸭菜有扬州卤鸡、三套鸭、溜子鸡、南京的金陵盐水鸭、板鸭，苏州的八宝船鸭，这都是又可以单点，又可以上席的大菜。肉菜有肉脯、松子肉、樱桃肉……再有，当初'桂香园'虽说是苏菜馆，可菜牌上也写着川菜的肉丝、肉片、猪肝、腰花炒菜和鲁菜的烧卤。这些菜做起来容易，等的时间少，客人点得也最多。卤菜又能先做好，放几天也放得，上桌快，也特别好卖。"

田贵义又插上一句："那素菜要不要呢？"钟长子接道："当然要啊！客人每次都还喜欢点个把素菜。您家莫小看了素菜，那是大有名堂的。时新青菜又好吃又好看，堆头大，还卖得出价。还有豆腐、面筋、笋、蕈，是素菜的'四大金刚'！这些我们两个都能做。"姜胖子插进话说："光说没有用。曾老板和田爷要是不信，只管点了，请田爷派人买了料，我们当面做出来。"

广诚点了下头，就选了松鼠鳜鱼、油爆大虾、樱桃肉、炒腰花和一个苏式家常豆腐，一个烧茄子。后面两个素菜静娴做得最好，广诚暗地要比较一下，好看看两个的手艺。当日让两个说出一应采购的原料，由田贵义记下。又请两个吃了顿便餐。

田贵义等两人离开了，对广诚说："上了红案好是好，但是点菜喝酒的人恐怕远不如吃小吃的多，占桌子的时间长，你细想过没有？"广诚笑着说："自从田爷说过要走'三步棋'，我都想了十几年了，哪会没想清？我打算，以后小吃还是我们立家之本。你看豆皮、瓦罐鸡汤卖得多好，又热闹，起码赚了场子！田爷，现在托你老的福，赚了几个钱，我们把胆子放大点，通成的二楼也可以腾出迎客嘛！明天试过，要是他们两个手艺可以，您就和他们谈工钱。"田贵义明白了广诚决心很大，连说知道。

次日钟、姜二位特地换了一身干净衣服前来。广诚和田贵义跟到"通成"的厨房里看了片刻，钟、姜才刚展示出刀工，就看出确非泛泛之辈。广诚和田贵义便到六号堂屋的八仙桌上去放心等候。

最先上桌的是松鼠鳜鱼，但见盘中的鱼活像个竖卧盘中的松鼠，昂首翘尾，外翻的鱼肉经油炸后，色泽金黄，酷似茸茸的松鼠毛。姜胖子把盘子刚放到桌上，紧跟上来的钟长子端着油勺将滚热的糖醋卤汁淋浇到菜上，只听到"松鼠"吱吱发出声来。田贵义忍不住低声叫出"好！"广诚也满意地点了点头，用筷子点着菜，对田贵义说："田爷，请！"

接着上来的是两道"快菜"，油爆大虾艳红挺括，虾壳爆裂突起，肉壳若即若离，入口一舔，壳就脱了。虾肉又鲜又嫩，咸鲜中略带甜酸。广诚边吃边说道："这是杭州的做法了。"田爷却另有所钟，道："你看这腰花真是又嫩又香，切得也真见刀功。"

松鼠桂鱼

等兼有无锡豆干和苏州甜食味道的苏式家常豆腐和茄子端上来，广诚已经把这当成一次美食享受了，豆腐卤汁丰富，味道鲜甜，软糯适中，两个人几筷子就吃了半盘。这时，最后一道樱桃肉上来了，其实就是红烧肉，只是小如樱桃，色泽红亮，嚼在口里又香又软，只让二人连呼美味。

广诚吃得高兴，把二位厨师喊来面前，问这些菜里面还有什么讲究。姜胖子说："这几个菜当中，腰花其实是属鲁菜的。我们说过，我们别的菜系也能做的。”田贵义不住地点头。钟长子说：“怕您见笑，我们学徒时，师傅告诉我们说，当年乾隆下江南，想吃鱼，偏偏鳜鱼是敬神的祭品，厨师怕宰杀‘神鱼’犯忌，所以就把鱼做成了松鼠样子。我们在‘桂香园’的时候，点这个菜的人格外多。”

广诚给田贵义丢了个眼色，自己起身进账房去了。田贵义用手指着旁边的椅子说道：“二位辛苦了，请坐下休息下吧。两个师傅手艺不错，只是二位想开多少工钱呢？”

钟、江拘束地坐下，互相望着，大半天不敢开口，互相推诿着，竟连脸都胀红了。结果还是钟长子吞吞吐吐地说话，他提出的工钱要求竟只有“通成”二等员工的水平。

广诚在里面听说后，忙叫田贵义到里面去，说不可亏了人家，就按一等员工工资，小费照分。田贵义到外间向他们说出后，钟长子两眼发直，姜胖子喜上眉梢，高兴得一跃站起来。姜胖子口才不如钟长子，但出语没什么城府，连说他们两个原只想有个活做，他们自己开的是在“桂香楼”要求了几年都没有同意给他们的工钱，还生怕会说高了，很少听说老板说出的工钱比自己要的还高的，可见曾老板心怀仁慈。广诚听得满心高兴。两个厨师谢后，当下就抢着做活去了。

几天后，店里开始出售卤菜和各式菜肴，门口也打出了“承办酒宴”的启事。钟、姜二位开始掌勺。

汉口退水后，工厂店铺很多开不了门，失业人数大大增加。人们手头拮据，吃东西的人也少了。“通成”虽说一直在正常营业，顾客数量却不如水灾前。但是由于广诚和田贵义的努力，“通成”的新品种在不断地增加，随着鸡汤和酒菜的推出，兴汉家酒坊的酒也供应大增。“通成”的档次明显提高，利润也在上升。

一切均按广诚的期望在发展。到1933年，凡外地来汉的客人，十之七八知道武汉有家‘通成’。除原来静娴传授的莲子汤、淘气的面食外，市上盛传“通成”的厨师有“四大金刚”，被称为章狗子、胡豆皮、钟长子和姜胖子。

二十三、斗法秘籍

“祁万顺”和“通成”两家，一墙之隔，招牌并列，同样引人注目。两家相同的品种很多。常言道：“同行是冤家”。广诚和祁家父子虽说十分友好，从不互相诋毁，但是竞争客源却是各显神通、互不相让。

祁家的包子和葱油饼、锅贴等干面食老做不过“通成”。经祁家苦心侦破，毕竟是厨房相邻，终于发现了“洋葱增香”这一大“秘方”。但是，各行的诀窍远远不是一味方子。好像“通成”的汤面食无论下什么功夫，都做不过祁家一样，祁家的干面食也总是逊于他的邻居。

汤面食指的是带汤的面食，像清汤面、肉丝面、水饺、米粉、线粉等。卖水饺起家的祁家，更熟谙汤面食之道。“通成”的汤面品种无论知名度和口碑，都差他一截。

然而，“通成”绝非等闲之辈。看招！

每到阴历年开年前后，餐饮熟食店几乎都要“扒炉灶”。腊月二十四是祭灶日，据说是黄陂传来的习俗，说的是灶王爷要回天宫述职，于是要“请灶妈[①]”来代替灶王爷值班。“通成”受到同行感染，也年年不误。那一天，汉口早晚都可见到有人背着黄布袋串街走巷，边走边喊“请灶妈”。每家买来印有暗红色的灶妈像的黄表纸贴供上。按老规矩，还有店铺每年从初一到初四歇业，等初四灶王爷从天上回来，初五开张。但“通成”和“祁万顺”没有受此束缚，只要有人吃，都是尽可能营业的。不过，一般趁灶王爷离职十天，就该翻新灶台，即“扒炉灶”了。饮食店也常借此期间整理营业门面。

大水那年年终，广诚怀着胜利喜悦，趁过阴历年后客少那几天，就在扒炉灶时将店面进行过一次装修。然而虽提升了看相，却因晚了几天开业，竟一下失了人气，眼睁睁看着隔壁把客都抢去了。特别是汤面食，生意丢了一半。经过了差不多两个月，才逐渐恢复到可以与“祁万顺”旗鼓相当的水平。

广诚把这次教训牢牢地记在心上了。到1932年底，他又打算“扒炉灶”、装修店堂门面了。不过，这次他和田贵义可是用足了心计。

①方言请灶妈的“妈”读音miē。灶妈，据说是由花鼓戏（楚剧）《郭丁香》唱出。

他密授做汤面食的店员，提前一个多月起，就每天将汤面食的油和味精量稍微增加那么一点点，一天天加下来，大半月后，又一点点增加高汤的分量，特别针对熟面孔老客人，更有意这么做，尽可能地调大他们的味口。

到了停业那几天，"祁万顺"又遇到客源大增的好机会。但是，这些被"通成"调大了味口的客人过那边去一吃，马上就觉得味道不足，两个店的差距太大了！彼此一交谈，更是心得、体会相同。祁万顺中了暗算，自己还浑然不觉。半月后，轮到"通成"复业了，广诚便把"大味"汤面端出来供给客人。这立即迎来一片赞扬声，好事的边吃边高谈阔论："不怕不识货，就怕货比货哪！"又经客人们自发地一宣传，来客不仅没有比停业前减少，反而把"祁万顺"的老客都拉过来一些。祁海洲不知怎么回事，气得暗地里摇头。

祁家不能眼看着"通成"一家生意兴隆，这局面一旦成了气候，岂不自己要慢慢垮台？于是开拓思路，率先增加了红案。果然，这一下弥补了大智路口一带无酒店的饮食空白。附近想喝点小酒的客人自然汇到祁万顺，名气和营业额都提升了。

可过了半年，"通成"也办开了酒菜，两家同为淮扬菜系。于是又在暗地里开始了新一轮较劲。"通成"厨师水平高，很快又占了上风。

祁海洲一时请不到合适的高厨，便苦思冥想，又使出了奇招。他把荤菜拆成小分，卖出小分拼碟，客人只要花上几毛，就可以品尝花几元钱才能吃到的好几样荤菜。哪怕一个人，都可以来上两碟，品点小酒，美味无穷。这一来生意顿时大增，甚至以往只在江汉路"高头"馆子吃的客人，都被成批吸引过来。这让正沉浸在胜利喜悦中的广诚目瞪口呆。

田贵义看在眼里，大动脑筋，叫广诚不着急。他说，要学他，但是又不能照搬他的。"祁万顺"拼碟的菜分量太小，搭配又不是客人自选的，花样一多，反而容易被误解为是剩菜；菜一拼，卤又混了，坏了原味。他让广诚推出小盘菜，价格按比例降低，客人点了现炒，卤菜则可卖拼盘，现点现称现切。果然几天后，"祁万顺"风头又减了下去，"通成"还略占上风。

祁海洲很注意学习和了解"通成"管理的细节。他见"通成"的桌椅和装潢都胜过自己，便又下了一笔本钱，先换了桌椅，又挂了些字画。他学习"通成"把碗筷碟盏都升了级。有一天，他在"通成"洗碗的地方看着盘子若有所思。田贵义过来招呼他，他直言不讳地说：“田爷，我向您老讨个教。你家的碗好像比我的大一整圈，装得又满满的，这还赚得到钱？”田贵义微笑着说：“曾老板总是嘱咐：‘要舍得给他们吃！’不然他们为什么肯来我们家吃？您家比我清楚，一份赚是赚得少些，但是卖得多了总还是可以吧？”

祁老板是个规矩生意人，连声说好，“通成”靠的是货真价实，客人的嘴巴总是公道的，看来自己还要多动脑筋。他自己的事业也在发展，但是总比不上“通成”。现在他有些懂了，为什么广诚一个月要付的租金比他高出几倍，还嫌不够，还要去买下中山路的门面？他输就输在眼光和气魄上啊！他有些后悔把二楼的租权让给了曾家，现在只有找其他路段扩大规模了！

这家靠实干创业的人，没有让竞争向小圈子的窝边斗发展。祁海洲年轻，很注意吸收新理念。后来，他不断地推出不同的创意，与“通成”的风头此起彼伏，互相得到启发帮助，终于让“祁万顺”也成为武汉又一家著名的餐馆。

20世纪30年代黄陂街

而在他们两家兴旺的背后，处在背街的吉庆街上的诸多小店，生意风头被他们抢尽，压得喘不过气来。加上洪灾的打击和上海“一·二八”抗战后的银根吃紧，武汉市场整体滑坡。这一个个小店终于撑不下去，被残酷的竞争淘汰出局。吉庆街从此一蹶不振，活像是饮食业的绝地。算命的刘半仙对顾客说，这条街饮食业的财气被曾老板完全带走。他算过，要过“整整一个甲子”，吉庆街饮食业的元气才会重聚起来。

事情就有那么奇怪，六十年后，吉庆街竟然果如刘半仙预计的那样……此乃后话了。

二十四、筹办“大智旅社”

广诚一鼓作气签了公新里隔壁的中山路门面“买天不买地”的合同，是为了在这里办“大智旅社”的。他请来了营造厂的工程师，要求将这几栋楼的二、三楼改造，并在公新里头顶搭过街楼，让“通成”的二楼和大智路1、3、5、7、9号的二楼连通，两边成为一体。

在淹水那年，大智路这五幢的二、三楼都被他当做仓库，现都已被收拾出来。他除将通成和隔壁1号的正二楼留作酒菜饮食营业、三楼留作单身职工的宿舍和库房外，其余都隔成旅店房间。之所以保留夹在中间的大智路1、3号作餐饮，仅建一通道让左右相通，则源于他把这里当成是餐馆的起家福地的潜意识。

旅社的合伙人还是赵丙文和戴承喜，广诚自己占了七成股。

但是预算下来，装修费用大大超出他们预计。其中，承重墙加装承载梁、

汉口大旅馆旧照（位于中山大道法俄租界分界线法租界侧）

还有卫生间和上下水改造所需的费用，都是他们所没有估计到的。这也难怪，他们哪来建筑专业的知识？

几个人犹豫起来了。戴承喜提出来，是不是搞得太“洋”了。广诚却斩钉截铁地表示，决不同意像当年“喜文”和“万方”那样卫生设施那么简陋。戴承喜见广诚否认他这个“旅馆业老前辈”的风格，相当不快，闷在心里不好说出来。

然而照广诚的方案，能凑的钱连一半装修都差，这样下来，床凳被褥等物资购置就更谈不上了。三个人讨论了几次可能的措施，还是只能摇头，资金没有来源。

“这不像我们原来的‘喜文’，不消交得房租。大智路这边一大排洋房租下来摆着，费用也是不小的啊！”戴承喜嘀咕着。他从心里觉得广诚狡猾。说起来租这么大堆房是为了办“大智旅社”，可明明大智路的这几家楼上是你广诚大水那年为当仓库租下的，现在你不要那么多库房了，就想出个办旅社的点子，把四个楼上划一些给旅社，租金摊给老子们股东。你小子算盘真精哪！

正在想着，冷不丁听到广诚在一旁说：“旅店只要一天还没有开业，大智路那几个楼上的租金就还是归我‘通成’自家出。”

戴承喜顿时自愧心眼小了，言不由衷地跟着丙文一起说，既然一同求财，就该归“大智旅社”公摊，没有说这样办的道理。但广诚诚恳地说，现在这几个楼上还是“通成”的仓库，等旅社营业时一定让出。丙文哈哈一笑：“你我还要算这么清楚？广诚，依你的，你就吃了亏哟！”

戴承喜心里还有个顾虑：“把设施搞那么好，贵了，还有那多人来住吗？”但是丙文很信任广诚的眼光，赞成照广诚的意见，先装修改造，再从小到大、分期添置设施和投入营业。

广诚感到全身轻松。他精力充沛，对前程充满信心。日本侵略的阴影也没能有动摇他，虽说他亲眼看到过上海“一·二八”抗战后的可怕场面，但他还是相信中国地大物博，真要打起来，“小日本”是不在话下的。

二十五、布商秦禹洲

一天，秋高气爽，水莲的老公秦禹洲带他的姨太太高氏来吃东西。点了莲子汤和带馅豆皮。

广诚见了，上前客气招呼："秦老板就点两样？小店的瓦罐鸡汤也不错，要不要也来一份，泡上一把炸馓子，香得很哪！就算小店请的。"秦禹洲摇着手笑道："我点的这两样是有讲究的。"广诚满脸都是笑，道："秦老板能不能说来听听？也教广诚一手。"

秦禹洲用筷子指着刚上来的豆皮，说："豆皮油重，要是再来一碗鸡汤，那就油上加油，二者相克，美味反而没有了。"他见广诚认真在听，得意地接着说："不过吃豆皮时，要是来碗伏汁米酒这样的甜东西，就格外爽口。这叫做：绿叶牡丹，相得益彰。我现在要了更高档的清炖湘莲，和豆皮配起来，就是珠联璧合了。"广诚不在意他卖弄辞藻，对他的论点连声叫好，说："秦老板说得好，东西是要这么搭配才吃得舒服。我明天就把两样配起来卖，每份便宜他几分钱！"邻桌的客人都附和着称赞起来。

秦禹洲见店里桌子几乎多了一倍，墙上也挂了些字画，楼上不断传来装修的"咚咚"声。他含着一嘴东西，尖瘦的脸上被满嘴的食物撑起两个大包，用筷子点着楼上对广诚说："曾老板生意又要做大了。"

广诚连忙客气，"饮食业是小本经营，周转快，不像秦老板做布业的大本钱。"秦禹洲也客气地说："哪里谈得上什么大本钱，不过是拿着别人的银子，帮他们挣钱，自己赚几个辛苦钱啵！"

广诚面带诧异表情，"那周转资金不是股东们的么？"秦禹洲大口咽下满嘴的豆皮，神秘地笑道："股东给的那点本金，哪里够应付那多流动周转。流动资金一大部分要靠贷款融资。做布匹生意，从交定金购进开始，先要看行情想法把好的、俏的'求爹爹、告奶奶'地多进些来，愁进。接下来就反过来了，要想法卖出去变成钱，又愁出。供货的、放款的催上门来了，把他们好吃好喝稳下来，自己就该要赔着笑脸去催还大买主压下的货款了。不催不行啊，压不起！催狠了，又怕得罪了买主，愁回款。这一进、一出、一压，比本钱不晓得大了几倍。没有面子找几个有钱的主子借钱，哪里能活得下来！这是最大一愁，愁钱。”

广诚“哦”了一声。他以前对这些也并非一无所知。但饮食业周转快，流动资金压力远没有秦禹洲说的那么大，何况他一向依靠自己，量体裁衣，点滴积累，慢慢做大，很少借贷。秦禹洲注意到广诚的反应，得意地说：“做生意一天就离不开进货、出货、催债、借钱四件大事。拿借钱来说，先要有人肯借给你，借了钱就要交利。但我把住一条，就算是火烧到眉毛，高利贷还是借不得，这点我心里还是有数的。”

广诚被说到心事，叹了口气，说：“自上海打仗以后，江浙的银根紧了，武汉就跟着受穷了。你数一数，餐馆垮得只剩几家？店主们要不是借不到钱，那个愿走到这一步？”秦禹洲道：“曾老板经营有方，却还能体会同业的难处，真是难得。我听你楼上敲得响，又在扩大装修了？”广诚苦笑了一下：“我这铺子看起来热闹，还不也就是撑着。我和几个朋友合计在楼上办个旅社，这不，还不是资金不够。”秦禹洲一脸不相信的神情，摇头笑道：“怎么会呢？像曾老板这样有信誉的业主，哪愁借不到钱？”

广诚不禁又苦笑了一下。其实，他真要开口，也是有地方能借得到钱的，比如说童家，只是他觉得那样不仅是像欠了人情，简直就是像在索要人情，还不如找个纯商业的贷方更合意，可他需要的不是往日的那点小数目，那里去寻？

秦禹洲对广诚的处世方针是不问自知的。像广诚这样看重颜面、讲究诚信的生意人，绝非那种见利忘义的“杀熟”之辈。他们往往越是面对有交情的朋友，便越是避免谈钱，这样才有利于交情长期维持。

他忽然想到了什么，心头一动，便试探了一句：“曾老板想找人贷款？”

广诚下意识地点了下头。他和秦禹洲没有太深交情。况且他懂得，天下没有白吃的好果子的。所以，他紧接着就很谨慎地补充道：“除非条件合适……”秦禹洲爽快地说道：“我在商场上多年，朋友多。曾老板信誉又好。你的事，我一定会放在心上。”

秦禹洲几句话，让广诚感到希望。他很需要加速让“大智旅社”开门，租金开支压力实在不小，一天就得拿数十元养着。如果旅馆能营业，少说一天也要收入大几十元，靠店来养店，他就会满盘皆活。

不料他回家后兴冲冲地讲述给静娴听后，静娴却一脸疑云。她虽只见过秦禹洲一次，却不知怎的印象不怎么好。便说：“淑兰的爸爸人太‘活’了，他说的话你就句句相信吗？”广诚不以为然地说：“借钱给我，又不是要我拿钱出去，怕什么？条件不好我不借就是。”

静娴不再多言。广诚自己却疑惑起来，因为他知道静娴说话不多，识人方面却很少错误。他一向很尊重她的意见，男人的气魄加上女人的精细，一向是他成功的重要原因。

这周末的赛马规模是最大的。广诚忙到傍晚才回。在云樵路口，正好遇到了送每周返家的女儿去渡江的姚水莲。淑兰所在的“国立武昌中山大学”已被组建进了新校“武汉大学”，正由武昌东厂口迁往珞珈山校区。淑兰见了广诚，很远就喊着曾叔叔，仍如小时一样热情和活泼。广诚停下脚步，和她们母女寒暄了一阵，又回答着他们关于昭萍的提问。

他忽想起秦禹洲说起的事和静娴不以为然的态度，便有意向水莲透漏了两句。谁知水莲一下竟涨红了脸说：“你们男人生意上的事呢，我从来是不过问的。不过你可想好了，这社会上呢，什么人都有的，不是个个都像你广诚这样实心眼的。”

一边的淑兰听到，大吃一惊。她虽知道父母长期不和，却没想到母亲在外人面前这么明显地否认自己的父亲。而且还注意到母亲话中不经意带出一句“广诚”的亲昵称呼，足以显见他们之间的交往远非自己所知的那么简单。他们有她不知道的神秘的过去吗？快嘴的淑兰不做声了。

水莲送走淑兰回到家中，不想秦禹洲竟坐等在屋里，刚见她进门，就大声嚷道：“你到哪里去了，我都等了快两个钟头了！”水莲沉下脸道：“你那么忙的人，怎么会有空到我这里来？”秦禹洲道：“来找‘通成’曾老板谈点生意上的事。淑兰呢？怎么今天就走了？”水莲懒洋洋道：“这周她们迁校，提前了一天休息，你从不问她的呀！”秦禹洲硬锵锵地说：“淑兰的事，一点都不和我商量，我好歹是他老子，还不如外人了，以为我什么都打听不到。你两个是不是都商量好了？”水莲没好气地答道：“对，好不好是她自己选的，我不能再让她像她姐姐，让你嫁到个生不如死的地方去。”秦

民国竹木土产市场

禹洲大声说："那潘家一大家人，等着他毕了业当医生那点薪水去养。医科要学六年哪，晓不晓得？淑兰毕业了还要等一年哪！晓不晓得？下江人，小肚鸡肠的。淑兰嫁了要跟去的！晓不晓得？"水莲冷冷地说："嫁了当然要跟着走，下江又不是坏地方，我要能去，也跟了女儿去。"秦禹洲气得往太师椅上一靠："你光说些气话。那姓潘的说过聘礼的事没有？要多少嫁妆？"水莲瞪了他一眼："做生意啊？卖女儿啊？"秦禹洲烦道："你怎么句句都要顶我？淑兰是我养大的，白给人吗？"水莲反讥道："你养大的？她中学读的哪所？学校门朝哪边开？她的大学怎么走？每月给她多少伙食钱？她穿多大的鞋？"秦禹洲加大了声音："你这个人，句句都是吵架，烦死人了。"

秦禹洲沉着脸坐着抽烟。水莲突然问："你卖布的，跟'通成'的餐馆老板有什么生意做？"秦禹洲本想顶一句，"我的生意你管什么？"转念却想缓和下气氛，并表现下自己的能耐，答道："有人向我打听大智路口的那排商铺，说愿意投资，哪晓得早就被姓曾的抢先买下了。没想到他那个小破馆子那么大胃口。为这，我还特地去了'通成'吃了顿东西。"水莲越发担心他在打广诚什么歪心思，说："他那个'小破馆子'？我们可是看着他靠自家一点点白手做起来的，越做越大。你秦家倒是有钱哦，到你手上怎么越做越难？三个门面让出去两个，还好意思痞别人！”

秦禹洲见老婆帮别人说话，越发酸溜溜的，抢白道：“你们汉口女人怎么总喜欢帮外人说话？我听说，曾广诚不过是前年淹水时囤积面粉，发水难财才出大了风头，还进了商会，当了个什么糖业分会的副会长咧！一个汤圆馆子，值得了几两银子？”水莲反唇相讥道：“水难财？你水难赔了？那水才救了你的命呢！你不是靠淹水，怕还要出洋相！以为我不晓得：把些霉烂了的布做心子，外面裹些泡了水的好绸布，骗了保险公司多少钱？你柜上卖的英国布，都是换了标签的东洋布！你还好意思大门上贴着标语‘誓死抵制日货’呢！呸，别以为什么事都瞒过了我的眼！”

秦禹洲见水莲揭短，有些急了，截住水莲的话说：“你说着说着又来了，我们不吵架行不行啊？”见水莲不再回击，他才又减小了些音量，说：“好！告诉你，曾广诚现在急于扩大营业，想开旅馆，要我帮忙找借贷呢。‘通成’信誉好，不正好有人想投资吗？我把线牵成，我可以搭他的车，截他一万应我的急，免得看‘老庆华钱庄’逼债的那副嘴脸。”

水莲一听，原来丈夫打的这个主意，觉得太不地道，不禁喝道：“姓秦的，你莫做这种不要脸的事！人家老曾把你当朋友，他家昭萍可是我们淑兰从小要好的姊妹，你莫要害别人吃亏了，连我们的女儿一起骂！”秦禹洲自知失言，连忙说：“我当然会先告诉老曾，要他同意才那样哪。周转一下，哪会吞他的钱呢？”

二十六、天降“馅饼”

几天后，广诚接到秦禹洲的信，说为他找的投资人有了眉目，定了时间约他在“太平洋旅馆”会见。

“太平洋旅馆”是汉口当时最豪华的旅馆之一，是当时富商、龙头、军官各色人等的顶尖销魂处，吃、住、嫖、赌样样俱全。去年夏天，“复出”的蒋介石主席派“复兴社”[①]二号人物、他的侍从秘书邓文仪，在汉口突施打击社会腐败、整顿警风的“廉政风暴”，就是以这里为起点，直接拿武汉实权人物夏斗寅、杨庆山等开的刀。那以后，这里的乌烟瘴气也大有收敛。

广诚怀着忐忑不安的心情，准时走进了这家旅馆的一楼酒厅，见秦禹洲已等候着他。入座上茶后，他环顾四周。只见灯红酒绿，美女伴随上流社会的贵人们轻歌曼舞，不禁感到完全来到了另一个世界。再而深感自己的产业是多么微不足道，莫非一切奋斗就是为了进入这种境界？他正在为自己那杯清茶的价格吃惊时，秦禹洲站起来说：“曾老板，熊道昌先生到了。”

寒暄坐下后，广诚仔细打量了下这熊道昌先生，大概五十多点岁，一身锦衣，瘦猴脸，烟黄皮，高耸的一字鸦片肩，背有些驼，好像在哪里见过。

哪里会见过？广诚对自己说。或许这年头像他这样长相的人太多了吧！

茶过两巡，熊先生爽快地说：“秦老板向我介绍了你的情况。曾老板经营有方，‘通成’的发达是全汉口都看到了的。你想办的那个‘大智旅社’，位置也选得好，大智门一片近年来已经兴起，又正好处在水陆码头、车站的中间，是投资的好对象。我可以提供三万银元的贷款，利息比金城银行的低三成，还贷期……就三年吧！”

广诚简直不敢相信自己的耳朵，热血都直冲上头来，居然真会遇上天上掉馅饼的好事么？老秦真有办法哪！

猛然间，他想起了静娴的疑惑和水莲的暗示，立即冷静下来，战战兢兢

①复兴社，系“军统前身”，1932年3月1日在南京秘密成立、全称为“中华民族复兴社”，是以蒋的黄埔亲信“十五太保”为核心的军方特务组织。它以绝对效忠领袖蒋介石为宗旨，在中国推行效仿墨索里尼的法西斯主义，以图复兴中华，消灭共产党和异己。成员都身着深蓝色上衣、土黄色裤子，所以又被人称为“蓝衣社”。

地问道："请问熊先生，您还有什么条件？我是不是还要用什么做抵押呢？"

熊道昌呷了口茶，用被烟熏得焦黄带黑的手指夹了颗糖莲子放在口中。广诚看见糖莲子，脑中不知怎地晃过了一下当年蜜饯作坊的影子，好像想起了什么，姓熊的声音也似听到过，但这感觉马上又没有了。

只听熊道昌说："我只是为了繁荣汉口的经济，也想交下你这个朋友。给曾老板投资都赚不到钱，这话哪个信咧？你可以用你的五成一的股权作抵押。"说到这里，他观察了一下广诚的反应，认定广诚有接受的可能后，才接着说："你的旅社要按我的要求摆装潢和进行卫生管理，由我派出账房和一部分服务生，你们汉口人叫茶房，还必须购进我提供的被褥和用具——这折算到借款里头。"

广诚开始有些诧异了。他没有答话，正在快速思考。熊道昌又说："还有，我包下你三楼所有的客房住宿。房价依你的，但是你不能再拿我空的房随便接待别的客人了。"

广诚纳闷了，问："不能随便接待别的人，让它空着都可以？中山路三楼有十八间房，大智路的三楼也有大小二十来间，让它都空着，那我开的什么旅馆？"熊道昌笑道："开旅馆不就是为了赚钱？你自己能保证每天住满三楼么？我又不是不让你接客。但是我这人朋友太多，我不过是要他们在汉口行商落脚方便点，行么？"秦禹洲笑着插话进来："曾老板，你真是遇到财神爷了！"

广诚脑子里飞快地细品着熊道昌的每一句话。有了这笔资金，他的经营将成倍增长。每日差不多一半铺位又不愁客源，要不了两年，债款就肯定可以还清，届时自己将在大智门车站、六渡桥两地开设"通成"分店，他的"通成"成为名店的愿望将很快实现。至于提供被褥和用具折进借款，那是他为了赚一笔；而拿五成一股权作抵押，这的确隐含控制吞并的企图，但是凭自己的经营能力，断不会出现这种结果。

那么，为什么熊道昌要控制旅社的三四十个房间，是为了给什么人住呢？这么大而稳定的客源究竟是谁？他为什么对用具、卫生、装潢这么关心呢？对了，账房和茶房还要安排他的人。安排账房干什么？我只借你的钱，难道你还要监视财务？还有茶房，"你们汉口人叫茶房"，他一口地道汉口腔，不把自己当汉口人，那是哪里人？很可能他是想要将“大智旅社”为他自己派上什么用场。价钱上都可以不作计较！会不会就是为了借他的招牌，又是个“金花四姐”那样的主？

他抬头再次打量熊道昌。熊道昌面无表情地说：“曾老板要是是一下还算不过来……”广诚截住他的话解释说：“熊先生条件这么好，没有话说。不过，这抵押的事重大，我当然还要和其他股东商量一下。”熊道昌道：“由你便好了，不过我不是银子没得地方花呢！你三天内要给我回话，否则，这事就算过去了。”说罢便将眼睛从老花眼镜框的上方看着广诚，被眼镜遮着的眼睛一下高高升到了镜框外。广诚一下又感到这眼光自己曾经见过，但仍然想不起来。便赔着笑，连说着“是、是”。熊道昌起身走去。广诚一边说着客气话，一边使劲注视着他走路的背影，可再也联想不出什么。

熊道昌一走，秦禹洲就露出责备的表情，“都说曾老板行事有气概，怎么遇到好事反倒优柔寡断？这年头，银根这么紧，哪里去找这大笔投资，遇到这么好的机会？我观你神色，是不是不放心抵押的股份被他当成股权了？你可以在合同里注明的嘛！”

他听广诚低声解释了两句后，更显出奇怪的神情，“原来是这？他安排茶房，肯定是为了照顾他别的关系啰，又包下你的客源。你何必还那么操心？他叫什么人来住，不都是收房钱吗？”广诚诚恳地说道：“秦大哥有所不知，民国十七年，我们在大智路有个客栈，也遇到有人硬要投资，最后逼得我们办不下去，不得已将旅店让出了。啰，就是前些日子被警局查封的‘巫山旅社’。你知道那里四年多来搞的什么名堂么？”秦禹洲摇头说道：“唉，你这人哪！这娼、烟、赌，加上黑帮、贪官，自有官府查办，我们做生意的操得了这份心吗？今年夏天以来，蒋主席亲自坐镇武汉，带‘第三科’搞‘反腐风暴’，连惩贪官，枪决七个民愤大的警察头目，就连青帮老大杨庆山将军都被‘劝退’，哪个不说武汉是清流上升哪？谁还有那么大的胆在旅社经营那些？”

广诚违心地点着头，赔笑称是，小心地问：“这熊老先生这样财大气粗，秦大哥知道他是什么来历么？”秦禹洲诡秘地笑道：“这……现在有钱的人多啦，我也是朋友介绍的，我再去打听就是。你上次和我谈起了资金的事，我就一直为你放在心上。我想曾老板细心也是应该的，事情能不能成功，就全看曾老板的了。”

广诚回到家中，心里不喜反忧，他警觉自己的店又被什么人盯上了，后悔向秦禹洲透露了他资金缺口的秘密，现在是祸是福还真不知道。他辗转反侧，到后半夜才迷迷糊糊睡去。

他好像自己又在迷雾中走着，穿过当年汉口芦草丛生的野地，走进了那“田记蜜饯作坊”。田贵义又留起了山羊胡子，抽着水烟……他又盲目地从作坊走了出来，来到了大智门车站……

他猛然一下醒来坐起，把静娴吓了一跳，问他：“怎么，做噩梦了！”广诚却自言自语道：“是他！是他吗？是他！”

二十七、诡谲商场

秦禹洲和广诚分手出来，回到他在花楼街的布店，从店里迎出一个穿西服的人，用与穿着极不搭配的作揖手势道：“秦老板今天回得早啊！”

秦禹洲压住惊慌，挤出一脸笑答道：“谢三爷怎么亲自来了，里头坐、里头坐。上茶！”谢三金道：“不想喝秦老板的茶了，只想听秦老板两句话就走。”秦禹洲道：“我几十年的店了，跟你谢家老太爷的老庆华钱庄合作也有好几年了，三爷相信我只是一时货款被‘井田’压了。人人都有个周转不开的时候，你看看我这铺子和仓库，你那几千块钱算什么呢？茶来了，谢三爷坐，坐！”

谢三金坐了，接过茶冷笑道：“你门前贴那么大的‘坚决抵制日货’，还好意思跟我讲‘井田棉花支店’？秦老板，我谢三爷干什么吃的，你不该不晓得。‘井田’那边我早派人摸清楚了，也就差你千把元钱的货款，是因你南阳柞绸有假。我看，你几千元投到公债亏了怕才是真。你最好跟我说实话，我谢三爷不喜欢和人斗心眼，更不想伤和气。”秦禹洲叹了口气：“谢三爷都知道了，还要我说什么？我今天只能先给三爷把利息结清了，还本真得要过几天。三爷信我这一回，我说话算数。”

谢三金不像手下人，他很少空手而归，面子既有了，就暂时放他一马。谢家哪愁姓秦的这点钱？这样欠账的商户不知有多少,只消把线抽得紧紧的，随时把他们捆紧就行，真把他们逼垮，自己反而没什么好处。一般只要他能还上大部分，就很快又会让他借。商户轻易不肯失信断了后路，钱庄也不想少了客户。退步说，即便有了坏账，还可用江湖手段收场。民间放贷就是这么周而复始的。

他丢下几句有分量的话后离开，却在细品秦禹洲说过几天就还账时的底气，是不是又在拆东墙补西墙。这家伙路子野，什么狗食都肯吃，晓得和日本人有多少袖子里头的交易？

谢三金的杀手锏是捏住人的短处。他手下包打听不少，次日就打听到了。原来秦禹洲找上了日租界“日清汽船”的买办熊道昌。这家伙果然和小

汉口日清汽船支店

日本来往！但他没想到的是，在“太平洋”喝茶的竟还有曾广诚，他于是便想去找广诚问个究竟。

广诚不在店里，去了跑马场。谢三金想弄清底细，便坐车到万国跑马场，找到了广诚。

谢三金见他后，开门见山就问起熊道昌的事。广诚本没有什么秘密，正愁王兴汉今天去了华商跑马厅，没法托他打听那个人的底细，见三金问起，马上就把自己这几天的经历和困惑说了一遍，又问：“三金兄弟，你晓得熊老板是什么来历么？”

谢三金摇头晃脑笑道：“好哥哥，幸好这事你告诉了兄弟，你差点遭了道了！晓得不？那家伙叫熊道昌，满清年间就在跟日本人跑腿，会说几句东洋话。一直给日本人当差，不晓得怎么又混到‘日清汽船’当了买办。”广诚恍然大悟道：“你说的是了，就是他，这家伙是个骗子。那年我刚进汉口，什么都不懂，上了个当。他骗我为他扛过一个箱子。这家伙过了二十多年长胖了些，昨天他从眼镜框子上面看我的样子，被我记起来了。一个连苦力都骗的人，心肝都是黑透了的！这家伙是为日本巡捕房做事的，汉奸！难怪说我是‘你们汉口人’哩！”

谢三金阴阴地笑道：“这个人你最好离远点，‘日清汽船’水深得很。日商工会议所书记长叫佐藤，蓝衣社挂了号的。”

“蓝衣社”的“锄奸团”在汉口暗杀汉奸日特的事，广诚早有耳闻，此时豁然醒悟。他心有余悸地说：“这小子要是在我‘大智旅社’安上日本账房、日本茶房，再住上一百多个日本细作，将来要在汉口像上海那样闹一闹，杀我们中国人，可比那日租界近多了，方便多了。你说，那‘大智旅社’不就成了他日本人的兵营，我广诚不就成了帮凶、汉奸么？”三金道：“这些汉奸的心，比豺狼还毒。去年上海打仗，驻在汉口江面的日本海军就全部登了陆，在日租界的每个路口，又是筑工事，又是安电网，搞巷战军事演习。

狗日的要干什么啊？狼子野心哄得了哪个？老子见了东洋鬼子，就恨不能扒他的皮，谢家吃过他们几回大亏的。广诚老兄，我劝你饿死也莫去借他王八羔子的钱！”

广诚激动地说：“好兄弟，你真是说出了我的心里话。我广诚辛苦几十年，做点饮食小买卖，就是破了产，也不会去求他日本杂种！这两年你去上海没有？日本鬼子要干什么，我可是都亲眼见到了。”

谢三金道：“其实大哥无非是借钱。借多少？凭你的信誉，我们谢老爷的‘老庆华’是欢迎这样的客户的。”广诚顿感眼前一亮，失去贷款机会的那点遗憾也即刻烟消云散，笑开了脸道：“兄弟真是广诚的福星，我一直没有门路攀上谢家金号，只是我一个餐馆，没有多少几个值钱的东西抵押，兄弟看这……这……”

“这什么，我三金还信不过哥哥，只是要干爹家里看得过去，你字据就写拿四成股权抵押，借款两万元就是了，不够再说。”

广诚不由觉得喜从天降，便随三金去“老庆华”，很容易完成了借款。解决了贷款后，便忙给秦禹洲带话，推说资金问题暂不考虑，多谢相帮。心里却还是警惕着熊道昌的暗算。但是直到冬天，都没有什么事发生。广诚提着的心也就慢慢放下来。他天真地以为，这一摞事情就这么过去了。

蓝衣社骨干们

二十八、乞丐闹店

入冬以来，天气特别晴朗，直到冬至都是艳阳高照。万国跑马场的生意格外红火。广诚和静娴都经常忙到下午六七点钟才回。

冬至过后两天，便是星期六。在“晴川中学”读书的昭舫下午下课早，他脱了薄棉衣，身着一身运动装，带着脚踏车坐船过了河，轻快地蹬着回家。

不到公新里口，他忽然感觉到有种异样气氛。机灵的昭舫便不朝家里骑，却往街对面去观察“通成”。

这时已到了下午营业时间，店里却没营业，大门口半个街面居然都坐满了乞丐，破衣烂衫和打狗棍几乎把大智路口堵了。田爷爷正带人在那里费力地劝他们离开，却喊起了这个，又坐下了那个。眼睁睁看着乞丐们一个个钻进到大堂，渐渐坐满了一屋叫花子，根本不可能做生意了。再看隔壁“祁万顺”，虽说顾客不多，门口也有人驻足观望这边，却并没见有乞丐围堵“祁万顺”。

昭舫虽说涉世不深，却看出了蹊跷，便绕道从东山里骑回家。在巷道里正好看见一个衣衫褴褛的妇女牵着一个小孩向“通成”走去，竟朝正在巷道里收拾东西的牛万贵跪下了。昭舫好奇，便停下车，站在女人背后的岔巷看着。

只见万贵慌忙说道：“大姐，你这是干什么？”那女人流着眼泪说：“恩人，不认识我了？我知道你每天在这里忙的。”牛万贵道：“你有什么事，站起来说话好吗？”那女人说：“这前面满店的叫花子，是有人花钱雇来的，就是要闹得‘通成’做不成生意，恩人快去告诉老板。我得快走，他们晓得会打死我的。”

那女人慌慌张张走了，昭舫便推车走近万贵问：“牛师傅，前面的事你知道么？”万贵道：“都看到了。田爷要我赶紧来收拾后门的东西。老爷太太和淘气师傅都去了跑马场，家里就田爷在前面应付，和尚师傅去喊警察去了。大少爷，这叫花子的事，不是我说，就是警察来了也没用，更莫说这是有人特地花钱雇来闹的，得想法找丐帮的头才行。”

昭舫一听，恍然大悟，说道：“懂了，你叫他们不要忙着做生意，叫姜师傅他们护好厨房，关上后门。你去前面保着田爷，别让他吃了亏。我这就去打电话找人。”他回家吩咐王妈关好家里的前后门，抄了兴汉伯伯这个汉口通的电话号码，又飞快地骑上车，绕到街对面邮电局，拨通电话求助。

昭舫从邮电局出来，又飞车去云樵路拦截弟弟。

“通成饮食店”这边，局势正迅速恶化。乞丐们越聚越多，至少有几百人了。有几个开始发难，一边乱七八糟嚷着“给点哪”、“曾老爷大恩人哪”，一边竟将门口灶台上的蒸笼掀翻了，靠得近的便一拥而上去抢包子。接着又有人带头涌进了灶台左边的玻璃橱窗，开始狂扫里头的鸡蛋发糕、卤菜等食物。

田贵义见控制不住局面，便带着万贵和两个店员，退到了位于店左后侧新修的宽大的楼梯边，将柜台和烟柜拦在楼梯口，死死护住。

药帮巷

通向后厨的门早被田爷安排关闭了，柜台自然变成了被围攻的中心。有人大声带头发难，接着就有大群的人跟着起哄，说的、嚷的、笑的、闹的，声音嘈杂，拍桌子的、爬凳子的、敲棍子的、扔东西的，混乱不堪。几个乞丐还试着往柜台上爬。有个块头较大的拿了块砖头从后面悄悄挤上来。万贵看见，怕他暗算田爷，用力将他扒开，大声吼道：“你要敢动武，老子就专拼你一个！”

正在混乱危急之时，听到和尚在店外高喊：“警察来了，把闹事的抓了！”乞丐们一哄，爬到柜台上的人便滚了下来，有几个甚至想夺路逃走。只听那个大块头喊：“他哄人，警察冇来！警察不会来！”听他一喊，那些乌合之众又回头向里面冲。万贵一把扯住那家伙的衣服，喝道：“就是你在带头，是不是？”那人见万贵要矮他一个多头，没有放在眼里，却瞟看到果然有警察到了门口，便用拳头向自己鼻子上一擂，

丐王和他的三个徒众

顿时鼻血涌出，接着大声哭喊道：“通成的打伤人了！”

乞丐们一见血，局面骤然失控。有的开始大喊大叫着砸起了桌椅。几个警察挤进来，想抓两个镇住。但是，乞丐又多又乱，水里按葫芦，哪里控制得了。但见店里有的哭有的笑、乱成一锅粥，那几个警察却被挤得东倒西歪、团团打转，不知挨了多少黑拳。警官老顾连帽子都被人揭了。

忽然间，数辆黄包车从保华街方向飞驰而来，停在了店门附近。其中，一个五十来岁的男子从车上下来，举着一根古怪的拐杖，才喝了一声什么，乞丐们仿佛被突然冰冻，瞬间就肃然站立，没了声音。

原来是王兴汉接到昭舫的电话，出马请来了个丐帮彭大丐头。彭丐头伸手指着那带头闹事的大块头喝道：“你是哪个甲头手下的？”那大块头神色慌张地答道：“我……我是日租界的。”彭丐头问：“你的甲头是谁？谁叫你们来这里‘恶讨’闹事？”那人变得吞吞吐吐。丐头大怒道：“你敢冒充丐帮？左右将他拿下！”那些刚才还在和那家伙一起闹事的人，竟一下就反了戈，一下就凑上来几个，将那家伙的双手反扭了，狠狠地直按得跪到地上。彭丐头又喝道：“甲头都站出来！”人群里便站出来两个。彭丐头命令：“把你们的人叫到一边，别的都捆起来！”乞丐们“军令如山倒”，迅速照办，立即分堆聚集，又揪出了三个假乞丐。

警察们十分好奇地见识着这精彩一幕。见彭丐头的威严活脱脱一个真龙天子，言出如箭，号令如山，一呼即应，无不披诚，一个个都看得呆了。直到他下令把那几人带回去“乱棍打死”时，警察们这才想起，自己不是在看戏，那是万万发生不得的。连忙纷纷上前央求彭丐头“暂息雷霆之怒”，婉转告

丐帮帮主

知“国家法度”之下，万不可“按帮规处置”。总算将四个人要过来，带到警察局去了。

王兴汉进店来慰问田爷，告诉他广诚一会就会回来。昭舫这时也回来了，问：“王伯伯，什么叫‘恶讨’？”王兴汉答道：“你们小孩子哪里懂得，就是乞丐也有好多名堂的。这就是哪，强打恶要，勒索你给钱，不达目的就不离开，或者钱都可以不要，就是专打你的闹台！恶讨！”见他好奇，王兴汉又告诉了他什么路讨、苦讨、喜讨、节讨等诸多名堂。

等广诚、静娴等人赶回时，事情已完全平息，场子也差不多收拾干净了。广诚才听了个大概，就急着进店去问：“田爷爷还好么？”和尚道：“还好，没有被碰到，就是怕累坏了。”田贵义见广诚来了，兴奋地说：“广诚，钱没有被抢，楼上、厨房都没有让他们进去。真多亏了王大侠了。”说着竟咳起嗽来。广诚感动得半天说不出话，双手抱着田爷的肩，好容易才说：“田爷爷，以后遇到这样的事，先顾你自己，躲开祸事再说。钱算什么呢？您老要有事，我一辈子都不安身的。”田贵义笑着说：“和尚、万贵几个护着我呢，我哪里会有事？”

广诚送走兴汉等人后，关上店门清算店里的损失，又拿出一笔钱谢了警察局和丐头，折财免灾。虽然钱吃了点亏，但是他听到昭舫处理事情那么干练周到，反而高兴起来。他叫来昭舫问：“你说有个女人，给牛万贵说了什么，我要去要找到人家谢一谢啊！”

那位流落为乞的女人在关键时刻冒险给了“通成”重要信息，广诚打算重谢她。女人很容易就被找到了，就在吉庆街旁的百日大集拣些菜贩们弃下的零碎为生。不过事情的发展更加完美。女人提出的要求是，带着孩子嫁给牛万贵“服侍他一辈子”。广诚问明了万贵的意思后，便叫田贵义为他们做媒，又为他们在单洞门内租了房子，帮他们交了一年房租，然后为他们办了婚事。

女人个子比万贵还高半头，长得又周正，万贵心满意足，更加死心塌地把广诚夫妇认作了再生父母。这是后话。

汉口日清汽船会社码头

但是被抓到警察局去的人却出了大事。当天晚上，那个大个子和另一个带头闹事的竟被人毒死了！

被抓的其余二人是得了钱跟随他俩的，吓得小便失禁，却并不知内幕。即便是打死，也说不出来究竟是被谁指派和什么人下毒的。更查不出“毒”是哪个环节下的。

广诚被警局的侯树坤所长叫去，询问与何人有冤子。广诚坦然地说，自己在汉这么多年，从不曾与谁结过“梁子”。不过他凭直觉认为，这么恶毒的事，肯定和日本人有关。便想详细说说熊道昌和“日清汽船”。

侯所长才听了几句，立即喝令广诚：“不要乱说！”见广诚一脸茫然，便换了个口气解释说，上头反复打过招呼，要警察们全力防止与日本人的冲突。他顺手翻出桌上的政府《保护日侨令》和《整饬纪纲令》，又拿出一沓武汉警备司令部下发的《沈阳事变①发生后武汉保护日侨具体注意事项》说：“曾老板，不是我们怕日本人哪，你多少要有点证据啊！凭他一句‘我是日租界的’，就怀疑闹店下毒的是日本人，我们哪能这样断案呢？现在是敏感时期，连公开抵制日货都令我们要迅速制止。你说我哪能这样立案呢？这样，我会派人进一步侦查，有进展再通知你。好不好？”

广诚见他听说“日本人”就变了脸，马上懂得，这“案子”永远不会有结果了。早知道警察们会这样，还不如当初就让丐帮把人带回去，说不定还能审个水落石出。

①指“九一八事变”。

二十九、陆财宝脱胎换骨

广诚失望地回到店里，田爷已将一切收拾好。换掉破相的家具和损坏的餐具、家什，损失竟达数百元，且无处申述索赔。广诚很不痛快，但一切都只有自己认了，还能指望什么？

他不知道，就在街对门的邮政大楼大门口，有个人正怀着内疚和同情在远远观望，这就是在六七年前曾和他见过一面的陆财宝。

财宝的人生中有一个秘密，让他错过了那次的人生转机，不敢去接受广诚的帮助。因为他就是田贵义说的那个陆汉田。那年他因赌红了眼、一念之差，偷走了田贵义的钱褡子。但是赌场无情，没有能翻本。好在他还懂得刹车，留了点本钱退出了赌桌。他对天大哭，然而世上哪来后悔药，哪能重新来过，于是决定去跑药材生意，赚钱后一定还钱给田贵义。谁知人算不如天算，药材生意场陷阱重重，他并没有能翻身，却染上了大烟。

他不义的偷盗几乎把田贵义逼上了绝路。好在田爷吉人天相，遇到广诚。广诚也算得天赐贵人，事业如虎添翼。

财宝发现田贵义和广诚在一起，便从此躲开了广诚。终是烟瘾难熬，除了卖点假药，还得连偷带骗地凑钱抽大烟，过一天算一天。渐渐变得买药只是幌子，偷盗竟成了主业。想痛改前非的打算一次次丢开，直至九霄云外。

他单打独斗，不断易地作案，易地销赃，偷技渐渐娴熟，经验也越来越丰富。在一次踩点时，他意外发现，进出龙王庙不远一栋吊脚楼的三个人很怪异。有天，那三人都出去了，他便趁半夜里冒险从靠河那边翻了上去，随手就将靠近窗口小柜上的一个布袋抓到手，滑下柱子溜了。一口气跑到了药帮巷，才找了个僻静地方打开，竟收获不小，帮他过了好阵美日子。

但不久后，也就是北伐军快要打到汉口之时，他就又在愁钱了。他于是忍不住又去了龙王庙，坐在对门的茶馆看风色。晚饭前，见早已看熟面孔的那三个人进去，却等到天黑还没见出来。他只好放弃了计划撤离。他顺河边向上游走了几百米，所见让他大吃一惊！那三个人竟在一条带篷的渡河划子上，已换了装，一本正经地做着摆渡生意。

财宝被吓得四肢僵硬，这几个到底是人是鬼？莫非是飞出来的？但是在江湖混得油滑的他，很快往旁门左道上想明白了，断定这是群襄河上截财害命的水匪，龙王庙那个吊脚楼就是他们的藏赃窝子，而且一定还有暗道可以通到外边。

不到三更天时，小船离了岸，往上游划了去。财宝猜他们这么晚起锚，定是又要去作案。也是鸦片瘾给了他包天贼胆，竟立即飞身跑回那吊脚楼。还是顺老路子，从靠河那边翻了上去，听里面果然没有声息，便大着胆子爬进了窗。

借着月光可见，这间房不大，靠窗一个破柜，就是他上次得手的那个，还有一张旧饭桌、几条凳子。财宝无所获，颇不甘心，却也不敢立刻下楼冒险，遂很小心地将里间屋门轻轻推开。

他才跨进一步，立即吓得魂飞天外，一双发亮的眼睛正盯着他！他的第一反应是赶快跑，却听到微弱的“呜呜”声。那几秒钟注定要改变财宝的一生。他从暗中勉强看见，那是一个被捆绑在柱上的男人，嘴里塞着一大堆破布。

财宝本不是恶人，马上懂得这是个被绑的“肉票”，竟没有犹豫，就去帮那人解开了绳索，与那人一起翻窗逃出。逃到了四官殿附近，财宝这才想到，没必要还跟这人一起，就打算分手。不料那人却把他拉住了，说他叫宗方，是做药材生意的，打算报答财宝。财宝正是穷途末路，不禁喜出望外。

宗方比财宝要小十岁，当下将他认了大哥。他将财宝带到了苗家码头巷内的一家砖楼里，领他见了“父亲”。随后财宝享受到了生来想都不敢想的高规格接待，大开洋荤。在浴盆里洗澡，换了一身新衣，吃大荤米饭，又单独住一间房，睡大床，还有个男佣人服侍。财宝以为是在做梦。

不料次日佣人送来早饭吃后，财宝的烟瘾开始发作了。他担心露馅后难堪，便想离开。但佣人说少爷出去了，嘱咐过不许让他离开。佣人极其有力的手腕似乎在警告他，财宝稍一感觉便知不是等闲之辈，一下便恐怖起来。

到下午宗方回来时，财宝已是生不如死、丑象百出了。宗方叹了口气说：“我道你是条好汉，哪晓得你还有这毛病呢？又谁叫我认了你这大哥哪？对不起，我要帮你戒掉！”原来宗方懂医，他叫两个佣人按倒财宝，给他打针，又把他锁了起来，强行戒烟。

在武汉被北伐军攻下后又过了几个月，财宝完全不知道外面发生了什么（收回英租界的喧闹他只能隐约听到），他的烟戒掉了！宗方对他这么好，他也决定把一片友好的心都交给宗方。他在宗方家又住了与世隔绝的几个月后，宗方带他坐船去上游采购药材。他在船过汉水口时发现，那个神秘的吊脚楼好像已经不在，左右邻近的一排房子好像都被烧过，只依稀可看到被烧焦的立柱。

财宝几乎没有怀疑这些与宗方有什么关系。只知道宗方很和气，喜欢画画、照相。财宝没有多少文化，但对所去的纸坊、汉南、燕窝、嘉鱼……的山水城镇大小村落都太熟悉了，当然成了宗方最理想的向导。加之他晓得购药路子，也识得草药品级、成色，帮宗方讨价还价简直独一无二，日常还可作些管理。宗方索性将生意琐事交给他，自己却落得空闲，将兴趣投向每一处江湖地形，人多时他也戴笠挑担，没人时则到处照相和画图。这一去就是两个多月，宗方本钱够大，回汉时竟包了几条民船运货。

财宝认定好运终于来了，上天专门为他派来个好兄弟。但既是“哥哥”，也就没拿过工钱，不过算起一年的开销，当然够对得起自己的。他打算回汉后，向宗方说出自己对田贵义的亏欠，再讨些钱（或者借了慢慢做工还）去向田贵义认个错。

这天夜里船泊在新滩口。他想到这些，睡不着，便爬起来去找“兄弟”。

他刚从舱内探出头，却惊奇地发现几条船上的人都集中在宗方身边，宗方正在用他听不懂的奇怪语言训着话，那几人听完，齐声“はい”，竟立即蒙上面下船走了。从那声“哈以”，他懂得了，这群人全是日本人！

他顿时吓得魂飞魄散，躲进舱里装睡，晓得自己可能上了“小日本”的贼船。而半夜船队连夜起锚时，那些穷乡雇来的船主连同他们的家小，竟统统不见了。

船队一路顺水顺风，一直开到日租界的日清公司码头。财宝正想着如何脱身，宗方却来找他摊明了。说自己是日本人宗方武彦，他真正的父亲在辛亥革命前就支援革命党，还亲身参加过阳夏保卫战。他对“哥哥”感情真挚，劝“哥哥”跟他干，“大日本”绝不亏待他。但若想要离开，他不会阻拦，就是担心“手下”不放过，“那兄弟也无能为力。”

1906年设在法租界的日本老领事馆一带

宗方的确是“乐善堂”[①]留下的后人。昭和二年[②]在汉阳单独探路时，被水匪听出口音不纯而绑架，要他写信拿赎金来。宗方懂得，这群水匪得了钱仍会撕票，便故意拖延。财宝救他，他立即看出财宝只是个偷儿，除了有报答之心外，也有收编之意。回家后，宗方武彦当晚便带人回到龙王庙等来三水匪，残忍凌杀后一把火烧了吊脚楼。当时正值吴佩孚败出汉口，此案无人过问。

财宝不知底细，深信宗方对自己是一片真心，他帮自己戒烟，又对自己那么好，就是明证。以为自己还亏欠了“兄弟”。却不知道自己已帮宗方将武汉上游两百里沿江的最详细地形图都绘制了，其军事价值无可估量。他想好歹宗方会给他饭吃，就可以存钱还给田贵义。

一年来，宗方对财宝也的确不无情义，更打算用他。虽说此人无论是素质还是能力都不怎么样，但其价值不能只看眼前，不如先培训他。于是，他

①乐善堂：甲午战争前日本在华最重要的民间自费间谍机构，以经商为掩护，以汉口为大本营，在湖南、四川、北京、天津和上海均有支部，其情报为日方甲午战争的胜利起到重大作用。所出《支那经济全书》，长时间成为日本了解中国的必备工具书。
②即1926年。

将财宝安置到“日清汽船”下属的“台湾药业”，让这个大字仅识几个的民夫改名陆宗汉，漂洋过海到台湾受训了一年多。然后派到岳阳、宜昌的“支店”工作了数年，负责采买药材，掩护宗方武彦的朋友、在汉口生活了二十年的羽田征太完成了湖北境内长江流域的城乡地形详图，收集了大量感兴趣的资料。

陆宗汉再回汉口后，已成了凡事须向羽田汇报的、日方最信任的华人职员之一。他身着职业装，腰板挺直，粗通日语，遵守纪律。他有了新的同事、朋友和社交圈。如果走在路上，断不会有人认出他是脱胎换骨的陆财宝。跟着宗方使他获得了梦想不到的变化，乡下人颠沛流离、进城尝尽艰辛，不就是图的这样么？他想，看来并不是所有日本人都是恶魔，我又不杀人放火，我也不当汉奸，何必像别人那样仇日？管他呢！向田贵义忏悔的念头也已被他搁置到一边去了。

半年前“日清汽船”下一个新的跨专业组织“汉口和善公会”成立，其中一部分是华人。受“商工会议所”领导，会长是羽田征太，主要任务是全方位了解“九一八”事变后汉口工商界的动向，争取他们成为“大日本帝国”的朋友。财宝参与的范围是药业。

公会中的一个“老前辈”熊道昌，是他的酒友。财宝是赌、烟、骗、盗都曾经历的过来人，深知这些恶习一点都再沾不得，否则会旧瘾复发，前功尽弃！他已练得少有的洁身自好，连香烟都不抽。不过扛活出身、饱尝过饥饿的人，酒肉却是特别喜好的。

就是在一次偶然的“小饮”时，他不经意听到了熊道昌向两个混混布置任务。要他们去动员华清街和大智路的乞丐，竟是去对付财宝将愧疚内藏于心的朋友曾广诚。

三十、日酋的觊觎

日本人训练的台湾学生兵

汉口是一个依靠街头巷尾传说着所有新鲜事以获得兴奋的城市，但同时又是一个善于遗忘的城市。也许正因为如此，它才在曾经经历那么多的举世无双的惊天大事后，仍然能那么平静得近于麻木，而没有被沉重的历史包袱所压倒。不到一个月，“叫花子大闹通成”就已经淡出了酒馆茶肆、街头巷尾的话题，被人们遗忘了。

但是陆宗汉，也就是陆财宝，没有忘记这件事。他回忆在台湾受到的训练和教育，明明是说，他将参加让中国摆脱西方的剥削和国内黑暗、让中国人生活得和“大日本”一样美好的神圣事业，这需要很多中国人参加，其中包括六种对象：君子、豪杰、豪族、长者、侠客、富者。财宝当时就觉得自己哪种都不像，他猜也许勉强被算成了侠客吧！但他看曾广诚却不然，君子、豪杰、侠客、富者……好像都能套上，应该是“交友”的对象，熊道昌不是曾炫耀，说他要给曾广诚三万银元，让他帮忙在大智路口建一个“和善公会活动中心”吗？怎么雇了乞丐去打闹台呢？

他试探地套熊道昌，怎么把牢里关的人杀掉的。熊道昌得意地说：“大日本帝国无所不能！”

他有些讨厌熊道昌了，他不愿意和这些肮脏的勾当沾边。在他心里有自己的底线。自己为日本人做事只是一份工作，参加的药材生意，在他看来都是正当的，而熊道昌那样做是汉奸行为。

他到距西小路[①] 89 号“日侨商友同志会”不远的一间日式料理店中，见到了“兄弟”宗方武彦。

宗方对陆宗汉是满意的，这是他创造的改造“低劣支那民族”的一个典

①今长春街。

范。果如他父亲所教诲，通过外围组织来使用中国人，可以最低成本、最高效率获得职业间谍都无法获得的情报。

陆宗汉正在想怎样打听“闹通成”这件事才恰当，又不会让宗方反问他怎么知道的，不因此触犯保密规定。不想宗方却先赞扬起了“哥哥”。说据他所知羽田君，想给他更重要的工作。还嘱咐他，在“和善公会”所知道的任何事，都只能烂在肚子里，当做不知道，否则“兄弟都帮不了你”。

陆宗汉只好将自己的好奇心和那丝正义感都压了回去，反正与熊道昌见面时，你不问，他也要炫耀，每次多少有点新鲜内容。

而就在同一料理店的楼下一间里，羽田征太正在大骂年龄上可以做他父亲的熊道昌：“几乎没办法改变你那愚笨的支那猪脑袋！我再次告诉你，以后要直接请示和听命于我，不能随便行事！”熊道昌则连连点头哈腰称是。“我们大日本现在还不是汉口的主人，懂吗？不能像你那样，行事不顺就杀人。你在大智路口租房晚了一步，就派人雇了乞丐去闹‘通成’，达到了什么目的？”

羽田缓和了一下口气：“你可以坐下，不要光‘哈以’。你现在不同以往的工作了。我知道你以前在江上干过很多事，干得都很干净漂亮。可是现在不是要你做那样的事，你是我们“和善公会”的一个组长，懂吗？要‘和善’，用亲善的手段团结汉口商人！”

他把一本佐藤写的册子[①]递给了熊道昌：“都说你是汉口通，光绪年间就是大日本的朋友。告诉你，佐藤君已经在《武汉调查报告书》里用准确的数字作了精辟的分析。他将武汉的工商界分成了五个等级。最高、最有实力的是外资英美企业，这是我们大日本不久的将来一定要接管或赶走的。要坚决排挤掉英美的在华势力，由我们大日本的企业填补所有空间。第二等级的像‘裕华’、‘南洋’这些有江浙背景的大型企业，还有‘汉阳兵工厂’、‘一纱’这样的公营企业，我们要么控制，要么搞垮它！这样我们就控制了武汉有战略意义的企业和大部分工商收入。第三等级的是资本雄厚和有些根基、经营还不错的，像‘冠生园’、‘曹祥泰’、‘叶开泰’等，这些老板树大根深，态度傲慢，到时可以先杀威风，不合作的就灭掉，让他们吃够苦

①系“日商工会议所”书记长佐藤国之助所著《武汉地区工商业调查报告书》前期资料汇总，为配合日本侵华战争服务。

头后再为我服务。再后面按资本大小，还有两个等级，佐藤君已经分得很仔细了，你可以在我这里看一下。”

隔壁传来阵阵的《荒城之月》的乐声和男女的嬉笑声。羽田不耐烦地叫熊道昌去拉上了门，接着说下去：“等我们大日本接管武汉后，也需要市场的繁华。这资本和规模属三、四、五等级的，要想办法让他们中的大多数为皇军服务。‘通成’不光是地理位置好。它虽说本钱不算大，这资料上面说顶多三四万，但是在汉口德高望重，影响不小。对它要有足够的耐心。”

熊道昌挤出一脸的笑：“太君息怒，我是看这个曾广诚完全不懂事，原只想教训他一下的。大智旅社那么好的位置，太君曾说那位置极有用……”羽田打断他的话：“现在只能用合法手段啊！你闹得再厉害，也赶不走他啊！再说，曾广诚不是我们杀一儆百的对象，反而是为数众多的小业主的成功偶像。不如争取他，我想应该不难。他辛苦多年才有这个局面，必然惜钱如命。所以，对他警告要点到为止，等他吃点苦头、感到形势所迫了，再叫他为我们服务不迟。”

熊道昌想了想又说：“他在江湖上有后台，童瑨是他的把兄弟，您知道他和太君在航道、码头斗了多年了，以前我在‘日清’也暗地教训过他几次……”羽田皱了下眉头：“我都知道，童瑨软硬不吃，他在徐家棚的那块仓库地盘，原也是‘日清汽船’看中的，被他仗势先占了。但是，他和汉口的多数大佬们一样不可怕，因为他们没有什么政治信仰，却都仇日。找机会教训他们一下，不要与大日本作对！他若能过来，我们可以省很多事。当然要细心策划，要学上海的，不急于行事。反而应该了解一下和他合伙的可能。”

他听“日清”的朋友介绍，熊道昌如何如何办事能干，但将他物色来“公会”几个月后，他发现这个人其实肚子里没多少货，档次相当低。因他得到了与“通成”挂上钩机会，多给了他一些活动的权限，没想到令人大失所望。看来只能安排他做些下三滥的事。

像熊道昌这样的铁杆汉奸，哪里会懂得那么多，他以为要讨日本主子欢心，就要做太君想做而不方便做的事。日本在东北、上海所向无敌。今年，日本在汉常驻军舰都增到了五艘，汉口迟早也是日本人的。他在汉口几十年，大街小巷、各个码头都熟，要在汉口找些人来完成想做的事，从来都没费大力气，次次都马到成功。要警告“通成”、打击童瑨，办法简直是太多了！

三十一、奇怪的火警

初冬的一个夜晚，天气干燥，兰陵路口对街的几家板棚房突然失火，说来也巧，后起的风竟转了向，火没有烧到顶楼全是木板隔房的“万方”。

火很快被扑灭了。周围被烧的几家人哭得死去活来。其中有家人一口咬定，说看到有人放火。戴老板也去跟着劝慰了半天。因为旅馆有惊无险，没有受到损失，他也就没有放在心上，哪会算到这火其实是冲着他的旅馆来的。

第二天，童瑨在武昌徐家棚的货棚也突然失火，烧掉了堆放的数万斤大米和谷物等。周围居民和铁路工人花了几个小时，才合力将大火扑灭。

又是两天过去，汉口人又差不多快把这事也忘了。

广诚这天得到通知，跑马场已同意他到年底就辞去保镖职务，由他推荐的曾广瑞接替。广诚便去贵宾茶园将这好消息告诉广瑞。

贵宾茶园重新开放后，广瑞又恢复了“老板”的身份和相应穿着。听了广诚给的消息，心头一阵狂喜，连他那大比例缩小了心情的脸上，都掩盖不住他的满意。他美滋滋地算着进账，但愿天天有赛事、永远是旺季、再不要涨大水……大约过了半支烟的工夫，他想起了等在一旁的堂弟，从位于眯眼下方的带笑嘴巴里挤出了三个字：“那你呢？”广诚说：“我忙不过来，只有让哥多辛苦些了。”广瑞觉得这回答基本满意，证明自己接下这份美差，是有功德于广诚的，不欠人情。

广诚看得出他内心高兴，知道再不会有多的话，便转身离开。刚走出看台，一个卖报的小孩走来说：“您家是曾广诚么？”广诚点了点头。报童便拿出了一封信给他。

打开信只有几个字，字体陌生：“叫花子没有搞垮你吧？小心 ××× 找人给了‘麻花’大洋，放火烧万方旅馆和瑞琪仓库。”

广诚大惊，问报童谁给他的。小孩说是一个穿西装的人。广诚猜莫不是谢三金？但马场看不到他。广诚便跑去拨三金的电话打听他的去向，那头说三金去了上海，都好多天了。

显然不是他了。那么还有谁？穿西装？无论谁，肯定是个朋友！看来他还了解不少事，也许还担着风险给信我！他顾不得太多感慨，立刻去商会，把这和近来的一系列怪事都告诉了童瑨。

童瑨听完后，若有所思地说："哥哥这么一说，倒把我犯疑的事理清了。前天童琪陪保险公司到徐家棚看现场，发现了一个处在上风没烧尽的火把头，明摆是有人放的火了！我稳住了没报警，先理赔，打算以后再慢慢查。这个'叉叉叉'连哥哥的旅馆也要烧，怎么这毒？是因什么事起的呢？'叉叉叉'是谁？你把这些事连在一起想想看：'日清'买办想给你贷款，跟着就是乞丐闹店、下毒杀人、两处放火，把我也算了进去，'叉叉叉'不像是寻仇，看来目的还更不简单，实力也不小！我看，这事你先装不知，也千万不要让外人知道，自己近日要多小心。容兄弟慢慢想想，我看……先要找到这个麻花。"

广诚也明白自己只能先装不知，猜 ××× 一定就是小日本，否则还有谁敢在武汉这么猖狂？打头阵的一定就是姓熊的这个汉奸！他们到底想干什么？但是，是哪个朋友在暗中帮我呢？

童瑨其实当时就火冒上来，只是在广诚面前不失城府地忍着。自"一·二八"后，"日清汽船"已多次找他的公司摩擦、寻衅闹事。有次他一条运麻船被烧，就怀疑过日本人。以前也听到他们通过汉奸收买些小混混，暗算中国商人的传说，早就预计有天会轮到自己，这不就来了？

三十二、童瑎出手

德租界自从“一战”收回后，成为了汉口“第一特别行政区”。大水过后，在临近法租界汉景街①口上，多出来一家“凤仙茶馆”，装潢还可以，主要面对法德日租界的职员、买办，以及稍有头脸的地面人物。老板唐七原是“金花四姐”贴身的跟班。熊道昌是这里的常客，一些“难办”需雇人去干的事，他就找这里布置下去，其中拉线的中间人就是唐七。

往“底下”不到半条街有家赌馆，后院还兼有抽大烟的统间。孙狗子已升作这里的“郎家”②，是唐七的重要助手，实际上已有点势力了。他的难弟、好友龙壳子、曾依靠堂兄龙汉彪进了绥靖公署稽查队，那是大把来钱、可横行于世的差使，那也是孙狗子最春风得意、外水不断的两年。没想到“廉政风暴”来时，龙壳子的顶头上司被邱开基③“杀一儆百”了。上面又令清查吸食鸦片和嫖娼的警员，查出一律枪毙。于是龙壳子的一个好友人头被“借”掉，他幸运地只被清除出警察队伍。五毒俱全还能留条性命，真是命大，遂来投奔孙狗子，当了“宝官”。

熊道昌想整治童瑎和曾广诚，很容易打听出并结交了他们的天敌孙狗子。熊道昌说了意图后，孙狗子当然高兴。但孙狗子的最大本事就是不亲自出面，特别是大革命被游了次街后学得更谨慎，心知童瑎即使吃点亏，也根本不算什么，且事后绝不会善罢甘休，便故意装作出于关照，把这机会再次给龙壳子。

龙壳子脱掉警服后，搞钱的门路一下少了很多。好在柳暗花明，通过孙狗子引荐，“老前辈”熊道昌对他很赏识，说过他是“怀才不遇”，曾几次安排他做些要打入阿鼻地狱的勾当，他都做成了。当然不是白做。

一番讲价后，熊道昌给了他十元钱。龙壳子自然也明白童瑎惹不起，不敢亲自出手。他花三元钱找了个他当警员时就控制了的小混混叫“麻花”的去做了，美中不足的是“万方”竟毫发未伤。

①汉景街，现中山大道当年在德租界段（一元路至六合路）。
②赌场的主持者称为郎家，有1—2人，手下各有“宝官”数人，轮流负责掌盒子、看场子等。
③邱开基，蓝衣社骨干之一。1932年在武汉肃整警察、黑社会和茶房，称“廉政风暴”，均大刀阔斧。

他哪知道这次报应来得很快。童瑁已派心腹在铁路外的板棚区找到，并不声不响地绑架了“麻花”。经过一通酷刑，“麻花”全招了。“麻花”被不留痕迹地“做掉”，下一个该轮到他了。

龙壳子得意洋洋，自己没出面，就清清爽爽落了七元大洋，又可以花销几天了。这天他去常青里约了老歪，晚饭大吃大喝后，一起往花楼街逛去，打算找那边的妓院换个“新鲜口味”快活一盘。

路过江汉关轮渡码头时，龙壳子看见一对男女穿着阔气，正在轮渡码头口上买盐茶鸡蛋吃。女的从手提包里银元钞票抓了一大把，娇滴滴地叫男的在里面选零钱。龙壳子看得心里发痒，便叫老歪一起，悄悄跟在后面上了船。

三十年代初的汉口，从江汉关乘轮渡至武昌汉阳门为铜元 5 枚，夜渡为 10 枚。价格虽说不高，但汉口人俭省。就连白天，很多人都尽量选择坐木船过江，只要天气好，两三个铜板，还可还价，何必多花钱去坐“洋船”呢？但夜间过江就很少人选木船，“板刀面”只消遇到一回就全完了。所以，哪怕嫌贵也会选轮渡。当然，除非是遇到非过江不可的事才乘。轮渡公司见人一少，便将班次安排得更少，每班的间隔时间长达一小时。

这回他们上的是条老式单层船。开船后，偌大的客舱中最多数十人。那对男女挤坐在舱后的一条窄凳上，对着江景谈得忘乎所以。小包就放在女的身边，但手却一下都没离开过。龙壳子和老歪站在几米外装作闲聊，计划到快起坡时再下手。

上世纪20年代从日租界俯拍的汉口，远处较高的建筑是水塔

船还未到江心，忽然一个壮汉从舱前大步走来，到龙壳子面前装模坐样地看了一看，就一把他将衣领揪住了，“老子几个月来一直在船上找你呢！”说他是惯偷。乘客马上饶有兴趣地围住了这边。那对男女也凑了过来。男的说，早就发现这家伙在跟着了，正留神着等他下手好抓哩！

龙壳子经历的事多了，哪会怵这阵势。心想老子多年不干这了，今天又还没动手，便犟着不认。怎奈那人手如铁钳，又一吼镇住了老歪。

正闹着，两个穿水警制服的走了过来。一个把围过来看热闹的人都驱赶到舱前部，一个却开了船尾的舱门，叫几个当事人都跟他到后甲板去“调查”。

后甲板灯光昏暗，满地是粗麻绳和铁墩，是与乘客们完全隔开的另一个世界。

行船的巨大声音在黑夜中怒吼。龙壳子和老歪都不担心，反正没把柄叫他们拿住，怕什么？就算让他们抓到警局，龙壳子多少有些熟人，自然龙汉彪也会撑腰，他正好调任水上分局局长。两人便打算理直气壮地说一番理。

谁知后舱门刚一关，他两个头上先各挨了重重一下，接着几个人上来就是一顿暴打，一直将他们打瘫在地还不住手。那对男女也下手极毒。

两个这下知道，今天中了圈套了。龙壳子爬起来，还硬着嘴说：“你们敢打老子，老子要和你们进警察局评理。”那壮汉用手将他的嘴一捏，他便再出不了声。壮汉恶狠狠地说：“老子问一句，儿子你答一句！否则，马上要你死！说！哪个是放火的主谋？”问完便把手一松。龙壳子活动了一下被捏疼的下巴，反问道：“什么火？我哪里会晓得？你们找错了人吧？”旁边上来一个说：“嘴还硬得很！”说着掏出了把小刀，拧起他左边的耳朵就一点点往下割。

龙壳子疼得大喊：“我说，我说！是我自己。”才说完，那人说：“那真的是你了！”跟着“刷”的一下，一个血淋淋的耳朵被割了下来。他特地递给龙壳子看了一眼，顺手就甩到了江里。把坐在甲板上看的老歪吓得魂都飞了。

龙壳子疼得大叫，半边脸全是血。见自已的耳朵被当成鼻涕一样甩掉，晓得面对的是些杀人不眨眼的魔君，吓得双腿发软，喊爹喊爷地求饶。那壮汉又厉声说道：“快讲，我老实跟你说，你若是非要自己把放火扛下，现在就拿你喂鱼！”

龙壳子哭着嚷道：“不是我，不是我，是一个姓熊的。”壮汉喝问：“哪个姓熊的？”龙壳子答道：“真不知道，是孙狗子介绍的。他给了我十元钱，叫我烧了童家在徐家棚的仓库。”才说完，右边小腿上又挨了重重一铁棍。龙壳子立刻感觉骨头断了，迅速肿胀，疼痛无比，急得喊道：“哎哟！别打啦，别打啦！我真不晓得名字，真不晓得啊！只知道他姓熊，住日租界，是个五十岁的老头。老歪，也就是他，说干不得，说童大爷是谁也惹不起的。哎哟我的腿哟！”那壮汉说：“可你还是狗胆包天干了，你狗日的真有本事啊！你为什么还要放火烧‘万方’？”龙壳子说：“也是姓熊的叫烧的，说要教训曾广诚。我问过姓熊的为什么烧‘万方’，不干脆烧‘通成’？姓熊的说不许烧‘通成’，说对姓曾的不能下手太狠，烧‘万方’警告他一下、让他破点财就就可以了。求求大爷们，不要打了！”

此时那个女的说：“行了，这畜生作恶多端。也问不出什么了，到此为止吧！看来坏事都少不了孙狗子。”几个男的便捆上他的手脚，塞上他的嘴，把他装进一个麻袋，系了袋口。

老歪在一旁，吓得小便失禁，裤裆全湿透了，想爬起来，却没力气站起来，便跪在了地上，哭着求饶。那男的说：“本来呢，你还说过一句‘童大爷惹不得’，晓得一点分寸，不该死。只是今天你既然跟了他来，就是天意。你都看得一清二楚了。你说还能留你么？”便不顾他苦苦求饶，也将他如法塞进了麻袋。又将两个麻袋捆在一起，在上面吊上个锈铁锚，一股脑掀到了江中。

其实在数日前，熊道昌已在悻然收手了。在他得意洋洋地邀功时，羽田没听完就狗血淋头地臭骂过来："原来几天前那场火是你叫人放的啊？我还是看报纸才知道的！你除了杀人放火，还懂什么？叫你不要急于行动的，你忘了么？童瑨搞几十年的码头，他还不知道买保险？他的仓库和货都是保了险的啊，你这头猪！八格牙鲁！你长脑袋没有？你这次帮他把那些他正发愁卖不出去的、受过潮的、长了虫的陈米、霉米都烧了，归美商的'美亚保险公司'认了赔。他反而倒赚了一大把！八格！美国人又是世界上最狡猾、最可恶的商人！这个火险的四成，是被他们分保给了我大日本的'东京海上保险株式会社'的，你让大日本帝国的公司跟着赔钱，蒙受那不该有的损失。你这头猪！你是在放火烧我们大日本！我要宰了你！"

熊道昌挨了耳光，不得不承认自己的无知帮了童瑨的大忙，让日本主子蒙受了损失，真不折不扣是自己放火烧"太君"，懊悔不该擅自行动。

他闷闷不乐地过了几天。有天晚上，他与陆宗汉在酒馆喝了半夜的闷酒，先动身告辞回家。

日租界的背街路灯很暗，街上空无一人。忽然间，从侧路上快速跑来一辆人力车，就在他身边突然停下。熊道昌还没搞清是怎么回事，车夫就一手从背后捂住了他的嘴，另一只手一把匕首戳下来。他只觉胸前得凉飕飕的一阵剧痛，便失去了知觉。

谁知这铁杆汉奸命不该绝，匕首居然没有刺中心脏和致命的动脉。躺在马路中间，几分钟后被陆宗汉发现，急送去医院救回了性命。当时他身上被石头压着一张大大的、墨迹方干的宣纸，上书血红色的三个大字："锄奸团"。

三十三、寻岔子流氓打上门

龙壳子和老歪失踪十来天后，孙狗子才发现两个人很久不见了。问唐七，也是没见。这两人都没成家，龙壳子倒是有个相好的。孙狗子跑去问了，结果让他感觉到不妙，便跑去问"金花四姐"。

尹凤君这才发现老歪的确有些时日没露面了。但她深知孙狗子来打听，一定是与他有什么瓜葛，于是黑下脸来逼问。孙狗子开始还隐瞒，直到发现尹凤君动了真气，才说起了有人出钱叫龙壳子烧童家仓库的事，还连连解释龙壳子并没有亲自去放火。不过他又说，龙壳子嘴太松，喜欢吹，会不会是被人吊上了。而老歪与龙壳子总喜欢一起，弄不好已经被人一起"做"了。要真那样，十有八九是童瑨的人下的手。

尹凤君又气又怕。但孙狗子撇得这么干净，骂他也没理由。不由想起去年夏天"巫山旅社"被"第三科"[1]下令查封的事，当时她就怀疑过有童瑨使坏。想到童家又在汉口呼风唤雨，连政府要人都买他面子，不禁有些后悔当初为一点小利，得罪过这条枭龙。

她若是稍微有点头脑，也许懂得该避其锋芒。但尹凤君如同所有意气用事、习惯霸道、只能赢、不能输的女人一样，觉得童瑨已放肆到能毫无顾忌地整治她的手下，明显是故意挑衅。如此不把自己放在眼里，这口气怎么也忍不下去。

孙狗子见四姐的火被他煽起来了，便添油加醋地说，其实想整治童瑨和曾广诚的那个人是有实力的，他背后是日本人。不如让日本人和童瑨干上，看他有几个脑壳？

尹凤君还不清楚熊道昌的事，但也听不进孙狗子的主意。因为她也讨厌日本人，何况当下日本在武汉的势力毕竟有限，"锄奸团"在汉口一而再、再而三地诛杀了几十个铁杆汉奸了，日本人还不是只有忍气吞声的份？她不想就为这点事成为千夫所指的汉奸。而且她还能想到，要真干起来，就算日本人肯帮忙，童瑨也不会直接和日本人硬碰，吃柿子捡软的捏，怕还等不到

①即"蓝衣社"。

日本人出手，就会先灭了自己。若论当下在汉口的实力，十个自己也不是童瑁对手。何况老歪是不是就真被童瑁抓去了，也没有任何证据，兴许跑哪里去了，别搞得下不了台。为一个下人，犯不着下这大的本。

她矛盾着，忍不住从心里蹦出一句：“老娘要出气，对付不了童瑁，还教训不了他曾广诚么？”

孙狗子一听大合自己心意，马上出主意要把“老幺”彭先旺联合进来动手，除掉曾广诚。

尹凤君又泄了气。她想起彭先旺好像与曾广诚有什么旧交，便冷冷地说，“这事不许告诉小老大！”

她焦虑地想了半天后，说：“现今‘第三科’风头劲，搞出人命是万万不行的！但不轻不重地教训曾广诚一下，叫他吃点亏，破点财，丢他的面子，哪个会管？”她想，生意人爱钱爱脸面，钱是他们的命，一定会心疼得不得了，脸面丢了，生意那还能做下去？这也可给童瑁一个信号，别以为就可以为所欲为。

她给了孙狗子一笔钱让她“请人办事”，但留了一手，那就是令他不许让人知道与她有关。

孙狗子拿了钱，开始冥思苦想地策划。曾广诚会武功，要找个会拳脚的先去闹起来，靠人多，出他的丑。再托龙汉彪找他警局分管这一地带的朋友出面调解，关他曾广诚几天，吃点苦头，不愁他家里不破财。谢三爷最理想，但是人家那么有钱，哪能请动他？何况这人太厉害，弄不好自己又被他玩了。

他想应该先翻点小浪，把彭先旺不知不觉地套进来。这个老幺，出手就是枪，“叭”！你曾广诚武功再好又有屁用！他决定先鼓动彭先旺手下的爱将“鱼篓子”，那是他的一个酒肉朋友，法租界有名的“铜拳铁腿”，连谢三爷都夸过几次。让这小头目把水搅浑，不怕你彭先旺不为了面子跟着下水去。

“鱼篓子”在彭先旺手下是个收账的头目，的确懂些拳脚。所谓收账，就是在他的地盘内盘剥业主们的“保护费”。不过“锦华山”的地盘本在法租界和原德、俄租界一带，而“通成”是在华界。“鱼篓子”听了便有些犹豫。

“又不是要你去收费，你只要给他点下马威。我告诉你……”孙狗子

20世纪30年代，汉口江汉路街景，右为中国银行大楼，左为浙江兴业银行大楼。

授他一计。

“鱼篓子”听懂了，“金花四姐”的赏钱不低，何况孙狗子说龙局长会给大智路警局打招呼。他便选了个日子，带了几个有拳脚功夫的手下，身藏暗器，大摇大摆地走进了“通成”。

时当中午，吃饭的人正多。鱼篓子”要了一大盘“通成”新推出的卤菜拼盘，一碟花生，一大份炒虾子，为每人要了一锡壶酒，慢慢品着。约莫一个小时，又要了刚出笼的包子。

忽然间，他拍着桌子大骂，又大声叫茶房。

在前堂帮忙的牛万贵连忙小跑过来。“鱼篓子”指着一个掰开的包子，张口大声喝道：“你这包子里面怎么有苍蝇？”

万贵吃了一惊，定睛一看，包子里果然有个苍蝇。但他有马上有了疑问，汉口冬天哪来的苍蝇呢？况且若真是包子中的，蒸后必然不会这么形体完整和坚挺。想必是他们刚放进去的，看来遇上赖账的流氓了。

已有看热闹的在凑过来。万贵不动声色地说：“让我看看。”突然迅速地用手指将包子中的苍蝇夹出来，扔进口里，强咽了下去，然后装着继续咀嚼的样子笑道：“大爷你看错了，那是个葱子，我吃了，很香的。这个季节，哪有苍蝇呢？”

“鱼篓子”没料到万贵有这么一下，没证物“扯皮”了，便将筷子往桌上一拍，说：“这包子你弄脏了，不能给钱。”万贵笑着答道：“行，这包子不算钱，其余一共两元三。”“鱼篓子”冷笑道：“这点东西就两元多，难怪你们老板发得快。”万贵便不再吱声。“鱼篓子”又大声说：“喊你们掌柜来！”

田贵义看这边吵闹，便走过来。“鱼篓子”道：“这老头，你是掌柜的？”田贵义赔着笑脸说：“是的是的，大爷有何指教？”“鱼篓子”瞪着眼，摇着脑袋说：“现在正在打击腐败，你们店卖不良食品，还这么贵，妄图扰乱市场，是何居心？”田贵义一脸笑容道：“我店的食品一向以价廉物美闻名。大爷若是不满意，今天就算老汉请客，交个朋友，好吧？”

“鱼篓子”见这遭又没辙，站了起来，对万贵瞪眼道：“这老头比你懂事，想请客交朋友。好吧，我正好要给你请客的机会。我们法租界彭老爷做六十大寿，要办一百单八桌酒席，我就作主，把这面子给你们‘通成’了。”田贵义仍然笑容不减：“大爷真有此美意，当然再好不过。当下酒宴有10元、12元、15元一桌的，价里不含酒水。请问要办多少钱一桌的？几时办？在哪里办？还需要先交一半定金。“鱼篓子”圆睁怪眼道：“你不是说请客吗？”田贵义道：“我说的是这顿请客，哪里请得了那么大的酒席！”

广诚刚好在楼上，听到楼下嘈杂，便下楼来。这情景正好看见。怕田贵义吃亏，连忙大步拢向前去。谁知田贵义话刚一说完，“鱼篓子”竟“啪”的一记耳光打在了田贵义脸上。他正要打第二下，牛万贵一把钳住了他的手腕，大声道：“凭什么打人？他这把年纪都可以做你爹了！”“鱼篓子”带来的几个便把菜盘子对田贵义和万贵脸上一泼，想一齐扑上来。

广诚本还想息事宁人，见他们居然出手殴打、侮辱田大爷，加上近日诸事还堵在心里，又见“鱼篓子”一个甩手，把牛万贵弄得退了几步才站稳，气得大吼一声：“住手！哪来的流氓？”一下就跨上了前。“鱼篓子”看见他身着黑缎绣花长衫，心想：“这个一定就是曾广诚了，老子今天就来出他的丑！”说着使出一暗招：表面看起来要收手，底下却一个“黑虎偷心”猛地打了过去。

说时迟，那时快，那拳打出去倒快，却被一只铁钳般的手就势握住了手腕。接着“卡塔”一声，“鱼篓子”喊了声“哎哟”，就半个身子歪了下去。广诚怒吼道：“你是哪来的流氓？”“鱼篓子”疼得筋骨欲断，没想到自己那点“铜拳铁腿”的功夫竟然不堪一击，大声喊道：“快上啊！”那几个立即掏出了刀来。广诚看出这几个是有备而来，忙对着“鱼篓子”就是一脚，借这力跳开，又把桌子一推，顺势将其余几个隔到了桌子对边。

那“鱼篓子”一向是仗势打人，那点功夫哪里是广诚的对手，胸口被踢一下，竟从店里一直倒退到大街才仰面朝天倒了。

店员们都是义田湾来的，哪个不会点武？看到这情况，个个义愤填膺，围过来几下就把这几个制服了。淘气忙喊：“不要乱打，别打出明伤来了！烦你们几位客人留下做个证，和尚快去喊警察。”“鱼篓子”尽管深信警察来了会帮自己，但他“铜拳铁腿”挨了打，太丢面子，便在街上跳起来大叫道：“姓曾的，你给老子等着！老子要你这馆子今天就关门！”便连滚带爬跑了。万贵等追了一阵没有追到。

哪知水上分局的龙汉彪有些怕再趟这浑水，只是象征性地给大智门这边同行说了一声，刻意没找他捏得最稳的侯树坤。警察们表面上应了，却个个都懂得深浅，平日里“通成”的“小意思”都笑纳过不少。见和尚来报案，不知帮谁好，便故意慢吞吞地不出来。倒是那边的“鱼篓子”动作快得多，跑回法租界后，一会就叫了几十个人，拿着斧头刀棍又赶了过来。

“通成”的伙计懂得遇到了劫数，也拿了手边的家伙，打算拼命。广诚制止大家说：“慢点，让我先去，你们不晓得轻重，伤了人不好扯皮！”

广诚拿了一根练武长棍在手，飞舞着出去。路边有人喝彩。那些乌合之众一看，就知道遇到真正的练家了，吓得直往后退，嘴里却还在喊冲喊上。田贵义叫人把几个“俘虏”推到前面，用力将那几个手扭的疼得大叫“不要冲，有话好说。”淘气则吩咐胡豆皮等去拿家伙守住后门和六号。

“鱼篓子”高喊：“莫怕他们！“通成”的听着！出来向爷爷下跪、认个错，饶了你们。不然的话，你就不消在汉口混了，也莫怪刀斧不长眼睛。”喊着，他后面的人拿砖头石块像雨一样向广诚扔去。广诚是何等功夫，半点便宜也没让他们占到。

砖头石块数量有限，扔了一阵没了后劲。这些乌合之众开始呼喊着、轮番向店门口冲击。隔壁“祁万顺”的见了，恐跟着遭殃，忙慌着关门。广诚高喊了声“棍子不长眼，打到莫怪！”两棍挥去，准确无误地落在最前两人的脚腕上，疼得那两个抱着脚只跳。其余混混见棍子凶狠，连忙后退。

“鱼篓子”见下不了台，虚张声势地高喊道：“去把老子的快枪拿来，子弹上满，老子拼了！”

牛万贵和几个通成的店员拿着长长短短的柴棒也出了店门，在广诚四边守护。“鱼篓子”那边的人也还在增加，连上赶热闹的，恐不下百多人。中山路、天津路、大智路的交通都已经完全中断。警察再不来，店门口就要出现一场流血械斗了。

就在这时，从法租界方向飞快驶来了几辆黄包车，在街对面人群的背后停了下来。

从第一辆车上下来一个三十多岁的青年人，在人群后高喝了一声什么，大步向前挤来。那群人不知道怎的，慌忙向两边让出了一条路。后几辆车上又跟下来几个穿着黑绸衣的、保镖模样的人。

广诚看到这架势，感到这将是一场可怕的恶战，汉口的江湖规矩是打斗不动枪的，可眼下局面谁也难说。对方很可能有枪。想来，这辈子该遭的难，硬是躲不脱的。便把心一横，准备拼命了。

三十四、小老大知恩必报

那青年穿花缎长袍、蓝缎背心，疾步径直走到了“鱼篓子”面前，竟扬起手“啪啪”就是两耳光，接着一把将“鱼篓子”拖出人群，厉声喝道：“跪下！”

“鱼篓子”惊得嘴巴都合不上，双眼看着那人，却乖乖向着“通成”大门跪了下去。那人回头将手一挥，大声吼道：“都给老子滚！滚远点！”那群人便迅速作鸟兽散。只剩“鱼篓子”一个人跪在马路中间。

一些看热闹的人还远远站着，不敢近来。广诚也不知形势如何突变了，有些莫名其妙。仔细看清了，来人竟是大名鼎鼎的青帮“锦华山”老幺彭先旺。

彭先旺把“鱼篓子”朝前又拖了两步，让他一个人在街沿上朝店门跪着，几个保镖守在“鱼篓子”四周。自己却走上前来，恭恭敬敬的双手对广诚作了个揖，说：“曾叔叔，我是您老的朋友彭金龙的老二彭先旺。我的手下冲撞了您。我将按您的意思发落，请叔叔恕罪。”

所有人都对眼前突然一百八十度的转变感到不可思议，广诚也觉得好像在做梦，机械地回答说：“小老大请店里坐。”

彭先旺跟了进去，让“鱼篓子”一个人依旧跪在街上。广诚请彭先旺坐下后，挤出一丝笑容说：“本来我们开店，从来都是让客，不和客人闹的。今天那人，”他指了一下跪在街沿上的“鱼篓子”，“打了我们店的老人田大爷耳光，还把菜泼到他脸上。我敬他老人家如父亲。他还想对我动手，所以我气急了才出的手。不知道是小老大的手下，鲁莽冲撞了，请小老大见谅。”

彭先旺急忙说：“叔叔快别这么说。这一来，先旺想求您宽恕也不行了。家父当年就亏叔叔相救，才留得性命，害叔叔差点丢了饭碗。先旺一家当年穷得没饭吃，也多亏您和蔡元安伯伯多次接济，一家才渡过难关。我在跑马厅认出叔叔时，几次就想上前谢您了，只是没机会。小时候，叔叔还抱过我，带我上船玩过。不晓得叔叔记不记得？”广诚想起这些当年的事，一晃就二十多年了。

这时牛万贵过来，将今天的事说了一遍。彭先旺道：“我父亲今年五十七岁，根本没做六十大寿这件事。这样，叔叔，您一切损失由先旺包赔。

您老信得过我，我回去定将来龙去脉问清楚，看他受的哪个指使挑唆，一定给叔叔一个交代。”广诚想到近日祸事不断，怕又结新仇，连声说“算了算了”，彭先旺却径自去拖过“鱼篓子”，高声喝道：“给田大爷磕头！请罪！”“鱼篓子”只得乖乖上前给田贵义磕头请罪。

彭先旺一干人走了好一阵，一直在这一带收“保护费”的地头蛇雷胖子才带了几个喽啰，假装气吁吁地赶过来。广诚不耐烦听他扯椰子[①]，径自扭过头招呼店员整理店面继续营业。雷胖子自知没趣，亲眼见无论彭先旺还是童瑨都这么关照广诚，懂得广诚在江湖上地位远非自己可比。心里暗忖，从此千万别收“通成”的“例钱”了。便追着广诚屁股，解释自己刚好有事得到消息晚了，今天的店里的损失由他包赔。

又过了一阵，警局也来了人，装模作样地了解情况，作笔录。广诚忍住气。他明知这些“披着一身皮”的东西根本保护不了自己，还是叫人给这几位泡茶撒烟，并“意思意思”打发走了。

次日中午，打斗痕迹已全无，店里正在营业。门口忽然来了一溜五辆人力车。彭先旺先下车来。“鱼篓子”跟在后面。彭先旺恭恭敬敬递上一张一千银元的银票。

广诚慌忙对先旺摇着双手说道：“小老大，使不得，使不得！我只求今后没有冤子，就千恩万谢了。再说店里损失哪有那么多呢，最多不过一二十元钱。”彭先旺道：“叔叔错了，不是手下说要您家为我办一百零八桌酒么？我想好了，这酒席照办，正可以向田大爷赔个罪，也让我手下的人和‘通成’店里的人交个朋友。这是委托您办酒的定金呢！超出后算。”广诚还是连声道：“做不得，做不得，哪能要你破那么大的钞。”彭先旺笑道：“您家做生意，我订酒席，天经地义。田大爷报的价本来公道，叔叔就不要多往别处想了。这事我已经对手下宣布，也算是给“鱼篓子”一次认错改过的机会。再说，也不能让田大爷老人家心里受委屈。叔叔您就别争了。您看谁来了？”

广诚一看，从后面几辆人力车上下来一群人。内有一男一女两个老人，其中男的有些瘸，似乎有些面熟，走近仔细看，终于认出来是彭金龙。因为他穿着考究，又胖了很多，加之事隔多年，若在路上碰见、断然认不出。金

[①]方言，扯谎，编理由。

龙走拢就将广诚一把抱住,仰天大喊了声:“兄弟啊!救我一家的亲兄弟啊!”喊时大动感情，两条老泪横流。连围观的人都大受感动。后几辆车上又下来不少人，先旺的母亲、哥哥先发、弟弟先财携子女一起围住了广诚，喊的喊爷爷，喊的喊叔叔。让广诚的眼也热了起来。

按彭金龙的主意，1934年的阳历元旦，“通成”为彭老幺办了三天的酒席菜肴。这是广诚至今承办的最大一笔酒席生意。第一天是十来桌档次较高的酒席，彭老幺专门请了些汉口租界“底下”一片的红白两道头面人物，龙汉彪也被请到。广诚也被请作贵宾出席。先旺将要人们一一给他介绍。让“鱼篓子”当众给田爷磕头谢罪，给足了田爷面子。

次日，是广诚和金龙两家欢聚。通成的员工及彭先旺的手下头目、各个地头上的中等头目也大多被邀出席，共有十八席，把楼上和公新里六号的一楼都摆上了桌子。彭先旺让他父亲和广诚、田贵义坐在最上席，通成的员工也与彭先旺的手下握手言和。

彭先旺还特地请来了两个当年“丹桂茶园”的老茶房。彭金龙在席中对广诚谈起，民国初年，他就举家迁到了新堤，后来先旺码头上“出了道”后，他才偶尔回汉口住上几天。那年听说老友蔡元安死于非命后，曾派专人追往黄陂乡下给蔡家送去一笔钱。这些事虽说一晃又过去了几年，谈起时，几个人仍忍不住感慨万千。

第三天是彭先旺“道中”的大聚会了。彭先旺在法租界租下了几个戏园和茶楼，让他的手下和各路“鸡杂鸭杂”胡吃海喝。广诚租了一辆汽车将菜肴送到各地点。通成白酒也是一坛一坛向外送，在戏园和茶楼里开坛飘香。

彭先旺已私下弄清了事情的起因，便特地给“金花四姐”也下了请帖，意欲消除前嫌。尹凤君没想到自己心劳日拙，竟得到这么个结果。她终于认定，曾广诚有这么好的运气是他的命数。退步细想起来，曾广诚实际上也并没有冒犯过自己，自己恨的是童瑨。就算真把曾广诚杀了，也不能损童瑨半根汗毛，于是放弃了再找曾广诚寻仇的心路。但是她无颜赴席，便推说身体不适。她给了孙狗子一笔钱，叫他离开汉口躲到外地去。自己则偃旗息鼓，“安分”地做了几年人。

“鱼篓子”也在为田贵义“跪酒赔罪”后，被彭先旺打发到新堤去了。

曾经作为尹凤君爪牙的水上分局局长龙汉彪，虽说对他堂弟龙壳子无声无息地从人间蒸发一事十分怀疑童瑨，但是善于见风使舵的他审时度势，决定改换门庭，便一有机会到熊家巷就跑去与童琪打招呼，对童家码头、运输和仓库诸方都大加照顾，格外殷勤。终于有一次，他通过帮会大佬杨庆山、郭梓璜和童瑨搭上了话。他装着不知龙壳子的事，直言自己曾受过堂弟的蒙骗，“差点冒犯了童大爷，这事叫我这多年都心里没有安稳过。我再看到龙壳子，一定亲自把这狗东西捆到童大爷面前来认罪，随您怎么处置。”童瑨也已感觉到了这家伙的变化，能在“白道”收编这么个走卒，他当然很得意。不知不觉地把龙汉彪从“迟早要收拾”的名单中除掉了。